U0563783

高峰展望

唐诗名作欣赏

周啸天——著

中国书籍出版社
China Book Press

图书在版编目（CIP）数据

高峰展望：唐诗名作欣赏 / 周啸天著 . — 北京：中国书籍出版社，2017.2
ISBN 978-7-5068-6081-9

Ⅰ . ①高… Ⅱ . ①周… Ⅲ . ①唐诗—诗歌欣赏 Ⅳ . ① I207.227.42

中国版本图书馆 CIP 数据核字 (2017) 第 034962 号

高峰展望：唐诗名作欣赏

周啸天　著

图书策划　冯继红　崔付建
责任编辑　冯继红
责任印制　孙马飞　马　芝
出版发行　中国书籍出版社
地　　址　北京市丰台区三路居路 97 号（邮编：100073）
电　　话　（010）52257143（总编室）（010）52257140（发行部）
电子邮箱　eo@chinabp.com.cn
经　　销　全国新华书店
印　　刷　北京富达印务有限公司
开　　本　710 毫米 ×1000 毫米　1/16
字　　数　556 千字
印　　张　29.25
版　　次　2017 年 4 月第 1 版　　2017 年 4 月第 1 次印刷
书　　号　ISBN 978-7-5068-6081-9
定　　价　85.00 元

前　言

明人胡应麟云："甚矣，诗之盛于唐也；其体则三四五言、六七杂言、乐府歌行、近体绝句靡弗备矣；其格则高卑远近、浓淡浅深、巨细精粗、巧拙强弱靡弗具矣；其调则飘逸浑雄、沉深博大、绮丽幽闲、新奇猥琐靡弗诣矣；其人则帝王将相、朝士布衣、童子妇人、缁流羽客靡弗预矣。"（《诗薮》外编三）

诗歌在唐代曾是最具群众性的文艺样式，且有很高的社会应用价值——唐诗中送别、寄赠之作之多，就是很好的说明。唐代诗人遍布社会各阶层，以诗赋举士的科举制度，和帝王宫廷重视诗歌创作，上行下效，形成全社会尊重文艺的风气。唐诗的传播方式，一是宴会赋咏，二是谱曲传唱。优秀的唐诗，千百年来一直活在人们的口头。

初唐诗的实绩主要表现在太宗、武后两朝。贞观宫廷诗人如虞世南、李百药、陈叔达等，是初唐诗坛"元老派"人物，虽多为陈隋旧人，但诗风仍有改良。唐太宗认为国家兴亡的关键在政治，倡导中和雅正的诗风，大体合乎南北合流的诗歌发展趋势。武则天时代，由于国家的统一，社会经济和文化的繁荣，在宫廷以外崛起了新生代诗人——初唐四杰（王勃、杨炯、卢照邻、骆宾王），而宫廷诗人的诗风也突破了齐梁的藩篱，渐入唐音。

在初唐，律诗——首先是五言律诗——定型，并产生大量佳作。律诗是严格意义上的格律诗，讲求声律和对仗。律诗主要有五言律诗和七言律诗两类。它每篇八句，两句相配为一联，每联的上句称"出句"，下句称"对句"。同一联中的出句和对句在平仄上须符合"对"（出句与对句同一位置上的字，字音平仄不同）的要求。第一联或称首联，第二联或称颔联，第三联或称颈联，第四联或称尾联。相邻的联之间符合"粘"（上联对句与下联出句第二、四、六字，字音平仄相同）的要求。颔联和颈联必须对仗（初唐偶有例外）。律诗于偶句（对句）押韵，首句可押韵可不押韵，通常押平声韵，所以每篇共四韵或五韵。律诗还可以延长至十句以上，多至百韵，称为排律。排律除首尾两联，中间各联皆须对仗。

在初唐，五言律诗率先定型，产生了堪称典范的作品。五言律诗与新体诗的最大不同，一是"当对律"的总结，一是将四声简化为平仄、将消极的回避声病简化为积极的调声，使得诗歌格律化的追求变得简单易行。在这一转变过程中，功绩较大的诗人有上官仪、沈佺期和宋之问。上官仪对新体诗的对仗手法颇有研究，提出了六对、八对等方法，是对律诗当对律的初步总结。沈佺期和宋之问是武后朝宫廷诗人中的实力派人物，他们在调声术方面作出卓有成效的努力，对律诗的定型作了很大贡献。沈宋之外，杜审言和初唐四杰在创作中也作出了积极的贡献。

初唐的七言古诗吸收了近体诗的成果，呈跃进式发展。初唐四杰运用近体诗的格调，与《西洲曲》的篇法，创造了一种声调圆转、音乐性极强的七言诗品种——"四杰体"七古。这种七言古诗的特点是大体上四句一节，节自为韵，平仄韵交替，换韵处用逗韵，一篇古诗仿佛由若干首绝句连缀而成。在修辞上多用顶真、回文、对仗、复迭等手法，形成一气贯注而又缠绵往复的旋律。既采用了声律学的成果，又比律诗自由，这是四杰体的一个显著特点。张若虚《春江花月夜》第一次较为充分地展示了唐人的生活理想和精神风貌。从这个意义上说，正是"孤篇横绝，竟为大家。"（王闿运《论唐诗诸家源流》）陈子昂则提出了以复古为革新的诗歌主张，他批评齐梁间诗"彩丽竞繁而兴寄都绝"，提出了追踪风雅汉魏，讲求风骨兴寄，标榜建安作者和正始诗人。与杨炯《王勃集序》的某些提法非常相近，但更加具体，尤其是强调了"兴寄"与"风骨"两个范畴。所谓"兴寄"，是指诗歌必须寄托政治时事、寄托诗人的理想抱负，即要有充实的社会内容和进步的思想感情；所谓"风骨"，通常认为指刚健遒劲的风格。其理论主张后来分别为白居易和殷璠所继承和发挥；并得到李、杜、白、韩等唐代大诗人一致的推许。

玄宗开元、天宝年间是史家所谓盛唐时代，唐诗发展呈跃进性趋势，短短半个世纪中，中国古典诗歌发展到它的全盛时代。所谓盛唐气象，全然是百年积强、两个文明得到高度发展的产物。唐朝国土幅员辽阔，"东至安东，西至安西，南至日南，北至单于府。"（《新唐书·地理志》）从太宗贞观之治到武后永徽之治、到玄宗开元全盛，一百四十年中物质文明达到相当高的水平。国家的统一强盛，不但使人民具有不至于沦为异族奴隶的自信心和自豪感，也使得南北文化的融合有了可能。以北方的贞刚之气，改造江左的绮靡，成为新王朝在文化上的自然要求。读万卷书，行万里路，对于唐代的诗人不是奢望，而是活生生的现实。唐开国百余年，政治开明、学术自由，人文科学的许多领域有所突破和进展，经学、史学、法学、文学、艺术等领域都有突出成就。当时诗人作家人数之多，分布之广，空前未有。这种情况，脱离了文化相对普及的背景，也是不可想象的。唐代统治者重视和提倡文艺创作，唐太宗先后开设过文学馆、弘文馆，招延学士，编纂文书，唱和吟咏；高宗、武后常常自制新词以入乐，宴集群臣赋诗竞奖；玄宗本人既是诗人又是音乐家；代宗亲自过问王维集的编纂等等；以诗赋取士的制度也促使士人去研习诗文，他们把文学创作当作一种基本训练，这对诗歌创作的普及是有作用的，而盛唐诗的艺术极诣，可以说正是在普及基础上的提高。

盛唐诗的内容是丰富多彩的，然而有两种题材的诗歌——边塞诗和山水田园诗，无论数量还是质量都特别令人刮目相看。由陶渊明开创的田园诗与谢灵运开创的山水诗，到唐代合流，出现了创作的繁荣，不是偶然的。农村总体上呈现出安定、和平的景象。隐居和漫游，是多数文人采取的生活方式，他们的漫游兼有交际求仕和游山玩水的双重目的，隐居则兼有读书磨砺、造就声名和官余休憩等生活内容。唐人面对的是绿色的生态环境，人与大自然的关系比以往任何时代都更密切，更融洽，当然能发现更多的自然美和人情美。

唐代的山水田园诗派又称王孟诗派。孟浩然是年辈较高的盛唐诗人，又是唐代很少以布衣终老的诗人。其诗取材于日常生活、亲身经历和观感，诸如高士的孤怀、隐居的幽寂、登临的清兴、静夜的相思等等。所作以五言诗为主，律诗、绝句较古体为多，一时“五言诗天下称其尽美”（王士源《孟浩然集序》）。五言诗的特点，适合自然的题材，质朴的语言风格，安恬的意境，它的成熟，尤其是五言近体——五言律诗和五言绝句的定型，则给山水田园诗的创作提供了更加精美的诗体。反过来，山水田园诗人的创作，又使五言近诗体由初唐的典丽精工，一变为澄淡精致，清空闲远，在艺术层次上得到再次的升华。王维具有多方面的才能，是盛唐时代最具有普遍意义的代表人物。他精通音乐，做过大乐丞；他是南宗山水的开派画家；其母奉佛，他本人亦深契禅机。王维是一个天机清妙的诗人，能精确细致地感受、把握自然界美妙物色和神奇音响，善于用辞设色，注意诗歌音调的和谐，在完美表现对象的同时，又赋予它神秘而庄严的意蕴。王维兼擅五、七言各体诗歌，其诗同时具有音乐美、绘画美和禅味，因此，其后期的山水田园诗，在艺术上达到登峰造极的程度。

较山水田园诗更能直接表现时代精神、集中体现盛唐气象的，无疑是盛唐的边塞诗。先唐的边塞诗数量不多，质量不高。盛唐时代，随着开疆拓土、军威四震，边塞军功成为一大出路向文士开放；交通便利，各族人民交往增多；盛唐将帅多文武全才，幕下亦多延揽文学之士，边塞军中有浓厚的文化气氛，边塞诗便大量产生，内容和艺术为前人不可同日而语。盛唐边塞诗主要反映边塞战争，以身许国的热情，和对和平生活的渴望；反映边区生活风情，各民族间友好相处的生活；描写边塞风光，和诗人对自然美的最新发现。边塞诗俨然成为反映边地现实生活的一面镜子，和表现一代唐人爱国主义、英雄主义、人道主义和民族自豪感的主要诗种。恰如山水田园诗人对五言情有独钟，盛唐的边塞诗人则对七言更有兴趣。本来盛唐文艺就以诗和音乐为极诣，而七言绝句和七古古诗与乐府关系最深，与音乐的关系最密，信可发天地元气之奥。所以，这两种诗体遂成为盛唐诗人、尤其边塞诗人的拿手好戏。

七言绝句本从七言四句体短歌发展而来，到初唐近体律诗定型，七言四句体入律而稳顺声势，七言绝句也就诞生了。七绝在盛唐大量入乐称“唐乐府”，成为最富于生命力和艺术潜力的诗歌体裁，不仅诗人普遍从事创作，在民间，也拥有相当数量的无名作者。正是在这个波澜壮阔的创作背景上，绝句艺术产生了成批高手和大量杰作，李白而外，如边塞诗人王昌龄、王之涣、王翰等。使七言绝句具有的艺术潜力第一次得到充分发挥，从而成为一种以小见大、深入浅出、情韵双绝、雅俗共赏的成熟诗体。然而，七言绝句虽好却小，难于正面表现波澜壮阔的生活图景、错综复杂的社会矛盾、深沉博大的思想内容。七言古诗正好担当起这样的重任。因为它的篇幅可短可长，形式变化多端，句式杂用短长，句群奇偶无定，用韵变化多端，比别的诗体更富于波澜起伏，更便于铺陈叙写，表现重大的社会主题，展现广阔的生活画面。唐代七言古诗发展的过程，大体而言，“初唐风调可歌，气格未上。至王、李、高、岑四家，驰骋有余，安详合度，为一体；李供奉鞭挞海岳，驱走风霆，非人力可及。”（《唐诗别裁集》）

唐代边塞诗派又称高岑诗派，而王昌龄则可与高岑鼎立。高适是一位晚达的诗人，他的边塞诗多抒发安边定远的理想，歌颂了将士的忠勇和牺牲，谴责了不义战争给人民带来的苦难，并反映了军中的阶级矛盾，对士卒和人民寄予同情。他不像王昌龄那样以戍卒的口吻抒情，也不像岑参那样以诗人的敏感去描绘战斗生活和边塞风光，而是以政治家的眼光去分析边防问题。不管是反映客观世界或抒发主观感受，他都不大用隐晦曲折，而用直抒胸臆的手法来表明自己的感情和思想，有慷慨激昂、豪放悲壮的风格，从而形成了其边塞诗的特色。这一特点在名作《燕歌行》中得到集中表现。岑参的边塞诗则集中描绘遥远神奇的西部地区（东起陇右，西至中亚伊塞克湖即热海）的异域风光、习俗及其内在精神。就创作而言，岑参与其他人也不同，他不以功利的或现实的目光去看待边塞包括军中的一切，而是取审美的态度，来歌唱边塞新鲜的、富于活力的、甚至带有原始野蛮气息的景物、事物和人物。这里有写不完的冰川雪海、火山沙漠、烽火杀伐，以及比这一切更刺人心肠的悲伤和快乐。他是为大西北风光传神写照的高手，他以审美的眼光看待边塞的一切，从那片奇寒酷热之中发现了美丽、兴味和勃勃生气，并满腔热情地为之讴歌。他创作的西部诗歌，从数量上超过了盛唐诗人的总和。诗中表现的人物和事实“都是最伟大、最雄壮、最愉快的，好像一百二十面鼓，七十面铜钲合奏的鼓吹曲（军乐）一样，十分震动人的耳鼓”。（徐嘉瑞《岑参》）王昌龄长于七言绝句，所作篇篇俱佳。其边塞绝句既有对卫国将士的歌颂，也有渴望和平、反对扩张战争的思想倾向，其主要特色是站在人民和士卒的立场言志抒情，对边塞戍卒寄予极大的同情。诗人忠实地描绘了当时战争生活的丰富画面，并为唐代戍边将士树起了一个有血有肉的人物集体形象，他善于通过二十八字真实而生动地描绘人的内心世界，对生活进行高度概括提炼，通过环境气氛作烘托暗示，同时反映情感的变化发展过程。当时称为“诗家天子”。三家之外，杰出的边塞诗人还有王之涣、王翰、李颀等等。

公元八世纪的前半个多世纪中，唐帝国以高度的物质文明和精神文明屹立于世界的东方，时人相当普遍地具有昂扬的精神风貌和积极的处世态度，到开元时代达到巅峰状态。到天宝年间，统治集团内部已集中了巨额财富，而其腐朽性也与日俱增，各种社会矛盾逐渐激化，终于引发了长达八年的安史之乱。社会的变革首先使人们的生活实践发生变化，社会的矛盾斗争比较复杂，各种社会问题都比较鲜明地暴露出来，不仅给文学创作提供了重大题材和丰富内容，使作家有可能深刻地去认识生活，而且使的思想感情在尖锐复杂的斗争中受到激荡推动，形成进步的世界观，从而有可能创作出内容丰富、思想深刻的史诗式作品。历史的转折期往往是产生文艺巨匠的时代，这一点业已为世界文学史所证明。而李白和杜甫并世而生，其创作活动又都集中在安史之乱前后，分别成就了中国诗史上最伟大的浪漫主义诗人和最伟大的现实主义诗人，也就不是偶然的了。

李白今存诗近千首。凡属盛唐的题材，也都是李白的题材。具体地讲，李白的题材主要有三大类：政治抒情诗、山水纪游诗和日常生活的歌咏，而这各类题材常常又是渗透交织着的。李白在开元之末已经成名，他站在盛唐的顶峰，一方面感受着个人、民族、阶级、国家在欣欣向荣的上升阶段的氛围，一方面也通过其从政经历察觉到尖锐的社会矛盾潜伏的危机。诗人经常通过诗歌作政治抒情，抒发理想与现实的矛盾，以及蔑视世俗、向往自由、不满现实、笑傲王侯、纵情欢乐、恣意反抗的情怀。与王维、孟浩然等人喜爱一般人喜爱的优美或宁静的自然美不同，名山大川似乎特别能激发李白的想像力，唤起他创作的热情，在李白的山水诗中最为动人的形象是黄河长江、庐山瀑布、横江风浪、蜀道山川等。他的山水诗还常与游仙诗结合，于写实中大胆运用想象夸张的手法，显示了诗人奔腾跳动的情怀。《蜀道难》是李白的成名作，诗人因此被贺知章呼为“谪仙人”。李白山水诗生动再现了八世纪祖国河山面貌，表现了诗人独特个性，及其对祖国河山的热爱。后世有许多足不出户的人，就是凭着李白诗篇才认识到了祖国河山的壮大和美丽的。

李白是个“主观诗人”，他的诗歌形象主要是个人的思想感情，而不是客观社会生活。李白诗中的主体性异常鲜明突出，诗人的人格和自我形象得到了酣畅淋漓的表现，如火山之喷溢，如狂飙之回旋，从他所有的诗，即便是叙事或写景的诗篇，也能使人感到有一大写的“我”存乎其中，也能让读者无误地辨认其盛气凌人、豪情洋溢及其带有嘲讽的声音。李白才思特别敏捷，有异乎寻常的想象力。当现实生活中的事物不够味时，他就借用非现实的神话和种种奇特的夸张来加以表现，从而将政治牢愁、山川风月、友谊乡情等诗歌内容，熔铸进一种古今无两的艺术形式中，使之得到淋漓尽致的表现，成为无可仿效的天才发抒。其诗内容溢出形式，是对旧的社会规范和美学标准的冲决和突破，其结果是建立了一种崇高的美学型范，继屈原之后，再创浪漫主义诗歌的高峰，完成了陈子昂提出的诗歌革新的伟业。李阳冰说："卢黄门云，陈拾遗横制颓波，天下质文，翕然一变。至今朝诗体，尚有梁陈宫掖之风，至公大变，扫地并尽。"(《草堂集序》)

盛唐之音和文艺上许多浪漫主义巅峰一样，只是一个相当短促的时期。安史之乱结束了一个时代，盛唐气象云烟过尽，唐诗创作就转入一个较为持续的现实主义阶段。从大乱前夕，到大历之初，独立于诗坛，承先启后，成为中国封建前期最后一位诗人、后期最初一位诗人的，是被后世称为"诗圣"的杜甫。杜甫横跨两个时代，是与这个大动荡时代与苦难民众同呼吸、共命运的诗人，对诗艺有极深的造诣和得天独厚的条件，同时把毕生心血贡献给了诗歌创作，故能在盛唐诸公的浪漫歌声忽然消沉之后，成为时代的歌手。杜诗一向被称为"诗史"，是当时社会生活的一面镜子，唐代诗艺的集大成者，它的出现标志着新的美学规范的建立。

杜甫现存诗一千四百多首，全面记载了诗人所处时代的社会、政治、经济、军事、人民生活和文化艺术各方面的状况；具体形象地反映了八世纪中叶半个世纪——尤其是安史之乱前后二十多年间唐代历史面貌；生动地记载了诗人一生走过的路程；在艺术上达到了唐代诗歌的最高成就。杜甫向有"诗圣"之誉，他关心政治，善陈时事，继承了诗经、汉乐府、建安文学的优良传统，而且在诗中给人民生活和民生疾苦以重要地位。杜诗内容博大精深，题材范围广博，诗人写过许多歌咏自然景物的诗，还写过大量怀念家属、朋友，歌颂亲情与友谊的诗，还写了一些歌咏绘画、音乐、建筑、舞蹈以及其他专题诗，可以看作是有声有色的文化史。杜甫又是唐诗艺术的集大成者，元稹称其"上薄风骚，下该沈宋，言夺苏李，气吞曹刘，掩颜谢之孤高，杂徐庾之流丽，尽得古今之体势，而兼人人之所独专矣。"(《唐检校工部员外郎杜君墓系铭》)

杜甫是唐代最善于驾驭各类诗体的诗人，几乎每一种诗体在他的手里都得到新的发展。而对于律诗的创作，更是取得空前绝后的成就。杜甫漂泊西南期间"晚节渐于诗律细"，作诗千余篇，律诗就有七百多首，在艺术上达到了唐代近体诗的峰顶。杜甫创作的七律有一百多篇，数倍于前人七律总和。盛唐诸公的七律一味秀丽典雅，不免纤弱，杜甫则创造出沉雄悲壮、慷慨激昂的风格，并将这种形式运用得熟练自如、尽善尽美。他在夔州所作成组的七律中，诗人集中了秋天、大江与高峡的形象，风格雄浑而又深沉、凝练，几乎每个字都起着形象暗示的作用。杜甫七律所创造的沉郁顿挫，波澜壮阔却严格规范在音律对仗之中，与李白所代表的盛唐已是两种审美追求。七律形式的规范，乃盛唐诗歌在充分展开之后的收敛和结晶。

尔后刘禹锡、李商隐、许浑、杜牧、苏轼、陆游、元好问、龚自珍等，皆长此体。近人作旧体，仍以七律为主，都雄辩地说明这一诗体的生命力，显示着杜诗的深远影响。至如中唐韩孟一派在艺术上走奇险一路，元白一派倡导的新乐府运动，晚唐李商隐的七言律诗，都处在杜甫的延长线上。宋及宋后诗人如王禹偁、王安石、苏轼、黄庭坚、陈与义、陆游、元好问、李梦阳、屈大均等，对杜甫无不推崇备至，并在创作中从不同的方面继承了杜甫的传统。

杜甫为盛唐诗歌画上了句号，尔后进入史家所谓中唐。中唐大致可分两段，一是大历前后，创获平平，是一个过渡时期；二是元和、长庆前后，诗坛又出现大活跃的景象，出现了声势浩大的新乐府运动，产生了白居易等一批诗风平易，又独具风格的杰出诗人。

盛唐诗人生当盛世，心理倾向是外向、发散的，心灵是宏大的，作品也是宏大的。而到国步维艰的大历时代，由于对外部世界的失望，缺乏积极参与的信心和精神，诗人的心灵渐由征服转向逃避，由外向转为内省。胡应麟谓之“稍厌精华，渐趋淡净。”（《诗薮》内编四）大历诗人吟唱的是现实人生之歌，其实亦不乏才子，然缺少独树一帜、别开生面的诗人。大历诗人有“十才子”之称，其中比较著名的有李端、卢纶、韩翃、钱起、司空曙等，此外的著名诗人还有刘长卿、韦应物、李益、郎士元、戴叔伦、张继、戎昱等。大历诗人无力追踪李杜，从而远宗南齐谢朓、近继王维，钟情寻常泉石林潭，审美趣味偏于清空幽隽，创作了大量翡翠兰苕式佳作，其古体的成就不如近体，七言的成就不如五言，长篇的成就不如短篇，写得最好的是五律，其次是绝句。其五律遣词造句安稳妥帖，风格清空流畅，在盛唐外另辟一境，开了中晚唐诗的先声。大历绝句创作颇有可观，七言绝句以李益为第一，韩翃、张继等亦有佳作传世。五言绝句，韦应物、刘长卿以古雅闲淡的风格，于盛唐李白、王维外另辟一境。

安史之乱造成的后果之一，经济文化中心继晋永嘉后进一步南移。到贞元、元和之际，社会经济主要在南方得到恢复，城市经济繁荣，上层风尚日趋奢侈、安闲和享乐，人数日多的书生进士带着他们所擅长的华美文词，聪敏机对，已日益沉浸在繁华都市的声色歌乐、舞文弄墨之中。与盛唐文士那种反传统、敢开拓的时代氛围大不一样，这里已经没有对边塞军功的向往，也没有盛唐之音的雄豪刚健、光芒耀眼，却更加五颜六色，多彩多姿。政治上“元和中兴”的出现，对中唐文艺的繁荣有很大的刺激作用。元和时期唐诗出现了现实主义诗歌大潮，即新乐府运动，和与李杜鼎立的大诗人白居易。诗歌风格流派比盛唐更多，出现了大批独具风格的杰出诗人，并称于后世者如元白、刘白、韩孟、韦柳、张王，同中有异，各具情态。

白居易强调诗歌为政治服务，说“文章合为时而著，歌诗合为事而作”（《与元九书》),"为君、为臣、为民、为物、为事而作,不为文而作"(《新乐府序》),对《诗经》风雅比兴(美刺比兴)的优良传统予以充分肯定。白居易讽喻诗是其诗歌理论的实践。在艺术上他非常强调形式和内容的统一,形式服务于内容。说"诗者,根情、苗言、华声、实义。"(《与元九书》)主张"其辞质而径,欲见之者易谕也;其言直而切,欲闻之者深戒也;(略)其体顺而肆,可以播于乐章歌曲也"(《与元九书》);"非求宫律高,不务文字奇"(《寄唐生》)。当时白居易等一批著名诗人,继承乐府诗和杜诗的传统,形成了一个被称为"新乐府运动"的文学运动。元稹是白居易的亲密战友,王建、张籍是新乐府的重要作家。

中唐的一个重要文学现象是叙事因素急剧增长,以杜甫为鼻祖,元白叙事诗和新乐府运动为大潮,直到韦庄等晚唐诗人的叙事之作,便是这一特点的最主要的体现者。新乐府诗人在"诗言志"外,提出一个"为事而作"的口号。这就决定了他们在处理题材时,总是紧紧抓住"事",将历史或现实生活中许多真实事件经过提炼加工,变成其诗中之"事",然后采用铺叙或演叙的手法对之作具体细致的描绘。不少新乐府及其他叙事诗,已具有完整的故事情节。诗中所写的事情宛如生活中真实事件一样,有它的前因后果,有它的演变过程,一定的人物之间发生着一定的矛盾冲突。某些篇章中的人物已经突破类型化的框框,而向典型形象的高度迈出了可喜的一步。元白努力使诗歌平易化,采用人民的语言,更多地包含叙事的成分,而又注重音韵的优美,使人民大众容易了解。白居易《长恨歌》《琵琶行》和元稹《连昌宫词》便是这一改革的典型代表,时称"元和体"。

元稹在诗论上与白居易相鼓吹,撰《唐故工部员外郎杜君墓系铭》对杜甫作出极高评价。他是中唐较早写作新乐府的诗人,与白居易可称一时瑜亮。元稹诗最具特色,而不为白氏所掩的,是他写作的艳诗和悼亡诗。他的爱情诗多日常生活细节的描述,写得缠绵哀感,委委动人。《遣悲怀》三首,属对工整,如话家常,在七律中创通俗平易一格。王建、张籍均长乐府诗,时称"张王乐府"。与元白相比,特点是篇幅短小,语言精简凝炼而又平易自然,王建《宫词》百首,是中唐绝句的一大创获,从体制上说,他发展了杜甫首创的连章体形式,较之王昌龄宫怨之作,更重纪实,故能别开生面。刘禹锡参与永贞革新,革新失败,贬为远州司马。晚年居洛阳,与白居易为诗友,称刘白,白居易目之"诗豪"。他与白居易相同之处,是重视向民歌学习,写作了如《竹枝词》等大量的拟民歌。其独到的成就还表现在政治讽刺之作,如《昏镜词》等。柳宗元诗歌成就虽略逊于刘禹锡,永贞革新失败后所作,多抒去国怀乡的迁客骚人之思,故其山水诗风格清峻、幽怨,出入陶、谢,而间得楚骚之旨。

中唐韩愈、孟郊一派诗人,与元白一派诗人都不满意大历以来精致而圆熟的诗风，也不屑重复盛唐雄浑高华的老调，他们都宗杜甫，但从不同方向开拓。元白诗风平易，刘柳诗风或雄健、或清深，但决不险怪。韩孟一派诗风则险怪生僻，好为奇崛，在艺术上大胆创新，成为另类。韩诗格局大，气势雄浑，首开以文为诗先河，即在诗中大量运用散文化句法，排斥骈偶，行笔合于散文语序，扩大了诗的表现手法，《山石》是其代表作。韩愈善于捕捉和表现变态百出的形象，诗境多狠重奇险，喜欢用奇字，造拗句，用仄韵、险韵，甚至有意采用了汉赋的笨重堆砌的手法，如《陆浑山火》等。所谓追求不美之美，就是突破审美的习惯内容，敢用前人不敢用的材料，敢用前人不敢用的手法，风格或阳刚，或阴冷。从积极方面说，就是扩大了诗的表现领域。纵有生硬之弊，创获却不容抹杀。其以文为诗的艺术取向，对宋诗影响甚大。

韩孟诗派造就了一批苦吟诗人。其共同特点是苦心孤诣为诗，诗风奇特，韩愈而外，如“东野（孟郊）之古，浪仙（贾岛）之律，长吉（李贺）乐府，玉川（卢仝）歌行，其才具工力，故皆过人。如危峰绝壁，深涧流泉，并自成趣，不相沿袭。”（《诗薮·外编》四）韩派诗人的缺点，在卢仝、马异等人表现得比较明显，险怪百出，时流于生涩。

中唐最富有创意的诗人、被称为诗鬼的李贺，可以说是另类中的另类。从韩愈到李贺的一个转变，是从不美走向唯美。李贺诗以乐府歌行为多，无七律，虽苗裔楚骚，滥觞李白，却瑰奇谲怪，惨淡经营，独具一种荒诞面目，杜牧形容他的诗品既“时花美女”、又“牛鬼蛇神”（见《李贺歌诗集序》）。其诗主要抒发怀才不遇的悲愤，这类诗带着诗人独有幽冷凄婉、哀愤激楚的色彩，通过游仙的方式寻求寄托，是苦闷的象征，有别于传统的感遇诗。代表作有《雁门太守行》《金铜仙人辞汉歌》等。李贺诗大都想象奇特，词采浓重，措辞独到，具有很强的艺术魅力。李贺诗重视象征、印象和感性显现，启迪了晚唐唯美主义的诗风。李商隐诗、温庭筠词都十分明显地受到李贺歌诗的影响。他是晚唐诗歌中迟暮黄昏的梦幻情调的始作俑者。

晚唐诗流派与名家不如元和时代那样众多，但唐诗艺术还在发展。杜牧、李商隐等主流诗人，在艺术上远绍杜甫，近承韩愈或李贺，与倡导平易诗风的元和体相对立，在各体诗歌都有突出成就，如五古之题材重大、叙事明晰、气势宏伟，不过，在艺术上最具特色的是七言律绝。唐末虽然也出现了如聂夷中、杜荀鹤、罗隐等现实主义的浅派诗人，对新乐府运动作出回应，但总的说来成就不高，并非一代诗歌的主流，可以存而不论。

杜牧推崇李杜、韩柳，对元白攻之甚烈，亦不同于李贺，自称：“苦心为诗，本求高绝，不务奇丽（如李贺），不涉习俗（如元白），不今不古，处于中间。”（《献诗启》）前人谓其七律独持拗峭以矫时弊，而其七绝则颇具风调，可接武于刘禹锡。

杜牧绝句题材广泛，多历史现实的感怀和感伤，风格或清新俊爽，或雄姿英发，语言轻灵典雅，极富情韵。诗人虽与李商隐齐名，却更多地表现了对盛唐传统的继承发展。李商隐一生蹭蹬，以游幕生涯为主。其诗有浓厚的感伤情绪，习惯于向以自己为中心的内心世界取材。在七律的写作上，李商隐可谓异军突起，在老杜七律的凝练典重上，酌采李贺歌诗的瑰奇精丽，从语言、对仗、声律和典故等各个方面进行精心选择和组织，形成一种精丽而富于暗示的诗风。以《无题》为代表的李商隐七律，扬弃了元白那种对事件本身的兴趣，而转入心灵的象征，即将一己之悲剧性身世及心理，幻化为象征性图景。既有形象的鲜明性、丰富性，又具有内涵的朦胧性、抽象性，从而获得丰富的暗示性，能引起读者多方面的联想。而内容的深微，意境的朦胧，手法的象征，语言的典丽精工和富于活性，开启了从晚唐到五代的词境。李商隐的七绝，管世铭谓其"用意深微，使事稳惬，直欲于前贤之外另辟一奇"（《读雪山房唐诗抄》凡例）。李商隐长于咏史，其咏史绝句大都运用见微知著，或即事微挑的手法，具有很高的讽刺艺术。总之，李商隐是杜甫、韩愈和李贺之后，最富于创意的诗人。唐末最重要的诗人是韦庄，其所作长诗《秦妇吟》以黄巢起义为背景，展现了动乱时世之面面观，是白居易《长恨歌》以来唐代叙事诗的最大收获。韦庄七绝，艺术风调清深，直逼杜牧。以上三家之外，工于七言律绝的晚唐诗人，还有不少，如温庭筠、许浑、赵嘏、郑谷等，皆属名家。他们的作品无论写景、咏史、述怀，大都弥漫着一种恋旧、伤逝、惆怅、失落的情绪，许多诗人都怀有很深的六朝情结，诗中更普遍地带有梦幻情调。"夕阳无限好，只是近黄昏"，正是当时的诗品。

诗教说到底是一种美育。与中小学开设音乐课、美术课一样，教人读诗、爱诗、懂诗，在于培养学生的美感，使之有一双慧眼，一双音乐的耳和一颗文心。往小处说，可以更好地欣赏人生（按美的规律去生活），反言之，有助于承担人生的痛苦。往大处说，可以按照美的规律去创造。本编精选唐代诗人 118 家诗 350 首，逐篇予以赏析，以飨读者。

古人云："诗无达诂。"但我并不反对追求达诂。不过，赏析的最高目标不是达诂，而是分享。分享什么呢？分享会心的乐趣。也就是陶渊明说的"奇文共欣赏，疑义相与析。"所谓"疑义"，不局限于训诂上的，还应包括意蕴上的。不但要探寻作者之本意，同时要允许"作者未必然，而读者何必不然"（谭献）的会心。赏析文字的笔调，应该是随笔式的、小品文式的笔调，不必面面俱到，不要逐字串讲，只须抓住作品艺术上的二、三要点，联系人生——创作感悟，深析透辟，讲出诗味。有话则长，无话则短，行文要有流畅感和可读性。作品中疑难词语以及事典，随文讲解，不另出注。

目次

【虞世南】（558—638）字伯施，唐初越州余姚（今属浙江）人。官至秘书监，封永兴县子。有《北堂书钞》等。

蝉

虞世南

垂绥饮清露，流响出疏桐。
居高声自远，非是藉秋风。

蝉，一名知了，其幼虫在地下吸食大树根汁长达数年至十余年之久，始于夏夜出土上树，蜕变成身体丰满而翅膀透明的蝉。雄蝉求偶时，能发出亢奋的嘶鸣，成为蝉的一大特征。虞世南这首咏蝉之作，除首句刻画蝉的形象和习性外，其余三句就都是从蝉声上作想的。

一首咏物诗大体有两个层面：一个是表示的层面，是诗的本指，须贴切；一个是暗示的层面，是诗的能指，须浑成。只有第一个层面的咏物诗，不能算好的咏物诗，同时具有这两个层面的咏物诗，才算好的咏物诗。

先看表示的层面，即咏蝉的层面。首句，"垂绥"二字写蝉的形象，是拟人法。"绥"是什么呢？是古代绅士结在颔下的帽带，又叫冠缨。一说："蝉首有触须，如人之冠缨。"（刘永济）读者多信而不疑。然而端详蝉的标本，便觉其说不妥——蝉的触须在头顶，而且是短短的两根，像角、也像眉，怎样也不像冠缨。一说："蝉喙长在口下，似冠之绥也。"（孔颖达）蝉喙细长如带，部位又在颔下，所以说法成立。接着，"饮清露"三字写蝉的习性。古人不知道蝉吸食树汁以存活，以为它餐风饮露。诗非科学，无妨出以想象。次句，始说蝉声："流响出疏桐"。蝉栖高树，梧桐是其中的一种。"流"字状出一种声声不息的感觉，暗逗下文的"秋风"。"疏桐"则暗逗下文的"居高"。三四句就蝉声发议论——"居高声自远，非是藉秋风。"这两句耐人寻味，通向暗示的层面，即借蝉喻人的层面。

《荀子》"劝学篇"有这样两句话："登高而招，臂非加长也，而见者远；顺风而呼，声非加疾也，而闻者彰。"说的是君子"善假于物"。什么是"善假于物"呢？用今天的话说，就是借助媒介来达到人体的延伸。"登高"、"顺风"在这里是并列的，无所轩轾的。而虞世南却别出心裁地将"居高"和"藉秋风"加以轩轾，将蝉声之所以远达的原因，归结于"居高"，而不归结于"藉秋风"。显然，"居高"和"藉秋风"，被人为地赋予了文化的意义。那么，"藉秋风"指什么呢？指外力、指运作、指广告，曹丕论文学说：“不假良史之辞，不托飞驰之势，而声名自传于后。”（《典论·论文》）其所“不假”、所“不托”与“藉秋风”是一类范畴。“居高”呢？正好相反，照应首句的“饮清露”，可知不是指高位，而是指品格、指修养、指造诣，孔子论君子说：“其身正，不令而行。”（《论语·子路》）俗谚云：“酒好不怕巷子深”。“身正”、“酒好”和“居高”是另一类范畴。接受理论告诉我们，同一句话出自不同人之口，其效果也不同。一方面是人微言轻，一方面则相反——说话者越有权威、话的分量就越重。“居高声自远，非是藉秋风”就有这个意思，所以令人神远。一联之中，“自”、“非”二字对举，一正一反，很有力度。有人说，作者在这里是隐然自况。“诗者、志之所之也”（《毛诗序》），谁又能说不是呢。

这首诗运用了拟人法，从“垂緌”伊始，贯彻到底。它又是托物言志，同时具备两个层面——表示的层面做到了贴切，暗示的层面做到了浑成，所以全诗充满了神韵。以蝉喻人，在陈诗中就有——刘删《咏蝉诗》云：“声流上林苑，影入侍臣冠。得饮玄天露，何辞高柳寒。”这首诗对虞世南诗当有影响。不过，虞世南之作的后来居上，却是显而易见的。

【王绩】（589？—644）字无功，唐绛州龙门（今山西河津）人。王通之弟。尝居东皋，号东皋子。隋时为秘书省正字，唐初以原官待诏门下省。后弃官还乡。有《东皋子集》。

秋夜喜遇王处士

王　绩

北场芸藿罢，东皋刈黍归。
相逢秋月满，更值夜萤飞。

这是一首田园诗，题中提到的王处士，应和作者一样是隐居农村的素心人。秋天是收成的季节，因为新酿初成，多收了三五斗，所以，也是农家待客的季节。诗中就写秋夜待客的喜悦，“喜遇”犹言喜逢（诗云“相逢”），是友人相聚的一种婉转的说辞。全诗于质朴平淡中蕴含着丰富隽永的诗情，不失为诗人的一首代表作。

“北场芸藿罢，东皋刈黍归。”这两句写秋收季节的劳动和收工的喜悦。“芸藿”是锄豆，“刈黍”即割黍。北场、东皋，不过泛说屋北的场圃，家东的田野，并非实指的地名——“东皋”来自陶诗，隐含归隐的志趣。两句只平平叙述，没有任何刻画渲染，却透露出作者对田园生活的习惯和一片萧散自得、悠闲自如的情趣。作者的归隐与陶渊明相似，他参加芸藿、刈黍之类田间劳动，和乡下的农民并不一样，没有十分沉重的生活压力，而有较多的审美情趣。然而，这又并不妨碍他对农民劳作的辛勤，尤其是对农民在得到休息时的愉快心情，有切身的体会。而这种体会，是从“芸藿罢”的“罢”和“刈黍归”的“归”字上流露出来的。

而诗人待客的愉快，正是建筑在这种辛勤劳动后得到休息的愉快的基础之上的。所谓“农务各自归，闲暇辄相思。”（陶渊明）有了新麦，又有新酿，素心人的相逢是不会羞涩的，当晚的小酌应该是更加惬意的。然而，诗人却撇开抒情，一味写景；撇开小酌的场面不说，只写主客双方在乡间小路上的碰头。

“相逢秋月满，更值夜萤飞。”满月之夜，整个村庄和田野笼罩在一片明月的清辉之中，月明星稀，天上看不到太多的星星。然而在田间，却流动着星星点点的秋萤。这些小小的精灵，有的飞在空中，有的栖息在田边的野草上，如果有水田，还会有与物象分不清的倒影。“夜萤”出现诗中，为乡间月夜增添了流动的意致和欣然的生意。诗人只写“相逢”的景色，不写相逢的心情。但是，友人相逢的欢悦之情，却通过“秋月满”的“满”字，得到自然的流露。古人习惯在诗中通过月圆月缺象征人间的离合。“更值”二字，是表示递进的，表明看到“夜萤飞”美景，对于主客双方，都是一个意外的惊喜。

这首诗景美情美，诗中故人喜遇的情景，用陶渊明的话说便是“相思辄披衣，言笑无厌时。”但作者不再写“言笑”。也没有篇幅让他写“言笑”。就写了，也是蛇足。还是让读者通过自己的生活经验去想象吧！侧面微挑，以景结情，点到为止，这正是绝句得体的写法。

【上官仪】（605？—664）字游韶，唐陕州陕县（今属河南）人。贞观进士。官弘文馆直学士、西台侍郎等职。麟德时获罪下狱死。诗多应制、奉和之作，婉媚工整，时称“上官体”。

入朝洛堤步月

上官仪

脉脉广川流，驱马历长洲。
鹊飞山月曙，蝉噪野风秋。

这首诗是上官仪高宗朝为相时，在东都洛阳于早朝的途中写成的。什么是早朝呢？简单说，这是古代宫廷的一种上早班的制度。唐代立国之初，百官早朝并没有待漏院可供休息，必须在破晓前赶到皇城外等候。东都洛阳的皇城依傍洛水，城门外是天津桥。天津桥入夜落锁，断绝交通，到天明才开锁放行。放行之前，百官都在洛堤上等候，宰相便是他们的领队。

早朝是勤政的体现，宰相的地位特殊，“一人之下，万人之上”的他，在“入朝洛堤步月”的途中心境应该是复杂的。怎么说呢？使命感、责任感、辛勤感、自豪感和荣誉感并存吧。

“脉脉广川流，驱马历长洲。”这两句写半夜入朝的情景。“川流”指洛水，“长洲”指洛堤。这应该是下半月的情景，只有这样的日子，才会有“步月”之事。月光相伴，诗人的兴致就比平时为高。想一想，如果是月黑夜，或雨夜，诗就多半写不成了。“驱马”二字，当然有辛苦的感觉。“广川流”的“广”字，“长洲”的“长”字一方面也助长了辛苦的感觉，另一方面，又表现诗人胸襟的开阔。而“脉脉”二字，来自古诗的“盈盈一水间，脉脉不得语。”（《迢迢牵牛星》）有人说，这是以男女喻君臣，暗示皇帝对自己的信任。那么，其中包含着自豪感和荣誉感，也是不言而喻的了。

“鹊飞山月曙，蝉噪野风秋。”这两句是紧扣月色的写景——月色、秋风都是实有的，“鹊飞”可能是由鸟声引起的想象，“蝉噪”则比较出人意外，细考则语出有自。所以，这两句又不仅仅是写景。曹操诗云：“月明星稀，乌鹊南飞，绕树三匝，何枝可依。”（《短歌行》）为“鹊飞”句所本。而曹操原诗是有为相者思慕贤才之意的，所以他下文还有“山不厌高，海不厌深，周公吐哺，天下归心”。而上官仪的地位，正决定了他的心情，与曹操是相通的。所以“鹊飞山月曙”不仅仅是写景，也是抒怀——抒发宰相登明选公、执政治世的情怀。陈代诗人张正见诗云：“寒蝉噪杨柳，朔吹犯梧桐。……还因摇落处，寂寞尽秋风。”（《赋得寒树晚蝉疏》）为“蝉噪”句所本。而张诗原意有讽喻寒士失意不平之意，而这种情况在任何时代都有，唐初概莫能外，上官仪用诗句表明，作为宰相，他也注意到了这一点。发现问题才谈得上解决问题。言下就有一种使命感和责任感。

上官仪对唐诗的主要贡献是属对。他曾经把对仗的规律总结为“六对”、“八对”。“鹊飞山月曙”二句对仗就非常工整，可谓铢两悉称。有人说它写“洛堤晓行，风景如画。”（俞陛云）单从写景的角度看，也是佳句。也有人说它“音响清越，韵度飘扬。”（胡震亨）这是从音韵和婉的角度赞美它的。它用语精纯自然，而意境又很深邃，所以不但是作者的得意之句，而且不失为唐诗上乘的佳句。

据载，上官仪形貌昳丽，算得上一个美男子。他在公元七世纪的那个月光下的清晨做成这首诗后，在洛堤上按辔徐行，并高声讽吟，如神仙中人。引得百官翘首望之，歆羡不已。今天读这首诗，还能感到诗人那种志得意满的情态。

【卢照邻】（634 — 686）字升之，唐幽州范阳（今河北涿州）人。初唐四杰之一。年弱冠，调邓王府典签。高宗龙朔末（663）拜益州新都尉。总章二年（669）底，二考秩满去官。上元元年（674）秋冬，入太白山服饵，中毒，风疾转笃。武后垂拱二年（686）前后，自投颍水而卒。有《卢照邻集》。

长安古意

卢照邻

长安大道连狭斜，青牛白马七香车。玉辇纵横过主第，金鞭络绎向侯家。
龙衔宝盖承朝日，凤吐流苏带晚霞。百丈游丝争绕树，一群娇鸟共啼花。
啼花戏蝶千门侧，碧树银台万种色。复道交窗作合欢，双阙连甍垂凤翼。
梁家画阁中天起，汉帝金茎云外直。楼前相望不相知，陌上相逢讵相识？
借问吹箫向紫烟，曾经学舞度芳年。得成比目何辞死，愿作鸳鸯不羡仙。
比目鸳鸯真可羡，双去双来君不见？生憎帐额绣孤鸾，好取门帘帖双燕。
双燕双飞绕画梁，罗帏翠被郁金香。片片行云著蝉鬓，纤纤初月上鸦黄。
鸦黄粉白车中出，含娇含态情非一。妖童宝马铁连钱，娼妇盘龙金屈膝。
御史府中乌夜啼，廷尉门前雀欲栖。隐隐朱城临玉道，遥遥翠幰没金堤。
挟弹飞鹰杜陵北，探丸借客渭桥西。俱邀侠客芙蓉剑，共宿娼家桃李蹊。
娼家日暮紫罗裙，清歌一啭口氛氲。北堂夜夜人如月，南陌朝朝骑似云。
南陌北堂连北里，五剧三条控三市。弱柳青槐拂地垂，佳气红尘暗天起。
汉代金吾千骑来，翡翠屠苏鹦鹉杯。罗襦宝带为君解，燕歌赵舞为君开。
别有豪华称将相，转日回天不相让。意气由来排灌夫，专权判不容萧相。
专权意气本豪雄，青虬紫燕坐春风。自言歌舞长千载，自谓骄奢凌五公。
节物风光不相待，桑田碧海须臾改。昔时金阶白玉堂，即今唯见青松在。
寂寂寥寥扬子居，年年岁岁一床书。独有南山桂花发，飞来飞去袭人裾。

这是一首都城诗。都城诗源于汉代以来的都城赋。一种歌咏帝京，感叹豪奢，上承《两京赋》《三都赋》；一种凭吊遗迹，登临怀古，导源于《芜城赋》。《长安古意》即属于前者。汉魏六朝以来就有不少以长安洛阳一类名都为背景，描写上层社会骄奢豪贵生活的诗篇，有的通过对比寓讽，如左思《咏史》（“济济京城内”一首）。卢照邻此诗即用传统题材以写当时长安现实生活中的形形色色，托“古意”实抒今情。全诗可分四部分。

第一部分（从“长安大道连狭斜”到“娼妇盘龙金屈膝”）铺陈长安豪门贵族

争竞豪奢、追逐享乐的生活。开篇极有气势地展开大长安的平面图，四通八达的大道与密如蛛网的小巷交织着。春天，无数的香车宝马，川流不息。这样简劲地总提纲领，以后则洒开笔墨，恣肆汪洋地加以描写：玉辇纵横、金鞭络绎、龙衔宝盖、凤吐流苏……，真如文漪落霞，舒卷绚烂。这些执"金鞭"、乘"玉辇"，车饰华贵，出入于公主第宅、王侯之家的，当然不是等闲人物。"纵横"可见其人数之多，"络绎"不绝，那追欢逐乐的生活节奏是旋风般疾速的。这种景象从"朝日"初升到"晚霞"将合，二六时中无时或已。

在长安，不但人是忙碌的，连景物也繁富而热闹："游丝"是"百尺","娇鸟"则成群，"争"字"共"字，俱显闹市之闹意。写景俱有陪衬之功用。以下写长安的建筑，由"花"带出蜂蝶，又由蜂蝶游踪带出常人无由见到的宫禁景物，笔致灵活。作者并不对宫室结构全面铺写，只展现出几个特写镜头：宫门，五颜六色的楼台，雕刻精工的象征性爱的合欢花图案的窗棂，饰有金凤的双阙的宝顶……使人通过这些接连闪过的金碧辉煌的局部，概见壮丽的宫殿的全景。写到豪门第宅，笔调更为简括："梁家（借穷极土木的汉代梁冀指长安贵族）画阁中天起"，其势巍峨可比汉宫铜柱。这文采飞动的笔墨，纷至沓来的景象，几令人目不暇接而心花怒放。于是，在通衢大道与小街曲巷的平面上，矗立起画栋飞檐的华美建筑，成为立体的大"舞台"，这是上层社会的极乐世界，构成全诗的背景，下一部分的各色人物便是在这背景上活动的。

长安是一片人海，人之众多竟至于"楼前相望不相知，陌上相逢讵相识"。这里"豪贵骄奢，狭邪艳冶，无所不有"，写来够瞧的。作者对豪贵的生活也没有全面铺写，却用大段文字写豪门的歌儿舞女，通过她们的情感、生活以概见豪门生活之一斑。这里有人一见钟情，打听得那仙子弄玉（"吹箫向紫烟"）般美貌的女子是贵家舞女，引起他的热恋："得成比目何辞死，愿作鸳鸯不羡仙"。那舞女也是心领神会："比目鸳鸯真可羡，双去双来君不见。生憎帐额绣孤鸾，好取门帘贴双燕"。"借问"四句与"比目"四句，用内心独白式的语言，是一唱一和，男有心女有意。"比目""鸳鸯""双燕"一连串作双成对的事物与"合欢"映带而与"孤鸾"对比，"何辞死""不羡仙""真可羡""好取""生憎"等果决反复的表态，极写出爱恋的狂热与痛苦。这些专写"男女"的诗句，诚如闻一多赞叹的，比起"相看气息望君怜，谁能含羞不肯前"（梁简文帝《乌栖曲》）一类"病态的无耻"、"虚弱的感情"，"如今这是什么气魄"，"这真有起死回生的力量"（《宫体诗的自赎》）。通过对舞女心思的描写，从侧面反映出长安人们对于情爱的渴望。

于是以双燕为引，写到贵家歌姬舞女的闺房（"罗帷翠被郁金香"），是那样香艳；写到她们的梳妆（"片片行云着蝉翼，纤纤初月上鸦黄"），是那样妖娆，"含娇含态情非一”。打扮好了，于是载入香车宝马，随高贵的主人出游。这一部分结束的二句“妖童宝马铁连钱，娼妇盘龙金屈膝（刻龙纹的阖叶，车饰）”与篇首“青牛白马七香车”回应，标志对长安白昼闹热的描写告一段落。下一部分写长安之夜，不再涉及豪门情事，是为让更多种类的人物登场“表演”，同时，从这些人的享乐生活不难推知豪门的情况。可见用笔繁简之妙。

第二部分（从“御史府中乌夜啼”到“燕歌赵舞为君开”）主要以市井娼家为中心，写形形色色人物的夜生活。《汉书·朱博传》说长安御史府中柏树上有乌鸦栖息、数以千计，《史记·汲郑列传》说翟公为廷尉罢官后，门可罗雀，这部分开始二句即活用典故。“乌夜啼”与“隐隐朱城临玉道，遥遥翠幰没金堤”写出黄昏景象，表示时间进入暮夜。“雀欲栖”则暗示御史、廷尉一类执法官门庭冷落，没有权力。夜长安遂成为“冒险家”的乐园，这里有挟弹飞鹰的浪荡公子，有暗算公吏的不法少年（汉代长安少年有谋杀官吏为人报仇的组织，行动前设赤白黑三种弹丸，摸取以分派任务，故称“探丸借客”），有仗剑行游的侠客……，这些白天各在一方的人臭味相投，似乎邀约好一样，夜来都在娼家聚会了。用“桃李蹊”指娼家，不特因桃李可喻艳色，而且因“桃李不言，下自成蹊”的成语，暗示那也是人来人往、别有一种闹热的去处。追星族在这里迷恋歌舞，陶醉于氛氲的口香，拜倒在明星的紫罗裙下。娼门内“北堂夜夜人如月”，似乎青春可以永葆；娼门外“南陌朝朝骑似云”，似乎门庭不会冷落。这里点出从“夜”到“朝”，与前一部分“龙含”二句点出从“朝”到“晚”，时间上彼此连续，可见长安人的享乐是夜以继日，周而复始。

长安街道纵横，市面繁荣（“五剧”、“三条”、“三市”指各种街道），而娼家特多（“南陌北堂连北里”），几成“社交中心”。除了上述几种逍遥人物，还有大批禁军军官（“金吾”）玩忽职守来此饮酒取乐。娼家的生意原有赖他们的维持。这里是各种“货色”的大展览。《史记·滑稽列传》写道：“日暮酒阑，合尊促坐，男女同席，履交舄错。杯盘狼藉，堂上烛灭”，“罗襦襟解，微闻香泽”，这里“罗襦宝带为君解”，即用其一二字面暗示同样场面。古时燕赵二国歌舞发达且多佳人，故又以“燕歌赵舞”极写其声色娱乐。这部分里，长安各色人物摇镜头式地一幕幕出现，“通过‘五剧三条’的‘弱柳青槐’来‘共宿娼家桃李蹊’。诚然，这不是一场美丽的热闹。但这颠狂中有战栗，堕落中有灵性”（闻一多），绝非贫血而萎靡的宫体诗所可比拟。

第三部分（从“别有豪华称将相”至“即今惟见青松在”）写长安上层社会除追逐难于满足的情欲而外，别有一种权力欲，驱使着文武权臣互相倾轧。这些被称为将相的豪华人物，权倾天子（“转日回天”）、拉帮结派、互不相让。灌夫是汉武帝时将军，因与窦婴相结，使酒骂座，为丞相武安侯诛族（《史记·魏其武安侯列传》)；萧何，为汉高祖时丞相，高祖封功臣以其居第一，武臣皆不悦(《史记·萧丞相世家》)。“意气”二句用此二典泛指文臣与武将之间的互相排斥、倾轧。其得意者骄横一时，而自谓富贵千载。这节的“青虬(指骏马)紫燕(骏马名)坐春风”、“自言歌舞长千载”二句又与前两部分中关于车马、歌舞的描写呼应。所以虽写别一内容，而彼此关联钩锁，并不游离。“自言”而又“自谓”，则讽意自足。

以下趁势转折，如天骥下坡：“节物风光不相待，桑田碧海须臾改。昔时金阶白玉堂，即今惟见青松（指墓田）在。”这四句不惟就“豪华将相”而言，实一举扫空前两部分提到的各类角色，恰如沈德潜所说：“长安大道，豪贵骄奢，狭邪艳冶，无所不有。自嬖宠而侠客，而金吾，而权臣，皆向娼家游宿，自谓可永保富贵矣。然转瞬沧桑，徒存墟墓。”(《唐诗别裁》）四句不但内容上与前面的长篇铺叙形成对比，形式上也尽洗藻绘，语言转为素朴了。因而词采亦有浓淡对比，更突出了那扫空一切的悲剧效果。闻一多指出这种新的演变说，这里似有“劝百讽一”之嫌。而宫体诗中讲讽刺，多么生疏的一个消息！

第四部分即末四句，在上文今昔纵向对比的基础上，再作横向的对比，以穷愁著书的扬雄自况，与长安豪华人物对照作结，这里显见左思《咏史》“济济京城内”一诗影响。但左诗八句写豪华者，八句写扬雄。而此诗以六十四句篇幅写豪华者，其内容之丰富，画面之宏伟，细节之生动都远非左诗可比；末了以四句写扬雄，对比分量不称，而效果更为显著。前面是长安市上，轰轰烈烈；而这里是终南山内，“寂寂寥寥”。前面是任情纵欲倚仗权势，这里是清心寡欲、不慕荣利（“年年岁岁一床书”)。而前者声名俱灭，后者却以文名流芳百世（“独有南山桂花发，飞来飞去袭人裾”)。虽以四句对六十四句，自有“秤锤虽小压千斤”之感。这个结尾不但在迥然不同的生活情趣中寄寓着对骄奢庸俗生活的批判，而且带有不遇于时者的愤慨寂寥之感和自我宽解的意味。是此诗归趣所在。

七古中像这样洋洋洒洒的巨制，为初唐前所未见。其渊源可以追溯到两汉的帝京赋（如《二京赋》《三都赋》)。在初唐，由于都市文明的进一步发展，诗人接过汉赋的题材，创作帝京诗，成为一个突出的现象。同类的作品还有骆宾王《帝京篇》等。它主要采用赋法，但并非平均使力、铺陈始终；而是有重点、有细节的描写，回环照应，详略得宜；而结尾又颇具兴义，耐人含咏。它一般以四句一换景或一转意，诗韵更迭转换，形成生龙活虎般腾踔的节奏。同时，在转意换景处多用连珠格(如“好取门帘帖双燕。双燕……”,“纤纤初月上鸦黄。鸦黄……”),或前分后总的复沓层递句式（如“得成比目何辞死，愿作鸳鸯不羡仙。比目鸳鸯……”,“北堂夜夜人如月，南陌朝朝骑似云。南陌北堂……”,“意气由来排灌夫，专权判不容萧相。专权意气……”)，使意换辞联，形成一气到底而又缠绵往复的旋律。这样，就由陈隋“音响时乖，节奏未谐”，“一变而精华浏亮；抑扬起伏，悉谐宫商；开合转换，咸中肯綮”(《诗薮》内编卷三)；所以，胡应麟极口赞叹“七言长体，极于此矣！”(同上）虽然此诗在词彩的华艳富赡上犹有六朝余习，但大体上服从内容需要；前几部分铺陈故多丽句，结尾纵、横对比则转清词，所以不伤于浮艳。在宫体余风尚炽的初唐诗坛，卢照邻“放开粗豪而圆润的嗓子”，唱出如此歌声，压倒那“四面细弱的虫吟”，在七古发展史上确是可喜的新声，足以被誉为“不废江河万古流”。

【骆宾王】（622？—684）唐婺州义乌（今属浙江）人。父为青州博昌令，早卒。高宗朝初为道王府属，后历任奉礼郎等职，迁侍御史。为奉礼郎时曾从军西域，又曾宦游蜀中。调露元年(679)冬因数上疏言事获罪下狱，次年秋下除临海（今属浙江）丞。睿宗文明中（684）随徐敬业起兵讨武后，兵败，不知所终。有《骆临海集》。

咏　鹅

骆宾王

鹅鹅鹅，曲项向天歌。
白毛浮绿水，红掌拨清波。

这是作者七岁所作，至今广为传诵。这首儿童诗好处何在？它何以能够在唐诗中占有一席地位，而至今流传人口呢？一般人往往会拈出后两句，认为它对仗得好，色彩字用得好。

其实，后两句的好，只是初级水平的好。因为它更多地运用技巧的结果。对仗的基本技巧是什么呢？是增字法——先写“白毛”，对上“红掌”；再加“绿水”，对上“清波”；上句添动词“浮”，下句对上一个“拨”。旧时代私塾先生教学生对课，就教这个技巧。这两句在声律上（平平平仄仄，仄仄仄平平）也过得去。其中“浮”“拨”两个动词尤其妙，很到位，不能替换。对一个七岁孩子来说，能对到这样子，也难能可贵。

然而，这首诗最奇特的，还是前面两句：“鹅鹅鹅，曲项向天歌。”给人的第一个感觉，是不整齐。如果遇到颟顸的、自以为是的老师或家长，可能会给他改得整齐一些，可能改成：“湖中一只鹅，曲项向天歌”，可能还很得意。然而，这样做，整是整齐了，但诗原来所具有的童趣和奇趣，就被破坏了。

何以这样说呢？因为原作前两句虽不整齐，却很天真，出口成章，纯乎天籁。一改，那点儿天真、那点儿童趣、那点儿特色就没有了，很生动的句子，变得很落套、很老套，就把一个可爱的儿童，变成了一个小大人了。此外，“曲项向天歌”这句，活画出鹅的长脖子和鹅叫的样子，而且纯凭观察灵感悟得，没有技巧成分，所以更好。

而“鹅鹅鹅”三字重复，也不能简成一个“鹅”字（像词中《十六字令》的首句），为什么呢，因为这里不仅是在说家禽的名称，而且是在像声，也就是描摹它“曲项向天歌”的叫声（喔喔喔），这也是七岁孩子根据他的感觉的神来之笔。这里的诗歌意象，就是诉诸听觉的有声音的意象，这首诗就是一首绘声绘色的诗。首句改作一个“鹅”字，或改成“湖中一只鹅”，这首诗一下子就“哑”了，失去它原来的生动性。所以这首儿童诗在唐诗中占有一席地位，是有充分理由的。这也表明，在诗化的社会氛围中，唐代儿童受到潜移默化的影响。家长和老师不乱替孩子改诗，表明唐代人普遍具有的鉴赏水平。

在狱咏蝉

骆宾王

西陆蝉声唱，南冠客思侵。
那堪玄鬓影，来对白头吟。
露重飞难进，风多响易沉。
无人信高洁，谁为表予心？

本篇是蒙冤受屈者的歌吟。武则天时代扩大化的政治清洗，造成数不清的冤狱。骆宾王就曾是一个受害者。调露元年（679），他在侍御史任上以屡次上书讽谏政事，触犯当权的武后，被诬在长安主簿任上犯贪赃罪，于当年秋天下御史台狱，尝到了铁窗滋味。也种下了仇恨的种子。后来武则天读他那篇著名檄文至“一抔之土未干，六尺之孤何托”，竟失声道“丞相何得失此人”。《在狱咏蝉》这首诗托物言志，抒发受迫害者沉冤莫白的忧愤心情，在当时和后世都具有典型性。

御史台监狱西面有古槐数株，其上秋蝉长鸣，引起诗人悲怀。《左传》成公九年载有楚囚钟仪南冠而系事，后世遂以“南冠”代囚徒。“客思”本指故国之思。但诗中这个“客”字与李后主“梦里不知身是客”的“客”字，特指在囚之身，含义凄楚。“深”一作“侵”，有渐进深至，被痛苦咬啮之感。秋蝉之声自苦，但比起囚犯来，它至少没有失去自由。“客思深”与“蝉声唱”对举，便有人不如蝉之意，遂启三四两句。“日行西方白道曰西陆”（《太平御览》二四《易通统图》）。以“西陆”代秋天，是为了与“南冠”对仗工稳，令人不免感到晦涩，如果要说缺点，这也可以说是这首诗的一个缺点。不过，在普遍借助类书进行律诗创作的初唐诗人，却是习以为常的事。

蝉翼之薄，有如女子云鬓。而古代女子的发式亦有“蝉鬓”的名目。据马缟《中华古今注》，蝉相传为齐后怨魂所化，故又名“齐女”。因而，蝉声能引起关于幽怨女子的形象联想。“玄鬓影”三字正是如此。《白头吟》据传为卓文君作，抒写将被遗弃的女子的凄苦，这对于在政治上被抛弃的作者，是一个恰切的譬喻。同时，“不堪玄鬓影，来对白头吟”十字一气贯注，“吟”字属“玄鬓”，而“白头”又可别解作诗人自谓。虽然当年他不过四十，但忧愤使其产了未老先衰的感觉。诗人说：蝉啊，你这秀发的婵娟精灵，何苦来对着我这白头缧绁之身哀吟呢？你叫我怎么受得呢？

诗人开始了与秋蝉的对话。“露重飞难进，风多响易沉”二句似乎就是蝉的哀诉。秋来露重风多，蝉的末日将临，快要飞不动，叫不成了。这于作者的处境又构成了象征。“露重”、“风多”，借喻社会环境恶劣、世路艰险，诬枉构陷、罗织罪名成风，令人望而生畏。“飞难进”、“响易沉”则象征“跳进黄河洗不清”的困境。在酷吏横行，“请君入瓮”成为竞相推广的发明的时代，“露重飞难进，风多响易沉”不知概括了几多含冤负屈者的心境。

我国古来执法的传统是“有罪推定”，除非证明无罪，否则有罪。与其信其无，毋宁信其有。下狱就证明有罪，否则何以下狱？在鼓励告密者的武则天时代，冤假错案之多一度登峰造极。怀着“无人信高洁，谁为表予心”的无可告诉之悲苦者，又何止一个骆宾王！“高洁”一辞，双关鸣蝉。蝉栖高树，古人认为它餐风饮露，食性清洁，故视为高洁之士的化身。寂寞难忍时，诗人也只好对它去诉说积郁了。

作为咏物体诗，《在狱咏蝉》达到了物我浑然的境地。它深切表现了被迫害受压制者的“人为刀俎，我为鱼肉”的悲愤心情，是对黑暗政治的有力控诉，具有较高的认识价值和审美价值。

【王梵志】 唐卫州黎阳（河南浚）人。生活时代大致在唐初数十年间。其诗在两《唐书》中未曾著录，敦煌遗书中唐五代写本有王梵志诗歌抄本约三十种。

诗三首

王梵志

其一

城外土馒头，馅草在城里。
一人吃一个，莫嫌没滋味。

这首诗和下一首诗的内容都是肯定生命的短暂，死亡的必然。这首诗既可以解释为否定长生的观念，对世相加以揶揄；又可以解释为“黑色幽默”，即面对死亡不可避免的事实，诗人无可奈何地自我解嘲。

“土”与“馒头”本来没有关联，除非小娃娃办“姑姑筵”。诗中用“土馒头”借代坟茔，既冷峻又尖新，想想叫人发笑。由这个比喻很自然地引出第二个比喻。人死入土，当然成了馒头的“馅草”（肉馅）。“城里”、“城外”对举，分别暗示生死的场所，在都城诗中本属习见。如沈佺期的《邙山》“城中日夕歌钟起，山上唯闻松柏声”两句，就有如此联系。不过，像王梵志这样把生死交替比作厨师做白案，却是别出心裁而令人发噱的。他似乎有意化沉重为轻松，但终不免沉重，实在是一种“绞架下的幽默”。

生命对人只有一次，死亦如之。“一人吃一个”，要多也不行。三句之妙在于紧跟前两句的譬喻，再出戏言，一点也不牵强生硬。同时，人固有一死，想躲也不成--“莫嫌没滋味！”将贪生惧死的心理比着厌食或挑嘴，这又是幽默。死亡，是沉重而悲痛的事，诗中居然把它比作公平地分发早点，就像童谣所唱的那样：“排排坐，吃果果；你一个，我一个。”诗人似乎有意要化悲痛沉重为愉快轻松，这幽默底下，该有多少的悲观厌世情绪！与之对应的色相自应是“黑色”。

宋代大诗人黄庭坚似乎没有体会到个中深味，鲁莽地批评：“己且为土馒头，尚谁食之？今改‘预先着酒浇，使教有滋味’。”这一改不要紧，原诗诗味大失，幽默变成贫嘴，直是点金成铁了。

其二

世无百年人，强作千年调。
打铁作门限，鬼见拍手笑。

这首诗没有幽默，相对前首的冷嘲，这里是热讽。首二句化用汉乐府《西门行》古辞：“人生不满百，常怀千岁忧。”（古诗作“生年不满百”。）“世无百年人”本是共知的事实，偏偏临到自己头上，人们不肯正视。接受他人死亡的事实容易，接受自身消灭的观念则难。所以世人多见欲壑难填，拼命占有，“多置田庄广修宅，四邻买尽犹嫌窄”，占有了就想永保。这就是所谓“强作千年调”。甚至愚者乃至忘记了“昼短苦夜长，何不秉烛游”的古训，变成看钱奴，吝啬鬼，一何可悲。据传王羲之的后人，陈僧智永善书，名重一时，求书者多至踏穿门槛，于是不得不裹以铁叶，取其经久耐磨。诗中就用“打铁作门限”这一故实，具体描绘凡人是怎样追求器用的坚牢，作好长远打算的。在诗人看来这无非是作无用功，故可使“鬼见拍手笑”。说见笑于鬼，是因为鬼是过来的“人”，应该看得最为透彻，所以才会忍俊不禁。鬼笑至于“拍手”，是王梵志诗语言生动诙谐的表现。

宋代范成大曾把这两首诗的诗意铸为一联：“纵有千年铁门槛，终须一个土馒头。”（《重九日行营寿藏之地》）十分精警，《红楼梦》中妙玉就很喜欢这两句，而“铁槛寺”、“馒头庵”的来历也在于此。

其三

梵志翻着袜，人皆道是错。
乍可刺你眼，不可隐我脚。

此诗发端于日常生活琐事之微，而归结到生活真谛，具有禅偈式的机趣。

织物（纺织或针织）有正反面的区分。没有线头，较为光洁的一面是“面子”，作成衣物时须用在表面，取其美观悦目；而结有线头，较为粗糙的一面是“里子”，作成衣物时须放在内里，以藏其拙。人们在黑暗中着衣，或动作太急时，往往有将里、面颠倒“翻着”的现象。“梵志翻着袜”，也许本来就是这种偶然的错误。当然，也不排除虚构；或真有布袜“隐（刺痛）”脚的情况（只不过这种情况并不常见）。翻穿的袜子露在外面，是难看的。熟人或热心的人，不免要加以暗示或提醒。“人皆道是错”，正是出自这样的关心。

诗的要旨在最后的两句答语上。如果说“翻着袜”并非出于无意，则这个答语是成竹在胸的；如果说“翻着袜”真是偶然性差错，这个答语便是将错就错——“乍可（宁可）刺你眼，不可隐我脚！”无论在哪种情况，这对答都可谓绝妙。不过听话听音，读者切不可胶着字面，将这话局限在日常穿着方面，或认为作者提倡损人利己，从而强派他的不是。这都大失作者本心。要看到，这首诗不过是借穿袜这样微不足道的小事，声东击西，以小喻大，对一种普遍的世相即“慕虚荣而处实祸”予以当头棒喝。“寿陵失本步，笑杀邯郸人”（李白）的故事，“打肿脸充胖子”的俗话，都告诉我们，世上确有很多为了绷面子，而不惜穿着隐脚的袜子走路的蠢人。确有必要劝劝他们：还是把袜子翻转穿吧！

黄庭坚说：“王梵志诗云‘梵志翻着袜，人皆道是错。乍可刺你眼，不可隐我脚。’一切众生颠倒，类皆如此。乃知梵志是大修行人也。昔茅容季伟，田家子尔，杀鸡饭其母，而以草具饭郭林宗。林宗起拜之，因劝使就学，遂为四海名士。此翻着袜法也。今人以珍馔奉客，以草具奉其亲，涉世合义则与己，不合义则称亲，万世同流，皆季伟罪人也。”（《苕溪渔隐丛话前集》卷五六）这样读诗，可谓解人。

【武则天】（624 — 705）女，名曌，中国历史上唯一的女皇帝。武氏为唐开国功臣武士彟次女，母亲杨氏，祖籍并州（今属山西）生于利州（今四川广元）。14 岁入后宫为才人，太宗赐名媚，高宗时为皇后、中宗时为皇太后，后自立为武周皇帝，705 年退位。有《武则天集》。

将游上苑

武则天

明朝游上苑，火急报春知。
花须连夜发，莫待晓风催。

上苑是帝王家的园林，是供帝王玩赏打猎的处所。女皇要游上苑，关心一下园中的花开得怎么样，希望园中的花已经盛开，在兴头上，就写了这样一首诗。正因为在兴头上，所以这首诗是一气呵成，甚觉畅快。

“明朝游上苑，火急报春知”，这是堂上语，是传旨，是下达命令，是不容分说。“春”在无意中被人格化了，成了上苑的管家，女皇发号施令的对象。用现成的话说，即“自是帝者气象不侔”。“花须连夜发，莫待晓风催”，这是传旨的内容，也是不容分说，“花”与“晓风”也都被人格化了。这叫理解也要执行，不理解也要执行，这首诗是够霸道的了——呼风唤雨，如呼奴使婢，然作谐语读方妙。

何以言之？难道武则天不知道自然法则么，难道她不知道上苑的花何时开放，并不是帝王说了就算数的么。知道了还这样写，就不怕下不来台么。我想，她是不怕下不来台的。因为她必非常清楚，写诗归写诗，事实归事实，到底是两码事。写诗是不能拘泥事实的。如果一定要拘泥事实，那又何必要诗呢。正因为有事实层面上做不到的，才需要诗从想象的层面上做到。写诗到底是为释放一种情绪，当代某女词人因“天未足寒，罗冈梅花未放”，做了一首词，结云：“快将风雪造严寒，人在梅间，诗在梅间。”亦用祈使的语气，写急切的心情，就大有武则天的风度。

据我揣测，武则天写诗的当天，上苑一定准备了许多剪彩花，赶明儿游园，提前系到花枝上去就行了。当时确有这种做法，叫做凑趣。空口无凭，兹引宋之问《奉和立春日侍宴内出剪彩花应制》为证：“金阁妆仙杏，琼筵弄绮梅。人间都未识，天上忽先开。……今年春色早，应为剪刀催！”

【杜审言】（645－708）字必简，唐洛州巩县（河南巩县）人。高宗咸亨元年(670)进士及第，其后任隰城尉，累转洛阳丞。武后圣历元年(698)坐事贬吉州司户参军。旋授著作佐郎，迁膳部员外郎。神龙元年（705）流放峰州，不久召还，授国子监主簿，加修文馆直学士。有《杜审言集》。

和晋陵陆丞早春游望

杜审言

独有宦游人，偏惊物候新。
云霞出海曙，梅柳渡江春。
淑气催黄鸟，晴光转绿蘋。
忽闻歌古调，归思欲沾巾。

以诗唱和，乃是六朝以来文人作诗的一种习惯。这首诗就是作者在读到晋陵（江苏常州）县丞陆某写的《早春游望》，而相赓和的诗。作者大约在武则天永昌元年（689）前后任职江阴，陆丞乃其同郡邻县的僚友，原唱已佚。

“早春游望”关键词在“早春”。因为是早春，关于物候的细微变化，只有特别敏感的人能够察觉。诗人说独有离乡宦游者最容易接收新春信息，而且为之惊心动魄。“独有宦游人，偏惊物候新。”一个“偏”字，就有表情的作用。使得这个开篇富有创意，可圈可点。

“云霞出海曙，梅柳渡江春。”两句承上紧接着写“物候”如何之“新”，是唐诗中最精彩的写景诗句，是想不到的好。盖曙光出现于东方之前，即有朝霞满天的景象，故云“云霞出海曙”，一个“出”字，写出了朝霞变幻的过程，暗示出一个“早”字。梅、柳是早春相互接替的两种物候，“渡江春”三字不大好懂。需要多说两句：原来气候是由江南向江北逐渐转暖，物候的变化也是由江南往江北逐步地发生，江南的梅花先开先谢，江北的梅花后开后谢，江南的杨柳先发芽，江北的杨柳后发芽，有这样一个过渡（渡江）的情形，因此，“梅柳渡江春”五字，不但写出了早春美丽的景色，简直让人听到了春天的脚步声——这就是想不到的好了。

“淑气催黄鸟，晴光转绿蘋。”这两句继续写早春景物的变化。天气逐渐转暖，使得黄莺的叫声一天比一天多，一天比一天悦耳，好像无形中有什么在催促它似的；阳光照在池面，使得蘋草一天比一天绿，一天比一天悦目，“转”是转变，也可以作闪烁讲。总之，以上四句的写景，用了“出”、“渡”、“催”、“转”四个动词，对景物作动态描绘，较之静态的写景生动得多。对景物作动态描写的成功，是本篇在艺术上最为独到之处。

“忽闻歌古调，归思欲沾巾。”这里，诗人说的“古调”指什么呢？粗心的读者以为是有人唱起了古典歌曲，那就错了。其实，这里的“古调”不是别的什么歌曲，乃是题中提到的晋陵陆丞所写的那一首《早春游望》。只因“贵古贱今”是一种普遍的心理，所以诗人用“古调”来表达可以与古诗比美的意思。他明明只是看到陆丞所写的那首诗，却说“忽闻歌古调”，仿佛有人唱了这首诗似的——这是诗歌表达的灵活，不一定非要那样讲不可。“归思欲沾巾”，是对陆丞原作的感染力的夸张，作者也不一定真的掉泪。陆丞的原作今天已经看不到了，也许，它并不像杜审言夸的那么好。然而它抛砖引玉，引出了杜审言的这一唐诗名篇——单凭这一点，就值得读者心存感激。

春日京中有怀

杜审言

今年游寓独游秦，愁思看春不当春。
上林苑里花徒发，细柳营前叶漫新。
公子南桥应尽兴，将军西第几留宾。
寄语洛城风日道，明年春色倍还人。

此诗写春日在长安怀念洛阳，内容与前诗相近。

盖武则天执政时，除大足元年（701）十月至长安，三年（703）九月一度还京外，长期居住东都洛阳。杜审言一生也基本上在东都供职，其生地巩县亦在洛阳附近，故对其有深厚的故土之恋。此诗当是公元702年或703年春天扈从武则天去长安期间所作。

诗的前四句写此次寓居长安（古属秦地）之无聊，乃至时逢春至也没有好心情。盖审言仕途并不平坦，长期任职卑微，所谓“载笔下寮，三十余载”，即在内任职，其位也远在“文章四友”中其他三人之下。这次扈从长安，也是跑跑龙套，京中又没有情亲至友，不免有些寂寞。所以诗劈头便说“今年游寓独游秦”，很不是个滋味，于“独”字见意。春来景物鲜奇，长安尤称富丽，正该是“春城无处不飞花”的时节。可在兴致不佳之际，戴上“愁思”的有色眼镜，就全然不是那么回事。“看春不当春”五字，语拙而意妙，既是以我观物的主观感觉，又表现出一种怨艾和无可如何的情态。以诗人惯用的语言来说，便是“造化小儿”故意相苦，使我损失了一个难得的春天，岂不可恶！

三四句紧承此意，不另换笔，只一直写："花亦不当花，柳亦不当柳。"（《金圣叹批唐诗》）"上林苑"本汉代宫苑名，这里用指唐时长安宫苑。诗人随驾，故能见宫苑花发。"细柳营"为汉将军周亚夫屯军之地，在渭水北岸。春来杨柳新绿，在长安远眺可尽收眼底。宫花岸柳，本是赏心悦目的春色，但愁思之际，反觉恼人。"徒"字、"漫"字，十分准确地传达了这种百无聊赖的沮丧之感，这和一般所谓的"伤春"不同，没有那样悲痛，却更让人气闷，更让人惆怅莫名。

后四句一转，写怀念洛城风日，引出无限归思和遐想。佳节思亲是客居中的常情，在极度无绪之中，诗人闭上了眼睛，仿佛回到了洛阳，目睹那里的故人尽兴游春的情景："公子南桥应尽兴，将军西第几留宾。"这"应"与"几"，都表着悬揣的语气。"南桥"指洛水上的天津桥风景点，"西第"借汉代为大将军的梁冀所起第宅（马融有《大将军西第赋》），指洛城豪华的楼堂馆所，这两个具有地方色彩的辞藻，可以引起多少遐想！而句中又暗用《史记·游侠列传》中典故，即汉代陈遵豪爽好客，每逢大醉，必强行扣留客人车辖，使其不能中途退席。所以"留宾"一辞，也有"尽兴"的意味。诗人想象中的洛城故人游春宴乐越是热烈快活，越是尽兴，就越反衬得他本人独游于秦的乏味。同时也暗示南桥西第今春"少一人"的遗憾，表现出一种艳羡得近乎妒嫉的情绪。所以金圣叹一针见血地评道："南桥公子，今虽尽兴，西第将军，已自留宾。然我今不与，便都不算。一齐寄语，都要重还。"可见主观情绪的强烈，是此诗一个显著的特点。

不过最后两句，诗人并不是直接寄语"公子"，寄语"将军"，而是"寄语洛城风日"。直接和大自然对话，便把自然人格化了，而且充满诗味，表现出诗人对洛城春色爱恋之深。爱之深而盼之切，故作嗔怪语、无赖语："寄语洛城风日道，明年春色倍还人！"真是异想天开，向大自然要求赔偿损失。即：今年欠我的春天，到明年定要加倍还我！结尾两句，既乐观天真，又幽默风趣，居然将先前的愁云，一扫而光。毛泽东咏道："牢骚太盛防肠断，风物长宜放眼量。"本诗篇末结句之妙，正在于它的高瞻远瞩，放眼未来，使意境得到升华，使读者为之感奋。胡应麟标为七律结句范例，诚非虚誉。

七律的形成，较五律为晚。初唐四杰及陈子昂，皆有成熟的五律佳构，然于七律似无所解。故胡应麟说："唐七言律自杜审言、沈佺期开创工密"（《诗薮》），如本篇八句紧紧围绕一个春天的心理上的得失交战来写。从今年失一春，写到明年倍还春。如空际行云，大河流水，一气呵成，而有顿挫抑扬之妙。检讨少陵诗律，可悟渊源所自，难怪他道"诗是吾家事"、"吾祖诗冠古"，话虽过情，但也有根据，非一味浮夸。

渡湘江

杜审言

迟日园林悲昔游，今春花鸟作边愁。
独怜京国人南窜，不似湘江水北流。

唐中宗时作者被贬峰州，这首诗当作于流放途中。从现存传记资料和存诗看，作者是一个率性的人，喜好交游活动。有一次扈从武则天到长安，呆到第二年春天，写过一首《春日京中有怀》的律诗，诗打头就说："今年游寓独游秦，愁思看春不当春"，人回不到洛阳，连春天都不当春天了。这首诗的前两句，如出一辙，"迟日"语出"春日迟迟"（《豳风 · 七月》），对应下文"今春"。诗中"园林"，当指东都洛阳的园林，"昔游"指同高朋文友的聚会，在上面提到的那首律诗中写到过的"公子南桥应尽兴，将军西第几留宾"（《春日京中有怀》）那一类聚会。"昔游"本是快乐的，春天的"花鸟"本来是乐景，但是在眼前这个春天，回想起"昔游"、面对着"花鸟"，却令人惨然不乐。这是因为作者失去了行动的自由，在空间上，也和京国、故人拉开了距离。花鸟本可娱之物，诗中用来烘托"边愁"（流放边鄙的悲哀），用王夫之的话说，这叫以乐景写哀，倍增其哀。总之前两句的手法是对比——通过今与昔、哀与乐的对比，用昔日对照今日，用游乐对照边愁。

后两句紧扣题目"渡湘江"，写诗人在"南窜"之时，看到湘江北去的景色，不禁产生的哀恸。湘江在湖南，由南往北流入洞庭湖，汇入长江。这一自然地理的现象，与作者的被流放本来毫无关系。只是因为湘江的流向，与作者的走向相反。对作者的主观方面形成一种刺激，使他产生了一种强烈的妒意。就产生了用"水北流"来反形"人南窜"的构思。诗中的"独"字，是相对于"昔游"而言的。"窜"字写流放，形容出被流放者的狼狈。"独怜"、"不似"的勾勒，造成一种加码的感觉。

胡应麟在《诗薮·内编》说，初唐七绝"初变梁、陈，音律未谐，韵度尚乏。惟杜审言《渡湘江》《赠苏绾》二首，结皆作对，而工致天然，风味可掬。"这首诗通篇运用的是对比手法，前两句和后两句是人与物、南与北的对比，用北去的湘江对照南放的流人。对起对结的形式，是服务于内容的，所以工致天然，风味可掬。

【王勃】（650 — 676）字子安，唐绛州龙门（山西河津）人。王通之孙。高宗麟德三年（666）应制科对策高第，拜朝散郎。沛王召为府修撰，以戏檄英王鸡被斥出府。总章二年（669）入蜀漫游。上元二年（675）秋赴交趾省父，次年秋渡海落水，惊悸而卒。有《王子安集》。

送杜少府之任蜀川

王　勃

城阙辅三秦，风烟望五津。
与君离别意，同是宦游人。
海内存知己，天涯若比邻。
无为在歧路，儿女共沾巾。

诗人从长安送姓杜的朋友到蜀中任职，写下了这首送别诗。“少府”是唐人对县丞的称谓，这表明了杜某出任的官职。题中“蜀川”或作“蜀州”（四川崇州市），按唐置蜀州在王勃去世十年后（686），故不当作“蜀州”。“蜀川”，泛指蜀地。

有人说首句的“城阙”指成都，而《文苑英华》这句一作“城阙俯西秦”，据此可知“城阙”实指长安。“城阙辅三秦”在句法上属倒装，意即长安以三秦（项羽灭秦曾三分关中之地而治之，代指关中）为辅。“风烟望五津”亦属倒装，意即望五津（蜀地从都江堰至犍为一段岷江的五个渡口）风烟。一句点送行地点；一句点杜少府之去向。两句虽未及送别，但通过对举两地风光、以“望”字一点，便写出了行者踌躇上路，前路风烟迷茫的状况，道出了送者一片依依惜别之情。

“宦游”指离乡在外做官。而在唐时人们心目中，在京供职和外任有很大差别。从长安到边远的蜀地，杜少府不免感到悲凉。诗人王勃非常体贴朋友的心情，他轻轻抹去那“不同”，而强调彼此的“同”——“与君离别意，同是宦游人”。强调自己对朋友心情的理解，这一点很重要，由于富于人情味，因而富于感染力。

动之以情，会使人感到慰藉，却不免低调；喻之以理，更能使人为之振作，所以诗人讲了两句豪言壮语：“海内存知己，天涯若比邻。”这里点化曹植《赠白马王彪》“丈夫志四海，万里犹比邻”诗意。曹诗偏于大丈夫应以四海为家这一层意思；此诗强调志同道合的朋友在心理上的亲近，在道义上的互相支持和鼓舞，是其创意所在。所谓“德不孤，必有邻”（《论语》）。因而这两句诗句也因而成为对风义相期的、崇高的友谊的赞颂，故为人传诵。

在高调之后，复出以款语叮咛：“无为在歧路，儿女共沾巾。”诗人与杜少府皆仕宦中人，虽是惜别，又何至于像少年男女分手时那样儿女情多，哭哭啼啼。两句略寓戏谑的口吻，振动一下空气，舒缓一下气氛，使诗意不至于太严肃太凝重；它像乐章中一个舒缓的尾声，情味深长。

“悲莫悲兮生别离”。南朝文人江淹在《别赋》中历叙各种离别情事后，蛮有把握地结论道：“是以别方不定，别理千名，有别必怨，有怨必盈。”唐代诗人往往和前人唱反调：“青山一道同云雨，明月何曾是两乡”（王昌龄）、“莫愁前路无知己，天下谁人不识君”（高适）等等，与“海内存知己，天涯若比邻”是同一基调，读后使人胸怀宽广，态度乐观。这显然是那个长期繁荣统一的大时代所赐。而在送别诗中首先举首高歌、指出向上一路的，却不得不推这首《送杜少府之任蜀川》。

山 中

王 勃

长江悲已滞，万里念将归。
况属高风晚，山山黄叶飞。

这首诗是王勃在流寓巴蜀（今四川）期间写的，题中的“山”指蜀山——川北和川西都有山区。诗人寓蜀的由头，长话短说，是因为他在长安沛王府中写了一篇游戏文字——《檄英王鸡》，不幸被毫无幽默感的唐高宗读了，认为有挑拨亲王之嫌，一怒之下逐出王府。一个年轻才子，就此断送了前程，其心情之悲苦，是不言而喻的。读者要知道，这首诗写的不是一般人的乡情，而是一个失意者的乡情，则思过半矣。

“长江悲已滞，万里念将归。”这两句写滞留他乡的悲苦心情。在唐代，人们入蜀一般走陆路、即川北蜀道，而出蜀则一般走水路、即川南长江。因为诗人的思绪是出蜀，所以开篇就写“长江”，写渴望还乡而不得的心情。“长江悲已滞”句，语意上具有模糊性。若读为作者因为久滞长江上游（巴蜀）而悲伤，则诗意寻常。不过，一句也能抵“大江流日夜，客心悲未央”（谢朓）两句。若读为长江之水悲伤得流不动（所以自己不能还家），是移情于物，给久滞他乡以一个本不成立的理由，则诗意奇崛，翻出了六朝诗人的手心。顺便说，正是这种语言上的模糊性，造成了汉语诗歌不可穷尽的魅力。

再说“将归”，这个词初见于《楚辞》，“憭栗兮若在远行，登山临水兮送将归。”（宋玉）意指游子，即将归之人。“送将归”是送行，“念将归”是思归，一字之改，意味顿别。“万里念将归”也可两读，既可读为万里以外家人对游子的思念，也可读为远在他乡的游子苦苦思归。作后一种读法，在抒情上比较接近杜甫的“万里悲秋常作客”，又使人联想到作者所写的“关山难越，谁悲失路之人；萍水相逢，尽是他乡之客。”（《滕王阁序》）其心情的凄苦，可想而知。

“况属高风晚，山山黄叶飞。”如果说前两句着重写游子的心情，这两句则着重写他所处的气候（秋风）和环境（山中）。《楚辞》说“悲哉秋之为气也，萧瑟兮草木摇落而变衰。”（宋玉）秋天是草木摇落的季节，深山老林中，一阵秋风就能吹下成片的落叶，树上叶子越来越少，地上叶子越来越多。常言道“一叶知秋”——一片落叶都能引起萧条的感觉，何况漫山的落叶！何况“山山”的落叶！实话说，秋山中明丽之物亦多，如石泉、如松枫等等。然而诗人只写“山山黄叶飞”而不及其余，这是艺术上的剪裁和选择，表现出落魄者别有怀抱。这怀抱，用《楚辞》的话说，就是“王孙兮归来，山中兮不可以久留！”（淮南小山）诗题的“山中”的出处，就在这里。如果说山中本来就“不可以久留”，那么，秋风萧瑟的山中就更不可以久留了。所以，这两句的写景中，也暗含王孙思归之意。

挹《楚辞》之芳润，是这首小诗的一个显著特色，表现在题目上，也表现在用语上，也表现在比兴起结（以景起、以景结）的手法上，因此它的意境格外缠绵。此外，三句的“况属”二字和首句的“已”字相映带，有递进之致，故结构紧凑；末句的“飞”字和首句的“滞”字相映带，有跌宕之致，故意象生动。

【刘希夷】（651—？）字庭芝，一作廷芝，汝州（河南临汝）人。高宗上元二年（675）郑益榜进士。《全唐诗》存诗一卷。

代白头吟

刘希夷

洛阳城东桃李花，飞来飞去落谁家？闺中女儿惜颜色，行逢落花长叹息。
今年落花颜色改，明年花开复谁在？已见松柏摧为薪，更闻桑田变成海。
古人无复洛城东，今人还对落花风。年年岁岁花相似，岁岁年年人不同。
寄言全盛红颜子，应怜半死白头翁。此翁头白真可怜，伊昔红颜美少年。
公子王孙芳树下，清歌妙舞落花前。光禄池台文锦绣，将军楼阁画神仙。
一朝卧病无相识，三春行乐向谁边？宛转蛾眉能几时？须臾鹤发乱如丝。
但看古来歌舞地，惟有黄昏鸟雀悲。

题一作《代悲白头翁》。这首令人断肠的感伤诗，以诗人特有的敏感，对人生无常青春易逝深悲无奈，充满对生活的憧憬和留恋。诗虽代老者立言，却出自青年诗人之手，故李泽厚称之为青少年对人生宇宙初觉醒的自我意识，说它虽然感伤，并不沉重。

用花红易衰喻红颜易逝，是一个天才的发明。但它的发明权并不属于本诗的作者。这首诗前半写洛阳女子感伤落花，抒发人生短促、红颜易老的感慨，本于东汉宋子侯乐府歌辞《董娇娆》："洛阳城东路，桃李生路旁。花花自相对，叶叶自相当。春风东北起，花叶正低昂。不知谁家子，提笼行采桑。纤手摘其枝，花叶何飘扬。请谢彼姝子，何为见损伤？高秋八九月，白露变为霜。终年会飘坠，安得久馨香？秋时自零落，春月复芬芳。何时盛年去，欢爱永相忘。"然而，刘希夷的创意在于，他一变乐府原作之叙述为反复咏叹，或前后易辞申意，或作回文式唱叹，情感更加集中，音调更加楚楚动人。

还有，这首诗在原作"秋时自零落，春月复芬芳"的基础上，加以拓展，一而再、再而三地将人与花进行攀比——不仅写出了红颜与落花的同病相怜，而且反复强调着人不如花的意思，这就不是单纯的比喻，而是更进一层了。第一次是"今年落花颜色改，明年花开复谁在？"据说诗人写出这一联诗时，自己都吓了一跳。能把自己吓一跳的诗句，对于读者，也一定是惊心动魄之句。第二次是"古人无复洛城东，今人还对落花风"，这一次不但有人花攀比，还有抚今追昔，也是极为沉痛的句子。第三次是"年年岁岁花相似，岁岁年年人不同"，这一次更加不同凡响，句子越写越单纯——"年"、"岁"二字各重复四次之多，意思却越写越深邃——"花相似"、"人不同"是何等耐人寻味。"相似"的岂止是花？"不同"的又岂止是人？据说写到这里，诗人又被自己吓了一跳。什么是写诗的状态，这就是写诗的状态。凡是在状态，或进入状态的写作，其结果必然产生真诗，必然产生佳句，必然打动读者。

刘希夷能写出不朽的"代言"之作，有一重原因是打并入自己的身世之感。才人不幸，与红颜薄命，本有同情。《本事诗·徵咎》载："诗人刘希夷尝为诗曰'今年落花颜色改，明年花开复谁在'，忽然悟曰：'其不祥欤？'复构思逾时，又曰'年年岁岁花相似，岁岁年年人不同'，又恶之，或解之曰：'何必其然'，遂两留之。果以来春之初下世。"其事虽近小说家言，其潜在意味，乃在唐人认为此诗是刘希夷用心血和生命写成的。

《唐才子传》所载略同，更添枝叶，作小说家言："舅宋之问苦爱后一联，知其未传于人，恳求之，许而竟不与，之问怒其诳己，使奴以土囊压杀于别舍，时未及三十，人悉怜之。"由此可见此诗是何等的为时所重，而"年年岁岁花相似，岁岁年年人不同"是何等的不同凡响。清袁枚《佳句》诗云："佳句听人口上歌，仿佛绝色眼前过。明知与我全无分，不觉情深唤奈何！"什么是爱诗如命，这就是爱诗如命呀。当然，宋之问未必是刘希夷的舅子，他也未必干了那件罪恶之事。然而，这个杜撰的故事确实生动地反映了唐代的诗人是如何的爱诗如命。

这首诗所创造的红颜薄命的感伤形象，对千年以后《红楼梦》的作者塑造林黛玉形象有很大的帮助。《红楼梦》中有一首尽人皆知的《葬花辞》，诗的开篇大段大段地以落花起兴、感伤红颜薄命，长时间在刘希夷《代白头吟》的诗意中徘徊——"花谢花飞飞满天，红消香断有谁怜"不就是"洛阳城东桃李花，飞来飞去落谁家"吗，"桃李明年能再发，明年闺中知有谁"不就是"今年落花颜色改，明年花开复谁在"吗。然而写到后来，曹雪芹也进入了痴迷的状态，写出了自己的惊心动魄之句——"尔今死去侬收葬，未卜侬身何日丧。侬今葬花人笑痴，他年葬侬知是谁？"当他写到这里时，也应与刘希夷一样地死去活来。这样的诗句，也一样地令后人徒唤奈何。

毫无疑问，曹雪芹对刘希夷的这首诗是非常喜爱的，《代白头吟》的最后一节写道："宛转蛾眉能几时？须臾鹤发乱如丝。但看古来歌舞地，惟有黄昏鸟雀悲"，这一段的人生感伤，在《红楼梦》曲子如"好一似食尽鸟投林，落一片白茫茫大地真干净"等语中，也可以明显看到它的影响。

公子行

刘希夷

天津桥下阳春水，天津桥上繁华子。马声回合青云外，人影动摇绿波里。
绿波荡漾玉为砂，青云离披锦作霞。可怜杨柳伤心树，可怜桃李断肠花。
此日遨游邀美女，此时歌舞入娼家。娼家美女郁金香，飞来飞去公子傍。
的的珠帘白日映，娥娥玉颜红粉妆。花际徘徊双蛱蝶，池边顾步两鸳鸯。
倾国倾城汉武帝，为云为雨楚襄王。古来容光人所羡，况复今日遥相见。
愿作轻罗著细腰，愿为明镜分娇面。与君相向转相亲，与君双栖共一身。
愿作贞松千岁古，谁论芳槿一朝新。百年同谢西山日，千秋万古北邙尘。

这是一首春歌。诗中用轻倩的笔调，描绘了一幅游戏人生的图画。时间：七世纪中叶的一个春天。地点：唐朝的东都洛阳。人物：公子哥儿和艺伎。都城诗中例行的恋爱公事，在这个富于天才的诗人笔下表现得很有特色，从而使人赏心悦目。然而，除闻一多独具慧眼地表示欣赏外，近世研究者很少论及。其实它不该受到这样的冷落。

“天津桥”在洛阳西南洛水上，是唐人春游最繁华的景点之一。李白《古风》写道：“天津三月时，千门(宫门)桃与李。朝为断肠花，暮逐东流水。前水复后水，古今相续流。新人非旧人，年年桥上游。”刘希夷此诗也从天津桥写起，诚非偶然。天津桥下洛水是清澈的，春来尤其碧绿可爱，明媚的晴朝，能看到“津桥春水映红霞”（雍陶）的景色。诗中“阳春水”的铸辞，可启人遐想。与“天津桥下阳春水”对举的，是“天津桥上繁华子”，即纨绔公子——青春年少的人。

以下略写马嘶入云以见兴致后，便巧妙地将春水与少年，揉合于倒影的描写：“人影动摇绿波里。”意象飘逸，有镜花水月之妙。这种梦幻般的色彩，于诗中所写的快乐短暂的人生，适有点染之功。紧接写水中或岸上的砂，和倒映水中的云霞，作为人影的陪衬。词藻华丽，分别融合或活用了“始镜底以如玉，终积岸而成沙”（谢灵运）的赋句和“（锦）文似云霞”（《拾遗记》）的文句，又以顶针的辞格衔接上文，意象、词采、声韵兼美。这段关于东都之春的描绘，最后落到宫门内外的碧树与春花。梁简文帝诗道：“桃含可怜紫，柳发断肠青。”诗人因以用之，以赞叹不绝于口的排比句式，写道：“可怜杨柳伤心树！可怜桃李断肠花！”“伤心”、“断肠”的措辞固然来自好景不长，以及与杨柳、桃李有关的其他联想(如离别、艳色、脆柔等)。但诗人连呼可爱（可怜），又似乎是喜极过情之辞。或者，他此刻“已从美的暂促性中认识了玄学家所谓的‘永恒’——一个最缥缈，又最实在，令人惊喜，又令人震怖的存在。”（闻一多）这种富于柔情的彻悟和动人春色本身，都能撩起无限绮思。

春游意兴已足，公子将归何处：“此日遨游邀美女，此时歌舞入娼家。”诗人就这样将人间的艳遇，安排在自然界春意的展示后来写，构思是巧妙的。效果是双重的。那“飞来飞去公子傍”的，是“郁金香”呢？是“歌舞”呢？语妙兼关。满堂氛氲，舞姿妙曼，公子必已心醉目迷了。诗人这时用两句分写华堂景物，美人形容：“的的（明亮）珠帘白日映，娥娥（美好）玉颜红粉妆。”（《古诗》“娥娥红粉妆”）闲中著色，有助于表现歌筵的欢乐。性爱，作为歌舞娱乐的一种动机，此刻便适时地萌发了：“花际徘徊双蛱蝶，池边顾步两鸳鸯。”在这精巧的景色穿插中，包含着这样的构思：成双作对的昆虫水鸟，能够促使恋人迅速效仿。“蛱蝶”、“鸳鸯”为性欲蒙上了一层生物学的面纱。“倾国倾城”、“为云为雨”两句，更是露骨地暗示着情欲的放纵了。这两个措辞直接出自汉武帝李夫人、楚王神女的故事传说，不免有太狂太俗的感觉。而施诸娼家场合，又以其本色而可喜。这种颠狂，乃是都城诗里常有的内容，如《长安古意》“罗襦宝带为君解，燕歌赵舞为君开”一节，便彼此彼此。而闻一多对卢照邻诗的批评：“颠狂中有战栗，堕落中有灵性”，也可移用于此诗。

寻欢作乐的场面结束得恰到好处。“古来容光人所羡”以下，诗人将笔墨集中在热恋双方的山盟海誓上，开出了一番新的境界。前四句是公子声口，“愿作轻罗著细腰，愿为明镜分娇面”，真不愧为最动人的情语。它的灵感固然是从张衡《同声歌》借贷来的。但“思为苑蒻席，在下蔽匡床；愿为罗衾帱，在上卫风霜”，原是女性口吻，到陶潜《闲情赋》“愿在衣而为领，承华首之余芳”等句，变为男性卑谦口吻，便是一个创造。不过一连十愿，不便记诵。此诗则既沿陶诗作男性口吻，又如张作只写两愿。“愿为明镜分娇面”的着想尤妙不可言。不言“观”娇面，实已包含化镜观面的献身意味，又兼有“分”享女方对美的自我陶醉之意，尽兴表达了爱的情愫。故仍有后出转精之感。“与君相向转相亲”六句是艺妓的答辞，概括起来八个字：永远相爱，同生共死。

梁代王僧孺诗云：“妾意在寒松，君心若朝槿。”意在怨男方之恋情如木槿，朝花暮落，不若己心如松树耐寒持久。此反用其意作“愿作贞松千岁古，谁论芳槿一朝新”。末二句意谓在生愿结百年之好，死后也愿同化北邙（山名，坟地）飞尘。意只平常，却说得惊天动地。“百年——千秋——万古，”造成不期然而然的递进，更增加了夸饰的色彩。以上对话，哪几句属哪个人所说，没有明为标出，然而问答口吻及双方情态如见。沈德潜评此节为“公子惑于声色而娼家以诳语答之。”（《唐诗别裁》）说诗旨在讥“惑”，恐非作者本意。像刘希夷这样“美姿容，好谈笑”（《唐才子传》），多愁善感，不拘常检，英年折寿的纯情诗人，对他笔下及春行乐的人物，很难说有多少讽刺。恰恰相反，倒是同情欣赏的成分居多。顶多是“劝百而讽一”吧。不过，沈氏说娼家答语为“诳”，倒是满不错的。世间热恋中男女吐属大半近“诳”，即未必理智。但这里还有另一面，为沈氏所忽略，那就是“痴”。在齐梁宫体诗中，就听不见这种男女痴情话。“痴”则近于真，与“诳”适成对立因素。此即所谓堕落中的灵性了。

如果与《长安古意》比较，《公子行》显然没有那样恣肆汗漫。它却别有一种倩丽风流，令读者感觉愉悦轻快。作为初唐七古，这两首诗在形式上共同特征是对仗工丽，上下蝉联。而此诗在对叠律的运用上，穷极变化，尤有特色。诗中使用最多的是同纽的排比句式，一般用于段落的起结处（如“天津桥下阳春水，天津桥上繁华子”到“可怜杨柳伤心树，可怜桃李断肠花”为起讫，系写景；“此日遨游邀美女，此时歌舞入娼家”则另起一段），及对话中（“愿作轻罗著细腰，愿为明镜分娇面”；“与君相向转相亲，与君双栖共一身”），形成一种特殊的提顿，又造成重复中求变化，和一气贯注的韵调。此外，各种带有复叠的对仗句子逐步可见。再就是顶针格（如第四、五句衔接）和前分后总格（“美女”、“娼家”分合的三句）的使用。凡此均有助于全诗形成一种明珠走盘的音情，为这首春歌增添了不少风姿。

【宋之问】（656？—713？）一名少连，字延清，唐汾州西河（今山西汾阳）人，一说虢州弘农（今河南灵宝）人。上元二年（675）进士及第，天授元年（690）以学士分直习艺馆，历洛阳参军，迁左奉宸内供奉。神龙元年（705）贬泷州参军。景龙中以户部员外郎兼修文馆直学士，再转考功员外郎，三年（707）贬越州刺史。睿宗时流钦州，后赐死。有《宋之问集》。

度大庾岭

宋之问

度岭方辞国，停轺一望家。
魂随南翥鸟，泪尽北枝花。
山雨初含霁，江云欲变霞。
但令归有日，不敢恨长沙。

此诗作于流放钦州（属广西）过大庾岭时。大庾岭在江西大庾，以岭多梅花，又称梅岭，古人以此岭为南北分界线。

“度岭方辞国，停轺一望家。”首联这个“方”字耐人寻味，本来离开长安就是“辞国”，不需要等到翻越梅岭。然而，只是到了翻越梅岭这一特定时刻，却更让人产生去国离乡之悲。所以这个“方”字，表明以前的离愁都算不得什么离愁。正见得在“度岭”这一特定时刻，诗人心中的怅惘。因为一旦过岭，回望京国的视线将被隔断，所以得停下车来，好好地望它一望。“度岭”、“辞国”、“停轺”、“望家”，都不过是叙写事实，本身并不产生诗味；而“方”、“一”两字的勾勒，及其所传达的语气，使客观的事实具有了主观的色彩，这才产生出很浓的诗味。

“魂随南翥鸟，泪尽北枝花。”这是写望家时的心情。这两句写得非常凄美，古人说“诗缘情而绮靡”，莫此为甚了。“魂”字用得好，古人认为，生病或死亡，会导致魂不附体。流放介乎二者之间。所以流人感到他的魂魄已随着南飞之鸟，远离故国。据说由于南北气候的差异，大庾岭上梅花，南枝落时，北枝犹开（参《白氏六帖·梅部》），而流人家在北方。所以思乡的泪，竟打湿了北枝的花。诗以花、鸟作点缀，以南、北作唱叹，“南翥鸟”、“北枝花”的巧妙对仗，将前两句中所抒发的思乡之情，以曲折的方式作了推进。

“山雨初含霁，江云欲变霞。”这是一转，来写雨散云收，天气转晴。这是写景，又不仅仅是写景，这里的景是所谓“有意味的情景”。这里的“雨霁”巧妙地映带了上文的“泪尽”。阴雨天气，本使人情绪低沉；而雨过天晴，又出现彩霞，则使人心情好转。其深层的意蕴是：天气的雨转晴，对应着人事的否极泰来，这是流人从景物中得到的心理暗示，一种积极的心理暗示，一种阳光的心态。这种心理暗示和心态，表明诗人在努力拒绝负面情绪，寄希望于未来。这是一种健康的思想感情，特别值得肯定。

诗的结束于是水到渠成，借汉代贾谊被贬长沙王太傅的典故，进一步表达盼望北归的心愿。“但令”、“不敢”的勾勒，形成一个条件复句：明明有恨，却说“不敢恨”。而“不敢恨”，又是以“归有日”为条件的。这个条件不高，容易达到。所以读起来很轻快。全诗在明快的抒情之中，复有曲折含蓄之致，颇合于温柔敦厚之旨；加上技法圆熟，音韵谐婉，起承转合，流畅自然，使这首诗达到了古典美的极致。

渡汉江

宋之问

岭外音书断，经冬复历春。
近乡情更怯，不敢问来人。

宋之问因媚附武后的男宠张易之，中宗时被贬泷州（今广东罗定县），这首诗是他从贬所获准归来，途经汉江时写的一首诗。但是在这首诗中，诗人舍去了个人特殊经历，着重表现的一个长期客居异乡、久无家中音信的人，在行近家乡时所产生的一种特殊心理状态，从而使得这首诗具有很大的典型性和普遍性。郁达夫咏沈宋有“行太卑微诗太俊”之句，原因大抵如此。“音书”是这首诗的一个关键词。

在古代中国这样的宗法社会中，人际关系尤其是亲属关系，对人的一生的影响是非常重要的。当一个人离乡背井的时候，他最渴望的事，就是知道亲人的消息。然而，对于古人来说，音信的沟通远不是那么容易的事，何况是被贬在岭外那样偏远、交通不便的地方，“岭外音书断”，这是一个令人苦楚的现实。“经冬复历春”，是说隔岁无书。冬与春在时间上本来是连续的，也不算太长，却由于失去亲人的消息，作用在当事人心理上、却是太长太长。“经冬”与“历春”之间着一“复”字，表达的就是度日如年、难以忍受的感觉，作者在与世隔绝的处境中，失去精神慰藉的生活情景以及精神痛苦，通过这个并列式的句子，得到充分的表现。

上两句与下两句中间有一个在绝句是很常见的跳跃，对这首诗来说，就是获得恩准从贬所启程回家，在“近乡”前的一段跋涉辛劳，全都省略了。因为那是不言而喻的。作者选择了回归过程中最具生发性的即“近乡”的时刻，抓住当事人的一种特殊的心态，加以刻画。那就是“近乡情更怯，不敢问来人。”这一心态似乎是反常的，因为照理说，对于饱受“音书断”煎熬的人，越是早一点知道亲人的消息，就越是能早一点解除心里的焦虑。然而，人们对消息的等待是有选择的，直言之，他盼望的永远是好的消息，而害怕听到坏的消息。当对消息的焦虑发展到极致，则可能因为害怕听到坏的消息，而变成对消息本身的回避。举个生活中常见的例子，参加过升学考试的人，而又对考试结果并无十分把握的人，往往有这样的经验，就是害怕看榜。必得等到别人来告诉他那个结果，而他甚至是不敢主动向别人打听的。另一个更近的例子，就是有一条恶搞的短信，内容是：“你有空给我一个电话吗，有个坏消息，关于你的”，然后空了一页，后边才说“哪有这回儿事，只是祝你节日快乐。”这条短信，越是来自熟人，越是令人惴惴不安。不能够发给有心脏病的人的。因此，“近乡情更怯，不敢问来人”，真是说透了人情之的。后来，杜甫在《述怀》中也有同样写法：“自寄一封书，今已十月后。反畏消息来，寸心亦何有！”像这样深刻的写法，完全是来自生活体验。

黄周星评此诗：“真切之极，人人有此情，不能为此语。”（《唐诗快》）按，“人人有此情”，就是指人人都怕坏消息的心情。“不能为此语”，则是说在宋之问之前，没有人这样写过。

【沈佺期】（656 — 715）字云卿，相州内黄（今属河南）人。高宗上元二年(675)进士及第，任协律郎。武周时为通事舍人，曾与修《三教珠英》。大足元年（701）迁考功员外郎，次年，复迁给事中，四年坐赇入狱。中宗复辟，坐阿附张易之流驩州，越明年遇赦北返。景龙中以起居郎兼修文馆直学士，历中书舍人，终太子少詹事。有明王廷相辑《沈詹事诗集》。

杂 诗

沈佺期

闻道黄龙戍，频年不解兵。
可怜闺里月，长在汉家营。
少妇今春意，良人昨夜情。
谁能将旗鼓，一为取龙城。

这首诗与杨炯《从军行》俱属边塞题材，而所取角度与思想感情不同。它写边防战士与家属的两地相思，诗中少妇乃是一位年轻的“军嫂”。流行歌曲中有一首《十五的月亮》，它的构思和这首唐诗非常的合拍。可能是借鉴，也可能是巧合。

这首诗用“闻道”二字开篇，即是站在诗中“少妇”的立场上说话。仿佛她一直在打听征夫的消息，得到了一种说法，就是征夫久戍不归，是因为“黄龙”战事绵延不断。“黄龙”城故址在今辽宁省朝阳市，诗中泛指东北边塞。“解兵”，犹卸兵（兵器），即结束战事。

“可怜闺里月，长在汉家营”，这是一个十字句，就像冲口而出的一句白话，却又是对仗，而且对仗巧妙。它的意思相当于“十五的月亮，照在家乡照在边关”，是流水对。也可以是互文（“闺里”和“汉营”可互换）——身在闺中，心在汉营；身在汉营，心在闺中。此意直起以下两句，又是一组对仗——“少妇今春意，良人昨夜情”，这两句的意思则相当于“宁静的夜晚，你也思念我也思念”。这也是互文，“少妇”和“良人”也可以互换。互文的作用，就是用较少的字，表达较多的含义。最后两句是水到渠成，祈愿和平生活的到来。

这首诗概括力极强，后世写征夫与闺中的两地相思，很难翻出它的手心。《十五的月亮》不用说了，就连李白著名的《子夜吴歌》“长安一片月，万户捣衣声。秋风吹不尽，总是玉关情。何日平胡虏，良人罢远征？”也还留在如来的手心里。

【陈子昂】（659—700）字伯玉，梓州射洪（四川射洪）人。睿宗文明元年（684）进士及第，任麟台正字。武后代唐，任右拾遗，曾两度从军北方边塞。圣历元年（698）因父老解官回乡，为县令段简构陷下狱而死。有《陈伯玉文集》。

感遇（录一）

陈子昂

丁亥岁云暮，西山事甲兵。嬴粮匝邛道，荷戟争羌城。
严冬阴风劲，穷岫泄云生。昏曀无昼夜，羽檄复相惊。
拳跼兢万仞，崩危走九冥。籍籍峰壑里，哀哀冰雪行。
圣人御宇宙，闻道泰阶平。肉食谋何失，藜藿缅纵横。

垂拱三年（687），武则天欲袭击吐蕃，先由雅州（四川雅安）进攻羌人。当时身为麟台正字的陈子昂上书谏阻，道：“臣闻乱生必由怨起，雅之边羌，自国初以来，未尝一日为盗，今一旦无罪受戮，其怨必甚。”认为应当“计大不计小，务德不务刑；图其安则思其危，谋其利则虑其害。”（《谏雅州讨生羌书》）表明他反对不义战争的立场。兴寄为诗，便是这首“丁亥岁云暮”。本篇原列第二十九。

诗的开篇类乎史笔，准确地记下了事件及其发生的时间地点：丁亥岁（垂拱三年）年冬天，武周王朝将用兵于蜀地。“西山”本为成都以西的雪岭，此泛指蜀西羌人聚居之地。“赢粮匝邛道，荷戟争羌城”二句为“西山事甲兵”的进一步的具体描写：战士们背负干粮，绕行邛崃山间，准备攻打羌人。一个“争”字，有主动和先发制人的意味。

以下诗人没有写战争和战争的结果将是如何。而凭借自己作为蜀人，对此次行军地理状况的熟悉，发挥想象，刻画阴郁可畏的征行环境氛围，暗示出战争前景的并不光明。“严冬阴风劲，穷岫泄云生”，这不仅是冬日山中气象的描绘，同时也表明着一己的感情态度。阴风怒号，彤云密布，天昏地暗，而“羽檄复相惊”，则倍增愁惨。“羽檄”所惊为谁？难道仅仅是羌人？你看，出征战士们战战兢兢，如临深履薄。“拳跼竞万仞，崩危走九冥；籍籍峰壑里，哀哀冰雪行。”他们弯曲着身子，冒着山石崩塌的危险，在高山与深谷间前进，被驱遣着去进行一场没有希望的战争。比山路更危险的，是这场政治冒险本身。这中间八句在诗中举足轻重，它形象地展示了这将是一场士气低落，失道寡助的战争。与后来岑参笔下的雪夜行军：“将军金甲夜不脱，半夜军行戈相拨，风头如刀面如割”相比，恰成对照。性质不同的战争，将有完全不同的结果，各各不言而喻。

最后四句是卒章显志的正大议论：圣人治理天下，得道则天下太平。（古人认为三台星——“泰阶”平，则天下太平。）而袭击羌人，是统治者（“肉食”者）的失策，百姓（“藜藿”指食野菜者）的祸殃。与篇首相映，结尾复归于庄重，使全诗政治色彩特浓。象陈子昂这样用诗笔自觉、经常地干预政治的诗人，在李杜以前的唐代诗人中为罕有。直发议论在审美功效上本有欠缺，但此诗由于中间八句成功地通过制造气氛作形象暗示，意味深长，在相当程度上又弥补了上述缺憾。

登幽州台歌

陈子昂

前不见古人，后不见来者。
念天地之悠悠，独怆然而涕下。

本篇抒发一个巨人的孤独感。事由：公元697年营州契丹叛乱，武攸宜亲总戎律，陈子昂参谋帷幕，军次渔阳。前军王孝杰等相次陷没，三军震慑。子昂料敌决策，直言进谏；武氏愎谏，但署以军曹，掌记而已。子昂因登蓟北楼，感昔乐生、燕昭之事，作此诗。（参赵儋碑文）蓟北楼即幽州台，今属北京，系战国燕都所在地。

昔燕昭王欲雪国耻，思得贤士，郭隗进策道：“欲得贤士请自隗始”，燕昭王遂在易水东南筑台，置千金其上，招揽人才，遂得乐毅等。诗人登楼，首先想到的就是那个群雄割据的时代，眼前的原野上曾活动着燕昭王、乐毅等一批杰出人物，君臣其为相得，可谓圣贤相逢。诗人不禁为自己出世太晚，未能赶上那个英雄有用武之地的时代惋惜：“南登碣石馆，遥望黄金台。丘陵尽乔木，昭王安在哉！”（《燕昭王》）——“前不见古人”五字中包含着具体、复杂的思想内容，感喟沉痛。

英雄辈出、风云际会的日子，今后也许还会有。然而诗人又感到去日苦多，恐怕自己等不到那激动人心的未来：“逢时独为贵，历代非无才。隗君一何幸，遂起黄金台。”——“后不见来者”五字，在前句的基础上加倍写出生不逢辰的孤独和悲哀。

诗人面对空旷的天宇和莽苍的原野，——“念天地之悠悠”，不禁生出人生易老、岁月蹉跎的痛惜与悲哀。无限的时空形成一种强大的压力，逼出一个“独”字，叫诗人百端交集。于是在前三句的无垠时空的背景上，出现了独上高楼，望极天涯，慷慨悲歌，怆然出涕的诗人自我形象。一时间古今茫茫之感连同长期仕途失意的郁闷、公忠体国而备受打击的委屈、政治理想完全破灭的苦痛，都在这短短四句中倾泻出来，深刻地表现了正直而富才能之士遭受黑暗势力压抑的悲哀和失落感。

这首诗直抒胸臆，不像《感遇（兰若生春夏）》那样含蓄委婉，却更见概括洗练；不像《燕昭王》《郭隗》那样具体，却更有大的包容。诗的内涵已超出了一般意义上的怀才不遇，而具有更深广的忧愤——一种先驱者的苦闷。正如易卜生说：“伟大的人总是孤独的。”（《人民公敌》）此亦即鲁迅说的在铁屋中最先醒来的人所感到的苦闷。《楚辞·远游》“惟天地之无穷兮，哀人生之长勤。往者余弗及兮，来者吾不闻。”——正是在抒写屈子苦闷的诗句中，我们找到了陈子昂诗句之所本。

它有力地表现了一种烈士的惨怀。“‘前不见古人，后不见来者’，这是一个真正明白生命意义同价值的人所说的话。先生说这话时心中的寂寞可知！能说这话的人是个伟人，能理解这话的也不是个凡人。目前的活人，大家都记得这两句话，却只有那些从日光下牵入牢狱，或从牢狱中牵上刑场的倾心理想的人，最了解这两句话的意义。因为说这话的人生命的耗费，同懂这话的人生命的耗费异途同归，完全是为事实皱眉，却胆敢对理想倾心。”（沈从文）

它还成功地表现了一种哲理的思索。“短短二十余字绝妙地表现了人在广袤的宇宙空间和绵绵不尽的时间中的孤独处境。这种处境不是个人一时的感触和境况，而是人类的根本境况，即具有哲学普遍意义的境况。”（赵鑫珊）对短小到二十二字的一首诗的意蕴探究的不可穷尽，充分说明了它在艺术上的成功。至于在形式上，前二整饬而后二则纯用散文化句法，诗的散文化即口语美，这种写法，完全是服从于内容的需要的——只有冲破过于整齐的形式，才能更好地表现一种奔迸而出的不平之情。

【贺知章】（659 — 744）字季真，唐越州永兴（浙江萧山）人。武后证圣元年（695）进士及第，授国子四门博士，迁太常博士。玄宗开元十年（722）入丽正殿修书，十三年迁礼部侍郎，后为太子宾客，秘书监。晚号四明狂客。

回乡偶书

贺知章

少小离家老大回，乡音无改鬓毛衰。
儿童相见不相识，笑问客从何处来。

这是一首著名的唐诗。它的内容是如此家常，语言是如此质朴，几乎看不到文采，然而，人们却有太多的理由喜欢这首诗，喜欢到代代相传，喜欢到家喻户晓。值得好好玩味。

人们在年轻时总想离开家，而年老时又总想还家。故乡主题，是文学的永恒主题之一。按一般人的经验，久别还乡的人，通常与亲友邻里会面的时候居多，儿童相见只是插曲。作者不写一般的情况，而只写这个插曲，这是诗人的高招。只要是儿童，谁不是人来疯，对客人到来总是兴奋莫名，总是问这问那。杜甫《赠卫八处士》就这样写道："昔别君未婚，儿女忽成行。怡然敬父执，问我来何方？"儿童问客，如查户口，是一定要问"客从何处来"的。这是一个有趣的现象。在特定语境中,"客从何处来"犹如英语的"Where are you from"，相当于问"你是哪里人？"明明是家乡人，却被家乡孩子当作外乡人。诗人敏感地觉察到这一日常生活对话中的喜剧性（本质与现象的矛盾），从此赋予抒写世事沧桑的这首诗以风趣和隽永。

此外，这一偶然事件还包含着必然性，儿童天真的问话捅破了天机。"去者日以疏，来者日以亲。"天地间就没有永久的主人，只有永久的过客——昨天先入为主的，明天会渐行渐远。"长江后浪推前浪，世上新人换旧人。"人生易老，规律无情……诸如此类的人生慨叹，诗中并没有直接说出，但你不能说它的话外没有，读之悠然可会。所以这首诗又非常富于神韵。

少小离家老大回家，亲切感和疏离感同在，熟悉感和新鲜感并存，这是一种普遍的人生经验。然而，具体到每个时代，具体到每一个人，感受则是不一样的。"十五从军征，八十始得归。道逢乡里人，家中有阿谁？"（汉乐府）虽然道逢家乡人，却感到透心的凄凉，这是汉末乱世的人生况味。而贺知章这首诗大不相同。儿童问客内容是生分的，态度却是礼貌和友善的，字里行间有太多的人情味。古人说："治世之音安以乐，其政和。"（《毛诗序》）这首诗的情调就是安乐、就是和谐，是典型的唐音。世世代代的读者热爱这首诗，也包含对安乐、对和谐的向往。

这首诗的语言比较贴近口语，句式却比较考究，多用句中排，所以饶有唱叹之音。具体而言，首句"少小离家"（人生旅程之始）和"老大回"（人生旅程之末）构成对比，是一重唱叹。次句"乡音无改"（暗示乡情依旧）和"鬓毛衰"（暗示形容变尽）构成对比，是另一重唱叹。三句"相见"（亲和感）和"不相识"（疏离感）构成对比，是第三重慨叹。末句不再对比，以笑问作收，是重复中的变化，是整饬中的活泼。唐人绝句最重风调，即宜于讽咏、神似民歌，这首诗就很有代表性。

【张若虚】（660？－720？）扬州（今属江苏）人。曾任兖州兵曹。中宗神龙中与贺知章、万齐融、邢巨、包融等以"文词俊秀"而显名长安，又与贺知章、包融、张旭并称"吴中四士"。《全唐诗》存诗2首。

春江花月夜

张若虚

春江潮水连海平，海上明月共潮生。滟滟随波千万里，何处春江无月明。
江流宛转绕芳甸，月照花林皆似霰。空里流霜不觉飞，汀上白沙看不见。
江天一色无纤尘，皎皎空中孤月轮。江畔何人初见月，江月何年初照人？
人生代代无穷已，江月年年只相似。不知江月待何人，但见长江送流水。
白云一片去悠悠，青枫浦上不胜愁，谁家今夜扁舟子？何处相思明月楼？
可怜楼上月徘徊，应照离人妆镜台。玉户帘中卷不去，捣衣砧上拂还来。
此时相望不相闻，愿逐月华流照君。鸿雁长飞光不度，鱼龙潜跃水成文。
昨夜闲潭梦落花，可怜春半不还家。江水流春去欲尽，江潭落月复西斜。
斜月沉沉藏海雾，碣石潇湘无限路。不知乘月几人归，落月摇情满江树。

《春江花月夜》本乐府《清商曲辞·吴声歌曲》旧题，最早见于陈朝。陈叔宝（陈后主）与宫中女学士及朝臣相和为诗，《春江花月夜》与《玉树后庭花》是其中最艳丽的曲调。（《旧唐书·音乐志》）隋及唐初犹有作者，然皆五言短篇，在题面上做文章而已。吴中诗人张若虚出，始扩为七言长歌，且将自然景物、现实人生与梦幻融冶一炉，诗情哲理高度结合，使此艳曲发生质变，成就了唐诗最早的典范之作，厥功甚伟。

《春江花月夜》属于"四杰体"，是卢、骆歌行的发展，故亦曾随四杰的命运升沉，从唐到元被冷落了好几百年，直到明前七子领袖之一的何景明重新推尊四杰后，它才被发现，被重视，被推崇至于“孤篇横绝竟为大家”的高度。“大家”，在古代文学批评术语中是超过“名家”一等，指既有杰出成就又有深远影响的作家。四杰就不曾得到过这样的荣誉。《红楼梦》中林黛玉《代别离》一诗，就“拟《春江花月夜》之格，乃名其诗曰《秋窗风雨夕》。”也可见它所具的艺术魅力。

春、江、花、月、夜这五个字，本身就足以唤起柔情绮思。可同样是这五个字，在陈后主笔下只能是俗艳浅薄的吟风弄月——其辞虽与时消没，但从《玉树后庭花》辞可得仿佛：“丽宇芳林对高阁，新妆艳质本倾城。映户凝娇乍不进，出帷含态笑相迎。妖姬脸似花含露，玉树流光照后庭。”然而在张若虚笔下则完全不同。其根本的差异就在诗是沉湎于肤浅的感官刺激与享乐，还是追求深刻的人生体验之发抒。大诗人与大哲人乃受着同一种驱迫，追寻着同一个谜底，而且往往一身而二任焉。屈原、李白、苏轼，但丁、莎士比亚、歌德、泰戈尔的诗篇里，回荡着千古不衰的哲学喟叹。张若虚《春江花月夜》也属于这个行列。它与其说是一支如梦似幻的夜曲，毋宁说是一支缠绵深邃的人生咏叹曲。

从诗的结构上说，《春江花月夜》不是单纯的一部曲，而是有变奏的两部曲。在诗的前半，诗人站在哲学的高度上，沉思着困绕一代又一代人的根本问题，即本体的问题，生死的问题，即电视剧《西游记》插曲所唱“人生总有限，功业总无涯”那个问题。与众不同的是，张若虚将这一沉思放到宇宙茫茫的寥廓背景之上，放到春江花月夜的无限迷人的景色之中，使这一问题的提出，更来得气势恢宏，更令人困惑，也更令人神往。

张若虚并没有采用石破天惊的提问式开篇，如“遂古之初，谁传道之？”（屈原）、“青天有月来几时，我今停杯一问之”（李白）、“明月几时有，把酒问青天”（苏轼），而是从春江花月夜的绮丽壮阔景色道起，令人沉醉，令人迷幻。这似乎是一个优美的序曲。隋炀帝已经写过：“暮江平不动，春花满正开。流波将月去，潮水带星来。”“春江潮水连海平”似乎就是从这里开始。潮汐，本是日月与地球运行中相对位置变化造成引力变化导致的海水水位周期性涨落现象，吴人张若虚是熟悉这种景象的。月圆之夜，潮水特大。大江东流而海若西来，水位上涨，遂成奇观。这里写春江潮水而包入“海”字，使诗篇一开始就比隋炀帝诗气势更大。本来是潮应月生，看起来却是月乘潮起；不说“海上明月共潮升”而说“海上明月共潮生”，一字之别，意味顿殊，使习见景色渗入诗人主观想象，仿佛月与潮都具有了生命。

“滟滟”是江水充溢动荡的样子。月光普照与水流无关，诗人的主观感受却是月光“随波千万里”，水到哪里月到哪里，一忽儿整个春江都洒满月的光辉。“千万里”、“何处无”，极言水势浩远，月色无边。由一处联想到处处，诗人情思也像潮水般扩张着、泛滥着。以下由江水写到开花的郊野（谢朓“杂英满芳甸”。）过渡自然轻灵。“月照花林皆似霰”，月下的花朵莹洁如雪珠，吐出淡淡的幽香，写出春江月夜之花的奇幻之美。春夜何来“空里流霜”？明明是月光造成的错觉，故细看又不觉其飞。“汀上白沙”何以“看不见”？那也是因为一天明月白如霜，淆乱了视觉的缘故。

这两节写景奇幻，真有点令人目迷的感觉，诗人又并不迷失在镜花水月的诸般色相之中，而独能驭以一己之情思，一忽儿又跳脱出来。纷繁的春江景物被统摄于月色，渐渐推远，“看不见”了。诗人于是由色悟空。

被月光洗涤净化的宇宙：“江天一色无纤尘，皎皎空中孤月轮。”是“无纤尘”啊，“皎皎”啊。在星空下，即使是浅薄的人，也会变得有几分深刻。如此光明洞澈的环境，让人忘掉日常的琐屑烦恼，超越自我，而欲究宇宙人生之奥秘。相形之下，别的世情都微不足道了。在茫茫宇宙之间，人只不过是夹在宏观与微观世界中的一个中项而已，来自何从？去向何往？是一个永恒之谜。孤独感是一种深刻的人生情绪，被一代又一代灵魂反复体验过，咀嚼过。这里通过“孤月轮”而反映流露出来，“孤”字不可轻易看过。“江畔何人初见月？江月何年初照人？”前句可以解为：江畔人众，何止恒河沙数，谁个最初见到这轮明月？就今夜而言，此问偏于空间范畴。后句则言：江上之月番番照临人寰，然不知青天有月来自何时，江畔有人又始自何时，人月的际遇又始自何时？此问则偏于时间范畴。由此看来，这是两个问题。但前句亦可不限于此夜，可以解为：代代江畔有人，究竟何人最早见到这轮明月？换言之亦“青天有月来几时”也。由此看来，这又是同一个问题，以唱叹方式出之。通过“人”见“月”，“月”照“人”，反复回文的句式造成抒情味极浓的咏叹，令人回肠荡气。两句表现了极深远的宇宙意识，几乎是在探索宇宙的起源、人类的初始，本文前引李白、苏轼的天问式名句实肇源于此。

诗人浮想联翩，产生了一个更有价值的思想：“人生代代无穷已，江月年年只相似。”有限与无限这对范畴，很早就有诗人在咏叹，张若虚同时的刘希夷也有咏叹。这仅仅是“天地终无极，人命若朝霜”（曹植）、“人生若尘露，天道邈悠悠”（阮籍）、“年年岁岁花相似，岁岁年年人不同”（刘希夷）的翻版么？否。虽然同样是对有限无限的思考，“岁岁年年人不同”着眼于个体生命的短暂，而“人生代代无穷已”着眼于生命现象的永恒，前者纯属感伤，而后者则是惊喜了。代代无穷而更新，较之年年不改而依旧，不是别有新鲜感和更富于生机么！生命现象，你这宇宙之树上茁放的奇花呀！无数个有限总和为无限而又如流水不腐。这是作者从自然美景中得到的启示和慰安。诗中的“江月”是那样脉脉含情，不知送过多少世代的过客，他还来江上照临，还在准备迎新。皎皎的明月，你这天地逆旅中多情的侍者呀！闻一多说，诗人在这里与永恒“猝然相遇，一见如故”，“只有错愕，没有憧憬，没有悲伤”，“对每一个问题，他得到的仿佛是一个更神秘、更渊默的微笑，他更迷惘了，然而也满足了。”（《唐诗杂论》）如果我们把哲理与诗情分别比作诗之骨与肉的话，《春江花月夜》绝不是那种瘦骨嶙峋的哲理诗，更不是那种骨瘦肌丰的宫体诗，相形之下，它是那样的骨肉匀停，丰神绝世，光彩照人。

在诗的后半展示了一个人生舞台，咏叹回味着人世间最普遍最持久的见难恒别的苦恼与欢乐。别易会难，与生命有限宇宙无限是有关联而又不尽相同的事体。生有离别之事，死为大去之期，故生死离别，一向并提，这是有关联的一面。不过离别悲欢限于人生，而与自然宇宙无关，在视野上大大缩小范围，这是二者毕竟不同的地方。故诗的后半对前半是一重变奏。如果说前半乃以哲理见长；则后半就更多地具有人情味。在所有的情亲离别之中，游子思妇是最典型的一类。东汉古诗十九首已多所表现，论者多把游子思妇的苦因归结到乱离时代。殊不知夫妻情侣生离之事，乱离时代固然多，和平时代也不少。李煜的“别时容易见时难”、《红楼梦》的“天下没有不散的筵席”咏叹的都是不可避免的人生现象。《春江花月夜》的后半就着重写和平时代亲情间悲欢离合之情，对古诗以来的游子思妇主题的诗歌，作了一个总结。诗人的特殊之处在于，他运用了四杰体反复唱叹的句调；设计了许多富于戏剧性的情景细节；创造了浓郁的抒情氛围；在同类题材之作中可谓观止。

这部分一开始，诗人就描绘了一个典型的离别场所：“白云一片去悠悠，青枫浦上不胜愁”。浦即渡口，为送别地点。江淹《别赋》：“送君南浦，伤如之何。”《楚辞·招魂》：“湛湛江水兮上有枫，极目千里兮伤春心。”枫叶秋红，青枫是春天的形象。在此青枫浦口，见一片白云去远，更引起于离别的联想。以下就引入游子思妇之别情。“扁舟”在江，而“楼台”宜月，故诗人写道：“谁家今夜扁舟子？何处相思明月楼？”“谁家”与“何处”为互文，言“谁家”可见不止一家，言“何处”，可见不止一处。这两句实是一种相思，两处着笔，反复唱叹，与“江畔何人初见月，江月何年初照人”二句同一机杼。

曹植诗云：“明月照高楼，流光正徘徊。上有愁思妇，悲叹有余哀。”（《七哀》）本篇写月夜楼台相思，实化用《七哀》句意。然而诗人却设计了一个更富于戏剧性的情节：“可怜楼上月徘徊，应照离人妆镜台。玉户帘中卷不去，捣衣砧上拂还来。”思妇对着明月光光的妆台，不能成寐，想要和帘卷去月光，但帘可卷而月光依然，撩人愁思；思妇意欲捣练，误认砧上月光是霜，想要拂拭，结果“拂还来”——其实是拂了个空。这两句写思妇恼乱情态，极有生活情趣。那卷不去、拂还来的月光，实是象征思妇无法解开的情结，无法摆脱的愁思，有赋抽象以具象之妙。“可怜”、“应照”云云，皆取游子遐想的情态，更有幻设之致。楼头思妇与扁舟游子虽非一处，此夜望月则同，却又信息难通。《子夜歌》云：“想闻欢唤声，虚应空中诺。”此则曰“此时相望不相闻”；《子夜歌》云：“仰头看明月，寄情千里光”，此则曰：“愿逐月华流照君”，皆辞异情同。

“鸿雁长飞光不度，鱼龙潜跃水成文”二句对仗精工，就表意来讲，却是模糊语言。“鱼龙”偏义于“鱼”，鱼与雁皆为信使。“长飞”、“潜跃”云云，意言不关人意。“光不度”暗示音讯难通；“水成文”，可惜不是信字。两句诗尽传书信阻绝的苦恼。日有此思，则夜有此梦。“昨夜闲潭梦落花”，又模糊于主语，或云是思妇，或云是游子。其实两可。按梦的解析法，则此“落花”是象征青春易逝、红颜易老，与性爱有关。

诗的结尾最有意味，照应题面，逐字收拾“春江花月夜”五字。花落春老，海雾蒸腾，隐没斜月，而相隔天南海北的人儿不知凡几：“斜月沉沉藏海雾，碣石潇湘无限路。”尽管如此，却也必然有人踏上回故乡之路：“不知乘月几人归，落月摇情满江树。”这个结尾之精彩，就在于诗人写够了人间别离的难堪后，又留下了会合团聚的希望。他并没有写到意尽，似乎更好。此生此夜，总有人乘月而归，在饱尝离别滋味之后，他们将得到重逢的喜悦，以资补偿。“人有悲欢离合，月有阴晴圆缺”（苏轼），这才是人生。这是继“人生代代无穷已”之后，诗人给读者第二次精神上的安慰。这也是自然美景给他的启示。唯其如此，这支人生咏叹曲才显得那么积极乐观、一往情深。明月在告别前留下深情的一瞥（“摇情满江树”），显示出造物对于人类的厚爱。

全诗以春江花月夜为背景，沉思着短暂而又无涯的人生，抒写情侣间的相思别情。诗情的消长与景物变化十分协调。在诗的前半，读者看到了春暖花开，潮涨月出，及夜幕的降临，渐渐引起哲理性的人生感喟。诗的后半，向着这种哲理感喟的生活化、具体化，读者又看到了春去花落，潮退月斜，而长夜亦将逝去。这绝不是一夜的纪实，而更像是人生的缩影。诗歌的形象概括力是很强的。李泽厚修正闻一多的说法道：“其实，这诗是有憧憬和悲伤的，但它是一种少年时代的憧憬和悲伤。所以尽管悲伤，仍然轻快，虽然叹息，总是轻盈。它上与魏晋时代人命如草的沉重哀歌，下与杜甫式的饱经苦难的现实悲痛都决然不同。它显示的是，少年时代在初次人生展望中所感到的那种轻烟般的莫名惆怅和哀愁。”（《美的历程》）

余恕诚先生把此诗与王维《春日田园作》等并论，说：“《春江花月夜》从自然境界到人的内心世界都不受任何局限和压抑，向外无限扩展开去。人们面对无限的春江、海潮，面对无边的月色、广阔的宇宙，萦绕着绵长不尽的情思，荡漾着对未来生活的柔情召唤。”（《唐诗的生活理想和精神风貌》）它与其说是初唐诗的顶峰，毋宁说是盛唐第一诗。春风第一花。从这个意义上说，正是以孤篇压全唐。

《春江花月夜》属于“四杰体”，但已有令人瞩目的发展。它仍有《长安古意》那种一气贯注而又缠绵往复的旋律，却更加婉转明快。诗紧紧扣住题面五字来写，似乎语语就题面字加以翻弄，这种写法弄不好就会捉襟见肘，不胜痕迹。然而此诗却使人感到完全是情至文生，浅浅道来，语语生辉，真如万斛泉流，平地涌出，“将春江花月夜五字练成一片奇光，分合不得。”（钟惺）题面五字反复出现。“月”字使用频率高达十五次之多，丝毫不给人冗沓繁复之感。这是因为诗人一面重复着题字，一面更生着情景。读者的注意，在于引人入胜的境界，根本不觉得有什么重复，而反反复复出现的字面适足形成回环往复的唱叹之音，令人拍掌击节。诗中多用顶针辞格，造成明珠走盘之致，“春江潮水连海平，海上明月共潮生”，“江畔何人初见月？江月何年初照人？人生代代无穷已……。”又多用否定句式形成波折，如“流——不飞”、“看——不见”、“卷不去”、“拂——还来”、“望——不闻”、“飞——不度”。还大量运用设问和悬揣的语气，造成亲切如晤谈、朦胧如梦呓的音情，“江畔何人初见月？江月何年初照人？“不知江月待何人？”“谁家今夜扁舟子？何处相思明月楼？”“不知乘月几人归？”这种音情有助于诗情哲理的表现。《春江花月夜》在韵度上四句一转，共九韵，平仄交互，成九个段落，句调的流走妍媚，使人想到《西洲曲》。

林庚先生说得好：“绝句至盛唐一跃而为诗坛最活跃的表现形式。张若虚以《春江花月夜》属吴声歌曲，原来正是民歌中的绝句。张作四句一转韵，全诗一波未平一波又起，仿佛旋律的不断再涌现，从月出到月落，若断若续地组成一个抒情的长篇。节与节间自然流露出它的飞跃性——这乃是诗歌语言的基本特征。”因而闻一多赞美它是“诗中的诗”。

【张说】（667－730）字道济，一字说之。唐洛阳（今属河南）人，原籍范阳（今河北涿州）世居河东（今山西永济）。武则天永昌中，中贤良方正科第一。历仕武则天、中宗、睿宗、玄宗四朝，玄宗时为中书令、封燕国公，后为集贤院学士、尚书右丞相。与许国公苏颋齐名，时称“燕许大手笔”。有《张说之集》。

送梁六自洞庭山

张说

巴陵一望洞庭秋，日见孤峰水上浮。
闻道神仙不可接，心随湖水共悠悠。

这是一首在君山送别朋友的诗。

“盛唐诗人惟在兴趣，羚羊挂角，无迹可求。故其妙处莹彻玲珑，不可凑泊，如空中之音，相中之色，水中之月，镜中之象，言有尽而意无穷。”（《沧浪诗话》）离了具体作品，这话似玄乎其玄；一旦联系实际，便觉精辟深至。且以这首标志七绝进入盛唐的力作来解剖一下吧。

这是作者谪居岳州（即巴陵，今岳阳）的送别之作。梁六为作者友人潭州（湖南长沙）刺史梁知微，时途经岳州入朝。洞庭山（君山）靠巴陵很近，所以题云“自洞庭山”相送。诗中送别之意，若不从兴象风神求之，那真是“无迹可求”的。

谪居送客，看征帆远去，该是何等凄婉的怀抱(《唐才子传》谓张说“晚谪岳阳，诗益凄婉”）！“天涯一望断人肠”（孟浩然），首句似乎正要这么说。但只说到“巴陵一望”，后三字忽然咽了下去，成了“洞庭秋”，纯乎是即目所见之景了。这写景不渲染、不著色，只是简谈。然而它能令人联想到“袅袅兮秋风，洞庭波兮木叶下”（《楚辞·湘夫人》）的情景，如见湖上秋色，从而体味到“巴陵一望”中“目眇眇兮愁予”的情怀。这不是景中具意么，只是“不可凑泊”，难以寻绎罢了。

气蒸云梦、波撼岳阳的洞庭湖上，有一座美丽的君山，日日与它见面，感觉也许不那么新鲜。但在送人的今天看来，是异样的。说穿来就是愈觉其“孤”。否则何以不说“日见‘青山’水上浮”呢。若要说这“孤峰”就是诗人在自譬，倒未见得。其实何须用意，只要带了“有色眼镜”观物，物必著我之色彩。因此，由峰之孤足见送人者心情之孤。“诗有天机，待时而发，触物而成，虽幽寻苦索，不易得也”（《四溟诗话》），却于有意无意得之。

关于君山传说很多，一说它是湘君姊妹游息之所（“疑是水仙梳洗处”），一说“其下有金堂数百间，玉女居之”（《拾遗记》），这些神仙荒忽之说，使本来实在的君山变得有几分缥缈。“水上浮”的“浮”字，除了表现湖水动荡给人的实感，也微妙传达这样一种迷离扑朔之感。

诗人目睹君山，心接传说，不禁神驰。三句遂由实写转虚写，由写景转抒情。从字面上似离送别题意益远，然而，“闻道神仙——不可接”所流露的一种难以追攀的莫名惆怅，不与别情有微妙的关系么？作者同时送同一人作的《岳州别梁六入朝》云：“梦见长安陌，朝宗实盛哉！”不也有同种钦羡莫及之情么？送人入朝原不免触动谪臣之感，而去九重帝居的人，在某种意义上也算“登仙”。说“梦见长安陌”是实写，说“神仙不可接”则颇涉曲幻。羡仙乎？恋阙乎？“诗以神行，使人得其意于言之外，若远若近，若无若有”（屈绍隆《粤游杂咏》），这也就是所谓盛唐兴象风神的表现。

神仙之说是那样虚无缥缈，洞庭湖水是如此广远无际，诗人不禁心事浩茫，与湖波俱远。岂止“神仙不可接”而已，眼前，友人的征帆已“随湖水”而去，变得“不可接”了，自己的心潮怎能不随湖水一样悠悠不息呢？“心随湖水共悠悠”，这个“言有尽而意无穷”的结尾，令人联想到“惟见长江天际流”（李白），而用意更为隐然；叫人联想到“惟有相思似春色，江南江北送君归”（王维），比义却不那么明显。浓厚的别情浑融在诗境中，“如空中之音，相中之色，水中之月，镜中之象”，死扣不着，妙悟得出。借叶梦得的话来说，此诗之妙“正在无所用意，猝然与景相遇，借以成章，不假绳削，故非常情能到”(《石林诗话》)。

胡应麟说：“唐初五言绝，子安（王勃）诸作已入妙境。七言初变梁陈，音律未谐，韵度尚乏”,“至张说《巴陵》之什（按即此诗），王翰《出塞》之吟，句格成就，渐入盛唐矣。”(《诗薮》)他对此诗所作的评价是公允的。七绝的“初唐标格”结句“多为对偶所累，成半律诗”(《升庵诗话》)，此诗则通体散行，风致天然“惟在兴趣”，全是盛唐气象了。作者张说不仅是开元名相，也是促成文风转变的关键人物。其律诗“变沈宋典整前则，开高岑后矫清规”，亦继往而开来。而此诗则又是七绝由初入盛里程碑式的作品。

【张九龄】（678－740）字子寿，唐韶州曲江（广东曲江）人。武后神功元年（697）进士及第，授校书郎。玄宗先天元年（712）中道侔伊吕科，授左拾遗。后历官司勋员外郎、中书舍人、中书侍郎等职。玄宗开元二十一年（733）拜中书侍郎，同中书门下平章事，迁中书令，兼修国史。翌年罢相。次年贬为荆州长史。有《曲江张先生文集》。

望月怀远

张九龄

海上生明月，天涯共此时。
情人怨遥夜，竟夕起相思。
灭烛怜光满，披衣觉露滋。
不堪盈手赠，还寝梦佳期。

在最能代表盛唐气象的唐诗中，张九龄的《望月怀远》在屈指可数之列。

“海上生明月，天涯共此时”，这样的诗句是把天下人一网打尽的。就连诗中的月亮，可以是中秋的月，也可以是春月。这样的诗句属于任何时代，对今天海峡两岸的中国人，是家喻户晓的。“天涯共此时”写出了一种空间的距离和心理的认同——这是一个国家的认同、一个民族的认同。它还使人想起另一个天才的诗句：“别时容易见时难”。当我们念起“天涯共此时”的时候，想到的正是“别时容易见时难”。这正是“望月怀远”的题中之意。张九龄本人一定没有想到，他的这两句诗会如此这般地穿过了一千年的时空，成为联结海峡两岸的中国人的感情纽带，具有化干戈为玉帛的魅力。

“情人怨遥夜，竟夕起相思”，接着写月夜中人无尽的怀想。由于首联的关系，这一联消息甚大。“情人”不限于男女，可以推广到一切关系——亲子也可以、兄弟也可以、同志也可以、朋友也可以、祖孙也可以，凡是相互思念的人，都可以被一网打尽。而“相思”也不限于男女，而是形形色色的相互思念。连“怨”也不必是幽怨，也可以是“相思”的强化表达。在月下，“相思”被拉得很长很长、放得很大很大，“遥夜”“竟夕”的字面，“起”字的勾勒，状出绵绵不断的感觉。四句的音情是非常饱满的，与读王维《相思》“愿君多采撷，此物最相思”的感觉，并无二致。

“灭烛怜光满，披衣觉露滋”，烛光下的环境是温馨的，适宜于亲密关系的。而月光，则是烛光的放大。诗中人就吹灭蜡烛，在月光中徜徉。皎洁如银的月光让人低回不已，流连忘返，直到感到寒意、感到夜露的冷湿，才想起应该披件衣裳。用新诗来写这种感觉，就是“我身上觉着轻寒 / 你偏那样地云衣重裹 / 你团圞无缺的明月哟 / 请借件缟素的衣裳给我”（郭沫若）。在月光下，人的情感是净化的。这首诗也表现了这种净化。

“不堪盈手赠，还寝梦佳期”，最后两句表达对远方人的祝愿，作者并没有直白地说：“愿天下有情人终成眷属”，但诗句中一定包含着这样的意思，及其可以类推的意思。诗人突发奇想，用了一个超前的、或者说后现代的诗歌话语——“不堪盈手赠”，翻译过来说是“恨不得捧一把月光送你”——这是何等的浪漫！今人有句话可以作它的注脚：“最珍贵的东西是免费的”，除了阳光、空气、水、亲情、友爱等等，当然包括月光。最后写到憧憬写到梦，当一个人失去一切，但只要有梦，就不可悲。如果连梦也没有，那才真的可悲了。

这首诗的意境朦胧，表达委婉深曲，极有情致。余恕诚先生形容《春江花月夜》道：“人们面对无限的春江、海潮，面对无边的月色、广阔的宇宙，萦绕着绵长不尽的情思，荡漾着对未来生活的柔情召唤。”这也就像在说《望月怀远》。由于它是一首五律，在篇幅上比《春江花月夜》小得多，意象和语言也更单纯更简洁，却同时耐人寻味。

【崔国辅】（678 — 755）唐吴郡（江苏苏州）人，一说山阴（浙江绍兴）人。玄宗开元十四年（726）进士及第，官至礼部员外郎。天宝间因遭遇牵连，被贬竟陵司马。

怨　词

崔国辅

妾有罗衣裳，秦王在时作。
为舞春风多，秋来不堪著。

封建宫廷的宫女因歌舞博得君王一晌欢心，常获赐衣物。女主人公刚刚翻检过衣箱，发现一件敝旧的罗衣，牵惹起对往事的回忆，不禁黯然神伤。第一句中的"罗衣裳"，既暗示了主人公宫女的身份，又寓有她青春岁月的一段经历。第二句说衣裳是"秦王在时"所作，这意味着"秦王"已故，又可见衣物非新。第三句说罗衣曾伴随过宫女青春时光，几多歌舞。第四句语意陡然一转，说眼前秋凉，罗衣再不能穿，久被冷落。两句对比鲜明，构成唱叹语调。"不堪"二字，语意沉痛。表面看来是叹"衣不如新"，但对于宫中舞女，一件春衣又算得了什么呢？不向来是"汗沾粉污不再著，曳土踏泥无惜心"（白居易《缭绫》）么？这里有许多潜台词。

刘禹锡的《秋扇词》云："莫道恩情无重来，人间荣谢递相催。当时初入君怀袖，岂念寒炉有死灰！"《怨词》中对罗衣的悼惜，句句是宫女的自伤。"春"、"秋"不止指季候，又分明暗示年华的变换。"为舞春风多"包含着宫女对青春岁月的回忆；"秋来不堪著"，则暗示其后来的凄凉。"为"字下得十分巧妙，意谓正因为有昨日宠召的频繁，久而生厌，才有今朝的冷遇。初看这二者并无因果关系，细味其中却含有"以色事他人，能得几时好"(李白《妾薄命》)之意,"为"字便写出宫女如此遭遇的必然性。

此诗句句惜衣，而旨在惜人。衣和人之间是"隐喻"关系。罗衣与人，本是不相同的两种事物，作者却抓住罗衣"秋来不堪著"，与宫女见弃这种好景不长、朝不保夕的遭遇的类似之处，构成确切的比喻。以物喻人，揭示了封建制度下宫女丧失了作人权利这一极不合理的现象，这就触及到问题的本质。

唐人作宫怨诗，固然以直接反映宫女的不幸这一社会现实为多。但有时诗人也借写宫怨以寄托讽刺，或感叹个人身世。清刘大櫆说此诗是"刺先朝旧臣见弃"。按崔国辅系开元进士，官至礼部员外郎，天宝间被贬，此可备一说。

【金昌绪】 玄宗时余杭（浙江杭州）人。

春　怨

金昌绪

打起黄莺儿，莫教枝上啼。
啼时惊妾梦，不得到辽西。

春晨，一位少妇，刚刚做上难得的好梦，飞越千里万里，与久别而又远在军中的丈夫相会。就在这关键时刻，窗外传来一连串莺啼，把少妇从美梦中惊醒。诗是用少妇对莺嗔怨的口吻写成的。

一句先将梦醒后打鸟的情状表出，起得很突兀。就艺术效果而言，这种写法能一下子抓住读者，引起“悬念”，又符合气急、恼怒时语无次第的实际情况，口角逼肖。二句解释打鸟的原因——“莫教枝上啼”。春莺的歌喉原是美妙的，但少妇听来，却烦心死了。不准它在树枝上叫，这为什么呢？“啼时惊妾梦，不得到辽西”。“辽西”是唐代征东部队的驻地。由于少妇的丈夫从军在外，无由相会，这里点出“春怨”的题旨，“悬念”释然。枕上片时春梦，可以行尽千里，在梦中会见亲人，对少妇来说也是难能可贵的。但梦境到底难续，既已惊梦，打鸟何益？但还是要打，这不但把少妇气恼而又单纯得近乎痴稚的情态活现纸上，又具有浓厚的生活气息，和生活中常有的幽默情趣。

在写作布局上，《春怨》采用倒叙手法，一浪追一浪，后句说明前句，篇法圆紧，语气蝉联，增添了全诗活泼的情趣。试想一下，要将篇法结构改作“离别——入梦——惊梦——打鸟”，即使内容完全一样，不免平板枯索，化神奇为平庸了。

【王之涣】（688—742）字季凌，唐绛郡（今山西新绛）人，原籍晋阳（今山西太原）。玄宗开元初为冀州衡水主簿，后被诬去职，优游山水。晚任文安县尉，卒于官舍。

登鹳雀楼

王之涣

白日依山尽，黄河入海流。
欲穷千里目，更上一层楼。

此诗是登楼题咏之作。一作朱斌（芮挺章《国秀集》）诗。

唐代河中府的一处高阜上，有一座三层的高楼，正对中条山，俯瞰黄河水，因为楼高，时有鹳雀来栖，故名鹳雀楼。这里历来是登临胜地。唐人题咏甚多，而这首五绝当推第一。

诗的前半写登览中苍茫壮阔的景象。诗句排空而起。“白日”，写傍山的太阳，圆而益大，明朗璀璨。映衬它的是恢恢天宇，显得气势磅礴。用一个声调永长的“依”字，更状出了太阳靠山缓缓沉下的壮丽情景，这是只有登高远望才可能得到的生动感受。天地悠悠，气象恢廓。读者的胸怀为之大开。

在鹳雀楼上，事实上看不见大海，诗人却用丰富的联想加长了目力，写出了“黄河入海流”这样声势赫赫的句子。而声调短促的“入”字与舒缓永长的“流”

字配合，一仄一平，一张一弛，音情摇曳，成功地表现了黄河一泻千里东到大海的雄伟气势。诗句的韵律与所表现的情感水乳交融，完美地统一着。

短短十字，日、海、山、河，并吞万有，气象开张。写落日，写河流，却绝无“夕阳无限好，只是近黄昏”、“恰似一江春水向东流”的感伤。相反，这景象的豪迈壮阔，激起的是人不能自已的豪情。于是后二句把诗的意境提到一个新的高度。它不仅歌颂了大好河山，表现了诗人的襟怀抱负，常被人简单概括为“站得高才能看得远”，这当然不错，不过在诗中，这样的哲理是寓于形象，饱含着丰富情感，所以激动人心。

凉州词

王之涣

黄河远上白云间，一片孤城万仞山。
羌笛何须怨杨柳，春风不度玉门关。

据唐人薛用弱《集异记》记载：开元间，王之涣与高适、王昌龄到酒店饮酒，遇梨园伶人唱曲宴乐，三人便私下约定以伶人演唱各人所作诗篇的情形定诗名高下。结果三人的诗都被唱到了，而诸伶中最美的一位女子所唱则为“黄河远上白云间”。王之涣甚为得意，这就是著名的“旗亭画壁”故事。此事未必实有，但表明王之涣这首《凉州词》在当时是列入流行歌曲排行榜的名篇。

诗的首句抓住自下游向上游、由近及远眺望黄河的特殊感受，描绘出“黄河远上白云间”的动人画面：汹涌澎湃波浪滔滔的黄河竟像一条丝带迤逦飞上云端。写得真是神思飞跃，气象开阔。诗人的另一名句“黄河入海流，”其观察角度与此正好相反，是自上而下的目送；而李白的“黄河之水天上来”，虽也写观望上游，但视线运动却又由远及近，与此句不同。“黄河入海流”和“黄河之水天上来”，同是着意渲染黄河一泻千里的气派，表现的是动态美。而“黄河远上白云间”，方向与河的流向相反，意在突出其源远流长的闲远仪态，表现的是一种静态美。同时展示了边地广漠壮阔的风光，不愧为千古奇句。

次句“一片孤城万仞山”出现了塞上孤城，这是此诗主要意象之一，属于“画卷”的主体部分。“黄河远上白云间”是它远大的背景，“万仞山”是它靠近的背景。在远川高山的反衬下，益见此城地势险要、处境孤危。“一片”是唐诗习用语词，往往与“孤”连文，如“孤帆一片”、“一片孤云”等等，这里相当于“一座”，而在词采上多一层“单薄”的意思。这样一座漠北孤城，当然不是居民点，而是戍边的堡垒，同时暗示读者诗中有征夫在。“孤城”作为古典诗歌语汇，具有特定涵义。

它往往与离人愁绪联结在一起，如“夔府孤城落日斜，每依北斗望京华”（杜甫《秋兴》）、“遥知汉使萧关外，愁见孤城落日边”（王维《送韦评事》）等等。第二句“孤城”意象先行引入，为下两句进一步刻画征夫的心理作好了准备。

诗起于写山川的雄阔苍凉，承以戍守者处境的孤危。第三句忽而一转，引入羌笛之声。羌笛所奏乃《折杨柳》曲调，这就不能不勾起征夫的离愁了。此句系化用乐府《横吹曲辞·折杨柳歌辞》“上马不捉鞭，反折杨柳枝。蹀座吹长笛，愁杀行客儿”的诗意。折柳赠别的风习在唐时最盛。“杨柳”与离别有更直接的关系。所以，人们不但见了杨柳会引起别愁，连听到《折杨柳》的笛曲也会触动离恨。而“羌笛”句不说“闻折柳”却说“怨杨柳”，造语尤妙。这就避免直接用曲调名，化板为活，且能引发更多的联想，深化诗意。玉门关外，春风不度，杨柳不青，离人想要折一枝杨柳寄情也不能，这就比折柳送别更为难堪。征人怀着这种心情听曲，似乎笛声也在“怨杨柳”，流露的怨情是强烈的，而以“何须怨”的宽解语委婉出之，深沉含蓄，耐人寻味。这第三句以问语转出了如此浓郁的诗意，末句“春风不度玉门关”也就水到渠成。

“玉门关”一语入诗，也与征人离思有关。《后汉书·班超传》云：“不敢望到酒泉郡，但愿生入玉门关。”所以末句正写边地苦寒，含蓄着无限的乡思离情。如果把这首《凉州词》与中唐以后的某些边塞诗（如张乔《河湟旧卒》）加以比较，就会发现，此诗虽极写戍边者不得还乡的怨情，但没有衰飒颓唐的情调，表现出盛唐诗人广阔的心胸，悲中有壮，悲凉而慷慨。“何须怨”三字不仅见其艺术手法的委婉蕴藉，也可看到当时边防将士在乡愁难禁时，也意识到卫国戍边责任的重大，方能如此自我宽解。正因为《凉州词》情调悲而不失其壮，所以能成为“唐音”的典型代表。

【高力士】（684年—762年），本名冯元一，是中国唐代的著名宦官之一。祖籍潘州（今高州），曾祖冯盎、祖父冯智玳、父为冯君衡，曾任潘州刺史。他幼年时入宫，由高延福收为养子，遂改名高力士，受到当时女皇帝武则天的赏识。在唐玄宗管治期间，其地位达到顶点，由于曾助唐玄宗平定韦皇后和太平公主之乱，故深得玄宗宠信，终于累官至骠骑大将军、进开府仪同三司。高力士一生忠心耿耿，与唐玄宗不离不弃，被誉为“千古贤宦第一人”。

感巫州荠菜

高力士

两京作斤卖，五溪无人采。
夷夏虽有殊，气味终不改。

中国诗词在构思上有一个好的传统，就是不直说，就是含蓄。难怪毛泽东对陈毅说："诗要用形象思维，不能如散文那样直说，故比兴两法是不能不用的。"有通首用比者，谓之比体。如朱庆余《闺意上张水部》是，王建《新嫁娘》也是，连玄宗身边的大太监也有这样一首诗。高力士者，传说中与李白脱靴人也。

荠菜是一种野菜，也可以种植。唐肃宗时，宦官李辅国矫制迁明皇西宫，高力士被流放于巫州（今湖南黔阳县西，唐属黔中道，地有五溪），见山多荠菜，而土著居民不懂得吃，感而作诗，实托物言志。这首诗句句是在说荠菜，也句句是在说自己。"两京作斤卖"，是说自己在皇帝身边的时候，原是上得了台面的。"五溪无人采"，是说自己流放到巫州，有很强的失落感——"无人采"，无人睬也。"夷夏"对应上文"五溪""两京"，分别指边区、少数民族地区，和中原地区政治中心。"夷夏虽有殊"，是说自己今昔处境有很大的落差。"气味终不改"，是说自己对君王、对皇室的忠心，是经得起考验的。"气味"二字，紧扣"荠菜"，语言非常到位。总之，这首诗的写法是很高明的。

赵德麟《候鲭录》云："高力士谪在巫州，咏荠菜诗，为鲁直所称。"按，黄庭坚（字鲁直）有《食笋诗》曰："尚想高将军，五溪无人采。"可见黄庭坚潜意识中是有这首诗的，不过他把荠菜误记为笋了，这也无关紧要。无独有偶，笔者读研时见过这首诗、并未上心，一次到皖南考察，于席间见荠菜，竟一字不差地记起了这首诗，便打趣道："有句如此，真可以为太白脱靴矣！"一首诗能深入人的潜意识至此，必为好诗无疑。

历代唐诗选家，虽旁及妇女、和尚、道士，总不及于太监，难怪司马迁说："夫中材之人，事关于宦竖，莫不伤气。"又想起陈衍因元好问讥秦观诗为"女郎诗"，鸣不平道："诗者，劳人、思妇公共之言，岂能有雅颂而无国风，绝不许女郎作诗耶？"（《宋诗精华录》卷二）宦竖，亦劳人也。

【孟浩然】（689 — 740）或谓字浩然，唐襄州襄阳（今属湖北）人。少隐家乡鹿门山，玄宗开元十六年（728）进京应试不第，遂漫游天下，以布衣终老。有《孟襄阳集》。

夏夕南亭怀辛大

孟浩然

山光忽西落，池月渐东上。
散发乘夕凉，开轩卧闲敞。
荷风送香气，竹露滴清响。

欲取鸣琴弹，恨无知音赏。
感此怀故人，中宵劳梦想。

浩然诗的特色是“遇景入咏，不拘奇抉异”（皮日休），虽只就闲情逸致作轻描淡写，往往能引人渐入佳境。《夏日南亭怀辛大》是有代表性的名篇。

诗的内容可分两部分，即写夏夜水亭纳凉的清爽闲适，同时又表达对友人的怀念。“山光忽西落，池月渐东上”，开篇就是遇景入咏，细味却不止是简单写景，同时写出诗人的主观感受。“忽”、“渐”二字运用之妙，在于它们不但传达出夕阳西下与素月东升给人实际的感觉一快一慢；而且，“夏日”可畏而“忽”落，明月可爱而“渐”起，又表现出一种心理的快感。“池”字表明“南亭”傍水”亦非虚设。

近水亭台，不仅“先得月”而且先退凉。诗人沐浴之后，洞开亭户，“散发”不梳，靠窗而卧，使人想起陶潜的一段名言：“五六月中北窗下卧，遇凉风暂至，自谓是羲皇上人。”（《与子俨等疏》）三四句不但写出一种闲情，同时也写出一种适意——来自身心两方面的快感。

进而，诗人从嗅觉、听觉两方面继续写这种快感：“荷风送香气，竹露滴清响。”荷花的香气清淡细微，所以“风送”时闻；竹露滴在池面其声清脆，所以是“清响”。滴水可闻，细香可嗅，使人感到此外更无声息。宜乎“一时叹为清绝”（沈德潜《唐诗别裁》）。写荷以“气”，写竹以“响”，而不及视觉形象，恰是夏夜中人的真切感受。

“竹露滴清响”，那样悦耳清心，这天籁似对诗人有所触动，使他想到音乐，“欲取鸣琴弹”。琴，这古雅平和的乐器，只宜在恬淡闲适的心境中弹奏。古人弹琴，先得沐浴焚香，屏去杂念。而南亭纳凉的诗人此刻，已自然进入这种心境，正宜操琴。“欲取”而未取，舒适而不拟动弹，但想想也自有一番乐趣。不料却由“鸣琴”之想牵惹起一层淡淡的怅惘。像平静的井水起了一阵微澜。相传楚人钟子期通晓音律。伯牙鼓琴，志在高山，子期品道：“峨峨兮若泰山”；志在流水，子期品道：“洋洋兮若流水。”子期死而伯牙绝弦，不复演奏。（见《吕氏春秋·本味》）这就是“知音”的出典。说到弹琴，即“恨无知音”，有一个时代背景，刘长卿所谓“古调虽自爱，今人多不弹”也（《听弹琴》）。说到“恨无知音”，又自然过渡到怀人的意思上来了。

此时，诗人是多么希望有朋友在身边，闲话清谈，共度良宵。可人期不来，自然会生出惆怅。“怀故人”的情绪一直带到睡下以后，进入梦乡，居然会见了亲爱的朋友。诗以有情的梦境结束，极有余味。

孟浩然善于捕捉生活中的诗意感受。此诗不过写一种闲适自得的情趣，兼带点无知音的感慨，并无十分厚重的思想内容；然而写各种感觉细腻入微，诗味盎然。文字如行云流水，层递自然，由境及意而达于浑然一体，极富于韵味。诗的写法上又吸收了近体的音律、形式的长处，中六句似对非对，具有素朴的形式美；而诵读起来谐于唇吻，又“有金石宫商之声”（严羽《沧浪诗话》）。

过故人庄

孟浩然

故人具鸡黍，邀我至田家。
绿树村边合，青山郭外斜。
开轩面场圃，把酒话桑麻。
待到重阳日，还来就菊花。

这是一首纪述乡下做客的诗。请吃，是中国人建立感情的一种方式；杀鸡炊黍，是田家待客的习俗，“鸡黍”二字很家常，但也有出处，《论语·微子》：“子路从而后，遇丈人，（略）止子路宿，杀鸡为黍而食之”，后来元杂剧有一出《范张鸡黍》写的是后汉太学生范式，约定九月十五日到朋友张劭家探望，到期张杀鸡炊以待，张母疑心范相隔千里，未必能到，话音才落，范就到了。此诗一二句写故人相邀而我即至，不推辞，不误期，既随和，又讲信用，这正是一种最普通的人情，是人际交往中最常有的现象。诗人随手拈出，富于生活气息，多么亲切。

继二句写赴会沿途所见景色，这村庄坐落在城外，傍着一带青山，为绿树所环绕，这使人想起一首有趣的数字诗：“一去二三里，烟村四五家。亭台六七座，八九十枝花。”，真能在写景中表现出郊游的情趣来。元人马致远《双调·夜行船》：“红尘不向门前惹，绿树偏宜屋角遮，青山正补墙头缺，更哪堪竹篱茅舍”，这鼎足对的写景更鲜丽、也更尖新，然而却没有这里的自然朴素；马曲写的是茅舍一角，取景较窄；孟诗写的却是整个农村，眼界自宽；马曲流露的是孤高的情怀，此诗表现的却是平常心，具有更多的生活气息。所以这两句的好处，远在修辞之外，是全诗的灵魂，是感情与形象交融的结晶。这两句重点表现的是青山、绿树、村落，它们水乳交融地打成一片，而城郭相形之下就显得是个陪衬了，这里包含着一颗农家的心。

接下来写打开轩窗，宾主引怀细酌，谈笑风生，而谈的无非是庄稼话，家常话，所谓“相见无杂言，但道桑麻长。”城里终日忙忙碌碌的人，是很少能领略这种闲侃的乐趣的，它的前提是闲，有闲才有侃的心情，可人相对，清茶一杯，聊天聊上一天都不觉累。什么谋职求官之类的事，连想都不去想它了。诗人忘情于田园风光与友情之中了。

喝罢、谈了，最后是告辞。诗人的谈兴和酒兴未消，他说还要再来，那就在重阳节吧。这照应了开篇，这次是应邀而来，下次是不请也要来。在这种坦诚到忘形的话中，田庄的美好、故人的热情、做客的愉快，全都有了。

诗写一次普普通通的做客，在一个普普通通的农家，这儿既没有引人注目的名胜，也没有令人兴奋的事件，不过是一片场圃，遍地桑麻，一些村人来往的道路，然而诗人却成功地创造了一个和平的、理想的天地，一个没有传奇色彩的人间桃源，写出了诗人忘怀得失于友情与大自然的喜悦。全诗平平叙起，娓娓道来，没有一个夸张的句子，没有一个华丽的词句，“语淡而味终不薄”（沈德潜），这就是孟浩然的诗。

与诸子登岘山

孟浩然

人事有代谢，往来成古今。
江山留胜迹，我辈复登临。
水落鱼梁浅，天寒梦泽深。
羊公碑尚在，读罢泪沾巾。

岘山是孟浩然故乡靠近汉水的一座小山，山的大小与其名声的大小颇不相称。岘山出名出在晋代遗爱在民的地方官羊祜。羊祜死后，当地人无不为之悲痛，因树碑于山，杜预称之为“堕泪碑”。羊祜生前游山，曾抒发过以下广为人知的感慨；“自有宇宙，便有此山。由来贤达胜士登此远望，如我与卿者多矣，皆湮灭无闻，使人悲伤。”

孟浩然登岘山，首先就想到这个故事，并感受到羊祜同样的心情。诗就从他的感慨说起：“人事有代谢，往来成古今”，人事的“代谢”是绝对的，而“古今”的概念是相对的——大至朝代更替，小至个人的生老病死，人事永远处于不停的新陈代谢之中；古人曾经是“今人”，而今人亦有作古的一天，“后之视今，亦由今之视昔”，登临者做着古人做过的事，感受着古人感受过的心情，故“每览昔人兴感之由，若合一契”（王羲之），四句的“复”字，是个关键性字眼。

前四句寓深刻的道理于浅斟低唱之中。反过来说也成立，即前四句讲的是一个平常的道理，似乎每个人都能感觉到它，然而感觉到的不一定是深刻理解了的，经诗人一语道破，读者一面感到“甚合我意”，一面又感到他是发人所未发，实在深刻。这也可见孟诗“语淡而味终不薄”。

三句所谓“胜迹”，即名胜古迹，即打上了历史烙印的自然风光。它是风景，又不止是风景，面对它，你不能不缅怀与它相关的古人，这就是所谓怀古之思。然而怀古又不仅仅是一种幽情，其本质却在人对自身命运的凝注和关心。换句话说，人的生命有限，却偏偏向往于无限，渴望不朽。然而真正能够不朽的，后世之名而已，而且只有杰出者能活在后人心中。这既是怀古诗的感伤所在，也是其意义之所在。

五六句呈现的是初冬景色——“水落鱼梁浅，天寒梦泽深”，两句不但再现了岘山四围的风景，还使人联想到一些古人的名字，将人带向往古的回忆：“鱼梁”使人想起汉末居住在岘山之南的隐士庞德公，“梦泽”让我们想到流放的大诗人屈原，——放眼望去，举目都是胜迹，这样一再烘托，突出了怀古的主题。最后读羊公碑而为之出涕，感伤之余，有没有深思，这一点却是因读者而不同了。

这首律诗，其对仗在一二句和五六句，与常格不同，是五律一种早期的形式。这首诗也为诗人本人树起了一座纪念碑，——以后诗人登上岘山，就不会仅仅记起羊祜的那一段名言，还要加上孟浩然的这一首诗。

游精思观回王白云在后

孟浩然

出谷未亭午，至家已夕曛。
回瞻下山路，但见牛羊群。
樵子暗相失，草虫寒不闻。
衡门犹未掩，伫立待夫君。

这首纪游诗提到的“精思观”，在襄阳附近。“王白云”乃作者同乡好友王迥，其人家在鹿门，号白云先生，与孟浩然多有唱酬。作者另有《登江中孤屿赠白云先生王迥》道：“忆与君别时，泛舟如昨日。夕阳开晚照，中坐兴非一。南望鹿门山，归来恨相失。”可见二人又是亲密的游伴。

这首精思观纪游之作，向来被人推为冲淡的标本。“淡到令你疑心到底有诗没有。”（闻一多）看不见诗，不等于无诗，这样说无非是因为它太近于生活的真实罢了。然而，这首诗正因为有其生活之美而成为永久。

诗中所写的游观归来，包含有一个极有生活情趣的眼前景和言外事。到精思观路程不近，“出谷未亭午，到家已夕曛（夕阳余晖）”，是说未午离观，傍晚还家。计程应有三十华里山路呢。由诗题可以知道，作者与王白云这次是结伴同游，纵有天大的事，也该“同路不失伴”。但这种情况发生了。究其原因，只有一个可能：在道观附近探奇访胜，流连光景，因兴之所至，两下走失。这在旅游中是常有的事情。一旦发现失伴，办法有两个：一是假定对方沿既定路线（比如归途）走在前面，相应的办法是追。孟浩然很可能就采取这一法，直到回家，才发现“王白云在后”。另一是假定对方还在原地徘徊，相应的办法是等。直到等证实自己估计未确，这才怏怏而归。王白云先生很可能就这样倒了楣，以至天黑前还未赶到家，弄得孟浩然伫立“衡门”（简陋的门，语出《诗经·陈风》），大为着急——虽然诗中没有明说。

因此，全诗从第二联起，在写景中就充满一种企盼之情。“回瞻下山路，但见牛羊群”，回首归路只见牛羊，是说不见王先生的影儿。诗人化用《诗经·王风·君子于役》“日之夕矣，羊牛下来”之语，十分微妙地暗示了“君子于‘役’，如之何勿思”的盼望归来之意。“樵子暗相失，草虫寒不闻”，则是无所依傍的写景。樵夫隐没于夜色，草虫吞声于深秋，一失影，一失声，传达出的都是若有所失的神情。“衡门犹未掩”，是因为之子犹未归。所以先归者还在怅望，“伫立待夫君”。“夫君”，“犹言“之子”，翻译成大白话就是“您这位老先生”，一种发生在亲友之间的关切加埋怨，情见乎辞。

“淡到看不见诗”，是现象。“真孟浩然不是将诗紧紧的筑在一联或一句里，而是将它冲淡了，平均地分散在全篇中”（闻一多），这才是孟诗的本质。

临洞庭湖赠张丞相

孟浩然

八月湖水平，涵虚混太清。
气蒸云梦泽，波撼岳阳城。
欲济无舟楫，端居耻圣明。
坐观垂钓者，徒有羡鱼情。

这是一首干谒之作。所干之人，一说为张九龄，一说为张说。就关系而言，浩然与九龄较深，但九龄并未作过岳州一带地方官；张说开元中曾罢相，四年（716）坐事贬为岳州刺史，所以就事迹言，则投献张说的可能性为大。

洞庭本是长江中游巨浸，所谓“巴陵胜状，在洞庭一湖，含远山，吞长江，浩浩荡荡，横无际涯，朝晖夕阴，气象万千”，诗人来在八月，正值秋水盛涨，只一个“平”字，便形容出湖水的更加浩渺。湖水给人的强烈感受，除了广、还有深，“含虚混太清”一句就专写洞庭的孕大涵深。“虚”与“太清”俱指天空，不过“涵虚”

的“虚”乃指水中的天空，“太清”则是指头上的天空，诚所谓“上下天光，一碧万顷”。这两句是大处落墨，静态的描写；接下来的两句则取动态，写洞庭的气势和声威。

据宋人范致明《岳阳风土记》云“（岳阳）城据湖东北，（不仅如此，古代的云梦大泽也在洞庭的东北，具体而言，云泽在江北、梦泽在江南，相当于今湖北东南与湖南北部一带低洼地区，方圆八九百里。）湖面百里，常多西南风。夏秋水涨，涛声喧如万鼓，昼夜不息。”而“气蒸云梦泽，波撼岳阳城”二句，就写出西南风至，湖之声气东行所具有的威力和影响，“蒸”、“撼”二字，就写出了一种力度、一种震撼。这也就是孟诗“冲淡中有壮逸之气”的范例了。

湖水呈现的这种活力，这种气象，就使人联想到时代脉搏，盛唐气象。这触动了深藏在诗人潜意识里的不安，怎么能在这样千载难逢的大时代里无所作为呢？晚唐杜牧有一句诗：“清时有味是无能”（《将赴吴兴登乐游原一绝》），可作“端居耻圣明”的注脚。“欲济无舟楫，端居耻圣明”两句，完成了此诗从写景到陈情间的过渡之妙。

已经表现出希望援引的意思了，不过只说“欲济无舟楫”，就不那么露骨，反过来说也就是委婉。想到湖的彼岸，可惜没船；“鱼，我所欲也”，可惜没有钓竿。《淮南子·说林训》云：“临河而羡鱼，不若归家织网”，一种蠢蠢欲动之情，跃然纸上。这是在陈情，在干人，然而运用的却是比兴手法，“欲济”呀、“舟楫”呀、“垂钓”呀、“羡鱼”呀，这些喻象都紧紧扣住观湖感兴而来。因此，全诗浑然一体，决无前后割裂、勉强凑合之感。诗中三四两句意境雄阔，后人经常把它与杜甫“吴楚东南坼，乾坤日夜浮”（《登岳阳楼》）相提并论，认为很难超越。

晚泊浔阳望庐山

孟浩然

挂席几千里，名山都未逢。
泊舟浔阳郭，始见香炉峰。
尝读远公传，永怀尘外踪。
东林精舍近，日暮但闻钟。

浔阳亦即江州（江西九江），在湓水与长江交会处，庐山在城南。这首诗是诗人将行路过时写的。他登山没有呢？今已无从查考。诗一起即说“挂席几千里，名山都未逢”，想必是要登的。而这首诗表现的，是初到名山的喜悦，及由此引起的怀古幽情。

初到名山的这份喜悦，诗人没有直接说出，然而通过前两句挂席千里，名山未逢的铺垫，一种不期然而然的欣喜之情，通过“始见”二字，溢于言表。“哇，那就是香炉峰呀”，真是踏破铁鞋无觅处，得来全不费功夫呀。香炉峰是闻名已久，香炉峰的瀑布是不可不看，路过而不看，是要遗憾终生的。然而庐山的有名又不止在山水，还因为它的人文历史。所谓“远公传”指的是《高僧传》，远公即东晋高僧慧远，曾和隐士刘遗民等结白莲社，后世奉为莲宗初祖，他爱庐山，刺史桓伊就为他在这里造了一座禅舍，既东林寺或称“东林精舍”，大诗人陶渊明也曾和慧远有过交往。有道是“山不在高，有仙则名”，山本来高，有“仙”就更有名了。过去是从书上读到远公的事迹，曾长久地为之神望，而今东林精舍就在眼前，使人回忆传中所写，更有一种温故知新的感受——听那钟声，一定是从东林寺传来的吧。

诗并没有实写登山访古，却将见名山的愉悦和对古人的思慕一并传出，令人神往。故清人王士禛以为此诗达到“不著一字，尽得风流”的妙境，还说：“诗至此，色相俱空，真如羚羊挂角，无迹可求（据说羚羊过夜是将角挂高枝之上，四足离地，故无迹可求），画家所谓逸品是也。”

舟中晓望

孟浩然

挂席东南望，青山水国遥。
舳舻争利涉，来往接风潮。
问我今何适？天台访石桥。
坐看霞色晓。疑是赤城标。

孟浩然诗常常“遇景入咏，不钩奇抉异”（皮日休），故诗味的淡泊往往叫人可意会而不可言传。这首《舟中晓望》，就记录着他约在开元十五年自越州水程往游天台山的旅况。实地登览在大多数人看来要有奇趣得多，而他更乐于表现名山在可望而不可即时的旅途况味。

船在拂晓时扬帆出发，一天的旅途生活又开始了。“挂席东南望”，开篇就揭出“望”字，是何等情切。诗人大约又一次领略了“时时引领望天末，何处青山是越中”的心情。“望”字是一篇的精神所在。此刻诗人似乎望见了什么，又似乎什么也没望见，因为水程尚远，况且天刚破晓。这一切意味都包含在“青山——水国——遥”这五个平常的字构成的诗句中。

既然如此，只好暂时忍耐些，抓紧赶路吧。第二联写水程，承前联“水国遥”来。“利涉”一词出自《易·需卦》“利涉大川”——意思是卦象显吉，宜于远航。那就高兴地趁好日子兼程前进吧。舳舻，一种方长船。“争利涉”以一个“争”字表现出心情迫切、兴致勃勃，而“来往接风潮”则以一个“接”字表现出一个常与波涛为伍的旅人的安定与愉悦感，跟上句相连，便有乘风破浪之势。

读者到此自然而然想要知道他“何往”了，第三联于是转出一问一答来。这其实是诗人自问自答：“问我今何适？天台访石桥。”这里遥应篇首“东南望”，点出天台山，于是首联何所望，次联何所往，都得到解答。天台山是东南名山，石桥尤为胜迹。据《太平寰宇记》引《启蒙注》：“天台山去天不远，路经由溪水，深险清泠。前有石桥，路径不盈尺，长数十丈，下临绝涧，惟忘身然后能济。济者梯岩壁，援葛萝之茎，度得平路，见天台山蔚然绮秀，列双岭于青霄。上有琼楼、玉阙、天堂、碧林、醴泉，仙物毕具也。”这一联初读似口头常语，无多少诗味。然而只要联想到这些关于名山胜迹的奇妙传说，你就会体味到“天台访石桥”一句话中微带兴奋与夸耀的口吻，感到作者的陶醉和神往。而诗的意味就在那无字处，在诗人出语时那神情风采之中。

正因为诗人是这样陶然神往，眼前出现的一片霞光便引起他一个动人的猜想：“坐看霞色晓，疑是赤城标。”朝霞映红的天际，是那样璀璨美丽，那大约就是赤城山的尖顶所在吧！“赤城”山在天台县北，属于天台山的一部分，山中石色皆赤，状如云霞。因此在诗人的想象中，映红天际的不是朝霞，而当是山石发出的异彩。这想象虽绚丽，然而语言省净，表现朴质，没有用一个精美的字面，体现了孟诗“当巧不巧”的特点。尾联虽承“天台”而来，却又紧紧关合篇首。“坐看”照应“望”字，但表情有细微的差异。一般说，“望”比较着意，而且不一定能“见”，有张望寻求的意味。而“看”则比较随意，与“见”字常常相连，“坐看霞色晓”，是一种怡然欣赏的态度。可这里看的并不是“赤城”，只是诗人那么猜想罢了。如果说首句由“望”引起的悬念到此已了结，那么“疑”字显然又引起新的悬念，使篇中无余字而篇外有余韵，写出了旅途中对名山向往的心情，十分传神。

此诗似乎信笔写来，却首尾衔接，承转分明，形象质朴，没有警句炼字，却有兴味贯串全篇。从声律角度看，与五言律诗平仄全合，然而通体散行，中两联不作骈偶。这当然与近体诗刚刚完成，去古未远，声律尚宽有关；同时未尝不出于内容的要求。这样，它既有音乐美，又洒脱自然。胡应麟说：“自是六朝短古，加以声律，便觉神韵超然。”（《诗薮》）

春　晓

孟浩然

春眠不觉晓，处处闻啼鸟。
夜来风雨声，花落知多少？

谚语“一年之计在于春，一日之计在于晨”，是从励志的角度说“春晓”。这首诗不同，它是从审美的角度说“春晓”，短短二十字，包含了春花、春鸟、春风、春雨等元素，给人以春意盎然的印象。

“春眠不觉晓，处处闻啼鸟。”这两句写春晓的感受。谚云：“三月三，桃花天，婆娘口子要人牵。”什么意思呢？这是说天气转暖，使人犯困。首句从春困写起，就写出了春暖的感觉，语极通俗而易于传播。“春日载阳，有鸣仓庚。”（《豳风·七月》）古人很早就注意到鸟声与春暖的关系，而黎明时分更容易听到鸟叫。所以，“处处闻啼鸟”就写出了春晓的感觉，写出了鸟儿在枝头飞来飞去的感觉，写出了天气晴好的感觉。

“夜来风雨声，花落知多少。”这两句写回忆夜来风雨而引起惜花之情。从晴好的感觉忽然跳到“夜来风雨”，是逆转。这一逆转使诗意产生出波折，末句则是由想到风雨而引起的惜花心情。春眠中人并没有直接看到落花，但他回忆起夜来的风雨声，根据以往的经验，而产生出这样一种担忧。这种担忧，换言之即“怜春忽至恼忽去”（《红楼梦·葬花辞》）。不过，诗中的伤感成分并不重，被冲淡在春晓的那一片欢快的鸟声中。总之，三句的一转，四句的一问，使得全诗于一气贯注之中饶有跌宕之致。

这首诗意境的构成特点，是主要采用听觉形象。鸟语和风雨声是天籁，是大自然的音乐，构成了一种特殊的审美境界。据说，有人尝试用带有雨声的枕头，或鸟语啁啾的录音来治疗神经衰弱等由文明带来的病症，实际上就是让病人在鸟声、雨声中回归自然，放下精神负担，得到心理抚慰。人们喜爱《春晓》，或许也有这方面的潜在因素。

宋代李清照对《春晓》诗有一个创造性的演绎：“昨夜雨疏风骤，浓睡不销残酒。试问卷帘人，却道海棠依旧。知否，知否？应是绿肥红瘦。”（《如梦令》）设计了两个人物，加入了一些对话，便有了戏剧性。融入了时代气息和作者心情，所以要伤感一些。

宿建德江

孟浩然

移舟泊烟渚，日暮客愁新。
野旷天低树，江清月近人。

严羽说：“唐人好诗多是征戍、迁谪、行旅、离别之作，往往感发人意。”（《沧浪诗话·诗评》）这首诗写作者的羁旅之思，就是一首虽小却好的佳作。

建德江是新安江流经建德（今属浙江）的那一段。诗人旅行时住在船上，诗也是在船上写的。诗的首句是叙事，写日暮泊舟的景象。次句点情，日暮生愁，在古人是一种很典型的意境。梁代费昶就有“向夕千愁起”（《长门怨》）之句，作者自己在别的诗中也写过“愁因薄暮起”（《秋登南山寄张五》）。“客愁新”的“新”字有味，或是说离家未久（其实从襄阳到建德，离家的日子应不短，只是心理上觉得离家未久），所以想家；或是说黄昏时分特别想家，也可使乡愁加深。

“野旷天低树，江清月近人”是此诗的生花妙笔：以天低于树来写原野的旷远，以月近于人来写江水的清澈平静，构思精巧，“天低树”、“月近人”都是视感上的错觉，“天低树”是因天远于树，“月近人”只是月影近人也，虽是错觉，又有强烈的真实感。这种美得异样的景色，使诗人陶醉而又迷惘。景是太美了，只是人有些孤单。有人说这两句受到刘宋诗人谢灵运“野旷沙岸净，天高秋月明”（《初去郡》）的启发，细味果然，只是“江清月近人”之句更有诗意。唯有“月近人”，正是无人相近的一个转语，所以余味曲包。沈德潜说：“下半写景，而客愁自见。”（《唐诗别裁集》）

唐人绝句的一般结构，在第三句转折，此诗在结构上的特别之处，是次句以“客愁新”三字作转折，而结以骈句。骈句作结弄不好有“半律”之嫌，即给人感觉结尾突兀。而此诗末句饶有余味，所以没有那样的弊病。

送朱大入秦

孟浩然

游人五陵去，宝剑值千金。
分手脱相赠，平生一片心。

浪迹江湖的人，必须轻装。有一物却不可缺少，那便是剑。它不仅可以临危时防身，而且可以困厄时济贫。赠剑一般只发生在至交知己之间，成为最友好的一种表示。那种亲切的举动，简直就有“与你同在”的意味。

诗中称朱大为“游人”而不称故人。故人之意于赠剑事不言自明，而“游人”，更强调其浪游者的身份。“五陵”本为汉高祖长陵、惠帝安陵、景帝阳陵、武帝茂陵、昭帝平陵，俱在长安，诗中用作长安的代称。京华之地，是游侠云集之处，“游人”当亦若人之俦。“宝剑值千金”，本为曹植《名都篇》诗句，这里信手拈来，不仅强调宝剑本身的价值，而且有身无长物的意味。这样的赠品，将是何等珍贵，岂可等闲视之！诗中写赠剑，有一个谁赠谁受的问题。从诗题看，本可顺理成章地理解为作者送朱大以剑。而从“宝剑”句紧接“游人”言之，还可理解为朱大临行对作者留赠以剑。在送别时，虽然只能发生其中一种情况；但入诗时，诗人的着意唯在赠剑事本身，似乎已不太注重表明孰失孰得。

千金之剑，分手脱赠，大有疏财重义的慷慨劲儿。由于古代诗文特有的文化背景，读者不难联想到一个著名的故事，那便是“延陵许剑”。《史记・吴太伯世家》载，受封延陵的吴国公子“季札之初使，北过徐君。徐君好季札剑，口弗敢言。季札心知之，为使上国，未献。还至徐，徐君已死，于是乃解其宝剑，系之徐君冢树而去。”季札挂剑，其节义之心固然可敬，但毕竟已成一种遗憾。何若“分手脱相赠”，多么痛快。最后的“平生一片心”，语浅情深，似是赠剑时的赠言，又似赠剑本身的含义——即不赠言的赠言。只说“一片心”而不说一片什么心，妙在含浑。它固然不像“一片冰心在玉壶”那样，对情感内容有所规定，却更能激发人海阔天空的联想。那或是一片仗义之心，或是一片报国热情……总而言之，它表现了双方平素的风义相期，所谓“我今不言君自知”。说明而不说尽，所以令人咀嚼，转觉其味深长。

“莫信诗人竟平淡，二分梁甫一分骚”。这是龚自珍论陶潜的名言。浩然性格中也有豪放的一面。唐人王士源在《孟浩然集序》中称他“救患释纷，以立义表”，“交游之中，通脱倾盖，机警无匿”，《新唐书·文艺传》谓其“少好节义，喜振人患难。”那么，这首小诗所表现的慷慨激昂，也就不是偶然的了。

渡浙江问舟中人

孟浩然

潮落江平未有风，扁舟共济与君同。
时时引领望天末，何处青山是越中？

孟浩然诗主要以五言擅场，风格浑融冲淡。诗人将自己特有的冲淡风格施之七绝，往往“造境飘逸，初似常语”而“其神甚远”（陈延杰《论唐人七绝》）。此诗就是这样的高作。

孟浩然于开元初至开元十二三年间，数度出入于张说幕府，但并不得意，于是有吴越之游，开元十三年（725）秋自洛首途，沿汴河南下，经广陵渡江至杭州。然后，渡浙江之越州（绍兴），诗即作于此时。

在杭州时，诗人有句道“今日观溟涨”，可见渡浙江（钱塘江）前曾遇潮涨。一旦潮退，舟路已通，诗人便迫不及待登舟续行。首句就直陈其事，它由三个片语组成：“潮落”、“江平”、“未有风”，初似平平淡淡的常语。然而细味，这样三顿形成短促的节奏，正成功地写出为潮信阻留之后重登旅途者的惬意。可见语调也有助于表现诗意。

钱塘江江面宽阔，而渡船不大。一叶“扁舟”，是坐不了许多人的。“舟中人”当是来自四方的陌生人。“扁舟共济与君同”，颇似他们见面的寒暄。这话淡得有味，虽说彼此素昧平生，却在今天走到同条船上来了，“同船过渡三分缘”，一种亲睦之感在陌生乘客中油然而生。尤其因舟小客少，更见有同舟共济的亲切感。所以问姓初见，就倾盖如故地以“君”相呼。这样淡朴的家常话，居然将承平时代那种淳厚世风与人情味惟妙惟肖地传达出来，谁能说它是一味冲淡？

当彼岸已隐隐约约看得见一带青山，更激起诗人的好奇与猜测。越中山川多名胜，是前代诗人谢灵运遨游歌咏过的地方，于是，他不禁时时引领翘望天边：哪儿应该是越中——我向往已久的地方呢？他大约猜不出，只是神往心醉。这里并没有穷形极象的景物描写，唯略点“青山”字样，而越中山水之美尽从“时时引领望天末”的游子的神情中绝妙传出。可谓外淡内丰，似枯实腴。“引领望天末”，本是陆机《拟兰若生朝阳》成句。诗人信手拈来，加“时时”二字，口语味浓，如自己出，描状生动。注意吸取前人有口语特点、富于生命力的语汇，加以化用，是孟浩然特擅的本领。

“何处青山是越中？”是“问舟中人”，也是诗的结句。使用问句作结，语意亲切，一问便结，令读者心荡神驰，使意境顿成高远。全诗运用口语，叙事、写景、抒情全是朴素的叙写笔调，而意境浑融、高远、丰腴、完满。“寄至味于淡泊”（《古今诗话》引苏轼语，见《宋诗话辑佚》），对此诗也是确评。

送杜十四之江南

孟浩然

荆吴相接水为乡，君去春江正渺茫。
日暮征帆何处泊，天涯一望断人肠。

这是一首送别诗。揆之元杨载《诗法家数》："凡送人多托酒以将意，写一时之景以兴怀，寓相勉之词以致意"，如果说这是送别诗常见的写法，那么，相形之下，孟浩然这首诗就显得颇为别致了。

诗题一作"送杜晃进士之东吴"。唐时应进士科得第者称"前进士"，而所谓"进士"，实后世所谓举子。看来，杜晃此去东吴，是落魄的。

诗开篇就是"荆吴相接水为乡"（"荆"指荆襄一带，"吴"指东吴），既未点题意，也不言别情，全是送者对行人一种宽解安慰的语气。"荆吴相接"，恰似说"天涯若比邻"，"谁道沧江吴楚分"。说两地，实际已暗关送别之事。但先作宽慰，超乎送别诗常法，却别具生活情味：落魄远游的人不是最需要精神上的支持与鼓励么？这里就有劝杜晃放开眼量的意思。长江中下游地区，素称水乡。不说"水乡"而说"水为乡"，意味隽永：以水为乡的荆吴人对漂泊生活习以为常，不以暂离为憾事。这样说来虽含"扁舟暂来去"意，却又不著一字，造语洗炼、含蓄。此句初读似信口而出的常语，细咀其味无穷。若作"荆吴相接为水乡"，则诗味顿时"死于句下"。

"君去春江正渺茫"。此承"水为乡"说到正题上来，话仍平淡。"君去"是眼前事，"春江渺茫"是眼前景，写来几乎不用费心思。但这寻常之事与寻常之景联系在一起，又产生一种味外之味。春江渺茫，正好行船。这是喜"君去"得航行之便呢？是恨"君去"太疾呢？景中有情在，让读者自去体味。这就是"素处以默，妙机其微"（司空图《诗品·冲谈》了。

到第三句，撇景入情。朋友刚才出发，便想到"日暮征帆何处泊"，联系上句，这一问来得十分自然。春江渺茫与征帆一片，形成一个强烈对比。阔大者愈见阔大，渺小者愈见渺小。"念去去，千里烟波"，真有点担心那征帆晚来找不到停泊的处所。句中表现出对朋友一片殷切的关心。同时，揣度行踪，可见送者的心追逐友人东去，又表现出一片依依惜别之情。这一问实在是情至之文。

前三句饱含感情，但又无迹可寻，真是含蓄。末句则卒章显意：朋友别了，"孤帆远影碧空尽"，送行者放眼天涯，极视无见，不禁心潮汹涌，第四句将惜别之情上升到顶点，所谓"不胜歧路之泣"（蒋仲舒评）。"断人肠"点明别情，却并不伤于尽露。原因在于前三句已将此情孕育充分，结句点破，恰如水库开闸，感情的洪流一涌而出，源源不断。若无前三句的蓄势，就达不到这样持久动人的效果。

此诗前三句全出以送者口吻，"其淡如水，其味弥长"，已经具有诗人风神散朗的自我形象。而末句"天涯一望"四字，更勾画出"解缆君已遥，望君犹伫立"（王维《齐州送祖三诗》）的送者情态，十分生动。读者在这里看到的，"与其说是孟浩然的诗，倒不如说是诗的孟浩然，更为准确"（闻一多《唐诗杂论》）。

【李颀】（690？—754？）唐河南颍阳（河南登封）一带人，玄宗开元二十三年（735）进士及第，曾官新乡尉。

古从军行

李　颀

白日登山望烽火，黄昏饮马傍交河。行人刁斗风沙暗，公主琵琶幽怨多。
野云万里无城郭，雨雪纷纷连大漠。胡雁哀鸣夜夜飞，胡儿眼泪双双落。
闻道玉门犹被遮，应将性命逐轻车。年年战骨埋荒外，空见蒲桃入汉家。

这首诗用乐府古题作边塞抒情。四句一解，凡三解。篇幅不长，却令人百读不厌。诗中写征夫之苦，不采用客观叙述角度，而用第一人称语气写成，有如泣如诉之感。一解中说：白昼登山站岗放哨，黄昏傍交河（在今新疆吐鲁番）喂饮战马，这都不是一朝一夕的事，而是日复一日，年复一年，天天如此，既辛劳又单调；边地风沙很大，日月暗淡无光，夜闻刁斗寒声，令人尤觉凄凉。

诗中用陪衬的写法，由征夫之幽怨，陪写入汉家公主的幽怨。昔汉武帝以江都王建女为公主，遣嫁乌孙，念其行道思家，故使工人裁筝筑为马上之乐，名曰琵琶。和亲本是汉文帝定下的睦邻外交政策，无论得失如何，对公主本人来说，总是被迫作出的牺牲，何况这牺牲还未能换来边地的持久和平。征夫与公主，贵贱悬殊，却在被迫作无谓的牺牲这一点上达成同情和共鸣，这是诗中极富于人情味的一笔。二解专事环境气氛烘托，陪写入胡儿胡雁的凄苦。胡雁哀鸣还可以说是因为自然环境的险恶，胡儿下泪则只能是因为战争不息的缘故了。在边塞诗中，从来胡汉对立，而李颀却着意于彼此的同情，他指出胡儿、汉儿同是战争的受害者，在征人泪的另一面，则是胡儿泪，这是诗中极富于人情味的又一笔。批判现实的精神，使诗人超出了狭隘民族主义的天地，而达到了人道主义的思想高度。是此诗过人之处。

三解再次运用汉事，武帝时李广利为夺取马匹资源攻大宛不利，表请回军，武帝大怒，派人遮断玉门关，下令“军有敢入得辄斩之”。言表请回军无望，只有继续进行开边战争。汉武帝开边的结果，随天马进入中国的还有葡萄、苜蓿种子。西域文明的引进，当然也是有重大意义的事，然而，文明的输入难道就非使用战争的手段不可吗？末二句极言统治者重物轻人，求之匪计，非战之意甚明。

《从军行》加一“古”字，仿佛只是沿袭古题，对汉代历史教训进行反思，然而借古鉴今的用意是很清楚的，可谓婉而多讽，发人深思。此诗多用骈句，调声上兼注意双声（刁斗、琵琶），迭词（纷纷、夜夜、双双、年年），重复（胡雁、胡儿）等手段，使得全诗音韵谐婉，唱叹生姿。

别梁锽

李　颀

梁生倜傥心不羁，途穷气盖长安儿。回头转眄似雕鹗，有志飞鸣人岂知！
虽云四十无禄位，曾与大军掌书记。抗辞请刃诛部曲，作色论兵犯二帅。
一言不合龙额侯，击剑拂衣从此弃。朝朝饮酒黄公垆，脱帽露顶争叫呼。
庭中犊鼻昔尝挂，怀里琅玕今在无？时人见子多落魄，共笑狂歌非远图。
忽然遣跃紫骝马，还是昂藏一丈夫。洛阳城头晓霜白，层冰峨峨满川泽。
但闻行路吟新诗，不叹举家无担石。莫言贫贱长可欺，覆篑成山当有时；
莫言富贵长可托，木槿朝看暮还落。不见古时塞上翁，倚伏由来任天作？
去去沧波勿复陈，五湖三江愁杀人。

李颀诗特别长于人物素描，能于寥寥数笔中为人传神写照。《别梁锽》一诗与一般送别诗不同，主要不是写离情别绪，而是为梁生造像。

从诗中描写的情况看，梁锽是一位穷途落魄而又雄迈不群的豪士。诗的首四句就是这人物的亮相。常言道："人穷志短，马瘦毛长。"落魄者往往见人矮三分。梁生全不如此："梁生倜傥心不羁，途穷气盖长安儿"长安年少素以豪侠闻名，而梁生途穷时，尚有压倒其人的浩然之气。其平素的抱负与为人则不言而喻了。"雕鹗"系两种善搏击凡鸟的猛禽，诗言梁生"回头转眄似雕鹗，有志飞鸣人岂知！"以猛禽喻人，取义于不与凡鸟同群，能使人物桀骜不驯的情态跃然纸上。就这样，诗人出手便抓住人物性格特征来写，给读者留下深刻的第一印象：好个梁锽，别看他现在垂翅穷途，一旦"飞鸣"起来，当真能冲天而惊人呢。

以下六句追叙梁锽先前遭遇挫折的经过。这安排于人物亮相以后，便觉笔势矫健不平。"虽云四十无禄位，曾与大军掌书记"曾以布衣身份入佐戎幕。（唐代的节度使及军帅的幕府中均设掌书记一人，主管军中文书。）然而像他这倜傥不群的人物，非遇知人善任者，是很难搞到一块的。梁生吃了直率的亏。"抗辞请刃诛部曲，作色论兵犯二帅"两句透露了这样的消息。因为记载事迹不详，关于"抗辞请刃"（抗直地请求主帅给予执行军法的生杀之权）、"作色论兵"（意气激昂地谈论军事）二事的具体情况难以深考。但这类事是容易冒犯权威，召来祸殃的，梁生必然成为平庸上司的眼中钉了。然而他又岂是苟合取容的人！"一言不合龙额侯，击剑拂衣从此弃。”汉代韩说以校尉击匈奴，封“龙额侯”，这里用来借指当时军帅。“合则留，不合则去”，此大丈夫之行径。不就“龙额侯”吗，有什么了不起。“击剑拂衣”四字，何等壮颜毅色！真是“威武不能屈”。以上六句实际上是通过一个典型事件，凸出了人物的个性，在全诗中有举足轻重的地位。

紧接八句，写梁锽落魄后的狂放行径。“黄公垆”即黄公酒垆，晋代名士嵇康、阮籍等纵饮场所（《晋书・王戎传》），此处代指酒家。“朝朝饮酒黄公垆，脱帽露顶争叫呼”，真是放浪形骸不拘礼法。其实又何尝不是一种苦闷的发泄。《世说新语•任诞》谓阮仲容贫，七月七日以竿挂犊鼻裈于中庭，自称“未能免俗”（按当时富家皆于是日晒纱罗锦绮）。“庭中犊鼻昔尝挂，怀里琅玕（美石）今在无？”是说昔日贫困，至今仍未脱贫，然梁生又岂是羞贫者！时人不知，“共笑狂歌非远图”——谓这样下去终非长久之计。说到令人气短之际，诗笔又卓然一掉，写道：“忽然遣跃紫骝马，还是昂藏一丈夫。”在遛马这样的生活细节中，不经意地流露出梁生志向未曾消磨。一有机会便跃跃欲试，绝非一蹶不振之徒可知。二句使诗情为之振作，乃诗中天矫之奇笔。

“洛阳城头晓霜白”以下十句写梁锽在洛阳的困顿，并预言他穷极必变，前程未可限量。“洛阳城头晓霜白，层冰峨峨满川泽”，这是冬天严寒的景色，又是一个象征性的境界。如同“欲渡黄河冰塞川，将登太行雪满山”（李白），正是行路难的时节。古时百斤为担，十斗为石，“生者无担石之储”，(《后汉书•明帝纪》)，是大可忧心的。然而梁生不作愁苦之态：“但闻行路吟新诗，不叹举家无担石。”按《全唐诗》今存梁锽诗十余首，中有“愿持金殿镜，处处照遗才”（《天长节》）之句。以下六句是诗人的慰问和预言，又似是梁生“新诗”自身包含有的意味：“莫言贫贱长可欺，覆篑成山当有时；莫言富贵长可托，木槿朝看暮还落。不见古时塞上翁，倚伏由来任天作？”这里用《淮南子》“塞翁失马”的寓言和《老子》“福兮祸所依，祸兮福所伏”的名言，说明贫贱与富贵将在一定条件下向对立面转化。贫困不足悲，富贵不足恃。这是达观语，也是宽解语。然而失职贫士心中，毕竟有块垒难消。所以终篇二句谓梁锽即将往游东南，面对三江五湖的烟波，不免生出客子飘零之感。这是题中应有之义，使“别”字有了着落，使诗篇富于同情。

“三军可夺帅，匹夫不可夺志。”(《孟子》）此诗成功之处并不在末尾有辩证意味的议论，而在于全诗刻画出了一个失职而不失其志的贫士的丰采。诗人通过典型事例的选用和层层渲染，使笔下人物浮雕似地跃然纸上，生动而鲜明，活在后世读者心上。

送魏万之京

李 颀

朝闻游子唱离歌，昨夜微霜初渡河。
鸿雁不堪愁里听，云山况是客中过。
关城曙色催寒近，御苑砧声向晚多。
莫见长安行乐处，空令岁月易蹉跎。

魏万一名颢，是比李颀晚一辈的诗人，曾是李白的崇拜者和追随者。此诗送其上京，当在其未得第前。

首二句中“离歌”即“骊歌”，亦即古逸诗《骊驹》，辞曰：“骊驹在门，仆夫具存；骊驹在路，仆夫整驾”，抒写的是离人踌躇上路、依依惜别之情。诗上说“朝闻游子唱离歌”，唤起的正是对这首古诗歌词的记忆。次句“初渡河”主语模糊，到底是游子呢，还是微霜，看来是微霜，这种拟人的写法本于杜审言“梅柳渡江春”。先说今朝之别，再回忆昨夜之霜，饱含对游子冲寒上路的关切。

次二句想象途中情景，注意这两句是互文修辞，本来长空雁叫、云山迢遥都易使人生愁，更何况游子刚刚离开了热土和亲人！“不堪”与“况”字勾勒极好。秋雁是一个积淀了惜别思乡意蕴的传统意象（曹丕“群燕辞归雁南翔，念君客游思断肠”），云山则含有羁旅况味（韩愈“云横秦岭家何在”），两者引起的定向联想都是思家恋旧。诗人体贴道，离别嘛，感伤情绪都是免不了的，体贴往往也就是安慰了。

五六句就说到目的地——长安，意思却与上文承接：等你到达长安，天气当会更冷，城中居民怕都在捣练制作寒衣了吧。“关城曙色催寒近，御苑砧声向晚多”二句，杨升庵谓出自杜审言“始出凤凰池（中书省），京师易春晚”，云“盖言繁华之地，流景易迈”，极有见地。于是末二句从而勉励之，“轻轻赴题，不作豪情重语”（方东树），而拳拳长者之心，溢于言表。

全诗在诗歌意象的使用上视、听兼收，“离歌”、“鸿雁”、“砧声”是听觉形象，“微霜”、“云山”、“曙色”是视觉形象，按照闻——见，见——闻的次第反复交叉写来，形成节奏，给人以丰富的美感。其次是朝——暮，曙——晚四字的重复出现，自有妙用，强调暗示岁月不居、时节如流，为末句“莫令岁月易蹉跎”张本。

此诗内容和平闲雅，声律响亮，而且多勾勒、照应字面，“朝闻”——“昨夜”、

“不堪”——“况是”、“曙色”——“向晚”、“莫见”——“空令”，使人感到一气贯注，乃行古诗章法于近体，所以其风格不是凝重，而是流丽，和崔颢《黄鹤楼》诗同致。

【王昌龄】（698？—757）字少伯，唐京兆万年（陕西西安）人。玄宗开元十五年（727）进士及第，授秘书省校书郎。二十二年登博学宏词科，迁汜水尉。二十八年为江宁丞，世称王江宁。旋贬龙标尉，故又称王龙标。安史之乱中为濠州刺史闾丘晓所杀。有《王昌龄集》。

从军行七首（录三）

王昌龄

其一

烽火城西百尺楼，黄昏独坐海风秋。
更吹羌笛关山月，无那金闺万里愁。

《从军行》是乐府《相和歌辞·平调曲》旧题，内容叙军旅之事。王昌龄原作七首，这首诗原列第一，抒写戍边战士思乡之情。

“烽火城西百尺楼，黄昏独坐海风秋。”这两句写戍守烽火台的战士，在黄昏时分所起的边愁。首句七字按意义的排序本应是“城西百尺烽火楼”，意即在边城之西有一座高高的烽火台，句中的“城”应该是河西走廊上的一座孤城，如凉州、甘州之类。但这个排序在平仄上为“平平仄仄平仄平”，是不协律的，经过倒腾为“烽火城西百尺楼”，平仄上作“仄仄平平仄仄平”，则不但协律，而且意义不变，还非常耐味。王安石说：“诗家语必此等乃健”，这也是一个很好例子。

戍边战士的日常生活，一言以蔽之曰单调（李颀诗云：“白昼登山望烽火，黄昏饮马傍交河。”）——而单调正是思乡的触媒。“烽火城西”二句，就层层渲染这种单调。其间有七层意思，可谓层层加码：1、“城西”，身在边城以外；2、“烽火（楼）”，正在放哨；3、“百尺”，地点高危；4、“黄昏”，是容易想家的时分；5、“独坐”，是孑然一身；6、“海风”，寒风凛冽从青海湖吹来；7、“秋”，秋凉季节。种种思家的因素加在一起，直令哨所战士乡心陡起，有不可禁当之感。

“更吹羌笛关山月，无那金闺万里愁。”这两句作最后的渲染和加倍的抒情。“更吹”的“更”字表明，诗中的气氛渲染将达到高潮，起码还包含三、四层意思：8、“羌笛”，传来笛声（按，有一种普遍的误读，以为是战士吹笛，这其实是不可以的，须知这是哨兵。所以，只能是传来的笛声）；9、“关山月”，这是笛声所吹的曲调（《乐府解题》“关山月，伤离别也”）；10、“关山”，意味着边疆；11、“月”，月夜，时间较黄昏时分已有一番推移。层层加码渲染气氛，本来是七绝普遍的创作方法，然后没有哪一首七绝能像王昌龄这首诗一样，达到如此的极致。然而，全诗读来又是浑成的。

最后的一句是抒情，这是全诗的主题句。按照前面的分析，经过那么多的渲染烘托，末句应顺理成章地写作“无奈戍边万里愁”才是。不料诗人却抠掉“戍边”二字，换作“金闺”，指戍边者家中的妻子。似乎是说，戍边者的乡愁不说也罢，今夜留守的妻子之闺思才没治哩。这是对面生情，是本面不写写背面，是加倍的抒情，使得本来已够厚重的诗意，显得更加厚重。“金闺”是一个词藻，按理说为戍边者写沉痛之情，遣词应该朴素才是，然而诗人偏用华丽词藻，其中包含戍边者多少浪漫之想！这个词使全诗生色。“万里”是强调空间距离，加重了“愁”字的分量。“无那”即无奈，是“虞兮虞兮奈若何”一样的负疚口气，然而戍边者何辜之有！诗中措语，耐人寻味。

陆时雍论王昌龄七绝，谓之“绪密”、“有奇涧层峦之致”，就指出了他重视艺术构思，做到了针线细密，含蕴深曲的程度。潘德舆论七绝专重一“厚”字，可以说，王昌龄就是深得“厚”字诀的七绝圣手。

其二

琵琶起舞换新声，总是关山旧别情。
撩乱边愁听不尽，高高秋月照长城。

原列第二。截取了边塞军旅生活的一个片断，通过写军中宴乐表现征戍者深沉、复杂的感情。诗境在乐声中展开：随舞蹈的变换，琵琶又翻出新的曲调。琵琶是富于边地风味的乐器，而军中置酒作乐，常常少不了“胡琴琵琶与羌笛”。这些器乐，对征戍者来说，带着异域情调，容易唤起强烈感触。既然是“换新声”，总能给人以一些新的情趣、新的感受吧？

不，边地音乐主要内容，可以一言以蔽之，“旧别情”而已。因为艺术反映实际生活，征戍者谁个不是离乡背井乃至别妇抛雏？“别情”实在是最普遍、最深厚的感情和创作素材。所以，琵琶尽可换新曲调，却换不了歌词包含的情感内容。《乐府古题要解》云：“《关山月》，伤离别也。”句中“关山”双关《关山月》曲调，含意更深。

此句的“旧”对应上句的“新”，成为诗意的一次波折，造成抗坠扬抑的音情，特别是以“总是”作有力转接，效果尤显。次句既然强调别情之“旧”，那么，这乐曲是否太乏味呢？不，那曲调无论什么时候，总能扰得人心烦乱不宁，那奏不完、“听不尽”的曲调，实叫人又怕听，又爱听，永远动情。这是诗中又一次波折，又一次音情的抑扬。“听不尽”三字，是怨？是叹？是赞？意味深长。作“奏不完”解，自然是偏于怨叹。然作“听不够”讲，则又含有赞美了。所以这句提到的“边愁”既是久戍思归的苦情，又未尝没有更多的意味。当时北方边患未除，尚不能尽息甲兵，言念及此，征戍者也许会心不宁意不平的。前人多只看到它“意调酸楚”的一面，未必全面。

诗前三句均就乐声抒情，说到“边愁”用了“听不尽”三字，那么结句如何以有限的七字尽此“不尽”就最见功力。诗人这里轻轻宕开一笔，以景结情。仿佛在军中置酒饮乐的场面之后，忽然出现一个月照长城的莽莽苍苍的景象：古老雄伟的长城绵亘起伏，秋月高照，景象壮阔而悲凉。对此，你会生出什么感想？是无限的乡愁？是立功边塞的雄心和对于现实的幽怨？也许，还应加上对于祖国山川风物的深沉的爱等等。

读者也会感到，在前三句中的感情细流一波三折地发展（换新声——旧别情——听不尽）后，到此却汇成一汪深沉的湖水，荡漾回旋。“高高秋月照长城”，这里离情入景，使诗情得到升华。正因为情不可尽，诗人“以不尽尽之”，“思入微茫，似脱实粘”，才使人感到那样丰富深刻的思想感情，征戍者的内心世界表达得入木三分。此诗之臻于七绝上乘之境，除了音情曲折外，这绝处生姿的一笔也是不容轻忽的。

其三

青海长云暗雪山，孤城遥望玉门关。
黄沙百战穿金甲，不破楼兰终不还。

原列第四。诗中所写孤城亦在河西走廊。盖河西走廊的南侧乃祁连山脉，其山峰上有终年不化之积雪，山那边即青海，走廊北侧乃古之长城，走廊的尽头是玉门关。

这首诗前两句描写的地域，在唐属河西节度使辖区。青海是唐与吐蕃多次接仗之地，而玉门关外则是突厥的势力范围。河西度使的首要任务，就是隔断两蕃，守护河西走廊，确保丝绸之路的畅通无阻。所以诗的前两句不仅是描绘西部风光，更重要的是点出了孤城南拒吐蕃，西防突厥的重要地理位置和战略意义。从而在写景中流露出戍边将士的自豪感和责任感，及戍边生活的苦寒、单调与寂寞。

如果说前两句展示孤城地理位置，是空间显现，后二句则是关于时间的叙写——“黄沙百战穿金甲”一句，将戍边时间之漫长、战事之频繁、战斗之艰苦、敌军之强悍、沙场之荒凉，皆概括无遗。七绝以第三句为主，就是指在这句上酝酿情绪要充分，则末句的绾结就可以水到渠成。

末句借汉傅介子事作抒情，盖汉时西域楼兰王勾结匈奴，屡次遮杀汉使于丝路，后傅介子奉命前往，计斩楼兰王，威震西域，保证了丝路的畅通。“不破楼兰终不还”的结句妙在一个“终”字，作豪语读可，作苦语读亦何尝不可。这恰好蓄足了前两句所隐含的正反两种情绪，这里的措辞之妙也在一个“厚”字。如改为“誓不还”，则是单纯的豪言壮语，与将士的实际心情对照，不免失之简单化。

出 塞

王昌龄

秦时明月汉时关，万里长征人未还。
但使龙城飞将在，不教胡马度阴山。

《出塞》是乐府《横吹曲辞》旧题，原作二首，此其一。此诗一起即十分精警——“秦时明月汉时关”，“明月”与“关”这两个意象中都积淀有戍卒乡愁的意绪，与下文“万里长征人未还”相照应，包含多少征夫思妇之泪！而首句将明月与关分属秦、汉，是互文手法，意即明月还是秦汉时那轮明月，关也还是秦汉时的故关，言下意味就十分丰富了。一方面可见征夫思妇之悲自古而然，其意味恰是李白《战城南》所谓：“秦家筑城备胡处，汉家犹有烽火燃；烽火燃不息，征战无已时”，所谓“万里长征人未还”，是包容了秦汉直至李唐，不知有多少征戍者沿着祁连山下的这条古道有去无还！另一方面，在这明月照临下的雄关，自秦汉以来演出过多少威武雄壮的保家卫国的活剧——秦始皇曾派蒙恬北筑长城而守藩篱，使匈奴退兵七百余里，不敢南侵；霍去病深入虎穴，击败匈奴，封狼居胥山；李广做右北平太守，匈奴呼为“飞将军”，数年不敢入侵。因此，秦汉时的边塞，也曾有过相对安定的时候。

前两句的意蕴如此丰富，蓄势十分充足，后二句也就水到渠成：“但使龙城飞将在，不教胡马度阴山。”沈德潜解道：“盖言劳师力竭而功不成，由将非其人故也；得飞将军则边烽自息，即高常侍《燕歌行》推重‘自今犹忆李将军’也。”解极是，然此诗虽与《燕歌行》具有同样思想内容，写法则蕴藉空灵，特别是前两句无字处皆具意也。

诗中“龙城”二字，曾引起注家议论纷纷，或以为“龙城”（在今蒙古国境内）

是匈奴大会祭天之所（据《汉书》），而右北平唐时为北平郡、治卢龙县有卢龙军，故应作“卢城”，但旧本难改，至今绝大多数读者仍倾向于“龙城”。地名“龙城”者本不止一处，从道理上讲，“卢龙城”也可简作“龙城”；又李广为陇西成纪人，《史记》载成纪于汉文帝十五年有黄龙现，以此也可称成纪为“龙城”；从感情上讲，“龙城飞将”自唐以来早为读者接受，深入人心，不可更改；从辞采而言，“龙城”何等神气，“卢城”则平淡无奇。

西宫春怨

王昌龄

西宫夜静百花香，欲卷珠帘春恨长。
斜抱云和深见月，朦胧树色隐昭阳。

宫怨是中国古典诗歌的一个专题，一般表现宫女被禁锢或失宠的心情，特殊情况下则兼有士不遇的喻意。王昌龄是第一个用七言绝句体裁，大力写作宫怨题材的作家。

王昌龄宫怨大抵分春词和秋词两类。这两类诗的区别，一在写景不同，春词写春景，富于青春气息，秋词写秋景，具有萧瑟之感；二是抒情不同，春词结合春景多抒青春寂寞之情，秋词结合秋景，多抒老大伤悲之意。诗中一般点出宫名，或以汉代唐，如昭阳、长信之类，或不著时代，径以西宫南宫为辞。

“西宫”，在唐指太极宫。诗一开始就营造气氛，“百花香”是西宫人在静夜中的感觉，也切合了题面的“春怨”；而它暗示给读者的，是“春色恼人眠不得”；眠不得，故“欲卷珠帘”；欲卷，未卷也，暗示出人的慵倦。注意“春恨”二字，这就不仅是自然界恼人的春色了，而是宫女禁锢不住、而又无处着落的春心。

于是她想到以音乐消遣，故有“斜抱云和（瑟，以产地命名）深见月”的情态，弹了没有呢，从她心不在焉的样子看，可能没有。心不在焉只是就乐器而言，至于她看月亮的那幅神情，一个“深”字传达出一往情深的神态。

不过看月仍是现象，至于宫女的心理活动，则在末句暗示出来：“朦胧树色隐昭阳”，原来她的关心仍在昭阳殿那边。昭阳殿为汉宫殿名，是皇帝住宿的地方，同时又是汉成帝时赵飞燕姊妹承宠所居的地方。知此，此宫女的心情也就可以揣想而知了。她把满腔怨情都倾注于昭阳殿那边，然而看到的只是一片朦朦胧胧的树影，昭阳殿望都无法望见。这就加倍表明宫人的处境之可怜。

诗中所写汉事，何尝不是唐代宫中情事的写照，所谓“后宫佳丽三千人，三千宠爱在一身”(《长恨歌》),“有不得见者,三十六年”(杜牧《阿房宫赋》)。封建专制之不人道,于此可见一斑。《升庵诗话》卷二评王昌龄《春宫曲》云“此咏赵飞燕事,亦开元末纳玉环事,借汉为喻也。”有人以为王昌龄被贬,所谓“不护细行”,大概与这类宫词写作有关,因为玄宗毕竟是当朝皇帝,这对了解王昌龄宫词的写作背景有一定帮助。

长信秋词(四首录一)

王昌龄

奉帚平明金殿开,且将团扇共徘徊。
玉颜不及寒鸦色,犹带昭阳日影来。

这个诗题,《乐府诗集》作《长信怨》,来源于陆机《婕妤怨》。什么是“婕妤怨”呢?“婕妤”本为宫中女官名,汉成帝时有一位班婕妤,以美而能文受宠。后来成帝移情于赵飞燕、赵合德姊妹,班婕妤忧谗畏妒,自请到长信宫侍奉太后,作《怨歌行》云:“新裂齐纨素,皎洁如霜雪。裁为合欢扇,团团似明月。出入君怀袖,动摇微风发。常恐秋节至,凉飙夺炎热。弃捐箧笥中,恩情中道绝。”可见“婕妤怨”实是宫怨。

王昌龄《长信秋词》原本五首,这是第三首。这首诗的前两句是紧扣班婕妤及《怨歌行》说事的。首句“奉帚平明金殿开”,想象班婕妤在长信宫(“金殿”)侍奉太后,清晨扫除(“奉帚”)的情境。次句“且将团扇共徘徊”的“团扇”,可不是等闲意义上的一把扇子,而是班婕妤《怨歌行》中用来作比方的那一把“团扇”——它本应象征团圆的,却在秋风中被主人捐弃了,成了失意宫人的一个象征。

这首诗的创意集中在后两句:“玉颜不及寒鸦色,犹带昭阳日影来。”诗人想象,班婕妤在清晨洒扫之后,看到空中飞过一两只乌鸦,在旭日的辉映下,它们的毛羽金光灿灿,十分的炫人眼目。相形之下,失意宫人黯然失色。诗人比喻的高明之处,在于他突破了“拟人必于其伦”的限制,将“寒鸦”和“玉颜”这两个毫无可比性的东西作比,谓美不如丑,人不如鸦,真是颠倒黑白之至,而宫人对“昭阳日影”的怨意,可见是很深的。

晚唐孟迟亦作《长信宫》词,后两句道:“自恨身轻不如燕,春来还绕御帘飞。”句中隐括了“飞燕”二字,是脍炙人口的名句。比较而言,孟诗更新巧也更刻意;而此诗更含蓄更蕴藉,更合于古典审美的追求。

闺 怨

王昌龄

闺中少妇不知愁，春日凝妆上翠楼。
忽见陌头杨柳色，悔教夫婿觅封侯。

封建时代妇女活动范围限于家庭，所谓足不出户，精神特别空虚，把夫妻间的团聚看得很重，然而由于生活的原因，却以不能如愿的时候居多，此闺怨所由作也。

王昌龄这首闺怨写得相当别致相当深刻，为众多同类之作不及。写“闺怨”，却先说“不知愁”。刻意求深的读者往往不得其解，或曰为礼教所囿不便流露愁情，这种说法不合唐代实际，也不合诗意；或曰“少年不识愁滋味”，但这是少妇，不是少年（男性）；或曰诗中少妇是半憨的，所以不知愁，但写半憨的少妇没有普遍意义，又与诗意不合。其实“不知愁”就是“不知愁”，盖以从军为荣，盛唐社会风气如此，“功名只向马上取”，“觅封侯”不但是少年的愿望，亦必合于少妇的幻想。少年壮志不言愁，和闺中少妇不知愁，是完全可能的事。

首句说罢“不知愁”，次句具体说明她是怎样的“不知愁”。在一个春天的早上，她打扮得齐齐楚楚，款步登楼，既为赏景，也未尝没有几分风流自赏的意味。“凝妆”即严妆、浓妆，知愁者断不如此——“自伯之东，首如飞蓬；非无膏沐，谁适为容？”

第三句是全诗转折的关纽，当少妇登楼观望街景时，发现最醒目的却是街头青青的柳色，一刹那间情绪就发生了变化。“杨柳色”虽然在很多场合可作为“春色”的代称，然其形象的暗示性却要大得多，它既可以使人联想到青春年华，也可以使人联想到好景不长（“蒲柳之姿，未老先衰”）、还可以使人联想到折柳送别和《折杨柳曲》而引起伤离，这些联想都可以通往远方引起对夫婿的思念。从而使少妇产生了一个从来没有如此强烈的悔恨的念头：“悔教夫婿觅封侯”！

诗中少妇情绪的变化在刹那间发生，看起来是突变，其实也有个渐进过程——就在少妇表面“不知愁”的当儿，她的潜意识中未尝没有惆怅和孤独的情绪在滋长，当其遇到一定外部条件（如“杨柳色”）的刺激，就会发生突变。所以“忽见”两字是大转折，“悔教”二字是现有的心情，而别后思念、平日希望等等矛盾的心理状态，也都包含在其中了。

这篇七绝截取一个生活断面，抓住少妇心理发生微妙变化的刹那予以集中描写，使读者从偶然见到必然，由突变联想到渐进，不但表现了诗人对笔下人物心理变化的准确把握，同时在艺术上也做到了以小见大。

芙蓉楼送辛渐

王昌龄

寒雨连江夜入吴，平明送客楚山孤。
洛阳亲友如相问，一片冰心在玉壶。

这首诗是王昌龄借送行而作的自白。作于江宁丞任上，诗人的好友辛渐正要北上洛阳。唐人惯例，亲朋好友离别，送者往往陪送一天路程，在客舍小住一宿，第二天早上正式分手。王昌龄这次就从江宁送辛渐到润州（郡名丹阳，今镇江），辛渐将由运河取道北上。润州西北城楼叫芙蓉楼，当日饯宴就设在楼上。

润州地处楚尾吴头，在大江南岸，北面有北固山、金山等。前两句的表层意义是雨夜行船送客到润州，已临吴地；第二天早上客即离去，只留下孤独的楚山。“夜入吴”的本来是人，但紧接“寒雨连江”为言，似乎这无边烟雨也是从江宁追到润州来的，对于别情是重重的一笔烘托。“楚山孤”则更多地带有主观感情色彩，这“孤”主要是心理上的感觉。

一般地讲，好友的突然离去，总会使人产生孤单的感觉；特殊地讲，一个遭遇到不公正待遇的正直的人，在心理上更需要亲友的理解和支持。辛渐的离去，自然会使王昌龄感到特别失落。所以这个“孤”字分量很沉，它直接逼出以下的表白。

王昌龄是京兆人，在洛阳亦有亲友，因为辛渐今番前往洛阳即王昌龄当然会有所嘱托。给远方友人一般地捎个口信，只要“平安”二字就行。而王昌龄的口信却特别：“洛阳亲友如相问，一片冰心在玉壶”，细味这句话，不是问候性，而是表白性的；而且还加上了“如相问”三字，这就耐人玩味了。这两句诗通常被解释作“言已不牵于宦情”（沈德潜），分明是受鲍照“直如朱丝绳，清如玉壶冰”（《代白头吟》）的暗示太深，对王昌龄有点不关痛痒；更普遍的是被引用着表友谊之纯洁，不是诗的本意。须知王昌龄当时是贬在江宁，为官方舆论所不容，而他又是一个名气很大的诗人，这无疑更助长了某些流言蜚语的传播。所以辛渐此去洛阳，亲友们一定会向他打听有关情况，所以王昌龄要托辛渐捎一句话。“冰心”一辞见于《宋书》陆徽语（“冰心与贪流争激，霜情与晚节弥茂”），“玉壶”一辞出自鲍诗，两个美好的意象迭加在一起，形成一个冰心玉映的拟人形象。

美的语言也昭示着美的心灵，王昌龄正是以这首诗，得到辛渐的理解，洛阳亲友的理解和千古读者的同情。

送魏二

王昌龄

醉别江楼橘柚香，江风引雨入舟凉。
忆君遥在潇湘月，愁听清猿梦里长。

诗作于王昌龄贬龙标尉时。送别魏二在一个清秋的日子，饯宴设在靠江的高楼上，空中飘散着橘柚的香气，环境幽雅，气氛温馨。这一切因为朋友即将分手而变得尤为美好。这里叙事写景已暗挑依依惜别之情。“今日送君须尽醉，明朝相忆路漫漫”（贾至《送李侍郎赴常州》），首句“醉”字，暗示着“酒深情亦深”。

“方留恋处，兰舟催发”，送友人上船时，眼前秋风瑟瑟，“寒雨连江”，气候已变。次句字面上只说风雨入舟，却兼写出行人入舟；逼人的“凉”意，虽是身体的感觉，却也双关着心理的感受。“引”字与“入”字呼应，有不疾不徐，飒然而至之感，善状秋风秋雨特点。此句寓情于景，句法字法运用皆妙，耐人涵咏。

按通常做法，后二句似应归结到惜别之情。但诗人却将眼前情景推开，以“忆”字勾勒，从对面生情，为行人虚构了一个境界：在不久的将来，朋友夜泊在潇湘（潇水在零陵县与湘水会合，称潇湘）之上，那时风散雨收，一轮孤月高照，环境如此凄清，行人恐难成眠吧。即使他暂时入梦，两岸猿啼也会一声一声闯入梦境，令他睡不安恬，因而在梦中也摆不脱愁绪。诗人从视（月光）听（猿声）两个方面刻画出一个典型的旅夜孤寂的环境。月夜泊舟已是幻景，梦中听猿，更是幻中有幻。所以诗境颇具几分朦胧之美，有助于表现惆怅别情。

末句的“长”字状猿声相当形象，使人想起《水经注·三峡》关于猿声的描写：“时有高猿长啸，属引凄异，空谷传响，哀转久绝。”“长”字作韵脚用在此诗之末，更有余韵不绝之感。

诗的前半写实景，后半乃虚拟。它借助想象，扩大意境，深化主题。通过造境，“道伊旅况愁寂而已，惜别之情自寓”（敖英评，《唐诗绝句类选》），“代为之思，其情更远”（陆时雍《诗镜总论》）。

听流人水调子

王昌龄

孤舟微月对枫林，分付鸣筝与客心。
岭色千重万重雨，断弦收与泪痕深。

大约作于赴龙标（湖南黔阳）贬所途中，写听筝乐而引起的感慨。

首句写景，并列三个意象：孤舟、微月、枫林。我国古典诗歌中，本有借月光写客愁的传统。而江上见月，月光与水光交辉，更易牵惹客子的愁情。王昌龄似乎特别偏爱这样的情景："忆君遥在潇湘月，愁听清猿梦里长"，"行到荆门向三峡，莫将孤月对猿愁"，等等，都将客愁与江月联在一起。而"孤舟微月"也是写的这种意境，"愁"字未明点，是见于言外的。"枫林"暗示了秋天，也与客愁有关。枫树生在江边，遇风发出一片肃杀之声（"日暮秋风起，萧萧枫树林"），真叫人感到"青枫浦上不胜愁"呢。"孤舟微月对枫林"，集中秋江晚来三种景物，就构成极凄清的意境（这种手法，后来在元人马致远《天净沙》中有最尽致的发挥），上面的描写为筝曲的演奏安排下一个典型的环境。此情此景，只有音乐能排遣异乡异客的愁怀了。弹筝者于此也就暗中登场。"分付"同"与"字照应，意味着奏出的筝曲与迁客心境相印。"水调子"（即水调歌属乐府商调曲）本来哀切，此时又融入流落江湖的乐人（"流人"）的主观感情，怎能不引起"同是天涯沦落人"的迁谪者内心的共鸣呢？这里的"分付"和"与"，下字皆灵活，它们既含演奏弹拨之意，其意味又绝非演奏弹拨一类实在的词语所能传达于万一的。它们的作用，已将景色、筝乐与听者心境紧紧勾连，使之融成一境。"分付"双声，"鸣筝"叠韵，使诗句铿锵上口，富于乐感。诗句之妙，恰如钟惺所说："'分付'字与'与'字说出鸣筝之情，却解不出"（《唐诗归》）。所谓"解不出"，乃是说它可意会而难言传，不像实在的词语那样易得确解。

次句刚写入筝曲，三句却提到"岭色"，似乎又转到景上。其实，这里与首句写景性质不同，可说仍是写"鸣筝"的继续。也许晚间真的飞了一阵雨，使岭色处于有无之中。也许只不过是"微月"如水的清光造成的幻景，层层山岭好像迷蒙在雾雨之中。无论是哪种境况，对迁客的情感都有陪衬烘托的作用。此外，更大的可能是奇妙的音乐造成了这样一种"石破天惊逗秋雨"的感觉。"千重万重雨"不仅写岭色，也兼形筝声（犹如"大弦嘈嘈如急雨"）；不仅是视觉形象，也是音乐形象。"千重"、"万重”的复叠，给人以乐音繁促的暗示，对弹筝“流人”的复杂心绪也是一种暗示。在写“鸣筝”之后，这样将“岭色”与“千重万重雨”并置一句中，省去任何叙写、关联词语，造成诗句多义性，含蕴丰富，打通了视听感觉，令人低回不已。

弹到激越处，筝弦突然断了。但听者情绪激动，不能自已。这里不说泪下之多，而换言“泪痕深”，造语形象新鲜。“收与”、“分付与”用字同妙，它使三句的“雨”与此句的“泪”搭成譬喻关系。似言听筝者的泪乃是筝弦收集岭上之雨化成，无怪乎其多了。这想象新颖独特，发人妙思。“只说闻筝下泪，意便浅。说泪如雨，语亦平常。看他句法字法运用之妙，便使人涵咏不尽。”（黄生评）此诗从句法、音韵到通感的运用，颇具特色，而且都服务于意境的创造，浑融含蓄，而非刻露，《诗薮》称之为“连城之壁，不以追琢减称”，可谓知言。

【王翰】 字子羽，唐并州晋阳（山西太原）人。景云元年（710）进士及第，玄宗开元八年（720）后举极言直谏科，调昌乐尉，又中超拔群类科。张说当政，召为秘书省正字。张说罢相后，贬为仙州别驾，再贬为道州司马，卒于官。

凉州词

王　翰

葡萄美酒夜光杯，欲饮琵琶马上催。
醉卧沙场君莫笑，古来征战几人回？

王翰生平不详，在当世却颇有盛名，杜甫曾以“李邕求识面，王翰愿卜邻”为荣。

这首诗与王之涣同题作皆曾被推为唐人七绝首选。诗从举杯欲饮写起，首句极力突出酒美杯美，葡萄酒乃西域特产的酒，色红。夜光杯，据《十洲记》载是西胡献给周穆王的礼品，是由西域所产的玉石琢成。意象之华美，使人想起李贺《将进酒》“琉璃锺，琥珀浓，小槽酒滴真珠红”，可以说酒未到，先陶醉。其中含着诗中人对生活的热爱，对于全诗是极其重要的一笔。

次句写正要开怀畅饮之际，忽闻马上乐队已奏起琵琶，催人出发。“催”有两义，一是侑酒（如李白“车旁侧挂一壶酒，凤笙龙管行相催”），一是催促。史载汉武帝以公主和亲于乌孙，念其行道思慕，故使工人载筝筑，为马上之乐，名曰琵琶，可见“马上琵琶”本是征行之乐。琵琶加入听觉意象，“马上催”是侑酒壮行、渲染战争气氛，和下句的沙场联系起来。所以这里写的，乃是战士在奔赴战场之前摆酒送行的场面。现代戏《红灯记》有“临行喝妈一碗酒，浑身是胆雄纠纠”——

送行酒是可以壮战士行色的。

一二句到三四句有一个跳跃，省去了一个举杯痛饮的场面，而就此作情语：请君莫笑战士贪杯，须知他们此一去，是没有打算回来的了。"醉卧沙场"乃马革裹尸的转语，岂是可笑之事，说"君莫笑"，直是淡化的手法。"醉卧沙场"是诗的语言，它不但诗化了战争，也诗化了牺牲，使全诗具有浪漫情调。

"古来征战几人回"，以古人酒杯浇自己块垒，作苦语读，可以说是很颓唐、很无奈的话。做壮语读，则有"名编壮士籍，不得中顾私；捐躯赴国难，视死忽如归"（曹植）、"风萧萧兮易水寒，壮士一去兮不复还"（荆轲）的意味。意兴极为豪放，亦不讳言征战之苦，这是典型的唐音。此作与王昌龄《从军行(青海长云暗雪山)》在伯仲之间。

诗有以二十八字而名垂诗史者，这首便是。首句写生活的憧憬和对生命的眷念，诗中意象千古称绝：葡萄美酒、夜光杯，令人心醉。谁说是纪实！军中饮酒古来多矣，谁曾说出这七个字！这是浪漫、是美化，是一起占尽地步，是不一般的好，是发球得分。次句写欲饮是一传，琵琶加入听觉意象，"马上催"是侑酒壮行、渲染战争气氛。三句紧接"欲饮"，"醉卧沙场"四字却诗化了战争和牺牲，但又不着痕迹，是绝妙好词。"君莫笑"——莫笑什么？莫笑我忘形也——"醉卧沙场"的表面意义就是忘形。末句反跌，孤立地看此句平平，然而，由于"醉卧沙场"是不一般的好，是二传到位，所以末句随手一扣，就得分了。

【王维】（699－761）字摩诘，唐太原祁（山西祁）人，后徙家蒲州（山西永济西）。玄宗开元九年（721）中进士，任太乐丞，贬济州司仓参军。二十三年任右拾遗。曾以监察御史出使凉州，为河西节度使幕府判官。二十八年迁殿中侍御史，以选补副使赴桂州知南选。天宝元年（742）改官左补阙。十四载迁给事中。肃宗至德二载（757）以陷贼官六等定罪，以诗获免。乾元元年（758）授太子中允，加集贤学士，迁中书舍人，改给事中。上元元年（760）官尚书右丞。有《王右丞集》。

渭川田家

王　维

斜光照墟落，穷巷牛羊归。
野老念牧童，倚杖候荆扉。
雉雊麦苗秀，蚕眠桑叶稀。
田夫荷锄立，相见语依依。
即此羡闲逸，怅然吟式微。

"渭川"《文苑英华》作"渭水"，渭水本是古黄河，由于地壳的变迁，迫使黄河改道，形成现状。它发源于甘肃渭源县鸟鼠山，东流经陕西省，于华阴县渭口入黄河。在唐代，这是一条重要的河流，长安就在渭水南岸，故有"西风吹渭水，落叶满长安"（贾岛）之歌吟。此诗写渭河流域的农村生活观感，时在一个暮春傍晚。

农村的黄昏时分是富于诗意的，不仅是因为夕阳可爱，回光返照墟落的景色迷人，而且经过了一天劳作，农夫们就要得到甜蜜的憩息，乡村的气氛特别轻松愉快。"日之夕矣，羊牛下来"，各家各户，都在盼望亲人的回还。诗人从中撷取了一个典型的动人情景：一个老人正拄着拐棍在柴门外等候暮归的牧童。一种老牛舐犊的亲切的人情味，就透过纯客观描写的画面流露出来。拄杖动作描写固好，"念"字写心理活动尤佳。

潘岳《射雉赋》写暮春野外景物道："麦渐渐以擢芒，雉唯唯而朝雊"，诗人概括为一句："雉雊麦苗秀。"这是蚕儿快要结茧的季节，荀卿《蚕赋》云："三俯三起，事乃大已。"阡陌上的景色，正是"柔桑采尽绿阴稀"（王安石）。诗句紧扣农时农事，散发出浓郁的泥土气息。倘在日间，农夫们"足蒸暑土气，背灼炎天光。力尽不知热，但惜夏日长"，决不会有人荷锄而立，拉闲扯淡。只有在这黄昏收工时分才有功夫摆谈几句，虽不过只说些桑麻之类，却谈得十分投机，依依不舍。稍有农村生活经验的人，都会为这些质朴无华的诗句所感动，艾青诗云："我永远是田野的各种气息的爱好者啊 / 无论我漂泊到哪里 / 当黄昏时走在田野上 / 那如此不可排遣地困惑着我的心的 / 是对于故乡路上的畜粪的气息 / 和村边的畜棚里的干草的气息的记忆啊。"读王维的诗，也会引起类似的感觉。

艾青的诗题叫《黄昏》，而王维这首诗的"式微"也就是黄昏的意思，同时它也是《诗经》的一个篇名。《式微》一诗抒发的是为主子从早到晚干活到天黑还不得回家的怨情。王维为渭川农村黄昏景色所吸引，从而产生了对田园生活的艳羡，也就情不自禁地想起诗经中的这首诗来。诗人对田园乐的艳羡，当然是置身局外的感觉。鲁迅《风波》曾揶揄道："老人男人坐在矮凳上，拿着大芭蕉扇闲谈：孩子们飞也似的跑，或蹲在乌桕树下玩石子；女人端出乌黑的蒸干菜和松花黄的米饭，热蓬蓬冒烟。河里驶过文人的酒船，文豪见了，大发诗兴说：'无思无虑，这真是田家乐啊。'""无思无虑"正是"闲逸"二字的注脚。话说回来，正因为置身局外，诗人也才持审美观照的态度，对田家景物有极新鲜的发现。他捕捉住最富有乡村黄昏特征的景物，描绘出了一幅富于生活情趣的田园画。

苏东坡曾经说："味摩诘之诗，诗中有画"。什么是"诗中有画"呢？有人说诗中有颜色字就是"诗中有画"，有人说诗用了形象思维就是"诗中有画"，皆不得要领。德国的美学家莱辛说，诗用文字和声音表现一个时间过程，所以是时间艺术；

而画用线条和色彩显现同时并列于空间的物体，所以是空间艺术。王维作为一个画家，在诗中有意识地将时间定格，而像画画那样进行空间显现，即一一展示同时并列在空间的物体，这才是“诗中有画”的本质。就拿这首诗来说吧，撇开末二句的抒情不论，前面八句时间是定格在黄昏时分，然后一一展示空间——陋巷中走着羊群，一个老农站在篱笆门外，远处有牧童正在归来，麦子在扬花，桑林疏疏落落的，在田坎上荷锄的田夫正在拉话，等等，景物与景物间只有空间的联系，并无时间的先后。而孟浩然《过故人庄》就不同，它的四联分别写故人相邀——诗人赴会途中所见——开筵的情景——话别的情景，正是表现一个时间的过程。所以孟浩然的写法是纯诗的，而王维的写法是“诗中有画”。

夷门歌

王 维

七雄雄雌犹未分，攻城杀将何纷纷。
秦兵益围邯郸急，魏王不救平原君。
公子为嬴停驷马，执辔愈恭意愈下。
亥为屠肆鼓刀人，嬴乃夷门抱关者。
非但慷慨献良谋，意气兼将身命酬。
向风刎颈送公子，七十老翁何所求！

题材的因袭，包括不同文学形式对同一题材的移植、改编，都有一个再创造的过程。王维《夷门歌》便是故事新编式的杰作。

此诗题材出自《史记·魏公子列传》，即信陵君窃符救赵的历史故事。但从《魏公子列传》到《夷门歌》，有一重要更动：故事主人公由公子无忌（信陵君）变为夷门侠士侯嬴，从而成为主要是对布衣之士的一曲赞歌。从艺术手法上看，将史传以二千余字篇幅记载的故事改写成不足九十字的小型叙事诗，对题材的重新处理，特别是剪裁提炼上“缩龙成寸”的特殊本领，令人叹绝。诗共十二句，四句一换韵，按韵自成段落。

首四句交代故事背景。细分，则前两句写七雄争霸天下的局势，后两句写“窃符救赵”的缘起。粗线勾勒，笔力雄健，“叙得峻洁”（姚鼐）。“何纷纷”三字将攻城杀将、天下大乱的局面形象地表出。传云：‘魏安釐王二十年，秦昭王已破赵长平军，又进兵围邯郸（赵都）”，诗只言“围邯郸”，然而“益急”二字传达出一种紧迫气氛，表现出赵国的燃眉之“急”来。于是，与“魏王不救平原君”的轻描淡写，对照之下，又表现出无援的绝望感。

赵魏唇齿相依，平原君（赵公子）又是信陵君的姊夫。无论就公义私情而言，“不救”都说不过去。无奈魏王惧虎狼之强秦，不敢发兵。但诗笔到此忽然顿断，另开一线，写信陵君礼贤下士，并引入主角侯生。“公子为嬴停驷马，执辔愈恭意愈下。亥为屠肆鼓刀人，嬴乃夷门抱关者。”信陵君之礼遇侯嬴，事本在秦兵围赵之前，这里倒插一笔，其作用是暂时中止前面叙述，造成悬念，同时运用“切割”时间的办法形成跳跃感，使短篇产生不短的效果，即在后文接叙救赵事时，给读者以一种隔了相当一段时间的感觉。信陵君结交侯生事，在《史记》有一段脍炙人口的、绘声绘色的描写。诗中却把诸多情节，如公子置酒以待，亲自驾车相迎，侯生不让并非礼地要求枉道会客等等，一概略去。单挑面对侯生的傲慢“公子执辔愈恭”的细节作突出刻画。又巧妙运用“愈恭”“愈下”两个‘愈’字，显示一个时间进程（事件发展过程）。略去的情节，借助读者联想补充，便有语短事长的效果。两句叙事极略，但紧接二句交代侯嬴身份兼及朱亥，不避繁复，又出人意外。“嬴乃夷门抱关者也”，“臣乃市井鼓刀屠者”，都是史传中人物原话。“点化二豪之语，对仗天成，已臻墨妙”（赵殿成《王右丞诗集笺注》），而唱名的方式，使人物情态跃然纸上，颇富戏剧性。两句妙在强调二人卑微的地位，从而突出卑贱者的智勇；同时也突出了公子不以富贵骄士的精神。侯、朱两人在窃符救赵中扮演着关键角色，故强调并不多余。这段的一略一详，正是所谓“难说处一语而尽，易说处莫便放过”，贵在匠心独运。

最后四句专写侯生，既紧承前段遥接篇首，回到救赵事上来。“献良谋”，指侯嬴为公子策划窃符及赚晋鄙军一事，这是救赵的关键之举。“意气”句则指侯嬴于公子至晋鄙军之日北向自刭事。其自刎的动机，是因既得信陵君知遇，又已申铅刀一割之用，平生意愿已足，生命已成长物。末二句议论更作波澜，说明侯生义举全为意气所激，并非有求于信陵君。慷慨豪迈，视死如归，有浓郁抒情风味，故历来为人传诵。二句分用谢承《后汉书》杨乔语（“侯生为意气刎颈”）和《晋书·段灼传》语（“七十老公复何所求哉！”）而使人不觉，用事自然入妙。诗前两段铺叙、穿插，已蓄足力量，末段则以“非但”、“兼将”递进语式，把诗情推向高峰。以乐曲为比方，有的曲子结尾要拖一个尾声，有的则在激越处戛然而止。这首诗采取的正是后一种结尾，它如裂帛一声，忽然结束，却有“慷慨不可止”之感，这手法与悲壮的情事正好相宜。

把一个有头有尾的史传故事，择取三个重要情节来表现，组接巧妙，语言精炼，人物形象鲜明，是《夷门歌》艺术上成功之处。这首诗代表着王维早年积极进取的一面。唐代是中下层地主阶级知识分子在政治上扬眉吐气的时代，这时出现为数不少的歌咏游侠的诗篇，绝不是偶然的。《夷门歌》故事新编，融入了新的历史内容。吴汝纶评此诗“叙古事而别有寄托”，是很有见地的。

观 猎

王 维

风劲角弓鸣，将军猎渭城。
草枯鹰眼疾，雪尽马蹄轻。
忽过新丰市，还归细柳营。
回看射雕处，千里暮云平。

这首诗的诗题一作《猎骑》。一次普普通通的狩猎活动，被诗人写得如此激情洋溢、豪兴遄飞，而在手法上堪称唐人五律之范式，清人沈德潜叹为观止：“章法、句法、字法俱臻绝顶。盛唐诗中亦不多见。”

“风劲角弓鸣，将军猎渭城。”开篇未及写人，先全力写其影响——风呼、弦鸣，风之劲由弦的震响衬出，弦之鸣则因风而越发嘹亮。用“角弓鸣”三字带出猎意，耐人寻想——劲风中的射猎，该具备何等手眼呀！唤起读者对猎手的悬念。声势俱足之后，才推出射猎的主角——“将军猎渭城”。这仿佛是人物的亮相。这发端的一笔，胜人处全在突兀，“如高山坠石，不知其来，令人惊绝”（方东树）。同时也是一种倒折的写法，恰如沈德潜所说：“若倒转便是凡笔。”

渭城为秦时咸阳故城，在长安西边、渭水北岸，冬末春初，积雪已消。“草枯鹰眼疾，雪尽马蹄轻。”承上写射猎的快意。“草枯”“雪尽”四字如素描一般简洁，形象鲜明，具有画意。“鹰眼”因“草枯”而特别锐利，暗示猎物的被发现；“马蹄”因“雪尽”而绝无滞碍，意味猎骑的追踪而至。“疾”“轻”下字，俱有快感。这两句可以使人联想到南朝诗人鲍照写猎的名句：“兽肥春草短，飞鞚越平陆”，但追踪猎物的意思表现得不像这样的明显。这两句初读对仗精切，似各表一意，细味意脉连属，属流水对，所以为妙。以上写出猎，只通过“角弓鸣”、“鹰眼疾”、“马蹄轻”等细节点染，不写猎获，而猎获之意见于言外。

“忽过新丰市，还归细柳营。”两句接“马蹄轻”而来，意思却发生转折，写到猎归。“新丰市”故址在今陕西临潼，是西汉建国后，刘邦为满足老父思乡的需求而建造的。“细柳营”在今陕西长安县，是西汉名将周亚夫屯军之处，用来多一重意味，使读者觉得诗中主人公颇有名将之风度。此外，这两个地名出于《汉书》，诗人兴之所至，一时凑泊，读来有典、有据、有味。“忽过”“还归”的勾勒，表现将军归途驰骋的快速，有瞬息千里之感。

“回看射雕处，千里暮云平。”全诗以写景结束，所写非营地景色，而是回看向来行猎之处，已被暮云笼罩。这样的写景很放松，与开篇的紧张，在节奏上形成一种内在韵律，和猎归后踌躇满志的心境相称。凡写景处，俱是表情，通过景的变化，表现情绪的消长，最是妙笔。《北史・斛律光传》载，北齐斛律光校猎时，见一鸟飞翔云际，射之、中其颈，形如车轮盘旋而下，视之、乃大雕。斛律光因此被人称为“射雕手”。此诗“射雕处”三字即用此典，有暗示将军膂力非凡，箭法高强的意思。

全诗半写出猎，半写猎归，起得突兀，结得意远，中两联一起流走，承转自如，有格律中束缚不住的气势，又能首尾映带，是章法之妙。诗中藏三地名而使人不觉，用典浑融无迹，写景俱能表情，至如三四句穷极物理、意在言外，是句法之妙。“枯”“尽”、“疾”“轻”、“忽过”“还归”等，遣词用字准确锤炼，咸能照应，是字法之妙。统此三妙，故为范本，足称杰作。

杂诗

王　维

君自故乡来，应知故乡事。
来日绮窗前，寒梅著花未？

这首诗命名“杂诗”，相当于无题。其中有两个主题词，一个是“故乡”，一个是“寒梅”。

“君自故乡来，应知故乡事”，这两句中，重复了一个“故乡”，是强调这个主题词。乐府诗有此句调，如李白“客自长安来，还归长安去”。对于歌，这种重复是非常必要的，由于音乐的缘故，不但不感到单调，反而会感到集中。它表现的生活情境十分动人，当一个人独在异乡为异客，故乡的消息是多么重要啊。不要说见了故乡熟悉的人，就是听到故乡话，也会深自惊喜的。比如说蔡文姬在南匈奴就有这样的事，“有客从外来，闻之常欢喜”，可惜这个讲着汉语的人，并不是她的老乡——“迎问其消息，辄复非乡里。”王维这首诗中的情境就不同了，对方不仅是个说着乡音的人，而且是熟悉的人，他的第一个念头，也是“迎问其消息。”

“故乡事”是这个诗的一个重要内容，在实际的唠嗑中，涉及面会很宽，会从一个话题跳到另一个话题，先是诗中主人公最关心的话题，最后会落到两个人都有兴趣的话题。这一大堆内容，在古诗不仿照写，如王绩《在京思故园见乡人问》，从朋旧童孩、宗族弟侄、旧园新树、茅斋宽窄、柳行疏密一直问到院果林花，仍然意犹未尽，然而，对于绝句来说，只剩两句可用，作者须对内容进行筛选，最后他选择的是院果林花类的寒梅。当然，这寒梅在诗中不仅是一般的自然物，而且是故乡的一种象征。

然而，为什么要选这株寒梅作为故乡的象征物呢？这就不得不说到院果林花在童年或少妇记忆中所有的特殊地位了。对童年、对少妇来说，生活的空间本有局限，然而当事人眼中却会将它放大，园中的一草一木都会有趣得要命，特别是那些占据重要空间（如绮窗下）的花木，将成为当事人一生的重要记忆。古诗人写“庭中有奇树”、沈浮写《浮生六记》、鲁迅写《从百草园到三味书屋》、写《秋夜》（一棵是枣树，另一棵也是枣树），说起“寒梅”之类，都是喋喋不休的。因为关于“寒梅”之类，应该有一些故事，当年家居生活亲切有趣的故事，两个人都知道的故事。虽然都知道，还是津津乐道——笔者与儿时朋友相会，就常会说起儿时爬过的“二小的那棵黄桷树啊——”

绝句贵乎以小见大，在这首能引起所有人的共鸣的诗中，“故乡”是大，“寒梅”是小，通过对“寒梅”的对话来表现“故乡”情，是以小见大。

相思

王维

红豆生南国，春来发几枝？
愿君多采撷，此物最相思。

唐代绝句名篇经乐工谱曲而广为流传者为数甚多。王维《相思》就是梨园子弟爱唱的歌词之一。据说天宝之乱后，著名歌者李龟年流落江南，经常为人演唱它，听者无不动容。题一作《江上赠李龟年》。说到这首诗的好处，就不得不谈到意象。

意象是诗意的象征符号。远不是所有的诗歌形象都能称为意象，“两个黄鹂鸣翠柳，一行白鹭上青天”,“黄鹂”、“白鹭”就不能称为意象——因为它们是眼前景，而不是象征符号。而“红豆生南国，春来发几枝”的“红豆”，就完全不同了。

王维《相思》二十字之所以成为千古绝唱，首先就在于诗人给“相思”找到了一个绝妙的象征物——“红豆”。找到了这个象征物，诗就成功了一半，所谓“斜阳芳草寻常物，解用即为绝妙词”。何谓“解用”？说白了，便是善于提炼。

一位诗人告诉我，他在石河子时，心中曾一千遍追问：“什么是新疆建设兵团？”这就是说，他想为新疆建设兵团寻找一个象征符号。一天，他看到退役者摘掉帽徽的军帽上呈现出一颗绿色的五星，喜不自胜——“我找到了！”于是就有了《绿色的星》那首诗，也有了一本诗集的名字。

惟此写《相思》时的王维，恐怕也曾心中一千遍地追问过：“何物最相思？”

直到有一天，他突然看到或想到了红豆。“红豆”！“绿色的星”！原来新诗和诗词在意象的追求上，是如此这般地相通。

红豆何以能成为相思的象征物呢？首先，红豆的别名是相思子。其次，有一个民间故事，说的是一位女子望夫而死，在她泪尽之处长出树来，结出果实，就是红豆。而红豆的形状，又活像一滴滴血泪。《红楼梦》二十八回贾宝玉在冯紫英家唱曲，打头一句就是“滴不尽相思血泪抛红豆”——这可以说是对红豆这一意象的绝妙阐释。

所以，《相思》这首诗一起，“红豆”两字就占尽地步。接下来，“春来”还是“秋来”，无关紧要，关键在于“发几枝”——既关红豆，又关相思。接下来，“多采撷”还是“休采撷”也无关紧要——说“勿忘我”和说“忘记我吧”，反正表达的都是同一种深情，后者可能还更加苦涩。关键在于“此物最相思”——诗人心中反复追问的问题，答案找到了。

何物最相思？——“此物最相思”。

前人说，五言绝句须篇法圆紧。如何才能做到篇法圆紧？由这首诗可见，有一个好的意象，就能够做到篇法圆紧。

栾家濑

王　维

飒飒秋雨中，浅浅石溜泻。
跳波自相溅，白鹭惊复下。

自然美多姿多彩。即使同一个风景点上，那景色也有四时晨昏的变化，宜人程度的不同。“雷峰——夕照”、“三潭——印月”等景名就有这样的讲究。王维写景诗的一个特点就在善于捕捉某地最为宜人的景色，如《鹿柴》写深林返照，《鸟鸣涧》写月下鸟语，还有《栾家濑》写秋雨急流，也是好例子。

秋雨不如夏雨来势陡，但持续时间较长，水较平日更为湍急。濑声喧哗，方引起诗人往观的兴趣。诗人之好友裴迪同咏道：“濑声喧极浦，沿步向南津”，正写出当日情事。披蓑冒雨往观濑景，游者兴致之高，濑声之富于魅力，可想而知。读诗的前两句，就使人如见这样的图景：在“飒飒秋雨中”，两位幽人伫立滩头，谛听“浅浅”濑声，目送湍急的“石溜”满空丝雨，一川水流，交织成自然的乐章，流动的画意，十分迷人。秋雨急濑，水流夹有大量鱼虾，又值浦上少行人，故其时鸥鹭翔集，其中较有趣的是白鹭。这种水鸟颇善伪装，所谓“行当青草人先见，行傍白莲鱼未知”，往往一足独拳，移时不动。专候过路的鱼虾，但在急流险滩之边，时有水石相激，跳珠倒溅，又常使得这警觉的长腿鸟儿猛然吃惊，腾空而起。终因羡鱼心切，虚惊之后，又安然“复下”。诗的后二句即写这种特殊的风光。那“白鹭”绝非一只两只，惊而复下的情形，必然周而复始、此起彼落地发生，成为一种节奏感很强的运动，不在秋雨急濑中，断难见到如此奇景。

秋雨迷蒙的背景之上，濑声伴奏，白鹭起舞，成为天趣盎然的图画。与王维同时，到过栾家濑的人必多。而栾家濑的美，唯有对大自然独具慧眼的王维才能发现，并将这种美用富于色彩与音乐的文字予以惟妙惟肖地再现。

白石滩

王　维

清浅白石滩，绿蒲向堪把。
家住水东西，浣纱明月下。

辋川诸诗多写景之作，兼及人事活动而写得饶有情味的，当推这首诗。滩水自然很“清浅”。但若是止水，则石上必生绿苔，从“白石”二字可见是流水了。流水不腐，长经水激，则滩边滩底的石子特为清洁光润，洁白可爱。于是，“清浅白石滩”一句既写出明月下之水色，又能传出“清泉石上流”的悦耳之声。此情此景，不仅幽静，而且富于生意。

次句“绿蒲”与“白石”对举成文，蒲苇之绿与滩石之白相对比，色彩幽雅而鲜明。“向堪把”是说揽之几可盈把，是写蒲苇的丰茂。盖蒲苇之为物不仅可供观赏，还有经济价值：“青蒲衔紫茸，长叶复从风。与君同舟去，拔蒲五湖中。”（南朝民歌《拔蒲》）蒲茎可以编席，苇花可以絮衣。“绿蒲向堪把”，于流连光景之外，有意无意含有一种劳动者的喜悦。

这就自然而然带出了诗中主人公：“家住水东西，浣纱明月下”。这两句省略的主语，就是诗人在《山居秋暝》中歌咏过的“浣女”了。她们白天劳作，明月之夜正好出来浣衣。说成“浣纱”易使人联想到古代的西子，这就把人与事都诗化了。在白石滩浣衣的女子，居处不远，有的在水东，有的在水西。虽然各在水之一方，那清浅的滩流，却不甚宽广，因此无妨她们涉足来往。二句又隐隐流露出一种伙伴的亲切感。

白石滩头，水声淙淙，杂着笑语，这景象和平美好，王昌龄有一首《浣纱女》诗云：“钱塘江上是谁家，江上女儿全胜花。吴王在时不得出，今日公然来浣纱”。

二诗归趣相若，可以参读。

竹里馆

王　维

独坐幽篁里，弹琴复长啸。
深林人不知，明月来相照。

竹里馆建在辋川一片竹林之中，环境幽深。王维常憩馆内，“日与道相亲”。此诗写其恬淡自得的生活情趣。

“幽篁”一辞出自《楚辞·九歌·山鬼》：“余处幽篁兮终不见天。”“终不见天”正表现篁竹遮天蔽日的深幽。《山鬼》歌辞表现出的是一种孤独思偶的情怀，隐喻着骚人政治上求合不成的感喟；《竹里馆》“独坐幽篁里”云云，则完全是怡然自得的神情。在唐诗中,“弹琴”这个意象往往用来表现一种不合时宜的清高拔俗的情感。至于“长啸”，自魏晋以来就是名士风度的一种表征，那啸声饶有旋律，相当富于魅力，竹林七贤之中的阮籍就神乎其技，竟能“与琴声相谐”（《陈留风俗传》）。“弹琴复长啸”，就传达出独处幽篁之幽人悠闲怡悦，尘虑皆空，忘乎其形的情态。

“深林人不知”，虽不是“不吾知其亦已兮”的牢骚话，却也小有遗憾。这就摇漾出最后一句：“明月来相照”。“来相照”与“人不知”意义正相反对，正好弥补了那小小的遗憾而归于圆满。诗人似有了他的知音——你看那中宵皎洁的明月，打那篁竹的空隙间钻出来，脉脉相窥，直令人心境为之澄澈。不过，“来相照”的毕竟只是一轮“明月”，又更见竹里馆的“幽深无世人”（裴迪同咏诗），更见其境的恬静。

此诗在用字造语上没有用力的痕迹。写景只在俯仰之间，“幽篁”、“深林”、“明月”，几个物象，自成幽雅环境；叙写的笔墨也简淡，“独坐”、“弹琴”、“长啸”几个动作，妙达闲逸自适心情。三四两句转合之间那个小小的摇漾，其功用是不可忽略的。

鸟鸣涧

王　维

人闲桂花落，夜静春山空。
月出惊山鸟，时鸣春涧中。

王维的《皇甫岳云溪杂题》五首是描写友人别墅风光的一组诗，《鸟鸣涧》即其一。鸟鸣涧是云溪一处地名，顾名思义，这是一个多鸟而幽静的山沟。王维“晚年唯好静”，对大自然的幽美境界多所发现。这首描写春天月色，空山鸟语的小诗是他的代表作之一。

关于鸟鸣和山幽之间的关系，我们的古代诗人是很感兴趣的。梁代诗人王籍就有“鸟鸣山更幽”的名句。而宋代诗人王安石却反其意而用之，在诗中写道：“一鸟不鸣山更幽”。然而，它们似乎都不如王维《鸟鸣涧》善于体察二者之间的辩证关系，从而创造出更为深邃的境界。

诗的前两句包含四个片语：“人闲——桂花落，——夜静——春山空”。“空”，是佛学对世界本质的概括，也是王维诗中的关键字。细味，“静”是“空”在自然环境上的表现，“闲”是“空”在人的心境中的表现。从写景的角度看，这四个片语通过人的心境的平静、夜的宁静、山的寂静，加之桂花（春桂或月桂）落地静无声这样一个细节，就充分地写出了月出以前春山毫无声息的静谧。它使人联想到“山中不隐响，一叶动亦闻”（孟郊）或“闲花落地听无声”（刘长卿）那样幽寂的境界，正是“一鸟不鸣山更幽”。

如果仅此而已，诗境便不免单调，缺乏意趣，尤其是不能见出“鸟鸣涧”的特色。所以诗人进而写道：“月出惊山鸟，时鸣春涧中。”由于月出，使鸟儿受到惊扰，不时发出一两声啼鸣，打破了夜的寂静，却又反衬出深夜空山的寂静。这就是“鸟鸣山更幽”。

如果没有月出前春山绝对的寂静，鸟儿就不会因月出而惊啼；而月出后整个空山的氛围仍是一片寂静，偶尔传来一两声鸟鸣，反而更衬出春山的寂静，这里有对立面相反相成的关系，也有整体与局部的对比关系；鸟声乍停之后，更显得春山无边的寂静。这里，“鸟鸣山更幽”又回到“一鸟不鸣山更幽”。然而意境却更加深邃了。因为读者不仅从比较中加深了对静的感受，而且体味到春山的寂静中包孕的无限生机。

幽暗的山谷，万籁无声，使人排除杂念，由静入定；突然，奇迹发生，皓月当空，光明洞彻，山谷时有鸟鸣，使人心生欢喜，由定生慧。因此可以说，此诗的诗境，也是禅悟过程的一种象征。

山中送别

王　维

山中相送罢，日暮掩柴扉。
春草明年绿，王孙归不归？

前人有称绝句为“截句”的，以为绝句乃截律诗而得，这是一种误会。不过，如就绝句独特的艺术表现手段而论，那倒确乎可以称为“截句”，如王维《山中送别》写送别情事，就可以说是“截”去了事件的主体而保留了一个尾声。

诗篇一开始就是“送罢”，这种写法在送别诗中是少见的。似乎正是因为话别、惜别的场面在诗中已写得太多，诗人干脆割弃了这样的场面。不过，“山中相送”四字还是大可玩味的。“山中”本与世隔绝，所与游息者，必属亲知。相契极深，一朝离去，必有不得已的理由，又使得居者感到格外的难堪。这一层感触是不为知者道，难与俗人言的。避开不说，只言“送罢”自佳。

山路崎岖萦纡，彼此依依难舍，送一程又一程。行人明发，而送罢归来，天色已晚。所以“日暮掩柴扉”与上句虽然跳跃了一段时间，倒也合乎情理。日暮闭扉，原属常事，天天如此，有什么好写？写出来却有一种不同寻俗的意味。盖隐居山中的人对世俗本持关门态度，唯有同侪来访，方得洒扫三径，敞开蓬门以迎。而今，常登门造访的人却离此远去了。“日暮掩柴扉”——从此以往，怕是“门虽设而常关”了。这句初读平常，反复含咏，颇有兴味。

诗的后二句是一问：“春草明年绿，王孙归不归？”从《楚辞·招隐士》“王孙游兮不归，春草生兮萋萋”化出，“王孙”指游子、行人。这一问似乎突如其来，揆之情理，这样的问题应是送别分手的致语，置之送罢归来之后，是逆挽。这山中送别，大约发生在春芳衰歇的时节，所以诗人致语道：春草还会如期再绿，而行人归来是否有期？即使行者回答是肯定的，送者日暮掩扉之后，仍觉忽忽心未稳。“春草明年绿，王孙归不归”，也可以说是他下意识地发出的疑问。不言惜别，而其情自深。

王维喜欢在短小的五绝中设问，如《相思》《杂诗》《孟城坳》及此诗，均为显例。这可说是一种“启发式”的写法，对于丰富五绝这种最小诗体的诗意很有效。而将送别致语用逆挽方式放到诗末表出，取得深长的意趣，则是此诗的特点。

少年行

王 维

出身仕汉羽林郎，初随骠骑战渔阳。
孰知不向边庭苦，纵死犹闻侠骨香。

《少年行》是王维的绝句组诗，原本五首，这是第二首。如不刻意求深，这首诗的诗意本来非常浅显——首句讲出身，次句讲经历，三句讲不怕苦，四句讲不怕死。全诗写的是为国捐躯的壮怀，与作者《陇西行》“长安少年游侠客，夜上戍楼看太白”所写少年的雄心，同属于边塞诗中常见的爱国主题。

然而，这首诗曾经被误解得很厉害，而误解的人又是笺注王维诗的权威赵殿成，他说：“诗意谓死于边庭者，反不如侠少之死而得名，盖伤之也。与太白‘纵死侠骨香，不惭世上英’，同用张华《游侠曲》中语，而命意不同。”（《王右丞集笺注》）赵殿成认为“出身仕汉羽林郎”与“纵死犹闻侠骨香”，分别说的是两类人——“死于边庭者”和“侠少”（“少年”）。而事实上，这首诗通篇只有一个主人公——“少年”。

导致误会的原因在第三句“孰知不向边庭苦”。在文言中，一般情况下“孰知”即“谁知”。而在这首诗中，“孰知”作“谁知”讲，诗意就发生了转折——“谁知不向边庭苦”云云，难道不像是在说着另一类人吗？赵殿成因此而发生了误读。

事实上，这首诗中的“孰知”，通“熟知”，即深知。这种用法，不仅见于此诗，也见于杜诗，如“孰知是死别，且复伤其寒”（《垂老别》）。在这首诗中，“孰知”作“深知”讲，诗意就不是转折，而是递进——“深知不向边庭苦”云云，说的就是“明知山有虎，偏向虎山行”那样的意思，与李白“纵死侠骨香，不惭世上英”命意并无二致。

送元二使安西

王　维

渭城朝雨浥轻尘，客舍青青柳色新。
劝君更尽一杯酒，西出阳关无故人。

这是一首送朋友出使边疆地区去的诗。这位姓元的朋友名字不详，其行第（同一曾祖所出的兄弟或姊妹之排行）为二，故以“元二”称之，在唐代这样称谓显得亲切。安西是安西都护府的简称，治所在今新疆库车县。唐代习俗，亲友离别，送行者往往陪送一天路程，于客舍小住，次日清晨才正式饯别。唐代长安送别，往西去的，多在渭城进行。渭城即秦都咸阳故城，在长安西北，渭水对岸，相距恰好一天路程（李商隐：“送到咸阳见夕阳”）。看来诗人王维是头一天从长安送元二到渭城，次日在客舍饯别的。

“渭城朝雨浥轻尘，客舍青青柳色新。”两句展现了送别的时地环境。渭城客舍，这是较大的一处送别场所。柳色青青，使人联想到自汉以来的折柳送别的传统习俗。所以诗一开始就把送别气氛渲染得浓浓的。然而这个送别的场景，又并不那么愁惨，相反的，风光明媚，境界开朗，使人精神爽快。“朝雨”在这里扮演了一个重要角色。在平日，通往西域的大道车马交驰，熙来攘往，不免尘土飞扬，令人犯愁。而在一场“朝雨”后，路尘不起，天宇澄清，空气分外新鲜，柳色苍翠欲滴，令人感觉十分舒适。朝雨转晴，正宜于行路。这一切都冲淡了别离的愁情。虽然是依依惜别，却不形于感伤低沉，这积极乐观的情调，与“朝雨”这一偶然因素相关，而与当时的时代精神，也有深刻的联系。读者只要联系前王勃“海内存知己，天涯若比邻”、王昌龄“青山一带同云雨，明月何曾是两乡”、高适“莫愁前路无知己，天下谁人不识君”一类诗句，便可以感到。

“劝君更尽一杯酒，西出阳关无故人”。接下来诗人并没有展开描写送别的场面，而只撷取饯宴即将结束，诗人对行者的劝酒之辞写来，意味极为深长。它不仅含有“勿言一樽酒，明日难重持”（沈约《别范安成》）那样的感慨，而且还展现出一个富于人情味的饯别场面。“劝君更尽”云云，可见酒过数巡，彼此已经不胜酒力。而殷勤的诗人还要敬对方最后一尊酒，而通常情况下对方不免称醉，饯宴上会出现辞请再三的场面。于是敬酒者不得不寻找一个劝酒的借口，一个合情合理的理由，使对方不得不乐意饮下这杯酒。今人所谓“友情深，一口扪；友情浅，舔一舔。”而“西出阳关无故人”，正是这样一个叫人推诿不得的理由。阳关地处河西走廊的尽头，与北面的玉门关遥遥相对，是出使西域者必经之地，而当时属于边远穷荒之地。王维自己就形容过：“绝域阳关道，胡沙与塞尘。三春时有雁，万里少行人。”（《送刘司直赴安西》），元二可能是初出塞外，当然不可能有亲友在安西。“劝君更尽一杯酒，西出阳关无故人”话虽朴素，但它从行者角度着想由送者口中道来，盛情真挚深厚。仿佛行者喝下这杯酒，就能带走友人的深情厚谊，以为异时异地的慰安。今人于席间劝酒，感情难却，往往类此，故诗中场面，千古如新。中唐白居易《对酒》诗云：“相逢且莫推辞醉，听唱阳关第四声”，就是借王维诗句抒写眼前类似的送别劝酒的情景。

由于这首诗成功的表现了一种真挚深厚的友情，所以从产生之日开始，它就成了流行的送别歌曲。在后代，“渭城曲”、“阳关曲”遂成为送别歌的代称。刘禹锡《赠歌者何戡》：“故人唯有何戡在，更与殷勤唱渭城”，明代郑之升《留别》：“无人为唱阳关曲，唯有青山送我行”等名句中提到的“渭城（曲）”、“阳关曲”，便是指王维《送元二使安西》。后人对作为歌曲的那两个名称，远比对原诗题目为熟悉。这一事实本身也耐人寻味，它说明了王维此诗流传千古的一个重要原因，便是靠入乐演唱而深入人心的。原诗本身就极富音乐美，“城”、“轻”、“尘”、“青”、“青”、“新”、“君”、“尽”、“人”等九字构成的一串儿迭韵，如环佩相扣，声音轻柔明快，强化了诗歌的抒情气氛。演唱起来也就特别发调，悦耳动听。

送沈子福归江东

王 维

杨柳渡头行客稀，罟师荡桨向临圻。
唯有相思似春色，江南江北送君归。

王维是南宗山水画的开派大师，其《画论》云：“渡口只宜寂寂，人行须是疏疏”、“晚景则山含红日，帆卷江渚，路行人急，半掩柴扉。”对照他的画论，读此诗前两句，不是俨然摩诘之画么？

“杨柳渡头行客稀”，杨柳的茂密与行人的稀疏形成对比。不让笔下的行人喧宾夺主，破坏渡口的清寥环境，同时也通过这清寥优美的境界，约略展示了一点临别的惆怅。“罟师”本义为渔人，此借指船夫。这样措辞能体现田园山水诗特有的牧歌情调。只说“罟师荡桨”，沈子福呢？自在舟中，自在不言之中。他将往何方？——“向临圻”。据诗意，“临圻”当是地名，可能是“临沂”之误。临沂，晋侨置县，在今江苏江宁县东北。

后两句承上抒情，有两层意思。一层是“唯有相思”“送君归”七字，意言渡口行客本少，只有自己满怀别情相送沈君。似乎只是陈述了一下事实，然而“唯有”这一限制性词语的运用，就强调和突出了相思别离的情绪。另一层即中间嵌用的一个比喻即“似春色”“江南江北”七字，将相思比作春色，无穷无尽，相随东去“诗人奇妙的联想，将自然的春色与人类的思维两种毫不相干的事物取来作比，而景与情合，即情寓景，妙造自然，毫无刻画的痕迹，不但写出了彼此间深厚的友谊，而且将惜别时的微妙的、难以捕捉的抽象感情，极其生动地表达出来，成为可见可触的形象，遂使人真觉相思之情，充塞天地，可谓工于用喻，善于言情。”（沈祖棻）诗人的“即情寓景，妙造自然”又正是得江山之助，得自然之助。末句“江南江北”的句中重叠排比，形成“无边春色来天地”的阔大气象，与“唯有”暗暗构成对照，又显得沈子福此行颇不寂寞了，赋予此诗以开朗乐观的情调。

这首诗虽然颇寓妙思，但行文自然朴素，有大巧若拙之感，妙在浑成。宋人王观《卜算子》（送鲍浩然之浙东）词云：“水是眼波横，山是眉峰聚。欲问行人去那边？眉眼盈盈处。才始送春归，又送君归去。若到江南赶上春，千万和春住。”题目既相类，拟人手法也与此诗相同，可以说是从此诗翻出新意的然而措辞用意的尖新工巧，又与此诗大异其趣。

伊州歌

王 维

清风明月苦相思，荡子从戎十载余。
征人去日殷勤嘱，归雁来时数附书。

“伊州”为边地曲调，这首诗是当时梨园著名歌曲。

“清风明月”两句，展现出一位女子在秋夜里苦苦思念远征丈夫的情景。它的字句使人想起古诗人笔下“青青河畔草，郁郁园中柳。盈盈楼上女，皎皎当窗牖。……荡子行不归，空床难独守”的意境。这里虽不是春朝，却是同样美好的秋晚，一个“清风明月”的良宵。虽是良宵美景，然而“十分好月，不照人圆”，给独处人儿更添凄苦。这种借风月以写离思的手法，古典诗词中并不少见，王昌龄诗云：“送君归去愁不尽，可惜又度凉风天。”到柳永词则更有拓展：“今宵酒醒何处，杨柳岸晓风残月。此去经年，应是良辰好景虚设。便纵有千种风情，更与何人说！”意味虽然彼此相近，但“可惜”的意思、“良辰好景虚设”等等意思，在王维诗中表现更为蕴藉不露。

“一日不见，如三秋兮”，何况一别就是十来年，“相思”怎得不“苦”？但诗中女子的苦衷远不止此。后两句运用逆挽手法，写女主人公回忆发生在十年前一幕动人的生活戏剧。也许是在一个长亭前，送行女子对即将入伍的丈夫说不出更多的话，千言万语化成一句叮咛：“当大雁南归时，书信可要多多地寄啊。”嘱是“殷勤嘱”，要求是“数（多多）附书”，足见她怎样地盼望期待着。这一逆挽使读者的想象在更广远的时空驰骋，对“苦相思”三字的体味更加深细了。

这两句不单纯是个送别场面，字里行间回荡着更丰富的弦外之音。把“归雁来时数附书”的旧话重提，大有文章。那征夫去后是否频有家书寄内，以慰寂寥呢？恐怕未必。邮递条件远不那么便利；最初几年音信多一些，往后就少下来了。久不写信，即使提笔，不知从何说起，干脆不写的情况也是有的。至于意外的情况就更难说了。总之，那女子旧事重提，不为无因。“苦相思”三字，尽有不同寻俗的具体内容，耐人玩索。

进一步，还可比较类似诗句，岑参《玉关寄长安主簿》：“东去长安万里余，故人何惜一行书”，张旭《春草》：“情知海上三年别，不寄云间一纸书”。岑、张句一样道出亲友音书断绝的怨苦心情，但都说得直截了当。而王维句却有一个回旋，只提叮咛附书之事，音书阻绝的意思表达得相当曲折，怨意隐然不露，尤有含蓄之妙。

辋川六言

王 维

桃红复含宿雨，柳绿更带朝烟。
花落家童未扫，莺啼山客犹眠。

这首诗中写到春“眠”、“莺啼”、“花落”、“宿雨”，容易令人想起孟浩然的五绝《春晓》。两首诗写的生活内容有那么多相类之处，而意境却很不相同。彼此相较，最易见出王维此诗的两个显著特点。

第一个特点是绘形绘色，诗中有画。这并不等于说孟诗就无画，只不过孟诗重在写意，虽然也提到花鸟风雨，但并不细致描绘，它的境是让读者从诗意间接悟到的。王维此诗可完全不同，它不但有大的构图，而且有具体鲜明的设色和细节描画，使读者先见画，后会意。写桃花、柳丝、莺啼，捕捉住春天富于特征的景物，这里，桃、柳、莺都是确指，比孟诗一般地提到花、鸟更具体，更容易唤起直观印象。通过“宿雨”、“朝烟”来写“夜来风雨”，也显然有同样艺术效果。在勾勒景物基础上，进而有着色，“红”、“绿”两个颜色字的运用，使景物鲜明怡目。读者眼前会展现一派柳暗花明的图画。“桃之夭夭，灼灼其华”，加上“杨柳依依”，景物宜人。着色之后还有进一层渲染：深红浅红的花瓣上略带隔夜的雨滴，色泽更柔和可爱，雨后空气澄鲜，弥散着冉冉花香，使人心醉；碧绿的柳丝笼在一片若有若无的水烟中，更袅娜迷人。经过层层渲染、细致描绘，诗境自成一幅工笔重彩的图画；相比之下，孟诗则似不着色的写意画。一个妙在有色，一个妙在无色。

孟诗从“春眠不觉晓”写起，先见人，后入境。王诗正好相反，在入境后才见到人。因为有“宿雨”，所以有“花落”。花落就该打扫，然而“家童未扫”。未扫非不扫，乃是因为清晨人尚未起的缘故。这无人过问满地落花的情景，不是别有一番清幽的意趣么？“未扫”二字有意无意得之，毫不着力，浑然无迹。末了写到“莺啼”，莺啼却不惊梦，山客犹自酣睡，这正是一幅“春眠不觉晓”的入神图画。但与孟诗又有微妙的差异，诗从“春眠不觉晓”写起，其实人已醒了，所以有“处处闻啼鸟”的愉快和“花落知多少”的悬念，其意境可用“春意闹”的“闹”字概括。此诗最后才写到春眠，人睡得酣恬安稳，于身外之境一无所知。花落莺啼虽有动静有声响，只衬托着“山客”的居处与心境的宁静，所以其意境主在“静”字上。人们说他的诗有禅味，并没有错。然而，王维诗难能可贵在能通过动静相成，写出静中的生趣。唐诗有意境浑成的特点，但具体表现时仍有两类，一种偏于意，让人间接感到境，如孟诗《春晓》就是；另一种偏于境，让人从境中悟到作者之意，如此诗就是。而由境生情，诗中有画，是此诗最显著优点。

第二个特点是对仗工整，音韵铿锵。孟诗《春晓》是古体五言绝句，在格律和音律上都很自由。由于孟诗散行，意脉一贯，有行云流水之妙。这首诗属六言绝句，格律精严。从骈偶上看，不但“桃红”与“柳绿”、“宿雨”与“朝烟”等实词对仗工稳，连虚字的对仗也很经心。如“复”与“更”相对，在句中都有递进诗意的作用；“未”与“犹”对，在句中都有转折诗意的作用。“含”与“带”两个动词在词义上都有主动色彩，使客观景物染上主观色彩，十分生动。且对仗精工，看去一句一景，彼此却又呼应联络，浑成一体。“桃红”、“柳绿”，“宿雨”、“朝烟”，彼此相关，而“花落”句承“桃”而来，“莺啼”句承“柳”而来，“家童未扫”与“山客犹眠”也都是呼应着的。这里表现出的是人工剪裁经营的艺术匠心，画家构图之完美。对仗之工加上音律之美，使诗句念来铿锵上口。中国古代诗歌以五、七言为主体，六言绝句在历代并不发达，佳作尤少，王维的几首可以算是凤毛麟角，而它们在形式上，都有整对精工的共同之处。

【祖咏】（699？—746？）唐洛阳（今属河南）人，后迁居汝水以北。玄宗开元进士，与王维、储光羲友善。有《祖咏集》。

终南山望余雪

祖　咏

终南阴岭秀，积雪浮云端。
林表明霁色，城中增暮寒。

这是命题作诗，作者却调动了他的生活积累，作了超常的发挥。

“终南阴岭秀，积雪浮云端”，从长安遥望终南山，所见是山的北面，即“阴岭”，这一面因为背阳，所以积雪未化。“阴岭秀”的“秀”字，则写出半山以下未被积雪掩盖的植被。而“积雪”则是在岭的高处，但不可能浮在云端，“浮云端”只是透视的感觉。古人常用透视原理入诗，写景最妙——盖三维空间的物体投像在二维空间（视网膜）上，远近景物会叠合而成像，造成错觉。因为人在低处远望，所见终南山阴岭的积雪，背景就是蓝天白云，而白云又是流动的，就造成了“浮”

的感觉。

“林表明霁色，城中增暮寒”，写雪晴之后，冰雪开始消融，气温骤降。“霁色”指太阳照耀下白雪皑皑的情景。终南山距长安约六十华里，从长安遥望终南山，由于云遮雾罩，阴天固然难以看清，就是晴天也看不分明，只有在雨雪初晴的时分，空气的透明度大大增加，才能清楚看到终南山的面目。“林表”指树林的上方，也就是终南阴岭的高处，在夕阳下特别明亮。然而，气温并没有因为阳光而回升，却反而骤降，这是因为冰雪融化要吸收空气中大量的热能，故俗谚有“下雪不冷化雪冷”之说。杨逢春评：“此题若庸手为之，必刻画残雪正面矣。明字、增字，下得着力，言霁色添明，暮寒增剧也，中有残雪之魂在。”（《唐诗偶评》）这话说得很好，暮寒的感觉是超出了视觉画面的，可以说是诗中摄神之笔。

《唐诗纪事》卷二十记载了这首诗的本事，祖咏在长安应试，按照规定，省试诗应该是一首六韵十二句的五言排律，但他只写了这四句便呈有司，问他为什么，他说：“意尽。”这个不顾功令的做法可能毁掉一次考试，但却成就了一首好诗。

【张旭】 字伯高，唐吴郡（今江苏苏州）人。曾为常熟尉、金吾长史。工书，世称草圣。

山行留客

张　旭

山光物态弄春晖，莫为轻阴便拟归。
纵使晴明无雨色，入云深处亦沾衣。

唐诗的题目是生活化的，像这首诗，题为“山行留客”，就是一个生活事件。看来诗中的客人是因为看到山中天气转阴，而打算告辞，而作者呢，却热情地挽留他。这首诗完全是用对话的语气写成的。

“山光物态弄春晖，莫为轻阴便拟归”，前两句就直奔“留客”的主题，一句是说严冬过尽，好不容易遇到万象更新，阳光和煦的春天，山中迎来了风景最好的时候之一。“弄春晖”三字，写“山光物态”即风光，非常空灵，给读者留下想象的余地，读者可以想到青翠欲滴的新枝嫩叶、潺潺而流的山泉、歌喉婉转的百鸟、白云缭绕的山径，等等。二句则表留客之意：“莫为轻阴便拟归”。“轻阴”即微有一点天阴，这是客人告辞的理由，他看到了天气变化的征兆，害怕风雨来临被困在山中，所以打消了游山的想法，意欲趁早下山。而主人的判断却与他完全不同，“轻阴”这个说法，表明他的估计这阵天阴只是暂时的，不严重。他的意思是，客人告辞的理由不充分。其语气也表明他是有经验的，留客的心情也是非常诚恳的。

想必那客人还会有其他托辞，如天气晴好再来，下次再来，等等。主人要堵住他的嘴，就退一步说，这也不是理由，游山不能太在意天气，而你所想像的那种晴好天气，在山中恐怕没有。因为越是到山的高处，雾罩可能越大，云气可能更重，可要做好这样的思想准备。“纵使晴明无雨色，入云深处亦沾衣”，即使是天气晴朗，你只要进了深山，到了高处，是不免会打沾衣裳的，然而为了尽游山之趣，又怎么能够害怕沾衣呢？如果确有必要，备一件雨衣也是可以的嘛。这两句是以退为进，是欲擒故纵，令人想起陶渊明《归园田居》“衣沾不足惜，但使愿勿违”的名言，其象征意蕴是，为了达到某个崇高的目的，要有付出一定代价的思想准备。比如“沾衣”，就是春日游山无可避免的事，为了游山，就不要害怕这种事儿，就像游泳不要害怕呛水一样。从某一角度说，“沾衣”又何尝不是游山的一种乐趣呢。总之，与同类诗作相比，这首诗别有理趣，所以传世。

【李白】（701—762）字太白，号青莲居士，唐绵州（今四川绵阳）彰明人，祖陇西成纪（今甘肃秦安）。玄宗开元十二年（724）出蜀漫游，先后隐居安陆（今属湖北）与徂徕山（在今山东）。天宝元年（742）奉诏入京，供奉翰林，后赐金还山。安史之乱中因从永王璘获罪，系身囹圄，一度流放。有《李翰林集》。

古 风

李 白

齐有倜傥生，鲁连特高妙。
明月出海底，一朝开光耀。
却秦振英声，后世仰末照。
意轻千金赠，顾向平原笑。
吾亦澹荡人，拂衣可同调。

热爱自由和渴望建功立业，本来是两种不同的理想追求，然而一些杰出的盛唐文士却力图将二者统一，并以此与政界庸俗作风相对抗，似曾成为一种思潮。王维《不遇咏》写道：“今人作人多自私，我心不悦君应知；济人然后拂衣去，肯作徒尔一男儿！”李白《五月东鲁行答汶上翁》则说：“我以一箭书，能取聊城功。终然不受赏，羞与时人同。”

“济人然后拂衣去”，与取城有功不受赏，归结起来就是功成身退。功成身退是李白的政治理想和自我设计的重要部分，在这个方面，他引为楷模的历史人物，便是张良、鲁仲连。前引诗句中以一箭书取聊城功，就是鲁仲连的故事。

鲁仲连是战国时齐人，策士。秦国围攻邯郸，魏安釐王使人劝赵帝秦，鲁仲连在围城中往见平原君，制止了这件将导致奇耻大辱的事，邯郸因信陵君援军到达而围解。为此，平原君欲以千金相酬，仲连不受而去。后来齐国田单攻聊城，岁余不下，鲁仲连以书信缚箭上射进城内，说明死守围城没有出路，困守城中的燕将见信自杀，聊城遂下。齐王欲封鲁仲连官爵，鲁仲连说："吾与富贵而诎于人，宁贫贱而轻世肆志焉。"逃隐海上。兼有隐逸和策士的身份，既关心政治又不谋私利，便是鲁仲连这一人物的性格特点。

《史记》称鲁仲连"好奇伟（倜傥）之画策，而不肯仕宦任职，好持高节。"诗一开始就用其意："齐有倜傥生，鲁连特高妙。""高妙"二字，囊括了其卓异的谋略和清高的节操两个方面。诗人好有一比："明月出海底，一朝开光耀。"有一种解释说"明月"即明月珠，夜明珠，固亦通讲。但联系作者及前辈诗人类似诗句如"明月出天山，苍茫云海间"（李白）、"海上生明月，天涯共此时"（张九龄），及诗人一生对月亮的崇拜，作"明月"本义讲似乎更为妥帖。这种极度的推崇，可见诗人对鲁仲连的景仰不同一般。从他在晚年的诗中还提到"所冀旄头灭，功成追鲁连"（《在水军宴赠幕府诸侍御》）、"却秦不受赏，击晋宁为功"（《赠从兄襄阳少府皓》）看，他对鲁仲连的崇拜是终生的。

鲁仲连一生大节，史传只举了反对帝秦和助收聊城二事。《五月东鲁行答汶上翁》提到后一事，而《古风》则专书前一事，彼此正好互见。当初新垣衍劝赵帝秦以图缓颊，平原君已为之犹豫，若无鲁仲连骋其雄辩，难免因一念之差铸成大错。在此关键时刻，鲁仲连起的作用无异挽澜于既倒。他的名垂青史，是当之无愧的。"却秦振英声"五字便是对这事的肯定和推崇。而"后世仰末照"一句，又承"明月出海底"的比喻而来，言其光芒能穿过若干世纪的时空而照耀后人，使之景仰。可见影响的深远。这是其功业即画策的高妙所致。

鲁仲连的为人钦敬，还在于他高尚的人品。当平原君欲以官爵千金相酬时，他只笑道："所贵于天下之士者，为人排患释难解纷而无取用。即有取者，是商贾之事也，而连不忍为也。"遂辞去，终身不复见平原君。"意轻千金赠，顾向平原笑"，直书其事，而赞赏之意溢于言表。李白早年抒发个人抱负说："申管晏之谈，谋帝王之术，奋其智能，愿为辅弼，使寰区大定，海县清一。事君之道成，荣亲之义毕，然后与陶朱、留侯浮五湖，戏沧洲，不足为难矣。"（《代寿山答孟少府移文书》）如果说鲁仲连是个澹荡（不受检束）的人，那么李白自己也是。所以诗末引以自譬，谓鲁仲连为同调。诗虽然有为个人作政治"广告"的意图，却也能反映诗人一贯鄙弃庸俗的精神。

下终南山过斛斯山人宿置酒

李 白

暮从碧山下，山月随人归。
却顾所来径，苍苍横翠微。
相携及田家，童稚开荆扉。
绿竹入幽径，青萝拂行衣。
欢言得所憩，美酒聊共挥。
长歌吟松风，曲尽河星稀。
我醉君复乐，陶然共忘机。

终南山东起蓝田，西至鄠县，绵亘八百余里，主峰在长安之南，唐时士人多隐居于此。李白第一次上长安，终南山是不会不去的。诗中记的这次出游，应是由一位姓斛斯的隐士陪同，当夜即宿其家。

李白诗中常言"碧山"，说者每苦不知确指，"碧山"可泛称青山，亦可专指，例如此诗即指终南山。游览竟日，薄暮下山时，兴致尚未全消，这时月亮已升上天空，陪伴着诗人同行，恰如儿歌所唱的："月亮走，我也走，我跟月亮手拉手"，在自然景物中，此最有人情味者。诗人写着"暮从碧山下，山月随人归"，心中就有一种亲近自然的况味。到达目的地，松一口气，回看向来经过的山路，已笼罩在一片暮霭中，使人感到妙不可言。此时此刻，最叫人依恋呢。

说斛斯先生与诗人同行，是从"归"和"相携"等措辞上玩味出的。到达斛斯之家时，须穿过幽竹掩映、青萝披拂的曲曲弯弯的小路，"苔滑犹须轻着步，竹深还要小低头"，很平常，很有趣。而来开门迎客的，是斛斯家的小朋友。儿童有天然好客的倾向，今俗谓之"人来疯"，他们怕是早就盼着客人的到来才争着开门的呀！

主人道："快上酒上菜，我们的客人早饿了呢"，于是就饮酒，就吃菜。"美酒聊共挥"，"聊"字见随便，而"挥"字更潇洒。这是"挥霍"的"挥"，"挥金如土"的"挥"。一口一口地呷酒不可叫"挥"，非"一杯一杯复一杯"、"会须一饮三百杯"不可叫"挥"。

"酒酣耳热后，意气素霓生"，就为朋友歌一曲吧，如果没有琴，就请山头的松风伴奏也成。"酒逢知己饮，诗对会人吟"，李白"过斛斯山人宿置酒"之谓也。边喝边唱，不觉斗转星移，不知东方将白。王维对裴迪赠诗道"复值接舆醉，狂歌五柳前”，李白对斛斯山人则道“我醉君复乐，陶然共忘机”，“忘机”本道家术语，谓心地淡泊，与世无争。

写眼前景，说家常话，其冲淡与平易不亚于孟浩然诗。冲淡不是清淡，不是淡乎寡味。有味如果汁、如牛奶，才可冲淡。冲淡固然要清水，然仅有清水可以谓之冲淡者乎？此诗所以其淡如水，其味弥长也。

月下独酌

李　白

花间一壶酒，独酌无相亲。
举杯邀明月，对影成三人。
月既不解饮，影徒随我身。
暂伴月将影，行乐须及春。
我歌月徘徊，我舞影零乱。
醒时同交欢，醉后各分散。
永结无情游，相期邈云汉。

《月下独酌》是李白诗歌代表作之一，作于天宝三载（744）春。于时诗人供奉翰林，在政治上不能有所作为，因而有很深的孤独感。“月下独酌”四字，本身就构成一种境界。《竹里馆》写月下独坐，是一境界。此诗写月下独酌，是另一境界。

此诗将月、酒合为一题，不是对月发问，而是对月独白。这首诗是达到了道的层面的，是充分体现着诗人的人生理念的。人生渴望永恒，而永恒不属于个体生命。人生最怕孤独，最怕举目无亲，所以没有人不渴望友谊和爱情。生命给人恋爱的日子不多，因为短暂，所以值得珍视。人只能为快乐而活着，而幸福在于分享，没人分享时，诗人只好拉来假想的对象，聊胜于无——“举杯邀明月，对影成三人。”举杯邀来天上的明月和地上的影子，和自己凑成了一个“派对”。

“暂”在诗中是个关键词，“及春”是另一个关键词，彼此又紧密联系。因为人生短暂，所以及时努力是必要的，及时行乐也是必要的。这是两个及时，而不是一个。人生多束缚，所以渴望自由，渴望无拘无束。在酒精的作用下，诗人达到了彻底地放松，心理压力得到了释放和缓解，达到了无拘无束，思维非常活跃，举止完全放松，“我歌月徘徊，我舞影零乱”，达到了自由、自如的境界，对什么都不那么在意了。

人既然渴望自由，渴望无拘无束，那就不应该苛刻别人和自己。“醒时同交欢，醉后各分散”就是“我醉欲眠卿可去”。最好的感情，不是浓得化不开的那种。在你希望朋友“招之即来挥之即去”的同时，也得朋友“乘兴而来兴尽而返”。换言之，你在争取个人自由与空间的同时，也应尊重别人的自由和空间。有人对爱的理解是纠——“树死藤生缠到死，树生藤死死也缠”，“爱你爱到杀死你”。然而这不符合诗人的理念。在李白看来，君子之交淡若水，而真爱也不必纠缠。

在老子看来，任何事物发展到极致，就会像它的反面，如大智若愚、大巧若拙，等等，“无情游”也是这样的，这只是事情的表面，是“多情恰似总无情”（杜牧）。可以相隔云汉，感觉却很近，恰如俗话所说，“远在天边，近在眼前”。佛教有所谓立一义，随即破一义，破后又立，立后又破，直到彻悟为止。而在这首诗中，一切都不是靠理性的说明，而是形象的、感性的显现，诗人将春花秋月打成一片，物我俱化，形影不离，洋洋乎愈歌愈妙，呈现出一种醉态的诗学思维方式，体现了李白独有的诗歌风格。同时，又比较集中地表现了李白的人生理念，是很达道的一首诗。

长干行

李　白

妾发初覆额，折花门前剧。郎骑竹马来，绕床弄青梅。
同居长干里，两小无嫌猜。十四为君妇，羞颜未尝开。
低头向暗壁，千唤不一回。十五始展眉，愿同尘与灰。
常存抱柱信，岂上望夫台。十六君远行，瞿塘滟滪堆。
五月不可触，猿声天上哀。门前旧行迹，一一生绿苔。
苔深不可扫，落叶秋风早。八月蝴蝶来，双飞西园草。
感此伤妾心，坐愁红颜老。早晚下三巴，预将书报家。
相迎不道远，直至长风沙。

《长干行》是乐府《杂曲歌辞》旧题。长干，故址在今江苏南京市。本篇是以商妇的爱情和离别为题材的诗。

诗中的长干，是一个特殊的生活环境，那里漕运方便，居民多从事商业。而在古代商人与市民中，封建礼教的控制力量是比较薄弱的。诗中女主人公生长在一个较为开放的生活环境，青梅竹马式的童年生活，便成为日后爱情的坚实基础，这和封建时代最常见的先结婚后恋爱，或根本没有爱情的婚姻是完全不同的。因此男女主人公婚后“愿同尘与灰”、“常存抱柱信”，以及别后的深切相思，都表现了真诚平等的相爱和对爱情幸福的热烈向往。这种爱情多少带有一点脱离封建礼教的解放色彩。

本篇以第一人称的口吻写女子对远出经商的丈夫的怀念。全诗用年龄序数法和四季相思的格调，巧妙地把一些生活情景——弄青梅、骑竹马、两小无猜的情景，初婚羞涩的情景，婚后热恋的情景，经商过峡的惊险情景，以及别后相思的情景等等，连缀成完整的艺术整体。表现出女主人公温柔细腻、缠绵婉转的思想感情。具有很浓厚的民歌风味，与其所表现的内容是十分协调的。

这首民歌风格的诗作还创造了两个成语："青梅竹马"和"两小无猜"。"弄青梅"大约相当于今日叫做"抛子儿"的游戏，女孩子玩的。"两小无猜"，是说男女双方因年幼天真，没有防嫌；随着年龄增长，情况自然会发生变化。

关山月

李　白

明月出天山，苍茫云海间。
长风几万里，吹度玉门关。
汉下白登道，胡窥青海湾。
由来征战地，不见有人还。
戍客望边色，思归多苦颜。
高楼当此夜，叹息未应闲。

这是一首边塞诗，从前四句的先声夺人，一读既知是李白写的。"明月出天山"四句，从意蕴上讲，与沈佺期"可怜闺里月，长在汉家营"相近。而在想象的飞动上，二诗则相去甚远。正是从想象飞动这一点上，读者明确无误地鉴识出李白。

"汉下白登道，胡窥青海湾"，用了一个汉代历史典故——汉七年，刘邦因为出兵攻打已降匈奴的韩王信，被匈奴的骑兵包围在白登山，最后用了陈平的计策，才得以脱险。用这个典故，是为了说明边塞战争由来已久，所谓"秦时明月汉时关，万里长征人未还"。同时，对仗的加入，使这首诗有一点整饬的、警策的感觉。"由来征战地"以下，写两地相思，完全接轨时人。最后结以思妇的叹息，有余音袅袅之感。

总之，这首诗在写法上是从想落天外，到渐近人情；是从个性的开篇，到共性的结尾。当然，如果结尾也做到个性化，即通篇个性化，那是再好不过了。不过，写成目前这个样子也不错，也不失为一种处理方法。

子夜吴歌

李　白

秋歌

长安一片月，万户捣衣声。
秋风吹不尽，总是玉关情。
何日平胡虏，良人罢远征？

冬歌

明朝驿使发，一夜絮征袍。
素手抽针冷，那堪把剪刀。
裁缝寄远道，几日到临洮？

《子夜吴歌》一作《子夜四时歌》，四首分写春夏秋冬四时。这里选的两首皆为征人思妇之辞。《秋歌》的手法是先景语后情语，而情景始终交融。“长安一片月”，是写景同时又是紧扣题面写出“秋月扬明辉”的季节特点。而见月怀人乃古典诗歌传统的表现方法，加之秋来是赶制征衣的季节，故写月亦有兴义。此外，月明如昼，正好捣帛，而那“玉户帘中卷不去，捣衣砧上拂还来”的月光，对于思妇是何等一种挑拨呵！制衣的练帛须先置砧上，用杵捣平捣软，以备裁缝，是谓“捣衣”。这明朗的月夜，长安城就沉浸在一片此起彼落的砧杵声中，而这种特殊的“秋声”对思妇又是何等一种挑拨呵！“一片”、“万户”，写光写声，似对非对，措辞天然而得咏叹味。秋风，也是撩人愁绪的，“秋风入窗里，罗帐起飘扬”，便是对思妇第三重挑拨。月朗风清，风送砧声，声声都是怀念玉关征人的深情。著“总是”二字，情思益见深长。这里，秋月秋声与秋风织成浑然的境界，见境不见人，而人物俨在，“玉关情”自浓。无怪王夫之说：“前四句是天壤间生成好句，被太白拾得。”（《唐诗评选》）此情之浓，不可遏止，遂有末二句直表思妇心声：“何日平胡虏，良人罢远征？”过分偏爱“含蓄”的读者责难道：“余窃谓删去末二句作绝句，更觉浑含无尽。”（田同之《西圃诗说》）其实未必然。“不知歌谣妙，声势出口心”（《大子夜歌》），慷慨天然，是民歌本色，原不必故作吞吐语。而从内容上看，正如沈德潜指出：“本闺情语而忽冀罢征”（《说诗晬语》），使诗歌思想内容大大深化，更具社会意义，表现出古代劳动人民冀求过和平生活的善良愿望。全诗手法如同电影，有画面，有“画外音”。月照长安万户。风送砧声。化入玉门关外荒寒的月景。插曲：“何日平胡虏，良人罢远征。”……这是多么有意味的诗境呵！须知这俨然女声合唱的“插曲”决不多余，它是画面的有机组成部分，在画外亦在画中，它回肠荡气，激动人心。因此可以说，《秋歌》正面写到思情，而有不尽之情。

《冬歌》则全是另一种写法。不写景而写人叙事，通过一位女子“一夜絮征袍”的情事以表现思念征夫的感情。事件被安排在一个有意味的时刻——传送征衣的驿使即将出发的前夜，大大增强了此诗的情节性和戏剧味。一个“赶”字，不曾明写，但从“明朝驿使发”的消息，读者从诗中处处看到这个字，如睹那女子急切、紧张劳作的情景。关于如何“絮”、如何“裁”、如何“缝”等等具体过程，作者有所取舍，只写拈针把剪的感觉，突出一个“冷”字。素手抽针已觉很冷，还要握那冰冷的剪刀。“冷”便切合“冬歌”，更重要的是有助于情节的生动性。天气的严寒，使“敢将十指夸针巧”的女子不那么得心应手了，而时不我待，偏偏驿使就要出发，人物焦急情态宛如画出。“明朝驿使发”，分明有些埋怨的意思了。然而，“夫戍边关妾在吴，西风吹妾妾忧夫”（陈玉兰《寄夫》），她从自己的冷必然会想到“临洮”（甘肃临潭西南）那边的更冷。所以又巴不得驿使早发、快发。这种矛盾心理亦从无字处表出。读者似乎又看见她一边呵着手一边赶裁、赶絮、赶缝。“一夜絮征袍”，言简而意足，看来大功告成，她应该大大松口气了。可是，“才下眉头，却上心头”，又情急起来，路是这样远，“寒到身边衣到无”呢？这回却是恐怕驿使行迟，盼望驿车加紧了。“裁缝寄远道，几日到临洮？”这迫不及待的一问，含多少深情呵。《秋歌》正面归结到怀思良人之意，而《冬歌》却纯从侧面落笔，通过形象刻画与心理描写结合，塑造出一个活生生的思妇形象，成功表达了诗歌主题。结构上一波未平，一波又起，起得突兀，结得意远，情节生动感人。

如果说《秋歌》是以间接方式塑造了长安女子的群像，《冬歌》则通过个体形象以表现出社会一般，二歌典型性均强。其语言的明转天然，形象的鲜明集中，音调的清越明亮，情感的委婉深厚，得力于民歌，彼此并无二致。

丁都护歌

李　白

云阳上征去，两岸饶商贾。
吴牛喘月时，拖船一何苦！
水浊不可饮，壶浆半成土。
一唱都护歌，心摧泪如雨。

万人系磐石，无由达江浒。
君看石芒砀，掩泪悲千古。

李白反映劳动人民生活的诗作不如杜甫多，此诗写纤夫之苦，却是很突出的篇章。

《丁都护歌》是乐府旧题，属《清商曲辞 · 吴声歌曲》。据传宋高祖刘裕的女婿徐逵之为鲁轨所杀，府内直督护丁某奉旨料理丧事，其后徐妻（刘裕之长女）向丁询问殓送情况，每发问辄哀叹一声“丁都护”，至为凄切。后人依声制曲，故定名如此（见《宋书·乐志》）。李白以此题写悲苦时事，可谓“未成曲调先有情”了。

“云阳”（即今江苏丹阳县）秦以后为曲阿，天宝初改丹阳，属江南道润州，是长江下游商业繁荣区，有运河直达长江。故首二句说自云阳乘舟北上，两岸商贾云集。把纤夫生活放在这商业网点稠密的背景上，与巨商富贾们的生活形成对照，造境便很典型。“吴牛”乃江淮间水牛，“南土多暑而此牛畏热，见月疑是日，所以见月则喘。”（《世说新语·言语》）刘孝标注）这里巧妙点出时令，说“吴牛喘月时”比直说盛夏酷暑具体形象，效果好得多。写时与写地，都不直截，避免了呆板，配合写境传情，使下面“拖船一何苦”的叹息语意沉痛。“拖船”与“上征”照应，可见是逆水行舟，特别吃力，纤夫的形象就突现纸上。读者仿佛看见那褴褛的一群人，挽着纤，喘着气，面朝黄土背朝天，一步一颠地艰难地行进着……

气候如此炎热，劳动强度如此大，渴，自然成为纤夫们最强烈的感觉。然而生活条件如何呢？渴极也只能就河取水，可是“水浊不可饮”呵！仅言“水浊”似不足令人注意，于是诗人用最有说服力的形象语言来表现：“壶浆半成土”，这哪是人喝的水呢？只说“不可饮”，言下之意是不可饮而饮之，控诉尤为含蓄。纤夫生活条件恶劣岂止一端，而作者独取“水浊不可饮”的细节来表现，是因为这细节最具水上劳动生活的特征；不仅如此，水浊如泥浆，足见天热水浅，又交代出“拖船一何苦”的另一重原因。

以下两句写纤夫的心境。但不是通过直接的心理描写，而是通过他们的歌声即拉船的号子来表现的。称其为“都护歌”，不必指古辞，乃极言其声凄切哀怨，故口唱心悲，泪下如雨，这也照应了题面。

以上八句就拖船之艰难、生活条件之恶劣、心境之哀伤一一写来，似已尽致。不料末四句却翻出更惊心的场面。“万人系磐石”，“系”一作“凿”，结合首句“云阳上征”的诗意看，概指采太湖石由运河北运。云阳地近太湖，而太湖石多孔穴，为建筑园林之材料，唐人已珍视。船夫为官吏役使，得把这些开采难尽的石头运往上游。“磐石”大且多，即有“万人”之力系而拖之，亦断难达于江边。此照应“拖船一何苦”句，极言行役之艰巨。“无由达”而竟须达之，更把纤夫之苦推向极端。

为造成惊心动魄效果，作者更大书特书“磐石”之多之大，“石芒砀”（广大貌）”三字形象的表明：这是采之不尽、输之难竭的，而纤夫之苦亦足以感伤千古矣。

全诗层层深入，处处以形象画面代替叙写。篇首“云阳”二字预作伏笔，结尾以“磐石芒砀”点明劳役性质，把诗情推向极致，有点睛的奇效。通篇无刻琢痕迹，由于所取形象集中典型，写来自觉落笔沉痛，含意深远，实为李诗之近杜者。

蜀道难

李　白

噫吁嚱，危乎高哉！蜀道之难难于上青天。蚕丛及鱼凫，开国何茫然！尔来四万八千岁，不与秦塞通人烟。西当太白有鸟道，可以横绝峨眉巅。地崩山摧壮士死，然后天梯石栈相钩连。上有六龙回日之高标，下有冲波逆折之回川。黄鹤之飞尚不得过，猿猱欲度愁攀援。青泥何盘盘，百步九折萦岩峦。扪参历井仰胁息，以手抚膺坐长叹。问君西游何时还？畏途巉岩不可攀。但见悲鸟号古木，雄飞雌从绕林间。又闻子规啼夜月，愁空山！蜀道之难难于上青天，使人听此凋朱颜。连峰去天不盈尺，枯松倒挂倚绝壁。飞湍瀑流争喧豗，砯崖转石万壑雷。其险也如此，嗟尔远道之人胡为乎来哉！剑阁峥嵘而崔嵬，一夫当关，万夫莫开。所守或匪亲，化为狼与豺。朝避猛虎，夕避长蛇，磨牙吮血，杀人如麻。锦城虽云乐，不如早还家。蜀道之难难于上青天，侧身西望长咨嗟！

本篇是李白成名作，“李太白初自蜀至京师，舍于逆旅。贺知章闻其名，首访之，既奇其姿，复请所为文。出《蜀道难》以示之，读未竟，称叹者数四，号为谪仙（孟棨《本事诗》）。诗用乐府旧题，大胆想象，集中歌咏横穿秦岭、由秦入蜀的川北蜀道（秦岭南北有著名的子午道、傥洛道、褒斜道、金牛道、陈仓道、阴平道等）。全诗脉络，大体遵循从古到今、由秦入蜀、从自然地理环境到社会政治历史的顺序，使主题逐渐深化。可分三段。

一段从篇首到“猿猱欲渡愁攀援”，写长安西面秦蜀（川陕）交通之不易，着重从神话传说的角度写蜀道之难。一起就是李白式的风雨骤至，三个惊叹语（噫吁嚱，危乎，高哉）的联属，一个极度夸张而又通俗的比方（蜀道之难难于上青天），传达出蜀道给人总体上的石破天惊之感。紧接以秦蜀两地文明开化时代悬殊，极力夸张秦蜀（川陕）交通之不易。“蚕丛”、“鱼凫”这两个图腾时代古蜀王的名称，“四万八千岁”这个年代数目的夸张，形象地告诉人们这一段蒙昧史前期之漫长，秦蜀两地交通隔绝年代之漫长，也就是间接形容“蜀道难啊”。太白山是秦岭主峰，民谣曰“武功太白，去天三百”，“有鸟道”是原无人路的一转语。五丁力士开山的传说为蜀道蒙上一层光怪陆离的色彩。交通有了，然而仍是“天梯石栈方钩连”而已，上有高标、下临深渊，鹤见愁、猿见愁、神（六龙）见愁、鬼见愁，就不用说人见该是怎样地战战兢兢了。这一段的写法是层层渲染气氛，在未具体描写自然光景之前，先声夺人，使人先从气氛上感受到蜀道之难和蜀道之奇。

二段从“青泥何盘盘”到“嗟尔远道之人胡为乎来哉”，写青泥岭以南由秦入蜀道路的艰险，着重从自然地理环境的角度写蜀道之难。青泥岭在略阳县西北，“悬崖万仞，山多云雨，行者屡逢泥淖”（《元和郡县志》），一重艰险；山道盘曲，百步九折，又一重艰险；海拔太高，空气稀薄，产生高山反应，第三重艰险。由于加入登山探险的生活实感，写来尤觉入木三分。写到扪参历井（参井二宿为秦蜀之分野）、以手抚膺，已凸现出西行人的形象。从而明作呼告，“问君西游何时还”，这样的畏途还能再走吗？紧接开出一片更悲凉更幽深的山林境界，其中雄飞雌从回不了窝的鸟儿，就像流离失所、形影相吊的人间夫妻。而相传是古蜀王（杜宇）亡魂所化的鸟儿，带血号泣的声音据说是“不如归去”，响应上述呼告。于是诗中再次出现主旋律主题句“蜀道之难难于上青天”，不再是石破天惊，添了绵绵不绝的愁情。一阵悲凉之雾过去，眼前别有天地，境界愈出愈奇。这里出现了蜀道最奇险最壮观的自然景物，诗中再一次将高峰与深谷上下相形，而且再一次发出呼告。“嗟尔远道之人胡为乎来哉”一句中嵌入若干语助词，真嗟叹之不足，故咏歌之，与篇首呼应。在“其险也若此”的惊心动魄的叹息中，分明有快乐的战栗和审美的愉悦。这一段且写景且抒情，虽有想象夸张，手舞足蹈，毕竟较富实感。

三段从“剑阁峥嵘而崔嵬”到篇末，写蜀门剑阁形势之险要，着重从社会政治历史的角度写蜀道之难。却说蜀中名山，“剑门天下险，夔门天下雄，峨眉天下秀，青城天下幽”。剑阁为川北门户，其山削壁中断，如门之辟，如剑之植，故以剑门名山。西晋张载《剑阁铭》形容这里的天险道：“一夫荷戟，万夫趑趄；形胜之地，非亲弗居。”李白化用此铭文，便给蜀道难这一主题，注入了社会政治历史的内容。以李白之抱负，诗虽作于早年，恐亦不是海说事理，其间未必没有先忧天下的意味。深山老林本多毒蛇、猛虎、豺狼，但诗中的毒蛇猛兽显然还有一层喻义，就是现实政治中可能产生的个人野心家。古有“天下未乱蜀先乱，天下已治蜀后治”之说，便与地理特点密切相关。诗的结尾再一次出现主题句与呼告语。“锦城虽云乐”二句，意即“梁园虽好，不是久恋之家”，当是为送别而发。——按李白身虽生蜀，却自称陇西布衣，一生以四海为家。看来他认为，欲平治天下，是必须走出盆地，面向中国的。故成都杜甫草堂名闻全球，而锦江边上的散花楼，却很少有人知道。

诗中最后一次咏叹“蜀道之难难于上青天”的意味又有不同，比较沉重，不仅仅是为山川之险而发了。

本篇既歌咏壮丽河山，又关注现实，充满积极入世的浪漫主义精神。诗中从蒙昧历史、神话传说、山川险阻、政治忧患等多角度、全方位描写、夸张、渲染蜀道之难，却并不使人感到感伤、忧郁和畏惧，倒被诗人描画的蜀道山川深深吸引，从中感觉到诗人主观世界的宽广胸怀、好奇性格、傲岸精神。给人以健康向上的影响和极大的审美愉悦。高尔基在《海燕》中一面夸张暴风雨之险恶，一面歌咏海燕说“在这鸟儿勇敢的叫喊声里，乌云听到了快乐！在这叫喊声里，充满对暴风雨的渴望！在这叫喊声里，乌云听到了愤怒的力量、热情的火焰和胜利的信心！”虽然和本篇情况不完全一样，但积极浪漫的精神却是超越时空，一脉相通的。

本篇从传说、历史、地理及政治等不同角度，全方面地歌咏蜀道之难，艺术个性十分鲜明。首先是想象、夸张、传说的突出运用。诗人运用其绝活，将想象、夸张和神话传说熔为一炉，将自然山川、历史和现实打成一片，创造出惊险、神秘、奇丽、壮阔的大境界。其次是主题句的作用。“蜀道之难难于上青天”这个嗟叹咏歌的主题句在诗中三次出现，分别标志情感的爆发、延伸和远出，绝类乐章中的主旋律，是李白的创调，对突出主题和强化抒情气氛功莫大焉。其三是句式参差，音情跌宕。诗中句式参差错落，大体一二段多用长句，气势畅达；三段多用四言短句，砍截有力；有时作三平调如“愁空山”，声腔曼长；有时连用五仄，如“去天不盈尺”，以状促迫；之、乎、也、者、矣、焉、哉一类不经用于诗的语助词的加入，形成散文化的句法，加之屡作呼告、祈使之语，更有助于表现诗人火山喷发、不可遏止的激情。总是因情制宜，大大丰富了诗篇的艺术感染力。

据《唐朝名画录》载，天宝中唐玄宗曾命大画家于大同殿作蜀道山川壁画，赞曰“李思训数月之功，吴道子一日之迹，皆极其妙也。”与李白此诗可称三绝，然二画荡然无存，唯本篇依倚语言艺术的优势得以传世不朽，不亦幸乎。

行路难

李　白

金樽清酒斗十千，玉盘珍羞值万钱。
停杯投箸不能食，拔剑四顾心茫然。
欲渡黄河冰塞川，将登太行雪满山。
闲来垂钓碧溪上，忽复乘舟梦日边。
行路难，行路难！多歧路，今安在？

长风破浪会有时，直挂云帆济苍海。

《行路难》系乐府旧题，属《杂曲歌辞》，《乐府解题》云“备言世路艰难及离别悲伤之意。”李白此诗作于离开长安之时，有系于开元十八、九年（730—731），言是初入长安困顿而归时所作；有系于天宝三载（744），谓是赐金放还时作。参照《梁园吟》《梁甫吟》二诗，与此结尾如出一辙，故以前说为允。

诗从高堂华宴写起，可能是饯筵的场面。“金樽清酒斗十千，玉盘珍羞值万钱”，前句化用曹植《名都篇》“美酒斗十千”，后句本于《北史》“韩晋明好酒纵诞，招饮宾客，一席之费，动至万钱，犹恨俭率”，它展示的是如同《将进酒》“烹羊宰牛且为乐”那样的盛宴，然而接下来却没有“会须一饮三百杯”的酒兴和食欲。“停杯”尤其“投箸”这个动作，表现的是一种说不出的悲愤和失落，“拔剑四顾”这一动作，更增加了这种感觉。“心茫然”也就是失落感的表现。于是诗的前四句就有一个场面陡转的变化。

“欲渡黄河冰塞川，将登太行雪满山”是写景，但这是象征性的写景。它象征的是李白一入长安，满怀壮志，却备受坎坷，没有找到出路。具体而言，“欲渡黄河”、“将登太行”是以横渡大河、攀登高山来象征对宏大理想的追求；“冰塞川”、“雪满山”则是以严酷的自然条件来象征在政治上遭受的阻碍和排斥。两句既交代了“心茫然”的原因，又起到点醒题面的作用。以下一转，连用两个典故，一是姜子牙未遇周文王时曾在渭水之滨钓鱼，一是伊尹在辅佐成汤之前曾梦见自己乘舟从红日之旁驶过。显然又是幻想自己有朝一日也会时来运转，一骋雄才。这四句中诗情又经历了一次大的起落。

以下诗情再一次由浪峰跌至深谷，而且是一连串儿几个短句：“行路难，行路难，多歧路，今安在”，诗人仿佛走到一个歧路的路口上，不知道该怎么走，甚至不知道自己身在何方，这与前文“拔剑四顾心茫然”相呼应，表现了理想破灭，陷入迷惘。而最后两句却又振起音情，冲决出迷惘：“长风破浪会有时，直挂云帆济沧海。”

全诗在音情上大起大落，充分表现了理想和现实的矛盾，尽管几度陷入悲愤，但结尾却奏出了最强音。所以虽然写的是《行路难》，却自有豪气英风在。诗中拉杂使事，长短其句，也是太白惯用伎俩。

长相思

李　白

长相思，在长安。络纬秋啼金井阑，

微霜凄凄簟色寒。孤灯不明思欲绝，

卷帷望月空长叹。美人如花隔云端。
上有青冥之高天，下有渌水之波澜。
天长路远魂飞苦，梦魂不到关山难。
长相思，摧心肝。

开元十八年（730）李白自安陆取道南阳，西入长安，干谒玉真公主不遇。当年秋天，被安置于公主别馆，别馆距长安百里，当时已是一所荒园。诗人遭此冷遇，曾作《玉真公主别馆苦雨赠卫尉张卿二首》向驸马张垍陈情，本篇情景与之相近，当为同期之作。

“长相思”本汉诗中语（如《古诗》：“客从远方来，遗我一书札。上言长相思，下言久离别”），六朝诗人多以名篇（如陈后主、徐陵、江总等均有作），并以“长相思”发端，属乐府《杂曲歌辞》。现存歌辞多写思妇之怨。李白此诗即拟其格而别有寄寓。

诗大致可分两段。一段从篇首至“美人如花隔云端”，写诗中人“在长安”的相思苦情。注意，这是“在长安”！“长安”在诗中是一个重要的符号，用以表明诗之寓托。诗中描绘的是一个孤栖幽独者的形象。他（或她）居处非不华贵——这从“金井阑”可以窥见，但内心却感到寂寞和空虚。作者是通过环境气氛层层渲染的手法，来表现这一人物的感情的。先写所闻——阶下纺织娘凄切地鸣叫。虫鸣则岁时将晚，孤栖者的落寞之感可知。其次写肌肤所感，正是“霜送晓寒侵被”时候，他更不能成眠了。“微霜凄凄”当是通过逼人寒气感觉到的。而“簟色寒”更暗示出其人已不眠而起。眼前是“罗帐灯昏”，益增愁思。一个“孤”字不仅写灯，也是人物心理写照，从而引起一番思念。“思欲绝”（犹言想煞人）可见其情之苦。于是进而写卷帷所见，那是一轮可望而不可即的明月呵，诗人心中想起什么呢，他发出了无可奈何的一声长叹。这就逼出诗中关键的一语：“美人如花隔云端。“长相思”的题意到此方才具体表明。这个为诗中人想念的如花美人似乎很近，近在眼前；却到底很远，远隔云端。与月儿一样，可望而不可及。由此可知他何以要“空长叹”了。值得注意的是，这句是诗中唯一的单句，给读者的印象也就特别突出，可见这一形象正是诗人要强调的。

以下直到篇末便是第二段，紧承“美人如花隔云端”句，写一场梦游式的追求。这颇类屈原《离骚》中那“求女”的一幕。“求女”乃是一个现成思路，作用仍在表明诗之寓托。诗中人梦魂飞扬，要去寻找他所思念的人儿。然而“天长路远”，上有幽远难及的高天，下有波澜动荡的渌水，还有重重关山，尽管追求不已，还是“两处茫茫皆不见”。这里，诗人的想象诚然奇妙飞动，而诗句的音情也配合极好。

"青冥"与"高天"本是一回事，写"波澜"似亦不必兼用"渌水"，写成"上有青冥之高天，下有渌水之波澜"颇有犯复之嫌。然而，如径作"上有高天，下有波澜"（歌行中可杂用短句），却大为减色，怎么读也不够味。而原来带"之"字、有重复的诗句却显得音调曼长好听，且能形成咏叹的语感，正如《诗大序》所谓"嗟叹之不足，故咏歌之"（"咏歌"即拉长声调歌唱），能传达无限感慨。这种句式，为李白特别乐用，它如"蜀道之难难于上青天"、"弃我去者，昨日之日不可留；乱我心者，今日之日多烦忧"、"君不见黄河之水天上来"等等，句中"之难"、"之日"、"之水"从文义看不必有，而从音情上看断不可无，而音情于诗是至关紧要的。再看下两句，从语意看，词序似应作：天长路远关山难（度），梦魂不到（所以）魂飞苦。写作"天长路远魂飞苦，梦魂不到关山难"，不仅是为趁韵，且运用连珠格形式，通过绵延不断之声音以状关山迢递之愁情，可谓辞清意婉，十分动人。由于这个追求是没有结果的，于是诗以沉重的一叹作结："长相思，摧心肝！""长相思"三字回应篇首，而"摧心肝"则是"思欲绝"在情绪上进一步的发展。结句短促有力，给人以执着之感，诗情虽则悲恸，但绝无萎靡之态。

此诗形式匀称，"美人如花隔云端"这个独立句把全诗分为篇幅均衡的两部分。前面由两个三言句发端，四个七言句拓展；后面由四个七言句叙写，两个三言句作结。全诗从"长相思"展开抒情，又于"长相思"一语收拢。在形式上颇具对称整饬之美，韵律感极强，大有助于抒情。诗中反复抒写的似乎只是男女相思，把这种相思苦情表现得淋漓尽致；但是，"美人如花隔云端"就不像实际生活的写照，而显有托兴意味。何况我国古典诗歌又具有以"美人"喻所追求的理想人物的传统，如《楚辞》"恐美人之迟暮"。而"长安"这个特定地点，"求女"这种现成思路，都暗示诗中包含政治托寓。径言之，此诗之大旨是写追求政治理想不能实现的苦闷。因此，这首诗的用意是深含于形象之中，隐然不露的，具备一种蕴藉的风度。所以王夫之赞此诗道："题中偏不欲显，象外偏令有余，一以为风度，一以为淋漓，乌乎，观止矣。"（《唐诗评选》）

将进酒

李 白

君不见黄河之水天上来，奔流到海不复回。
君不见高堂明镜悲白发，朝如青丝暮成雪。
人生得意须尽欢，莫使金樽空对月。
天生我材必有用，千金散尽还复来。

烹羊宰牛且为乐，会须一饮三百杯。
岑夫子，丹丘生，将进酒，杯莫停。
与君歌一曲，请君为我倾耳听。
钟鼓馔玉不足贵，但愿长醉不愿醒。
古来圣贤皆寂寞，惟有饮者留其名。
陈王昔时宴平乐，斗酒十千恣欢谑。
主人何为言少钱，径须沽取对君酌。
五花马，千金裘，呼儿将出换美酒，与尔同销万古愁。

这首诗主观感情色彩很强，有两个主要艺术特色——一是夸张手法的运用，二是内在韵律的大起大落。“将”音强去声，意思是劝，“将进酒”的意思就是“劝酒歌”。现代诗人郭小川写过一首新诗《劝酒歌》,“劝酒歌”的意思也就是“将进酒”。创作背景有两种说法，一说作于天宝十一年（752）即二入长安后，一说作于开元二十四年（736）即一入长安后。目前，学术界普遍倾向于第二种说法。原因是：李白一入长安虽没有找到政治出路，但对政治仍抱有很大幻想，因此，在一入长安之后、二入长安之前的诗，牢骚与期望并存。在二入长安之后，李白对政治几乎完全失望，诗中对现实持否定态度。《将进酒》所表现的思想内容，既有“古来圣贤皆寂寞，惟有饮者留其名”的牢骚，又有“天生我材必有用”的期望，符合一入长安之后、二入长安之前的诗人心态。

黄河的景象本来就是壮阔的，水流湍急，落差很大，但源头再高，也高不到天上去呀。“黄河之水天上来”把本来壮阔的说得更壮阔，这是放大式的夸张。这个夸张有一层比喻的意义，就是时间的一去不复返，但主要还是赞美河山的壮丽，这与李白的政治抱负是紧密联系着的。“高堂”是古代四合院的正堂，古人也用它来代称父母，但在这首诗中却是居家的意思，人生苦短、少年时一头青青的黑发，不知道什么时候就换成了白发。人的头发由黑变白，本来有一个时间过程，起码有一个“二毛”的阶段，但诗人取消了这个过程，把人生的由少到老，说成是一“朝”一“暮”的事。把一个短暂的事情，说得更加短暂，这就是缩小，这也是一种夸张，只不过是反向的夸张，其作用仍是增强表达效果，目的是感慨人生渺小。

可以说，没有夸张就没有李白。扩大式夸张在李白还有一种特殊形态，就是“数字化夸张”，就是运用大数目字以达到夸张的目的。这种夸张形式在《将进酒》有比较集中的运用，如“会须一饮三百杯”、“千金散尽复还来”、“斗酒十千恣欢谑”、“五花马，千金裘”、“与尔同销万古愁”等等，或夸张饮酒之多、或夸张花销之巨、或夸张时间之长，等等。《水浒传》写武松过景阳岗，酒旗上写着“三碗不过岗”，而武松一口气喝下了十八碗，这也很夸张。但比起《将进酒》的“会须一饮三百杯”，似乎又算不得什么了，这里的效果是更加豪放、更加淋漓尽致、更加富有诗意。

李白在写作这首诗时的处境，一方面是遭遇政治失意，是冷酷的社会现实；另一方面是他一向怀有的政治抱负，是建功立业的崇高理想。这就构成了作者的思想矛盾和冲突——这就是诗情大起大落的深层次原因。

李白诗歌内在韵律上的特点是大起大落。在《将进酒》中可以简单概括为一起一落，再起再落，再起。诗开篇是两组长句，一组长句把黄河的壮丽说得更加壮丽，面对壮丽河山，诗人豪情满怀，欲有作为。这是诗情的一次大起。紧接着，另一组长句把短暂的生命说得更加短暂，表现出诗人因仕途不顺，而产生的时不我待，对虚度年华的恐惧。这是诗情的一次大落。

然而，诗人拒绝消沉。于是诗情再起：“人生得意须尽欢，莫使金樽空对月。”这里说的人生得意，当然不是现实，而是未来，诗人肯定有这样的未来，所以他要为未来痛饮满杯。“天生我材必有用”表达的是使命感、是自信——“有用”而“必”！不但自信，而且充分。“千金散尽还复来”，仍然是自信——这不仅仅是说花钱的豪爽，更是对“钱”景的乐观。“烹羊宰牛且为乐”以下几句，则是为想象中乐观的前景，而安排的一场盛宴，作者用夸张的手法铺叙了这场盛宴，决不同于“菜要一碟乎两碟乎，酒要一壶乎两壶乎”（《镜花缘》），而是整头整头地“烹羊宰牛”，不喝上“三百杯”决不罢休。他写了席间的劝酒之声：“岑夫子，丹丘生，将进酒，杯莫停！”这就是诗情的第二次大起。

接着，“请君为我倾耳听”以下，作者唱了一首诗中之歌。歌中唱到：“但愿长醉不愿醒”，这是对现实不满，是牢骚，也是诗情的再次低落。“古来圣贤皆寂寞，惟有饮者留其名”，这是继续发牢骚，情绪相当主观。读者完全可以抬杠，举出许多反例，来证明它的不成立。却并不妨碍诗人用这样具有强烈主观情绪的诗句，来表达他对现实的不满。对古代著名的“饮者”，作者举出了一个三国时魏国的陈思王曹植，因为他怀才不遇，壮志难酬，诗人就这样借古人的酒杯，浇自己的块垒。这是诗情的第二次大落。

“主人何为言少钱，径须沽取对君酌”以下诗情再转狂放，甚至说“五花马，千金裘，呼儿将出换美酒，与尔同销万古愁！”这里是回应前文“人生得意须尽欢，莫使金樽空对月。天生我材必有用，千金散尽还复来。”并不因为现实的不得意，而否定未来，为了作者肯定会到来的明天和未来，他要痛饮高歌，把过去的一切的不愉快——“万古愁”，指从古以来由人生苦短引起的悲愁，彻底“销”掉。用今天的话来说，就是永久性删除。这是诗情的第三次大起，也是全诗的结束。

诗情的大起大落和强烈的主观感情色彩，及由此形成的强烈的冲击力和感染力，是李白诗歌的突出艺术特点。通过这样的艺术表现，读者从诗中感受到的，是个性的极度张扬，是对现实不满情绪的发泄，是对理想和未来的执着。这样的思想内容，为什么要通过劝酒的方式来表现呢。这是因为酒能使人情绪亢奋、酒能使人无拘无束、酒能使人缓解压力、酒能使人放言无忌，借“将进酒”这种形式，能使诗中的政治抒情既酣畅淋漓，又含蓄不露。说它含蓄不露，是因为诗中并没有直接批评现实政治。

因此，不能简单地把《将进酒》理解成一首提倡饮酒的诗，而应该看到在“借酒浇愁”的表面下，这首诗所包含的正面的积极的思想内容，那就是：不必为人生短暂而忧伤，不必为人生挫折而烦恼，应当相信未来、相信明天、相信自己——“天生我材必有用”！换言之，永远拒绝负面情绪，永远给自己以积极的心理暗示——这才是这首诗给读者的人生启迪。

梦游天姥吟留别

李　白

海客谈瀛洲，烟涛微茫信难求。越人语天姥，云霓明灭或可睹。天姥连天向天横，势拔五岳掩赤城。天台四万八千丈，对此欲倒东南倾。我欲因之梦吴越，一夜飞渡镜湖月。湖月照我影，送我至剡溪。谢公宿处今尚在，渌水荡漾清猿啼。脚著谢公屐，身登青云梯。半壁见海日，空中闻天鸡。千岩万转路不定，迷花倚石忽已暝。熊咆龙吟殷岩泉，慄深林兮惊层巅。云青青兮欲雨，水澹澹兮生烟。列缺霹雳，丘峦崩摧。洞天石扉，訇然中开。青冥浩荡不见底，日月照耀金银台。霓为衣兮风为马，云之君兮纷纷而来下。虎鼓瑟兮鸾回车，仙之人兮列如麻。忽魂悸以魄动，恍惊起而长嗟。惟觉时之枕席，失向来之烟霞。世间行乐亦如此，古来万事东流水。别君去兮何时还？且放白鹿青崖间，须行即骑访名山。安能摧眉折腰事权贵，使我不得开心颜！

李白于天宝三载（744）由待诏翰林赐金放还，离京后曾与杜甫、高适同游梁宋、齐鲁，然后在东鲁家中居住过一个时期。东鲁的家已安定，尽可以怡情养性，但他的心却不在这儿，约在天宝五载(746)又一度踏上漫游之路。此诗题一作《别东鲁诸公》，可知是赠别之作；由于寄情山水，通常也被认为是山水诗；然而毕竟是梦游，所以也有足够的理由被认为是游仙之作。此诗一向被列举为李白代表作之一。

天姥山，在会稽（绍兴）南面，今浙江新昌、嵊县以东，临近剡溪，与赤城山、天台山相对，号称灵秀奇绝，传说登山的人曾听到仙人天姥的歌唱，因此得名。但任何地图上都只标天台山，而不见天姥山，可见两山实际的大小。浙东山水，李白在辞亲远游的青年时代就已经游过，天台山早已去过，天姥山只听说过，故成为这次南下主要的目标。没有到过的山，当然是最好的山。诗一开始就以虚衬实，说瀛洲不可到，天姥总还可以到吧。这样说，好像仙境第一，天姥山第二。然后就说它势压赤城、天台乃至五岳，这怎么可能呢，但经诗人一吹，不可能也可能了。这叫做尊题，——为了突出所咏的对象，而作的夸张与衬托的艺术处理。

由于神往，就有尚未成行时的梦游。这番梦游不仅由越人侃大山而触发，而且有着昔游的基础，所以“梦吴越”也有旧地重游的意味，此重游乃神游，月夜飞渡，写梦入妙。由杭州到越州、到剡溪、到天台，这是一条唐诗之路，而晋宋之际的谢灵运则是一个先行者，他不但是个写诗的行家，也是个登山的行家，曾特制登山木屐，“上山则去其前齿，下山则去其后齿”，只是当时无法申请专利，所以李白照著不误，如果今日商家能仿制此“谢公屐”，想必也是要发财了。

“湖月照我影”到“迷花倚石忽已暝”等十句，从早写到晚，写诗人从剡溪到天姥山，行走山阴道上，但觉秀色扑面，层峦叠翠，回环奇绝，气派纵不如《蜀道难》雄伟，却别具清新的风格。以下写黄昏降临，山中幽怖的情景：熊在吼叫，龙在长吟，使人毛骨悚然。然后写到云头低垂，水面蒸烟，眼看滂沱大雨即将来临，诗人不禁有些失措。猛然间闪电过处，雷霆万钧，山峦崩塌，才打破适才的阴森恐怖，迎来了光明洞彻的神仙世界。从“熊咆龙吟殷岩泉”到“仙之人兮列如麻”十四句，则完全是光怪陆离、大类楚辞的幻设的笔墨了。

关于这一段描写，一方面流露出对神仙世界的向往，另一方面也可以辨认出翰林三年现实生活的某些痕迹。陈沆《诗比兴笺》说，此诗即屈子《远游》之旨，亦即《梁甫吟》“我欲攀龙见明主，雷公砰訇震天鼓，帝旁投壶多玉女。三时大笑开电光，倏烁晦冥起风雨。阊阖九门不可通，以额叩关阍者怒”之旨也。太白被放以后，回首蓬莱宫殿，有若梦游，故托天姥以寄意。题曰留别，盖寄去国离都之思，非徒酬赠握手之什。此言甚是，盖太白之入侍翰林，无异好梦一场，梦醒之后，但觉其虚幻而无可留恋。尤其是联系天宝五、六载之李林甫对大臣实行的一场政治迫害，令人不免心有余悸，故以熊咆龙吟以象之；而以“世间行乐亦如此，古来万事东流水”二语收束。结尾更言寄情山水，为的是不同宫廷权贵同流合污。

最后几句点出留别之意，说：要问这一次离别诸君何时再见，我是打算远离尘嚣到名山求仙学道，怕是难以再会了。盖诗人有强烈的政治抱负，却不愿在权贵面前摧眉折腰，于是只好借山水、神仙以挥斥幽愤了。这几句是李白的名言，有人认为全诗从结构上说是倒装的写法，如果参读李白去朝后所作的《梁甫吟》《答王十二寒夜独酌有怀》等政治抒情诗，更会觉得这结尾的几句有雷霆万钧之力，充分显示了诗人对上层社会的深刻不满，不愿同流合污的傲岸性格，以及他对自由生活的热爱。

诗以七言为主，句法长短错综，适当采用了屈赋的句式，于波澜起伏中，表现出一种不同凡响的逸兴壮思。

乌栖曲

李　白

姑苏台上乌栖时，吴王宫里醉西施。
吴歌楚舞欢未毕，青山欲衔半边日。
银箭金壶漏水多，起看秋月坠江波。
东方渐高奈乐何！

《乌栖曲》是乐府《清商曲辞・西曲歌》旧题，古辞为七言四句，两句换韵，内容较为靡丽。本篇讽刺宫廷淫靡生活，在内容形式上都推陈出新。

相传吴王夫差曾筑姑苏台，旧址在今苏州西南姑苏山，上建春宵宫，与西施在宫中为长夜之饮。前四句即紧扣题面，写姑苏台之黄昏。“乌栖时”三字不仅点出时间，同时将吴宫置于昏林暮鸦的背景上，也带有几分象征色彩，使人联想到吴国已出现的没落趋势。“醉西施”既是说与西施共醉，即沉湎于酒；也是说惑溺于西施，即沉湎于色。“欢未毕”三字，可见宴乐是从日间进行到黄昏日落，这黄昏日落却又成为长夜之饮的开始。而黄昏日落本身，也是一个没落的象征。

接下来诗人跳过长夜之饮的场面，以两句写姑苏台之黎明。“起看秋月坠江波”与“青山欲衔半边日”适成照映，以“起看”二字暗示沉湎于酒色中的吴王心态，——与处于狂欢极乐中所有的人一样，他感到时间过得太快，所谓“浮生若梦，为欢几何”，于是昼则望长绳系日，却依然出现了“青山欲衔半边日”的黄昏；夜则盼月驻中天，却依然出现了“起看秋月坠江波”的黎明。尽管夜以继日地行乐，然而欢乐仍然填不满精神的空虚。

于是诗的结尾有意突破《乌栖曲》古辞偶句收结的格式，变偶为奇，为诗安上了一个意味深长的结尾——“东方渐高奈乐何！”天下没有不散的筵席，《唐宋诗醇》评道：“乐极生悲之意写得微婉，未几而麋鹿游于姑苏矣。全不说破，可谓寄兴深微者。末缀一单句，有不尽之妙。”

李白的七古一般都写得雄奇恣肆，而本篇则偏于含蓄收敛，成为别调。前人或以为它是借吴宫荒淫来托讽唐玄宗的沉湎声色，迷恋杨妃，是完全可能的。据《本事诗》载，李白初见贺知章，贺见《乌栖曲》叹赏苦吟道："此诗可以泣鬼神矣"，看来这话不单纯是从艺术角度着眼的。

远别离

李　白

远别离，古有皇英之二女；乃在洞庭之南，潇湘之浦。海水直下万里深，谁人不言此离苦？日惨惨兮云冥冥，猩猩啼烟兮鬼啸雨。我纵言之将何补？皇穹窃恐不照余之忠诚，雷凭凭兮欲吼怒。尧舜当之亦禅禹，君失臣兮龙为鱼，权归臣兮鼠变虎。或言尧幽囚，舜野死，九疑联绵皆相似，重瞳孤坟竟何是？帝子泣兮绿云间，随风波兮去无还。恸哭兮远望，见苍梧之深山。苍梧山崩湘水绝，竹上之泪乃可灭。

李白的《远别离》见收于《河岳英灵集》，作于马嵬事变前。这首表面上只是歌咏舜帝与二妃传说的诗，其实是一个天才的预言。天宝十二载（744），诗人曾北上寻求发展，意外发现安禄山谋图不轨的迹象。安禄山当时正承恩遇，对视事的中官又进行重贿，致使反情不得上达，举报者无异自取杀身。李白已被皇帝疏远，当时也是"心知不敢语"，只能形于诗歌，诗中对杨妃表示了很深的关切，对唐玄宗提出了批评和警告。

屈大均因为姓屈，故称李白乐府"篇篇是楚辞"，虽未必然，但本篇确类楚辞，极现实的内容出以浪漫的手法，在神话取材、气氛烘托、地域空间、句法措辞上都与楚辞有明显的承继关系，取材略同《湘君》《湘夫人》，与《湘君》《湘夫人》一样依据了民间传说（如《水经注·湘水》所载），即相传舜南巡死于苍梧之野，娥皇、女英追之不及，相与恸哭，泪下沾竹成斑，人称湘妃竹；或言二妃从征，溺死于湘水，神游洞庭之渊、潇湘之浦。

与《湘君》《湘夫人》不同的是，本篇还依据了《竹书纪年》（晋太康中出土的竹简，中有纪年十三篇，记夏至周幽王历史，相传为魏国史书）所载"昔尧德衰，为舜所囚"，而推及"舜野死"亦失权于禹所至。

全诗闪烁其词，大意是说：说到远别离啊，就不能不提到娥皇、女英这两位帝女，——为什么不提到舜？盖舜已先野死也，——她们最后的归宿乃在洞庭之南、潇湘之浦。海水直下万里深，但比起她们的悲苦也就不算深了。同时这"海水"就是湖水的一转语。从此，洞庭湖上就笼罩着一层悲剧气氛，郭沫若《湘累》是这样描写二妃的歌声的："九疑山上的白云有聚有消，洞庭湖中的流水有汐有潮，我们心的愁云呀——啊，我们眼中的泪涛呀——啊，永远不能消！永远只是潮！”李白形容是“日惨惨兮云冥冥，猩猩啼烟兮鬼啸雨”，这气氛烘托大类楚辞《山鬼》。

写远别离不是诗人的目的，诗人的目的在于追究别离的原因。诗人一针见血地指出，是因为舜帝大权旁落的缘故，所谓“尧为匹夫不能治三人”的后果。想当初玄宗何以能做皇帝，还不是因为他先发制人，粉碎了太平公主帮的篡权活动。为什么现在就这么糊涂呢？所以诗人不禁感叹：哎，我说这些又有何用？说了也白说。（“皇穹”二句从《离骚》“荃不察余之忠诚兮，反信谗而齌怒”来）。白说还要说。“尧舜当之亦禅禹”的“之”，指的是君失权而权归臣的局面。就天宝年间而言，政权归于李林甫、杨国忠，兵权归于安禄山等。真应该想一想舜帝的结果，是落得死无葬身之所，九疑山就像一个大的迷宫，甚至找不到孤坟所在，而娥皇、女英们的下场就更可怜了。唐玄宗老昏了，李白不免为杨贵妃捏一把汗。

诗的结尾说“苍梧山崩湘水绝（犹言“石头开花马生角”），竹上之泪乃可灭”，与《长恨歌》“天长地久有时尽，此恨绵绵无绝期”的结尾神似。此诗写成不数年间，唐玄宗就亡命入蜀，与贵妃重演了一出远别离的悲剧。只不过死的是杨妃，痛哭的是皇帝。在诗中李白的同情更在二妃，不仅因为她们是女性，而且因为她们无辜。比较起来，杨妃的命运更其悲惨。故本篇也可以说是李白的《长恨歌》。

马嵬事变是天宝十五载（755）的头条新闻，天下无人不知，何况李白那样热衷政治的人！然而关于这一事变，李白无诗。他既已天才地在事变发生之前发表过意见，这时又因爱国太切而惹下麻烦，被唐肃宗下狱、流放，也就只好三缄其口了。

宣州谢朓楼饯别校书叔云

李　白

弃我去者昨日之日不可留，乱我心者今日之日多烦忧。
长风万里送秋雁，对此可以酣高楼。
蓬莱文章建安骨，中间小谢又清发。
俱怀逸兴壮思飞，欲上青天揽明月。
抽刀断水水更流，举杯消愁愁更愁。
人生在世不称意，明朝散发弄扁舟。

这个题目是通行本的题目，还有另一个题目《陪侍御叔华登楼歌》、出现也很早，诗中饯别的意思并不明显，所以詹锳先生主张这个题目，不过也有人撰文和他抬杠。千年旧题难改，又不影响读者对诗意的解会，所以争论归争论，题目一仍其旧。

诗一开始就用了两个十一字散文化的排句，以“弃我去者”、“乱我心者”相对领起二句，其起势迅猛，如风雨骤至。对于政治失意的人，去日苦多是一重苦恼，今日难捱也是一重苦恼，这心情是太矛盾太复杂了，二句不仅内容耐味，形式也耐味。老实人写诗，昨日就昨日，今日就今日，“昨日之日”、“今日之日”是李白歌词的创语，是“嗟叹之不足故咏歌之”。虽然这样的说法在文法上是不通的，然而你无论如何不能把它简化为“昨日”、“今日”，简化了就不够味。这是李白从心化出、神而明之的创造。

前两句说到愁不可遏，到三四句却并不沿着这条思路往下写，而依然是李白特有的语未了便转，一跳就落到秋高气爽，登楼酣饮的题面上来：“长风万里送秋雁，对此可以酣高楼。”杜甫《春日忆李白》诗中怀念李白道：“何日一樽酒，重与细论文”，可见李白置酒会友时是有高谈阔论诗文一道的习惯的。两位挚友在谢公楼上，当然要谈到谢朓，不止谈谢朓，话题还一直追溯到陈子昂所大力提倡、李白所大力响应的汉魏风骨，他在《古风》中自豪地说：“自从建安来，绮丽不足珍；圣代复元古，垂衣贵清真”，也就是以汉魏风骨的传人自居，“蓬莱文章建安骨”就是两汉诗文即汉魏风骨的一转语。而从汉魏到盛唐，几百年中也并非一片空白，李白又从其中举出一个小谢即谢朓，来特别加以表扬——“中间小谢又清发”。“中间”指汉唐之间，汉魏风骨与盛唐气象之间，那就是南朝声色。“小谢”是南朝声色的一个正果，又是南朝声色的一个另类。“清发”二字，就是“清水出芙蓉，天然去雕饰”的简洁的说法。谢朓诗最符合李白的这个美学标准，所以他“一生低首谢宣城”(王士禛)，用今天话说，一生都是谢朓的粉丝。两位挚友酒酣耳热，尚论古人，谈兴极高。于是诗情一跃而进，达到高峰：“俱怀逸兴壮思飞，欲上青天揽明月”。注意这个“俱”字，是说彼此怀着不平凡的兴致，要展翅飞翔，飞上高高的青天去拥抱明月，可谓壮志凌云，无比高兴，这也是李白诗风的绝妙写照。

全诗起得那样愤激，却借一腔酒兴不知不觉转化为一腔豪情，令人鼓舞。然而就在这时，诗情又一落千丈。这大起到大落自有其内在逻辑性：以这样可上九天揽月的志气和才情，诗人在现实中竟没有出路，怎不叫人思之气短呢？于是诗情重新回到开篇的烦忧上来，以“抽刀断水水更流”来比喻不可断绝的忧愁，新颖、奇特而又恰切，“断水水更流”、“消愁愁更愁”，尤其是后句一连串的愁、愁、愁，音调之流畅，出语之天成，简直使人如闻抽刀断水、而水流潺潺之声，音情与取象俱妙，真是想落天外的妙语，历代喻愁的诗词句之多，却很难有超过此二语者。使人想起严羽赞叹的：“诗者，吟咏情性也。盛唐诗人唯在兴趣，羚羊挂角，无迹可求；故其妙处莹彻玲珑，不可凑泊，如空中之音、相中之色、水中之月、镜中之象，言有尽而意无穷。”结尾点出“人生在世不称意”，现实黑暗，壮志难酬，也只好浪游江湖。这是很无可奈何的话。

李白歌行的能事在于，常把一些表面看来毫不连贯的意象，组织成一首完整的诗歌，还叫人觉得天衣无缝。郭老论诗强调“诗应该是纯粹的内在律”，而“内在的韵律便是‘情绪的自然消长’。这是我自己在心理学上求得的一种解释，前人已曾道过与否不得而知。内在韵律诉诸心而不诉诸耳，这种韵律非常微妙，不曾达到诗的堂奥的人简直不会懂。这便说它是‘音乐的精神’也可以，但是不能说它便是音乐。”而李白诗歌意象组织的内在逻辑性，也正是郭老所谓的内在律。这可以解释为什么李白诗最少运用格律，却最具音乐的精神。像这首诗，短短十二句，感情几次跳跃，一会儿说这个，一会儿说那个，若断若续，却又一气呵成，分拆不得。这是李白诗歌的一个很突出的艺术特点。

日出入行

李　白

日出东方隈，似从地底来。历天又复入西海，六龙所舍安在哉！其始与终古不息，人非元气，安能与之久徘徊？草不谢荣于春风，木不怨落于秋天。谁挥鞭策驱四运？万物兴歇皆自然。羲和，羲和！汝奚汩没于荒淫之波？鲁阳何德，驻景挥戈？逆道违天，矫诬实多！吾将囊括大块，浩然与溟涬同科。

《日出入行》是乐府《郊庙歌辞·汉郊祀歌》旧题，古辞言人命短促，愿乘六龙升仙。本篇突破古辞的命意，集中表现了李白的宇宙意识，即其对宇宙以及人在宇宙中之地位的认识。诗虽然写的是日，但诗人对日的看法表现了他对宇宙的看法。

前七句写日之出没运行无始无终，永不休息，而人非元气，不能与日一样长存。“人非元气”四字，暗示了日乃是元气的一部分。元气是中国古代哲学范畴之一，大体相当于唯物论哲学中的物质，天地日月都由元气生成，因此也和元气一样具有永恒的品格。值得注意的是元气论者都把人视为元气化生，而李白却强调“人非元气”，这是针对生命现象、精神现象而言。然而精神与物质是具有同一性的，同谓之自然。诗人接着说：春风使得草木兴荣，但草木无须感谢春风；秋天使得草木衰落，但草木亦无须怨恨秋天。春夏秋冬四季的运行出于自然的规律，它们本身无意于草木的兴衰，而万物的兴衰是规律在支配。这几句相当精彩，不但表现了委化乘运之义，而且认识到“无喜无悲”是修养的最高境界。

正是本着这样的自然观，李白认为日之出入也是受自然规律支配的运行，既无须乎羲和的鞭策，也不会被鲁阳挥戈所退，羲和是传说中的日御，与鲁阳挥戈退日的故事并见《淮南子》，“羲和，羲和！汝何汨没于荒淫之波？鲁阳何德，驻景挥戈？”通过这样天问式的句子，李白对这两个传说表示了怀疑和否定。

全诗的主意在最后两句：“吾将囊括大块，浩然与溟涬同科”，大块即自然，溟涬即元气，两句的意思是，我将持此自然之义去拥抱自然，最后与元气合一。具体地说，就是本着自然而然、听其自然的态度，对待生活。法国作家蒙田说：“最美满的生活就是符合一般常人范例的生活。井然有序，不含奇迹，也不超越常规。”斯言近之。

江上吟

李　白

木兰之枻沙棠舟，玉箫金管坐两头。
美酒樽中置千斛，载妓随波任去留。
仙人有待乘黄鹤，海客无心随白鸥。
屈平词赋悬日月，楚王台榭空山丘。
兴酣落笔摇五岳，诗成笑傲凌沧洲。
功名富贵若长在，汉水亦应西北流。

李白平生游江夏不止一次，此诗或系于开元二十二年（734）游江夏时；郭沫若则认为是长流夜郎，上元元年（760）遇赦返回江夏时所作。按诗中强烈蔑视求仙隐逸及否定功名富贵，而希图以诗文传世不朽的思想，应是晚年之作，故以郭说为是。

诗从江上遨游写起，按《吴书》载，郑泉其人博学有奇志，而嗜酒好吃，常说“愿得美酒五百斛船，以四时甘脆置两头，反覆没饮，惫即住而啖肴膳。酒有斗升减，随即益之，不亦快乎？”诗即本此，更以木兰桨、沙棠舟、玉箫、金管、美酒种种精美名物，描绘出一幅江上行乐图，充分表现了李白肯定物质享乐而反对苦行的人生观。史载谢安隐居东山时，常常携妓出游，李白以谢安自比，在这方面也不宜多让，故敢放言“载妓随波任去留”也。选家或因而不选，也太道貌岸然了。

江夏有黄鹤楼，据传仙人子安曾骑鹤过此，“有待”二字语出《庄子》，是委婉地说成仙无望；“海客无心随白鸥”事见《列子》，谓与其求仙虚妄，不如忘机狎物，可以纵适一时也。诗人在肯定物质世界的同时，对神仙世界作了否定。

江夏属楚地，诗人自然联想到屈原，从而对诗人作了崇高的赞美，对其对立面的楚王则予以否定。这实际上也是宣布诗人如今的人生价值取向。看他兴酣落笔、动摇五岳、诗成之后、不可一世，即杜甫所谓“笔落惊风雨，诗成泣鬼神”，可知他赞美屈原就是赞美自我，否定楚王就是否定权贵，所以结尾指江水为譬，对功名富贵作断然彻底之否决，痛快淋漓之至。

李白一生思想复杂矛盾，情绪并不稳定，抒情有较强的主观色彩，所谓“时来天地皆同力，运去英雄不自由。”他的否定功名富贵，多半是出自愤激之言；否定神仙，恐未必彻底。其骨子里最本质的东西，则是鄙弃庸俗，热爱自由。本诗赞美诗、赞美酒、赞美创造的精神，渴望永恒与不朽，和蔑视权贵的思想，则是一以贯之的。诗的篇幅奇短，而包容极大，反映的人生观总的说来是积极、进取、乐观、豪迈的。

诗满心而发，肆口而成，故明白如话，如“坐两头”、“置千斛”、“任去留”等，无须翻译人人都懂；音节流亮，对仗精工，波澜叠起，如倒倾鲛室，一气呵成而神完气足；同时具备了自然和高妙，故最能代表李白式的锦心绣口。

当涂赵炎少府粉图山水歌

李　白

峨眉高出西极天，罗浮直与南溟连。名公绎思挥彩笔，驱山走海置眼前。
满堂空翠如可扫，赤城霞气苍梧烟。洞庭潇湘意渺绵，三江七泽情洄沿。
惊涛汹涌向何处，孤舟一去迷归年。征帆不动亦不旋，飘如随风落天边。
心摇目断兴难尽，几时可到三山巅？西峰峥嵘喷流泉，横石蹙水波潺湲。
东崖合沓蔽轻雾，深林杂树空芊绵。此中冥昧失昼夜，隐几寂听无鸣蝉。
长松之下列羽客，对坐不语南昌仙。南昌仙人赵夫子，妙年历落青云士。
讼庭无事罗众宾，杳然如在丹青里。五色粉图安足珍？真仙可以全吾身。
若待功成拂衣去，武陵桃花笑杀人。

李白题画诗不多，此篇弥足珍贵。诗通过对一幅山水壁画的传神描叙，再现了画工创造的奇迹，再现了观画者复杂的情感活动。他完全沉入画的艺术境界中去，感受深切，并通过一枝惊风雨、泣鬼神的诗笔予以抒发，震荡读者心灵。

从“峨眉高出西极天”到“三江七泽情洄沿”是诗的第一段，从整体着眼，概略地描述出一幅雄伟壮观、森罗万象的巨型山水图，赞叹画家妙夺天工的本领。什么是名公“绎思”呢？绎，是蚕抽丝。这里的“绎思”或可相当于今日的所谓“艺术联想”。“搜尽奇峰打草稿”，艺术地再现生活，这就需要“绎思”的本领，挥动如椽巨笔，于是达到“驱山走海置眼前”的效果。这一段，对形象思维是一个绝妙的说明。峨眉的奇高、罗浮的灵秀、赤城的霞气、苍梧（九嶷）的云烟、南溟的浩瀚、潇湘洞庭的渺绵、三江七泽的迂回……几乎把天下山水之精华荟萃于一壁，这是何等壮观，何等有气魄！当然，这绝不是一个山水的大杂烩，而是经过匠心经营的山水再造。这似乎也是李白自己山水诗创作的写照和经验之谈。

这里诗人用的是“广角镜头”，展示了全幅山水的大的印象。然后，开始摇镜头、调整焦距，随着读者的眼光朝画面推进，聚于一点：“惊涛汹涌向何处，孤舟一去迷归年。征帆不动亦不旋，飘如随风落天边。”这一叶“孤舟”，在整个画面中真是渺小了，但它毕竟是人事啊，因此引起诗人无微不至的关心：在这汹涌的波涛中，你想往哪儿去呢？你何时才回来呢？这是无法回答的问题。“征帆”两句写画船极妙。画中之船本来是“不动亦不旋”的，但诗人感到它的不动不旋，并非因为它是画船，而是因为它放任自由、听风浪摆布的缘故，是能动而不动的。苏东坡写画船是“孤山久与船低昂”(《李思训画长江绝岛图》)，从不动见动，令人称妙；李白此处写画船则从不动见能动，别是一种妙处。以下紧接一问：这样信船放流，可几时能达到遥远的目的地——海上“三山”呢？那孤舟中坐的仿佛成了诗人自己，航行的意图就是“五岳寻仙不辞远”。“心摇目断兴难尽”写出诗人对画的神往和激动。这时，画与真，物与我完全融合为一了。

镜头再次推远，读者的眼界又开阔起来：“西峰峥嵘喷流泉，横石蹙水波潺湲。东崖合沓蔽轻雾，深林杂树空芊绵。”这是对山水图景具体的描述，展示出画面的一些主要的细部，从“西峰”到“东崖”，景致多姿善变。西边，是参天奇峰夹杂着飞瀑流泉，山下石块隆起，绿水萦回，泛着涟漪，景色清峻；东边则山崖重叠，云树苍茫，气势磅礴，由于崖嶂遮蔽天日，显得比较幽深。“此中冥昧失昼夜，隐几寂听无鸣蝉。”一蝉不鸣，更显出空山的寂寥。但诗人感到，“无鸣蝉”并不因为这只是一幅画的原因；“隐几（几案）寂听”，多么出神地写出山水如真，引人遐想的情状。这一神来之笔，写无声疑有声，与前“孤舟不动”二句异曲同工。以上是第二段，对画面作具体描述。

以下由景写到人，再写到作者的观感作结，是诗的末段。“长松之下列羽客，对坐不语南昌仙。”这里简直令人连写画写实都不辨了。大约画中的松树下默坐着几个仙人，诗人说，哪怕是西汉时成仙的南昌尉梅福吧。然而紧接笔锋一掉，直指画主赵炎：“南昌仙人赵夫子，妙年历落青云士。讼庭无事罗众宾，杳然如在丹青里。”赵炎为当涂少府（县尉的别称），说他“讼庭无事”，谓其在任政清刑简，有谀美主人之意，但这不关宏旨。值得注意的倒是，赵炎与画中人合二而一了。沈德潜批点道：“真景如画”，这其实又是“画景如真”所产生的效果。全诗到此止，一直给人似画非画、似真非真的感觉。最后，诗人从幻境中清醒过来，重新站到画外，产生出复杂的思想感情：“五色粉图安足珍，真仙可以全吾身。若待功成拂衣去，武陵桃花笑杀人。”他感到遗憾，这毕竟是画啊，在现实中要有这样的去处就好了。有没有呢？诗人认为有，于是，他想名山寻仙去。而且要趁早，如果等到像鲁仲连、张子房那样功成身退（天知道要等到什么时候），再就桃源归隐，是太晚了，不免会受到“武陵桃花”的奚落。这几句话对于李白，实在反常，因为他一向推崇鲁仲连一类人物，以功成身退为最高理想。这种自我否定，实在是愤疾之词。不过，这两句也可以作正面解会，即：“待到功成拂衣去，武陵桃花笑杀人。”则与李白一向的思想相吻合。诗作于长安放还之后，安史之乱以前，带有那一特定时期的思想情绪。这样从画境联系到现实，固然赋予诗歌更深一层的思想内容，同时，这种思想感受的产生，却又正显示了这幅山水画巨大的艺术感染力量，并以优美艺术境界映照出现实的污浊，从而引起人们对理想的追求。

这首题画诗与作者的山水诗一样，表现大自然美的宏伟壮阔一面；从动的角度、从远近不同角度写来，视野开阔，气势磅礴；同时赋山水以诗人个性。其艺术手法对后来诗歌有较大影响。苏轼的《李思训画长江绝岛图》等诗，就可以看作是继承此诗某些手法而有所发展的。

渡荆门送别

李　白

渡远荆门外，来从楚国游。
山随平野尽，江入大荒流。
月下飞天镜，云生结海楼。
仍怜故乡水，万里送行舟。

荆门山在今湖北宜都县西北的长江南岸，与北岸的虎牙山对峙，形同荆州门户，在到达荆门之前，李白应该在四川境内水流湍急的三峡中颠簸了好些天。峡的两岸有如削成，摩天的群山环绕四方，后面不见来程，前面不知去向，就像幽闭在一个峭壁环绕的水乡，纵然没有猿声，也觉凄凉。船到荆门，景观便豁然开朗，前面是一望无际的荆楚平野，出峡后的江面顿时开阔，汹涌的激流变成一片浩浩荡荡的大水，真是两岸渚崖之间不辨牛马。甭说诗人，就是一般旅客到此也会胸怀一敞而逸兴遄飞。本篇是李白仗剑去国，辞亲远游，出峡时的作品，清人沈德潜认为题中“送别”二字可删。

“渡远荆门外，来从楚国游”，首二句虽平叙事实，却怎么也按捺遮掩不住内心隐隐的激动，其语气是十分兴奋爽朗的。荆门以外便是春秋战国时楚国故地，在三国时又曾是蜀主刘备起家的地方。诗人提到“楚国”这个历史地理的概念，自然能引起有关历史文化的一些联想。“屈平辞赋悬日月，楚王台榭空山丘。”（《江上吟》）这里是李白景仰的大诗人屈原和灿烂荆楚文化的故乡。荆州首府江陵（今属湖北），及当地故楚章华台、郢城遗址，都是诗人此行应游之地。后来他在《庐山谣》中还自称“我本楚狂人”，可见其初来游楚时应有一种何等陶醉的心情。

“山随平野尽，江入大荒流”，接下来十个字写尽了荆门的地理形势和壮阔景观。这里的写景，角度是移动着的，而不是定点观察。这从“随……尽，入……流”四字体现出来。因此这两句诗不仅由于写进“平野”、“大荒”意象，而气势开廓；而且还由于动态的描写，变得十分生动。大江固然流动，而山脉本来凝固,“随……尽”的动觉，完全是得自舟行的实感。这两句的壮阔写景，也须放置到诗人多日峡行后一旦豁然开朗的特定情景下玩味，才能对其中含蓄的说不尽的愉快新鲜感有所领会。

三峡之中，两岸连山，略无阙处，崇崖叠嶂，遮天蔽日，“非亭午夜分，不见曦月。”(郦道元《水经注》）当然更看不到地平线和水天相接处云霞幻化的奇观。“月下飞天镜，云生结海楼。”则是出峡以后看到的江上奇观。李白曾说“小时不识月，呼作白玉盘；又疑瑶台镜，飞在青云端。”（《古朗月行》）在此次出蜀的水程中，他也曾为见不着月亮而感到遗憾——“夜发清溪向三峡，思君不见下渝州。”(《峨眉山月歌》）然而一到荆门，就容易和明月见面，真有重见故人似的高兴了。由于江面开阔，水势平缓，月的倒影也能清楚地看到了。而水天之际的云霞变幻，又使诗人如睹海市蜃楼的奇观。总之，中间两联着眼于初到荆门的观感，充满对生活新天地的礼赞和陶醉。对照杜甫《旅夜抒怀》中写同样景观的两句：“星垂平野阔，月涌大江流”，相当于李诗的四句，在风格上实有潇洒和凝炼的不同。

离开故乡热土，对于李白来说意味着鹏程初展，他自然是喜悦之情占了上风的。但这又并不意味着诗人和故乡割断了感情联系。蜀中是他的父母之邦，哺育他成长的地方。当他羽翼丰满后，她又无私地将这个值得骄傲的儿子奉献给整个大唐。而李白以赤子之心，永怀着对故乡母亲的热爱。他感到即使身已出蜀，故乡的爱仍和这江水一样与他同在，伴送他走到更远的地方。“仍怜故乡水，万里送行舟”十字，是充满了由衷感激之情的。“仍怜”云云，语气极轻柔婉转，而分量厚重。

塞下曲

李　白

五月天山雪，无花只有寒。
笛中闻折柳，春色未曾看。
晓战随金鼓，宵眠抱玉鞍。
愿将腰下剑，直为斩楼兰。

《塞下曲》出于汉乐府《出塞》《入塞》等曲（属《横吹曲》），为唐代新乐府题，歌辞多写边塞军旅生活。作者天才豪纵，创作律诗亦逸气凌云，像这首诗几乎完全突破律诗通常以联为单位作起承转合的常式。大致讲来，前四句起，五六句为承，末二句作转合，直是别开生面。

起从“天山雪”开始，点明“塞下”，极写边地苦寒。“五月”在内地属盛暑，而天山尚有“雪”。但这里的雪不是飞雪，而是积雪。虽然没有满空飘舞的雪花(“无花”)，却只觉寒气逼人。仲夏五月“无花”尚且如此，其余三时（尤其冬季）寒如之何就可以想见了。所以，这两句是举轻而见重，举隅而反三，语淡意浑。同时，“无花”二字双关不见花开之意，这层意思紧启三句“笛中闻折柳”。“折柳”即《折杨柳》曲的省称。表面看是写边地闻笛，实话外有音，意谓眼前无柳可折，“折柳”之事只能于“笛中闻”。花明柳暗乃春色的表征，“无花”兼无柳，也就是“春色未曾看”了。这四句意脉贯通，“一气直下，不就羁缚”（沈德潜《说诗晬语》），用语天然，结意深婉，不拘格律，如古诗之开篇，前人未具此格。

五六句紧承前意，极写军旅生活的紧张。古代行军鸣金击鼓，以整齐步伐，节止进退。写出“金鼓”，则烘托出紧张气氛，军纪严肃可知。只言“晓战”，则整日之行军、战斗俱在不言之中。晚上只能抱着马鞍打盹儿，更见军中生活之紧张。本来，宵眠枕玉鞍也许更合军中习惯，不言“枕”而言“抱”，一字之易，紧张状态尤为突出，似乎一当报警，“抱鞍”者便能翻身上马，奋勇出击。起四句写“五月”以概四时；此二句则只就一“晓”一“宵”写来，并不铺叙全日生活，概括性亦强。全篇只此二句作对仗，严整的形式适与严肃的内容配合，增强了表达效果。

以上六句全写边塞生活之艰苦，若有怨思，末二句却急作转语，音情突变。这里用了西汉的故事。由于楼兰（西域国名）王贪财，屡遮杀前往西域的汉使，傅介子受霍光派遣出使西域，计斩楼兰王，为国立功。诗末二句借此表达了边塞将士的爱国激情：“愿将腰下剑，直为斩楼兰”。“愿”字与“直为”，语气砍截，慨当以慷，足以振起全篇。这是一诗点睛结穴之处。

这结尾的雄快有力，与前六句的反面烘托之功是分不开的。没有那样一个艰苦的背景，则不足以显如此卓绝之精神。“总为末二语作前六句”（王夫之），此诗所以极苍凉而极雄壮，意境浑成。如开口便作豪语，转觉无力。这写法与“黄沙百战穿金甲，不破楼兰终不还”二语有异曲同工之妙。此诗不但篇法独造，对仗亦不拘常格，“于律体中以飞动票姚之势，运旷远奇逸之思”（姚鼐），自是五律别调佳作。

送友人

李 白

青山横北郭，白水绕东城。
此地一为别，孤蓬万里征。
浮云游子意，落日故人情。
挥手自兹去，萧萧班马鸣。

公元八世纪中叶的宣城是一座兼有优秀自然风光和悠久历史文化的名城，以南齐大诗人谢朓做过太守而久为李白向往。城北是树木笼葱的敬亭山，城东有宛溪一曲，北行与桐梓水汇合，流入丹阳湖。经过长达十年的漫游，李白终于来到这里，并深深爱上了它，一直住到安史之乱的发生。

“青山横北郭，白水绕东城”。诗的首二句就不仅仅是对宣城地理环境的客观写照，而其中应该含有诗人对寓居之地的深厚的感情，在送友人的特定时刻提起，还应该含有对在这座山清水秀的名城共处过一段难忘时光的留恋。从全诗看，诗人是与友人骑马偕行，出城来到郊外，青山白水也是即目所见的景色。但诗人将这番景色铸成工致的联语（青山——白水，北郭——东城），又产生了一种深长的意味。山傍着郭，水恋着城；水毕竟要流去，山却依然留驻，这难道不是一种依依惜别之情的象征？

这种惜别的意念恰当地出现在第二联：“此地一为别，孤蓬万里征。”此地作别，是直叙眼前正在发生的事，而“一”字的嵌入，起到了语助词作用，加强了感慨唱叹之情，使诗句顿生神采。“孤蓬”是一个积淀有离情别绪的特定诗歌语汇，出自古诗“孤蓬转霜根”。它与“转蓬”一辞，在诗歌中都是漂泊游子的象征，但“孤”字更强调分离、离群的意义。加之友人此行前路迢远（“万里征”），怎不叫诗人为之系心。此一去啊，蓬飘万里，友人何时可得安定？彼此何年才能重聚？复杂的离绪，包含在唱叹的声情和蕴籍的意象中。

“浮云游子意，落日故人情。”仿佛前两句嗟叹未足，诗人又推出一组惜别的意象。“浮云”、“落日”和“孤蓬”一样，都是送别诗习用的诗歌语汇。汉诗有“浮云蔽白日，游子不顾反”，“仰视浮云弛，奄忽互相逾。风波一失所，各在天一隅”，更可作此诗注脚。李白的创造，是将“浮云”、“落日”分配给“游子意”、“故人情”，实际上运用了互文的修辞法。浮云出岫，日落西山，也许就是分手时的光景，但诗人已经将情移入景色，成为无往而非依依难舍，而又无可如何的象征。不必明言：“游子意”竟是何意，“故人情”竟是何情，已足使人为之魂销肠断。

送君千里，终须一别。“挥手自兹去，萧萧班马鸣。”上句是对分别的旧话重提。但“此地一为别”是未来式，“挥手自兹去”则成了进行式，抒情便有递进的感觉。诗人只写送、别双方挥手致意，却通过临歧相对长嘶，因为曾相厮伴，亦不忍分离的两匹马，尽收无言之美。马尚如此有情，何况人呢。“萧萧马鸣”本是诗经《车攻》的成句，而加入一个‘班”（马相别称“班”，语出《左传》）字，则翻新了诗意，可说是融汇古语而自出心裁。

从六朝以来，五言律诗在结构上已形成一定惯例，即大体遵循由破题、到写景、最后抒情的程式。而李白《送友人》则不同，它基本上是写景——抒情——再写景（象喻式）——再抒情，从“此地一为别”到“挥手自兹去”，构成一个螺旋式推进的结构，饶有回肠荡气之致。诗人尽量避免情绪直抒，反复运用山水云等自然意象，及现成诗歌语汇，来隐喻烘托别情，最后用班马长嘶作结，浓厚的别情由此得到尽兴的发抒。

玉阶怨

李　白

玉阶生白露，夜久侵罗袜。
却下水精帘，玲珑望秋月。

《玉阶怨》是乐府旧题，属《相和歌辞·楚调曲》。“玉阶”指宫中的石阶，《玉阶怨》的性质，与《婕妤怨》《长信怨》等曲一样，从古辞看，都是“宫怨”。宫怨和闺怨，是中国古代诗歌的一大类型，从专写孤独女性的心理这一点上说，是相通的。只不过宫怨的主人公身份比较特殊罢了。

“玉阶生白露，夜久侵罗袜”二句写室外，女主人公无言独立玉阶，以致冰凉的露水浸湿罗袜。玉阶是白的，白露也是白的，还有月光，也是白的。玉阶生白露，不是看见，而感到的，因为冰凉湿润的感觉。“夜久”承上文而来，使上述感觉有了时间性，不是突然感到，而是渐渐感到的。“罗袜”表明女性之仪态、身份，它和玉阶发生关系，可见女子一直是站在玉阶上的，她在做什么呢，应该是在看月。一个“侵”字很有张力，写出下露时寒冷刺骨的感觉。

“却下水精帘，玲珑望秋月”二句由室外写到室内，女主人公因为不胜清寒，躲进了室内，水精帘或称琉璃帘，可用作帘的美称。“却下”，是不经意地放下。而放下门帘，为了隔开寒气，却不关门，可见宫人对月色还有一种深深的留恋，她隔着帘子，还“望秋月”。“玲珑”，指映在水精帘上的月光，透明晶莹的样子，前人说此句“冷寂可想”，这个感觉是对的。

整首诗所描写的，只是宫人在白露为霜的月夜的感觉和神情，至于她在想什么，却没有说。读者可以认为她是盼望或眷念着君恩，像“斜倚云和深见月”者那样；也可以认为她是怀念家乡和亲人，像《静夜思》所写的那样。胡应麟说这首诗“妙绝古今”(《诗薮》)。沈德潜进一步说“妙在不明说怨”(《唐诗别裁集》)。的确，女主人公没有一句话，而通过她深宫长夜、惝恍无眠的光景，写出了她的寂寞、她的惆怅、她的迷茫、她的幽怨，这叫让形象说话。

静夜思

李　白

床前明月光，疑是地上霜。
举头望明月，低头思故乡。

这也是一首国人家喻户晓的唐诗。它的内容是那样家常，语言是那样浅显，毫无雅人深致，深受妇女儿童的欢迎，却偏偏出自大诗人李白之手，这一现象，令某些风雅自命的文士沮丧不已。然而，它的广传却有颠扑不破的道理。诗经中就有两派诗，一种是风诗、本源在于民间，一种是雅诗、出自贵族或精神贵族。五绝的本色就不重雅人深致，而重风人之旨，所以妇女儿童往往胜于文人学士。深知个中三昧者莫过于唐代诗人，尤其是李白。

静夜，月夜，是思乡的时候。“床前明月光，疑是地上霜。”这两句写客子秋夜梦回的情景。这个情景，在没有电力的时代是一种普遍的生活经验。那时照明全靠油灯，人们天黑就歇息，很难一觉睡到天亮。中夜梦回时，明晃晃的月光会成为继续入眠的一种困扰。月光的感觉通于清寒，疑其为秋霜，就写出了通感。这对客子心理产成的影响是显著的——感到环境特别陌生，于是思乡之情便油然而生。在电力时代，这种情景已淡出城市的生活经验，但通过想象，仍然不难心领神会。

“举头望明月，低头思故乡。”这两句正面抒写客子在静夜中的乡思。夜里清醒之后长时间睡不着，也就只好“望明月”而“思故乡”了。“望明月”这一动作和“思故乡”这一心理活动，本属因果关系，作者却稚拙的将它们并列起来，分别与“举头”、“低头”的动作联系。举头、低头，皆是无语，是以形体语言，表达心理活动。“举头”、“低头”又做成一个唱叹，读来令人低回不已，使人觉得万种乡愁，俱在不言中。

“明月”是唐诗的重要意象。我国传统历法，本质上是月历，晦、朔、望、既望等等概念，都源于月象。可以说，月亮对中国人来说，就是一本活的历书，居人看，行人看，中秋看，元宵看，除了雨夜随时都看，它早已融入人民生活，能激起复杂的情思。用“明月”作为意象来表现相思或乡愁，是古代诗人的天才创举，它的运用在李白诗中达到极致，《静夜思》就是有代表性的一例。顺便说，古人选诗对原作常有删改，因为选家自己做诗也很高明。这首诗本集宋版二种及元明本一三句皆作“看月光”、“望山月”，王士禛《唐人万首绝句选》作“明月光”、乾隆敕编《唐宋诗醇》作“望明月”，沈德潜《唐诗别裁集》悉作今本，流传至今。原作“看月光”、“望山月”虽无不可，王文才说“似不如改本之深厚、流畅、自然，前后一气而成。”诚哉斯言。

最后应该指出，这首诗在写作上是受到一首古代民歌的影响：“秋风入窗里，罗帐起飘扬。仰头看明月，寄情千里光。”（《子夜四时歌·秋》）它也是一首“静夜思”，诗歌的主要意象也是明月，写得也不错，却远没有李白《静夜思》脍炙人口。除了选家造成的原因，还可以指出一个原因：那首民歌写的是闺情，而李白诗写的是乡思，前者能引起恋人的共鸣，而后者几乎将天下人一网打尽。此外，《静夜思》写到“思故乡”戛然而止，“百千旅情，虽说明却不说尽。”（沈德潜）一方面是明白如话，一方面又隽永含蓄，这也是它成为千古绝唱之不可忽略的因素。

秋浦歌

李　白

白发三千丈，缘愁似个长。
不知明镜里，何处得秋霜？

天宝十三载（754），李白自幽燕南归客游秋浦（在今安徽贵池），作《秋浦歌》组诗十七首，抒写诗人忧心国事、叹惜年华的深愁。“白发三千丈”一首是组诗的最强音。

同样以白发来表现忧愁，在长于写实的杜甫笔下是“白头搔更短，浑欲不胜簪”，而在作风浪漫的李白笔下则是“白发三千丈，缘愁似个长”。想一下白发三千丈的诗人形象吧，那是只见白发而不见诗人，飘飘然的白发遮蔽了一切，这具象化了的愁情，就令读者永志不忘了。诗句之妙，在于夸张的妙用，和形象的独创性，“洵非老手不能，寻章摘句之士，安可以语此？”（王琦）。

后两句点明诗人是在对镜顾影自怜："不知明镜里，何处得秋霜？"诗意略近于《将进酒》之"君不见高堂明镜悲白发，朝如青丝暮成雪"，"不知"、"何处"云云，表明是忽然的发现，似乎一夜之间就平添了白发三千丈。这仍是夸张，不过也有真实作基础，《武昭关》前的伍子胥，不就是一夜之间愁白了头吗？古人所谓"明镜"，本指铜镜。这里是借代，喻指秋浦河平静的水面。以"明镜"代水面，李白诗屡见，如："两水夹明镜，双桥落彩虹"（《秋登宣城谢朓北楼》）、"人行明镜中，鸟度屏风里"（《清溪行》）。

诗的前两句夸张的是白发的长度，后二句夸张的发白的速度。通过这样两度的夸张，就把诗人莫可名状的愁思渲泄得淋漓尽致了。

独坐敬亭山

李 白

众鸟高飞尽，孤云独去闲。
相看两不厌，只有敬亭山。

诗作于天宝十二载（753）游历宣城之际。敬亭山在今安徽宣城县北，山有万松亭、虎窥泉，东临宛、句二水，南俯城闉，烟市风帆，极目如画，为南齐诗人谢朓吟咏处。这首诗着重表现诗人目空世俗的傲岸精神，表现为对孤独感的玩味和自我欣赏。

"众鸟高飞尽，孤云独去闲"，前两句是独坐敬亭山望中之景。"言我独坐之时，鸟飞云散，有若无情而不相亲者。独有敬亭之山，长相看而不相厌也。"（朱谏）陶渊明《归去来兮辞》"云无心以出岫，鸟倦飞而知还"，大致给岭云、归鸟这两个诗歌意象定了性，它们都成了皈依自然的象征。大致含有"君平既弃世，世亦弃君平"的意味。诗人鄙弃世俗，世俗也排斥诗人。"众""孤"字面，形成一种对照，暗有以众形独之意。

"相看两不厌，只有敬亭山"，后二句之妙在不更从独处落笔，而从不独处写独。也就是辛弃疾用词所诠释的"我见青山多妩媚，料青山见我应如是"（《贺新郎》），这与"举杯邀明月，对影成三人"同法，以"相看两不厌"力破孤独，同时也突出孤独，表现出一种精神的好强。

诗人将敬亭山人格化，实是将自己情感外化，人和山两者同出而异名，互相欣赏其实是自我欣赏，所以"只有"云云，最终又强调了诗人的孤独感。归根结底，诗人顾影自怜，为自己的孤独大唱赞歌。

有两首诗可资比较，一是王维《竹里馆》，其诗重在表现人与自然的融合，泯忘物我，通于禅味。《独坐敬亭山》重表现主观情感，突出张扬自我，有抗争的精神。王维是王维，李白是李白，不会混淆。二是王安石《飞来峰》“不畏浮云遮望眼，只缘身在最高层”，表现的是不为物议干扰的、乐观的战斗精神，李白诗表现的是受到排斥的愤世嫉俗的抗争精神。一在朝，一在野，语感不同，实质也不同。

哭宣城善酿纪叟

李　白

纪叟黄泉里，还应酿老春。
夜台无李白，沽酒与何人?

酿酒，技术性很强，同样的原料酿出酒来也有厚薄之分，这说明“善酿”不易。纪叟就是宣城一家酒店身怀绝技的酿造师傅，他的“老春”是当时的名牌酒。纪叟操此业至老而不辍，可见其技未轻授于人，或者无人可传，一旦死去，也就将“老春”酿造技术带到“黄泉”去了。这对于一生嗜酒的李白，该是怎样一桩遗憾的事啊！因此他不能不“哭”。

“纪叟黄泉下，还应酿老春”。这等于说人间宣城不复有“老春”出售，它已随其故主逝去了。还意味着。说纪叟在黄泉下仍操旧业，似乎纪叟与酒关系至切，死不愿放弃旧业。这话未免荒唐，而更荒唐的还在最后两句。

诗人的逻辑是：纪叟是为酒而存在的，酒是为李白而存在的。所以纪叟在泉台仍要卖酒，然而李白不在，他又不知卖给何人了。这话极无理而极有趣，明明是李白失去纪叟和老春的遗憾；诗中却说成是纪叟和老春失去李白的遗憾。到底应该是李白哭纪叟，还是应该纪叟哭李白，读者一时竟有些分不清了。而诗人正是通过这种诙谐，写出了彼此间的情谊，写出了诗人对纪叟的怀念。

峨眉山月歌

李　白

峨眉山月半轮秋，影入平羌江水流。
夜发清溪向三峡，思君不见下渝州。

这是李白去蜀之作，那时他还年轻。诗从“峨眉山月”写起，点出了远游的时令是在秋天。“秋”字因入韵关系倒置句末。秋高气爽，月色特明(“秋月扬明辉”)。所以“秋”字又形容月色之美，信手拈来，自然入妙。月只“半轮”，是下弦月，也可以使人联想到青山吐月的优美意境。在峨眉山的东北有平羌江，即今青衣江，源出于四川芦山县，流至乐山县入岷江。次句“影”指月影，“入”和“流”两个动词构成连动式谓语，意言月影映入江水，又随江水流去。生活经验告诉我们，定位观水中月影，任凭江水怎样流，月影却是不动的。“月亮走，我也走”，只有观者顺流而下，才会看到“影入江水流”的妙景。所以此句不仅写出了月映清江的美景，同时暗点秋夜行船之事。意境可谓空灵入妙。

次句境中有人，第三句中人已露面：他正连夜从清溪驿出发进入岷江，向三峡驶去。“仗剑去国，辞亲远游”的青年，乍离乡土，对故国故人不免恋恋不舍。江行见月，如见故人。然明月毕竟不是故人，于是只能“仰头看明月，寄情千里光”了。末句“思君不见下渝州”写依依惜别的无限情思，可谓语短情长。

峨眉山——平羌江——清溪——渝州——三峡，诗境就这样渐次为读者展开了一幅千里蜀江行旅图。除“峨眉山月”而外，诗中几乎没有更具体的景物描写；除“思君”二字，也没有更多的抒情。然而“峨眉山月”这一集中的艺术形象贯串整个诗境，成为诗情的触媒。由它引发的意蕴相当丰富：山月与人万里相随，夜夜可见，使“思君不见”的感慨愈加深沉。明月可亲而不可近，可望而不可接，更是思友之情的象征。凡咏月处，皆抒发江行思友之情，令人陶醉。

本来，短小的绝句在表现时空变化上颇受限制，因此一般写法是不同时超越时空，而此诗所表现的时间与空间跨度真到了驰骋自由的境地。二十八字中地名凡五见，共十二字，这在万首唐人绝句中是仅见的。它“四句入地名者五，古今目为绝唱，殊不厌重”(王麟洲语)，其原因在于：诗境中无处不渗透着诗人江行体验和思友之情，无处不贯串着山月这一具有象征意义的艺术形象，这就把广阔的空间和较长的时间统一起来。其次，地名的处理也富于变化。“峨眉山月”、“平羌江水”是地名附加于景物，是虚用；“发清溪”、“向三峡”、“下渝州”则是实用，而在句中位置亦有不同。读起来便觉不着痕迹，妙入化工。

望天门山

李　白

天门中断楚江开，碧水东流至此回。
两岸青山相对出，孤帆一片日边来。

这首诗重在力度的审美。作于开元十三年（725）李白出蜀远游之际。天门山在安徽当涂境内，系东、西梁山之合称，两山夹江对峙，岩石突入江中，势如天门故名。

首句说“天门中断”，也就意味着两山本为一体，只因阻碍了汹涌的江流，才被冲开而成两山。也就是《西岳云台歌》所谓“巨灵咆哮擘两山（华山与首阳山），洪波喷流射东流。”此句强调的是江水的冲决力。

次句则反过来，写天门山对江水的约束力。由于两山束江，江水东流至此突遇阻遏，于是形成巨大的回漩和波涛汹涌的奇观。类乎《西岳云台歌》所写“西岳峥嵘何壮哉，黄河如丝天上来。黄河万里触山动，盘涡毂转秦地雷”的情景。一本作“直北回”，则是对长江过天门山的流向的精细说明，气势感稍逊色。三句写舟中望山。山，因为人的立足点在船上，所以有两岸青山迎面而来的感觉，也就是敦煌曲子词所说的“满眼风光多闪烁，看山恰似走来迎。仔细看山山不动，是船行。”可谓兴会淋漓。

末句则写诗人之舟乘风破浪通过天门山的令人兴奋情景，因为是乘舟东向，朝着大海的方向，所以说是“（朝）日边来”。这时，读者仿佛看到水天相接处，一轮红日涌出江心，在此壮丽的背景之上，衬托出一片风帆的剪影，景色是那样清新，色彩是那样的鲜艳，实在有些妙不可言。

全诗以舟行移动视角，以兴会展开想象，有气势，有力度，“极自然，洵属神品，足以擅扬一代。”（《唐宋诗醇》）

望庐山瀑布

李　白

日照香炉生紫烟，遥看瀑布挂前川。
飞流直下三千尺，疑是银河落九天。

瀑布是庐山的一大景观。庐山瀑布以东南香炉峰的水量多，落差大，景象最奇。法远《庐山记》谓峰头常有“游气笼罩其上，则氤氲若烟水”。

香炉峰以形似香炉而得名。唐代的香炉，造型或取神话传说中的海上仙山——博山，上布小孔，承以汤盘，下柱中空，香即插焉，香烟即由小孔弥漫而出。诗人看到“日照香炉生紫烟”的情景，应该引起这种很自然的联想，从而感到这个峰名的恰切。

次句“遥看瀑布挂前川”，有一个文本是“挂长川”。不同的文本呈现的意境也不同。“挂长川”是直接将一条长河挂起来。“挂前川”的意思稍有不同，应该指峰下有川，即瀑布落地后形成的支流。这两种文本意境的相差并不大，因为最重要的是都有那个“挂”字，这个字之妙，在于有化动为静的意思——远处看到的瀑布，不就像一条白练悬挂在山前吗。

三句“飞流直下三千尺”是一个转折，就像长焦镜头的突然拉近，瀑布的形象立刻由静态转为动态——是“飞流”、是“直下”。这不是望中的视觉印象，它加进了作者的经验和想象，是想当然。这种想当然对于诗歌来说非常重要，它使得形象活跃起来，不再受视觉的约束，因自由奔放，而激动人心。

末句“疑是银河落九天”是一个瑰丽想象，使诗意得到进一步的升华。诗人将瀑布提到九天之上、成为银河；又坠落到九天之下、依旧成为瀑布。这种天上人间的想象，造成的落差和势能感，使得诗句极富张力。而一个“疑是”，取消了确定性，使得倒倾银河的想象，变得迷离惝恍而来，反而增加了形象的魅力。

这首绝句在所有关于庐山的、尤其是吟咏庐山瀑布的诗中，是数一数二的，无怪苏东坡大加赞美：“帝遣银河一派垂，古来唯有谪仙词！”。(葛立方《韵语阳秋》引)

黄鹤楼送孟浩然之广陵

李　白

故人西辞黄鹤楼，烟花三月下扬州。
孤帆远影碧空尽，唯见长江天际流。

此乃开元十六年（728）暮春之作。一提到武昌黄鹤楼，就会联想到仙人子安骑鹤过楼的故事和崔颢那首叫李白佩服的《黄鹤楼》诗。而在谪仙李白心目中，黄鹤楼应是漫游天下名胜的一个起点，未游黄鹤楼，直是不当游天下名胜。你听：“我本楚狂人，凤歌笑孔丘。手持绿玉杖，朝别黄鹤楼。五岳寻仙不辞远，一生好入名山游。”所以，他在唱“故人西辞黄鹤楼”时，就给了孟浩然一个同样很高的起点。

一说到扬州，须知那是两京以外最称繁华的大都会，时称“扬一益二”。有个古代笑话，概括世俗的人生三大理想是：腰缠十万贯——骑鹤——下扬州。现在孟浩然就要“下扬州”，而且是在“烟花三月”下扬州，言下洋溢着多少歆羡之意。烟是个形容词，花是个实词，但烟不是形容花的，通常所谓阳春三月“花似锦，柳如烟”，“烟花”二字可谓得之，其构词之妙在虚实显隐间。

末二句传目送之神：“碧空尽”三字写帆影消失于水天之际惟妙惟肖，但又像是写飞行，令人神往；行者身不由己随船远去，而送者却久久不能离开，言下一片依依惜别之情。所以《唐宋诗醇》说它“语近情遥，有手挥五弦，目送飞鸿之妙。”而电影《林则徐》有一个林则徐送奉旨调离虎门的邓廷桢的感人场面，据导演郑君里说，就是用了此诗末二句表达的意境。

闻王昌龄左迁龙标遥有此寄

李　白

杨花落尽子规啼，闻道龙标过五溪。
我寄愁心与明月，随风直到夜郎西。

盛唐七绝最杰出的代表，一向是李太白、王少伯并称，这两个天才诗人，生平又都有政治失意的经历，而王昌龄的命运毋宁更加悲苦。他一生官卑职小，仕途屡遭挫折——开元间曾贬岭南，天宝初（742）谪迁江宁（南京）令，六载（747）再贬龙标（湖南黔阳），被贬的理由据说是“不护细行”（小节失检）——连个像样的罪名都找不到，正是“欲加之罪，何患无辞”了。

王昌龄自江陵丞贬龙标尉事在天宝六载（747）秋，而李白得到消息的时间当在翌年暮春，故诗开篇即以“杨花落”、“子规啼”切合情事。而古有杨花入水化为浮萍、子规声像“不如归去”等等说法，作为诗歌意象，自能引起身世浮萍、天涯羁旅的愁情，紧扣王昌龄贬谪之事。次句的“龙标”是地名（“龙标”作为王昌龄的代称乃是后话），句意即听说龙标远过五溪（酉溪、武溪、辰溪等五个溪口，其余二溪所指有不同说法，其地皆在湘西），——换言之，五溪地处边远，龙标比五溪还要边远，——不堪之意溢于言表，措语却含蓄从容。按唐贞观年间，龙标分置三县，其一曰夜郎，“夜郎”字面，还可使人联想到古夜郎国（贵州桐梓），着一“西”字，更增边远之感。

由于诗人不在朋友身边，不能举地以当面安慰朋友，才想到要写一首诗。也许写诗的当时，他正对着一轮明月，于是得到即景好句。“我寄愁心与明月”二句意谓：让我把一片同情寄托给天空明月吧，不论你走到哪里，即使已经到达贬所，你也会看到这同一轮明月——“月亮代表我的心”。

诗中没有一个字明言对朋友被贬一事的看法，字里行间却饱含同情和理解。诗人把自己的“愁心”赋予具象的“明月”，一个孤独、高洁、光明的形象，这就意味着诗人坚信朋友的清白无辜，从精神和道义上予以支持、援助，无形中也对迫害无辜者投以愤慨和轻蔑。

若干年后，王昌龄早已物故，李白本人却因报国心切而无辜下狱，最后被判长流夜郎——走了一段王昌龄当年所走的曲折之路，再次体会到人间行路之难。一路上他定然会想起这首旧作，正是：“谁寄愁心与明月，伴我直到夜郎西？”

早发白帝城

李　白

朝辞白帝彩云间，千里江陵一日还。
两岸猿声啼不住，轻舟已过万重山。

这首诗重在速度的审美。作于乾元二年（759）三月李白流放夜郎半途遇赦从白帝城返回江陵（今属湖北）时。诗以轻舟瞬息千里的速度衬托遇赦东归的轻快心情。

从白帝下江陵，有一段很现成的文字可供李白参考，那就是《水经注·江水》“至于夏水襄陵，沿溯阻绝。或王命急宣，有时朝发白帝，暮到江陵，其间千二百里，虽乘奔御风不以疾也。”在某种意义上说，李白这时也是适逢“王命急宣”，掉船即回，归心似箭。首句就通过初发时的瞬间感受，以“彩云间”三字，将出发点提得很高，造成下水行船快速加快速的悬念。次句用“一日”、“千里”的强烈时空对比来表现速度感，写情妙在一个“还”字，暗传遇赦而还的轻松愉快之感。

三句通过听觉的延续写一种错觉即速度感的消失，盖三峡七百里中、两岸连山，山山有猿，虽然一处有一处的山，一处有一处的猿，一山有一山的猿声，在舟中听去，猿声连成一片，会产生坐飞机那样的速度感消失的错觉。这一句是在进一步强调速度感之前必要的顿挫，无此句则直而无味，有此句则走处仍留，急语仍缓。

经过三句蓄势，四句进而通过视觉的位移，写出瞬息已变的腾飞感。在舟中浑不觉得，出船一看：哇，原来江陵都快到了，船走得好快呀。全诗就妙在表现出诗人坐船的“快”感，其中也隐含了遇赦的轻快心情。

与史郎中钦听黄鹤楼上吹笛

李　白

一为迁客去长沙，西望长安不见家。
黄鹤楼中吹玉笛，江城五月落梅花。

诗作于乾元二年，诗人长流夜郎遇赦还武昌时，玩味此诗，有一种痛定思痛地回忆过往的情绪。

汉代贾谊因有革新政治的才具而受文帝倚重，将委以公卿，却为当时权贵排斥，谗以“洛阳之人，少年初学，专欲擅权，纷乱诸事”，而被外放为长沙王太傅，作了“迁客”（贬谪之人）。李白引贾谊自喻，就近言之，是为自己受永王谋逆事件牵连长流夜郎而发；就远言之，还兼包天宝初待诏翰林而终被赐金还山之事，自那以后，他即有“汉朝公卿忌贾生”之叹。“一为迁客去长沙”，十五年过去了，唐王朝经历了翻天覆地的变故，回思往事，恍如隔世。一向就深憾“总为浮云能蔽日，长安不见使人愁”的诗人，而今“西望长安”，更有说不出的悲哀，其“不见家”云云，实有一种政治上归宿无依之感。

后二句似忽然撇开感慨，只就眼前情景写来，乍看不过是直赋“听黄鹤楼上吹笛”之事，其实语意“活相”（《梅崖诗话》），足以启发读者想象。首先，听笛的地方是“黄鹤楼中”，这里有一个“昔人已乘黄鹤去”的传说，最易动伤逝与离别之情。笛曲《梅花落》就与离别情思有关。高适《塞上听吹笛》“借问梅花何处落，风吹一夜满关山”，即其例。“江城五月落梅花”，亦将曲名活用，造成虚象，远不止笛满江城的字面意义。江城五月不应落梅，五月落梅犹如邹衍下狱、六月飞霜（《文选》李善注、徐坚《初学记》等书引《淮南子》）一样是异常情事，如无感天动地之怨苦何以致之！

全诗就通过如此空灵的抒情写景，将诗人怀恋故国的情绪和政治上屡遭打击的悲哀交织而出，感人至深。虽然悲苦，却又毫无龌龊寒俭之态，依然是挥斥飘逸，气象昂扬。故谢榛《四溟诗话》云：“作诗有三等语：堂上语、堂下语、阶下语，知此三者可以言诗矣。凡上官临下官动有昂然气象，开口自别。若李太白‘黄鹤楼中吹玉笛，五月江城落梅花’，此堂上语也。”

山中与幽人对酌

李　白

两人对酌山花开，一杯一杯复一杯。
我醉欲眠卿且去，明朝有意抱琴来。

李白饮酒诗特多兴会淋漓之作。这首诗开篇就写当筵情景。“山中”，对李白来说，是“别有天地非人间”的；盛开的“山花”更增添了环境的幽美，而且眼前不是“独酌无相亲”，而是“两人对酌”，对酌者又是意气相投的“幽人”（隐居的高士）。此情此景，事事称心如意，于是乎“一杯一杯复一杯”地开怀畅饮了。次句接连重复三次“一杯”，不但极写饮酒之多，而且极写快意之至。读者仿佛看到那痛饮狂歌的情景，听到“将进酒，杯莫停”（《将进酒》）那样兴高采烈的劝酒的声音。由于贪杯，诗人许是酩酊大醉了，玉山将崩，于是打发朋友先走。“我醉欲眠卿且去”，话很直率，却活画出饮者酒酣耳热的情态，也表现出对酌的双方是“忘形到尔汝”的知交。尽管颓然醉倒，诗人还余兴未尽，还不忘招呼朋友“明朝有意抱琴来”呢。此诗表现了一种超凡脱俗的狂士与“幽人”间的感情，诗中那种随心所欲、恣情纵饮的神情，挥之即去、招则须来的声口，不拘礼节、自由随便的态度，在读者面前展现出一个高度个性化的人物形象。

诗的艺术表现也有独特之处。盛唐绝句已经律化，且多含蓄不露、回环婉曲之作，与古诗歌行全然不同。而此诗却不就声律，又词气飞扬，纯是歌行作风。唯其如此，才将快意之情表达得酣畅淋漓。这与通常的绝句不同，但它又不违乎绝句艺术的法则，即虽豪放却非一味发露，仍有波澜，有曲折，或者说直中有曲意。诗前两句极写痛饮之际，三句忽然一转说到醉。从两人对酌到请卿自便，是诗情的一顿宕；在遣“卿且去”之际，末句又婉留后约，相邀改日再饮，又是一顿宕。如此便造成擒纵之致，所以能于写真率的举止谈吐中，将一种深情曲曲表达出来，自然有味。此诗直在全写眼前景口头语，曲在内含的情意和心思，既有信口而出、率然天真的妙处，又不一泻无余，故能神远。

这首诗的语言特点，在口语化的同时不失典雅。“我醉欲眠卿且去”二句明白如话，却是化用一个故实。《宋书·隐逸传》：“（陶）潜不解音声，而畜素琴一张，无弦，每有酒适，辄抚弄以寄其意。贵贱造之者，有酒辄设。潜若先醉，便语客：‘我醉欲眠，卿可去’，其真率如此。”此诗第三句几乎用陶潜的原话，正表现出一种真率脱略的风度。而四句的“抱琴来”，也显然不是着意于声乐的享受，而重在“抚弄以寄其意”、以尽其兴，这从其出典可以会出。

永王东巡歌

李　白

试借君王玉马鞭，指挥戎虏坐琼筵。
南风一扫胡尘静，西入长安到日边。

李白到永王幕府以后，踌躇满志，以为可以一舒抱负，“奋其智能，愿为辅弼”，成为像谢安那样叱咤风云的人物。这首诗就透露出李白的这种心情。

诗人一开始就运用浪漫的想象、象征的手法，塑造了盖世英雄式的自我形象。“试借君王玉马鞭”，豪迈俊逸，可谓出语惊人，比直向永王要求军权，又来得有诗味。这里超凡的豪迈，不仅表现在敢于毛遂自荐、当仁不让的举措上；也不仅表现在“平交诸侯”、“不屈己不干人”的落落风仪上；还表现在“试借”二字上，诗人并不稀罕权力（“玉马鞭”）本身，不过借用一回，冀申铅刀一割之用。

有军权才能指挥战争，原是极普通的道理。一到诗人笔下，就被赋予理想的光辉，一切都化为奇妙。“指挥戎虏坐琼筵”，就指挥战争的从容自信而言，诗意与“为君谈笑静胡沙”略同，但境界更奇。比较起来，连“运筹帷幄之中，决胜于千里之外”都变得平常了。能自如指挥三军已不失为高明统帅，而这里却能高坐琼筵，于觥筹交错之间“指挥戎虏”，赢得一场战争，没有一丝“火药味”，还匪夷所思地用上“琼”“玉”字样，这就把战争浪漫化了。这又正是李白个性的自然流露。

那时不是“三川北虏乱如麻，四海南奔似永嘉”，局面几乎不可收拾么？但有了这样的英才，一切都将变得轻而易举。“南风一扫胡尘静”，几乎转瞬之间，就“使寰区大定，海县清一”（《代寿山答孟少府移文书》）。以南风扫尘来比喻战争，不仅形象化，而且有所取义。盖古人认为南风是滋养万物之风，“南风”句也就含有复兴邦家之意。而永王军当时在南方，用“南风”设譬也贴切。

当完成如此伟大的统一事业之后，又该怎样呢？出将入相？否，那远非李白的志向。诗人一向崇拜的人物是鲁仲连，他的最高理想是功成身退。这一点诗人屡次提到，同期诗作《在水军宴赠幕府诸侍御》的“所冀旄头灭，功成追鲁连”，即是此意。

这里，诗人再一次表达了这一理想，而且以此推及永王。“西入长安到日边”（日是皇帝的象征；而言长安在日边），这不但意味着“谈笑凯歌还”，还隐含功成弗居之意。诗人万没想到，永王广揽人物、招募壮士是别有用心。在他那过于浪漫的心目中，永王也被理想化了。

李白第二次从政活动虽然以悲惨的失败告终，但他燃烧着爱国热情的诗篇却并不因此减色。在唐绝句中，象《永王东巡歌》这样饱含政治热情，把干预现实和追求理想结合起来，运用浪漫主义手法创作的作品不可多得。

【刘方平】 唐河南（今河南洛阳）人。玄宗开元、天宝时在世。一生隐居不仕。与皇甫冉为诗友，萧颖士赏识。

月　夜

刘方平

更深月色半人家，北斗阑干南斗斜。
今夜偏知春气暖，虫声新透绿窗纱。

刘方平乃唐开元、天宝时人，隐居颍阳太谷，高尚不仕。《唐才子传》称他“神意淡泊，善画山水”，“工诗，多悠远之思；陶写性灵，默会风雅。故能脱略世故，超然物外”。

这首诗的题目为《月夜》，容易使人想到秋天的月夜，然而这首的特点，恰恰在于它写的不是秋天的月夜，而是春天的月夜。这就使人想起一个故事，元祐七年正月，苏东坡颖州，堂前梅花大开，月色鲜霁。夫人王氏说：“春月胜如秋月色，秋月色令人凄惨，春月色令人和悦。何如召赵德麟辈来饮此花下？”先生大喜曰：“此真诗家语耳。”

刘方平这首诗的妙处，正在他写出了春天月夜令人和悦的那一面。

“更深月色半人家”，是说夜深时分，一半的庭院笼罩在月色中，另一半呢，当然是阴影了。这种光景，只有月轮西斜的时候才会有的缘故。“北斗阑干南斗斜”，是春天夜空的征象，古人对星空是非常敏感的，十二个月的星空都不一样，北斗、南斗相互辉映，应是正月星空的特征。这两句合在一起，就造成春夜的静穆，意境深邃。

“今夜偏知春气暖”，这一句的妙处在于出人意料，因为月夜给人的感觉总是清凉的，不可能有暖意，作者之所以觉得有几分暖意，是因为他听到了久违的虫声。这表明，有些昆虫已经出土了，这正是气温转暖的结果。“虫声新透绿窗纱”，没有长期乡村生活经验的人，难以道其只字；便是生活在乡村的人，也未必人人都说得出来。今夜虫鸣，究竟是第一回还是第几回，不是有心人，很难注意它。所以诗人的禀赋之一，就是以全身心感受和琢磨生活。

虫声透过“绿窗纱”这个说法，也非常有诗意，换个人，可能会说“虫声是从窗外传来的”，那意味就差远了。“窗纱的绿色，夜晚是看不出的。这绿意来自作者内心的盎然春意。”（刘学锴）这个说法深具会心。绿色，是属于春天的颜色，王安石不是有一句名言“春风又绿江南岸”吗，所以这首诗句句都是关合春意的。

苏东坡也有一句名言，道“春江水暖鸭先知”，这首诗的后二句，其实也就是说，春气转暖虫先知，可以说，刘方平是率先探得骊珠的。

【王湾】 生卒年不详，唐洛阳（今属河南）人，词翰早著。玄宗先天年间进士及第，授荥阳县主簿。后任洛阳尉。

次北固山下

王 湾

客路青山外，行舟绿水前。

潮平两岸失，风正一帆悬。

海日生残夜，江春入旧年。
乡书何处达？归雁洛阳边。

唐代诗人往往以一首诗而名垂千古，张若虚与《春江花月夜》、王翰与《凉州词》、金昌绪与《春怨》，还有王湾与《次北固山下》，皆是如此。今人谈论盛唐气象时最常举到的一首诗，就是王湾的《次北固山下》。

唐代是一个大时代。唐朝疆域“东至安东（朝鲜），西至安西（中亚），南至日南（印度支那），北至单于府（内蒙）。”（《新唐书·地理志》）唐诗就在这样辽阔的土地上生长起来。唐诗中“千秋”“万世”、“白日”“青天”、“八方”“万国”、“大漠”“长河”等词语，出现的频率特别高，从时空上表现出种种阔大的意象和境界。而《次北固山下》的“青山”、“绿水”、“潮平”、“风正”、“海日”、“江春”等等，也属于这一类词语。因此，它们所营造的意境就特别和谐而正大。“潮平两岸失，风正一帆悬”，正能代表唐诗给人的重要感觉。沈德潜评：“‘两岸失’言潮平而不见两岸也，别本作‘两岸阔’，少味。”

翻开任何一本唐诗，读者都会得到一个印象：唐代诗人大多奔走在道路上。高度的物质文明、稳定的社会秩序，为唐代人提供了读万卷书、行万里路的前提。南宋严羽说：“唐人好诗，多是征戍、迁谪、行旅、离别之作，往往能感动激发人意。”（《沧浪诗话·诗评》）唐相国郑綮说：“诗思在灞陵风雪中驴子背上，此处安得有诗。”都表明唐代人习惯在开放的空间作诗，清代画家任伯年《驴背敲诗图》《踏雪寻梅图》，画的就是唐人作诗的意趣。在开放空间中作诗，气象也是开阔的，王湾《次北固山下》就是典型的例子。

诗人穿行于青山绿水之间，有心情宽松、应接不暇、一帆风顺、除旧布新、万象更新等等感觉，这些都是富于盛唐精神的感觉，最后结穴于乡土之爱——“归雁洛阳边”。而乡土之爱正是爱国主义的坚实基础。“海日生残夜，江春入旧年”一联，辛文房评：“诗人以来，罕有此作，张燕公（时相张说）手题于政事堂，每示能文，令为楷式。”（《唐才子传》）所谓“楷式”，用今天的话说，就是主旋律。这一广告，大大提高了这首诗的知名度。这一联铸句也深稳，沈德潜评：“江中日早，客冬立春，本寻常意，一经锤炼，便成奇境。与少陵‘无风云出塞，不夜月临关’，一种笔墨。”（《唐诗别裁集》）

这首诗在唐代有两个不同版本，较早的版本见殷璠《河岳英灵集》，题为《江南意》，有不少异文：“南国多新意，东行伺早天。潮平两岸失，风正数帆悬。海日生残夜，江春入旧年。从来观气象，惟向此中偏。”对照通行的文本，你会发现，虽然大致不差，但通行本更是一个成熟的、无可挑剔的文本，它肯定是一个新文本。旧文本的首联显得散缓，改为“客路青山外，行舟绿水前”，则紧凑清新。“数帆悬”削为“一帆悬”，更是点铁成金。与郑谷改齐己《早梅》“数枝开”为“一枝开”，以见其早，有异曲同工之妙。尾联“从来观气象，惟向此中偏”，在诗中直接出现“气象”一语。通行本不直说气象，气象已存乎其中。

一首好的唐诗，在传播过程中，往往有读者的参与琢磨，如王之涣《凉州词》“黄沙直上”改为“黄河远上”，李白《静夜思》“看月光”“望山月”改为“明月光”“望明月”，等等，最后才成就精品，这事也表明了唐诗的群众性、参与性，和不强调著作权的好处。王湾《次北固山下》也提供了这样的范例。

【崔颢】（？—754）唐汴州（今河南开封）人。玄宗开元进士，官司勋员外郎。有《崔颢诗集》。

长干曲四首（录二）

崔　颢

其一

君家何处住，妾住在横塘。
停船暂借问，或恐是同乡。

其二

家临九江水，来去九江侧。
同是长干人，生小不相识。

这两首诗写一对萍水相逢的男女青年的隔船问答，极富戏剧性。第一首写家住横塘的女子率先和邻船男子搭话，很可能是从那位男子的口中听到了乡音。俗话说：“美不美，家乡水。亲不亲，故乡人。”所以忍不住问他：“君家何处住？”那个男子有没有回答，如何回答，诗人按下不表。接下来就是女子自报家门：“妾住在横塘。”横塘是建康的一处堤塘，故址在今南京市西南，地近长干。这是回答对方的反问，还是她迫不及待要让对方知道，诗人仍按下不表。接下来却是女子的自我表白，她何以要和男子搭话：“停船暂借问，或恐是同乡。”这里“停船”二字表明是水上的偶然邂逅，“或恐是同乡”表明了男子说话的口音与女子相同。难怪王夫之赞美这首诗“墨气所射，四表无穷，无字处皆其意也。”（《姜斋诗话》）

有人说这是写爱情，也不能说他全无道理。起码诗中女子对那男子在第一时间产生了好感。不过，要说爱情，也只能说是处于朦胧状态的爱情，是陌生人之间的爱情，是可能性的爱情。有点类似于假日旅游中，相逢于名山的大学生相互问答——“你是哪个学校的？我是某某学校的”一样。这是年轻人一见相悦的情态，所谓“你不用介绍你，我不用介绍我，年轻的朋友在一起，心里真快乐。”总之，这首诗是超越时代的，王夫之“墨气所射，四表无穷”，更深一层的意思还在这里。

第二首写男子的答话。民歌本有男女对唱的传统，所以《乐府诗集》有“相和歌辞”。“家临九江水”是答复“君家何处住”的问题，委婉地告诉女子，他的老家也在建康（今江苏南京）长干里，他们是同乡。“来去九江侧”是男子说明自己的职业身份，一样生活在船上。虽然彼此都是生活在船上，都在长江中游来来往往，然而处在不同的船上，就像两股道上跑的车，是面对面还觉得遥远的。要不是因为偶尔在一处“停船”，就没有相识的机会。“同是长干人，生小不相识”——作为一个事实，这太简单了；作为一种心情，则不那么简单，至少包含有今日相识的喜悦，和相逢恨晚的感喟。越是对过去感到惋惜，越是对此时此地的邂逅感到欣幸。

《长干曲》是南朝乐府中“杂曲古辞”的旧题，原曲以素朴真率见长，此诗写得干净健康，蕴藉无邪，深得乐府神髓。

【高适】（704？—765）字达夫，唐勃海蓨（河北景）人。少时客居梁宋，玄宗天宝八载（749）有道科及第，曾为封丘县尉，不久辞官。客游河西，入哥舒翰幕。安史之乱中拜左拾遗，累为节度使。晚年出将入相，曾任左散骑常侍，进封勃海县侯，卒赠礼部尚书。有《高常侍集》。

燕歌行

高　适

开元二十六年（738），客有从御史大夫张公出塞而还者，作《燕歌行》以示适，感征戍之事，因而和焉。

汉家烟尘在东北，汉将辞家破残贼。男儿本自重横行，天子非常赐颜色。
摐金伐鼓下榆关，旌旆逶迤碣石间。校尉羽书飞翰海，单于猎火照狼山。
山川萧条极边土，胡骑凭陵杂风雨。战士军前半死生，美人帐下犹歌舞。
大漠穷秋塞草腓，孤城落日斗兵稀。身当恩遇常轻敌，力尽关山未解围。
铁衣远戍辛勤久，玉箸应啼别离后。少妇城南欲断肠，征人蓟北空回首。
边庭飘飖那可度，绝域苍茫更何有？杀气三时作阵云，寒声一夜传刁斗。
相看白刃雪纷纷，死节从来岂顾勋。君不见沙场征战苦，至今犹忆李将军。

这是一首以暴露问题为主的边塞诗。原序中“张公”指张守珪，当时以辅国大将军兼御史大夫，主持北边对契丹、奚族的军事。诗中所写，却综合了诗人在蓟门的见闻，不限于一人一事，是对当时整个边塞战争的更高的艺术概括，既有现实针对性，又有典型性。

全诗四句一解。“汉家烟尘”四句，写唐军将士慷慨辞阙奔赴东北边防的情况。当时营州（辽宁朝阳县）以北是契丹和奚族，两蕃在开元三年（715）内附于唐，玄宗复置松漠、饶乐两都督府，认其酋长为都督，先后以五公主和亲于两蕃，而契丹内部实力人物可突干擅行废立，多次弑其酋长。唐虽一再迁就，但可突干于开元十八年（730）又杀其主李邵固，并胁迫奚族叛唐降突厥，并为边患，此后唐与二蕃的战争连年不断。故诗云“汉家烟尘在东北”。开元二十二年(734)六月，张守珪大破契丹，斩其王屈利及可突干，然余党犹未平，不久又叛唐，‘残贼”指此。首二句以“汉家”、“汉将”开篇，是谓同纽，造成一种连贯的气势，突出的是一种同仇敌忾的民族意识。继二句以“本自”、“非常”呼应递进，言“男儿生世间，及壮当封侯”，本来就该驰骋沙场，何况天子十分赏脸，奖励有加，所以士气之高可以想见。

“摐金伐鼓”四句，写唐军赴边途中的情况。古时军中以金、鼓为乐节止进退，所谓“击鼓进军”、“鸣金收兵”，故诗云“摐金伐鼓”；因为是从朝廷到边地，故云“下榆关（即山海关）”；“旌旆逶迤”则形象生动地写出了出征队伍的阵容浩大，也写出了行军道路的崎岖。这二句勾勒出一幅壮观的行军图，下二句则通过快马羽书，写出军情紧急。古代少数民族打仗前行较猎以为演习，“狼山”（狼居胥山，属阴山山脉，在今内蒙）此泛指边塞的山，“猎火照狼山”则暗示敌人又发起进攻。诗的音情由雄壮转为急促。

“山川萧条”四句，写沙场的苦战和军中的苦乐不均。边地连年交战，耕地减少的同时，沙扬扩大；敌方是强悍的骑兵，其来势如狂风骤雨；面对如此强敌，战争的惨烈可想而知，“战士军前半死生”啊。写到这里，笔锋一宕，出现了军中帐内将军沉湎女乐的情景，这里是一片轻歌曼舞，哪里感觉得到半点硝烟的气氛。这样的将军，又怎能指望他身先士卒？这样的军队，又怎样去战胜敌人？一面是壮烈的牺牲，一面是赤裸裸的荒淫。尽管士卒已竭其全力，但指挥不得其人，战斗的结果不容乐观。

“大漠穷秋”四句，写战斗的失利和士卒的悲哀。时正秋末，“匈奴草黄马正肥”，敌人得天时之利，唐军则上下离心，经过一场恶战，到傍晚时分，只剩少数士卒稀稀落落生返孤城。诗中孤城、落日、衰草构成惨淡悲凉的气氛，渲染出战局失利的悲哀。战士们怀着保家卫国的忠勇，从来作战奋不顾身（“身当恩遇常轻敌”句回应前文“男儿本自重横行，天子非常赐颜色”），然而“力尽关山未解围”——边患依然未能解除，这原因不能不令人深思。尽管诗人未能直说“左贤未遁旌竿折，过在将军不在兵”，但意思是很清楚的了。从此以后，战争就要旷日持久地进行下去，带给人民沉重的负担和痛苦。

“铁衣远戍”四句，写战士久戍不归，与思妇两地相思之苦。长安城南是居民区（城北为宫室所在），城南蓟北，远隔天涯，两地相思，一例承受着战争的痛苦。四句用回文反复的方式，一句征夫（“铁衣”），一句少妇（“玉箸”），再一句少妇，一句征夫。先用借代藻饰，再出本辞，隐显往复之间，道出无限缠绵悱恻之思。

“边庭飘飖”四句，写军中生活的紧张和苦寒。边地极目，一片荒凉，“那可度”就地域言是辽阔，承上文言则是曰归无期；“无所有”是指没有庄稼，没有牛羊，也就是没有和平。战争僵持，两军对垒，随时都可能发生战斗。早午晚三时，前线都是战云密布，杀气不消；深夜刁斗传出的寒声，则暗示着战士连睡觉也绷紧神经，睁着一只眼睛。此即《木兰诗》所谓“朔气传金柝，寒光照铁衣”，李白所谓“晓战随金鼓，宵眠抱玉鞍”，岑参所谓“将军金甲夜不脱”、“风头如刀面如割”，陈毅所谓“风击悬冰碎万瓶，野营人对雪光横；遥闻敌垒吹寒角，持枪倚枕到天明。”“相看白刃”四句，是点明全诗的题旨，以引起人们的深思。前两句再次照应“男儿本自重横行”及“身当恩遇常轻敌”，重申战士卫国的忠勇——尽管有室家之私，他们出以国家民族之大义，出生入死，奋勇拼搏，白刀子进、红刀子出，身家性命尚且不顾，还看重什么个人名位！一篇之中，凡三致意，“岂顾勋”三字则进了一层。然后有力地跌出唯一的不满，唯一的无法容忍，那就是对将帅的不体恤士兵、无安边之良策造成无谓的牺牲，因此，这些连死都不怕的汉子才大声叫出了“征战苦”，并渴望古之良将复生于今日。

诗中“李将军”，指战国赵之良将李牧，或汉之飞将军李广。高适在诗中不止一次赞美过李牧，如“李牧制儋兰，遗风岂寂寞”（《睢阳酬别畅大判官》），“惟昔李将军，按节出此都；总戎扫大漠，一战擒单于”（《塞上》），据《史记》本传，牧守赵北边时，厚遇战士，养精蓄锐数岁，然后出击，大破匈奴十余万骑，其后十余岁，匈奴不敢近赵之边城。李白诗云：“不见征戍儿，岂知关山苦。李牧今不在，边人饲豺虎”，即与此诗结句同意。又，《史记·李广传》载，广廉洁，得赏赐辄分其麾下，饮食与战士共之，天乏绝处见水，士卒不尽饮，广不近水；士卒不尽食，广未尝食；宽缓不苛，故士卒乐为之用。广居右北平，匈奴闻之，号曰“汉之飞将军”，或避之数岁不敢入右北平。其事迹与李牧相近，王昌龄诗云：“但使龙城飞将在，不教胡马度阴山”，与此诗结句亦相似。所以两说均可通。

《燕歌行》是盛唐边塞诗的力作之一。全诗展示的思想内容而生活内容，无论就深度还是广度而言，在边塞诗中均首屈一指。诗中不仅写了行军和战斗的过程和场面，而且是全方位、多角度展开描写，诗中涉及表现人物有天子、将军、士兵、思妇和敌人，而又能集中到一点，即揭露军中矛盾、表现士兵对将帅不得其人的愤慨及人民对和平生活的向往。所以尽管面铺得很广，主题思想却很集中、很突出。

与内容的丰富性相应，诗在写法上双管齐下，主次分明，形象丰满，气势开阔。全诗以刻画边防战士的集体形象为主，按其辞阙、赴边、激战、乡思、警戒和怅怨为主要线索展开描写，交织以天子送行，胡骑猖獗、将帅腐朽、少妇愁思等内容，有纵向发展，有横向延伸。就空间而言，涉及长安、榆关、碣石、瀚海、狼山、蓟北等，使诗篇具有尺幅千里、坐役万景的气势感。直抒胸臆的同时，使用了景物描写烘托气氛，有助于抒情。

诗中写激战的同时，多次展现边庭荒凉的景象，如"山川萧条极边土"、"大漠穷秋塞草腓，孤城落日斗兵稀"、"边庭飘飖那可度，绝域苍茫无所有；杀气三时作阵云，寒声一夜传刁斗"，通过对沙场荒凉的渲染，增加了悲壮惨苦的抒情气氛。词浅意深，铺排中即为讽刺（王夫之语）。诗中并没有多少直接批判的语言，而更多地运用形象来说话，如"战士军前半死生，美人帐下犹歌舞"二句，其效果有如电影的蒙太奇语言，通过前线和帅府两个画面的组接，批判的力度胜过千言万语。又如"身当恩遇常轻敌，力尽关山未解围"，用吁叹的语调传达出许多言外之意，令人不禁要问个为什么。"君不见沙场征战苦，至今犹忆李将军"，只言对古之良将的怀念，而对今日将帅之不得其人，尤其是一种辛辣的讽刺。

诗虽为七言古体，却适当吸收了近体的骈偶和调声，如"校尉羽书飞瀚海，单于猎火照狼山"、"战士军前半死生，美人帐下犹歌舞"、"铁衣远戍辛勤久，玉箸应啼别离后；少妇城南欲断肠，征人蓟北空回首"、"杀气三时作阵云，寒声一夜传刁斗"等等，都相当工整；同时也继承了四杰体四句转韵，平仄互换的调式；除偶尔点染（用"铁衣"、"玉箸"代征夫、少妇以避复），洗空藻绘，故全诗既音调流亮，又浑厚老成，纯乎唐音矣。

《燕歌行》原为乐府古题，取材于征夫思妇的离愁别恨，从曹丕首倡以来，陆机、谢灵运、庾信等的有拟作，然一般不出这一范围，唯庾信加入了个人身世之感，算是有一些创新。高适此诗虽然在写征夫思妇两地相思这一点上与古辞有联系，但写作的重心已转移到边塞问题上来，大大增加了社会意义，可谓推陈出新。

封丘作

高 适

我本渔樵孟诸野，一生自是悠悠者。乍可狂歌草泽中，宁堪作吏风尘下！
只言小邑无所为，公门百事皆有期。拜迎官长心欲碎，鞭挞黎庶令人悲。
归来向家问妻子，举家尽笑今如此。生事应须南亩田，世情付与东流水。
梦想旧山安在哉？为衔君命且迟回。乃知梅福徒为尔，转忆陶潜归去来。

这是一首倦宦思归之作。天宝八载(749)中有道科初任封丘尉(《郡斋读书志》)，县尉是在县令之下，主管治安稽查、捕捉盗贼的副职。诗一题《封丘县》。

诗四句一解，全用赋法，皆胸臆语，直抒愤懑。一起好像京剧唱词“我本是卧龙岗种田的人”，然而这话所包含的事实和心情也复杂：高适和诸葛亮一样种过田，但出处心情并不一样，他并非“苟全性命于乱世，不求闻达于诸侯”的人，而是用世之心十分迫切，只是走投无路——本是被迫“渔樵（于）孟诸（古大泽遗址在今河南商丘境）野”，哪能“一生自是悠悠者”！下两句的“乍可”、“宁堪”二字泄露天机，是可以体会到他“渔樵孟诸”、“狂歌草泽”之不得已——两句之意即：像这样子风尘作吏，还不如先前的种田呢。他不愿风尘作吏，然而却又接受下来，可见他也不愿久处草泽，加之又心存侥幸（“只言小邑无所为”，可以坐食其禄，不干白不干），心情是复杂的。“乍可”“宁堪”云云，只是牢骚满腹的话。

高适到底不是个平庸的人，接下去就写了作吏的三不堪：“公门百事皆有期”，一不堪也；“拜迎官长心欲碎”，二不堪也；“鞭挞黎庶令人悲”，三不堪也。吏，实际上是统治阶级官僚机器中实施统治的工具，没有个人意志可言，所谓“百事皆有期”，你就必须照章办事，如期完事，包括奉迎官长和诛求百姓。正是在这个意义上，有良心的人要么当大官，为民做主；要么不当官，保个一身清白；吏这个差使，哪里是善良人干得的？“拜迎官长”二句，反映了封建统治之基层——县衙的黑暗、污浊、冷酷和残忍，超出个人牢骚，把揭露讽刺的矛头指向更为广阔的领域，从而成为此诗的名句和灵魂。也可以说，所有的选家，都是冲这两句而选录这首诗的。

“归来向家问妻子”四句，写诗人聚室而谋，就上述问题展开家庭讨论，举家看法一致，“举家尽笑今如此”的“笑”，不是嬉笑，不是冷笑，而是哭笑不得的笑；“今如此”三字，有意无意用了《孟子》“良人者，所仰望而终身也，今若此”，诗人耻之，乃至淡了做官的心（“世情付与东流水”），而家人亦耻之，但大家又拿不出一好主意，因为有一个现实问题明摆摆就在眼前：‘生事应须南亩田”呀！

诗人还有一首七绝《初至封丘作》：“可怜薄暮宦游子，独卧天涯思无已。去家百里不得归，到官数日秋风起”，刘开扬注末句“孟秋之月凉风至，即秋风起也”，最多只解对一半，其实这里主要用《世说新语·识鉴》“张季鹰辟齐王东曹掾，在洛，见秋风起，因思吴中（略），遂命驾便归”，言到官数日即思归也。所以此诗末二句说自己从来没有像今天这样深切理解同情于梅福（西汉末年南昌尉）、陶潜以及张翰这些古人放着官儿不做，偏要归去来兮。不过应该指出，高适并没有就走，他毕竟不是陶潜，不是张翰，他是个干事的人，所以在封丘县尉任上干了三年左右，《使青夷军入居庸》等诗记录了他干的一些实事。因此，千万不要忽略“梦想旧山安在哉，为衔君命且迟回”这两句话所含的实质性内容，那不是一般的贪恋吏禄，而是一种从政的“宿命”使他还想干一干，站一站，再看一看——这里正表现出高适的特点。

使青夷军入居庸

高　适

匹马行将久，征途去转难。
不知边地苦，只讶客衣单。
溪冷泉声苦，山空木叶干。
莫言关塞极，云雪尚漫漫。

天宝九载（750）秋，高适以河南封丘县尉的身份送兵往青夷军（唐朝驻军名称，驻在妫州城内，即今河北怀来县，由范阳节度使统领）。《使青夷军入居庸》三首是在冬天返回途中，进入河北昌平县居庸关时所作，或说是“奉命送兵前往”，末句“意谓向北雪更多”，乃是误会，忽略了题面“入（居庸）”及诗中“匹马”、“去转”等字面。

诗写行役途中况味，前四句主情，说自己单人匹马行走已久，在漫长的征途中去时艰难，回来也艰难——去时人多，是共度艰难；回来只身，是独当艰难。去时是秋天，回来是冬天，一路最强烈的感觉就是衣服单薄难受，这才知道边地到底是边地。句中无严寒字样，而寒意满纸，直起末句之“云雪”。

后四句主景，居庸关坐落在险峻的峡谷之中，两边峰峦耸峙，一道溪水从关侧流过，因为天寒冰冻、水流不畅，泉水幽咽，感觉自然凄苦；山中木叶干枯，脱落殆尽，更显得天宇空旷——也就是黄庭坚诗句“落木千山天远大”的意境。而一个“干”字，找准了冬季的感觉。居庸关在昌平县西北，是长城要口之一，与紫荆、倒马合称“内三关”。从塞北过了居庸关，山势渐缓，就进入华北平原，气温相对升高，但毕竟是冬天，所以说“莫言关塞极，云雪尚漫漫”。虽然前后有主情主景的差异，但情景是交融着的。全诗系“由行役而写到边塞，复由边塞转入行役，意绪环生，如见当日匹马过关之状”（王文濡），这是此诗的又一佳处之所在。

营州歌

高　适

营州少年厌原野，皮裘蒙茸猎城下。
虏酒千钟不醉人，胡儿十岁能骑马。

唐代营州（辽宁朝阳）地处东北边塞，原野开阔，水草丰茂，各族杂处，以游牧业为主，风习尚武。这诗便是当地风土人情的一篇速写。

诗中主人公是前两句突出的营州少年，是胡儿还是汉儿，诗人未挑明，然而从诗句所表现的惊异口吻体味，当是汉儿无疑。生活在营州的汉族少年，就装束、爱好而言，和当地胡儿无大区别，他们是那样喜爱（“厌”，满足）原野，穿的是东北人特有的裘皮袍子，在营州城外的原野上打猎呢。这和内地少年形象和风貌都大不一样。所以诗人看得入迷。

后二句则是拓开笔墨，写出营州当地人的生活习惯，也是营州少年所处的一个地理文化背景。这里的男人都有两种本领，一是喝酒，二是骑马。怎么会“虏酒（当地胡人酿的酒）千钟不醉人”呢？这话有两层意思，一是所谓“好酒越吃越不醉”，可见当地人之能喝；二是“好酒过后醉”，可见当地酒之勾人。而骑马对以牧业为主的营州人来说，是一种不可缺少的生活本领，从小就学，从小就会。好比成都小儿能骑自行车的很多，从山区来的农民看了就吃惊。“胡儿十岁能骑马”有什么稀罕，但对于南方来的诗人，却感到不得了。

别董大

高　适

千里黄云白日曛，北风吹雁雪纷纷。
莫愁前路无知己，天下谁人不识君。

同一题下原为两首，另一首是“六翮飘摇私自怜，一离京洛十余年；丈夫贫贱应未足，今日相逢无酒钱。”从两诗光景、情事推测，以作于北游燕、赵时可能性较大。则此董大应是高适二十岁初上长安、洛阳时交的朋友了。一说，当时著名琴师董庭兰行大，即此诗受赠者。然而敦煌写本诗题作《别董令望》，可知董大名令望，是否与庭兰为同一人，还是一个问题。

这首诗首先展示了一个风雪迷茫的送别场景，这是古代送别诗很典型的一种情景，汉诗就有“步出城东门，遥望江南路。前日风雪中，故人从此去。”送人之情本来迷茫，再加上日暮黄昏，风雪迷茫，雁阵惊寒，遂唤起日暮天寒、游子何之、仰天长啸、徒呼奈何的感觉。“吹雁”二字极妙，它给人的感觉绝不是“长风万里送秋雁”的顺风，而是逆风。雁行艰难，暗示着游子的艰难。

前两句用力烘托气氛，不如此无以见下文转折之妙。在写足恶劣气候环境后，后二句不更作气短语、感伤语、劝留语，反用充满信心的口吻鼓励友人踏上征途，从可愁之景反跌出“莫愁”二字，豪情满怀，溢于言表：“莫愁前路无知己，天下谁人不识君”。有人说，因为董庭兰是著名琴师身份，粉丝很多，所以天下无人不识。这样解诗是很煞风景的。即使是赠给董庭兰的，至多也只是表面的语义。更深的意蕴，则是“人生何处不相逢”的意思，是乐观和自信，它能为志士增色，为游子拭泪，使后世落拓不遇之士从中受到鼓舞和启迪。

纵然腰无分文，依然心怀天下；尽管怀才不遇，却又不甘沉沦，这种自信乐观是作者积极入世态度的表现，也是盛唐时代的产物。严羽说：“唐人好诗，多是征戍、迁谪、行旅、离别之作，往往能感动激发人意”(《沧浪诗话·诗评》),《别董大》就是这样的杰作。

塞上听吹笛

高　适

雪净胡天牧马还，月明羌笛戍楼间。
借问梅花何处落，风吹一夜满关山。

汪中《述学・内篇》说诗文里数目字有“实数”和“虚数”之分，今世学者进而谈到诗中颜色字亦有“实色”与“虚色”之分。我说诗中写景亦有“虚景”与“实景”之分，如高适这首诗就表现得十分突出。

前两句写的是实景：胡天北地，冰雪消融，是牧马的时节了。傍晚战士赶着马群归来，天空洒下明月的清辉……开篇就造成一种边塞诗中不多见的和平宁谧的气氛，这与“雪净”、“牧马”等字面大有关系。贾谊《过秦论》云：“蒙恬北筑长城而守藩篱，却匈奴七百余里，胡人不敢南下而牧马。”“牧马还”则意味着边烽暂息，“雪净”也有了几分和平的象征意味。

此诗之妙尤在后二句。而它所写的对象，既不是梅花，也不是雪，而是笛声。这里拆用了笛曲《落梅风》三字，却构成了一种幻觉或虚景。在生活中，实际的情况是在清夜里，不知那座戍楼吹起了羌笛，那是熟悉的《落梅风》曲调。但由于笛曲三字的拆用，又嵌入“何处”，及“一夜满关山”等字面，便构成一种虚景，仿佛风吹的不是笛声而是落梅的花片，它们四处飘散，一夜之中和色和香洒满关山，在这雪净之时，又酿成一天的香雪。

这也可以说是赋音乐以形象，但由于是曲名拆用而形成的假象，又以设问出之，故虚之又虚，幻之又幻。而这虚景又恰与雪净、月明等实景协调，虚虚实实，构成朦胧的意境，画图难足。李益《夜上西城》：“此时秋月满关山，何处关山无此曲。”可为本篇末二作注脚，手法有曲直的不同，可资比较。从修辞上看，这是运用通感，即由听曲而“心想形状”。战士由听曲而想到梅花，想到梅花之落，暗含思乡的情绪。情绪虽浓却并不低沉，其基调已由首句确定。诗人时在哥舒翰幕府，《登陇诗》云：“浅才登一命，孤剑通万里。岂不思故乡，从来感知己”，由于怀着盛唐人通常具有的豪情，故能感而不伤。

李白在《春夜洛城闻笛》中写道：“谁家玉笛暗飞声，散入春风满洛城”，是直说风传笛曲，一夜之间声满洛城。在《与史郎中钦听黄鹤楼上吹笛》中又写道：“黄鹤楼中吹玉笛，江城五月落梅花”，则是拆用《落梅风》曲名，手法和情景都与高适此诗相近。

【储光羲】（707？—762？）郡望兖州（今属山东）润州延陵（今江苏丹阳）人。玄宗开元进士，官监察御史。因安史之乱中陷贼中受职被贬，死于岭南。有《储光羲诗集》。

江南曲

储光羲

日暮长江里，相邀归渡头。
落花如有意，来去逐船流。

《江南曲》为乐府旧题。郭茂倩《乐府诗集》把它和《采莲曲》《采菱曲》等编入《清商曲辞》。古辞内容大抵为江南水乡男女风情。

《诗经》中有一些写前礼教时期的男女自由恋爱的诗篇，如“送子涉淇，至于顿丘”、“期我乎桑中，邀我乎上宫，送我乎淇之上矣”、“维士与女，伊其相谑，赠之以芍药”等等，至汉以后，这种自由恋爱的风气似乎扫地已尽了，而在六朝至唐的江南水乡歌曲中，不料桑间濮上之音，又复睹于兹，而且因为小船和流水的缘故，还变得更加自由、开放和浪漫了。

这首诗的主题词是“相邀”，相邀的主语，例行地被省略了。被省略的主语，应是水乡的游伴，一般情况下，应是一男一女。若要说是女伴相邀，应该说更加自然，然而从后二句暗示的恋情来看，还是以一男一女为妥，因为唐诗好像没有写同性恋的习惯。相邀的时间，是定在“日暮”，因为在日暮之前，是劳动的时间，那是不能耽误的，所以没有机会。日暮收工的时分，这样的机会就有了，于是“相邀归渡头”。渡头是靠船的地方，既然是相邀，很可能两条船儿就停靠在了一起。这种渔船，或采莲船，是很窄很小的那种，一船一般只能乘坐一人或者两人，必须留够盛放收获物的空间。停船的时候，两个人互助合作，这一点是毫无问题的。

问题是停船之后，他们干什么，诗中没有说。这可以说是诗人的狡狯之处，也可以说是绝句体实司之。后二句只说“落花如有意，来去逐船流。”这是一个有意味的情境，有点类似电影镜头，当船系好的关键时候，镜头却切换到水面去了，读者看到的是落花在船边的回水中相互追逐，不愿离去。“如有意”，当然是拟人的手法。至于两个人上哪儿去了，干什么去了，全凭读者想像。这种写法，别人也有，如王维《少年行》写到“相逢意气为君饮”，下一句却留下一个“系马高楼垂柳边”的无人的镜头，读者却可以想像侠少们在高楼酣饮高歌的情境。这首诗也是这样的，后二句留下的虽然是一个无人的镜头，读者却感觉得到，这两个人并没有立即分手回家，他们可能还在船上，也可能挪了窝，另找了一个比较僻静的去处。

这首诗的另一个文本，末句为“来去逐轻舟”，此取“来去逐船流”完全是从音韵上加以考量。因为平声有清浊之分，即有阴平、阳平之分，“头”、“流”同属阳平，在音韵上更其和谐，而“轻舟”二字皆属阴平，与“头”字押韵，稍觉异样，因为这首五绝只有两个韵脚，还是清浊相同为好。

【张谓】（？—778？）字正言，唐河内（河南沁阳）人。玄宗天宝二载（743）进士及第。约十三、四载入安西节度副使封常清幕。肃宗乾元元年（758）为尚书郎。代宗永泰初，在淮南田神功幕中任军职。代宗大历二、三年任潭州刺史，后入朝为太子左庶子。六年（771）冬任礼部侍郎，典贡举。

代北州老翁答

张　谓

负薪老翁住北州，北望乡关生客愁。自言老翁有三子，两人已向黄沙死。
如今小儿新长成，明年闻道又征兵。定知此别必零落，不及相随同死生。
尽将田宅借邻伍，且复伶俜去乡土。在生本求多子孙，及有谁知更辛苦！
近传天子尊武臣，强兵直欲静胡尘。安边自合有长策，何必流离中国人！

天宝年间，由于统治者贪求边功，实行开边政策，进行了长时期的黩武战争。在蓟北、河陇、云南都投入了大量兵员，造成部分内郡凋敝，民不聊生的状况。张谓“二十四受辟，从戎营朔，十载亭障间，稍立功勋。以将军得罪，流滞蓟门”(《唐才子传》)，对黩武战争给人民带来的痛苦，有着真切的了解。《代北州老翁答》作于天宝十二载前（《河岳英灵集》已提到此诗），是最早揭示这一严重社会问题的诗作之一，可与杜甫《兵车行》并读。诗写作者路遇一位负薪的老人，因为关切而引起彼此交谈，从交谈中得知：老翁原是北方人，为了保全身边唯一的儿子的性命，躲避要命的兵役，才流离他乡下力为生的。这个普通人的遭遇，引起诗人莫大的哀矜同情，遂发为歌诗，代其鼓呼，希冀引起当局的重视。

诗的前十二句毕叙老翁悲惨遭遇。共分三层。一层说老翁是北地人氏(唐无"北州"此当泛指)，"北望乡关生客愁"一句表明其人流落异乡，不在乡土。"客愁"云云表明是有家难回。又说老翁有三个儿子，其中两个都是当兵阵亡的。这是"客愁"之外的又一重悲痛。第二层叙老翁第三子刚刚成人，又面临当兵的威胁。"明年闻道又征兵"句的"明年"、"又"等方面，表明当时征兵何等频繁，几乎成为一种灾难。虽说只是耳闻，老翁已经深信不疑，从而打定逃亡的主意："定知此别必零落，不及相随同死生。"守在乡土，骨肉分离，是死；逃往他方，流离失所，大不了也是死。与其分离而死，不如死在一处。客观平淡的叙述中，有足悲者。第三层叙流离他乡的辛苦。本来薄有田宅，因为要逃亡，只好贱让给同乡四邻。人们不是说"多子多福"吗，这个养了三个儿子的老人，福在何处呢？"在生本求多子孙，及有谁知更辛苦！"这是十分忠厚怛恻而令人鼻酸的话，它的潜台词简直就是"信知生男恶，反是生女好！生女犹得嫁比邻，生男埋没随百草。"（杜甫）老人似乎还说不出这样愤切的话，他太老实巴交了。通过以上叙写，诗中老翁的形象已呼之欲出。这个在异乡采樵卖力的老人，他辛苦劳累，忠厚驯良，已到了垂暮之境，却只能北望乡关，忍泪吞声。此谁之罪欤！

最后四句写老翁对当局所抱的唯一的幻想和希望，又像是诗人宽慰老翁的话。"近传天子尊武臣，强兵直欲静胡尘。"似乎战争就要结束了。然而真是这样吗？这两句值得读者认真思索一下：难道战争不断，仅仅是因为武臣未尊，边兵不强，"匈奴"未灭的缘故吗？难道结束边塞战争就只能靠征服吗？也许确实有将帅无能，致使胡马南牧的情况。然而，更主要的原因，不是杜甫一针见血指出的："边庭流血成海水，我皇开边意未已"吗？诗人这里是正言，还是正言欲反？是宣布着希望，还是暗示着失望？大可玩味。"武臣"呀"武臣"，还是"止戈为武"才好。无怪乎诗人最后大声疾呼："安边自合有长策，何必流离中国人！"这是朴质的呐喊，是为民请命的正义的呼声。这声音虽然不能唤醒沉醉的玄宗，却赢得后人肃然起敬。

湖中对酒作

张　谓

夜坐不厌湖上月，昼行不厌湖上山。
眼前一樽又长满，心中万事如等闲。
主人有黍百余石，浊醪数斗应不惜。

即今相对不尽欢，别后相思复何益。
茱萸湾头归路赊，愿君且宿黄翁家。
风光若此人不醉，参差孤负东园花。

题为“湖中对酒”，意亦不出流连杯酒光景以外，然而读者却能从中感受到盛唐人豪迈的胸襟，乐观通达的生活态度。

诗从湖上风光写起。从全诗看，这显然是一个春天，湖上风光到了最美的时节。白昼里无论是水光潋滟还是山色空蒙，都很宜人。而在月夜，则有素月分辉，明河共影，浮光耀金，表里澄澈。诗人抓住昼、夜不同的山光水色，一开始就写出“总也看不够”的意思“夜坐不厌湖上月，昼行不厌湖上山”，句中运用重复，写出了纵使夜以继日地游览，仍觉相看不厌的旅游情趣。“人间万事细如毛”，平日里不免有很多机虑事务，弄得人烦心死了。而面对湖光山色，这烦恼早消去一半。另一半“何以解忧”？则“唯有杜康”。一杯下肚，百虑皆空：“眼前一樽又长满，心中万事如等闲。”“又长满”，是十分惬意的语气。如逢故人，大得超脱。

紧接着写湖上豪饮和主人的好客。“主人有黍百余石（一百二十斤为一石），浊醪数斗应不惜”，主人是富有的，同时又非常谦和慷慨。诗中似是他的语气。既称“有黍百余石”，口气不小；却又道“浊醪数斗”，婉转谦恭。面对这样的东道主，客人还拘谨什么呢，赶紧举杯吧。“即今相对不尽欢，别后相思复何益”两句就像是席间主人劝酒的话，说得那样的恳切、实际、而又动人。它没有李白“人生得意须尽欢，莫使金樽空对月”一般的狂放，比较近于王维“劝君更尽一杯酒，西出阳关无故人”那样的深情，但更为平易，更能表现盛唐时代一般人的现实而乐观的人生态度，不失为名言。

最后写饮酒尽兴，当夜止宿于湖上。当酒过数巡，客人关心天色的早晚时，多情的主人又殷勤相劝，以“茱萸湾头归路赊”为由，劝其当夜投宿湖畔人家。“黄翁家”如何，不得其详。想必是园宅宽舒，风光宜人，同样好客的所在。于是客人一百个放心，对着主人开怀畅饮，一醉方休。“即今相对不尽欢，别后相思复何益”，说的是不要辜负相聚共处的时光，此处又言不要辜负大好春光：“风光若此人不醉，参差孤负东园花。”全诗挽结于湖上景色，首尾呼应，缴清题面。

这首湖上饮酒诗，并没有李白诗那样的复杂沉重的人生感喟，也不大重视景物的细致描绘。它通过直抒胸臆的方式，表现出和平时代谐调的人际交往和生活乐趣，虽然放歌纵酒，却一点儿也不颓废，倒使人感觉精神充实。诗人运用的是近乎口语和散文化的语言，其间不经意地杂用了重复排比的句式，其风格是与内容相适应的疏朗自如，潇洒可人。它已尽洗了初唐七古的华丽辞藻，当得起“清水出芙蓉，天然去雕饰”的称誉，体现着一种崭新的美学趣味。

【刘长卿】（709？—790？）字文房，唐河间（今属河北）人，一说宣州（今属安徽）人，早岁居洛阳。玄宗开元间即应进士举，至天宝末始进士及第，释褐长洲尉。肃宗至德三载（758）摄海盐令，同年贬南巴。代宗永泰元年（765）前后入京。代宗大历初以检校祠部员外郎出为转运使判官，后擢鄂兵转运留后，贬睦州司马。德宗建中初迁随州刺史。晚入淮南节度使幕。有《刘随州文集》。

逢雪宿芙蓉山主人

刘长卿

日暮苍山远，天寒白屋贫。
柴门闻犬吠，风雪夜归人。

这首诗写一次旅途投宿的深刻感受。一户深山老林中的人家，会带给漂泊在外的人一个家的感觉，一个多么亲切温馨的感觉。投宿者情不自禁地加入了芙蓉山中的这一片生活，一点也不陌生。他呼吸着茅屋中烟味很浓的空气，感受着山人的心情——尤其是深夜亲人从风雪中归来、家人心中石头落地的愉快心情。

“日暮苍山远，天寒白屋贫。”写芙蓉山山行所见。能让人联想到杜牧笔下的“远上寒山石径斜，白云生处有人家。”而生出几多神往。“苍山”、“白屋”是主要意象，是选择性的写景。这两句好比一幅写意的彩墨画，青苍的远山上，点缀着茅屋。“白屋”指简陋的房屋，故着一“贫”字。然而从审美的角度看，点染山水的房子，还不能要高楼大厦，就是要几间东歪西倒屋，才有味道，以其渐近自然。“日暮”、“天寒”是写时间、天气，旅行者看到天气已晚，寒气逼将上来，路还“远”着，风景虽好，心里不免有点着急。

“柴门闻犬吠，风雪夜归人。”写投宿山村的情景。有意思的是，作者并不说自己是怎样投宿的，山里人是怎样接待客人的。却写他投宿山家后，夜里看到的一个情景：“风雪夜归人”。准确讲，这“风雪夜归人”的情景，也不全是看来的；而是从狗叫声，和狗叫后的人语嘈杂声中听出来的。狗叫是山村之夜的细节特征，诗人抓住了山村之夜的细节特征，所以给人印象深刻。

山中人在风雪之夜久久未归，弄得家人好等，显然是为生计而奔波。所以这首小诗还含蓄地，或间接地表现了山中人贫寒劳碌的生活境遇。而那个夜归人，进屋之后，拍拍满身的雪花，形容可能沧桑，然而他的心里一定是热乎乎的吧。这一切，诗中皆不明说。然而令人浮想联翩，生出许多的感受。这就是所谓神韵。

送灵澈上人

刘长卿

苍苍竹林寺，杳杳钟声晚。
荷笠带斜阳，青山独归远。

“上人”就是和尚，是对和尚的尊称。灵澈，俗姓汤，会稽（今浙江绍兴）人。自幼出家。少从严维学诗，后至吴兴，与诗僧皎然游，也和一些官员多有交往，刘长卿即其一焉。

作者选取在傍晚时分目送灵澈回归山寺的情景，进行精心的点染，以寄寓自己对友人的一片深情。先是写景：遥望竹林寺（在丹徒县，即今江苏镇江东南），只见一片暮色苍苍；从寺里传来钟声，是那样的深远和悠扬。这里，“晚”字用得很巧，不仅点明了送人的具体时间，正是山寺的晚钟响了，僧人应该回山的时候了。而且，还用“晚”字来修饰那“杳杳钟声”，仿佛那远远传来的钟声也带上了时间的概念，读者从“晚”字中似乎感到了那缓慢的、在山中轻轻回荡、渐远渐细的袅袅余音。这种通感修辞手法的运用，使诗歌意境显得更加丰富和生动。——这就是灵澈上人要回去的地方，“爱屋及乌”，还没有写人，先就写到了人的归宿之处，显得一往情深，诗人对灵澈的深厚友情自然包含其中。这是景中有情。

后两句就直接写人，先是描写灵澈的形象：他头戴着斗笠，站立在斜阳之中，那夕阳的余晖映照在他身上，微透出红色。这是一个很美丽的剪影，就像一尊菩萨的静穆的雕像一样，让人肃然起敬。也许他此时正在合掌向诗人致谢告别，静穆中又显得情意深长，耐人寻味。然后是灵澈转身一步步地向着青山中的竹林寺默默地走去，渐行渐远，诗人目送着他，依依不舍，直到身影消失在苍苍的暮霭中，还久久地不忍离去。这是情中有景。全诗情景交融，浑然一体，情意质朴深挚，境界闲远幽深，表现出朴素自然，清秀雅致的诗风——真是“清辞妙句，令人一唱三叹。”

这是一首超好的诗。诗人以二十个闲淡的字面，写出了一个深邃的意境。诗人提炼了几个意象（元素、符号）：一座寺庙、画外的钟声、一道青山、西下的夕阳和一个踽踽独行的僧人。钟声代表一种召唤，僧人渐行渐远代表着一种皈依、归宿。“荷笠带夕阳”，与陶渊明“荷锄带月归”在用字上有异曲同工之妙。——归宿的感觉真好。《逢雪宿芙蓉山主人》也写归宿，但那是出门人对家的归宿，是人生的况味。这是出家人灵魂的归宿，是超越人生的况味，所以深邃。

听弹琴

刘长卿

泠泠七弦上，静听松风寒。
古调虽自爱，今人多不弹。

诗题一作“弹琴”。《刘随州集》为“听弹琴”，从诗中“静听”二字细味，题目以有“听”字为妥。

琴是我国古代传统民族乐器，由七条弦组成，所以首句以“七弦”作琴的代称，意象也更具体。“泠泠”形容琴声的清越，逗起“松风寒”三字。“松风寒”以风入松林暗示琴声的凄清，极为形象，引导读者进入音乐的境界。“静听”二字描摹出听琴者入神的情态，可见琴声的超妙。高雅平和的琴声，常能唤起听者水流石上、风来松下的幽静肃穆之感。而琴曲中又有《风入松》的调名，一语双关，用意甚妙。

如果说前两句是描写音乐的境界，后两句则是议论性抒情，牵涉到当时音乐变革的背景。汉魏六朝南方清乐尚用琴瑟。而到唐代，音乐发生变革，“燕乐”成为一代新声，乐器则以西域传入的琵琶为主。“琵琶起舞换新声”的同时，公众的欣赏趣味也变了。受人欢迎的是能表达世俗欢快心声的新乐。穆如松风的琴声虽美，如今毕竟成了“古调”，又有几人能怀着高雅情致来欣赏呢？言下便流露出曲高和寡的孤独感。诗僧齐己有《赠琴客》诗云：“曾携五老峰前过，几向双松石上弹。此境此身谁更爱，掀天羯鼓满长安。”可与此对读。三字“虽”字转折，从对琴声的赞美进入对时尚的感慨。“今人多不弹”的“多”字，更反衬出琴客知音者的稀少。

有人以此二句谓今人好趋时尚不弹古调，意在表现作者的不合时宜，是很对的。刘长卿清才冠世，一生两遭迁斥，有一肚皮不合时宜和一种与流俗落落寡合的情调。他的集中有《幽琴》（《杂咏八首上礼部李侍郎》之一）诗曰：“月色满轩白，琴声宜夜阑。飗飗青丝上，静听松风寒。古调虽自爱，今人多不弹。向君投此曲，所贵知音难。”其中四句就是这首听琴绝句。“所贵知音难”也正是诗的题旨之所在。“作诗必此诗，定知非诗人”，诗咏听琴，只不过借此寄托一种孤芳自赏的情操罢了。

酬李穆见寄

刘长卿

孤舟相访至天涯，万转云山路更赊。
欲扫柴门迎远客，青苔黄叶满贫家。

李穆是刘长卿的女婿，颇有清才。《全唐诗》载其《寄妻父刘长卿》，全诗是："处处云山无尽时，桐庐南望转参差。舟人莫道新安近，欲上潺湲行自迟。"它就是刘长卿这首和诗的原唱。

刘长卿当时在新安郡（治所在今安徽歙县）。"孤舟相访至天涯"则指李穆的新安之行。"孤舟"江行，带有一种凄楚意味；"至天涯"形容行程之远，和途次之艰辛。不说"自天涯"而说"至天涯"，是作者站在行者角度，体贴他爱婿的心情，企盼与愉悦的情绪都在不言之中了。

李穆当时从桐江到新安江逆水行舟。这一带山环水绕，江流曲折，且因新安江上下游地势高低相差很大，多险滩，上水最难行。次句说"万转云山"，每一转折，都会使人产生快到目的地的猜想。而打听的结果，前面的路程总是出乎意料的远。"路更赊"，赊，即远，这三字是富于旅途生活实际感受的妙语。

刘长卿在前两句之中巧妙地隐括了李穆原唱的诗意，毫不著迹，运用入化。后两句则进而写主人盼客至的急切心情。这里仍未明言企盼、愉悦之意，而读者从诗句的含咀中自能意会。年长的岳父吩咐打扫柴门迎接远方的来客，显得多么亲切，更使人感到他们翁婿间融洽的感情。"欲扫柴门"句使人联想到"花径不曾缘客扫，蓬门今始为君开"（杜甫《客至》的名句，也表达了同样欣喜之情。末句以景结情，更见精彩，其含意极为丰富。"青苔黄叶满贫家"，既表明贫居无人登门，颇有寂寞之感，从而为客至而喜；同时又相当于"盘飧市远无兼味，樽酒家贫只旧醅"的自谦。称"贫"之中流露出好客之情，十分真挚动人。

将杜甫七律《客至》与此诗比较一番是很有趣的。律诗篇幅倍于绝句，四联的起承转合比较定型化，宜于景语、情语参半的写法。杜诗就一半写景，一半抒情，把客至前的寂寞，客至的喜悦，主人的致歉与款待一一写出，意尽篇中。绝句体裁有天然限制，不能取同样手法，多融情入景。刘诗在客将至而未至时终篇，三四句法倒装（按理是"青苔黄叶满贫家"，才"欲扫柴门迎远客"），使末句以景结情，便饶有余味，可谓长于用短了。

【杜甫】（712－770）字子美，唐河南巩县（今属河南）人。玄宗开元二十三年（735）举进士不第。天宝间困守长安十年，十四载（755）授河西尉不赴，改右卫率府兵曹参军。安史乱发，长安陷落，身陷贼中。至德二载（757）奔行在，授左拾遗。乾元元年（758）贬华州司功参军，次年弃官赴秦州，经同谷，到成都。广德二年（764）荐为检校工部员外郎。永泰元年(765)离成都，至夔州(四川奉节)。代宗大历三年(768)出峡，辗转江湘，死于舟中。有《杜工部集》。

望岳

杜甫

岱宗夫如何？齐鲁青未了。
造化钟神秀，阴阳割昏晓。
荡胸生层云，决眦入归鸟。
会当凌绝顶，一览众山小。

杜诗以望岳为题者共三首，分咏东岳泰山、西岳华山、南岳衡山。这首诗写望泰山，体属五古，中二联对偶，却不依平仄。作于开元二十四年25岁“忤下考功第”后、漫游齐赵之时，为现存杜诗中最早的一首。

泰山古称岱山，坐落在齐鲁平原，在今山东泰安境内，海拔1500余米，山势雄伟，壑谷幽深，松柏苍翠，植被青葱。是一座历史文化名山：自秦皇汉武，历代帝王登极后都曾来此封禅，表示改制应天、以告太平，——秦皇泰山遇雨所封五大夫松，自今犹存。故又称“岱宗”，山下的神庙建制如皇宫。历史文化名人孔子、司马迁、司马相如、陆机等都到过泰山，至今山道有“孔子登临处”的标记。由于上述原因，东岳泰山向称“五岳独尊”。无怪青年杜甫到此即有高山仰止之企慕。

诗以一问喝起“岱宗夫如何”，不称“泰山”而称“岱宗”，就是强调其在五岳中的领导地位，“夫如何”的“夫”字以语助传达出一种自我商度的神情，也就使人感到泰山给人的印象是难以形容的。不是吗，——“齐鲁青未了”，齐、鲁是周代的两个诸侯国，而泰山山青、绵延不断，超越了两国国境，这还不伟大吗？“五字囊括数千里，可谓雄阔”（施补华）、“写岳势只‘青未了’三字，胜人千百矣”（浦起龙），这是大笔驰骛，得远望之色。

次联写泰山的高峻，所谓一山之中气象万千。关于“阴阳割昏晓”一句，通常讲作山阴即北面和山阳即南面昏晓不同，即光线的明暗不同，这是抠字眼的讲法。有人则根据实地观察的经验，谓“泰山坐北向南，山脚下可见东西两面山峦对峙，至斜阳西下，则东面山峦的西侧不见阳光，暗若黄昏；西面山峦的东侧光照正强，灿若初旭。此即公诗‘阴阳割昏晓’之谓也。此景唯黄昏时分始得见之，而诗中‘决眦入归鸟’句，足证杜公望岳，正黄昏之时”(《唐宋诗新话》)，这是以意逆的讲法，甚为可取。三联写黄昏望中之山景，山间暮霭蒸腾，使人心胸为之激荡；归鸟没入长空，叫人睁大眼眶搜寻，表明诗人选定的角度是从山下望山。

所以末联趁势抒怀，说自己定要登峰造极，从泰顶居高临下地望一望，那该又是一番境界，又是一番情趣吧。《孟子・尽心上》“孔子登东山而小鲁，登泰山而小天下。”此即“会当凌绝顶，一览众山小”二句所本。

要知道这是杜甫在经历了“忤下考功第”的挫折后写成的一首诗，可一点也没有垂头丧气的感觉，这一方面来自时代的精神影响，一方面来自漫游生活尤其是眼前泰山的陶冶和启迪。在诗中，巍峨秀丽的泰山景象，和积极开朗的内心世界是完美和谐地统一着的。诗既能大处着眼，又能小处落笔，而所有的描写都通向篇末的两句，即表现一种蓬勃向上的情操。故《读杜心解》谓：“杜子心胸气魄，一斯可观，公集当以此首”——这是兼年代之早与气象之大而言的。

自京赴奉先县咏怀五百字

杜　甫

杜陵有布衣，老大意转拙。许身一何愚，窃比稷与契。
居然成濩落，白首甘契阔。盖棺事则已，此志常觊豁。
穷年忧黎元，叹息肠内热。取笑同学翁，浩歌弥激烈。
非无江海志，潇洒送日月。生逢尧舜君，不忍便永诀。
当今廊庙具，构厦岂云缺？葵藿倾太阳，物性固莫夺。
顾惟蝼蚁辈，但自求其穴。胡为慕大鲸，辄拟偃溟渤？
以兹误生理，独耻事干谒。兀兀遂至今，忍为尘埃没。
终愧巢与由，未能易其节。沉饮聊自遣，放歌破愁绝。
岁暮百草零，疾风高冈裂。天衢阴峥嵘，客子中夜发。
霜严衣带断，指直不得结。凌晨过骊山，御榻在嵽嵲。
蚩尤塞寒空，蹴踏崖谷滑。瑶池气郁律，羽林相摩戛。
君臣留欢娱，乐动殷胶葛。赐浴皆长缨，与宴非短褐。
彤庭所分帛，本自寒女出。鞭挞其夫家，聚敛供城阙。
圣人筐篚恩，实欲邦国活。臣如忽至理，君岂弃此物？
多士盈朝廷，仁者宜战栗。况闻内金盘，尽在卫霍室。

中堂舞神仙，烟雾蒙玉质。暖客貂鼠裘，悲管逐清瑟。
劝客驼蹄羹，霜橙压香橘。朱门酒肉臭，路有冻死骨。
荣枯咫尺异，惆怅难再述。北辕就泾渭，官渡又改辙。
群冰从西下，极目高崒兀。疑是崆峒来，恐触天柱折。
河梁幸未坼，枝撑声窸窣。行李相攀援，川广不可越。
老妻寄异县，十口隔风雪。谁能久不顾？庶往共饥渴。
入门闻号咷，幼子饿已卒。吾宁舍一哀，里巷犹呜咽。
所愧为人父，无食至夭折。岂知秋禾登，贫窭有仓促。
生常免租税，名不隶征伐。抚迹犹酸辛，平人固骚屑。
默思失业徒，因念远戍卒。忧端齐终南，澒洞不可掇。

天宝十四载（755）在唐史中是极不平凡的一年，在杜甫一生中也是极不平凡的一年。长安困守十年，本年十月终于“官定”右卫率府胄曹参军，算是有了一个结果。十一月遂往奉先（陕西蒲城）探望寄居那里的妻子。途经骊山时，见羽林军戒备森严，宫中音乐之声清晰可闻，玄宗和贵妃由近臣陪同在温泉宫过冬，山上歌舞升平的氛围和杜甫一路看到的社会状况，形成极大反差，使他有“山雨欲来风满楼”的不祥预感。这预感非常准确，当时安禄山已起兵渔阳，消息尚未传到长安。而杜甫这次到家，又遇上小儿子饿死。诗人推己及人，忧心如焚，因而写下了这篇堪称十年思想总结的力作。

诗分三大段，从篇首到“放歌破愁绝”为述志，浦起龙所谓：“首明赍志去国之情。”（《读杜心解》）开篇自称杜陵布衣，自笑越老越糊涂，竟想做大臣，攀比辅佐虞舜的稷与契——这里，诗人明明白白说出了生平抱负，又以“拙”、“愚”自嘲迂阔（“濩落”即“瓠落”，语出《庄子·逍遥游》）。因此备尝艰辛（“契阔”），却心甘情愿；还心存期冀，死而后已（“盖棺事则已，此志常觊豁”）。别人是“达则兼济天下，穷则独善其身”，他却是“穷年忧黎元，叹息肠内热”，这难免被人取笑。可他还是走自己的路，唱自己的歌，让别人去取笑。以下另起一意写思想矛盾，说并非不能像李白那样遨游江海、潇洒度日，但他关心人民，希望有一个爱人民的政府，所以常有“端居耻圣明”（孟浩然《临洞庭赠张丞相》）的感觉。虽说朝廷上济济多士，不缺他一个；无奈他热衷政治，如葵花向阳，禀性不能改变。虽说很多人都象蝼蚁一样，经营自己的安乐窝；他却羡慕巨鲸，志在大海。干谒达官，寄食“友朋”，自然不免惭愧。他一直活得很累，又不甘心埋没风尘。怀着稷契之志，却“官定”率府。明知是命运小儿的捉弄，却自惭不能辞去，象巢父、许由那样果断——“耽酒须微禄，狂歌托圣朝”（《官定》）也好，“沉饮聊自遣，放歌破愁绝”也好，一样是自我解嘲。以上大体四句一解，每解有正反两层意思，边破边立，如剥蕉心，千回百折，唱叹有情。

第二段从“岁暮百草零”到“惆怅难再述”为纪行，由身世感慨转入对国事的忧念，即“中慨君臣耽乐之失。”（浦起龙）先六句写上路情形，诗人夜半动身，清早过骊山，由于霜冻，冷得人连拉断的衣带都结不好；这时大雾（“蚩尤”）满天，霜重路滑。温泉热气腾腾，军校来往如织。骊宫的乐声，依稀可闻。“君臣留欢娱，乐动殷胶葛（天宇广大貌）”，即所谓“骊宫高处入青云，仙乐风飘处处闻。”（白居易《长恨歌》）想必山中的近臣（“长缨”），正在享受平民（“短褐”）梦想不到的赐浴、赐宴的宠荣。赐宴的同时，还备有丰厚礼品，即“又实币帛筐篚（竹器包装），以将其厚意”（《小雅·鹿鸣》序）。诗人挺身而出道：须知这些赏帛，本是民间女工辛辛苦苦织成，经过官吏的横征暴敛，进入国库。君王赏赐群臣，目的乃在安邦治国。大臣如果忽略了这个根本的道理，这些赏赐不等于白扔？儒学核心本是个“仁”字，朝廷多士应该为此惴惴不安，如临深渊，如履薄冰。然而上层腐败很不像话，据说国库中的财宝转移到了贵戚之家。豪门拥有神仙样的歌童舞女，过着奢靡的生活。豪门宾客的着装都用貂皮，享用着驼蹄煲汤一类佳肴，寻常酒肉只能任其变味。诗人再次挺身而出，大声疾呼：“朱门酒肉臭，路有冻死骨”——仅仅一墙之隔，墙里温暖如春，墙外有人冻死，阶级对立的态势如此严重，使诗人心中非常难过，再也说不下去。

第三段从“北辕就泾渭”到篇终为述怀，即“末述到家哀苦之感。”（浦起龙）先叙从骊山所在的昭应（陕西临潼）到奉先，途中北渡渭河（泾水至此已与渭合）的一段艰难历程，在迁徙不定的渡口，只见河水挟着冰块，似从崆峒山居高而下，其势简直要将天柱撞折。诗人用共工怒触不周山的典故，写出不祥预感。渡河后还有大段行程，不更著一字，径写到家的情况。按，杜甫的家庭是一个多子女家庭，可以稽考的子女有七个：宗文、宗武两个男孩，《北征》中提到的“晓妆随手抹”的长女和“补绽才过膝”的两小女，加起来共五个；第六个即本篇中饿死的男孩；还有一个小女儿，当时尚未出生。算起来，连同杜甫夫妇，即不满诗中所谓“十口”，亦不远矣。诗中写自己到家即闻哭声，想不到不满周岁的小儿子居然饿死。连邻居都觉得可怜，作父亲的哪能没有悲哀。他为自己回来得太晚，未能尽到父亲的责任而自责。当时“高马达官厌粱肉”（《岁晏行》），难道官卑职小之家的孩子就该自生自灭？没想到刚过秋收，饿死人的事就发生在自己家中。自家世代为官，还享受着免交租税、免服徭役的照顾，仍不免有如此的辛酸；无依无靠的百姓的不能安生，世间不知有多少穷苦无归和长期戍边的人，他们的景况更可想而知。为此，诗人的忧愁已漫过终南山，至于无边无际。

本篇内涵很深、包容极大，可以说“家事、国事、天下事，事事关心”，也可以说是“先天下之忧而忧”。通过作者的亲历身受，表明了天宝年间，在社会财富急剧增长的同时，贫富差距也越来越大，严重到连一个小官僚家庭都没法养活自己的孩子了，这个社会还有什么安定可言？本篇以还家行程为主线，展开议论，杂以叙事；体制宏大，而构思缜密。由于话题沉重，思想沉郁，故语言简古，用入声韵，涩而耐味，风格十分典重。在尚无大众传媒的古代，杜甫使诗歌在一定程度上承担传达社会底层民众呼声的任务。这篇长诗表明，无论在思想的进步上或艺术的纯熟上，杜甫都超过了同时代别的诗人。

羌村三首

杜 甫

其一

峥嵘赤云西，日脚下平地。柴门鸟雀噪，归客千里至。
妻孥怪我在，惊定还拭泪。世乱遭飘荡，生还偶然遂。
邻人满墙头，感叹亦歔欷。夜阑更秉烛，相对如梦寐。

其二

晚岁迫偷生，还家少欢趣。娇儿不离膝，畏我复却去。
忆昔好追凉，故绕池边树。萧萧北风劲，抚事煎百虑。
赖知禾黍收，已觉糟床注。如今足斟酌，且用慰迟暮。

其三

群鸡正乱叫，客至鸡斗争。驱鸡上树木，始闻叩柴荆。
父老四五人，问我久远行。手中各有携，倾榼浊复清。
莫辞酒味薄，黍地无人耕。兵戈既未息，儿童尽东征。
请为父老歌，艰难愧深情。歌罢仰天叹，四座泪纵横。

杜甫于至德元年（756）八月陷贼，即与家人失去联系；二年四月逃出长安，奔凤翔行在，官授左拾遗，因疏救房馆言辞激烈，开罪肃宗，闰八月放归，回鄜州探家，杜甫曾描述当时情景是“青袍朝士最困者，白头拾遗徒步归”（《徒步归行》）。在那“家书抵万金”的岁月，一年多未能与家人沟通音信，这次说回就回，注定要给家人和乡亲们一个意外的惊喜。诗虽三首，实一气贯通，是一卷真切动人的乱世风情连环画。

第一首写初至羌村给家人和乡亲带来的意外惊喜。这是一个难以忘怀的秋天傍晚，满天火烧云，象是火山高出西天，而日脚已下到平地。就在这个当儿，诗人终于看到他家的柴门，心中该是何等激动！柴门外鸟雀之多，又是他不曾想到过的，这幅“门可罗雀”的景象，活画出那柴门的冷落和凄凉，好像从来就没到过人似的，诗人的心中又该紧一下了。他的出现，使得门外的鸟群惊噪起来，屋里的人会不会意识到是亲人归来了呢（对比刘长卿“柴门闻犬吠，风雪夜归人”）？

以下写见面，这里的“妻孥”主要指妻子杨氏，一见面就发愣，“怪我在”——简直不相信我还活着。当初说奔行在，一年多却无消息，怎么想得到人还活着。回思一年经历，真是一言难尽，如以一言尽之，那就是“生还偶然遂”了。盖陷贼数月可以死，逃亡途中可以死，触怒肃宗可以死，而现在竟得生还，还不偶然吗？妻子“惊定”之后，接着不能不忆起这一年多盼望丈夫归家的焦灼和独立撑持门户的艰难（对照《北征》“平生所娇儿，颜色白胜雪。见爷背面啼，垢腻脚不袜。床前两小女，补绽才过膝”），许多辛酸苦辣都涌上心头，也就不能不“拭泪”。

杜甫二先生突然回来的消息，很快传开来，于是“邻人满墙头”，就像看什么稀奇似的，——这就是乱世人情：谁家的亲人回来，都会成为地方特大新闻，都会成为全村羡慕的对象。夜已深了，一家子该睡却又点灯，都有点神情恍惚，疑幻疑真，正见乱离喜得团聚之意。仇注云：“偶然遂——死方幸免，如梦寐——生恐未真。司空曙诗‘乍见翻疑梦，相悲各问年’，是用杜句；陈后山诗‘了知不是梦，忽忽心未稳’，是翻杜句”，有助于对此二句的深入理解。

第二首写还家后寂寞苦闷的心情。本来诗人才四十六岁，算不得怎样老，然而在长安时已‘白头搔更短’，逃至行在时则为‘所亲惊老瘦’，所以有“晚岁”之感。值此万方多难的时候，想到自己不能有所作为，被遣离了行在，还家后也就快乐不起来。这是一种强烈责任心在“作怪”，也是诗人在政治上遭受的不愉快的潜在反映。这种情态连小儿子也察觉到了。“娇儿”指小儿子宗武，小名骥子。按杜甫这时有两儿两女，骥子是最小的一个，生得很聪明，杜甫在长安时有诗怀念他说“骥子好男儿，前年学语时；问知人客姓，诵得老夫诗。世乱怜渠小，家贫仰母慈。”“娇儿不离膝”二句，写出这孩子在战乱年代，心灵里已烙下离乱与痛苦的影子，紧紧靠在父亲膝下，生怕父亲再走掉。

诗人回想到去年夏天初来羌村，喜欢在池边那棵老树下乘凉；今番往寻，情景有一番不同，盖此时北风萧萧，心中便生忧虑。就家事而言，正是“全家都在风声里，九月衣裳未剪裁”（黄仲则）；就国事言，则是“惟草木之零落兮，恐美人之迟暮”（屈原），从树叶的零落中，感到人的衰老，更及于时代的盛衰。末几句说幸亏今年庄稼收成还好，可以有酒消忧了。其实酒还不知在哪里呢。这是一种自我宽慰的写法。

第三首写归家后父老乡亲来访的情事。先有一个客来时院中正发生鸡斗，于是赶鸡上树的序曲，衬托出客至时的欢喜。盖陕北农村风俗，农家两壁有悬空的横木，为晚上群鸡栖息其上如笼鸟然，白天放鸡出门，觅食后即栖于屋边矮树，此风由来甚古，此诗即已记之（冯其庸说）。来人是四五位父老乡亲，还专门带了酒来，招待杜甫这个主人。但倒出的酒有清有浊，其中隐隐透露出战争年代生活的艰难。“苦辞”即伤心地说。“儿童”即孩子们——是长者对年轻人的称呼。父老因酒味薄说到黍地无人耕种，战争没有结束，孩子们东征打鬼子还没有回来。这里隐隐流露出父老乡亲主要的来意，不外希望杜甫讲讲行在的情况和战争时局，高度集中反映了劳动人民的情感和要求——要求和平、要求恢复生产、希望孩子们平安回来。然而杜甫清楚地知道自哥舒翰兵败潼关以来，去冬房琯又兵败陈陶斜——“孟冬十郡良家子，血作陈陶泽中水”（《悲陈陶》），秦地战士死伤最多，其中焉知没有羌村父老所盼望的孩子们呢。陈陶之战也许不能不讲，但他能够把情况讲得这样可怕吗？为了报答父老们一片深情，他为他们唱了自己写的悲歌，姑且假定唱的是《春望》吧。唱完后，只有仰天长叹。诗人的痛苦也就是座中父老的痛苦，所以诗人的思想感情就像过电一样传给所有座中父老，使他们也跟着掉下泪来。

三首中这一首尤其高度集中反映了劳动人民的思想感情，风格也更加朴素明朗。正如王慎中所说：“一字一句，镂出肺肠，才人莫知措手；而婉转周至，跃然目前，又若寻常所欲道者”（《杜诗镜铨》引），的确，像这样以生活功力见长因而力透纸背的诗，是无法以语言计工拙的，所以才人莫知措手也。

新安吏

杜　甫

客行新安道，喧呼闻点兵。借问新安吏：“县小更无丁？”“府帖昨夜下，次选中男行。”“中男绝短小，何以守王城？”肥男有母送，瘦男孤伶俜。白水暮东流，青山犹哭声。莫自使眼枯，收汝泪纵横。眼枯即见骨，天地终无情。我军取相州，日夕望其平。岂意贼难料，归军星散营。就粮近故垒，练卒依旧京。掘壕不到水，牧马役亦轻。况乃王师顺，抚养甚分明。送行勿泣血，仆射如父兄。

乾元二年（759）春，九节度使围邺城，朝廷未置统帅，而以宦官监军，城久不下，上下懈怠。叛将史思明从魏州（河北大名县）率军至，三月初与官军战于安阳河北，当日风沙极大，六十万官军步骑骤溃，朔方军退至河阳（河南孟县），断河桥以保洛阳。东京市民惊骇，奔散山谷，杜甫也赶紧离开洛阳回华州任所。

为补充兵员，唐王朝在河南府都畿道实行了战时紧急征兵，征兵的对象大大放宽，甚于到了不分老幼和性别的程度，而负责征集任务的官吏为此忙得不可开交。杜甫一路上都看到吏们的活动，及民间到处都演出着的生离死别的活剧，忍不住将这一路的亲身闻见写成了一组具有报告文学性质的作品，即《新安吏》《潼关吏》《石壕吏》《新婚别》《垂老别》《无家别》，统称“三吏”、“三别”，以吏、别为名，岂偶然哉。“三吏”客观叙事夹带问答，“三别”以代言体纪征行者言辞，六诗相互联系，浑然一体，而又各叙一事，独立成篇。

新安西邻洛阳，是杜甫经过的第一站，《新安吏》也是组诗第一篇，六诗的总领。诗分三段。前八句叙点兵之事，出以诗人和新安吏的问答。“县小更无丁”一句为诗人问话，这五字中包含有丰富的潜台词：首先是看到新兵年纪尚小，是些未成年人，然后想到新安县小，也许征集不到足够的兵员，不得不尔；继而又感到怀疑，虽说是小县，难道真个就没有成年男子吗？这个残酷的事实简直叫人不敢置信。几层意思，可谓千回百折，包含对县情的理解，对差吏工作的体谅，更体现了对民生疾苦的关心。“府帖（军帖）昨夜下，次选中男行”是吏的回答，这里也包含几层意思：一是昨发军帖，今即征兵，可见期限之紧急；二是成年男子确已征完，征集中男有文件依据；三是表明吏的态度，是照章办事。于是诗人不禁脱口又道：“中男绝短小，何以守王城（洛阳）？”这话有两重涵义：一是承认吏的无可非议，二是耽心这些发育不良的孩子们能否担当起保卫东都的重任。按唐制或以十六岁为中男、或以十八岁为中男，但这些孩子成长的年代不幸遭遇战争，就显得发育不良，个头矮小。诗人在这里的耽心不仅是冲着这娃娃兵，也是冲着战局、忧念国事的。

“肥男有母送”等八句写送别之苦，这些中男，比较健壮的还有母亲相送，——父亲呢？还用问吗，父亲显然早已从军了。而瘦小一点的连母亲也没有，格外显得孤苦伶仃。由此可见这场艰苦的战争中，征兵也已到了不分贫富的关头了。明人王嗣奭说：“就短小中分出肥瘦、有母无母、有送无送，此必真景，而描写到此何等细心。此时瘦男哭，肥男亦哭，肥男之母哭，同行同送者哭，哭者众，宛若声从山水出，而山哭，水亦哭矣。至暮则哭别者已分手去矣，白水亦东流，独青山在而犹带哭声，（略）包括许多哭声，何等笔力，何等蕴藉。”以下像是补叙杜甫劝慰中男及送行人的话，又像是诗人心中想到的话。他说，快别哭坏了身体，快把泪水擦干，本来情形就很糟了，哭伤了身子岂不更加坏事。“天地终无情”语极耐味，其实与天地何干，只是战争无情，军帖无情，至于叛匪，又岂止无情而已！

不少论者总说当时兵役不合情理，说杜甫对征兵的态度有矛盾。其实任何卫国性质的战争打下去，其兵役都有强制性、机动性，都是以牺牲个人以保全国家为前提的，都是无情的，但未必不合理。也许不合理的不是兵役，而是战争本身——在战争已经使人们无法安居乐业的时候，为了消灭战争，人们只能加入战争，成为阻止它的一个小小齿轮。杜甫是深深理解这一点的，所以他痛恨战争和叛匪，同情无辜的人民，却并不反对兵役。这种态度也是彻底的现实主义的，不存在什么矛盾。

最后十二句补说点兵之由，并对新兵寄予良好祝愿。“我军取相州”四句写相州兵败，乃是这次征兵的原因。“归军”本是溃军，措辞避免了贬义。“就粮近故垒”四句写河阳防线的情况，说军中粮草不乏，新兵将在洛阳进行军训，驻扎在黄河边上，挖掘战壕和牧马的劳役都不算重，估计中男们还是可以逐渐适应。“况乃王师顺”四句说王师平叛是名正而言顺的，而郭子仪又是个会带兵的人，算是不幸之中的大幸，差可引为安慰的了。这里讲的既是实情，也包含诗人的一种祝愿。

包括本篇在内的“三吏”、“三别”，从纯诗的角度而言都未免质木无文，不那么有诗意。然而最值得重视的是这批诗具有纪实性、新闻性和典型性，是诗体的报告文学。这正是杜甫的一个创举，无怪前人目之为“诗史”。

石壕吏

杜　甫

暮投石壕村，有吏夜捉人。老翁逾墙走，老妇出门看。
吏呼一何怒！妇啼一何苦！听妇前致词，三男邺城戍。
一男附书至，二男新战死。存者且偷生，死者长已矣。
室中更无人，唯有乳下孙。有孙母未去，出入无完裙。
老妪力虽衰，请从吏夜归。急应河阳役，犹得备晨炊。
夜久语声绝，如闻泣幽咽。天明登前途，独与老翁别。

石壕村在陕州（今河南陕县）城东，杜甫从洛阳回华州路过此地，诗记投宿的当晚亲眼看到一幕抓丁的悲剧。

开篇先交代故事发生的时间（某夜）、地点（石壕村）和出场人物（我、吏、翁、媪），是故事的序幕。首句一个“投”字，便烘托出兵荒马乱，鸡犬不宁的时代气氛，浦起龙谓“起便有猛虎攫人之势”，实深具会心。下句自然转出“有吏夜捉人”。从前句的“暮”，到本句的“夜”，时间已有一番推移。“夜捉人”的潜台词是：抓丁的事经常发生，老百姓已有对策，所以白天已捉不到人；于是吏也变白天抓人为夜入民宅抓人；夜捉人就有把握？那可不一定。老百姓张着耳朵睡觉，一有风吹草动，也会翻身就跑，而且一准跑掉，这是何等生动的一幅乱世风情画。“老翁逾墙走”——客观的描写，惊心的场面，须知老翁走路还要扶杖呢，而情急时自有其事。古代文学中的善写跳墙能与此媲美的，怕只有张生跳墙了。“老妇出门看”，是因为老妇较有安全感，再说也是“走得了和尚走不了庙”啊。

然后叙捉人经过。老翁逾墙需要时间，老妇出门必有延宕。而吏深夜捉人也不堪劳苦，敲半天门，出来的只是个老妇，叫他如何不怒。老妇应声而哭，不仅是因为苦，更是因为惊慌，老翁刚才跳过墙去，可千万不能叫他们发现，必须赶紧一哭。一呼一啼，一怒一苦，通过强烈对比，写出双边情态，维妙维肖。两个“一何”加重了感情色彩，渲染出紧张气氛，为老妇的陈情作好铺垫。以下是老妇的陈词，但吏绝不是被动地洗耳恭听，细品老妇的每一句话都是有针对性的，便可知她只是回答着吏的诘问。诗中出现多次换韵，韵转意亦随转，就暗示着吏的发问，或谓“藏问于答”甚是。

吏一进门首先必盘问家中男丁何在，故老妇劈头就说“三男邺城戍”——这意味着三个儿子都参加了相州之役。然而一个儿子捎信回来，说两个兄弟新近战死。这样，老妇就很自然地表明了自己“军烈属”身份，然后又悲痛地说“死了的也倒罢了，活着的才是活受罪呢。”吏听此言，若说丝毫不动恻隐之心也未见得，只是差遣在身，他也是没奈何。只好打断这一话题，再追问家中其他男人，于是老妇一口咬定“室中更无人”；出语太快，赶紧补正——“唯有乳下孙”(这个是没法抓的)；这一下漏洞更多，再交待出哺乳的儿媳，这下是真是没有了？真的没有。说儿媳是“孙母”而“未去”，可见其夫是战死的二子之一，强调她是准备回娘家的，也就暗示吏别打她的主意，也别叫她出来，因为她连一张完好的下裙也没有，见了岂不晦气。以上短短几句话，活画出老妇语无伦次，却亦有心计的情态，堪称善画。出人意表的是，老妇突然自告奋勇、请从吏归，好心的评论者说是人民自愿从军，其实不那么单纯。老妇始终惦着那段隐情，说罢媳妇，就怕露了马脚，到了图穷匕现的当儿，也只好豁出去了。老妇提到“急应河阳役”的话头，她怎么如此了解形势，显然是吏作了些说服工作，使老妇也有些明白了吏的苦衷。她不作这样的表态又怎么办，虽然未尝不心存侥幸，其中也确有真诚的成分。谁知这倒真给那吏搭了一个下台的梯子，为了交差，老妇也将就罢。事实上，老妇是为了保全家人、保全老伴，作了自我牺牲，也因此维持了一个普通老百姓的人格尊严，——其间包含纯正的悲剧意味，足以令人掩卷兴叹。

最后写事件的结局，先写老妇和儿媳的话别，及她走后儿媳的悲泣。“如闻泣幽咽”，幽咽到“如闻”的程度，渲染出时代的恐怖气氛，连大放悲声都不敢的。这个儿媳也够惨的，夫死子幼，婆婆又被抓走，娘家的情况怕也不容乐观吧。其次是清晨独别老翁，这老翁回家又成何心情，早知要连累老伴，他恐怕也不躲了，大不了就象《垂老别》中的那个老头那样“子孙阵亡尽，焉用身独完？投杖出门去，同行为辛酸”罢了。面对这样一家子，诗人能说什么？就连对新安中男讲的那番安慰的话，都不适用了。所以他只能如实写下来，让后人知道曾经有过这样的事。

《石壕吏》的语言极其普通，而选材至为典型，诗中所写的这一家子，有三个儿子参军，两个儿子为国捐躯，而其老亲还不能幸免兵役的骚扰。“古者有兄弟始遣一人从军，今驱尽壮丁，及于老弱。诗云：三男戍、二男死、孙方乳、媳无裙、翁逾墙、妇夜往，一家之中父子、兄弟、姑媳，惨酷至此，民不聊生极矣。”（仇兆鳌）清袁枚诗道：“莫唱当年《长恨歌》，人间亦自有银河。石壕村里夫妻别，泪比长生殿上多。”关于河南府都畿道的这次战时征兵，史书是失载的，因为封建时代历史学家关心在帝王将相的活动，而杜甫的“三吏”、“三别”正好补史载之缺，而其同情在人民。这就是所谓“诗史”，也完全称得上史诗。

新婚别

杜　甫

兔丝附蓬麻，引蔓故不长。嫁女与征夫，不如弃路旁。
结发为君妻，席不暖君床。暮婚晨告别，无乃太匆忙！
君行虽不远，守边赴河阳。妾身未分明，何以拜姑嫜？
父母养我时，日夜令我藏。生女有所归，鸡狗亦得将。
君今往死地，沉痛迫中肠。誓欲随君去，形势反苍黄。
勿为新婚念，努力事戎行。妇人在军中，兵气恐不扬。
自嗟贫家女，久致罗襦裳。罗襦不复施，对君洗红妆。
仰视百鸟飞，大小必双翔。人事多错忤，与君永相望。

新婚伊始，即遇征兵，夫妻生离，亦一典型事例。诗为代言，曲尽人情。

全诗三层，一起怨夫。盖旧时女子对男方有较强的人身依附关系，豪爽如红拂亦感“丝萝非独生，愿托乔木”（《虬髯客传》），借夫贵以显妻荣；而本篇所写乃贫贱夫妇，“兔丝附蓬麻，引蔓故不长”。然“嫁女与征夫，不如弃路旁”毕竟是一句过情话，过情乃是怨极的表现，不全是真话。“席不暖君床”语妙，如俗话所谓“地皮还没有踩热”呢，而“暮婚晨告别”则补充说明何以就“席不暖君床”。古时婚期不服役，赶紧完婚，也许就有道理，但战时兵役不认那个道理，弄得新人分离，“何乃太匆忙”也。当时征集的所有新兵，皆开赴河阳，说是“守边”，国事苍皇可知，可见也怨夫不得。而古时女子过门三日，先告家庙，上祖坟，再见公婆，始正名分。诗中新娘过门才得两天，难怪她要为难："妾身未分明，何以拜姑嫜？"

二是怨命怨身为女儿，不能自择配偶，而听命于父母，嫁鸡随鸡，嫁狗随狗。进一步又说，而今嫁得夫婿，竟不能随，岂不是鸡犬不如。不过退一步想，要是生为男儿又将如何呢？这倒使人想起古谚道"宁为太平犬，勿为乱世民"，这话定出乱世人口，太平时代谁想得到呢。于是改口劝夫，"勿为新婚念，努力事戎行"，是无奈语也是理智语，希望这仗早点打完，打完了再团圆。"妇人在军中，兵气恐不扬"，理智语亦无奈语。

三是自誓。从新妇的怨艾和劝勉可以见出，这是一个相当善良，也很重感情的贫女。虽说只"一夜夫妻"，但俗话就说"一夜夫妻百年恩"，因此她决心等，也只能等。全部的希望都寄托在丈夫杀敌凯旋归来之上。从此她跟《卫风·伯兮》中那个女子一样，不再施妆，以示坚贞。诗末更作一比，谓人不如鸟，照应鸡犬一句。然而并未绝望。

要之，诗中刻画的女主人公形象是痴情而又能识大体的，虽然她也有怨意，却也正因为如此，她才是个活生生的、有血有肉的女人。

赠卫八处士

杜　甫

人生不相见，动如参与商。今夕复何夕，共此灯烛光？
少壮能几时，鬓发各已苍。访旧半为鬼，惊呼热中肠。
焉知二十载，重上君子堂。昔别君未婚，儿女忽成行。
怡然敬父执，问我来何方。问答未及已，驱儿罗酒浆。
夜雨剪春韭，新炊间黄粱。主称会面难，一举累十觞。
十觞亦不醉，感子故意长。明日隔山岳，世事两茫茫！

这首诗当是乾元二年（759）春，杜甫从洛阳回华县途中所作，与"三吏""三别"作于同一时期。卫八处士是杜甫青年时代的朋友，二十年未曾谋面，时正战乱，彼此重逢的亲切与感慨可想而知。仇注引周甸注："前曰'人生'，后曰'世事'，前曰'如参商'，后曰'隔山岳'，总见人生聚散不常，别易会难耳。"诗中"山岳"，当指华山，仇注引黄鹤注："唐有隐逸卫大经，居蒲州。卫八亦称处士，或其族子。"蒲州在华山以东，华县在华山以西，在地理上是相合的。

全诗基本上用顺叙。先用一比喻阔别之久：参即参宿，商为辰星，即心宿。（见《史记·天官书》）参在西，商在东，此出彼没，永不相见。再借古人咏新婚的诗句：“今夕何夕，见此良人”（《诗·唐风·绸缪》）叙重逢之乐。相见第一感觉就是对方一样地老了，不禁有“少壮几时兮奈老何”（刘彻《秋风辞》）之慨。继而叙旧，打探彼此的熟人，才知道某某死了，某某也死了，惊讶之余，不胜悲痛，更觉得二十年重逢的不易。

尔后撇开沉重话题，回到愉快的眼前，还有什么比和孩子见面更让人感觉愉快的呢。过去彼此未婚，这次见面才知道卫八也成了多子女的父亲。孩子天性好客，又有家教，拉着杜伯伯问长问短。家长却道：别烦杜伯伯了，赶快端酒去。招待饭菜都是乡村风味，刚从地里割来的韭菜，饭中掺有黄的小米，吃起来香着呢。难得有今夜的兴致，所以主人殷勤劝酒，客人也放开了酒量，以真心对真心。结尾提到明日分手，对篇首是一个回应，同时联及时势，更饶感慨。

全诗基本上语言朴素，多用白描，娓娓道来，真如“秀才对朋友说家常话”（谢榛《四溟诗话》），“无句不关人情之至，情景逼真，兼极顿挫之妙。”（《镜铨》卷五引张上若语）对后来白居易等人的五言叙事诗，有较大影响。

梦李白二首

杜 甫

其一

死别已吞声，生别常恻恻。江南瘴疠地，逐客无消息。
故人入我梦，明我长相忆。恐非平生魂，路远不可测。
魂来枫林青，魂返关塞黑。君今在网罗，何以有羽翼？
落月满屋梁，犹疑照颜色。水深波浪阔，无使蛟龙得。

杜甫和李白分手于天宝四载（745）秋。临别李白有诗赠杜甫，诗云：“何时石门路，重有金樽开？”（《鲁郡东石门送杜二甫》）杜甫到长安后也表达了同样愿望：“何日一樽酒，重与细论文。”（《春日忆李白诗》）但他们谁也没有料到，这次分手便是永久的分手。

此后，海阔天空的李白又遇到过许多新的朋友，杜甫的名字没再出现于李白诗中，杜甫本人也没再直接得到过李白的消息，然而，无论是在长安、秦州、成都还是夔州，杜甫都有怀念李白的诗歌。

安史之乱中，李白以从永王李璘罪入狱浔阳，获释后，复于乾元元年（758）判决为长流夜郎。乾元二年（759）秋，杜甫在秦州听到消息，作此二诗。这两首诗写得非常沉痛，写出了作者对李白的深情厚谊。

写梦先写别离，是题中应有之义。“从来说别离者，或以死别宽生别，或以死别况生别”（浦起龙《读杜心解》），诗人说死别也就死心，而生别则让人不能放心，即翻出了新意。然后入题，说知道李白被流放，却得不到确切的消息，因而日有所思，夜有所梦。

在梦中，李白就站在面前。惊喜之余，却不敢相信这是真的：夜郎——秦州，道路遥阔，怎能说来就来？在梦中，李白仿佛对他讲述过一路的辛苦，翻了许多的山，过了许多的河。正是：“天长地远魂飞苦”（李白《长相思》），“关山难越，谁悲失路之人”（王勃《滕王阁序》）。

在潜意识中，诗人记起李白原是失去自由的，如何能忽然到来，心里不免奇怪。或许正因为这个原因，李白匆匆告辞，诗人的梦也醒了：屋梁上月色犹明，李白的样子还残存在记忆中，人却不在眼前了。浦起龙评此诗道：“纯用疑阵，句句喜其见，句句疑其非。”（《读杜心解》）是说此诗传达出如幻如真的、做梦的感觉。

最后，诗人只好在心中默默祈祷，祝李白的梦魂一路上多多保重，在渡水的时候一定要当心水底的蛟龙——蛟龙，喻指人间阴险的小人。“作者就是这样好像不加文饰地直写胸臆，真切地说出了他对于李白的处境的忧虑，有些话就像面对面地和友人交谈。真正有充沛的感情，本来是用不着过多的文饰的。”（何其芳《诗歌欣赏》）

其二

浮云终日行，游子久不至。三夜频梦君，情亲见君意。
告归常局促，苦道来不易。江湖多风波，舟楫恐失坠。
出门搔白首，若负平生志。冠盖满京华，斯人独憔悴。
孰云网恢恢，将老身反累。千秋万岁名，寂寞身后事。

《古诗十九首》云：“浮云蔽白日，游子不顾返”，开篇师其辞不师其意，说天上浮云成天移动，人间的游子却久不归来。紧接写一连几夜梦见李白，想必是李白顾念旧人，反过来，恰恰表现的是诗人自己的多情。

这首诗更多地写到梦境。它写到了梦中的友人的亲切。在潜意识中，诗人记得李白是失去自由的，所以每一次梦中见面，友人都显得那么仓促，没有能够畅谈就告别了；每一次梦中见面，友人都说会面不易；每一次梦中醒来，诗人都要为友人担心。

诗中特别提到梦中李白告辞出门时，下意识地用手挠挠白发的样子——那是一种很失意、很落魄、让人看了很心酸的样子。作者的愤慨和控诉就从这里开始，他怎么也想不明白：为什么那么多碌碌之辈都香车宝马，身居高位；而李白这样的天才，却要遭到这样的不幸。说什么“天网恢恢，疏而不失”（《老子》），——不该漏的漏多了，为什么偏偏不放过老诗人李白。

李白诗歌将流传千年万载是一定的，然而这是以他一生的不幸为代价的。这使人联想到韩愈对于友人柳宗元所讲的一番话：“子厚斥不久，穷不极，虽有出于人，其文学辞章，必不能自力以致必传于后如今，无疑也。虽使子厚得所愿，为将相于一时，以彼易此，孰得孰失，必有能辨之者。”（《柳子厚墓志铭》）

“千秋万岁”之“名”，却是“寂寞身后”之“事”——何为熊掌？何为鱼？“以彼易此，孰得孰失？”韩愈说“必有能辨之者”，真是天知道。此诗最后两句感慨之深，囊括之广，使人想到了屈原、想到了柳宗元，也使人想到了伦勃朗、想到了梵高，等等。

兵车行

杜　甫

车辚辚，马萧萧，行人弓箭各在腰。爷娘妻子走相送，尘埃不见咸阳桥。牵衣顿足拦道哭，哭声直上干云霄。道旁过者问行人，行人但云点行频。或从十五北防河，便至四十西营田。去时里正与裹头，归来头白还戍边。边庭流血成海水，武皇开边意未已。君不闻汉家山东二百州，千村万落生荆杞。纵有健妇把锄犁，禾生陇亩无东西。况复秦兵耐苦战，被驱不异犬与鸡。长者虽有问，役夫敢申恨？且如今年冬，未休关西卒。县官急索租，租税从何出？信知生男恶，反是生女好。生女犹得嫁比邻，生男埋没随百草。君不见青海头，古来白骨无人收。新鬼烦冤旧鬼哭，天阴雨湿声啾啾。

此诗乃困守长安期间，即天宝后期作。历代注家多以为因玄宗用兵吐蕃而作，因为诗结尾有“君不见青海头”云云；而当代说者则据黄鹤、钱谦益的笺解定此诗为杨国忠征南诏一事而作，同时引《通鉴》为书证略云：天宝十载（751）鲜于仲通丧师于泸南，人畏云南瘴厉不敢应募，杨国忠遣御史分道捕人，连枷送指军所，开拔时行者愁怨，父母妻子送之，所在哭声振野，与本篇开头描写的情景相似。

大抵天宝后期，朝廷一意开边，边将亦贪功好战，安禄山在范阳、哥舒翰在陇右、鲜于仲通在南诏乃至高仙芝对大食都发动过不义战争，与开元时代防御性质的战争不同。此诗虽就征兵一事立题，却并不限于某个具体的战事，而是集中反映天宝年间唐王朝发动开边战争所引起的一系列严重的社会问题，具有高度的艺术概括力量。

一起七句开门见山，展开出征送行的场面，具有很强的现场感。诗人选择渭桥这一西行必经的送别之地为背景，按道旁观者感受最强烈的视听印象集中描写：车轮的滚动声，军马的嘶叫声，出征的队伍（特写：新兵腰间的弓箭），夹道奔走相送的男女老少，和遮挡住视线的漫天的尘埃；队伍在西渭桥边稍息，送行的场面一下子就达到高潮，这时亲属拦道牵衣、捶胸顿足、失声痛哭、尽情发泄，士兵们则强忍眼泪，劝慰亲人。虽然笔墨不多，由于集中典型，为读者留下想象的余地，故能以巨大的历史容量震撼人心。

接下来，作为“道旁过者”的诗人，不失时机地进行了现场采访。采访的对象是位老兵，这个并非初次应征、年逾四十的老兵看来是没人话别，冷在一边，倒也乐意回答诗人的问题。老兵答话可分几层，从“点行频”到“武皇开边意未已”为一层，是怨叹朝庭用兵过于频繁。就拿他本人来说吧，十五岁被征至西河（甘肃、宁夏一带）驻守；到四十岁还在西北屯田（唐王朝为增强河西对吐蕃的防务，在河西屯田）入伍时年纪尚小，里长还替他束过发；回来时有了白发，还被调遣去戍边。读者仿佛听到他那沉重的叹息声：国家总是要征兵的，但征兵次数实在太多了，太多了。从这个老兵，又叫人联想到汉乐府《十五从军征》中的那个老兵，诗中也就借汉武来比唐皇了。

从“君不闻汉家山东二百州”到“租税从何出”为二层，谈黩武战争导致农业大幅度减产和民生凋敝等严重的社会问题。诗中“山东”乃指华山以东的广大地区，由于征兵太频，造成农业劳动力投入的不足；旧时妇女从事蚕桑，在农耕方面抵不上男子，如今靠妇女种田，庄稼长势不好，农业欠收是不可避免的了。然后话头转到秦兵，也就是关西兵（关指潼关），也就是眼前这些子弟兵，古话就有“关东出相，关西出将”（《汉书·赵充国传》关作山），我们这些关西子弟是耐苦善战的，但也不能鞭打快牛、把我们像鸡狗一样看贱呀。就拿今冬眼前来说吧，还在不停征关西兵，这又怎么得了呢？最妙的是垫上一句“长者虽有问，役夫敢申恨”，口气分明是：要不是先生好心问我，我是不愿说这些话的。说是不敢申恨，而言下已俱是恨声。然后再退一步撇开百姓不说，这样打下去，对官府又有什么好处呢？官府不是要收租吗，没有收成，租税能从天上掉下来？“租税从何出”一问问得好，只怕统治者还没有清醒认识到这个问题的严重性吧。

从“信知生男恶”到篇终感叹作结，是第三层。秦时征发民夫修筑长城，民间便流传着“生男慎勿举，生女哺用脯”（见陈琳《饮马长城窟行》），无休止的战争和徭役夺去了大量男子的生命，竟使重男轻女的社会心理转变为重女轻男，在号称盛世的天宝年间竟然又出现了这种情况，不能不发人深省。“生女犹得嫁比邻，生男埋没随百草”两句实际包含着一个悖论，既然生男不免乎送死，那么生女又嫁谁呢？结果只能是出现许多老女不嫁和许多的寡妇而已。这层比较，发挥了秦时民谣的意思。最后几句，诗人站在历史的高度，通过对古战场阴森恐怖的描写，对自古以来穷兵黩武的战争进行血泪的控述。这里的鬼哭，与开篇的人哭遥相呼应，形象地反映了安史之乱前夕社会出现的不详之兆。

此诗纯用客观叙述的表现手法，前半写出征送行惨状，是记事；后半写征夫诉苦之词，是记言。诗人在诗中虽然只扮演一个采访者的角色，但他和那个主人公的思想感情实际上是打成一片的，所以历来解释此诗的人，往往就“行人”的答词究竟该在何处划句号发生争论，关键就在这个打成一片上。

此诗除句式长短错综，融合了历代民歌各种修辞手法，如顶针、问答、征引、口语化（“爷娘妻子”等语）等等，内容方面的情事紧迫和表达方面的起伏跌宕天衣无缝地统一在一起，不愧为杜诗代表作。

丽人行

杜 甫

三月三日天气新，长安水边多丽人。
态浓意远淑且真，肌理细腻骨肉匀。
绣罗衣裳照暮春，蹙金孔雀银麒麟。
头上何所有？翠微匐叶垂鬓唇。
背后何所有？珠压腰衱稳称身。
就中云幕椒房亲，赐名大国虢与秦。
紫驼之峰出翠釜，水精之盘行素鳞。
犀箸厌饫久未下，鸾刀缕切空纷纶。
黄门飞鞚不动尘，御厨络绎送八珍。
箫管哀吟感鬼神，宾从杂沓实要津。
后来鞍马何逡巡，当轩下马立锦茵。
杨花雪落覆白蘋，青鸟飞去衔红巾。
炙手可热势绝伦，慎莫近前丞相嗔！

《丽人行》是杜甫即事名篇创立的乐府诗题，诗作于天宝十二载（752）春的上巳节，上巳是中国古代的一个传统节日，又叫“修禊”（临水为祭，祛除不详），最初定在三月上旬的巳日，魏以后定为三月三日，实际上成为一个春游日。唐时长安曲江，是在汉武帝建筑的宜春苑的基础上进一步疏凿而成的国家水上公园。故首都居民在上巳日，大都来此游春修禊，据唐初王绩《三月三日赋》说，届时曲江水滨就聚“三都之丽人”。天宝十二载正是杨贵妃春风得意之时，其宠荣及于亲属，据《旧唐书》和《明皇杂录》，每到十月玄宗幸华清宫，国忠姊妹五家扈从，每家为一队，著一色衣，五家合队，照映如百花之焕发，遗钗坠钿，灿烂芳馥于路。天宝十二载春天，杜甫在曲江亲眼看到杨氏姊妹在曲江游春的种种“表演”，作为此诗，从一个侧面反映了当时的社会现实。

诗分三段。先叙曲江游女之佳丽，极写杨氏姊妹姿色之艳与服饰之盛。诗人三月三日长安水边多丽人说起，初未挑明丽人身份，好像是总写踏青之仕女，其实笔墨集中在其中的一群。从五代人所画《虢国夫人游春图》可知，杨氏诸姨出游跟随的侍女不少，都骑大马，一个个花枝招展。若是小家碧玉，“态浓”则不能“意远”（雍容大方），所谓婢学夫人，不免露出些村气；唯贵妇浓装为本色，显得脱俗，美善自然（淑真）。由于养尊处优，一个个细皮嫩肉，体形不错——骨多则瘦，肉多则肥，“骨肉匀”即纤浓适度。本来粗服乱头亦不掩国色，她们偏偏还要美上加美，看她们的全身打扮——罗衣闪闪发光，上面以金银线绣有孔雀、麒麟等吉祥图案，再看其头饰——翠玉做成的叶状首饰压在鬓角上，再看她们的背影——珠玉垂在衣裾边上很有坠性。诗中夹有“头上何所有”、“背后何所见”五言的问句，不但形成节奏，读来朗朗上口，而且暗传围观打量者窃窃私语的神情。这样一群美妇人出现在曲江，当然会引起轰动，使游众大饱眼福。

次写杨氏诸姨宴饮肴馔之阔气和排场。先用两句插说挑明这一群丽人不同寻常的身份：其中那几位丽人中的丽人，乃是当今皇上的几个姨子（云幕椒房以居处代指贵妃）。按杨贵妃有姊三人，皆封国夫人（古代贵妇最高封号）；大姊崔氏封韩国夫人，二姊裴氏封虢国夫人，三姊柳氏封秦国夫人。诗中拉下了大姊，是受字数限制，故举二以概三。然后写她们开始用“野餐”，这可不是便餐或快餐，上菜“驼峰”、“素鳞”表明食物乃水陆之珍稀，“翠釜”，“水精盘”、“犀箸”、“鸾刀”表明用具之考究，同时进餐时还有箫鼓奏乐以助食欲。就这样，那班贵妇还觉得无可下箸（对比《儒林外史》二回写周进宴请众穷酸：“每桌上摆上八九个碗，乃是猪头肉、公鸡、鲤鱼、肚肺肝肠之类，叫一声‘请’，一齐举箸，却如风卷残云一般，早去了一半”），这就惊动了御厨，赶紧精心炮制佳肴美味，由黄门太监从夹城快马递送。

面对这样一场眼花缭乱的场面，旁观者当作何感想，正处在“饥卧动即向一旬，敝衣何啻联百结”的境况之中的诗人作何感想？唾沫直往肚里咽。难怪他要高度地不满了。注意“宾从杂沓实要津”一句，表面是说杨氏诸姨的跟班很多，把住路口，担任防卫，实另有所刺。盖自天宝十一载五月杨国忠任御史大夫兼京畿采访使，同年十一月升为右相兼文部尚书，大权在握后办的第一件事，就是把他在蜀中结识的亲信鲜于仲通引荐为京兆尹，鲜于到任后即奉旨为国忠撰写颂词，并授意来

沙白一鸟飞”，着色转淡，只一“回”字便与“风急”呼应，有不胜风力之感。两句密集许多意象，写得秋声秋色俱足，而猿鸟惊秋，亦足兴起人的秋思。

次联笔势突变，不再一句三景，而作一句一景，落木萧萧、长江滚滚，已觉气势雄浑；而“无边”与“不尽”，则在空间和时间上广远延伸，境界更见阔大；音情上“萧萧下”以舌齿音传风声，“滚滚来”以开口呼传涛声，出神入化；象征上则包容十余年间人事代谢与历史变迁。

三联入情叙事，以“万里悲秋”、“百年多病”高度概括了老杜毕生经历及现实处境。其间熔铸了八九层意思：滞留客中、家山万里、常年如此、逢秋兴悲、登高又悲、独登更悲、百年过半、晚年多病等等，可谓百感交集于十四字中。

末联谓多年国恨家愁、白发日多、排解唯酒，最后一句本作“新亭”仇注曰“停通”，今人多据此释为近来（因病）断酒。裴斐引“新亭举目风景切”（《十二月一日》），谓新亭乃登高所在，即修成不久的亭子，谓末句非但不是说断饮，恰恰说的是痛饮，“潦倒”云云，即沉滞于酒也，与李白“与尔同销万古愁”同情。不同者，老杜所饮非“美酒”而是“浊酒”也。

本篇不但在内容上极为凝练，境界上极为阔大，感情上极为深沉，就形式而言也是令人叹为观止的。造次一看，首尾似“未尝有对”，中幅似“无意于对”，细按则一篇之中句句皆对、字字皆律，乃自然工稳，为杜诗中大气盘旋、沉郁悲壮风格之代表作。明代胡应麟推为古今七律第一。

绝　句

杜　甫

迟日江山丽，春风花草香。
泥融飞燕子，沙暖睡鸳鸯。

先唐以五绝写景，有所谓“一时而四景皆列”的手法，如吴筠诗：“山际见来烟，竹中窥落日。鸟向檐上飞，云从窗里出。”这种手法又称为四句整对，在杜甫绝句更为常见。作于广德二年成都草堂的“迟日江山丽”一首绝句，即运用此法。上下联皆对，工整自然。

“迟日江山丽”。《诗经·豳风·七月》云：“春日迟迟”，是说仲春的日子，白昼一天长似一天。这时风和日丽，山河特别秀美可爱。“迟日”二字笼罩全篇，给人以温暖明媚之感。

“春风花草香”。前句写春光明媚，此句则写春的气息。前句偏于触觉，此句偏于嗅觉。因“日”见“丽”，凭“风”传“香”，用字工稳可喜，又表现出景物间的联系。

前两句着力写春天给人的总体感受，较为宏观，有如画图的阔大背景。后二句则着力刻画一二细节，较具体而微。它写的是小径与溪边的景物。“泥融”、“沙暖”都承“迟日”句来。“飞燕子”、“睡鸳鸯则写出两种鸟儿，一动一静，它们分别与“泥融”、“沙暖”搭配，意蕴更加丰富。盖燕子春来忙做窠，春来土湿，它们啄泥芳径，又复飞去。鸳鸯成双作对，因春水犹寒而日照沙暖，它们便交颈而眠，贪享春天的温暖。通过两种鸟儿的动静刻画，反映了春天的勃勃生机。

全诗既从大处着眼，又众细处落墨，有联系又有对照，虽一句一景，但不零乱、单调。“丽”、“香”、“融”、“暖”等形容字，下得准确，堪称诗眼。通过美好春光的描绘，反映了饱经丧乱漂泊之苦的诗人在相对安定和平的环境中的喜悦心情。

八阵图

杜　甫

功盖三分国，名成八阵图。
江流石不转，遗恨失吞吴。

杜甫漂泊西南期间，所作咏怀古迹诗篇不少，其间有关蜀相诸葛亮的篇什尤多。《八阵图》就是一首，它作于大历元年（766）作者寓居夔州时。“八阵图”是由八种阵势(名目为：天、地、风、云、龙、虎、鸟、蛇)构成的战阵。古已有之，非始于亮。亮布八阵凡四，就中以布在夔州西南永安宫前平沙上的八阵图最为著名。据载：夔州八阵图聚细石为之，各高五尺，广十围。历然棋布，纵横相当。中间相去九尺，正中开南北巷，悉广五尺，凡六十四聚。

诗人一落笔就撇开阵图的具体描述，而以概括的笔墨点出八阵图与诸葛亮一生功名大节之关系：“功盖三分国，名成八阵图。”历史上三国局面的形成，是以诸葛亮辅佐刘备割据西蜀为标志的，“功盖三分国”就肯定了诸葛亮在三国鼎立局面的奠定上，起了无与伦比的作用。首句偏重其人的政治才具，次句则偏重军事才能，并直扣题面“八阵图”。兼资文武全才，正是诸葛亮功盖三国，名垂后世的一个重要原因。这两句诗好在既有概括性，又有针对性（当地古迹）。其概括性可与“三顾频烦天下计，两朝开济老臣心”“三分割据纡筹徽，万古云霄一羽毛”媲美，然而它只能是咏“八阵图”的诗句，不可它移。

“江流石不转”——这一句写到阵图本身来了，但仍不作一般描述，只抓住其特别引人注意的一点，著力描写。据刘禹锡《嘉话录》载：“夔州西市，俯临江沙，下有诸葛亮八阵图，宛然犹存，峡水大时，三蜀雪消之际，波涌晃漾，大木十围，枯槎百丈，随波而下，及乎水落川平，万物皆失故态，诸葛小石之堆，标聚行列依然。如是者近六百年，迨今不动。”这是一个奇迹。《诗经·邶风·柏舟》云：“我心匪石，不可转也”，本是说石头易翻转，江水的力量更不难转石。而八阵图居然“江流石不转”，不免神异。看起来五字只纪实，其实字里行间充满慨叹，有赞颂其功千载不泯的意味，直承前两句而来。同时“石不转”三字又暗逗后文的“遗恨”。

诸葛亮既然功盖三国，而八阵图又名垂千古，何以复兴汉室的大业未竟，长使英雄泪满巾呢？末句便一笔兜转，说出此“遗恨”的缘由在于“吞吴”之失。这一句诸说不同，或谓以不能灭吴为恨（旧说），或谓以先主伐吴为恨（苏轼），或谓不能制主东下为恨，或谓先主伐吴不能用其阵法为恨。大要可分两种：一将“失吞吴”释为以吞吴失计；一释为以未吞吴为失计。按“蜀主窥吴幸三峡，崩年亦在永安宫”，刘备伐吴之举，实有违于诸葛亮联吴抗曹之策略，实为蜀国在政治上走下坡路的开端。虽有阵图，亦无济于事。此因阵图所在之地而连及史事，与《蜀相》诗感慨略同。故以“失吞吴”作以吞吴为失计较优。

赠花卿

杜　甫

锦城丝管日纷纷，半入江风半入云。
此曲只应天上有，人间能得几回闻？

历来对这首诗的意见颇不一致。胡应麟以为是赠成都姓花的歌妓，不确。盖杜甫同时有《戏作花卿歌》：“成都猛物有花卿，学语小儿知姓名。”此花卿即同一人，名敬（一作惊）定，原为西川牙将，曾平定梓州段子璋之乱，其部下乘势大掠东川，本人亦恃功骄恣。杨慎说：“花卿在蜀，颇僭用天子礼乐，子美作此讥之，而意在言外，最得诗人之旨。”僭用天子礼乐，罪名未必成立，黄生已言其非，然而此诗有所讥讽，却是没有问题的。

“锦城丝管日纷纷”——写花卿在成都无日不宴饮歌舞。“锦城”即锦官城，成都别名。虽言“锦城”，根据末句“人间能得几回闻”，知此处“丝管日纷纷”并非泛指，而是就花卿幕下而言。“纷纷”二字给人以急管繁弦之感。“半入江风半入云”——乐声随风荡漾于锦江上空，依稀可闻，而更多的飘入云空，难以追摄。这句不但写出那音乐如行云流水般的美妙，而且写出了它的缥缈。“半入云”三字又逗起下文对乐声赞美——“此曲只应天上有，人间能得几回闻。”这里将乐曲比着天上仙乐，看来是对乐曲的极度称美了。晚唐李群玉就化用这两句诗来赞美歌妓："风格只应天上有，歌声岂合世间闻。"

唐时，人们常把宫廷乐曲比着"天乐"。（刘禹锡《与歌者何戡》："二十余年别帝京，重闻天乐不胜情。"）自天宝后，梨园弟子多流落人间。随着玄宗入蜀，宫廷艺人亦有流离其间。故宫中音乐颇多外传。刘禹锡《田顺郎歌》云："清歌不是世间音，玉殿常开君主心，唯有顺郎全学得，一声飞出九重深。"可见民间流传宫中曲，算不得什么"僭越"。然而杜甫说"此曲只应天上有，人间能得几回闻"，就暗示了花卿的享受几乎等同帝王。联系花敬定其人的恃功骄奢，和结语"即赞为贬"的《戏赠花卿歌》，这里显然是有所谲谏的。只不过投赠之什，措意相当委婉罢了。所以杨伦《杜诗镜诠》高度评价此诗云："似谀似（实）讽，所谓言之者无罪，闻之者足戒也。此等绝句，何减龙标（王昌龄）供奉（李白）。"

江畔独步寻花七绝句（录一）

杜 甫

黄四娘家花满蹊，千朵万朵压枝低。
留连戏蝶时时舞，自在娇莺恰恰啼。

上元元年（760）杜甫卜居成都西郭草堂，在饱经离乱之后，开始有了安身的处所，诗人为此感到欣慰。春暖花开的时节，他独自沿江畔散步，情随景生，一连成诗七首。此为组诗之六。

首句点明寻花的地点，是在"黄四娘家"的小路上。此句以人名入诗，生活情趣较浓，颇有世歌味。次句"千朵万朵"，是上句"满"字的具体化。"压枝低"，描绘繁花沉甸甸地把枝条都压弯了，景色宛如历历在目。"压"、"低"二字用得十分准确、生动。第三句写花枝上彩蝶翩跹，因恋花而"留连"不去，暗示出花的芬芳鲜妍。花可爱，蝶的舞姿亦可爱，不免使漫步的人也"留连"起来。但他也许并未停步，而继续前行，因为风光无限，美景尚多。"时时"，则不是偶尔一见，有这二字，就把春意闹的情趣渲染出来。正在赏心悦目之际，恰巧传来一串黄莺动听的歌声，将沉醉花丛的诗人唤醒。这就是末句意境。"娇"字写出莺声轻松的感觉。"恰恰"与"时时"对举，是个时间副词，它把诗人感受确定在莺歌初起的时刻，全是一种新鲜的感觉。诗在莺歌中结束，饶有余韵。读这首绝句，仿佛自己也走在千年成都郊外那条通过"黄四娘家"的路上，和诗人一同享受那春光给予视听的无穷美感。

这首诗写的是赏景，这类题材，盛唐绝句中屡见不鲜。但象此诗这样刻画十分细微，色彩异常秾丽的，则不多见。如“故人家顺桃花岸，直到门前溪水流”（常建《三日寻李九庄》），“昨夜风开露井桃，未央前殿月轮高”（王昌龄《春宫曲》），这此景都显得“清丽”；而杜甫在“花满蹊”后，再加“千朵万朵”，更添蝶舞莺歌，景色就秾丽了。这种写法，可谓前无古人。

其次，盛唐人很讲究诗句声调的和谐。他们的绝句往往能被诸管弦，因而很讲协律。杜甫的绝句不为歌唱而作，纯属诵诗，因而常常出现拗句。如此诗“千朵万朵压枝低”句，按律第二字当平而用仄。但这种“拗”绝不是对音律的任意破坏，“千朵万朵”的复叠，便具有一种口语美。而“千朵”的“朵”与上句相同位置的“四”字，虽同属仄声，但彼此有上、去声之别，声调上仍有变化。诗人也并非不重视诗歌的音乐美。这表现在三、四双声词、象声词与叠字的运用。“留连”、“自在”均为双声词，如贯珠相联，音调婉转。“时时”、“恰恰”为叠字，既使上下两句形成对仗，使语意更强，更生动，更能表达诗人迷恋在花、蝶之中，忽又被莺声唤醒的刹那间的快意。这两句除却“舞”、“莺”二字，均为舌齿音，这一连串舌齿音的运用造成一种喁喁自语的语感，维妙维肖地状出看花人为美景陶醉、惊喜不已的感受。声音的效用极有助于心情的表达。

在句法上，盛唐诗句多天然浑成，杜甫则与之异趣。比如“对结”（后联骈偶）乃初唐绝句格调，盛唐绝句已少见，因为这种结尾很难做到神完气足。杜甫却因难见巧，如此诗后联发戏对仗工稳，又饶有余韵，使人感到用得恰到好处：在赏心悦目之际，听到莺歌“恰恰”，不是更使人陶然神往么？此外，这两句按习惯文法应作：戏蝶留连时时舞，娇莺自在恰恰啼。把“留连”、“自在”提到句首，既是出于音韵上的需要，同时又在语意上强调上它们，使含义更易为人体味出来，句法也显得新颖多变。

绝 句

杜 甫

两个黄鹂鸣翠柳，一行白鹭上青天。
窗含西岭千秋雪，门泊东吴万里船。

公元762年，成都尹严武入朝，蜀中发生动乱，杜甫一度避往梓州，翌年安史之乱平定，再过一年，严武还镇成都。杜甫得知这位故人的消息，也跟着回到成都草堂。这时他的心情特别好，面对这生气勃勃的景象，情不自禁，写下了这一组即景小诗。兴到笔随，事先既未拟题，诗成后也不打算拟题，干脆以“绝句”为题。

诗的上联是一组对仗句。草堂周围多柳，翠绿的柳枝上有成对黄鹂在欢唱，一派愉悦景象，有声有色，构成了新鲜而优美的意境。“两个黄鹂”，成双成对，呈现一片生机，具有喜庆的意味。次句写蓝天上的白鹭在自由飞翔。这种长腿鸟飞起来姿态优美，自然成行。晴空万里，一碧如洗，白鹭在“青天”映衬下，色彩极其鲜明。两句中一连用了“黄”、“翠”、“白”、“青”四种鲜明的颜色，织成一幅绚丽的图景；首句还在声音的描写，传达出无比欢快的感情。

诗的下联也由对仗句构成。上句写凭窗远眺西山雪岭。岭上积雪终年不化，所以积聚了“千秋雪”。而雪山在天气不好时见不到，只有空气清澄的晴日，它才清晰可见。用一“含”字，此景仿佛是嵌在窗框中的一幅图画，近在目前。观赏到如此难得见到的美景，诗人心情的舒畅不言而喻。下句再写向门外一瞥，可以见到停泊在江岸边的船只。江船本是常见的。但“万里船”三字却意味深长。因为它们来自“东吴”。当人们想到这些船只行将开行，沿岷江、穿三峡，直达长江下游时，就会觉得很不平常。因为多年战乱，看到来自东吴的船只，诗人也可“青春作伴好还乡”了，怎不叫人喜上心头呢？“万里船”与“千秋雪”相对，一言空间之广，一言时间之久。诗人身在草堂，思接千载，视通万里，胸次何等开阔！

全诗看起来是一句一景，是四幅独立的图景。而一以贯之，使其构成一个统一意境的，正是诗人的内在情感。一开始表现出草堂的春色，诗人的情绪是陶然的，而随着视线的游移、景物的转换，江船的出现，便触动了他的乡情。四句景语就完整地表现了诗人这种复杂细致的内心思想活动。

夔州歌

杜 甫

中巴之东巴东山，江水开辟流其间。
白帝高为三峡镇，瞿塘险过百牢关。

长江滔滔东流至四川奉节，即古代的夔州，就进入了举世闻名的长江三峡之第一峡——瞿塘峡。此诗作于大历初，描绘歌颂了此处的山川形胜。

东汉末刘璋据蜀，分其地为三巴，有中巴，西巴，东巴。夔州为巴东郡，在“中巴之东”。“巴东山”即大巴山，在川、陕、鄂三省边境，诗中特指三峡两岸连山。“巴”、“东”字在首句重复，前分后合，构成由舒缓转急促的节拍，使人从声音上感受到大山的气势。“中巴之东巴东山”，七字皆阴平声，更属创格，形成单一而奇崛的音调，有助于气氛渲染，给人以石破天惊之感。次句写江水，“开辟”用如时间副词，意为从开天辟地以来，自古以来。不说“自古”而说“开辟”，是因为“自古”只能表达一个抽象的时间概念，而“开辟”这个联合结构动词富于形象性，能引起一种动感，仿佛夔门的形成是浪打波穿的结果，既突出自然伟力，又见出其地势的古老和险要。

前两句从较大角度，交代出夔州的地理环境，下两句进而更具体地描绘其山川形胜。“白帝”即白帝城，城在夔州之东的北岸高峰顶上。这里是公孙述割据称雄之处，也是三国时蜀汉防东吴的要冲，因它守住瞿塘峡口，足资镇压，所以说是“三峡镇”。在湍急的瞿塘峡江心，旧时有滟滪堆，冬日出水，夏日没入水中成为暗礁，所以“其间道路古来难”，不可谓不险。“百牢关”在汉中，两岸绝壁相对而立，六十里不断，因为它和夔州的瞿塘相似，所以用来作比。下联十四字抓住“高”、“险”特征，笔力千钧，把“高江急峡”写得极有气势。两句分承山水，句式对仗，音韵砍截，与散行作结风味全殊。

如果我们用盛唐绝句传统手法作对照，就会发现此诗在写作上有以下几个突出特点：一，传统绝句注重音调的平仄谐调，句格的稳顺；而此诗有意追求拗调，首句全用平声字，给人以奇离突兀之感。二，传统绝句注重风调，追求一唱三叹之音，尾联多取散行，一般“以第三句为主，第四句发之”（杨仲弘语），构成转合，即使用对结，也多采取流水对；这首诗的后二句用骈偶作结，类半首律诗，诗意的转折在两联之间，结束的音调戛然而止。三，传统绝句注重情景交融的表现手法，纯写景的不多，而此诗两联皆分写山水。纯乎写景，却又并非无情。它通过奇突雄浑的自然景物的描写，取得激动人心的艺术效果，读者能感到诗人对祖国奇异山川的热爱和由衷的赞美。

戏为六绝句（录一）

杜　甫

王杨卢骆当时体，轻薄为文哂未休。
尔曹身与名俱灭，不废江河万古流。

杜甫在绝句题材的开拓上厥功甚伟，以绝句评论诗文就是他肇端的。后世仿效者绵绵不绝，如元好问、王士禛等俱有名篇，“论诗绝句”遂为百代不易之一体。《戏为六绝句》是杜甫论诗绝句的代表作。这一篇可称“初唐四杰论”。

盖唐代诗歌理论自陈子昂、李白提出复古主张以后，明确了诗歌发展方向，然而某些人理解片面，粗暴地全盘否定六朝文学，殃及“四杰”——即“王（勃）、杨（炯）、卢（照邻）、骆（宾王）”。四杰本来已有意识摆脱传统因袭的负担，从色情、宫筵等黄色无聊的题材中解放出来，将视野转向广阔的社会生活，同时在律绝歌行等诗体的发展上也有贡献。但因他们尚未全然摆脱六朝藻绘余习，有人就对他们求全责备，吹毛求疵。如《玉泉子》载："时人之议，杨好用古人姓名，谓之点鬼薄；骆好用数对，谓之算博士。"即其一端。至于以"轻薄为文（诗）"哂之，又更甚焉。

杜甫不能同意这种对待遗产的见解和态度。"王杨卢骆当时体，轻薄为文哂未休。"二句首先揭这种时弊，而且表明了自己的反对态度。"当时体"这个创语，包含有一个极为精辟的见解，即任何作家都是"当时"历史的产物，诗风文风的形成与时代有关。正确的批评态度，是把它放到一定历史环境中去考察，看它是进步的还是落后乃至反动的，而不能以今例古，苛求前人。用这种观点来看王杨卢骆尚染六朝色彩的诗文，就会发现尽管它们还留有六朝色彩，但毕竟有了新的气象，足称初唐之"当时体"，符合诗文发展的进步趋势。当然，实事求是的批判也是需要的，杜甫本人在同一组诗的"其三"中亦曾指出四杰"劣于汉魏近风骚"，对他们做了事实求是的批评。而不加分析的"哂未休"，就难说是正确的态度了。

轻诋前贤者大抵眼高手低，而杜甫所指时人连眼亦不高。他们苛责前贤，又不能反求诸已。这正是刚肠嫉恶的杜甫所不能容忍的，因此后两句进而对这些人发一当头棒喝——"尔曹身与名俱灭，不废江河万古流。"吏炳《杜诗琐证》解道："言四子文体，自是当时风尚，乃嗤其轻薄者至今未休。曾不知尔曹名俱灭，而四子之文不废，如江河万古常流。"这里，杜甫对四杰赞以不朽，给予充分肯定。这正是在认清其历史功过得失的基础上作出的，所以一字千钧，力能扛鼎。

江南逢李龟年

杜　甫

岐王宅里寻常见，崔九堂前几度闻。
正是江南好风景，落花时节又逢君。

大历五年（770）作于长沙。李龟年是开元天宝间著名歌唱家，《明皇杂录》云："开元中，乐工李龟年善歌，特承顾遇，于东都洛阳大起第宅。其后流落江南，每遇良辰胜景，为人歌数阕，座中闻之，莫不掩泣罢酒。"杜甫年轻时出入于洛阳社交界、文艺界（翰墨场），曾多次领略过李龟年的歌声。昨天的大名人，今日的漂泊者。猝然相遇，慨何胜言。诗人将可以写成大部头回忆录的内容，铸为一首绝句，然二十八字中有太多的沧桑。

岐王是玄宗的御弟李范，崔九即玄宗朝任殿中监的崔涤——他是中书令崔湜的弟弟，这两人的堂宅分别在东都洛阳的崇善坊、遵化里。他们都是礼贤下士、在文艺界广有朋友的权贵人物，其堂宅也就自然成为当时的文艺沙龙。大歌星李龟年，洛阳才子杜甫都曾是这里的座上客。所以只一提“岐王宅”、“崔九堂”，当年王侯第宅、风流云集，种种难忘的旧事，就会一齐涌上心头。“寻常见”又意味着后来的多年不见和今日的难得再见，“几度闻”意味着后来的多年不闻和今日难得重闻。（杜甫该是从那变得悲凉的歌声中发现李龟年的吧）。意味深长：当年没人会给“寻常”的东西以足够的重视，而今失去随时相聚的机会，相逢的经常性（寻常）本身也就成了值得珍视（不同寻常）的东西了。这就是沧桑之感。

后二句写重逢，和以前的“寻常”和“几度”相呼应，是今日的“又重逢”。表面的口气象是说在彼此相逢的次数上又增加了一次，事实却不像它声称的、如同春回大地的那样简单。江南的春天的确照样来临，然而国事是“战血流依旧，军声动至今”，身世是“飘飘何所似，天地一沙鸥”。如此重逢岂容易哉！今日重逢，几时能再？李龟年还在唱歌，然而“风流（已）随故事,（又哪能）语笑合新声？”（李端《赠李龟年》）他正唱着“红豆生南国”、“清风明月苦相思”一类盛唐名曲，赚取乱离中人的眼泪，盛唐气象早已一去不返了。这恰如异日孔尚任《桃花扇》中《哀江南》一套所唱：“俺曾见，金陵玉殿莺啼晓，秦淮水榭花开早，谁知道容易冰消。眼看他起朱楼，眼看他宴宾客，眼看他楼塌了。……残山梦最真，旧境丢难掉，不信这舆图换稿。诌一套哀江南，放悲声唱到老。”诗中“落花时节”的“好风景”，却暗寓着“流水落花春去也，天上人间”的沧桑感和悲怆感；四十年一相逢，今虽“又逢”，几时还“又”。

诗当是重逢闻歌抒感，却无一字道及演唱本身，无一字道及四十年间动乱巨变，无一字直抒忧愤。然“世运之治乱，年华之盛衰，彼此之凄凉流落，俱在其中”（《唐诗三百首》），这才叫“不著一字，尽得风流。”

【常非月】 生卒年不详。玄宗天宝初官西河尉。《全唐诗》存诗1首。

咏谈容娘

常非月

举手整花钿，翻身舞锦筵。
马围行处匝，人压看场圆。
歌索齐声和，情教细语传。
不知心大小，容得许多怜？

《踏摇娘》是起源于南北朝时代的一种歌舞性戏剧表演，流行于唐代，俗又讹为“谈容娘”。崔令钦《教坊记》载之甚详：“北齐有人姓苏，疱鼻，实不仁，而自号为郎中。嗜饮酗酒，每醉辄殴其妻，妻含悲诉于邻里。时人弄之（表演这故事），丈夫着妇人衣，徐步入场行歌，每一叠，旁人齐声和之云：‘踏摇和来，踏摇娘苦和来’。以其且步且歌，故谓之‘踏摇’，以称其冤，故言‘苦’。及其夫至，则作殴斗之状，以为笑乐。今则妇人为之，遂不呼‘郎中’，但云‘阿叔子’，调弄又加典库（当铺），全失其旨。或呼为‘谈容娘’，又非。”常非月生平不详，只知他作过西河尉，《全唐诗》存诗一首。但就是他仅有的这篇作品，却以取材的别致，和表现的出色，成为引人注目的一首唐诗。

《踏摇娘》这种歌舞剧有两个角色，而主角则是一位能歌善舞，却遇人不淑的女性。她的丈夫是个形貌丑陋、脾气暴躁的酒鬼，官运不通，拿老婆作出气筒。可知剧中女角好比“一朵鲜花插在牛粪上”，是最能够博得观众同情的。诗一开始就描绘了这个剧中人给人美丽堪怜的形象：“举手整花钿，翻身舞锦筵。”锦筵是舞台陈设，而一举手、一翻身两个动作细节，则暗示了那位女角色艺双绝，实在可爱。剧场必定喝彩声四起。

但诗人接下去并不复述剧情，却给读者展示了看场热闹拥挤的情况：“马围行处匝，人压看场圆。”这是一场露天表演，“行处”“看场”，即“剧团”扯开的场子。在最外围，拴着一圈儿马，想必是“剧团”的牲口，也许有观众托管的马匹。而内圈则由观众密密匝匝地围成，“压”一作“簇”，形容人众之多，煞是热闹。从这个阵容和场面，可想那表演一定是十分的精采了。

紧接着，诗笔一转，又回到表演上来。如果说第一、二句写的是演员的做功，这两句则侧重于说唱功夫。歌舞剧兼重唱与做，有色还须有声。而《踏摇娘》唱法特点是主角每唱完一段，后台便要齐声帮腔赞和，每当“踏摇和来（‘和来’二字当系泛声无实义），踏摇娘苦和来”的合唱一起，观众的情绪便激动起来，满堂喝采。这就是“歌索齐声和。”但细微的表情，还得靠女主角道白传出，这时全场哑静，洗耳静听。这就是“情教细语传”了。这细语所传之情不是别的，就是红颜薄命，惨遭摧残的苦情。而苦戏，较之悲剧或喜剧，都更能博得中国市井细民的同情之泪，这是文化史上的一个事实。所以诗人最后借梁陈诗人之句慨叹道：“不知心大小，容得几多怜。”“大小”是个疑问词，即“有多大”的意思（同类词有“早晚”——多久等）。二句充分表明了《踏摇娘》（即谈容娘）这一苦剧产生的审美效果。

这首“咏谈容娘”诗虽短小，却不止着眼于表演本身，还适当地涉及了剧场的环境氛围。不仅给戏剧史提供了宝贵资料，就诗论诗，也有烘云托月的作用。写表演的诗句，被分割于首联与颈联，且各有侧重。好比蒙太奇手法，先是演员亮相时的绝招特写；继而是观众与剧场外围全景；然后回到舞台，剧情已经进入高潮……。这样写，时空处理极为灵活，增大了诗的容量，增强了诗歌的表现力。

【岑参】（715—770）唐荆州江陵（今属湖北）人，郡望南阳（今属河南）。玄宗天宝五载（746）进士及第，天宝间曾两度出塞，充任安西、北庭节度使府掌书记、节度判官。肃宗时历任右补阙、起居舍人、虢州长史等职。代宗大历二年（767）任嘉州刺史，客死成都。有《岑嘉州集》。

走马川行奉送封大夫出师西征

岑　参

君不见走马川，雪海边，平沙莽莽黄入天。
轮台九月风夜吼，一川碎石大如斗，随风满地石乱走。
匈奴草黄马正肥，金山西见烟尘飞，汉家大将西出师。
将军金甲夜不脱，半夜军行戈相拨，风头如刀面如割。
马毛带雪汗气蒸，五花连钱旋作冰，幕中草檄砚水凝。
虏骑闻之应胆慑，料知短兵不敢接，车师西门伫献捷。

岑参笔下人物多是理想化的英雄，有其现实基础最直接、最当指出的便是节度使封常清。岑参有不少杰作都是献给此人的。封常清是一个富于传奇性的人物，瘦瘠跛足，精通兵法，是唐代武将中起自细微而位至公卿的奇才。今存为岑诗中为封氏所作的多篇出征歌和凯歌，乃是诗人平生最得意之作。这首诗是岑参在轮台时为封常清出师播仙而写的，是作者的代表作之一。全诗三句一韵，韵自为解。

前三句写平沙万里的西部风光，其中运用西部地名“走马川”、“雪海”，顿觉有异国情调。“平沙莽莽黄入天”，既言“平沙”，就不是指飞沙（如“大漠风尘日色昏），而是展现“平沙万里绝人烟”的沙碛昼景。为紧接写飞沙走石蓄势。夜来风云突变，打破了日间的寂静，静动相生，构成奇趣。这是怎样一种“飞沙走石”！民间倒反歌中的“直刮得石头满街滚”，在西部却是一种事实，句有奇趣，——一位新诗人拟曰“轮台的风吹落斗大陨石，一块雹子砸死一匹骆驼，热海的月亮烙熟葱饼”，颇为神似。风云突变又预示着战局突变，或突如其来的军机。果然，气象预兆落实在军情上，本节匈奴的张狂与唐将的从容，形成对照。

接来下就写夜行军，这是本篇独出心裁的构思。全诗没有一句写接仗，通过夜行军中唐军纪律的严明、精神的振奋、士气的高涨，暗示战斗的必然结果。便是所谓不著一字，尽得风流。“将军金甲夜不脱，半夜军行戈相拨，风头如刀面如割”三句，一句见将士上下一心（这与高适《燕歌行》的取向完全不同），一句见军纪严明（兵戈撞击的声音反衬出行军的肃静），一句以句中排形式、通过人的感觉写霜风之厉害，像刀子在脸上拉。黑夜霜风，越是环境艰苦，越是衬托出将士的英勇无畏。夜袭敌人，兵贵神速，又增加了成功的机遇。

然后，作者通过马背热汗、砚中墨汁瞬息成冰，以小见大，状出天气酷寒程度，既极富西北生活实感，又颇具奇趣，一再以环境的艰苦，衬托主公无畏形象。经过两度烘托，决胜信心已溢言表，故跳过接仗，预想敌人闻风胆丧，大军兵不血刃，捷报倚马可待。干净利落，出乎意外，得其圜中。

本篇在写景状物、叙事抒情方面颇多奇趣，体现了岑诗的特点。尤其突出的是三句一韵的体式，乃吸收了汉代以后民间歌谣中三三七和七言三句构成句群的形式，扩成长篇，意思三句一转，韵脚三句一变，句位密集，平仄交替，从而形成强烈的声势和急促的音调，成为以语言音响传达生活音响的成功范例。

轮台歌奉送封大夫出师西征

岑　参

轮台城头夜吹角，轮台城北旄头落。
羽书昨夜过渠黎，单于已在金山西。
戍楼西望烟尘黑，汉兵屯在轮台北。
上将拥旄西出征，平明吹笛大军行。
四边伐鼓雪海涌，三军大呼阴山动。
虏塞兵气连云屯，战场白骨缠草根。
剑河风急雪片阔，沙口石冻马蹄脱。
亚相勤王甘苦辛，誓将报主静边尘。
古来青史谁不见，今见功名胜古人。

这首七古与《走马川行》系同一时期、为同一事、赠同一人之作。但《走马川行》未写战斗，通过将士顶风冒雪的夜行军情景烘托必胜之势；此诗则直写战阵之事，具体手法与前诗也有所不同。

起首六句写战斗以前两军对垒的紧张状态。虽是制造气氛，却与《走马川行》从自然环境落笔不同。那里是飞沙走石，暗示将有一场激战；而这里却直接从战阵入手：军府驻地的城头，角声划破夜空，呈现出一种异样的沉寂，暗示部队已进入紧张的备战状态。据《史记·天官书》："昴为髦头（旄头），胡星也"，古人认为旄头跳跃主胡兵大起，而"旄头落"则主胡兵覆灭。"轮台城头夜吹角，轮台城北旄头落"，连用"轮台城"三字开头，造成连贯的语势，烘托出围绕此城的战时气氛。把"夜吹角"与"旄头落"两种现象联系起来，既能表达一种敌忾，又象征唐军之必胜。气氛酿足，然后倒插一笔："羽书昨夜过渠黎（在今新疆轮台县东南），单于已在金山(阿尔泰山)西"，交待出局势紧张的原因在于胡兵入寇。因果倒置的手法，使开篇奇突警湛。"单于已在金山西"与"汉兵屯在轮台北"，以相同句式，两个"在"字，写出两军对垒之势。敌对双方如此逼近，以至"戍楼西望烟尘黑"，写出一种濒临激战的静默。局势之紧张，大有一触即发之势。

紧接四句写白昼出师与接仗。手法上与《走马川行》写夜行军大不一样，那里是衔枚急走，不闻人声，极力描写自然；而这里极力渲染吹笛伐鼓，是堂堂之阵，正正之旗，突出军队的声威。开篇是那样奇突，而写出师是如此从容、镇定，一张一弛，气势益显。作者写自然好写大风大雪、极寒酷热，而这里写军事也是同一作风，将是拥旄(节旄，军权之象征)之"上将"，三军则写作"大军"，士卒呐喊是"大呼"。总之,"其所表现的人物事实都是最伟大、最雄壮的、最愉快的，好像一百二十面鼓，七十面金钲合奏的鼓吹曲一样，十分震动人的耳鼓。和那丝竹一般细碎而悲哀的诗人正相反对。"（徐嘉瑞）于是军队的声威超于自然之上，仿佛冰冻的雪海亦为之汹涌，巍巍阴山亦为之摇撼，这出神入化之笔表现出一种所向无敌的气概。

"三军大呼阴山动"，似乎胡兵将败如山倒。殊不知下面四句中，作者拗折一笔，战斗并非势如破竹，而斗争异常艰苦。"虏塞兵气连云屯"，极言对方军队集结之多。诗人借对方兵力强大以突出己方兵力的更为强大，这种以强衬强的手法极妙。"战场白骨缠草根"，借战场气氛之惨淡暗示战斗必有重大伤亡。以下两句又极写气候之奇寒。"剑河"、"沙口"这些地名有泛指意味，地名本身亦似带杀气；写风曰"急"，写雪片曰"阔"，均突出了边地气候之特征；而"石冻马蹄脱"一语尤奇：石头本硬，"石冻"则更硬，竟能使马蹄脱落，则战争之艰苦就不言而喻了。作者写奇寒与牺牲，似是渲染战争之恐怖，但这并不是他的最终目的。作为一个意志坚韧、喜好宏伟壮烈事物的诗人，如此淋漓兴会地写战场的严寒与危苦，是在直面正视和欣赏一种悲壮画面，他这样写，正是歌颂将士之奋不顾身。他越是写危险与痛苦，便越发得意，好像吃辣子的人，越辣的眼泪出，便越发快活。下一层中说到"甘苦辛"，亦应有他自身体验在内。

末四句照应题目，预祝奏凯，以颂扬作结。封常清于天宝十三载以节度使摄御史大夫，御史大夫在汉时位次宰相，故诗中美称为"亚相"。"誓将报主静边尘"，虽只写“誓”，但通过前面两层对战争的正面叙写与侧面烘托，已经有力地暗示出此战必胜的结局。末二句预祝之词，说“谁不见”，意味着古人之功名书在简策，万口流传，早觉不新鲜了，数风流人物，则当看今朝。“今见功名胜古人”，朴质无华而掷地有声，遥应篇首而足以振起全篇。上一层写战斗艰苦而此处写战胜之荣耀，一抑一扬，跌宕生姿。前此皆两句转韵，节奏较促，此四句却一韵流转而下，恰有奏捷的轻松愉快之感。在别的诗人看来，一面是“战场白骨缠草根”而一面是“今见功名胜古人”，不免生出“一将功成万骨枯”一类感慨，盖其同情在于弱者一面。而作为盛唐时代浪漫诗风的重要代表作家的岑参，无疑更喜欢强者，喜欢塑造“超人”的形象。读者从“古来青史谁不见，今见功名胜古人”所感到的，不正如此么？

全诗四层写来一张一弛，顿挫抑扬，结构紧凑，音情配合极好。有正面描写，有侧面烘托，又运用象征、想象和夸张等手法，特别是渲染大军声威，造成极宏伟壮阔的画面，使全诗充满浪漫主义激情和边塞生活的气息，成功地表现了三军将士建功报国的英勇气概。就此而言，又与《走马川行》并无二致。

白雪歌送武判官归京

岑　参

北风卷地白草折，胡天八月即飞雪。
忽如一夜春风来，千树万树梨花开。
散入珠帘湿罗幕，狐裘不暖锦衾薄。
将军角弓不得控，都护铁衣冷难着。
瀚海阑干百丈冰，愁云惨淡万里凝。
中军置酒饮归客，胡琴琵琶与羌笛。
纷纷暮雪下辕门，风掣红旗冻不翻。
轮台东门送君去，去时雪满天山路。
山回路转不见君，雪上空留马行处。

此诗是一首咏雪送人之作。天宝十三载（754）岑参再度出塞，充任安西北庭节度使封常清的判官。武某或即其前任，为送他归京，写下此诗。“岑参兄弟皆好奇”（杜甫《渼陂行》），读此诗处处不要忽略一个“奇”字。

此诗开篇就奇突，未及白雪而先传风声，所谓“笔所未到气已吞”——全是飞雪之精神。大雪必随刮风而来，“北风卷地”四字，妙在由风而见雪。“白草”，据《汉书·西域传》颜师古注，乃西北一种草名，王先谦补注谓其性至坚韧。然经霜草脆，故能断折(如为春草则随风俯仰不可“折”)。“白草折”又形出风来势猛。八月秋高，而北地已满天飞雪。“胡天八月即飞雪”，一个“即”字，维妙维肖地写出由南方来的人少见多怪的惊奇口吻。

塞外苦寒，北风一吹，大雪纷飞，诗人以“春风”使梨花盛开，比拟“北风”使雪花飞舞，极为新颖贴切。“忽如”二字下得甚妙，不仅写出了“胡天”变幻无常、大雪来得急骤，而且，再次传出了诗人惊喜好奇的神情。“千树万树梨花开”的壮美意境，颇富有浪漫色彩。南方人见过梨花开繁的景象，那雪白的花不是一朵一朵，而是一团一团，花团锦簇，压枝欲低，与雪压冬林的景象极为神似。春风吹来梨花开，竟至“千树万树”，重叠的修辞表现出景象的繁荣壮丽。“春雪满空来，触处似花开”(东方虬《春雪》)，也以花喻雪，匠心略同，但无论豪情与奇趣都得让此诗三分。诗人将春景比冬景，尤其将南方春景比北国冬景，几使人忘记奇寒而内心感到喜悦与温暖，着想、造境俱称奇绝。要品评这咏雪之千古名句，恰有一个成语——“妙手回春”。

以写野外雪景作了漂亮的开端后，诗笔从帐外写到账内。那片片飞“花”飘飘而来，穿帘入户，沾在幕帏上慢慢消融……“散入珠帘湿罗幕”一语承上启下，转换自然从容，体物入微。“白雪”的影响侵入室内，倘是南方，穿“狐裘”必发炸热，而此地“狐裘不暖”，连裹着软和的“锦衾”也只觉单薄。“一身能擘两雕弧”的边将，居然拉不开角弓；平素是“将军金甲夜不脱”，而此时是“都护铁衣冷难着”。二句兼都护（镇边都护府的长官）将军言之，互文见义。这四句，有人认为表现着边地将士苦寒生活，仅着眼这几句，谁说不是？但从“白雪歌”歌咏的主题而言，主要是通过人和人的感受，通过种种在南来人视为反常的情事写天气的奇寒，写白雪的威力。这真是一支白雪的赞歌呢。通过人的感受写严寒，手法又具体真切，不流于抽象概念。诗人对奇寒津津乐道，使人不觉其苦，反觉冷得新鲜，寒得有趣。这又是诗人“好奇”个性的表现。

场景再次移到帐外，而且延伸向广远的沙漠和辽阔的天空：浩瀚的沙海，冰雪遍地；雪压冬云，浓重稠密，雪虽暂停，但看来天气不会在短期内好转。“瀚海阑干百丈冰，愁云惨淡万里凝”，二句以夸张笔墨，气势磅礴地勾出瑰奇壮丽的边塞雪景，又为“武判官归京”安排了一个典型的送别环境。如此酷寒恶劣的天气，长途跋涉将是艰辛的呢。“愁”字隐约对离别分手作了暗示。

于是写到中军帐（主帅营帐）置酒饮别的情景。如果说以上主要是咏雪而渐有寄情，以下则正写送别而以白雪为背景。“胡琴琵琶与羌笛”句，并列三种乐器而不写音乐本身，颇似笨拙，但仍能间接传达一种急管繁弦的场面，以及“总是关山旧别情”的意味。这些边地之器乐，对于送者能触动乡愁，于送别之外别有一番滋味。写饯宴给读者印象深刻而落墨不多，这也表明作者根据题意在用笔上分了主次详略。

送客送出军门，时已黄昏，又见大雪纷飞。这时看见一个奇异景象：尽管风刮得挺猛，辕门上的红旗却一动也不动——它已被冰雪冻结了。这一生动而反常的细节再次传神地写出天气奇寒。而那白雪为背景上的鲜红一点，那冷色基调的画面上的一星暖色，反衬得整个境界更洁白，更寒冷；那雪花乱飞的空中不动的物象，又衬得整个画面更加生动。这是诗中又一处精彩的奇笔。

送客送到路口，这是轮台东门。尽管依依不舍，毕竟是分手的时候了。大雪封山，路可怎么走啊！路转峰回，行人消失在雪地里，诗人还在深情地目送。这最后的几句是极其动人的，成为此诗出色的结尾，与开篇悉称。看着“雪上空留”的马蹄迹，他想些什么？是对行者难舍而生留恋，是为其“长路关山何时尽”而发愁，还是为自己归期未卜而惆怅？结束处有悠悠不尽之情，意境与汉代古诗“步出城东门，遥望江南路，前日风雪中，故人从此去”名句差近，用在诗的结处，效果更佳。

充满奇情妙思，是此诗主要的特色（这很能反映诗人创作个性）。作者用敏锐的观察力和感受力捕捉边塞奇观，笔力矫健，有大笔挥洒（如“瀚海”二句），有细节勾勒（如“风掣红旗冻不翻”），有真实生动的摹写，也有浪漫奇妙的想象（如“忽如”二句），再现了边地瑰丽的自然风光，充满浓郁的边地生活气息。全诗融合着强烈的主观感受，在歌咏自然风光的同时还表现了雪中送人的真挚情谊。诗情内涵丰富，意境鲜明独特，具有极强的艺术感染力。诗的语言明朗优美，又利用换韵与场景画面交替的配合，形成跌宕生姿的节奏旋律。诗中或二句一转韵，或四句一转韵，转韵时场景必更新：开篇入声、起音陡促，与风狂雪猛画面配合；继而音韵轻柔舒缓，随即出现“春暖花开”的美景；以下又转沉滞紧涩，出现军中苦寒情事；末四句渐入徐缓，画面上出现渐行渐远的马蹄印迹，使人低回不已。全诗音情配合极佳，当得“有声画”的称誉。

热海行送崔侍御还京

岑　参

侧闻阴山胡儿语，西头热海水如煮。海上众鸟不敢飞，中有鲤鱼长且肥。
岸旁青草常不歇，空中白雪遥旋灭。蒸沙烁石燃虏云，沸浪炎波煎汉月。
阴火潜烧天地炉，何事偏烘西一隅。势吞月窟侵太白，气连赤坂通单于。
送君一醉天山郭，正见夕阳海边落。柏台霜威寒逼人，热海炎气为之薄。

岑参是一个与平庸无缘的诗人，他生性好奇，喜欢富于刺激性的生活。三十及第受官后，曾一度陷入苦闷，然而一窥塞垣，则精神为之振奋。嵩高与京华的一切离他远了，然而他有了写不完说不尽的冰川雪海，火山沙漠，烽火杀伐，以及比这一切更刺人心肠的悲恸与快乐。在新印象与强刺激中，岑参进入了创作的成熟期和丰收期，成为大西北的豪迈歌手。岑参诗歌创作有一种独特现象，即其每逢上司或僚友出征或还京之际，总忘不了唱一首大西北的赞歌为之送行，诗歌标题大抵相类："白雪歌送武判官归京"、"走马川行奉送出师西征"、"天山雪歌送萧治归京"、"火山云歌送别"……，这类诗歌中，杰作极多，《热海行送崔侍御还京》也属于这类诗作。

"热海"即今吉尔吉斯境内的伊塞克湖，唐时属安西都护府辖区。岑参出塞"行到安西更向西"（《过碛》），仍未能达到直线距离去安西都护府约有千里之遥的热海。"侧闻阴山（此泛指边地的山）胡儿语，西头热海水如煮"，表明作者对热海的了解来自传闻，而这传闻得自当地土著"胡儿"。"水如煮"三字形象地渲染热海之"热"，是内地人闻所未闻的。大概崔侍御（侍御史是居殿中纠察不法的官吏）还没听说过，所以诗人要对他夸一夸这比"火山"更稀奇的热海。

篇首八句便揉合传闻与想象，对热海绘声绘色，加以渲染：热海气候之酷热难以形容，海水烫得快沸腾了。别处"胡天八月即飞雪"，而热海则十分反常，白雪还没有到达其地，就早已化灭得无影无踪。这里，诗人的超凡出奇处在于，他一面夸张自然环境的恶劣，一面赞美顽强的生命：鸟儿纵然避开了炎热的湖面，然而湖中却出产一种赤鲤，它们不但活泼泼存在着，而且肥硕长大；这与岸旁经过严酷生存竞争考验，获得惊人的抗旱耐温性能的青草之生生不息，彼此辉映着，唱出了一支生命力的颂歌。尽管他一面骇人听闻地唱着："蒸沙烁石燃虏云"呀，"沸浪炎波煎汉月"呀，几乎令听者汗流夹背；却仍使人觉得诗人是在津津有味夸耀他最感兴味的事体，同时与之发生共鸣，感到痛快。"燃云"、"煎月"的说法，实在匪夷所思。一处有一处的云彩，故谓此处之云为"虏云"；月亮却只有一个，故此地之月亦即"汉月"，措语惬心贵当。诗笔的挥纵自如，表明着诗人兴会无前。

经过上述渲染，紧接四句是诗人的慨叹。他借用了贾谊《鵩鸟赋》"天地为炉"的说法，而扬弃了其"万物为铜"的感喟，说道：仿佛地底的"阴火"（相对太阳之炎而言）一齐烧向了西北边陲，令人不解其故。那炎热的威力不但统治了边地（"月窟"指西陲，"单于"指单于都护府所在地），而且影响东渐（"赤坂"在陕西洋县东龙亭山），甚至远达天庭的太白星。"吞"、"侵"、"连"、"通"四字一气贯注，准确、有力而又酣畅。诗人似乎在责问造物："阴火潜烧天地炉，何事偏烘西一隅？"然而从他作诗的兴头看，这与其说表示着遗憾，毋宁说是变相的惊喜。

末四句，诗人回到送别的话题："送君一醉天山郭，正见夕阳海边落。"以景色转换话头，十分自如。饯宴座中哪能看见热海？夕阳西下的景色却是能看到的。

这时宾主俱醉，既醉于酒，又陶醉于那关于热海的传说，也就好像看到“夕阳海边落”。“正见”的口气，却又写幻如真。这时的热海，又和神话中日浴处的咸池合二为一了。《汉书·朱博传》谓“御史府中列柏台”，诗中即以“柏台”代称崔侍御。又因为侍御史为执法吏，有肃杀之气，故谓之“霜威寒逼人。”这里写人，用了一个寒冷的喻象，与诗中的热海折中一下。给“热海炎气”浇了一瓢凉水。既承上写足热海主题，使人感到余兴不浅；又十分凑手地表达了对崔侍御的敬爱和赞美。不勉强，不过头。将唱热海与表送行，挽合得天衣无缝。

诗虽作于社交场合，却是积累有素，文如宿构。既牵涉饯别，又是“醉翁之意不在酒”，诗人深深爱上了边塞，爱上了塞外风光，借送别之由以发挥之，这就和一般的应酬之作有别。

送李副使赴碛西官军

岑 参

火山六月应更热，赤亭道口行人绝。
知君惯度祁连城，岂能愁见轮台月。
脱鞍暂入酒家垆，送君万里西击胡。
功名只向马上取，真是英雄一丈夫。

诗作于天宝十载（751）六月。开篇就显示出别具一格的特色，不从酒家送别说起，而从出塞途中必经的“火山”和“赤亭”落笔，极富新奇感。据地质工作者说，火山确曾有过烈焰熊熊的历史，远在侏罗纪（中生代第二纪，约 195 － 137 百万年前），地层中的煤层曾发生过自燃，紫红色的烧结层绵延起伏，看上去宛似一条火龙在飞舞，加之地处吐鲁番盆地，酷热异常，称之火山，更是名符其实。这火山、赤亭与雪海、大漠一样，给了岑参以太多的灵感，屡形于诗。

本篇一开始就说火山与赤亭，这两个地名给人的感觉，都是炎热。使人想起《西游记》“唐三藏路阻火焰山，孙行者三调芭蕉扇”的故事，为送别提供了一个特殊的背景。又以常人面对畏途的裹足不前，反衬诗中人身负使命，明知征途有艰险，越是艰险越向前的气概。以下再一次信手拈来河西地名——“祁连”、“轮台”，做成异域的情调。“轮台月”与“火山”有凉热的不同，形成一番对照，一种跌宕。“轮台月”有何可愁？愁在使人望而思乡。所以“岂能愁见轮台月”，是肯定诗中人以四海为家的襟抱，这是盛唐人胸襟与风貌的体现。而“惯度”二字，传达出一种夸口的语气和不屑一顾的神情。“知君惯度”与“岂能愁见”相呼应，是不容置辩的口气，与推心置腹的揣度，料想行者听了，一定浮一大白，道："知我者岑生也。"

正因为前四句写得饱满，写得够味，故以下四句直是骏马注坡一般迅疾，不妨其流走。这里仍须注意"脱鞍暂入酒家垆"所表现的壮怀，与"系马高楼垂柳边"同一声口，而地域的莽苍粗犷又有区别。"送君击胡"中嵌入"万里"，表现出一种"匈奴未灭，何以家为"式的豪情。而"功名只向马上取"，也有"乃公居马上而得之，安用诗书"（刘邦语）的胜概。"真是英雄一丈夫"一点即收，虽直白，却痛快。

逢入京使

岑　参

故园东望路漫漫，双袖龙钟泪不干。
马上相逢无纸笔，凭君传语报平安。

诗人岑参与同时代许多人一样，有一番功名万里的抱负。尽管他离开颍阳故居到长安考取进士，但他那颗不安份的心是向往着边塞的。天宝八载，机会终于来到了。安西四镇节度使高仙芝入朝，岑参被奏为右威卫录事参军，到节度使幕掌书记。

人们将要离开自己多年居住的地方，告别亲友远走之际，不免会产生一种依依惜别之情。岑参这时离开的是繁华的首都长安，诗有《九日思长安故园》，诗中"故园"即指长安旧居。赴边路上备受艰辛："一驿过一驿，驿骑如星流，平明发咸阳，暮及陇山头。陇水不可听，呜咽令人愁。沙尘扑马汗，露雾蒙貂裘"。旅途劳顿，边地荒远，诗人回首来路，不免被唤起对长安故园的眷怀之情。"龙钟"是沾湿淋漓的样子，指袖子被泪打湿了一大片。它夸张地写出了行人内心的冲动，是"泪不干"的形象说明。

三、四句点题，写途中遇到入京使者，委托捎口信的情况。此联全是行者的口吻；因为走马相逢，没有纸笔，也顾不上写信了，就请你口头上替我报道一下平安的消息吧！语气十分安祥，通脱。表面看来，这与诗前半部分感情很不一致，不协调。前半部分感情冲动，后半部分却平和安祥；前半部分感情缠绵，后半却豪爽。其实二者是统一的。诗人的感情是复杂的，有两个方面。而其中主导的一面是赴边的决心和豪情。他的感情很丰富，却不脆弱，是坚韧的。他的泪是不轻弹之泪。

诗句谓不作家书，仅凭人传语；要最简要地给亲人传递信息，莫过于"平安"二字。表面看来，这样作全是因为"马上相逢无纸笔"的缘故。但在前半极写相思眷恋的情怀后，以"报平安"片语为口信全部内容，也表现出的是一种对前途自信、乐观的态度，使人能体会到这样作不仅是“马上相逢无纸笔”的缘故，更重要的是诗人有广阔的胸襟和不凡的抱负。这种平静安祥的口吻，表现的恰是豪迈大度。诵读起来使人觉得气势磅礴，心胸开阔。

李大钊诗：“壮别天涯未许愁，尽将离恨付东流。”表现革命志士的豪情壮怀。虽言“壮别”，也并非没有“离恨”“别愁”，但他以革命利益高于一切，故能毅然把它们尽付东流。仅从诗中表现的追求理想，勇往直前，战胜个人感伤的积极乐观的精神看，与岑参此诗有类似之处。马背吟诗，其豪迈可与横槊赋诗媲美。

武威送刘判官赴碛西官军

岑　参

火山五月行人少，看君马去疾如鸟。
都护行营太白西，角声一动胡天晓。

天宝十载（751）五月，西北边境石国太子引大食（古阿拉伯帝国）等部袭击唐境，当时的武威（甘肃武威）太守、安西节度使高仙芝将兵三十万出征抵抗。此诗是作者于武威送僚友刘判官（名单）赴军前之作，“碛西”即安西都护府。这是一首即兴口占而颇为别致的送行小诗。

首句似即景信口道来，点明刘判官赴行军的季候（“五月”）和所向。“火山”即今新疆吐鲁番的火焰山，海拔四、五百米，岩石多为第三纪砂岩，色红如火，气候炎热。尤其时当盛夏五月，那是“火云满山凝未开，鸟飞千里不敢来”（《火山云歌送别》）的。鸟且不敢飞，无怪“行人少”了。此句就写出了火山赫赫炎威。而那里正是刘判官赴军必经之地。这里未写成行时，先出其路难行之悬念。常人视火山为畏途，便看刘判官的了。接着便写刘判官过人之勇。“看君马去疾如鸟”，使读者如睹这样景象：烈日炎炎，黄沙莽莽，在断绝人烟的原野上，一匹飞马掠野而过，向火山扑去。那骑者身手何等矫健不凡！以鸟形容马，不仅写出其疾如飞，又通过其小，反衬出原野之壮阔。本是“鸟飞千里不敢来”的火山，现在竟飞来这样一只不避烈焰的勇敢的“鸟”，令人肃然起敬。这就形象地歌颂了刘判官一往无前的气概。全句以一个“看”字领起，赞叹啧啧声如闻。

“都护行营太白西”初看第三句不过点明此行的目的地，说临时的行营远在太白星的西边--这当然是极言其远的夸张。显得很威风，很有气派。细细品味，这主要是由于“都护行营和“太白”二词能唤起庄严雄壮的感觉。它们与当前唐军高仙芝部的军事行动有关。“太白”，亦称金星，古人认为它的出现在某种情况下预示敌人的败亡（“其出西失行，外国败”，见《史记·天官书》）。明白这一点，末句含意自明。

“角声一动胡天晓”这最后一句真可谓一篇之警策。从字面解会，这是作者遥想军营之晨的情景。本来是拂晓到来军营便吹号角，然而在这位好奇诗人天真的心眼里，却是一声号角将胡天惊晓（犹如号角能将兵士惊醒一样）。这实在可与后来李贺“雄鸡一声天下白”的奇句媲美，显出唐军将士回旋天地的凌云壮志。联系上句“太白”出现所预兆的，这句之含蕴比字面意义远为深刻，它实际等于说：只要唐军一声号令，便可决胜，使西域重见光明。此句不但是赋，而且含有比兴、象征之意。正因为如此，这首送别诗才脱弃一般私谊范畴，而升华到更高的思想境界。

此诗没有直接写惜别之情和直言对胜利的祝愿。而只就此地与彼地情景略加夸张与想象，叙述自然，比兴得体，颇能壮僚友之行色，惜别与祝捷之意也就见于言外。

赵将军歌

岑 参

九月天山风似刀，城南猎马缩寒毛。
将军纵博场场胜，赌得单于貂鼠袍。

冬日西线无战事，这首诗写军中博戏，却巧含暗喻。诗中那个称雄赌场、手气极佳的将军，想必在战场上也运气不坏。“场场胜”是个双关语，表面上是说赌场得意，隐义则是说常胜将军。赌场上的赌神，好比战场上的战神。末句中的“貂鼠袍”最有意味，这是纵博场上用来下注的抵押品，加上“单于”的定语，暗示这是一件战利品——这正是将军常胜、大胜的一个物证。

顺便说，岑参其人及其边塞诗的关怀取向，与高适、王昌龄不同。高适是个政治家诗人，关注的是军中弊端。王昌龄是个人道主义诗人，关注的是士卒疾苦。岑参则是个唯美诗人，从不以功利的、现实的目光去看待边塞的一切，而是取审美的态度，来歌唱边塞新鲜的、生气勃勃的景物、事物、人物。他喜欢边塞有写不完的冰川雪海、火山沙漠、烽火杀伐以及比这一切更刺人心肠的悲伤和快乐。岑参喜欢塑造超人，他的同情永远在强者的一边——“古来青史谁不见，今见功名胜古人！”

赵将军正是他喜欢的那一类人，也可以说是他喜欢塑造的那一类人。诗中不写其沙场英姿，而写其赌场风采，这是举重若轻，得绝句法。读之恍若看见了赵将军旗开得胜，刀尖上挑着一领单于貂鼠袍还归军营的飒爽英姿。其人的英勇善战，尽在不言之中。这就是绝句侧面微挑，偏师取胜的好处。

李白也有一首以博弈喻战争的七绝："六博争雄好彩来，金盘一掷万人开。丈夫赌命报天子，当斩胡头衣锦归。"(《送外甥郑灌从军》)以博弈喻战争，自是妙喻。然而，明喻何如暗喻。"报天子"、"衣锦归"等等，挑得太明，反觉一览无余。单看也不失为一首好诗，但与岑参这首七绝比，就不免相形见绌了。

春 梦

岑 参

洞房昨夜春风起，遥忆美人湘江水。
枕上片时春梦中，行尽江南数千里。

为了准确理解这首诗的涵义，有几个关键词需要特别说明一下。一是"春梦"，意思就是春天的梦，同时也是赋予了春天色彩的一个梦，今人用这个词意指好梦（如金陵春梦），或与爱情相关的梦，已经有一些引申。二是"洞房"，意思是深邃的内室，对女性来说就是深闺，今人用这个词，专指新房，是狭义化了。三是"美人"，沈祖棻讲得比较到位："古代汉语中，美人这个词，含义比现代汉语宽泛。它既指男人，又指女人，既指容色美丽的人，又指品德美好的人。在本诗中，大概是指离别的爱侣，但是男是女，就无从坐实了。因为作者既可以写自己之梦，那么，这位美人就是女性。也可以代某一女子写梦。那么，这位美人就是男性了。这是无须深究的。"需要补充的一点是，如果是作者写自己的梦，就是思念朋友，不必是异性朋友，也可以将对方称为"美人"的，这是《离骚》以来中国诗歌的一个传统。

常言道，日有所思，夜有所梦。"洞房昨夜春风起，遥忆美人湘江水"两句，如果不把"昨夜"理解太死的话，实际上就是写日有所思。被思念者，所谓"美人"，这个春天是身在湖南（湘江之滨），而上一个春天（或上上个春天），两个人可能曾经在一起，有一些美好的记忆。为什么这样讲呢，凡是诗中在某一特定时刻思念对方，那一时刻应该包含着一些记忆，如"忆梅下西洲，折梅寄江北"、"一曲新词酒一杯，去年天气旧亭台"，等等，都是这样的。笔者自己也有"去年君来时，相约诗文事；今年春已归，思君君不至"之句，所以对这种写法特有感触。

"枕上片时春梦中，行尽江南数千里"两句写夜有所梦。表面上只是说，枕上虽只片刻功夫，而在梦中却已走完江南数千里路程。"片时"与"数千里"的时空反差很大，的确是梦境才有的特征，它"写出了梦中的迷离惝恍，也暗示了双方平日的密意深情，用时间的速度和空间的广度，来显示了感情的强度和深度。"（沈祖棻）不仅如此，这两句丢下了一个话头没说，就是，梦者与被梦者在梦中到底相遇没有。可以肯定地说，没有。何以言之，这从“行尽江南数千里”一句可以体会，如果遇到了，又何必“行尽”，虽然“行尽”了，却未必找着，这就深刻地写出了思念之苦，唐诗类语有“妾梦不离江水上，人传郎在凤凰山”、“梦里分明见关塞，不知何路向金微”等等，北宋晏几道《蝶恋花》云：“梦入江南烟水路，行尽江南，不与离人遇”，就明确地点出了这层意思。

本来诗人也可以写醒时无法做到的事，在梦中片时就实现了；但不如写醒时无法做到的事，在梦中依然无法做到。与其给一个廉价的团圆，不如留一个无尽的惆怅。

【元结】（719—772）字次山，先世本鲜卑拓拔氏，北魏时改姓元。唐鲁山（今属河南）人，其先居太原。天宝十三载（754）进士及第，复举制科。安史之乱中避地南方。乾元二年(759)以右金吾兵曹参军摄监察御史，充山南东道节度参谋，一度代摄荆南节度使事。后历任道州、容州刺史，加授容州都督充本管经略守捉使。有明辑本《元次山文集》。

欸乃曲

元　结

湘江二月春水平，满月和风宜夜行。
唱桡欲过平阳戍，守吏相呼问姓名。

本诗作于大历二年（767)。作者（时任道州刺史）因军事诣长沙都督府，返回道州（湖南道县西）途中，逢春水大发，船行困难，于是作诗五首，“令舟子唱之，盖以取适道路云。”（诗序）欸乃”为棹声。“欸乃曲”犹船歌。

从长沙还道州，本属逆水，又遇江水上涨，怎么能说“宜夜行”呢？这是从坐船而不是划船的角度立言的。诗的前两句将二月湘江之夜写得平和美好，“春水平”写出了江面的开阔，“和风”写出了春风的和煦，“满月”写出月色的明朗。诗句洋溢着乐观精神，深得民歌之神髓。

三、四句是诗人信手拈来一件行船途遇之事，做入诗中：当桨声伴着歌声的节拍，行驶近平阳戍（在衡阳以南）时，突然传来高声喝问，打断了船歌：原来是戍守的官吏在喝问姓名。如此美好、富于诗意的夜里，半路“杀”出一个“守吏”，还不大杀风景么？本来应该听到月下惊鸟的啼鸣，远村的犬吠，那才有诗意呢。此诗一反老套，另辟新境。“守吏相呼问姓名”，这个平凡的细节散发着浓郁的时代生活气息。大历年间，天下早不是“九州道路无豺虎，远行不劳吉日出”(杜甫《忆昔》）那般太平了。元结做道州刺史便是在“州小经乱亡”(《舂陵行》)之后。春江月夜行船，遇到关卡和喝问，破坏了境界的和谐，正反映出那个时代的特征。

其次，这一情节也写出了夜行船途中异样的感受。静夜里传来守吏的喝问，并不会使当时的行人意外和愕然，反倒有一种安全感。当船被发放通行，结束了一程，开始了新的一程，乘客与船夫都会有一种似忧如喜的感受。可见后两句不但意味丰富，而且新鲜。这才是元结此诗独到之处。

诗句是即兴式的，似乎得来全不费工夫。但敢于把前所未有的情景入诗，却非有创新的勇气不可。和任何创造一样，诗永远需要新意。

【李约】 字存博，唐宗室、宰相李勉子。德宗贞元十五年（799）至宪宗元和二年（807）为浙西节度从事，后官至兵部员外郎。

观祈雨

李　约

桑条无叶土生烟，箫管迎龙水庙前。
朱门几处看歌舞，犹恐春阴咽管弦。

此诗写观看祈雨的感慨。通过大旱之日两种不同生活场面、不同思想感情的对比，深刻揭露了封建社会尖锐的阶级矛盾。《水浒》中“赤日炎炎似火烧”那首著名的民歌与此诗在主题、手法上都十分接近，但二者也有所不同。民歌的语言明快泼辣，对比的方式较为直截了当；而此诗语言含蓄曲折，对比的手法比较委婉。

首句先写旱情，这是祈雨的原因。《水浒》民歌写的是夏旱，所以是“赤日炎炎似火烧，野田禾稻半枯焦”。此诗则紧紧抓住春旱特点。“桑条无叶”是写春旱毁了养蚕业，“土生烟”则写出春旱对农业的严重影响。因为庄稼枯死，便只能见“土”；树上无叶，只能见“条”。所以，这描写旱象的首句可谓形象、真切。“水庙”即龙王庙，是古时祈雨的场所。白居易就曾描写过求龙神降福的场面：“丰凶水旱与疾疫。乡里皆言龙所为。家家养豚漉清酒，朝祈暮赛依巫口。”（《黑龙潭》）所谓“赛”，即迎龙娱神的仪式，此诗第二句所写“箫管迎龙”正是这种赛神场面。在箫管鸣奏声中，人们表演各种娱神的节目，看去煞是热闹。但是，祈雨群众只是强颜欢笑，内心是焦急的。这里虽不明说“农夫心内如汤煮”，而意思全有。相对于民歌的明快，此诗表现出含蓄的特色。

诗的后两句忽然撇开，写另一种场面，似乎离题，然而与题目却有着内在的联系，如果说前两句是正写“观祈雨”的题面，则后两句可以说是观祈雨的感想。前后两种场面，形成一组对照。水庙前是无数小百姓，箫管追随，恭迎龙神；而少数

"几处"豪家，同时也在品味管弦，欣赏歌舞。一方是唯恐不雨；一方却"犹恐春阴"即生怕下雨。唯恐不雨者，是因生死攸关的生计问题；"犹恐春阴"者，则仅仅是怕丝竹受潮，声音哑咽而已。这样，一方是深重的殷忧与不幸，另一方却是荒嬉与闲愁。这样的对比，潜台词可以说是：世道竟然如此不平啊……这一点作者虽已说明却未说尽，仍给读者以广阔联想的空间。此诗对比手法不像"农夫心内如汤煮，公子王孙把扇摇"那样一目了然。因而它的讽刺更为曲折委婉，也更有回味。

【李冶】（？—784）女，字季兰，唐长江三峡一带人，长期寓居江浙。与诗人刘长卿、陆羽、皎然等有诗往还。德宗建中间陷朱泚之乱，作诗有不敬朝廷语被杀。

八　至

李　冶

至近至远东西，至深至浅清溪。
至高至明日月，至亲至疏夫妻。

诗歌要用形象思维，唐诗很重形象思维，这是尽人皆知的，但又很难执一而论。相对于散文来说，诗固然以意象见长；而相对于绘画、音乐来说，诗显然还是以共理性内容取胜的，这首六言绝句就很有哲理意味。由于首字"至"在诗中反复出现八次，故题名"八至"，这在文人诗中很别致。

"至近至远东西"，说的是一个浅显而深奥的道理。东、西是两个相对的方位，没有位置、距离的规定性。地球上除南北极，任何地点都具有这两个方向。二物并置不取南北走向，则此二物已有一东一西的区别了，所以"东西"说近也近，可以间隔为零，"至近"之谓也。如两物沿此两向渐去渐远，可至无穷，却仍不外乎一东一西，可见"东西"说远也远，乃至"至远"。这"至近至远"统一于"东西"，是常识，却具有深刻的辩证法。

"至深至浅清溪"，清溪不比江河湖海，"浅"是实情，是其所以为溪的特征之一。然而，它又有"深"的假象，特别是水流缓慢近于清池的溪流，可以倒映云鸟、涵泳星月，形成上下天光，令人莫测浅深。如果说前一句讲的是事物的远近相对的道理，这一句则涉及现象与本质的矛盾统一，属于辩证法的不同范畴，绝不是简单重复。诗人想得很深。而且这一句在道理上更容易使人联想到世态人情。总此两句对全诗结穴的末句都具有兴的意味。

"至高至明日月"，相对于前后的诗句，第三句也许是最肤浅的。"高"是取决于天体与地球的相对距离，而日月本不一样。“明”指天体发光的强度，月借日的光，二者更不一样。但是日月同光是人们的感觉，日月并举是向有的惯例，以此入诗，倒也无可挑剔。这个随口道出的句子，在全诗结构上还自有妙处。警句太多容易使读者因理解而费劲，不见得就好，而警句之间穿插一个平凡的句子，恰有松弛心力、以便再度使之集中的调节功能，有为全诗生色。

前三句虽属三个范畴，而它们偏于物理则一，唯有末句专就人情言之，显然是全诗结穴所在——“至亲至疏夫妻”。

当代某些人类学者试图以人的空间需求来划分亲疏关系。而夫妻关系是属于“密切空间”的，特别是谈情说爱之际。按照这样的看法，真是“至亲”莫如夫妻。然而世间的事情往往是复杂的，伉俪情深固然有之，貌合神离而同床异梦者也大有人在。夫妻间也有隐私，也有利害冲突，也有反目成仇的案例——所谓“爱有多深，恨有多深”。有的则从来没有爱过。在封建社会由于夫为妻纲，不平等的地位造成不和谐的关系；父母之命，媒妁之言造成没有爱情的婚姻。而女子的命运往往悲苦。这些都是所谓“至疏”的社会根源。

如果说诗的前两句妙在饶有哲理和兴义，则末句之妙，专在针砭世情，极为冷峻。作者是一位女冠，与男士们有些交往，诗该是有感而发的吧。

【司空曙】（720？—790？）字文明，唐广平（河北鸡泽东南）人。早年赴京应试不第，安史之乱中避地南方。代宗大历初任洛阳主簿，后入朝为左拾遗。德宗建中间贬长林县丞。贞元四年（788）前后，在剑南西川节度使韦皋幕中，官检校水部郎中，终虞部郎中。

喜外弟卢纶宿

司空曙

静夜四无邻，荒居旧业贫。
雨中黄叶树，灯下白头人。
以我独沉久，愧君相见频。
平生自有分，况是蔡家亲。

此诗写在穷愁潦倒中可贵的亲情和友情。诗最有名的是第二联：“雨中黄叶树，灯下白头人。”诗人为自己的诗思找到了最好的意象。谢榛《四溟诗话》说：“韦苏州曰‘窗里人将老，门前树已秋’，白乐天曰‘树初黄叶日，人欲白头时’，司空曙曰‘雨中黄叶树，灯下白头人’，三诗同一机杼，司空为优，善状目前之景，无限凄凉，见乎言表。”

盖自然界中，树木与人关系密切、生长规律相似而寿命较长，树木的枯黄自会引起人的衰老的联想，故桓温“木犹如此，人何以堪”能成千古名言，故诗人用枯树黄叶作为衰老的象征意象。同一机杼，司空曙句所以为优，一是因为他使用了名词句，舍去了描写陈述的语法部分，由于静态的呈示而突出了“黄叶”“白头”的视觉印象，比较耐味；二是多了雨景和昏灯作为背景，大大加强了悲凉的气氛。

按，“蔡家亲”谓表亲，用羊祜为蔡邕外孙故事。

【郎士元】（？—780？）字君胄，唐中山（河北定）人。玄宗天宝十五载（756）进士及第。避安史之乱羁滞江南。代宗宝应元年（762）授渭南尉，大历元年（766）前后擢为拾遗，四年前后迁员外郎，复转郎中，德宗建中初（780）出为郢州刺史，持节治军。

柏林寺南望

郎士元

溪上遥闻精舍钟，泊舟微径度深松。
青山霁后云犹在，画出西南四五峰。

唐代诗中如画之作为数甚多，而这首小诗别具风味。恰如刘熙载所说：“画山者必有主峰，为诸峰所拱向；作字者必有主笔，为余笔所拱向。……善书者必争此一笔。”（《艺概·书概》）此诗题旨在一“望”字，而望中之景只于结处点出。诗中所争在此一笔，余笔无不服务于此。

诗中提到雨霁，可见作者登山前先于溪上值雨。首句虽从天已放晴时写起，却饶有雨后之意。那山顶佛寺（精舍）的钟声竟能清晰地达于溪上，俾人“遥闻”，不与雨、尘埃、空气澄清大有关系吗？未写登山，先就溪上闻钟，点出“柏林寺”，同时又逗起舟中人登山之想（“遥听钟声恋翠微”）。这不是诗的主笔，但它是有所“拱向”（引起登眺事）的。

精舍钟声的诱惑，使诗人泊舟登岸而行。曲曲的山间小路（微径）缓缓地导引他向密密的松柏（次句中只说“松”，而从寺名可知有“柏”）林里穿行，一步步靠近山顶。“空山新雨后”，四处弥漫着松叶柏子的清香，使人感到清爽。深林中，横柯交蔽，不免暗昧。有此暗昧，才有后来“度”尽“深松”，分外眼明的快意。所以次句也是“拱向”题旨的妙笔。“度”字已暗示穷尽“深松”，而达于精舍——“柏林寺”。行人眼前豁然开朗。映入眼帘的首先是霁后如洗的“青山”。前两句不曾有一个着色字，此时“青”字突现，便使人眼明。继而吸引住视线的是天宇中飘飘的云朵。“霁后云犹在”，但这已不是浓郁的乌云，而是轻柔明快的白云，登览者怡悦的心情可知。此句由山带出云，又是为下句进而由云衬托西南诸峰作了一笔铺垫。

三句写出，着意于山色（青），是就一带山脉而言；而末句集中刻画几个山头，着眼于山形，给人以异峰突起的感觉。峰数至于“四五”，则有错落参差之致。在蓝天白云的衬托下，峥嵘的山峰犹如“画出”。不用“衬”字而用“画”字，别有情趣。言“衬”，则表明峰之固有，平平无奇；说“画”，则似言峰之本无，却由造物以云为毫、蘸霖作墨、以天为纸即兴“画出”，其色泽鲜润，犹有刚脱笔砚之感。这就不但写出峰的美妙，而且传出“望”者的惊奇与愉悦。

听邻家吹笙

郎士元

凤吹声如隔彩霞，不知墙外是谁家。
重门深锁无寻处，疑有碧桃千树花。

“通感”是把视觉、听觉、嗅觉、味觉、触觉沟通起来的一种修辞手法。这首《听邻家吹笙》，在“通感”的运用上，颇具特色。

这是一首听笙诗。笙这种乐器由多根簧管组成，参差如凤翼；其声清亮，宛如凤鸣，故有“凤吹”之称。传说仙人王子乔亦好吹笙作凤凰鸣（见《列仙传》）。首句“凤吹声如隔彩霞”就似乎由此作想，说笙曲似从天降，极言其超凡入神。具象地写出“隔彩霞”三字，就比一般地说“此曲只应天上有”来得妙。将听觉感受转化为视觉印象，给读者的感觉更生动具体。同时，这里的“彩霞”，又与白居易《琵琶行》、韩愈《听颖师弹琴》中运用的许多摹状乐声的视觉形象不同。它不是说声如彩霞，而是说声自彩霞之上来；不是摹状乐声，而是设想奏乐的环境，间接烘托出笙乐的明丽新鲜。

“不知墙外是谁家”，对笙乐虽以天上曲相比拟，但对其实际来源必然要产生悬想揣问。诗人当是在自己院内听隔壁“邻家”传来的笙乐，所以说“墙外”。这悬揣语气，不仅进一步渲染了笙声的奇妙撩人，还见出听者“寻声暗问”的专注情态，也间接表现出那音乐的吸引力。于是诗人动了心，由“寻声暗问”‘吹’者谁”，进而起身追随那声音，欲窥探个究竟。然而“重门深锁无寻处”，一墙之隔竟无法逾越，不禁令人于咫尺之地产生“天上人间”的怅惘和更强烈的憧憬，由此激发了一个更为绚丽的幻想。

“疑有碧桃千树花”。以花为意象描写音乐，“芙蓉泣露香兰笑”（李贺）是从乐声（如泣如笑）着想，“江城五月落梅花”（李白）是从曲名（《梅花落》）着想，而此诗末句与它们都不同，仍是从奏乐的环境着想。与前“隔彩霞”呼应，这里的“碧桃”是天上碧桃，是王母桃花。灼灼其华，竟至千树之多，是何等繁缛绚丽的景象！它意味着那奇妙的、非人世间的音乐，宜乎如此奇妙的、非人世间的灵境。它同时又象征着那笙声的明媚、热烈、欢快。而一个“疑”字，写出如幻如真的感觉，使意象给人以缥缈的感受而不过于质实。

此诗三句紧承二句，而四句紧承三句又回应首句，章法流走回环中有递进（从“隔彩霞”到“碧桃千树花”）。它用视觉形象写听觉感受，把五官感觉错综运用，而又避免对音乐本身正面形容，单就奏乐的环境作“别有天地非人间”的幻想，从而间接有力地表现出笙乐的美妙。在“通感”运用上算得是独具一格的。

【景云】 中晚唐诗僧，生平不详。

画　松

景　云

画松一似真松树，且待寻思记得无？
曾在天台山上见，石桥南畔第三株。

好的艺术品往往具有一种褫魂夺魄的感召力，使观者或读者神游其境，感到逼真。创作与鉴赏同是形象思维，而前者是由真到“画”，后者则由“画”见真。这位盛唐诗僧景云（他兼擅草书）的《画松》诗，就维妙维肖地抒发了艺术欣赏中的诗意感受。

一件优秀作品给人的第一印象往往就很新鲜、强烈，令人经久难忘。诗的首句似乎就是写这种第一印象。“画松一似真松树”。面对“画松”，观者立刻为之打动，由“画”见“真”，就是说画得太像。“一似”二字表达出一种惊奇感，一种会心的喜悦，一种似曾相识的发现。

于是，观画者进入欣赏的第二步，开始从自己的生活体验去联想，去玩味，去把握那画境。他陷入凝想沉思之中：“且待寻思记得无？”欣赏活动需要全神贯注，要入手其内才能体味出来“且待寻思”，说明欣赏活动也有一个渐进过程，一定要反复涵咏，方能猝然相逢。

当画境从他的生活体验中得到一种印证，当观者把握住画的精神与意蕴时，他得到欣赏的最大乐趣：“曾在天台山上见，石桥南畔第三株！”这几乎又是一声惊呼。

说画松似真松，乃至说它就是画的某处某棵松树，似乎很实在。“天台”是东南名山，绮秀而奇险，“石桥”是登攀必经之路。“石桥南畔第三株”的青松，其苍劲遒媚之姿，便在不言之中。由此又间接传达出画松的风格。这又是所谓虚处传神了。

作为题画，此诗的显著特点在于不作实在的形状描摹，如“森森直千百余寻，高入青冥不附林”、“龙甲虬髯不可攀，亭亭千丈荫南山”（王安石咏松诗句）一类，而纯从观者的心理感受、生活体验写来，从虚处传画松之神。既写出欣赏活动中的诗意感受，又表现出画家的艺术造诣，它在同类诗中是独树一帜的。但对号入座的办法对于文学鉴赏，是不宜普遍推广的。

【顾况】（725－814）字逋翁，号华阳山人，又号悲翁，唐苏州海盐（浙江海盐）人。肃宗至德二载（757）进士及第，曾官著作佐郎，以作诗嘲诮权贵贬饶州司户参军，后归隐茅山。有《华阳集》。

宫　词

顾　况

玉楼天半起笙歌，风送宫嫔笑语和。
月殿影开闻夜漏，水精帘卷近秋河。

宫词是以宫廷生活为题材的诗。谈到宫词创作，人们多追溯到中唐王建的《宫词》百首。按，王建《宫词》百首，当完成于敬宗时（参迟乃鹏《王建研究丛稿·王建年谱》）。从现存资料看，最早以《宫词》作诗题，当推唐诗人顾况，况今存宫词六首，此其一。

“玉楼天半”，几近九重，就不同寻常富贵人家。其上笙歌四起，也不是寻常的舞乐，而是“此曲只应天上有”，起首写出宫中华贵气象，次句进而写舞殿恩深，宫嫔笑语。这“笑语”、“笙歌”俱由“风送”传闻，大有“咳唾落九天，随风生珠玉”之致。一“和”字写出那声音的悦耳，也写出玉楼中人的欢乐。这正是秋来月圆之夜，“月殿影开”，夜分一天长似一天，而宫中行乐焚膏继晷，难以尽欢。“水精帘卷”便见银河（秋河），回应“玉楼天半”，景致优美。这不全是一幅宫中行乐图么？

然而这诗中隐隐有一个人——“宫词”的主人公在。那天半笙歌、风中笑语、月影夜漏、帘外秋河都是她的闻见。她显然不在那中天玉楼而遥在别殿。无论她是失宠还是根本未曾承恩者，都不免有万千感触。而这，正是此诗欲说还休的，然而又并非无迹可求。特别是最后两句，“月殿影开”，反见望月者之孤单，“夜漏”不尽，又见长夜难捱。而所有的景物中，最有挑拨性的还是那帘外“秋河”。它使人想到那佳期难逢、人神阻隔的牛女的传说。“近秋河”与其说是写景，毋宁是表情，故妙。这宫女长夜不眠，偶然卷帘，不意见此“秋河”，此时又“风送宫嫔笑语”，她该是何等难堪呢。

由于将主人公放到画外，从她的角度来观察描写，读者与之处于同步地位，一时便感不到她的存在。作者又用“风送笑语”、“闻夜漏”、“近秋河”等语作强烈暗示，使读者于不经意中与诗意猝然相逢，感受极深。是之谓含蓄。

【孟云卿】（725？—？）唐河南（河南洛阳）人。玄宗天宝中应举，代宗永泰中始进士及第，授校书郎。不久客游南海，大历初流寓荆州，后漂泊广陵。

寒　食

孟云卿

二月江南花满枝，他乡寒食远堪悲。
贫居往往无烟火，不独明朝为子推。

寒食是一个重要的传统节日，在清明节前一天（一说两天）。相传春秋时已出亡多年的晋国公子重耳（晋文公）回国即位，封赏随其亡的臣子，唯独漏掉了介子推。子推于是携老母隐居绵山。文公得知后欲加封赏，寻至绵山，找不到他，便想烧山逼他出来。子推坚持不出，结果母子二人俱被烧死。晋文公于是规定每年这一天禁止人们起火烧饭，以示悼念。后来便形成了寒食的习俗。

孟云卿天宝年间科场失意后，曾流寓荆州一带，过着极为贫困的生活。就在这样的漂泊流寓生活中的一个寒食节前夕，他写下了这首绝句。

寒食节在冬至后一百零五天，当春二月。由于江南气候温暖，二月已花满枝头。诗的首句描写物候，兼点时令。一个“满”字，传达出江南之春给人的繁花竞丽的感觉。这样触景起情，颇觉自然。与这种良辰美景相配的本该是赏心乐事，第二句却出人意外地写出了“堪悲”。作者乃关西人，远游江南，独在他乡，身为异客；寒食佳节，倍思亲人，不由悲从中来。

诗中常见的是以哀景写哀情，即陪衬的艺术手法。而此诗在写“他乡寒食远堪悲”前却描绘出“二月江南花满枝”的美丽景色，在悲苦的境遇中面对繁花似锦的春色，便与常情不同，正是“花近高楼伤客心”，乐景只能倍增其哀。恰当运用反衬的艺术手法，表情也就越有力量。

下联承上句“寒食”而写到断火。寒食禁火的习俗，相传为的是纪念春秋时贤者介子推。在这个节日里，人们多外出游春，吃现成食物。野外无烟，空气分外清新，景物尤为鲜丽可爱。这种特殊的节日风物与气氛会给人以新鲜愉快的感受，而对于古代贤者的追思还会更使诗人墨客逸兴遄飞，形于歌咏。历来咏寒食诗就很不少，而此诗作者却发人所未发，由“堪悲”二字，引发出贫居寒食与众不同的感受来。

寒食节“无烟火”是为纪念子推相沿而成的风俗，而贫居“无烟火”却不独寒食节而然。对于富人来说，一朝“断炊”，意味着佳节的快乐；而对于贫家来说，“往往”断炊，包含着多少难堪的辛酸！作者巧妙地把二者联系起来，以“不独”二字轻轻一点，就揭示出当时的社会本质，寄寓着深切的不平。其艺术构思是别致的。将貌似相同而实具本质差异的事物对比写出，这也是一种反衬手法。

此诗借咏“寒食”写寒士的辛酸，却并不在“贫”字上大作文章。试看晚唐张友正《寒食日献郡守》：“入门堪笑复堪怜，三径苔荒一钓船。惭愧四邻教断火，不知厨里久无烟”，就其从寒食断火逗起贫居无烟、借题发挥而言，艺术构思显有因袭孟诗的痕迹。然而，它言贫之意太切，清点了一番家产不算，刚说“堪笑”、“堪怜”，又道“惭愧”；说罢“断火”，又说“无烟”。词芜句累，且嫌做作。

孟云卿此诗虽写一种悲痛的现实，语气却幽默诙谐。三、四两句似乎是作者自嘲：世人都在为明朝寒食准备熄火，以纪念先贤；可像我这样清贫的寒士，天天过着“寒食”生涯，反倒不必格外费心呢。这种幽默诙谐，是一种苦笑；似轻描淡写，却涉笔成趣，传达出一种攫心的悲哀。

【戴叔伦】（732－789）字幼公，一作次公，或名融，字叔伦，唐润州金坛（今属江苏）人。早岁师事萧颖士，安史之乱中避地鄱阳。代宗初为秘书省正字，入刘晏幕。德宗建中元年（780）出为东阳县令，四年入江西节度使幕为判官。兴元元年（784）为抚州刺史，翌年封谯县开国男。贞元间授容州（广西容）刺史、容管经略使兼御史中丞。

题稚川山水

戴叔伦

松下茅亭五月凉，汀沙云树晚苍苍。
行人无限秋风思，隔水青山似故乡。

山水诗向来多是对自然美的歌咏，但也有一些题咏山水的篇什，归趣并不在山水，而别有寄意。此诗即是一例。

从诗的内容可知，此篇当作于作者宦游途中。“松下茅亭五月凉，汀沙云树晚

苍苍”，正写稚川山水，是行旅之中偶值的一番景色。这景色似乎寻常，然而，设身处地站在“五月”“行人”角度，就会发现它的佳处。试想，在仲夏的暑热中，经日跋涉后，向晚突然来到一个有山有水的地方。憩息于“松下茅亭”，放眼亭外，在水天背景上，那江中汀洲，隔岸的青山，上与云平的树木，色调深沉怡目（“苍苍”），象在清水中洗浴过一样，给人以舒畅之感。“凉”字就传达了这种快感。

戴叔伦曾说：“诗家之景，如蓝田日暖，良玉生烟，可望而不可置于眉睫之前。”（转引自《司空表圣文集》卷三）这里的写景，着墨不多，有味外味，颇似元人简笔写意山水，有“可望而不可置于睫眉之前”的意趣。

前两句写稚川山水予人一种美感，后二句则进一步，写出稚川山水给人一种特殊的感发。第三句的“秋风思”用晋人张翰因秋风起，思吴中家乡特产，遂命驾弃官而归。这里的“秋风思”代指乡情归思。它唤起人们对故乡一切熟悉亲爱的事物的深切忆念。“行人无限秋风思”，这一情感的爆发，其诱因非他，乃是一个富于诗意的发现，同时也是一个错觉——“隔水青山似故乡”！

艺术的灵感往往来自错觉，可以作一篇文章。这首诗便是如此。如按因果关系，行人在发现“隔水青山似故乡”之后方才有“无限秋风思”。三、四句却予以倒置，这是颇具匠心的。由于感情的激动往往比理性的思索更迅速。人受外物感染，往往有不自知其所以然者，那原委往往颇费寻思。把“隔水青山似故乡”这一动人发现于末句点出，也就更近情理，也更耐人寻味。

欧阳詹《蜀门与林蕴分路后屡有山川似闽中，因寄林蕴，蕴亦闽人也》一诗与此诗意近：“村步如延寿，川原似福平。无人相与识，独自故园情。”它一开篇就写出那个动人发现，韵味反浅。可见同样诗意，由于艺术处理不同，也会有高下之分。

【李端】 字正己，唐赵州（今河北赵）人。代宗大历进士，授秘书省校书郎、官终杭州司马。曾隐衡山，自号衡岳幽人。有《李端诗集》。

鸣　筝

李　端

鸣筝金粟柱，素手玉房前。
欲得周郎顾，时时误拂弦。

筝是中国古代弹拨弦乐器。“鸣筝”谓弹奏筝曲。这首诗写一位弹筝女子为博取心上人的青睐，故意弹筝出错的情态，曲尽人情，耐人寻味。

“鸣筝金粟柱，素手玉房前”，前两句写女子坐在华美的房舍前，拨弄筝弦，是这首诗的引子。句中有两个装点字面——筝上支撑弦的构件称柱，“金粟柱”即以金粟装饰的弦柱。“玉房”是房屋的美称，犹金闺之类。金、玉字面，赋予诗句华美的外衣。“素手”表明弹筝者是女子。

“欲得周郎顾，时时误拂弦”，后二句即写女子故意弹错曲调，以博取心上人的青睐。这里有一个典故，周郎即周瑜，为吴将时年仅二十四岁，吴下呼之为“周郎”。据《三国志》本传说，周瑜精通音乐，听人奏曲有误时，即使喝得半醉，也要回过头去注目演奏者，故谣曰：“曲有误，周郎顾。”诗中显然是借周郎以喻女子的知音。“时时”是强调她一再出错，以博得对方的注意。徐增有个说法：“妇人卖弄身份，巧于撩拨，往往以有心为无心，手在弦上，意属听者。在赏音人之前不欲见长，偏欲见短。见长则人审其音，见短则人见其意。李君何故短得恁细？”（《说唐诗详解》）意思是说，女性为了引起知音的注意，有时故意卖弄破绽。为什么要这样做呢，无非是让对方来点拨一下自己，制造一个接近的机会而已。

现实生活中常常有这样的事，一个人（无论男女）想要和别人（通常为前辈、上司）套近乎，却找不到恰当的机会，只能韬晦一下，准备问题以求教的方式，去博得对方的好感。有时他准备的问题，其答案本来是心知肚明的，却偏要装作不知道，让对方对显示他的高明。有些下级，就是这样巴结领导的。所以这首的寓意，实际是大于形象的，也就是说，是超出了表面内容的。

这首诗还有一种别解，作者未必然，读者何必不然——那女子出错不是故意的，只是因为失去了对方的关注，又“欲得周郎顾”，弹筝时不免心不在焉，闪了神，不在状态，这样，出错也就是难免的了。施肩吾有首《夜笛词》：“皎洁西楼月未斜，笛声寥亮入东家。却令灯下裁衣妇，误剪同心一半花。”就是写的这种情况。

【韦应物】（737 — 792？）唐京兆万年（陕西西安）人。出身关中望族，玄宗天宝十载（751）以门资恩荫入官为三卫郎。肃宗乾元元年（758）进太学，折节读书。代宗广德元年（763）为洛阳丞。代宗大历九年（774）为京兆府功曹。贞元中曾任左司郎中，世称韦左司。在此前后曾任滁州、江州、苏州刺史，世称韦江州、韦苏州。有《韦苏州集》。

寄李儋元锡

韦应物

去年花里逢君别，今日花开已一年。
世事茫茫难自料，春愁黯黯独成眠。

身多疾病思田里，邑有流亡愧俸钱。
闻道欲来相问讯，西楼望月几回圆。

作于兴元元年（784）春滁州任所，诗中西楼当在滁州，去年朱泚叛军盘踞长安，德宗一直流亡奉天（陕西乾县）。李儋为作者诗友，时官殿中侍御史，此诗叙离别及感时之思，谢榛《四溟诗话》谓律诗八句皆淡者，孟浩然、韦应物有之，本篇即是。

首联从前一年分别时说起，将花里话别的往事重提，出语淡雅，只于“又”字见情，足以引起对方同样地念旧。次联感时自伤。诗人离开长安，出守滁州这一年，政局发生了自安史之乱以来又一次动乱，事态严重；加之年近半百，又兼多病，国家和个人都看不到前途，看不到希望——“世事茫茫”、“春愁黯黯”，危苦孤寂之中，对故人也就特别思念。

由于政局不安，民生凋敝，在官者亦不能有大作为，看到邑有流亡的事实，自己不能不受良心谴责，感到惭愧，这就加强了本来就有的归田隐居的想法。两句语挚意切，向来为人传诵。宋人黄彻《巩溪诗话》说：“余谓有官君子，当切切作此语。彼有一意供租、专事土木而视民如仇者，得无愧此诗乎。”

末联点明作意：听说你要来，故一直向人打听，可是看看西楼的月亮都圆了几回，还没有盼到。言下之意是盼对方快来，为什么不直说？因为这是写诗，寄情思于月缺月圆，与首联同归淡雅。因为诗写在那样一个特定的年头，调子不免低沉，又都是肺腑之言，所以笔笔实在，声声入耳。五六两句表现从政者的良心发现，为全诗增价。

滁州西涧

韦应物

独怜幽草涧边生，上有黄鹂深树鸣。
春潮带雨晚来急，野渡无人舟自横。

作于滁州任上，诗写雨后野渡的幽静之趣，同时也表现了很深的寂寥之感。

因为是孤孤单单一个人，所以面对西涧，才“独怜幽草”。树的深处，黄莺声声啼鸣，很清脆，很短促，却听不出应有的缠绵。春雨之后，潮水涨起来了，涧面加宽，一只破旧的木船搁浅在渡口的岸边，随波浪摇摆。末句妙在一个“自”字——表明船的与人无关，一个“横”字——写出船的任水摆弄。撑篙人哪里去了？春寒料峭，也许回家去了。“野渡无人舟自横”，可待渡的人怎么办？这令人踌躇，也令人迷惘。

诗写得很简洁，词约而意丰。天色已晚，风雨潮涨，野渡无人，多像是人生时时可能遭遇的处境。《红楼梦》里的木居者曰：“心似万丈迷津，亘古恒远，其中并无舟子撑篙。除非自渡，他人爱莫能助。”所以“舟自横”也不用怕了，“除非自渡，他人爱莫能助”呀！诗人未必有这样的意思，却能引发人联翩的浮想。

此诗抽去时间概念而展示空间物象，颇具画意，同时有画外的声音。末句的语意不仅屡被后人模仿，宋代宫廷画院更取为绘画考试题目。高明的画师或于船头画一拳鹭，以示无人。还有添一舟人卧舟尾独弄横笛，则谓非无舟子，无行人也。这也不必是诗的本意，却也是诗所引发的联想。

寒食寄京师诸弟

韦应物

雨中禁火空斋冷，江上流莺独坐听。
把酒看花想诸弟，杜陵寒食草青青。

诗题为“寒食寄京师诸弟”，“空斋”当指放衙后的官署，诗当作于作者外任（滁州？江州？都有可能）时。寒食节不举火，加上雨天，官署便显得特别冷清。江上有黄鹂的歌声，当然不会很热闹，“流莺”暗示声音的出处不定，适衬出环境的幽寂，这是要联系上句体会的。为了强调环境的冷清，诗人特别指出，他是“独坐”在听。寒食本来是个祭扫的日子，遇上这样的天气，叫他如何不思念亲人？虽然春花已经开了，其奈无人共赏，虽然眼前有酒，其奈无人共享。自然会想起往年寒食在京师过节的情景，少不了的兄弟的聚会。兄弟聚会特别有意思，有许多共同的话题，共同的活动。今年寒食呢，京师的诸弟还是要聚会的，只是自己不能参加了。在京师，在杜陵，会是什么天气呢？诸弟是否一同郊游呢，他们一定会说着我，为我的缺席感到遗憾吧。

诗中同一时间，不同空间，有两个寒食节的情景，一是眼前、“雨中禁火空斋冷”的情景，一是京师、“杜陵寒食草青青”的情景，一是实景，一是猜景。沟通两者的便是亲情，是手足情深，是鹡鸰情深。的确，这首诗与王维《九月九日忆山东兄弟》在写法上有异曲同工之妙。只不过具有寒食节日的特色——雨中、禁火、空斋、江上、流莺、杜陵、草青青，诗中图景是冷调子的，符合寒食节给人的感受。蕴含其间的情意，却是温馨的。

【戎昱】（744？—800？）唐荆南荆门（湖北江陵）人。少举进士不第，来往于长安、洛阳、齐赵、泾州、陇西之间。建中三年（782）一度为侍御史，次年出为辰州刺史。贞元七年（791）前后任虔州刺史。

移家别湖上亭

戎　昱

好是春风湖上亭，柳条藤蔓系离情。

黄莺久住浑相识，欲别频啼四五声。

诗人原先面湖居家，环境条件不错。湖上有亭，亭外有树，藤蔓蒙络，柳条茂密，小鸟甚多，生机盎然。“湖上亭”是这个环境中的标志性建筑。

春天景色正好，无奈因故搬家，诗人显然有些依依不舍。

明明是自己对“湖上亭”的依依不舍，诗人偏不这样说。却反过来说“湖上亭”及一切的景物，对居久的自己，是怎样的依依不舍。看那风中招展的柳枝、藤蔓，似牵衣待话，别情无极；而黄莺婉啭的啼叫，又像是对诗人的款款话别、殷殷致意……

诗以“好是”（正是）开始，使前两句形成一个时间状语，而诗的主要内容在后二句，拟人法在这里起到了画龙点睛的作用：以“浑相识”言黄莺，体现了人与自然的和谐相处的关系，“啼”字的运用，尤具感情色彩，将诗人移居时的复杂微妙的心境和盘托出。

【李益】（748—829）字君虞，唐凉州姑臧（今甘肃武威）人。代宗广德二年（764）凉州陷于吐蕃前，随家迁居洛阳。代宗大历四年（769）进士及第，六年登制科举。代宗大历九年（774）到贞元十六年（800）间，在唐王朝连年举兵防秋的形势下，辗转入渭北、朔方、邠宁、幽州节度使等幕府，长期从戎。有《李益集》。

喜见外弟又言别

李　益

十年离乱后，长大一相逢。

问姓惊初见，称名忆旧容。

别来沧海事，语罢暮天钟。

明日巴陵道，秋山又几重。

这首诗写乱离时代中亲友乍然相见、悲喜交加的人生况味，写出了普遍的人情，成为最为传诵的唐诗名篇之一。诗中所写，当是表弟突然来访。只因二人幼遭乱离，一别多年，所以见面的刹那微微表现惊讶，不得不问对方贵姓，首联中的“一”字与“十年”呼应着，表现出这次相逢的偶然性和戏剧性。诗中人一面称着表弟的名字，一面还在端详对方的容貌，回忆儿时印象，加以确认。然后再是深谈。“别来沧海事，语罢暮天钟”二句容量极大，沧桑世事，冷暖人生，是一整夜的长谈。这种情况，每个人都会有自己的体会的。好不容易见面，明天表弟却一定要走，是多么令人难以割舍呀。表弟这一去，几时才得再见呀。诗人通过一次亲戚的邂逅，写出了荒乱年代一种最为普遍的世相。

同时诗人司空曙有一首《云阳馆与韩绅宿别》与此诗主题相同，风味接近，可以参读。

司空曙诗的前半为“故人江海别，几度隔山川。乍见翻疑梦，相悲各问年。”写老朋友骤然相见，彼此是不会记不起对方的名字和容貌的，只是倏然间觉得对方又老了一头，不免要叙叙年齿，发一通感慨。而此诗后半所写，与李诗内容就差不多了：“孤灯寒照雨，湿竹暗浮烟。更有明朝恨，离杯惜共传。”这两首诗都以敏锐地把握住特定时期特定情境下的感受，并将刹那间细腻的心理波折精确地描绘出来，于是成为异常动人的艺术表现。范晞文《对床夜语》评：“‘马上相逢久，人中欲问难’、‘问姓惊初见，称名忆旧容’、‘乍见翻疑梦，相悲各问年’，皆唐人会故人之诗也。久别倏逢之意，宛然在目，想而味之，情融神会，殆如直述。前辈唐人行旅聚散之作最能感动人意，信非虚语。”这首诗在写作上，如行云流水，极为自然。中间两联都是流水对，一付不经意的样子，这是诗艺纯火纯青的表现。这是诗人要用一生去追求的境界。

同崔邠登鹳雀楼

李　益

鹳雀楼西百尺樯，汀洲云树共茫茫。
汉家箫鼓空流水，魏国山河半夕阳。
事去千年恨犹速，愁来一日即为长。
风烟并是思归望，远目非春亦自伤。

鹳雀楼位于唐代河中府城（山西永济蒲州镇）西南黄河中高阜处。北周宇文护所建，楼高三层，因鹳雀常栖息其上而得名，在唐代是一处名胜。唐诗人登览题咏鹳雀楼的传世佳作不少。据《全唐文》卷四三〇李翰《河中府鹳雀楼集序》，崔颢《登鹳雀楼》诗作于元和九年(814)七月。与会者无李益，此诗应是读崔诗后追和之作。

前四句由傍晚登临纵目所见，引起对历史及现实的感慨。人们在登高临远的时候，面对寥廓江天，往往会勾起对时间长河的联想，从而产生古今茫茫之感。此诗写登楼对景，出手便先写河中百尺危楼，与“峰火城西百尺楼，黄昏独坐海风秋”（王昌龄)、“城上高楼接大荒，海天愁思正茫茫”（柳宗元）等写法异曲同工。以“高标出苍穹”（杜甫）的景物，形成一种居高临下、先声夺人之感，发唱惊挺。此句写站得高，下句则写看得远：“汀洲云树共茫茫。”苍茫大地遂引起登览者“谁主沉浮”之叹。

遥想汉武帝刘彻“行幸河东，祀后土”，曾作《秋风辞》，中有“泛楼船兮济汾河，横中流兮扬素波，箫鼓鸣兮发棹歌”之句。(《汉武故事》）所祭后土祠在汾阴县，唐代即属河中府。上溯到更远的战国，河中府属魏国地界，靠近魏都安邑。《史记・孙子吴起列传》：“（魏）武侯浮西河而下，中流，顾而谓吴起曰：美哉山河之固，此魏国之宝也！”诗人面对汀洲云树，夕阳流水，怀古之情如洪波涌起。“汉家箫鼓空流水，魏国山河半夕阳”一联，将黄昏落日景色和遐想沉思溶铸一体，精警耐味。李益生经战乱，时逢藩镇割据，唐王朝出现日薄西山的衰象，“今日山川对垂泪”(李益《上汝州郡楼》)，不独因怀古而然，于中也应有几分伤时之情。

后四句由抚今追昔，转入归思。其前后过渡脉络，为金圣叹所拈出：“当时何等汉魏，已剩流水夕阳，人生世间，大抵如斯，迟迟不归，我为何事耶？”“事去千年犹恨速”一句挽结前两句，一弹指顷，已成古今，站在历史高度看，千年也是短暂的，然而就个人而言，则又不然，应是“愁来一日即为长”。“千年犹速”、“一日为长”似乎矛盾，却又统一于人的心理感觉，此联因而成为至理名言。北宋词人贺铸名作《小梅花》末云：“遗音能记秋风曲，事去千年犹恨促。揽流光，系扶桑，争奈愁来一日却为长！”就将其隐括入词。

倦游思归之意水到渠成：“风烟并是思归望，远目非春亦自伤。”非春已可伤，何况春至乎？无怪满目风烟，俱是归思。金圣叹评：“人见是春色，我见是风烟，即俗言不知天好天暗也。唐人思妇诗甚多，乃更无急于此者。”全诗通过即景抒情，铸辞造语，皆见匠心。将历史沉思、现实感慨、个人感伤打成一片，而并入归思，意境十分浑成厚重。

度破讷沙

李　益

破讷沙头雁正飞，鸊鹈泉上战初归。
平明日出东南地，满碛寒光生铁衣。

诗题一作“塞北行次度破讷沙”。据说唐代丰州有九十九泉，在西受降城北三百里的鸊鹈泉号称最大。唐宪宗元和初，回鹘曾以骑兵进犯，与镇武节度使驻兵在此交战。诗当概括了这样的历史内容。“破讷沙”系沙漠译名，亦作“普纳沙”(《新唐书·地理志七》)。

前两句写部队凯旋度过破讷沙的情景。从三句始写“平明日出”可知，此时黎明尚未到来。军队夜行，“不闻号令，但闻人马之行声”，时而兵戈相拨，偶有碰撞的声音。栖息在沙上的雁群，却早已警觉，相唤腾空飞去。“战初归”乃正写“度破讷沙”之事，“雁正飞”则是其影响所及。先写飞雁，未见其形先闻其声，造成先声夺人的效果。两句与卢纶《塞下曲》“月黑雁飞高，单于夜遁逃”，机杼略同，匠心偶合。

不过，“月黑雁飞高”用字警策，烘托出单于的惊惶；“雁正飞”措词从容，显示出凯旋者的气派，彼此感情色彩不同。三句写一轮红日从地平线喷薄而出（因人在西北，所以见“日出东南”），在广袤的平沙之上，行进的部队蜿如游龙，战士的盔甲银鳞一般，在日照下冷光闪闪，而整个沙原上，沙砾与霜华也闪烁光芒，鲜明夺目。

是何等壮观景象！风沙弥漫的大漠上，本难见天清日丽的美景，而现在这样的美景竟为战士而生了。而战士的归来也使沙原增辉：仿佛整个沙漠耀眼的光芒，都自他们的甲胄发出。这又是何等光辉的人物形象！这里，境与意，客观的美景与主观的情感得到高度统一。末二句在措语上，分别化用汉乐府《陌上桑》之“日出东南隅”、北朝乐府《木兰诗》之“寒光生铁衣”，天然成对，十分巧妙。

清人吴乔曾说：“七绝乃用偏师，非必堂堂之阵，正正之旗，有或斗山上，或斗地下者。”(《围炉诗话》) 此诗主要赞颂边塞将士的英雄气概，不写战斗而写战归。取材上即以偏师取胜，发挥了绝句特长。通篇造境独到，声情激越雄健，是盛唐余响。

塞下曲

李　益

蕃州部落能结束，朝暮驰猎黄河曲。
燕歌未断塞鸿飞，牧马群嘶边草绿。

唐代边塞诗不乏雄浑之作，然而毕竟以表现征戍生活的艰险和将士思乡的哀怨为多。即使一些著名的豪唱，也不免夹杂危苦之词或悲凉的情绪。当读者翻到李益这篇塞上之作，感觉便很不同，一下子就会被那天地空阔、人欢马叫的壮丽图景吸引住。它在表现将士生活的满怀豪情和反映西北风光的壮丽动人方面，是比较突出的。

诗中“蕃州”乃泛指西北边地（唐时另有蕃州，治所在今广西宜山县西，与黄河分属），“蕃州部落”则指驻守在黄河河套（“黄河曲”）一带的边防部队。军中将士过着“岁岁金河复玉关，朝朝马策与刀环”的生活，十分艰苦，但又被磨炼得十分坚强骁勇。首句只夸他们能“结束”，即善于戎装打扮。通过对将士们英姿飒爽的外形描写，其善战已不言而喻，所以下句写“驰猎”，不复言“能”，而读者自可神会了。

军中驰猎，乃是一种常规的军事训练。健儿们乐此不疲，早晚都在操练，作好随时迎敌的准备。正是“为报如今都护雄，匈奴且莫下云中”（同组诗其四）。“朝暮驰猎黄河曲”的行动，表现出健儿们慷慨激昂、为国献身的精神和决胜信念，句中饱含作者对他们的赞美。

这两句着重刻画人物和人物的精神风貌，后两句则展现人物活动的辽阔背景。西北高原的景色是这样壮丽：天高云淡，大雁群飞，歌声飘荡在广袤的原野上，马群在绿草地撒欢奔跑，是一片生气蓬勃的气象。

征人们唱的“燕歌”，有人说就是《燕歌行》的曲调。目送远去的飞雁，歌声里诚然有北国战士对家乡的深切怀念。然而，飞鸿望断而“燕歌未断”，这开怀放歌中，也未尝不包含歌唱者对边地的热爱和自豪情怀。如果说这一点在三句中表现尚不明显，那么读末句就毫无疑义了。

“牧马群嘶边草绿”。在赞美西北边地景色的诗句中，它几乎可与“风吹草低见牛羊”的奇句媲美。“风吹草低”句是写高原秋色，所以更见苍凉；而“牧马群嘶”句是写高原之春，所以有油然生意。“绿”字下得绝佳。因三、四对结，上曰“塞鸿飞”，下对以“边草绿”，可见“绿”字是动词化了。它不尽然是一片绿油油的草色，而且写出了“离离原上草”由枯转荣的变化，暗示春天不知不觉又回到草原上。这与后来脍炙人口的王安石的名句“春风又绿江南岸”，都以用“绿”字见胜。在江南，春回大地，是啼鸟唤来的。而塞北的春天，则由马群的欢嘶来迎接。“边草绿”与“牧马群嘶”连文，意味尤长；似乎由于马嘶，边草才绿得更为可爱，诗句所以有味。

夜上受降城闻笛

李　益

回乐烽前沙似雪，受降城外月如霜。
不知何处吹芦管，一夜征人尽望乡。

李益早年由于官场失意，曾浪游燕赵一带，并在军中干过事。在那个连年征战的时代，他对边塞生活有亲身体验，这成为他诗作的突出题材。他的边塞题材的七言绝句，当时就被谱入管弦，广泛流行。后人一直认为他可以追踪李白、王昌龄。

“受降城”是武则天景云年间，朔方军总管张仁愿为抵御突厥的入侵而筑的，共三座。中城在朔州，西城在灵州，东城在胜州。诗中提到的“回乐（县)”，故城位置在今甘肃灵武县西南。据此，这里的受降城当指西城。杜甫有“韩公(指张仁愿）本意筑三城，拟绝天骄拔汉旌”的诗句，可见筑城原是为了国防。然而安史乱后，征战频仍，藩镇割据，国防力量削弱，杜甫已有“胡来不觉潼关隘”的叹息。到李益时，局面不但没有好转，政治危机反而进一步加深，边疆也不得安宁。战士长期驻守，长期不能还乡，厌战情绪普遍。

诗的一、二句写登楼所见。万里沙漠和矗立的烽火台，笼罩在朦胧的月色里。月照沙上，明晃晃仿佛积雪，城外地面也象铺上一层白灿灿的霜，令人凛然生寒。边塞物候与内地迥乎不同。江南秋夜，月白风清；而塞外尘沙漫天，连月夜也是昏惨惨的。在久戌不归的兵士心中，该会唤起怎样一种感情？背乡离井，独为异客的人，明月往往唤起他对亲友的思念；而由月光联想到冰霜，更增添几分寒意，这不仅仅是一种视觉的错乱，更是一种心理作用。前面介绍的李白的《静夜思》，也是写这样的心情，可以参阅。

这两句除掉地名方位，写景就在六个字：“沙似雪”、“月如霜”，却似图画一样的生动、鲜明。使人如身临其境，感受到边塞大漠月夜全部的苍凉。诗人何以能以极省的笔墨造成丰富的形象呢？这是因为语言艺术塑造形象，不同于绘画，它不是象绘画那样详尽到每一个细节；其塑造形象是依靠语言典型化的作用，因而比之绘画，具有更大概括性。当它抓住对象最有特征的细节予以刻画，往往可以收到事半功倍的效果。契诃夫曾说过：如果很好写出一个碎玻璃的反光等等，就能写出整个月夜。诗人抓住“沙似雪”、“月如霜”，这样最有边塞特征的景色，就把整个塞上的单调、凄凉气氛表现出来了，达到了最经济的语言效果。

第三句写登楼所闻。紧承上两句而来。登楼者对着凛然生寒的大漠月色，难以禁持时，寒风忽然吹来一阵凄怨的笛声。“芦管”本是胡笳声别名。但诗题已明说“闻笛”，可见此处“芦管”指的就是笛。因为在荒漠的景色中，诗人听到的笛声，萧瑟凄凉，如怨如慕，如泣如诉，简直与幽咽哀怨的胡笳声相似。夜里寂静，而夜晚人的听觉最敏锐，因此，夜声给人的感觉印象也最深，造成的心理影响特别大。笛声随风而至，时断时续，所以说“不知何处”。这同时也表明登楼者在仔细倾听，心揪得更紧。

前三句对塞景边声的渲染，直接引起第四句。这句抒情，妙在一个“尽”字，诗人并不就此把思乡之情局限于一身，而是推及所有的“征人”。也就是和《从军北征》所谓“碛里征人三十万，一时回首月中看”一个意思。诗人心事浩茫，想到此夜塞上何处无月？何处无征人？谁看到这如霜的月光不思家？谁听到这幽怨的笛声不下泪？厌战思归的心理，何止登楼者一己而已！这一个“尽”字，就把诗境大大深化，不但渗透诗人深刻的生活体验，而且容纳了丰富的社会现实内容，使诗歌艺术形象升华，获得了典型性。

【卢纶】（748？—800？）字允言，唐郡望范阳（今河北涿州）籍贯蒲州（今山西永济）。代宗大历十才子之一。天宝末举进士不第。安史之乱中避地鄱阳，与吉中孚为林下之友。代宗大历初宰相元载取其文以进，授阌乡尉，迁集贤院学士。官至检校户部郎中。有《卢纶诗集》。

塞下曲（录二）

卢　纶

其一

林暗草惊风，将军夜引弓。
平明寻白羽，没在石棱中。

卢纶《塞下曲》共六首，分别写发号施令、射猎破敌、奏凯庆功等等军营生活。诗题一作“和张仆射塞下曲”，语多赞美之意。

此为组诗的第二首，写将军夜猎，见林深处风吹草动，以为是虎，便弯弓猛射。天亮一看，箭竟然射进一块石头中去了。通过这一典型情节，表现了将军的勇武。诗的取材，出自《史记·李将军列传》。据载，汉代名将李广猿臂善射，在任右北平太守时，就有这样一次富于戏剧性的经历：“广出猎，见草中石，以为虎而射之。中石没镞，视之石也。因复更射之，终不能复入石矣。”

首句写将军夜猎场所是幽暗的深林；当时天色已晚，一阵阵疾风刮来，草木为之纷披。这不但交代了具体的时间、地点，而且制造了一种气氛。右北平是产虎地区，深山密林是百兽之王的猛虎藏身之所，而虎又多在黄昏夜分出山，“林暗草惊风”，着一“惊”字，就不仅令人自然联想到其中有虎，呼之欲出，渲染出一片紧张异常的气氛，而且也暗示将军是何等警惕，为下文“引弓”作了铺垫。次句即续写射。但不言“射”而言“引弓”，这不仅是因为诗要押韵的缘故，而且因为“引”是“发”的准备动作，在一“惊”之后，将军随即搭箭开弓，身手敏捷之至。

后二句写“中石没镞”的奇迹，把时间推迟到翌日清晨（“平明”），将军搜寻猎物，发现中箭者并非猛虎，而是石头，令人读之，始而惊异，既而嗟叹，原来箭头竟“没在石棱中”。这样写不仅更为曲折，有时间、场景变化，而且富于戏剧性。“石棱”即石头的棱角，箭头要钻入殊不可想象。《史记》原文只说“没镞”，并没有说得这样具体。这一颊上添毫的笔墨，特别尽情够味，只觉其妙，不以为非。

清人吴乔曾形象地以米喻“意”，说文则炊米而为饭，诗则酿米而为酒（见《围炉诗话》），其言甚妙。因为诗须诉诸读者的情绪，一般比散文形象更集中，语言更凝炼，更注重意境的创造，从而更令人陶醉，也更像酒。《史记》一段普普通通的文字，一经诗人提炼加工，便升华出如此富于艺术魅力的小诗，不正是化稻粱为醇醪吗？

其二

月黑雁飞高，单于夜遁逃。
欲将轻骑逐，大雪满弓刀。

此诗原列第三。它通过雪夜追击逃敌的情节，着重表现并热情歌颂了边防将士的不畏艰苦和英勇威武。

前两句写敌军趁夜遁逃。第一句“月黑雁飞高”，极力烘托寒夜气氛：彤云密布，没有月光，是漆黑阴森的夜。“雁”点出季节。塞下秋来，寒风凛冽，下雪是不必待到隆冬的。夜空飞雁，是凭听觉感到的。雁的啼声从远空传来，“高”就表达出了这种实际的感觉。黑夜雁飞，是很反常的现象。因为雁群晚来投宿沙滩或芦塘，要白天再次降临才继续远征。这种鸟儿十分警觉，一有动静即相呼而起。夜空惊雁的一笔，表明黑茫茫的夜幕正掩蔽着一个诡秘的军事行动，这就紧紧逼起下句：“单于夜遁逃”——乃是惊雁的原因了。“月黑雁飞高”，既是赋，又兼有比兴作用。黑暗中作高空飞行的大雁，又是趁夜撤退的敌军一种象征。

后两句，以一极有力的“欲”字领起，写警觉的边防军已洞察敌人的动静，即将以轻骑兵追击。这时气氛突变，一瞬间满天大雪纷飞。出击的情形，战斗的后果，被诗人一概舍去，独取一个“特写镜头”——“大雪满弓刀”：黑夜看不清人和马，雪光映射在战士们的刀剑上，发出闪闪冷光。所以在追兵中独见“弓刀”，这是极真切的描写。由于前两句诗充分地烘托了气氛，第三句只用“轻骑逐”三字，便极含蓄地写出了战斗胜利在望的气势，写出了将士们勇猛追击的精神面貌。它使人联想到“将军金甲夜不脱，半夜军行戈相拨，风头如刀面如割”，“虏骑闻之应胆慑，料知短兵不敢接，车师西门伫献捷”的诗句。其所写将士坚毅的意志，昂扬的士气，决胜的信心，此诗与之毫无二致。第四句写临发时突如其来的大风雪，于行军不利，然而这正是将士们坚忍不拔、一往无前的英勇气概的有力衬托。这可说是诗中最精彩的一笔。从句式上看，以“欲将”领起二句，有意造成一种引而不发，欲擒故纵的气势，诵读起来音情摇曳，回肠荡气。语极豪放又含蓄不尽。追击成功与否，诗人不写，读者已心领神会了。

逢病军人

卢 纶

行多有病住无粮，万里还乡未到乡。
蓬鬓哀吟古城下，不堪秋气入金疮。

此诗写一个伤病退伍在还乡途中的军人，从诗题看可能是以作者目睹的生活事件为依据。诗人用集中描画、加倍渲染的手法，着重塑造人物的形象。诗中的这个伤兵退伍后，他很快就发觉等待着他的仍是悲惨的命运。“行多”，已不免疲乏；加之“有病”，对赶路的人就越发难堪了。病不能行，便引出“住”意。然而住又谈何容易，离军即断了给养，长途跋涉中，干粮已尽。“无粮”的境况下多耽一天多受一天罪。第一句只短短七字，写出“病军人”的三重不堪，将其行住两难、进退无路的凄惨处境和盘托出，这就是“加倍”手法的妙用。

次句承上句“行”字，进一步写人物处境。分为两层。“万里还乡”是“病军人”的目的和希望。尽管家乡也不会有好运等着他，叶落归根，“病军人”不过是愿死于乡里而已。虽然“行多”，但家乡远隔万里，未行之途必更多。就连死于乡里那种可怜的愿望怕也难以实现呢。这就使“未到乡”三字充满难言的悲愤、哀怨，令读者为之鼻酸。这里“万里还乡”是不幸之幸，对于诗情是一纵；然而“未到乡”，又是“喜”尽悲来，对于诗情是一擒。由于这种擒纵之致，使诗句读来一唱三叹，低回不尽。

诗的前两句未直接写人物外貌。只闻其声，不见其人。然而由于加倍渲染与唱叹，人物形象已呼之欲出。在前两句铺垫的基础上，第三句进而刻画人物外貌，就更鲜明突出，有如雕像被安置在适当的环境中。“蓬鬓”二字，极生动地再现出一个疲病冻饿、受尽折磨的人物形象。“哀吟”直接是因为病饿的缘故，尤其是因为创伤发作的缘故。“病军人”负过伤（“金疮”），适逢“秋气”已至，气候变坏，于是旧伤复发。从这里又可知道其衣着的单薄、破敝，不能御寒。于是，第四句又写出了三重“不堪”。此外还有一层未曾明白写出而读者不难意会，那就是“病军人”常恐死于道路、弃骨他乡的内心绝望的痛苦。正由于有交加于身心两方面的痛苦，才使其“哀吟”令人不忍卒闻。这样一个“蓬鬓哀吟”的伤兵形象，作者巧妙地把他放在一个“古城”的背景下，其形容的憔悴，处境的孤凄，无异十倍加。使人感到他随时都可能象蚂蚁一样在城边死去。

这样，通过加倍手法，有人物刻画，也有背景的烘托，把“病军人”饥、寒、疲、病、伤的苦难集中展现，“凄苦之意，殆无以过”（南宋范晞文《对床夜语》）。它客观上是对社会的控诉，也流露出诗人对笔下人物的深切同情。

【刘商】 字子夏，唐彭城（江苏徐州）人，久居长安。进士及第，代宗大历初任合肥令。德宗贞元中历汴州观察推官、检校虞部郎中。去官为道士，隐居山中炼药求仙。

古意

刘商

连晓寝衣冷，开帷霜露凝。
风吹昨夜泪，一片枕前冰。

诗实写闺怨。构思上有所翻新，显得不落窠臼。

诗中几乎没有说到怨情，只是一个劲地在写冬夜气候的寒冷。“连晓”即通夜，一夜到晓。“寝衣冷”换言之即被窝睡不热。这个细节不光交待出冬夜的严寒，而且暗点了女主人公的幽独处境，所谓“翡翠衾寒谁与共？”只不过不明言后一层意思，便显得不经意罢了。“开帷霜露凝”写室外景象，是一派严霜。句中说“凝”，是偏义于“霜”兼及“露”，则有“白露为霜”的含义。这进一步证实了气温之低。这样的夜晚，独处的人儿将是很难熬的呢，读者不难推想。

大概女主人公恹恹起床后，先查看了一下户外，不由更添寒噤。于是回身理床，才发现枕畔亮晃晃着了一层薄冰。诗人用其内心独白的语气解道：“风吹昨夜泪，一片枕前冰。”原来如此，可见天气是多么寒冷啊。这里几乎是不经意地点出“昨夜泪”，似乎女主人公的注意力已全部集中在讶怪气候寒冷上，已快淡忘了昨夜的苦恼，至少在悲怨的情绪上有所减轻。诗中不写下泪当时，而写泪干之后，这种避重就轻的写法，反而取得了“语不涉已，若不堪忧”的奇效。大抵显意识中的悲哀好写，却往往因流于表面现象而难于打动读者的心，潜意识中的悲哀不易写，写出则耐人寻味，乃至能产生攫住人心的力量。沉重的内容，轻松的形式，无意有意之间，产生了欲盖弥彰的感觉。“而今识尽愁滋味，欲说还休。欲说还休，却道新凉好个秋！”（辛弃疾）此诗中女主人公说寒风吹泪居然成冰的两句，实有异曲同工之妙。

【崔护】 字殷功，唐武城（山东武城西北）人。德宗贞元十二年（796）进士及第。宪宗元和元年（806）与元、白同登才识兼茂明于体用科。文宗大和三年（829）为京兆尹，同年七月为御史大夫、岭南节度使。

题都城南庄

崔 护

去年今日此门中，人面桃花相映红。
人面不知何处去，桃花依旧笑春风。

这首诗是根据一个生活故事写成的，它的故事简单说是这样的：有人在一个桃花盛开的春天，郊游到长安南郊的一个村庄，或者就叫南庄，邂逅了一位美丽的姑娘，发生了一点心照不宣、意犹未尽的情事。从此耿耿于怀了。在另一个桃花盛开的春天，他再一次来到南庄，希望能再一次见到那位让他放心不下的姑娘。然而，风景不殊，心仪的姑娘再也没能出现，语云："时不再来"，机会一旦错过，它就不再属于您了。任何人遇到这样的事情，都会留下了永远的惆怅。那个人永远失去了他的机会，却成就了一首唐诗。

"去年今日此门中，人面桃花相映红。"这两句写发生在过去的一个情景。"去年今日"这一时间定位，是天才的艺术处理，一箭双雕地表明全诗有两个场面，分别发生在过去和现在——"去年今日"和"今年今日"。说了"去年今日"，下文就不用再说"今年今日"。对于曲子词，例如欧阳修《生查子》，写了"去年元夜时，花市灯如昼"，再写"今年元夜时，花市灯依旧"，这样的重复无关紧要，字多，耗得起。而对于一首二十八字的绝句，经济的用字是何等重要！在曲子词中，也有人学崔护的这个写法，如晏殊《浣溪沙》"去年天气（旧亭台）"，效果相同。

"人面桃花"的组词，是又一个天才的发明。它不仅是说，在桃花会里遇见一个美丽的姑娘。而且含有比义：而且这个比义可以是人面艳如桃花，也可以是桃花娇如人面，也可以是人面、桃花比美！后一种揣测，从"相映红"三字得到了印证。一般情况下，人面的红与桃花的红不可同日而语，正因为如此，这才是发明。读者无妨想象，那人面之红，是不是姑娘见了男子的情不自禁的反应，是不是接下来她就举起一枝桃花来掩饰自己的脸红，……如此这般可以写一段小说。总之，去年今日的相逢，给男子留下的特别美好的印象，完全包含在"人面桃花"一句之中。

"人面不知何处去，桃花依旧笑春风。"这两句写现在的情景。诗人巧妙地将

"人面桃花"这个组词拆开了，分属两句，一句话抹去了"人面"，一句话留住了"桃花"。这里用"人面"代替姑娘，仍是天才的做法，试想，如果改为"之子"、那就完了，因为失去和上文的照映，诗句顿时黯淡无光。下句"桃花依旧笑东风"的"笑"字，也是一字千金。因为它不仅延续了前文的拟人，而且暗示了去年的"人面"，也是满面春风、也是含笑的。"依旧"二字，也说明了这一点。总之，这两句写物(桃花）是人（人面）非，字里行间充满惆怅，而这种惆怅又会使"去年今日"的情景，在记忆中进一步得到美化，使生活的美成为永久。

《人面桃花》后来成为一出戏名，永远地活在舞台之上。

晚唐孟棨用创作本事的形式，复原诗中的故事。他把主人公定位为作者，把时间定位为连续两年的清明。如是小说也倒罢了，如信以真则大谬不然。因为，作为一个作品，那怕是第一人称的写作，诗人采用的素材，也不必是自身的经历；而"去年今日"的写法，更可能出于艺术的提炼，因此，它较生活更集中、更典型。换言之，素材中的两个生活片断，虽一定发生在春季，却未必发生在同一个日子。

晚　鸦

崔　护

黯黯严城罢鼓鼙，数声相续出寒栖。
不嫌惊破寒窗梦，却恐为奴半夜啼。

诗中描写的情景应发生在长安城南，禁夜之后。示意"止其行李，以备窃盗"的暮鼓早已敲过了（"黯黯严城罢鼓鼙"），这时某一民居中的一位妇人，却被宅外高树上的鸦啼声惊醒。出人意表的是，她并未因此埋怨啼鸦，却反作歉然的语气道："恐怕是我睡梦中的哭声惊扰了枝上的晚鸦罢，真正是对不起呀。"看来，她一点也不为那悲哀梦境的惊破而感到遗憾。

这就立刻使读者联想到金昌绪《春怨》。同样被啼鸟惊梦，那可是怨气冲天，迁怒于啼鸟呢。两首诗情景形成对照，但不同的形式，却有相同的意味。无论嫌鸟也好，不嫌鸟也好，可以说都不是诗的本旨。诗人通过怨鸟或谢鸟的形式，目的都在于更好地表现闺怨。一般说来，闺怨的本质内容没有太大差别，千差万别处在表现的方式。不正面写闺怨，而借水怨山，从侧面微挑，更耐人寻思。正是"超以象外，得其圜中。"

这首诗在刻画人物形象上，是很有个性的。那妇人不嫌惊梦，又暗示给我们那梦的悲苦，她不是在梦中都哭了吗？这和《春怨》中一心要做“到辽西”好梦的少妇比，其处境当更凄凉。诗中一面称鸦窠为“寒栖”，一面称自家为“寒窗”，两两相形，最见物我同情之意，不待奴啼惊鸦，鸦啼惊奴，彼此原谅而后知。与《春怨》对读，我们感到这体谅晚鸦的人，是贫妇；那打起黄莺的人儿，却是香闺少妇。由诗见人，也就是一妙。

【李涉】 自号清溪子，唐洛阳(今属河南)人。宪宗时为太子通事舍人，后贬谪峡州司仓参军。曾为太学博士，敬宗时以事流南方，浪游桂林。

再宿武关

李 涉

远别秦城万里游，乱山高下出商州。
关门不锁寒溪水，一夜潺湲送客愁。

这首诗大约作于作者大和中第二次罢官出京过武关时写的。武关，在商州（今陕西丹凤东南），为秦时南面的重要关隘，又名南关。

诗中“秦城”为地名，在今陕西陇县。“远别”“万里游”暗示作者因事罢官流放南方之事。“远别”意味着与仕途告别。“万里游”并非游山玩水，而是被迫飘流。次句“乱山”指商州附近的商山。商州山势高下曲折，有七盘十二绕之说。“乱山高下”四个字，写出商山重峦迭嶂、回环曲折的气势和形貌。一个“乱”字用得极出神化，就像王昌龄“平明送客楚山孤”的“孤”一样，不仅是说山，也折射出人的思想感情，质言之，即心烦意乱。“高下”有高一脚低一脚的感觉，也是乱的表现。“出”字则使静止的山活动起来，也不仅是说山，同时是是写人——总之，这句将人和山、人和路交织起来，既写出旅况的艰辛，更表现了心情的苦闷。

三四句写夜宿武关。作者不正面诉说羁旅怀乡之苦、孤馆寒灯之凄凉。却从古关静夜、溪水潺潺引起联翩浮想——古关傍溪流的潺湲之声，仿佛承载着作者绵绵无尽的离愁长流远去。关门是用来锁人的，本来就不锁溪流。作者却有些抱怨的意思——关门啊，你为什么不锁住寒溪水呢，这和王之涣“羌笛何须怨杨柳”的写法相近，无理语正好抒情。作者抱怨什么呢？“一夜潺湲”——暗示他一夜难眠，这就别出心裁地通过对水声的描写，把内心“剪不断，理还乱”的离愁别恨，曲折细腻地描摹出来。沈德潜评曰：“一夜不寐意，写来偏曲。”（《唐诗别裁》）

反复玩味，总觉得末句有些囫囵，“一夜潺湲送客愁”，是说客愁减轻了呢，还是说客愁加重了呢？表面上是在说减轻，实际上却不可能减轻。尽管水在流，水声却长在耳畔，恰如李白所说：“抽刀断水水更流，举杯销愁愁更愁”，这一夜水流的声音，也应该是这个感觉。可见末句造语之妙。

润州听暮角

李 涉

江城吹角水茫茫，曲引边声怨思长。
惊起暮天沙上雁，海门斜去两三行。

这首诗是作者羁旅水途之作。诗中“江城”指润州（今江苏镇江），以面临长江故称。“边声”即指角声——因边地军中常吹画角，不妨称之为边声。诗的前两句只写听觉及望中景象，而字里行间隐约有作者忧伤的影子，“水茫茫”三字有一种张望以及望穿秋水的感觉。羁途之士，难免有异地思归之情，故听到边地乐声，能立刻引起共鸣，勾起他绵绵乡思。次句的“曲引边声怨思长”，乍看似只就曲调而言，“引”“长”二字给人角声绵绵不尽之感，回顾前句的“水茫茫”，“怨思长”又不只是说曲调，更是说人了。准确的说，是人听角声的感觉。

暮角声起，江边沙滩上的鸿雁随即惊起，而飞向了远方。据《镇江府志》，“焦山东北有二岛对峙，谓之海门。”今有海门县。诗的后两句乍看只是照写实景，但这不正是作者行程日远、有家难归的真实写照吗——作者故家洛阳在润州的西北，而鸿雁是南向越飞越远。不要说还乡，就是要托鸿雁传书也不可能。“惊起——雁”，写雁不写人，是所谓“不犯正位”——雁的受惊远飞似乎影射着作者的遭际，此诗很可能是作于迁谪途中——作者在唐文宗时曾因事流放康州（今广东德庆）。“海门”这两个字的意思在地名之外，给人以阔大的感觉。雁是群居的候鸟，飞行时或作一行，或作两行，诗人却说“斜去两三行”，形象地写出了雁群初起尚未成行，或行列处在调整之中的情态。同时，字里行间有一种目送的情态，这是属于人的。有祈祷，有同情，有很复杂的意味。在中国，鸟和文字的关系一直很紧密，雁和文学的关系，是缔结在秋天、迁徙、漂泊这些节骨眼上的。

这首诗寓情于景——江边的城市、浩渺的江水和惊飞的鸿雁，寥寥数笔，全是生活中最典型最突出的物象，而画外则传来悲凉的画角声，更有气氛渲染的作用。《唐人万首绝句选》引宋顾乐评：“博士集中，此作可称高调。”

【孟郊】（751—814）字东野，唐湖州武康（浙江德清）人。少隐嵩山，贞元十二年（796）进士及第，十六年任溧水尉，后辞官。曾任河南水陆运从事，试协律郎。宪宗元和九年（814）迁兴元军参谋，试大理评事，赴任时暴死途中。友人张籍等私谥贞曜先生。有《孟东野诗集》。

游子吟

孟　郊

慈母手中线，游子身上衣。
临行密密缝，意恐迟迟归。
谁言寸草心，报得三春晖！

孟郊诗多抒写穷愁，用字造句力避平庸浅率，而就生新瘦硬，故苏轼谓之“郊寒岛瘦”。所谓寒、瘦，在内容上指言贫叫苦，在艺术上则指苦吟和一种清峭的意境美。方牧素描孟郊：“冷露滴破残梦，峭风梳篦寒骨；暮年登第，一生才说几句痛快话”，可谓得之。

《游子吟》是孟郊享誉千古之作。在香港的民意测验中，此诗高居最知名十佳唐诗的榜首。关键在于诗人抓住了母爱与孝道，在中华民族文化心理结构中占有特别重要地位的题材，而表现得深入浅出。诗作于贞元十六年（800）溧水县尉任上，自注云：“迎母溧上作”。

前四句摄取生活中一个常见的情景，慈母为游子准备行装，在临行前夕、在灯下缝缝补补。这幅图画表现的是贫寒之家，儿子出门不能盛其服玩车马之饰，然而母爱是“论心不论迹”的。从“临行密密缝”这个场面所流露的质朴无华的人性美，足以使任何“金缕衣”失去光辉。

在母亲眼中，孩子永远是孩子，不管他走向何方，不管他走得多远，都永远走不出母亲的目光，走不出母亲的思念。从感情上讲，母亲希望孩子早些回来的，这是“意恐迟迟归”的一层含义。而从理智上讲，母亲又本能地深知，孩子必须经风雨、见世界，所以不管怎样的不放心，也决不会把他拴牢在自己身边。母亲缝下密密的针脚，怕衣服不经穿，这是“意恐迟迟归”的又一层含义。换言之，怕衣服不经穿，乃是“临行密密缝”的深层原因。

最后两句是针对迎母溧上这件事而言的，谋到一官半职，就李逵一般地不忘老母，这片赤子之心天然感人。而诗人还进一步辨认孝心与母爱的区别：孝心是出于报恩的意识，而母爱是无条件、无意识的，是春风与阳光一般地不求回报的。

尽管《小草》歌词说“春风呀春风把我吹绿，阳光呀阳光把我照耀”，古人仍有“草不谢荣于春风”（李白）之说。所以诗经《小雅·蓼莪》云：“哀哀父母，生我劬劳”、“欲报之德，昊天罔极”，此诗结尾也是一样的意思。母爱固然伟大，赤子之心也很动人，这是构成此诗内容的两个基本点。所有的人，都是母亲的孩子，对此本来就容易发生共鸣；加上形象感人的描写和兴到笔随的比兴，取得的效果尤佳。

巫山曲

孟 郊

巴江上峡重复重，阳台碧峭十二峰。
荆王猎时逢暮雨，夜卧高丘梦神女。
轻红流烟湿艳姿，行云飞去明星稀。
目极魂断望不见，猿啼三声泪滴衣。

乐府旧题有《巫山高》，属鼓吹曲辞。“古辞言江淮水深，无梁可渡，临水远望，思归而已。”（《乐府解题》）而六朝王融、范云所作“杂以阳台神女之事，无复远望思归之意”，孟郊此诗就继承这一传统，主咏巫山神女的传说故事（出宋玉《高唐》《神女》二赋）。本集内还有一首《巫山行》为同时作，诗云：“见尽数万里，不闻三声猿。但飞萧萧雨，中有亭亭魂。”则二诗为旅途遣兴之作欤？

“巴江上峡重复重”，句中就分明有一舟行之旅人在。沿江上溯，入峡后山重水复，屡经曲折，于是目击了著名的巫山十二峰。诸峰“碧丛丛，高插天”（李贺《巫山高》），“碧峭”二字是能尽传其态的。十二峰中，最为奇峭，也最令人神往的，便是那云烟缭绕、变幻幽明的神女峰。而“阳台”就在峰的南面。神女峰的魅力，与其说来自峰势奇峭，毋宁说来自那“朝朝暮暮，阳台之下”的巫山神女的动人传说。次句点“阳台”二字，是兼有启下的功用的。

经过巫峡，谁不想起那个古老的神话，但有什么比“但飞萧萧雨”的天气更能使人沉浸入那本有“朝云暮雨”情节的故事境界中去的呢？所以紧接着写到楚王梦遇神女之事：“荆王猎时逢暮雨，夜卧高丘梦神女。”本来，在宋玉赋中，楚王是游云梦、宿高唐（在湖南云梦泽一带）而梦遇神女的。而“高丘”是神女居处（《高唐赋》神女自述：“妾在巫山之阳，高丘之阻”）。一字之差，失之千里，却并非笔误，乃是诗人凭借想象，把楚王出猎地点移到巫山附近，梦遇之处由高唐换成神女居处的高丘，便使全诗情节更为集中。这里，上峡舟行值雨与楚王畋猎值雨，在诗境中交织成一片，冥想着的诗人也与故事中的楚王神合了，以下所写既是楚王梦中所见之神女，同时又是诗人想象中的神女。诗写这段传说，意不在楚王，而在通过楚王之梦以写神女。

关于“阳台神女”的描写是《巫山曲》的画龙点睛处。“主笔有差，余笔皆败。”而要写好这一笔是十分困难的。其所以难，不仅在于巫山神女乃人人眼中所未见，而更在于这个传说“人物”乃人人心中早有。这位神女绝不同于一般神女，写得是否神似，读者是感觉得到的。而孟郊此诗成功的关键就在于写好了这一笔。诗人是紧紧抓住“旦为朝云，暮为行雨，朝朝暮暮，阳台之下”（《高唐赋》）的绝妙好辞来进行艺术构思的。神女出场是以“暮雨”的形式：“轻红流烟湿艳姿”，神女的离去是以“朝云”的形式：“行云飞去明星稀”。她既具有一般神女的特点、轻盈飘渺，在飞花落红与缭绕的云烟中微呈“艳姿”；又具有一般神女所无的特点，她带着晶莹湿润的水光，一忽儿又化着一团霞气，这正是雨、云的特征。因而“这一位”也就不同别的神女了。诗中这极精彩的一笔，就如同为读者心中早已隐隐存在的神女揭开了面纱，使之眉目宛然，光彩照人。这里同时还创造出一种倏晦倏明、迷离恍惝的神话气氛，虽则没有任何叙事成分，却能使人联想到《神女赋》“欢情未接，将辞而去，迁延引身，不可亲附”及“暗然而暝，忽不知处”等等描写，觉有无限情事在不言中。

随着“行云飞去”，明星渐稀，这浪漫的一幕在诗人眼前慢慢闭拢了。于是一种惆怅若有所失之感向他袭来，恰如戏迷在一出好戏闭幕时所感到的那样。“目极魂断望不见”就写出其如痴如醉的感觉，与《神女赋》结尾颇为神似（那里，楚王“情独私怀，谁者可语，惆怅垂涕，求之至曙”）。最后化用古谚“巴东三峡巫峡长，猿鸣三声泪沾裳”作结。峡中羁旅的愁怀与故事凄艳的结尾及峡中凄迷景象融成一片，使人玩味无穷。

全诗把峡中景色、神话传说及古代谚语熔于一炉，写出了作者在巫峡行舟时的一段特殊感受。其风格幽峭奇艳，颇近李贺，在孟郊诗中自为别调。孟诗本有思苦语奇的特点，因此偶涉这类猎艳的题材，便很容易趋于幽峭奇艳一途。李贺的时代稍晚于孟郊，从中似乎可以窥见由韩、孟之奇到李贺之奇的发展过程。

怨 诗

孟 郊

试妾与君泪，两处滴池水。

看取芙蓉花，今年为谁死！

韩愈称赞孟郊为诗“刿目鉥心，刃迎缕解。钩章棘句，掐擢胃肾。神施鬼设，间见层出”(《贞曜先生墓志铭》)说得直接点，就是孟郊爱挖空心思做诗；说得好听点，就是讲究艺术构思。

艺术构思是很重要的，有时竟是创作成败的关键，比方说写女子相思的痴情，是古典诗歌中最常见的主题，不同诗人写来就各有一种面貌。薛维翰《闺怨》：“美人怨何深，含情倚金阁。不笑不复语，珠泪纷纷落。”从落泪见怨情之苦，构思未免太平，不够味儿。李白笔下的女子就不同了：“昔日横波目，今成流泪泉。不信妾肠断，归来看取明镜前”(《长相思》)。也写掉泪，却以“代言”形式说希望丈夫回来看一看，以验证自己相思的情深，全不想到那人果能回时，“我”得破涕为笑，岂复有泪如泉？可这傻话正表现出十分的情痴，够意思的。但据说李白的夫人看了这首诗，说：“君不闻武后诗乎？‘不信比来常下泪，开箱验取石榴裙’。”使“太白爽然若失”(见《柳亭诗话》)。

孟郊似乎存心要与前人争胜毫厘，写下了这首构思堪称奇特的“怨诗”。他也写了落泪，但却不是独自下泪了；也写了验证相思深情的意思，但却不是唤丈夫归来“看取”或“验取”泪痕了。诗也是代言体，诗中女子的话却比武、李诗说得更痴心、更傻气。她要求与丈夫（她认定他一样在苦苦相思）来一个两地比试，以测定谁的相思之情更深。相思之情，是看不见，摸不着，没大小，没体积，不具形象的东西，测定起来还真不容易。可女子想出的比试法儿是多么奇妙。她天真地说：试把我们两个人的眼泪，各自滴在莲花（芙蓉）池中，看一看今夏美丽的莲花为谁的泪水浸死。显然，在她心目中看来，谁的泪更多，谁的泪更苦涩，莲花就将“为谁”而“死”。那么，谁的相思之情更深，自然也就测定出来了。这是多么傻气的话，又是多么天真可爱的话！池中有泪，花亦为之死，其情之深真可“泣鬼神”了。这一构思使相思之情形象化，那出污泥而不染的“芙蓉花”，将成为可靠的见证。李白诗云：“昔日芙蓉花，今为断肠草”。可见“芙蓉”对相思的女子，亦有象征意味。这就是形象思维。但不是痴心人儿，谅你想象不到。

“换你心，为我心，始知相忆深。”(顾敻《诉衷情》)自是透骨情语，孟郊《怨诗》似乎也说着同一个意思，但他没有以直接的情语出之，而假景语以行。然而“一切景语皆情语”(王国维《人间词话》)。这样写来更饶有回味。其艺术构思不但是独到的，也是成功的。诗的用韵上也很考究，它没有按通常那样采用平调，而用了细微的上声“纸”韵相叶，这对于表达低抑深思的感情是相宜的。

古离别

孟　郊

欲别牵郎衣，郎今到何处？
不恨归来迟，莫向临邛去！

孟郊的诗，虽有僻奥生涩、寻奇求险的毛病，但是，情真意蕴、质朴自然之作，也不是没有，这首《古离别》就是其中的一例。

诗的开头“欲别”二字，是扣题中“别离”，也是为以下人物的言行点明背景。“牵郎衣”的主语自然是诗中的女主人公，有人认为这个动作是表现不忍分别，虽不能说毫无此意，不过从全诗来看，这一动作显然是为了配合语言的，那么它的含意也就不能离开人物语言和说话的背景去理解。她之所以要“牵郎衣”，主要是为了使“欲别”将行的丈夫能停一停，好静静地听一听自己的话；就她自己而言，也从这急切、娇憨的动作中，流露出一种郑重而又亲昵的情态。这一切当然都是为了增加语言的分量、情感的分量。

女主人公一边牵着郎衣，一边就开口说话了，“郎今到何处？”在一般情况下，千言万语都该在临行之前说过了，至少也不会等到“欲别”之际才问“到何处”，这似乎令人费解。但是，要联系第四名句来看，便知道使她忐忑不安的并不是不知“到何处”的问题，而是担心他走到一个可怕的去处——“临邛”，那才是她真正急于要说而一直难于启齿的话。“郎今到何处”，此时此言，看似不得要领，但这个多余的弯子，又是多么传神地画出了她此刻内心的慌乱和矛盾啊！

第三句放开一笔，转到归期，按照常情，该是盼郎早归，迟迟不归岂非“恨”事！然而她却偏说“不恨”。要体会这个“不恨”，也必须联系第四句——“莫向临邛去”。临邛，即今四川省邛崃县，也就是汉朝司马相如在客游中，与卓文君相识相恋之处，这里的临邛不必专指，而是用以借喻男子觅得新欢之处，到了这样的地方，对于她来说岂不更为可恨，更为可怕吗！可见，“不恨归来迟”，不是反语，也不是娇情，而是真情，是隐忍着痛苦的真情，是愿以两地相思的痛苦赢得彼此永远相爱的真情，她先这么真诚地让一步，献上一颗深情绵绵之心，最后再道出那难以启齿的希望和请求——“莫向临邛去！”那该是更能打动对方的吧，情深意挚，用心良苦，诚所谓“诗从肺腑出，出则愁肺腑”（苏轼《读孟东野诗》）。

诗的前三句拐弯抹角，都是为了引发出第四句，第四句才是“谜底”，才是全诗的出发点和归宿，只有抓住它方能真正地领会前三句，咀嚼出全诗的情韵。诗人用这种回环婉曲、欲进先退、摇曳生情的笔触，熟练而又细腻地刻画出女人公在希求美满爱情生活的同时又隐含着忧虑不安的心理，并从这个矛盾中显示了她的坚贞诚挚、隐忍克制的品格，言简意丰，隽永深厚，耐人寻味。它与“不知移旧爱，何处作新恩”（白居易《怨词》）；“常恐新声发，坐使故声残”（孟郊《古妾薄命》）；“不畏将军成久别，只恐封侯心更移”（薛道衡《豫章行》）等诗一样，反映了封建制度的不合理，透露了生活在那个社会底层的妇女的心声，具有着鲜明的时代色彩和深刻的社会意义。诗用短促的仄声韵，亦有助于表现人物急切、不安的神情。

【王建】（766？—832？）字仲初，唐颍州（今河南许昌）人。出身寒微，未中进士。早年从军幽州。元和年间官昭应县丞、渭南尉，长庆初由太常寺丞转秘书丞。后官陕州司马。晚年退居咸阳原上。又曾出任光州刺史。与张籍均长乐府诗，时称张王乐府。有《王建诗集》。

羽林行

王　建

长安恶少出名字，楼下劫商楼上醉。
天明下直明光宫，散入五陵松柏中。
百回杀人身合死，赦书尚有收城功。
九衢一朝消息定，乡吏籍中重改姓。
出来依旧属羽林，立在殿前射飞禽。

此诗以古题写时事，反映当时首都严重存在的社会治安问题。

羽林郎在汉为皇帝近卫军，实即京城保安人员，诗前四句即写这伙保安招聘自长安不法待业青年，因而素质极差。本身就是干惯“楼下劫商楼上醉”一类违法犯罪之事的恶少，一穿制服就更不得了。天明穿上制服到明光宫上班，下班脱掉制服就到郊外抢人。

中二写即使杀人越货、东窗事发，也有人代为说情开脱，理由不外是服役有功等等；有关方面也一味姑息。诗人暗示，这批恶少自有社会背景，轻易扳他不倒的。其中有的人犯事后则得到通风报信，从此隐姓埋名；当朝廷实施大赦，他们又恢复原姓和本名，而且恢复工作，还当他的执法人员，“立在殿前射飞禽”——更神气了！叫老百姓看了怎不寒心？

社会治安之成问题，都说是因为“打击不力”。为什么打击不力？根本原因在于官、盗之间有千丝万缕看不见的联系，从而为各种犯罪提供了一张无形的保护伞。千年以下来读这首不著议论的《羽林行》，不也能真切感到它揭示的现象之发人深省么？

望夫石

王　建

望夫处，江悠悠，化为石，不回头。
山头日日风复雨，行人归来石应语。

在唐诗中，有一些短歌，令人过目不忘，到口成诵，本篇即是。望夫石是一个民间传说，据说古有贞妇，其夫服役远征，妇人饯送至山，立望而死，遂化为石。古人题咏甚多，而本篇独擅胜场。个中原由，值得玩味。

“望夫处，江悠悠，化为石，不回头。”一起四个短句，概括了整个故事，令人称绝。“望夫处”“化为石”是故事的陈述，本无关乎妙处。而其语言上的张力，来自“江悠悠”的绵绵不断和“不回头”的斩钉截铁，所形成的对比。

“山头日日风复雨，行人归来石应语。”如果说前四句是务实，这两句就是务虚。务虚就是想象。严格说，“山头日日风复雨”还是记实，通过“日日”的重复，再通过“风复雨”的变相重复，营造了一个氛围——上承“悠悠”二字，状出了风吹雨打的煎熬、无遮无盖的凄苦、日复一日的坚持，最后通到那个瑰奇的想象——“行人归来石应语”。这简直是一个童话，一个天方夜谭。《诗·卫风·氓》云：“不见复关，泣涕涟涟。既见复关，载笑载言。”也很动人，但那又说又笑的是一个人、一个大活人呀。怎及“行人归来石应语”，又说又笑的是活过来的一片石头呀，谁想到“行人归来”就有这么神奇之力呢。

这首诗采用了“三三七”句法的变式，这种诗格来自民间，是一种谣体。与它表达的内容正相适应。

新嫁娘词

王　建

三日入厨下，洗手作羹汤。
未谙姑食性，先遣小姑尝。

中唐人以白描写日常生活，往往曲尽人情。朱庆余《闺意上张水部》写洞房花烛夜后的新嫁娘，令人过目不忘；王建《新嫁娘词》内容如朱诗之续，艺术上亦不相让。

古谓新媳妇难当，在于夫婿之上还有公婆。光夫婿称心还不行，还得婆婆顺眼，第一印象非常重要。古代女子过门第三天（俗称“过三朝”），照例要下厨做菜，这习俗到清代还保持着，《儒林外史》二十七回：“南京的风俗，但凡新媳妇进门，三天就要到厨下去收拾一样菜，发个利市”。画眉入时固然重要，拿味合口则更为要紧。所以新媳妇是有几分忐忑不安的。

“三日入厨下”直赋其事，同时也交待出上述那样一个规定的环境。“洗手”本是操作中无关紧要的程序，写出来就有表现新妇慎重小心的功用——看来她是颇为内行，却分明有几分踌躇。原因很简单：“未谙姑（婆婆）食性”。考虑到姑食性的问题，也见得新妇的精细。同样一道羹汤，兴许有说咸，有说淡。这里不仅有个客观好坏标准，还有个主观好恶标准。“知己不知彼”，岂能稳操胜券？看来，她需要参谋。

谁来参谋？夫婿么，在回答母亲食性问题上，也许远不如对“画眉深浅”的问题来得那么叫人放心。女儿才是最体贴娘亲的，女儿的习惯往往来自母亲的习惯，食性亦然。所以新嫁娘找准“小姑”。“味”这东西，说不清而辨得出，不消问而只须请“尝”。小姑小到什么程度不得而知，总未成年，还很稚气。她也许心想尝汤而未敢僭先的，所以新嫂子要“遣”而尝之。姑嫂之间，嫂是尊长。对夫婿要低声问，对小姑则可“遣”矣。情事各别，俱服从于规定情景。可见诗人用字之精确。诗人写到“尝”字为止，以下的情事，就要由读者去补充了。

雨过山村

王　建

雨里鸡鸣一两家，竹溪村路板桥斜。
妇姑相唤浴蚕去，闲着中庭栀子花。

这首山水田园诗，富有诗情画意，又充满劳动生活的气息，颇值得称道。

“雨里鸡鸣一两家”。诗的开头就大有山村风味。这首先与“鸡鸣”有关，“鸡鸣桑树颠”乃村居特征之一。在雨天，晦明交替似的天色，会诱得“鸡鸣不已”。但倘若是平原大坝，村落一般不会很小，一鸡打鸣会引来群鸡合唱。山村就不同了，地形使得居民点分散，即使成村，人户也不会多。“鸡鸣一两家”，恰好写出山村的特殊风味。

“竹溪村路板桥斜”。如果说首句已显出山村之“幽”，那么，次句就由曲径通幽的过程描写，显出山居的“深”来，并让读者随诗句的向导，体验了山行的趣味。在霏霏小雨中沿着斗折蛇行的小路一边走，一边听那萧萧竹韵，潺潺溪声，该有多称心。不觉来到一座小桥跟前。这是木板搭成的“板桥”。山民尚简，溪沟不大，原不必张扬，而从美的角度看，这一座板桥设在竹溪村路间，这竹溪村路配上一座板桥，却是天然和谐的景致。

“雨过山村”四字，至此全都有了。诗人转而写到农事：“妇姑相唤浴蚕去”。“浴蚕”，指古时用盐水选蚕种。据《周礼》“禁原蚕”注引《蚕书》：“蚕为龙精，月值大火（二月）则浴其种。”于此可见这是仲春时分。在这淳朴的山村里，妇姑相唤而行，显得多么亲切，作为同一家庭的成员，关系多么和睦，她们彼此招呼，似乎不肯落在他家之后。“相唤浴蚕”的时节，也必有“相唤牛耕”之事，只举一端，不难概见其余。那优美的雨景中添一对“妇姑”，似比着一双兄弟更有诗意。

田家少闲月，冒雨浴蚕，就把农忙时节的农家气氛表现得更加够味。但诗人存心要锦上添花，挥洒妙笔写下最后一句：“闲着中庭栀子花”。事实上就是没有一个人“闲着”，但他偏不正面说，却要从背面、侧面落笔。用“闲”衬忙，兴味尤饶。一位西方诗评家说，徒手从金字塔上挖下一块石头，并不比从杰作中抽换某个单词更困难。这里的“闲”，正是这样的字，它不仅是全句也是全篇之“眼”，一经安放就断不可移易。同时诗人做入“栀子花”，又丰富了诗意。雨浥栀子冉冉香，意象够美的。此外，须知此花一名“同心花”，向来用作爱之象征，为少女少妇所喜。此诗写栀子花无人采，主要在于表明春深农忙，没有谈情说爱的“闲”功夫，所以那花的象征意义便给忘记了。这含蓄不发的结尾，实在妙机横溢，摇曳生姿。

宫词百首（录二）

王　建

其一

射生宫女宿红妆，把得新弓各自张。
临上马时齐赐酒，男儿跪拜谢君王。

这首诗写射生宫女出猎前的情况。射生宫女，是宫中对参与射猎的宫女的一种称谓，是宫中的娘子军。“射生宫女宿红妆”，是说射生宫女平素的穿着与别的宫女一般无二，只是在射猎前才换成武装，言下有“不爱红妆爱武装”之意。然后是一个细节描写——“把得新弓各自张。”射生宫女在领到新弓时，就像新生领到新书新笔一样，忍不住先要把玩一番，掂一掂重量，开一开弓，试试硬度。然后又是一个细节描写——“临上马时齐赐酒”，射生宫女在翻身上马之前，先接受皇上赏酒，按宫中的礼仪，平时是不能随便饮酒，即使饮也只能小口小口地抿，而出猎之前的赐酒，已换了大杯大碗。接下来是第三个细节——“男儿跪拜谢君王”，因为着了男装，当然行礼也与往常不同，不是双手摁在腰间福一福，而是和男子汉一样单腿跪地，拱手作揖。在动作表面以下的，是按捺不住的新鲜感和兴奋劲，更深处则是一种男女平权的感觉，甚至是“谁说女子不如男”的感觉。

顺便说，在汉语中“巾帼英雄”四字可抵一篇美文，令人联想到的是花木兰、红拂妓、红线女、穆桂英、梁红玉、扈三娘、浣花夫人、姽婳将军、红色娘子军，等等，《红楼梦》中贾政的清客说：“‘姽婳’下加‘将军’二字，反更觉妩媚风流，真绝世奇文也。”这就等于说，“英雄”上加“巾帼”二字，更觉妩媚风流一样。因此，宜于入诗入画，甚至搬上舞台。而王建宫词中的射生宫女，也是处在这个人物系列上的。单凭这首诗，就可以编一台歌舞，甚至芭蕾舞。

言归正传，这首诗还可以让人体会到更多的意蕴——好好的女儿家，一旦入宫，就是到了“不得见人的去处”（贾元春语），丧失了自由呼吸的权利。能够被选中作射生宫女，跟随男士外出打一次猎，即便是非常的短暂的活动，也是值得高兴一番的。作者就这样通过宫女打猎前的表现举止，反映了她们对自由的向往，也就是对宫女制度的无言的控诉，直发王昌龄《宫词》所未发，是其可贵之处。

其二

树头树底觅残红，一片西飞一片东。
自是桃花贪结子，错教人恨五更风。

《石洲诗话》说：“其词之妙，则自在委曲深挚中别有顿挫，如仅以就事直写观之，浅矣。”颇中肯綮。这首诗是其中较有代表性的、脍炙人口的一首。

诗一开始就展开具体形象的画面：宫中，一个暮春的清晨，宫女徘徊于桃树下，看看“树头”，花朵越来越稀；“树底”则满地“残红”。这景象使她们感到惆怅，于是一片一片拾掇起狼藉的花瓣，一边拾，一边怨，怨东风的薄情，叹桃花的薄命……。在古典诗歌中，伤春惜花，常与年华逝去，或受到摧残联系在一起的。如“洛阳女儿好颜色，行逢落花长叹息。今年花落颜色改，明年花开复谁在？”（刘希夷《代悲白头翁》）宫人的惜花恨风，只是自觉不自觉地移情于物罢了，也隐含着对自身薄命的嗟伤。

诗上下联间有一个转折。从“觅残红”突然想到“桃花贪结子”，意境进了一层。《诗经·周南·桃夭》云：“桃之夭夭，有蕡其实。之子于归，宜其家室”，用桃花结子来暗示女子出嫁，此诗“桃花贪结子”一样具强烈的暗示性。桃花结子是自然的、合理的，然而宫女连开花结子的桃花都不如，写“桃花贪结子”，就深深暗示出宫女难言的人权丧失的痛苦。

到这里，读者会感到宫女惜花的心情渐渐消逝，代之以另一种情绪，这就是羡花、乃至妒花了。从惜花恨风到羡花妒花，是诗情的转折，也就是“在委曲深挚中别有顿挫”(《石洲诗话》)。这一顿挫，使诗情发生跳跃，意境为之深化。如果说仅仅是惜花恨风，读者还难以分辨宫女之怨与洛阳女儿之怨的不同；那么，这羡花妒花的情绪，就把二者完全区别开来，写出了人物感情的个性，赋与形象以深度与厚度了。同时，这一转折又合乎生活逻辑，过渡自然；桃花被五更风吹散、吹落，引起宫女们的怜惜和怨恨，她们把桃花比为自己，同有一种沦落之感；但桃花凋谢了会结出甘美的果实来，这又自然勾起宫女的羡艳、妒嫉了。但诗人的运笔不这样直截表达，却说是桃花因“贪”结子而自愿调谢，花谢并非“五更风”扫落之过。措词委婉，突出了桃花有结子的自由，也就是突出了宫女命运的大可怨恨。此诗就生动形象地通过宫女的思想活动的景物化，深刻揭露了封建制度不人道的现实。

王建《宫词》以白描见长，语言平易清新。此诗近于口语，并适当运用重叠修辞，念来朗朗上口，具有民歌风调。尤其因为在明快中见委曲。于流利中寓顿挫，便成为宫词中百里挑一的佳作。

【张志和】 生卒年不详，字子同，号烟波钓徒、玄真子，婺州金华（浙江金华）人。肃宗乾元、上元间游太学，登明经第，待诏翰林，授左金吾卫录事参军。未几因事贬南浦尉。后浪迹江湖，隐居越州会稽。大历九年（774）在湖州刺史颜真卿幕，撰《渔歌子》。《全唐诗》存诗词9首。

渔歌子

张志和

西塞山前白鹭飞，桃花流水鳜鱼肥。
青箬笠，绿蓑衣，斜风细雨不须归。

张志和在唐肃宗时曾待诏翰林，授左金吾卫录事参军。坐事贬官，后不复仕，放浪江湖间，以船为家，来往苕、霅二溪之间，自号烟波钓徒。《新唐书》本传称其“每垂钓，不设饵，志不在鱼也。”亦善画，出常格之外，入逸品。尝为《渔歌子》卷轴，“随句赋象，人物、舟船、鸟兽、烟波、风月，皆依其文，曲尽其妙。”(《唐朝名画录》)

西塞山有二，一在湖北，刘禹锡《西塞山怀古》是；一在浙江吴兴，张志和此词是。作者是画家，小词写景亦如画，首先妙于设色：白的水鸟，红的桃花，青山绿水中著青箬笠、绿蓑衣，色彩是十分鲜明的，而这幅鲜明的图画，又笼罩在烟雨之中，在清晰与朦胧之间，透明与模糊之间，效果有如水彩画。其次，景中有动静的对比：山青水绿间鸟在飞、水在流、鱼在游，更具生动的效果。

末句画龙点睛："斜风细雨不须归"，表面上看，似乎也可以说是反映渔民生活的辛苦，然而不然，"斜风细雨"并非大风大浪，在这种细雨绵绵的天气里，水中缺氧，鱼儿多浮在水面，所以杜甫《水槛遣心》道"细雨鱼儿出"，是十分细致的观察，"斜风细雨"，正是垂钓撒网的好天气，怪不得古画中之渔翁多著蓑笠，同样是来自艺术家对生活的细致观察。

"不须归"三字，写出了一种生活态度，表现了一种无视困难不肯回头的决心。张旭诗云："山光物态弄春晖，莫为轻阴便拟归。"(《山中留客》)可见在日常生活中，斜风细雨也可能成为裹足不前的借口。"不须归"还表现了一种很高的兴致，吾人探幽访胜纵遇阻挠而欲罢不能时，每有类似心情。因而，此诗较之纯乎写景之作，更饶风骨。

据《金奁集》曹之忠跋及《西吴记》称，志和此词作于湖州，刺史颜真卿等时贤为之倾倒，一时和者甚众。后来此词流传日本，能汉诗者亦和之甚众。其间尽有可传之作，然卒未传，其原因就在于张志和此词已经盖帽。

【常建】 生卒年不详，玄宗开元十五年(727)进士及第，仕途颇不得意，天宝间曾为县尉。《全唐诗》存诗1卷。

题破山寺后禅院

常　建

清晨入古寺，初日照高林。
竹径通幽处，禅房花木深。
山光悦鸟性，潭影空人心。
万籁此俱寂，但馀钟磬音。

破山在今江苏常熟，山有兴福寺，南齐时建。这首诗写清晨游寺后禅院的观感，完全遵循自然顺叙的写法。"清晨入古寺，初日照高林"，诗人到寺的这个清晨天气晴明，旭日初升，光照山林的景象，引起人对佛寺的礼赞之情。"高林"二字，直解就是山上的森林，而佛家又称僧徒聚集之所为"丛林"，因此，这两个字也有这样的含义。

"竹径通幽处，禅房花木深"，这两句承上写上山的观感。诗人穿过丛丛竹林，沿着弯弯曲曲山道朝上走，只觉环境越来越幽深，最后通到禅院，这里有很多的花木，使人感到特爽。这一联对仗非常散缓，"通幽处"和"花木深"甚至完全不对。然而，欧阳修却十分爱重，认为不可及（见《欧阳文忠公集》外集卷二三），这是为什么呢？原来它的好处不在对仗，而在意境。细玩其妙，又不在它最后通到的境界——“禅房花木深”，而在于通到这个境界的过程——“竹径通幽处”。这句诗，曾被后人改易一字为“曲径通幽处”，见《红楼梦》第十七回“大观园试才题对额”，非常好，算得上唐人的一字之师——因为更准确，所以更高明。它写出了登山临水的妙趣，也写出了中国园林的构造秘诀。而且颇有象征意蕴，可以用来指称别的事物，如参禅——“踏破铁鞋无觅处，得来全不费工夫”，又如写诗——宋诗就往往得曲径通幽之趣。然而率先揭示出这一诗美的，却是这一句唐诗。

“山光悦鸟性，潭影空人心”，这两句是继“禅房花木深”，对“幽处”二字的进一步刻画。举目四望，寺后的青山浴着日光，鸟儿们欢唱自娱着。在清潭中照见自己的影子，顿时忘怀世间的得失。山水山水，山为载体，而水为灵魂。“潭影空人心”五字，写出面对清澈的潭水，人所得到的宁静和彻悟，自是妙语。而“山光悦鸟性”更是推我及物，写出物我间的通感，更是禅的境界。使人想起《庄子》里那一段著名的对话：“庄子与惠施游于壕梁之上。庄子曰：‘倏鱼出游从容，是鱼之乐也。’惠子曰：‘子非鱼，安知鱼之乐？’庄子曰：‘子非我，安知我不知鱼之乐？’……”禅是不涉理路、不落言诠的，一切都在自己的觉悟。所以“知鱼之乐”无可争辩，“山光悦鸟性”也无可争辩。

“万籁此俱寂，但馀钟磬音”，诗的结尾从声音作想，写禅院的玄寂。万籁俱寂与钟磬之声是矛盾的，有钟磬之声即不得谓之万籁俱寂；然而二者又是相反相成的，正因为有钟磬之声，才显得禅院四周的山林的寂静。在唐诗中，写古刹钟声，往往是带有象征性的，就是自然的召唤，让人觉悟，让人放下，从而使一刹那成为永恒。这也就是佛教的智慧，禅的智慧，或谓之般若。美国诗人佛罗斯特说“诗始于喜悦，而止于智慧”，这首诗便是如此，诗人以禅悦的态度静观物理，故兴象深微，渐入佳境，令人觉悟，故能成为唐诗中最为人传诵的名篇之一。

【张籍】（768？—830？）字文昌，唐和州（今安徽和）人，祖籍吴郡（今江苏苏州）。德宗贞元十五年（799）进士及第。历任太常寺太祝、国子助教、国子博士、水部员外郎、主客郎中、国子司业。世称张水部、张司业。有《张司业集》。

野老歌

张　籍

老农家贫在山住，耕种山田三四亩。
苗疏税多不得食，输入官仓化为土。
岁暮锄犁傍空室，呼儿登山收橡实。
西江贾客珠百斛，船中养犬长食肉。

张籍是新乐府运动的健将之一，“风雅比兴外，未尝著空文”（白居易《读张籍古乐府》），其乐府诗之精神与元、白相通；而具体手法略有差异。白居易的讽谕诗往往“意激而言质”，篇幅亦长，故不免有尽、露之疵累。而张籍的乐府，如这首《野老歌》做法就不同。

诗共八句，很短，但韵脚屡换。诗意可按韵的转换分为三层。前四句开门见山，写山农终年辛劳而不得食。“老农家贫在山住，耕种山田三四亩”，“山”字两见，强调这是一位山农（诗题一作《山农词》）。山地贫瘠，广种薄收，“三四亩”收成不会很多。而深山为农，本有贫困而思逃租之意。但安史乱后的唐王朝处在多事之秋，财政困难，封建剥削无孔不入。“纵使深山更深处，也应无计避征徭”。“苗疏”意味收成少，收成少而“税多”，必然产生劳动者“不得食”的不合理现象。

粮食“输入官仓”，在封建时代乃是司空见惯的事实，著“化为土”三字，方觉怵目惊心！一方面是老农终年做牛马，使土地长出粮食；一方面是官家不劳而获，且轻易把粮食“化为土”，这实际上构成一种鲜明的对比关系。好在不但表现出老农被剥夺的痛苦，而且表现出他眼见心血被践踏的痛心。所以，虽然只道事实，语极平易，读来至为沉痛，字字饱含血泪。

五、六句写老农迫于生计不得不采野果充饥，仍是直陈其事：“岁暮锄犁傍空室，呼儿登山收橡实。”可是，这是多么发人深思的事实：辛苦一年到头，赢得的是“空室”——一无所有，真叫人“何以卒岁”！冬来农闲，辛苦一年的农具还可以傍墙休息，可辛苦一年的人却不得休息。粮食难收，却“收橡实”。两句内涵尚未尽于此，“呼儿登山”四字又暗示出老农衰老羸弱，不得不叫儿子一齐出动，上山采野果。橡实乃橡树子，状似栗，可以充饥。写“呼儿登山收橡实，”又确有山居生活气息，使人想到杜甫“岁拾橡栗随狙公，天寒日暮深谷里”（《乾元中寓居同谷县作歌七首》）的名句，没有生活体验或对生活的深入观察，难以写出。

老农之事，叙犹未已，结尾两句却旁骛一笔，牵入一“西江贾客”。桂、黔、郁三江之水在广西苍梧县合流，东流为西江，亦称上江。“西江贾客”当指广西做珠宝生意的商人，故诗中言“珠百斛”。其地其人与山农野老似全不相干，诗中又没有叙写的语言相联络，跳跃性极显。然而，一边是老小登山攀摘野果，极度贫困；一边是“船中养犬长食肉”，极度奢靡，又构成一种鲜明对比。人不如狗，又揭示出一种极不合理的社会现象。豢养于船中的狗与猎犬家犬不同，纯是饱食终日无所事事，这形象本身也能引起意味深长的联想。作者《估客乐》一诗结尾“农夫税多长辛苦，弃业宁为贩宝翁”，手法与此略同，但有议论抒情成分，而此诗连这等字面也没有，因而更含蓄。

全诗似乎只摆一摆事实就不了了之，象一个没有说完的故事，与“卒章显其志”的做法完全相反，但读来发人深思，诗人的思想倾向十分鲜明，揭露现实极其深刻。其主要的手法就在于形象的对比。诗中两次对比，前者较隐，后者较显，运用富于变化。人物选择为一老者，尤见剥削之残酷，及世道之不合理，也愈有典型性。篇幅不长而韵脚屡换，给人活泼圆转的印象；至如语言平易近人，又近于白诗。

节妇吟

张 籍

君知妾有夫，赠妾双明珠。
感君缠绵意，系在红罗襦。
妾家高楼连苑起，良人执戟明光里。
知君用心如日月，事夫誓拟同生死。
还君明珠双泪垂，恨不相逢未嫁时。

诱惑，是人间喜剧的一个关键词。与之相关联的一个词，则是节操。汉乐府《陌上桑》写的就是采桑女罗敷拒绝诱惑的故事，那首诗的高明之处，是诗中的贞节的观念是建筑在爱情基础之上的。另一首汉乐府《羽林郎》，写的则是当垆卖酒的胡姬拒绝诱惑的故事，这首诗道德观念更强，对“男儿爱后妇”的行为进行了猛烈抨击。

张籍的这首诗写一位“节妇”在诱惑面前，坚守道德底线的故事，有意无意受到了上述两篇汉乐府的影响。然而，它绝不是《陌上桑》的克隆，也不是《羽林郎》的翻版，而是富于新意的。质言之，它的新意在于加进了另一个关键词，就是动摇。诗中少妇，面对第三者强大爱情攻势，是有过动摇的——“感君缠绵意，系在红罗襦”就表明了这一点。换言之，她有过激烈的思想斗争。斗争的结果，少妇选择了持守。然而，当她在谢绝对方殷勤的时候，竟然垂泪道“恨不相逢未嫁时”。贺贻孙《诗筏》评点道：“此诗情辞婉恋，可泣可歌。既垂泪以还珠矣，而又恨不相逢于未嫁之时，柔情相牵，展转不绝，节妇之节危矣哉。”危在什么地方呢？质言之，就是她对第三者还有一点留恋，还有一点难舍，未能尽灭人欲。其实，按照中国人的恕道，应该是“论迹不论心，论心自古少完人。”少妇既还明珠，哪怕她双泪垂，哪怕她“恨不相逢未嫁时”，总算是守住了道德底线。还能算是“节妇”。

本来，婚姻只是一种缘份，什么时候遇上什么人，他接受你、你也接受他，这件事说不清楚，冥冥中自有安排。海涅有一首诗说，一个青年爱上了一个姑娘，那个姑娘爱上另一个人，那个人又爱上另一个姑娘，而且和她结了婚……，诗的结尾说，这是一个古老的故事，但是它永远新鲜，谁要正好碰上这样的事，他（她）的心就会裂成两半。总之，错过了就错过了，撞上了就撞上了。人要珍惜缘份，如果要见异思迁，则世上可爱之人多矣，也没有一个尽头。因此，人生难免有“恨不相逢未嫁时”的遗憾，由于这句诗具有很大涵盖性，所以成为唐诗名句，经常被人提起。

最后必须说明的是，这首诗并不是为某个节妇而作，而是作者的一篇诗的自白。原来宪宗元和年间，平卢淄青节度使李师道割据今山东、河北等地，当时张籍任国子助教，李师道多次请人以重贿拉拢他，张籍为了谢绝李的拉拢就写了这首诗来婉拒。因此，这是一篇托物言志的寓言诗，读来倍有意味。由于诗人在写作中完全不露本相，因此，此诗也可以作为一篇情诗来加以欣赏，就像朱庆余送给作者的《近试上张水部》那首诗，可以作为一篇新婚诗来加以欣赏一样。

秋思

张　籍

洛阳城里见秋风，欲作家书意万重。
复恐匆匆说不尽，行人临发又开封。

这首题为“秋思”的绝句，具有很强的叙事性，写旅中寄书的一段生活情事。最有意味的一点就是，寄书者在投递书信前一刻的那个多此一举的动作，把明明记得很清楚的书信，非得要拆开来再检查一遍不可，而检查的结果一定是并无疏漏。在心理学家看来，这甚至是一种心理上的毛病，叫做“强迫症”——明明知道并无问题，却始终不能放心，非要强迫自己去反复检查不可。

然而，这个情节发生在特定的时刻，和特定的对象身上，又是很正常的。就像诗中这个人写这封家书，一定不是一封简单的平安家书，而是一个细心的人，对家人有着千叮咛万嘱咐的家书。他对这封家书的重视超乎寻常，生怕遗漏了重要的内容，虽然其实什么也没有遗漏。如果写他真的遗漏了什么，又补上了什么，倒把本来富于生活情趣的生动细节化为平淡无味了。

首句“洛阳城里见秋风”的“见秋风”，暗用晋代张翰的典故，张翰在洛阳“因见秋风起，乃思吴中菰菜、莼羹、鲈鱼脍，曰：‘人生贵得适志，何能羁宦数千里，以要名爵乎？’遂命驾而归”（《晋书》本传）。张籍祖籍吴郡，此时客居洛阳，心情也许与当年的张翰相仿佛，却有种种未能明言的理由，使他不能“命驾而归”，所以只能写一封家书向家人作一些交代了。

二句“欲作家书意万重”的“意万重”，“复恐匆匆说不尽”的“匆匆”，是一个矛盾，其结果就有“书被催成墨未浓”（李商隐）的感觉。这个感觉，就为末句那个富于戏剧性的动作，预先作好铺垫。这使得末句的到来，显得水到渠成。

【韩愈】（768—824）字退之，唐河南河阳（河南孟）人，郡望昌黎。德宗贞元八年（792）进士及第，任节度推官，其后任监察御史等职。十九年贬阳山令。宪宗即位，量移江陵府法曹参军。元和元年（806）召拜国子博士。十二年从裴度讨淮西有功，升任刑部侍郎。十四年谏迎佛骨，贬潮州刺史。次年穆宗即位，召拜国子祭酒。长庆二年(822)转吏部侍郎、京兆尹。卒谥文。有《昌黎先生集》。

听颖师弹琴

韩 愈

昵昵儿女语，恩怨相尔汝。划然变轩昂，勇士赴敌场。浮云柳絮无根蒂，天地阔远随飞扬。喧啾百鸟群，忽见孤凤凰。跻攀分寸不可上，失势一落千丈强。嗟余有两耳，未省听丝篁。自闻颖师弹，起坐在一旁。推手遽止之，湿衣泪滂滂。颖乎尔诚能，无以冰炭置我肠！

颖师是来自天竺的僧人，盖以琴干长安诸公而求诗者，同时李贺亦有《听颖师弹琴歌》纪其事，作于元和六、七年(811—812)其为奉礼郎时。韩愈此诗作年亦相当。

诗分两段，前十句入手擒题，就“听”字摹写琴声。先状琴声袅袅而起，声音细小轻柔，如小儿女、小夫妻耳鬓厮磨，卿卿我我，其间夹杂些嗔怪之声，那其实不是嗔怪、是撒娇，充满柔情蜜意，曲尽琴声之妙。继写琴声骤转高亢，有金戈铁马之声，气势非凡。继写琴声再度转为轻柔，音色明快，令人想起风和日丽，晴朗的蓝天上飘浮着几片白云，空中飞舞着若干柳絮，越去越远，任情悠游。继写琴声蓦然变成欢快，如闻百鸟啁啾，中有一只凤鸟高举，好像不肯与凡鸟为伍，正长啸求凰。末了琴声由欢快变为低沉，有如孤凤力尽，高得不能再高，忽然摧翅于中天，一跌千丈。

后八句紧接写听乐的感受，先作谦词，说自己不懂音乐，不能深析曲中奥妙。这是欲予故夺。然后说听了颖师的演奏，受到深深的感动。感动到何等程度呢？那就是对琴曲表现的情感旋律，发生了强烈共鸣，有点承受不了由此引起的激动。最后两句是说，我已经服了你了，让我心情平静一会儿吧。“冰炭置肠”比喻感情上(反差很大）的强刺激。

为什么诗人听琴会有这样强烈的反映，向来无人深究。诗中有“失势一落”之语，联系同一时期所作的《进学解》自叙为官经历是“跋前踬后，动辄得咎；暂为御史，遂窜南夷（指贬阳山令）；三年博士，冗不见治；命与仇谋，取败几时。”看来不会全无身世之感，不过不那么明显罢了。

此诗妙于摹写声乐，维妙维肖。它不但善于表现高低、强弱、刚柔不同的乐段间之悬殊和对比，而且能在高低、强弱、刚柔相近的乐段间辨出区别，——如由低转高，勇士赴敌的雄壮就不同于孤凤高飞的清超；由高转低，絮飞云飘的悠闲就不同于长空坠鸟的惊险。

全诗在遣词造语上新奇妥帖，如“昵昵”、“划然”、“无根蒂”、“跻攀”、“冰炭”等语的运用，无论形容、描写都称入妙；在调声上，首二句用细声韵,“昵昵”、“女”、“语”、“尔”、“汝”音近，略显绕口，恰恰适合表现儿女情长的胶着状态，后即改用洪声韵，“昂”、“场”、“扬”、“凰”，与表现的高亢、阔远等境界同构，凡此俱见音情配合之妙。后八句的叙述，若对话然，从中见出了人的活动，则表现了韩愈“以文为诗”的特点。

清人方扶南（世举）说：“白香山江上琵琶，韩退之颖师琴，李长吉李凭箜篌，皆摹写声音至文”（《李长吉诗集》批注）。苏轼尝因章质夫家善琵琶者乞歌词，即取此诗稍加隐括，使就声律，为《水调歌头》以遣之：

昵昵儿女语，灯火夜微明。恩怨尔汝来去，弹指泪和声。忽变轩昂勇士，一鼓填然作气，千里不留行。回首暮云远，飞絮搅青冥。众禽里，真彩凤，独不鸣。跻攀寸步千险，一落百寻轻。烦子指间风雨，置我肠中冰炭，起坐不能平。推手从归去，无泪与君倾。

与原作比较，有点捉襟见肘。欧阳修、苏轼又以为此诗是听琵琶诗，谓韩愈未深得琴趣者，此后诸家复就此辨诬，成为一桩公案。皆可见其影响。

山 石

韩 愈

山石荦确行径微，黄昏到寺蝙蝠飞。升堂坐阶新雨足，芭蕉叶大栀子肥。
僧言古壁佛画好，以火来照所见稀。铺床拂席置羹饭，粗粝亦足饱我饥。
夜深静卧百虫绝，清月出岭光入扉。天明独去无道路，出入高下穷烟霏。
山红涧碧纷烂漫，时见松枥皆十围。当流赤足踏涧石，水声激激风生衣。
人生如此自可乐，岂必局束为人鞿？嗟哉吾党二三子，安得至老不更归？

贞元十七年（801）韩愈辞徐州张建封幕职，在洛闲居候调时游洛阳北面惠林寺作，具体时间是旧历七月二十二日。诗以首二字为题，写其与友朋李景兴、侯喜等黄昏投宿山寺及翌日遍游山水的经过。

前四句写雨后之黄昏，到寺所见。“黄昏到寺蝙蝠飞”，写山寺暮色情景宛然，闻一多有“黄昏中织满蝙蝠的翅膀”（《口供》），意象即类此；“芭蕉叶大栀子肥”

传“雨足”之神，肥、大二字表现出一种阳刚之美，为元好问所赞赏。继四句写寺僧的接待。先是参观寺庙，最有看头的是壁画，因为时已入夜，所以燃灯观看。僧人介绍称是“古壁”，可见壁画出自前朝人手（大约是六朝吧）。韩愈虽不信佛，但客随主便，从“所见稀”的口气看，他对壁画艺术还是颇为欣赏的。接着便是用饭，寺庙待客是素席，是粗茶淡饭，但山行走了那么多路，到寺又参观了好一阵，饥者易为食，加之寺僧之热情，就吃得饱饱的。“夜深”二句写宿寺之夜的感受。从诗句可以意会，刚睡下时，山中还是虫声唧唧，氛围十分幽静；夜深时分，虫声绝响，而半轮下弦月从岭头升起（谚云“二十一二三，月出鸡叫唤”），境界更清幽，尤其令人陶醉。

以下写离寺山行，“天明独去无道路”句的“独去”是就寺僧未能远送而言，不是个人独行（同行还有“吾党二三子”），“无道路”是就大雾弥漫而言，不是无路可走。总之早行之初是在浓雾中出入高下，摸索前进，直到太阳出来，才穷尽烟霏。此时“山红涧碧纷烂漫”的明丽景色就扑入眼帘，带着山中特有的湿度；“时见松枥皆十围”，既表明山林的古老原始，也表明视野在不断变化。山行中最愉快的是看到山中之矿泉清水，杜甫这样写道：“在山泉水清，出山泉水浊”（《佳人》）。脱鞋趟石过溪水，不但不成其为麻烦，简直叫人觉得好玩，——不知不觉就返回到想打赤脚、想要水的童年心境。关于这种心情，郭沫若这样写道：“地球，我的母亲，天已黎明了，你把你怀中的儿来摇醒，我现在正在你背上匍行”，“地球，我的母亲，我不愿在空中飞行，也不愿坐车、乘马、著袜、穿鞋，我只愿赤裸着我的双脚，永远和你相亲。”（《地球，我的母亲》）

最后四句抒发感想，揭示全诗的主题，“人生如此”四字概括了黄昏对景、灯下观画、粗粝疗饥、夜深赏月、清早山行、赤足趟水乃至这次出游的全部经历，而后用“自可乐”三字加以肯定，同时又用“局束为人”的幕僚生活作反衬，表现了对山中自然美及包括在自然美中的人情美的真诚向往。这比较接近孔子欣赏的曾点之志，“吾党”、“二三子”也是出自《论语》中的语言。

《山石》在韩愈诗中不属于险怪、而属于文从字顺一路，在“以文为诗”方面表现则相当突出。全诗完全按行程顺序叙写，有如游记。既详记游踪，复能诗意盎然，盖诗人非常善于选材，善于捕捉景物在特定时间、天气中呈现的不同光感、色感、质感。全诗单句散行，一反初唐四杰以来七古间用骈偶的做法，避免了可能由此导致的圆熟和疲弱之病、以及古风特殊韵味的丧失。全篇无一律句，是有意识运用了与律句相区别的三字脚——“仄仄平”、“仄平仄”、“仄仄仄”、“平平平”，所以虽平声一韵到底，却无平板疲弱之感。近人陈寅恪谓韩诗“既有诗之优美，复具文之流畅，韵散同体，诗文合一”者，此诗即为著例。

送桂州严大夫

韩　愈

苍苍森八桂，兹地在湘南。
江作青罗带，山如碧玉簪。
户多输翠羽，家自种黄柑。
远胜登仙去，飞鸾不假骖。

杜甫未到桂林而有咏桂林的诗（《寄杨五桂州谭》）。韩愈未到桂林，也有咏桂林的诗，这就是长庆二年（822）为送严谟出任桂管观察使所作的《送桂州严大夫》。可见在唐代，桂林山水已是名闻遐迩，令人向住的所在。

诗一起就紧扣桂林之得名以其地多桂树而设想："苍苍森八桂"。八桂而成林，本是神话传说中的事，运用来咏桂林，真是既贴切又新鲜。把那个具有异国情调的南方胜地的魅力渲染出来了。"兹地在湘南"，表面只是客观叙述地理方位，说桂林在湘水之南。言外之意却是：那个偏远的地方，却多么令人神往，启人遐思！

桂林之奇，首先奇在地貌。由于石灰岩层受到水的溶蚀切割，造成无数的石峰，千姿百态，奇特壮观。漓江之水，则清澈澄明、蜿蜒曲折。"江作青罗带，山如碧玉簪"，就极为概括地写出了桂林山水之特点。是千古脍炙人口之名句。但近人已有不以为然者，如郭沫若《游阳朔舟中偶成》云："罗带玉簪笑退之，青山绿水复何奇？何如子厚訾州记，拔地峰林立四垂"，日人吉川幸次郎《泛舟漓江》云："碧玉青罗恐未宜，鸡牛龙凤各争奇"等。不过，亲到过桂林的人，对这种批评却未必尽能同意。桂林之山虽各呈异态，但拔地独立却是其共通特点。用范成大的话来说："桂之千峰皆旁无延缘，悉自平地崛然特立，玉简瑶簪，森列无际，其怪且多如此，诚为天下第一。"（《桂海虞衡志》）而漓江之碧澄蜿蜒，流速缓慢，亦恰如仙子飘飘的罗带。所以这两句是抓住了山水形状之特色的。"桂林山水甲天下"，其实只是秀丽甲于天下，其雄深则不如川陕之华山峨眉。桂林山水是比较女性化的。韩愈用"青罗带"、"碧玉簪"这些女子的服饰或首饰作比喻，可以说妙到毫颠。怎能说不奇，又怎能说"未宜"呢！

"户多输翠羽，家自种黄柑"二句则写桂林特殊的物产。唐代以来，翠鸟羽毛是极珍贵的饰品。则其产地也就更有吸引力了。加之能日啖"黄柑"，更叫游宦者"不辞长作岭南人"了。这二句分别以"户"、"家"起始，是同义复词拆用，意即户户家家。对于当地人来说是极普通的物产，对于来自京华的人都是感到新异的呢。

以上两联着意写出桂林主要的美异之点，酿足神往之情。最后归结到送行之意，严大夫此去桂林虽不乘飞鸾，亦“远胜登仙”。此为题中应有之义，难能可贵的是写出了逸致，令人神远。

韩诗一般以雄奇见长，但有两种不同作风。一种以奇崛见称，一种则文从字顺。此诗属后一类。写景大处落笔，不事雕琢；行文起承转合分明，悉如文句。凡此皆具韩诗本色。

左迁至蓝关示侄孙湘

韩　愈

一封朝奏九重天，夕贬潮阳路八千。
欲为圣明除弊事，肯将衰朽惜残年！
云横秦岭家何在？雪拥蓝关马不前。
知汝远来应有意，好收吾骨瘴江边。

诗作于元和十四年（819），韩愈因谏迎佛骨获罪，由刑部侍郎贬官潮州（广东潮州）刺史，潮州距京师长安实有八千里之遥，路途的困顿是可想而知的。当诗人上道即日出长安经秦岭蓝关（蓝田关，在今陕西蓝田县东南九十里），逢其侄十二郎老成之子韩湘（即后世附会为八仙之一的韩湘子者）赶来同行，遂感赋此律。

“一封朝奏九重天，夕贬潮阳路八千”，首叙所以获谴，乃是因为《谏佛骨表》那一封书奏的缘故，遂落得“朝奏”而“夕贬”——此“朝”“夕”字本《离骚》“余虽好修夸以鞿羁兮，謇朝谇而夕替”，言以忠获谴，处分来得一何快也。联系上表云“佛如有灵，能作祸祟，凡有殃咎，宜加臣身”数语的胆气，不难体会此二句言下亦有大丈夫敢作敢当之气概，当然，其中又寓有感慨，遂启下二。“一封”、“九重”、“八千”，这些递增的数目字，使得这两句读起来意味深长，不胜君门万里之感。

“欲为圣明除弊事，肯将衰朽惜残年”，次说上表的动机，是“欲为圣明除弊事”，可见此老骨子里是不肯认错的；而严谴的结果，当初不曾考虑，眼前也无可后悔——“肯将衰朽惜残年”，两句可谓理直气壮。这两句的对仗做得很好，特是下句，“衰朽”“残年”似重复，其实不重复，盖“衰朽”是说身体不好，“残年”是说年纪很大，所谓日薄西山，气息奄奄。这种处境下的人，通常都不会再做意气风发之事情。然而作者却做了，而且无悔，这是什么精神，这就是忠良的精神。难怪咏吟起来，一唱三叹，回肠荡气。

“云横秦岭家何在？雪拥蓝关马不前。”接着去国怀乡之悲愤。韩愈此谪是仓促先行，而妻子随后。小女死于道途，这是后话。由此可见，作者为进谏所付出的代价极为沉重。当其行至蓝田关，回望属于秦岭的终南山，只见乌云笼罩，不免使人生出浮云蔽日之想。古乐府云：“驱马陟阳山，山高马不前”，作者立马蓝关，暮雪天寒，仆悲马怀，踌躅不行，不免生出英雄失路之悲。两句一回顾，一前瞻，做成唱叹，迁谪之感和恋阙之情一寓其中。“云横”有广度，“雪拥”有高度，下字有力，境界雄阔，为唐诗之名句。

“知汝远来应有意，好收吾骨瘴江边”，最后点题。诗人穷困乎此时，忽得侄孙追随，自是莫大慰安，且可交待后事。“知汝远来应有意”是揣度语，当然韩湘绝不会流露这个意思，按照常理，他反而会说许多安慰的话。诗人没有写这些安慰的话，却不讳言死，正是直面现实，做了最坏打算的表现，也是超越自我的表现。具有强大的精神力量。同时，这也是在暗用《左传》蹇叔哭师“必死是间，余收尔骨焉”的话，读来有典有味。

这首诗应该说是韩愈的正气歌。诗从“一封朝奏”到“夕贬潮阳”、“欲为圣明”而“肯惜残年”、“云横秦岭”而“雪拥蓝关”、“知汝远来”到“好收吾骨”，大气盘旋，控诉的是满怀义烈、满腔忠愤，一往浩然，颇具情感冲击力。而格律严整，笔势纵横，开合动荡，备极浑成。前人以为此诗沉郁顿挫得老杜神髓，其实有过之而无不及。

早春呈水部张十八员外

韩　愈

天街小雨润如酥，草色遥看近却无。
最是一年春好处，绝胜烟柳满皇都。

这是一首描写早春美景的风景诗。诗人写这首诗后，即把它寄给了密友张籍，所以诗题叫“早春呈水部张十八员外”（水部是张的官职名，即水部郎中的省称，员外是定员以外的官员）。

此诗的关键在“早春”二字。诗描绘的不是一般的春景，而是大地春回最初的景象。

春回大地最初的信息是草绿，但草由枯转荣有待春雨的滋润，所以诗的第一句便写到春雨。天街指京城的街道，即长安大道，而第四句“皇都”即指长安。春雨有春雨的特点，杜甫诗“随风潜入夜，润物细无声”就是极传神的写照。春雨细密润滑，不像夏日暴雨、秋日淫雨，带来遍地水潦。春雨“湿路不湿衣”，恰好使尘土不飞，空气清澄，给人极舒适、美好的感觉。它又是草木禾苗滋生的生命水，故农谚说“春雨贵如油”。“天街小雨润如酥”（酥即酥油），把握住了春雨的特点。“润如酥”三字，造句自然优美，极可人意。

古代城市不像现在的水泥或柏油路面，而是由一块块石板砌成，小雨一酥，石缝里草根就萌芽，早春草生未密，远看能连成一片绿意，近看只是石板。“草色遥看近却无”一句，状难写之景如在目前，又如画家设色，在有无之间。

一、二句是描写早春美景，三、四句因而对此美景加以品评和抒情。诗人别具会心地说，一年之计在于春，而一春最美好的景致则莫过于早春了，早春景物给人的美感是这样强烈，以至远远胜过“烟柳满皇都”的春深时节。人们对自然界景物之美的感受虽然大致不差，但感受的深浅、强弱，却是有差异的。而诗人的感觉总比一般人敏锐、丰富，所以常常能感到并道出常人未曾深切感到、或感到而不能道出的东西。

碧柳如烟，花香鸟语的美丽春光是人人爱好的，但从早春的草色中发现强烈的、胜似春深的美，就必须有对生活、对景物更深一层的感受，换句话说，要独具只眼。韩愈抓住了隆冬刚刚过尽，春天的生机刚刚透出的那一时景物给人最新鲜、美好的感觉予以抒写，正因为它新鲜，所以给人的感受强烈。新生小草的萌芽，不但很美，而且还宣告着残冬的过去，预示着美好的前景。而“烟柳满皇都”时的春意虽盛，却不会有早春那种新鲜感，跟着来的将是春意阑珊。也许这种种原因，才使诗人对早春景色特别喜爱。

形象的个性是构成艺术典型的不可缺少的重要因素，是作品的生命。别具会心，实际上也就是创作个性化的一种表现。宋代苏东坡绝句云：“荷尽已无擎雨盖，菊残犹有傲霜枝。一年好景君须记，最是橙黄橘绿时。”诗写初冬的景色，荷尽菊残，却并不煞风景；橙黄橘绿，别有一番景致，称之为一年好景在深秋，与此诗有异曲同工之妙。

次潼关先寄张十二阁老使君

韩　愈

荆山已去华山来，日出潼关四扇开。
刺史莫辞迎候远，相公新破蔡州回。

作于淮西大捷后作者随军凯旋途中。当时唐军抵达潼关，即将向华州进发。作者以行军司马身分写成此诗，由快马递交华州刺史张贾，一则抒发胜利豪情，一则通知对方准备犒军。所以诗题“先寄”。“十二”是张贾行第；张贾曾做属门下省的给事中。当时中书、门下二省官员通称“阁老”；又因汉代尊称州刺史为“使君”，唐人沿用。此诗曾被称为韩愈“平生第一首快诗”（蒋抱玄），艺术上显著特色是一反绝句含蓄婉曲之法，以刚笔写小诗，于短小篇幅见波澜壮阔，是唐绝句中富有个性的佳构。

前两句写凯旋大军抵达潼关的壮丽图景。“荆山”一名覆釜山，在今河南灵宝境内，与华山相距二百余里。华山在潼关西面，巍峨耸峙，俯瞰秦川，辽远无际；倾听黄河，波涛澎湃，景象十分壮阔。第一句从荆山写到华山，仿佛凯旋大军在旋踵间便跨过了广阔的地域，开笔极有气魄，为全诗定了雄壮的基调。清人施补华说它简劲有力，足与杜甫“齐鲁青未了”的名句比美，是并不过分的。对比一下作者稍前所作的同一主题的《过襄城》第一句“郾城辞罢辞襄城”，它与“荆山”句式相似处是都使用了“句中排”（“郾城——襄城”；“荆山——华山”）重叠形式。然而“郾城”与“襄城”只是路过的两个地名而已；而“荆山”、“华山”却具有感情色彩，在凯旋者心目中，雄伟的山岳，仿佛也为他们的丰功伟绩所折服，络绎不绝地奔来表示庆贺。拟人化的手法显得生动有致。相形之下，“郾城”一句就起得平平了。

在第二句里，作者抓住几个突出形象来展现迎师凯旋的壮丽情景，气象极为廓大。当时隆冬多雪，已显得“冬日可爱”。“日出”被采入诗中和具体历史内容相结合，形象的意蕴便更为深厚了。太阳东升，冰雪消融，象征着藩镇割据局面一时扭转，“元和中兴”由此实现。“潼关”古塞，在明丽的阳光下焕发了光彩，此刻四扇大开，由“狭窄不容车”的险隘一变而为庄严宏伟的“凯旋门”。虽未直接写人，壮观的图景却蕴含在字里行间，给读者留下更广阔的想象空间：军旗猎猎，鼓角齐鸣，浩浩荡荡的大军抵达潼关；地方官吏远出关门相迎迓；百姓箪食壶浆，载欣载奔，欢迎欢迎，热烈欢迎……“写歌舞入关，不着一字，尽于言外传之，所以为妙”（程学恂《韩诗臆说》）。关于潼关城门是“四扇”还是两扇，清代诗评家曾有争论，其实诗歌不比地理志，是不必拘泥于实际的。试把“四扇”改为“两扇”，那就怎么读也不够味了。加倍言之，气象、境界全出。所以，单从艺术处理角度讲，这样写也有必要。何况出奇制胜，本来就是韩诗的特色呢。

诗的后两句换用第二人称语气，以抒情笔调通知华州刺史张贾准备亲自犒军。潼关离华州尚有一百二十里地，故说“远”。远迎凯旋的将士，本应不辞劳苦。不过这话得由出迎一方道来，才近乎人情之常。而这里“莫辞迎候远”，却是接受欢迎一方的语气，完全抛开客气常套，却更能表达得意自豪的情态、主人翁的襟怀，故显得极为合理合情。《过襄城》中相应有一句“家山不用远来迎”，虽辞不同而意近。然前者语涉幽默，轻松风趣，切合喜庆环境中的实际情况，读来倍觉有味。而后者拘于常理，反而难把这样的意境表达充分。

第四句“相公”指平淮大军实际统帅——宰相裴度，淮西大捷与他运筹帷幄之功分不开。“蔡州”原是淮西强藩吴元济巢穴。元和十二年十月，唐将李愬雪夜攻破蔡州，生擒吴元济。这是平淮关键战役，所以诗中以“破蔡州”借代淮西大捷。“新”一作“亲”，但“新”字尤妙，它不但包含“亲”意在内，而且表示决战刚刚结束。当时朝廷上“一时重叠赏元功”，而人们“自趁新年贺太平”，那是胜利、自豪气氛到达高潮的时刻。诗中对裴度由衷的赞美，反映了作者对统一战争的态度。以直赋作结，将全诗一语收拢，山岳为何奔走，阳光为何高照，潼关为何大开，刺史远出迎候何人，这里有了总的答复，成为全诗点眼结穴之所在。前三句中均未直接写凯旋的人，在此句予以直点。这种手法，好比传统剧中重要人物的亮相，给人以十分深刻的印象。

综观全诗，一、二句一路写去，三句直呼，四句直点，可称是用刚笔，抒豪情。大胆地用了“没石饮羽之法”，别开生面。由于它刚直中有开合，有顿宕，刚中见韧，直而不平，“卷波澜入小诗”（查慎行），饶有韵味。一首政治抒情诗，采用犒军通知的方式写出，抒发了作者的政治激情，实是一般应酬之作望尘莫及的了。

晚　春

韩　愈

草树知春不久归，百般红紫斗芳菲。
杨花榆荚无才思，惟解漫天作雪飞。

《晚春》是韩诗颇富奇趣的小品，然而，对诗意的理解却诸说不一。

题一作“游城南晚春”，可知诗中所描写的乃郊游即目所见。乍看来，只是一幅百卉千花争奇斗妍的“群芳谱”：春将归去，似乎所有草本与木本植物都探得了这个消息而想要留住她，各自使出浑身招数，吐艳争芳，一刹时万紫千红，繁花似锦。可笑那本来乏色少香的柳絮、榆荚也不甘寂寞，来凑热闹，因风起舞，化作雪飞（“杨花榆荚”偏义于“杨花”）。寥寥数笔，就给读者以满眼风光的印象。

此诗生动的效果与拟人化的手法大有关系。“草树”本属无情物，竟然能“知”能“解”还能“斗”，尤其是彼此竟有“才思”高下之分，着想之奇是此前诗中罕见的。最奇的还在于“无才思”三字造成末二句费人咀嚼，若可解若不可解，引起见仁见智之说。有人认为那是劝人珍惜光阴，抓紧勤学，以免如“杨花榆荚”白首无成；有的从中看到谐趣，以为是故意嘲弄“杨花榆荚”没有红紫美艳的花，一如人之无才华，写不出有文采的篇章；还有人干脆存疑：“玩三四两句，诗人似有所讽，但不知究何所指。”姑不论诸说各得诗意几分，仅就其解会之歧异，就可看出此诗确乎奇之又奇。

清人朱彝尊说：“此意作何解？然情景只是如此。”此言虽未破的，却不乏见地。作者写诗的灵感是由晚春风光直接触发的，因而“情景只是如此”。不过，他不仅看到这“情景”之美，而且若有所悟，方才做入“无才思”的奇语，当有所寄寓。

“杨花榆荚”，固少色泽香味，比“百般红紫”大为逊色。笑它“惟解漫天作雪飞”，确带几分揶揄的意味。然而，若就此从这幅晚春图中抹去这星星点点的白色，你不觉得小有缺憾么？即使作为“红紫”的陪衬，那“雪”点也似是不可少的。刘禹锡《杨柳枝词》云：“桃红李白皆夸好，须得垂杨相发挥。”此外，谢道韫咏雪以“柳絮因风”，自古称美；作者亦有句云：“白雪却嫌春色晚，故穿庭树作飞花。”（《春雪》）雪如杨花很美，杨花如雪又何尝不美？更何况这如雪的杨花，乃是晚春具有特征性景物之一，没有它，也就失却晚春之所以为晚春了。可见诗人拈出“杨花榆荚”未必只是揶揄，其中应有怜惜之意的。尤当看到，“杨花榆荚”不因“无才思”而藏拙，不畏“班门弄斧”之讥，避短用长，争鸣争放，为“晚春”添色。正是“柳丝榆荚自芳菲，不管桃飘与李飞”（《红楼梦》黛玉葬花词），这勇气岂不可爱？

如果说诗有寓意，就应当是其中所含的一种生活哲理。从韩愈生平为人来说，他既是“文起八代之衰”的宗师，又是力矫元和轻熟诗风的奇险诗派的开派人物，颇具胆力。他能欣赏“杨花榆荚”的勇气不为无因。他除了自己在群芳斗艳的元和诗坛独树一帜外，还极力称扬当时不为人重视的孟郊、贾岛，这二人的奇僻瘦硬的诗风也是当时诗坛的别调，不也属于“杨花榆荚”之列？由此可见，韩愈对他所创造的“杨花榆荚”形象，未必不带同情，未必是一味挖苦。甚而可以说，诗人是以此鼓励“无才思”者敢于创造。诗人对“杨花榆荚”是爱而知其丑，所以嘲戏半假半真、亦庄亦谐。他并非存心托讽，而是观杨花飞舞而忽有所触，随寄一点幽默的情趣罢。

游太平公主山庄

韩　愈

公主当年欲占春，故将台榭压城闉。
欲知前面花多少，直到南山不属人。

这首诗写作上一个特点是善用微词，似直而曲，有案无断，耐人寻味，艺术上别有一番功夫。

太平公主是武则天之女，生前野心勃勃，真有其母必有其女。其山庄位于唐时京兆万年县南，当年曾修观池乐游原，以为盛集。先天二年（713），她企图控制政权，谋杀李隆基，事败后逃入终南山，后被赐死。其“山庄”即由朝廷分赐予宁、申、岐、薛四王。作者所游之“太平公主山庄”，已为故址。

诗人游故而追怀故事，是很自然的。首句“欲占春”三字警辟含深意。当年人间不平事多如牛毛，有钱有势者可以霸占田地、房屋，然而谁能霸占春天呢？“欲占春”自然不可思议，然而作者这样写却活生生地刻画出公主骄横贪婪的占有欲。为了占尽春光，大建别墅山庄，其豪华气派，竟使城阙为之色减。第二句一个“压”字将山庄“台榭”的规模惊人、公主之势的炙手可热极意烘托。“故”字则表明其为所欲为。足见作者下字准确，推敲得当。山庄别墅，是权贵游乐之所，多植花木。因之，第三句即以问花作转折。诗人不问山庄规模，而问“花多少”，从修辞角度看，可取得委婉之功效；而且问得自然，因为从诗题看，诗人既是在“游”山庄，他面对的正是山花烂漫的春天；同时“花”与不尽，前面还有多少花？看啦，“直到南山不属人”！

“南山”即终南山，在京兆万年县南五十里，而乐游原在县南八里，于此可见公主山庄之广袤。偌大地方“不属人”，透出首句“占”意。“直到”云云，它表面是惊叹夸耀，无所臧否，骨子里却深寓褒贬。“不属人”与“占”字同样寓有贬意，谴意。然而最妙的是诗句的潜台词。别忘了所说的一切均属“当年”事。山庄犹在，不过早不属于公主了，对外间开放了。山庄尚不能为公主独占，春天又岂可为之独占？终究是“年年检点人间事，惟有春风不世情”呵。这事实不是对“欲占春”者的极大嘲讽么？但诗写到“不属人”即止，然“不属人岂属公耶？”读者至今可以想见诗人当年面对山花时狡黠的笑影。

题木居士

韩　愈

火透波穿不计春，根如头面干如身。
偶然题作木居士，便有无穷求福人。

唐时耒阳（属湖南）地方有“木居士”庙，贞元末韩愈路过时留题二诗，此其一。诗乃有感于社会现实而发，“木居士”与“求福人”不妨视为官场中两种人的共名。作者运用咏物寓言形式，在影射的人与物之间取其相似点，获得丰富的喜剧效果，成为此诗最显著的特色。

汉代南方五岭间有所谓“枫人”的杂鬼。以枫树老而生瘿，形状类人，被巫师取作偶像，借施骗术。“木居士”原本是山中一棵普通老朽的树木，曾遭雷击，又被雨打水淹，经磨历劫，伤痕累累，被扭曲得“根如头面干如身”一种极不自然的形状。前两句交代“木居士”先时狼狈处境，揭其老底，后两句则写其意外的发迹，前后形成鲜明对照。幸乎不幸乎，老树根干状似人形，本是久经大自然灾变的结果，然而却被迷信的人加以神化，供进神龛。昨天还是囚首丧面，不堪其苦，转眼变成堂堂皇皇的“木居士”，于无佛处称尊了。“偶然”二字，使人联想起六朝人《异苑》中的一故事：

会稽石亭埭有大枫树，其中空朽，每雨，水辄满溢。有估客载生鳣至此，聊放一头于枯树中以为狡狯。村民见之，以鱼鳣非树中之物，或谓是神，乃依树起屋，宰牲祭祀，未尝虚日，因遂名鳣父庙。人有祈请及秽慢，则祸福立至。

这不正是“偶然题作木居士”二句的绝妙注脚么？

“木居士”之名与实、尊荣的处境与虚朽的本质是何等不谐调。在讽刺艺术中，喜剧效果的取得，是因为揭露了假、恶、丑的事物的表面现象与内在本质的不谐调，换句话说，就是“把无价值的撕毁给人看”(鲁迅)。诗人正是这样作的。它画出这样一幅图景：神座之上立着一截侥幸残存、冥顽不灵的朽木，神座下却香烟缭绕，匍伏着衣之饰之的善男信女，他们在祈求它保佑。这种庄严的、郑重其事的场面与其荒唐的、滑稽可笑的内容，构成不协调，构成喜剧冲突，使人忍俊不禁。

诗中揶揄的对象不仅是“木居士”。“木居士”固然可笑，而“求福人”更可笑亦复可悲。诗人是用两副笔墨来刻画两种形象的。在“木居士”是正面落墨，笔调嬉笑怒骂，尖酸刻薄。对“求福人”则著墨不多，但有点睛之效：他们急于求福，欲令智昏，错抱“佛”脚。“木居士”不靠他们的愚昧尚且自身难保，怎么可能反过来赐福于人呢？其“非其鬼而祭之，谄也”(《论语·为政》)不是荒唐之至么？诗中对“木居士”的刻薄，句句都让人感到是对“求福人”的挖苦，是戳在“木居士”身上，羞在“求福人”脸上。此诗妙处，就在抓住了民间迷信的陋俗与封建官场中某种典型现象之间的一点相似之处，借端托喻，以咏物寓言方式，取得喜剧讽刺艺术的效果。此诗讽刺对象，还可以推广到人类一切的偶象崇拜和造神运动，包容极大。

不过，从此诗的写作背景看，作者可能有影射贞元末年“暴起领事”的王叔文及其追随者的用意。反对王叔文和永贞革新，固然是保守的表现。但就诗论诗，形象的客观意义，是不可简单地以韩愈的政治态度来抹煞的。

【薛涛】（768？—832？）女，字洪度，唐长安（陕西西安）人，父薛郧，因官寓蜀。薛涛早慧，通晓音律，不幸丧父。德宗贞元中韦皋镇蜀，召令侍酒，遂入乐籍，历事11镇。与元稹、白居易、刘禹锡、杜牧等均有唱和。韦皋曾拟奏请朝廷授以秘书省校书郎之职，时人以女校书目之。有《薛涛诗集》。

送友人

薛　涛

水国蒹葭夜有霜，月寒山色共苍苍。
谁言千里自今夕，离梦杳如关塞长。

昔人曾称道这位扫眉才子“工绝句，无雌声”。她这首《送友人》就是向来为人传诵的名篇。初读此诗，似清空一气；讽咏久之，便觉短幅中有无限蕴藉，藏无数曲折。

前两句写别浦晚景。“蒹葭苍苍，白露为霜”，可知是秋季。“悲哉秋之为气也，萧瑟兮草木摇落而变衰；憭栗兮若在远行，登山临水兮送将归”，这时节相送，当是格外难堪。诗人登山临水，一则见“水国蒹葭夜有霜”，一则见月照山前明如霜，这一派蒹葭与山色“共苍苍”的景象，令人凛然生寒。值得注意的是，此处不尽是写景，句中暗暗兼用了《诗经·秦风·蒹葭》“蒹葭苍苍”两句以下的诗意：“所谓伊人，在水一方。溯回从之，道阻且长；溯游从之，宛在水中央”，以表达友人远去、思而不见的怀恋情绪。节用《诗经》而兼包全篇之意，王昌龄“山长不见秋城色，日暮蒹葭空水云”（《巴陵送李十二》）与此诗机杼相同。运用这种引用的修辞手法，就使诗句的内涵大为深厚了。

人隔千里，自今夕始。“千里自今夕”一语，使人联想到李益“千里佳期一夕休”的名句，从而体会到诗人无限深情和遗憾。这里却加“谁言”二字，似乎要一反那遗憾之意，不欲作“从此无心爱良夜”的苦语。似乎意味着“海内存知己，天涯若比邻”，可以“隔千里兮共明月”，是一种慰勉的语调。这与前两句的隐含离伤构成一个曲折，表现出相思情意的执着。

诗中提到“关塞”，大约友人是赴边去吧，那再见自然很不易了，除非相遇梦中。不过美梦也不易求得，行人又远在塞北。“天长地远魂飞苦，梦魂不到关山难”（李白《长相思》）。“关塞长”使梦魂难以度越，已自不堪，更何况“离梦杳如”，连梦也新来不做。一句之中含层层曲折。将难堪之情推向高潮。此句的苦语，相对于第三句的慰勉，又是一大曲折。此句音调也很美，“杳如”的“如”不但表状态，而且兼有语助词“兮”字的功用，读来有唱叹之音，配合曲折的诗情，其味尤长。而全诗的诗情发展，是“先紧后宽”（先作苦语，继而宽解），宽而复紧，“首尾相衔，开阖尽变”（《艺概·诗概》）。

“绝句于六艺多取风兴，故视它体尤以委曲、含蓄自然为高。”（《艺概·诗概》）此诗化用了前人一些名篇成语，使读者感受更丰富；诗意又层层推进，处处曲折，愈转愈深，可谓兼有委曲、含蓄的特点。诗人用语既能翻新又不着痕迹，娓娓道来，不事藻绘，便显得“清”。又善“短语长事”，得吞吐之法，又显得“空”。清空与质实相对立，却与充实并无矛盾。

【张仲素】（769 — 819）字绘之，唐符离（安徽宿州）人，郡望河间（今属河北）。德宗贞元十四年（798）进士及第，复登博学宏词科。曾入徐州节度使幕。宪宗元和七年（812）任屯田员外郎，兼考判官，同年转礼部员外郎。历司勋员外郎、礼部郎中、翰林学士。十三年充翰林承旨学士，次年迁中书舍人。与王涯、令狐楚有《元和三舍人集》。

春闺思

张仲素

袅袅城边柳，青青陌上桑。
提笼忘采叶，昨夜梦渔阳。

风俗画画家画不出时间的延续，须选“包孕最丰富的片刻”画之，使人从一点窥见事件的前因后果。这一法门，对短小的文学样式似乎也合宜，比如某些短篇小说高手常用“不了了之”的办法，不到情事收场先行结束故事，任人寻味。而唐人五绝这首诗也常有这种手法的运用，就是好例。

城边、陌上、柳丝与桑林，构成一幅春郊场景。“袅袅”写出柳条依人的意态，“青青”是柔桑逗人的颜色，这两个叠词又渲染出融和骀荡的无边春意。使读者如睹一幅村女采桑图：“蚕生春三月，春柳正含绿。女儿采春桑，歌吹当春曲”（《采桑度》），真可谓“无字处皆具义”（王夫之）。两句还给女主人公的怀思提供了典型环境：城边千万丝杨柳，会勾起送人的往事；而青青的柔桑，会使人联想到“昼夜常怀丝（思）”的春蚕，则思妇眼中之景无非难堪之离情了。

后二句在蚕事渐忙、众女采桑的背景上现出女主人公的特写形象：她倚树凝思，一动不动，手里提着个空“笼”——这是一个极富暗示性的“道具”，“提笼忘采叶”，表露出她身在桑下而心不在焉。心儿何往？末句就此点出“渔阳”二字，意味深长。“渔阳”是唐时东北征戍之地，当是这位闺中少妇所怀之人所在的地方。原来她思念东北从军的丈夫，伤心怨望。诗写到此已入正题，但它并未直说眼前少妇想夫之意，而是推到昨夜，说“昨夜梦渔阳”。比单写眼前之思，情意更加深厚。

“提笼忘采叶”，这诗中精彩的一笔，许会使读者觉得似曾相识。杨慎早有见得，道是：“从《卷耳》首章翻出。”《诗经·卷耳》是写女子怀念征夫之诗，其首章云：“采采卷耳，不盈顷筐。嗟我怀人，置彼周行。”斜口小筐不难填满，卷耳也不难得，老采不满，是因心不在焉、老是“忘采叶”之故，其情景确与此诗有神似处。

不过，《卷耳》接着就写了女子白日做梦，幻想丈夫上山、过冈、马疲、人病及饮酒自宽种种情景，把怀思写得非常具体。而此诗说到“梦渔阳”，似乎开了个头，接下去该写梦见什么，梦见怎样，但作者就此打住，不了了之。提笼少女昨夜之梦境及她此刻的心情，一概留给读者，让其从人物的具体处境回味和推断，语约而意远。这就以最简的办法，获得很大的效果。因此，《春闺思》不是《卷耳》的摹拟，它已从古诗人手心“翻出”了。

【韩翃】 字君平，唐南阳（河南沁阳）人。大历十才子之一。玄宗天宝十三载（754）进士及第。肃宗宝应元年（762）在淄青节度使幕为从事，检校金部员外郎。代宗永泰初归朝，闲居达10年。代宗大历间曾入汴宋节度使幕。德宗建中初(780)授驾部郎中知制诰，终中书舍人。有《韩君平集》。

寒　食

韩　翃

春城无处不飞花，寒食东风御柳斜。
日暮汉宫传蜡烛，轻烟散入五侯家。

寒食是我国古代一个传统节日，一般在冬至后一百零五天，清明前两天。古人很重视这个节日，按风俗家家禁火，只吃现成食物，故名寒食。由于节当暮春，景物宜人，自唐至宋，寒食便成为游玩的好日子，宋人就说过：“人间佳节唯寒食。”（邵雍）唐代制度，到清明这天，皇帝宣旨取榆柳之火赏赐近臣，以示皇恩。唐代诗人窦叔向有《寒食日恩赐火》诗纪其实：“恩光及小臣，华烛忽惊春。电影随中使，星辉拂路人。幸因榆柳暖，一照草茅贫。”正可与韩翃这一首诗参照。

此诗只注重寒食景象的描绘，并无一字涉及评议。第一句就展示出寒食节长安的迷人风光。把春日的长安称为“春城”，造语新颖，富于美感。处处“飞花”，不但写出春天的万紫千红、五彩缤纷，而且确切地表现出寒食的暮春景象。暮春时节，东风中柳絮飞舞，落红无数。不说“处处”而说“无处不”，以双重否定构成肯定，形成强调的语气，表达效果更强烈。“春城无处不飞花”写的是整个长安，下一句则专写皇城风光。既然整个长安充满春意，热闹繁华，皇宫的情景更可以想见了。与第一句一样，这里并未直接写到游春盛况，而剪取无限风光中风拂“御柳”

一个镜头。当时的风俗，寒食日折柳插门，所以特别写到柳。同时也关照下文“以榆柳之火赐近臣”的意思。

如果说一二句是对长安寒食风光一般性的描写，那么，三四句就是这一般景象中的特殊情景了。两联情景有一个时间推移，一二写白昼，三四写夜晚，“日暮”则是转折。寒食节普天之下一律禁火，唯有得到皇帝许可，“特敕街中许燃烛”（元稹《连昌宫词》），才是例外。除了皇宫，贵近宠臣也可以得到这份恩典。“日暮”两句正是写这种情事，一“传”字，意味着挨个赐予，可见封建等级次第之森严。“轻烟散入”四字，生动描绘出一幅中官走马传烛图，虽然既未写马也未写人，但那袅袅飘散的轻烟，告诉着这一切消息，使人嗅到了那烛烟的气味，听到了那得得的马蹄，恍如身历其境。同时，自然而然会给人产生一种联想，体会到更多的言外之意。

风光无处不同，家家禁火而汉宫传烛独异，这本身已包含着特权的意味。优先享受到这种特权的，则是“五侯”（诸说不同，一说指东汉桓帝时宦官单超等同日封侯的五人）之家。它使人联想到中唐以后宦官专权的政治弊端。中唐以来，宦官专擅朝政，政治日趋腐败，有如汉末之世。诗中以“汉”代唐，显然暗寓讽谕之情。无怪乎吴乔说：“唐之亡国，由于宦官握兵，实代宗授之以柄。此诗在德宗建中初，只‘五侯’二字见意，唐诗之通于春秋者也。”（《围炉诗话》）

据孟棨《本事诗》，唐德宗曾十分赏识韩翃此诗，为此特赐多年失意的诗人以“驾部郎中知制诰”的显职。由于当时江淮刺史也叫韩翃，德宗特御笔亲书此诗，并批道：“与此韩翃”，成为一时流传的佳话。优秀的文学作品往往“形象大于思想”（高尔基），此诗虽然止于描绘，作者本意也未必在于讥刺，但他抓住的形象本身很典型，因而使读者意会到比作品更多的东西。

【白居易】（772—846）字乐天，晚号香山居士，又号醉吟先生，唐下邽（陕西渭南）人。先世本龟兹人，汉时赐姓白氏。德宗贞元十六年（800）进士及第，十九年中书判拔萃科，授秘书省校书郎。宪宗元和十年（815）一度被贬江州司马。晚年以太子宾客分司东都，武宗会昌二年（842）以刑部侍郎致仕。有《白居易集》。

上阳白发人——愍怨旷也

白居易

上阳人，上阳人，红颜暗老白发新。绿衣监使守宫门，一闭上阳多少春。
玄宗末岁初选入，入时十六今六十。同时采择百余人，零落年深残此身。
忆昔吞悲别亲族，扶入车中不教哭。皆云入内便承恩，脸似芙蓉胸似玉。
未容君王得见面，已被杨妃遥侧目。妒令潜配上阳宫，一生遂向空房宿。

宿空房，秋夜长，夜长无寐天不明。耿耿残灯背壁影，萧萧暗雨打窗声。
春日迟，日迟独坐天难暮。宫莺百啭愁厌闻，梁燕双栖老休妒。
莺归燕去长悄然，春往秋来不计年。唯向深宫望明月，东西四五百回圆。
今日宫中年最老，大家遥赐尚书号。小头鞋履窄衣裳，青黛点眉眉细长。
外人不见见应笑，天宝末年时世妆。上阳人，苦最多。少亦苦，老亦苦，
少苦老苦两如何？君不见昔时吕向美人赋，又不见今日上阳宫人白发歌！

《上阳白发人》是《新乐府》五十首中的一首。按作者自序，《新乐府》的写法仿效《诗经》，是首句标其目，卒章显其志。其辞质而径，其言真而切，其事核而实，其体顺而肆。为君为臣为民为事而作，不为文而作。题下小序中，“怨旷”指怨女、旷夫，指成年而不得婚配的男女。“上阳宫”是唐代的行宫，此诗通过一个上阳宫人的遭遇，对不人道的选妃制度进行抨击。

开篇从“上阳人，上阳人”到“零落年深残此身”八句为一段，总括上阳人的遭遇：一是入时十六今六十，二是同时百人剩一人。接下来“忆昔吞悲别亲族”到“东西四五百回圆”二十句为一段，写上阳人入宫四十五年的幽怨，第一场面是吞悲辞亲。《红楼梦》元春形容入宫说“当初送我到那见不得人的去处”，辞亲的一幕是当事人永远难以忘的。不过当时命运尚有许多未知，所有的亲人熟人都用同样的话来安慰她，无非是说她脸儿俊俏、身体丰满，人见人爱，这一入宫，不怕不能承恩呀。秀女入宫，唯一的希望就是得到皇帝的恩幸。不料唐玄宗偏偏情有独钟，而杨贵妃眼睛里揉不得沙子，于是宫中有殊色的美人都被远调上阳，一辈子除非太监，见不到真正的男人。诗人从春往秋来四十五年中，选取了两个具有代表性的场景，具体展示上阳人被幽禁的凄怨生活。主要运用了形象烘托的手法。秋雨打窗，是正面烘托凄清的气氛；梁燕双栖，是反面烘托宫人的寂寞。四十五年合五百四十月，除了雨天阴天，大约就是四、五百回圆了——这么长的日子，不知是如何熬过来的哟。

“今日宫中年最老”到“天宝末年时世妆”六句为三段，以“今日”为标记，写宫人年老的寂寞。不耐幽怨的宫人大多早死，而进入老年的宫人，赢得的是深深的寂寞和一个女尚书的虚衔，这虚衔还是皇帝（“大家”）遥赐的，抵赏得她一生的幸福？诗中细写与世隔绝的老宫女的化妆，四十五年如一日，还是天宝末年的时妆，殊不知外边早已不穿小鞋窄袖，而衣尚宽大，早已不兴细长眉样、而兴短阔眉样，时代潮流更新复更新，上阳人早已跟不上趟，成了活的文物。几笔淡淡的嘲谑，饱含作者多少同情之泪。“上阳人，苦最多”以下七句卒章显其志，直抒感喟。吕向是作者的老前辈，其《美人赋》自注：“天宝末极密采艳色者，当时号花鸟使”，因作赋以讽之。诗人表明本篇的主题与吕赋一脉相承，是为宫女请命的。

这首诗在写作上是以个别见一般。作者没有概叙宫女共同的悲惨遭遇，而是通过“这一个”来表现一般。诗中有具体环境、人物外貌衣著及心理的描写，给人的感受是生动形象的。其次是通过环境气氛的渲染，如用绵绵秋雨、双双春燕来烘托主人公的凄清和孤单，增强了形象表现力。其三是细节描写，如对老宫女早不入时的衣著服饰的具体描写，形象地暗示出其幽禁的时间之长，有恍如隔世之感。

长恨歌

白居易

汉皇重色思倾国，御宇多年求不得。杨家有女初长成，养在深闺人未识。
天生丽质难自弃，一朝选在君王侧。回眸一笑百媚生，六宫粉黛无颜色。
春寒赐浴华清池，温泉水滑洗凝脂。侍儿扶起娇无力，始是新承恩泽时。
云鬓花颜金步摇，芙蓉帐暖度春宵。春宵苦短日高起，从此君王不早朝。
承欢侍宴无闲暇，春从春游夜专夜。后宫佳丽三千人，三千宠爱在一身。
金屋妆成娇侍夜，玉楼宴罢醉和春。姊妹弟兄皆列土，可怜光彩生门户。
遂令天下父母心，不重生男重生女。骊宫高处入青云，仙乐风飘处处闻。
缓歌曼舞凝丝竹，尽日君王看不足。渔阳鼙鼓动地来，惊破霓裳羽衣曲。
九重城阙烟尘生，千乘万骑西南行。翠华摇摇行复止，西出都门百余里。
六军不发无奈何，宛转蛾眉马前死。花钿委地无人收，翠翘金雀玉搔头。
君王掩面救不得，回看血泪相和流。黄埃散漫风萧索，云栈萦纡登剑阁。
峨眉山下少人行，旌旗无光日色薄。蜀江水碧蜀山青，圣主朝朝暮暮情。
行宫见月伤心色，夜雨闻铃肠断声。天旋地转回龙驭，到此踌躇不能去。
马嵬坡下泥土中，不见玉颜空死处。君臣相顾尽沾衣，东望都门信马归。
归来池苑皆依旧，太液芙蓉未央柳。芙蓉如面柳如眉，对此如何不泪垂？
春风桃李花开日，秋雨梧桐叶落时。西宫南内多秋草，落叶满阶红不扫。
梨园弟子白发新，椒房阿监青娥老。夕殿萤飞思悄然，孤灯挑尽未成眠。
迟迟钟鼓初长夜，耿耿星河欲曙天。鸳鸯瓦冷霜华重，翡翠衾寒谁与共？
悠悠生死别经年，魂魄不曾来入梦。临邛道士鸿都客，能以精诚致魂魄。
为报君王辗转思，遂教方士殷勤觅。排空驭气奔如电，升天入地求之遍。
上穷碧落下黄泉，两处茫茫皆不见。忽闻海上有仙山，山在虚无缥缈间。
楼阁玲珑五云起，其中绰约多仙子。中有一人字太真，雪肤花貌参差是。
金阙西厢叩玉扃，转教小玉报双成。闻道汉家天子使，九华帐里梦魂惊。
揽衣推枕起徘徊，珠箔银屏迤逦开。云鬓半偏新睡觉，花冠不整下堂来。

风吹仙袂飘摇举，犹似霓裳羽衣舞。玉容寂寞泪阑干，梨花一枝春带雨。
含情凝睇谢君王，一别音容两渺茫。昭阳殿里恩爱绝，蓬莱宫中日月长。
回头下望人寰处，不见长安见尘雾。唯将旧物表深情，钿盒金钗寄将去。
钗留一股盒一扇，钗擘黄金盒分钿。但令心似金钿坚，天上人间会相见。
临别殷勤重寄词，词中有誓两心知。七月七日长生殿，夜半无人私语时。
在天愿作比翼鸟，在地愿为连理枝。天长地久有时尽，此恨绵绵无绝期。

白居易作《长恨歌》，马嵬事件已过去整整半个世纪，有了相当的时间距离。李隆基、杨玉环这一对帝妃的生离死别故事，被传说赋予特殊的美感，使得《长恨歌》不同于《哀江头》，减弱了现实的悲痛，增强了浪漫的感伤。

《长恨歌》是白居易的成名作，也是广为传诵唐诗名篇之一。诗成不久就给诗人带来声誉，据作者自述："闻有军使高霞寓者，欲聘倡妓，妓大夸曰：'我诵得白学士《长恨歌》，岂同他妓哉？'由是增价。""又昨过汉南日，适遇主人集众乐娱他宾，诸妓见仆来，指而顾曰：'此是《秦中吟》《长恨歌》主耳。'"（《与元九书》）作者身后，唐宣宗更有"童子解吟长恨曲，胡儿能唱琵琶篇"（《吊白居易》）之延誉。诗是好诗，无可争议。然而关于此诗的主题却是古今聚讼纷纭。归纳起来，有三种意见：一说讽刺玄宗荒淫误国；二说歌咏生死不渝的爱情；三说双重主题。文学鉴赏的实践表明，越是杰作，由于结构层面较多，象征意蕴越难穷尽，故有"诗多义"之说。主题的认定，实即多义的取舍。《长恨歌》的中心内容是唐玄宗与杨贵妃生离死别的故事，这是一场生死之恋。无论从作者的创作动机，还是客观效果上看，都是一篇言情杰作。

作者友人陈鸿谈及此诗的写作缘起："元和元年冬十二月，太原白乐天自校书郎尉于周至，地近马嵬坡。鸿与王质夫家于是邑。暇日相携游仙游寺，话及此事，相与感叹。质夫举酒于乐天前曰：夫希代之事，非遇出色之才润色之，则与时消没，不闻一世。乐天深于诗，多于情者也；试为歌之，如何？'乐天因为《长恨歌》。"（《长恨歌传》）显然，荒淫误国不能称为"希代之事"，而帝王与妃子之间的生死之恋才是"希代之事"。这样的"希代之事"经过"深于诗，多于情"的诗人的润色，主题的走向可想而知。白居易自己就把《长恨歌》编入"感伤诗"，而不编入"讽谕诗"，题词道："一篇长恨有风情，十首秦吟近正声。"（《编集拙诗成一十五卷用题卷末》）又对元稹说："今仆之诗，人所爱者，悉不过'杂律诗'与《长恨歌》以下耳，时之所重，仆之所轻。"（《与元九书》）凡此，都足以表明作者的创作动机是什么。更重要的是作品的创作实际，从客观上体现了作家的主观意图。

长诗共分三大段。从篇首至"惊破霓裳羽衣曲"写安史之乱前唐玄宗与杨贵妃的情恋史。劈头就说“汉皇重色思倾国”，暗用汉武帝遇李夫人故事，“倾国”出自于李延年“北方有佳人”那首歌，后来成为绝代佳人的代称。“重色”二字不能说没有托讽，不过讽刺的分量太轻，与说是唐玄宗的弱点，毋宁说是人性的弱点。（《礼记》谓修身当“如好好色”，作者《李夫人》诗谓“人非木石皆有情，不如不遇倾城色”，便是明证。）“杨家有女初长成，养在深闺人未识”二句与史实大有出入，不像陈鸿《长恨歌传》那样哪怕是委婉地指出杨氏本是寿王妃这一事实，这种润色或美化，其目的和效果都是明显的。接下来有六句写杨妃的承宠。《丽情集·长恨歌传》形容杨妃的美是：“绿云生鬓，白雪凝肤。涯饰光华，纤秾有度，举止闲冶，如汉武帝李夫人。”仅限于静态的描摹，不胜痕迹。相形之下，白居易抓住一个动态和美的效果来写杨妃之美，何等灵妙：“回眸一笑百媚生，六宫粉黛无颜色，”避开正面描写，却引起更生动的关于美的印象。

昭应县（陕西临潼）东南骊山有温泉，开元中建温泉宫，天宝中改华清宫。玄宗常于其地避暑越冬，设有浴池十余处。得杨妃后又“别疏汤泉，诏赐澡莹。”赐浴温泉自以春寒时最舒服。水何谓滑？实乃间接表现肌肤的光洁，从水浇凝脂的形象不难悟出“滑”字之工。作者语言平易而绝对细腻，故有别于唐诗中的粗浅一派，此即一例。温泉浴汗，出水后会感觉乏力，诗人通过眸子、肌肤、浴态等生物细节，写活了一个美丽而性感的杨妃，给后戏曲家和画家的无穷灵感。继十句写杨妃的专宠。南朝民歌“打杀长鸣鸡”一首形容蜜月中人“春宵苦短”，是情有可原的，而“春宵苦短日高起，从此君王不早朝”则是说不过去的，这两句和“承欢侍宴”几句写唐明皇“泡”杨贵妃，应该说是有托讽的。不过这种托讽的分量太轻，不足以改变全诗的总体倾向。白居易《上阳白发人》自注：“天宝五载（746）以后，杨贵妃专宠，后宫人无复进幸矣。六宫有美色者，辄置别所，上阳是其一也。”亦可移注“后宫佳丽三千人，三千宠爱在一身”二句。“金屋”又关涉《汉武故事》极言妃之宠幸。

接下来有四句写杨氏一门沾光。妃有姐三人，大姐封韩国夫人，三姐封虢国夫人，八姐封秦国夫人，富比王室，恩泽势力过于大长公主。可自由出入宫禁，乃至素面朝天。从弟铦为鸿胪卿、锜以侍御史尚主，从祖兄钊赐名国忠，授金吾兵曹参军，后任宰相。妃父玄琰追赠齐国公，母封凉国夫人。这就是“第妹弟兄皆列土，可怜光彩生门户”所据事实。故当时谣谚云：“生女勿悲酸，生男勿喜欢。生女勿怒，君不见卫子夫霸天下。”杨妃专宠，光耀门第，居然改变了重男轻女的社会传统心理，诗中的慨叹很深。继六句写乐极生悲。“骊宫”即华清宫。“霓裳羽衣曲”本《婆罗门》曲。开元时从印度传入，经玄宗润色为著名的舞曲。“渔阳鼙鼓动地来，惊破霓裳羽衣曲”——安史之乱宣告了李扬纵情欢娱生活的终结。写安史之乱仅两句，只作为对爱情生活产生破坏的事件来写，也表明《长恨歌》写的是爱情悲剧而非政治悲剧。

从“九重城阙烟尘生”到“魂魄不曾来入梦”写唐玄宗杨贵妃的生离死别，和玄宗对死去的杨妃无时或已的怀念。十句写马嵬之变。大乱初起，玄宗在毫无思想准备的情况下仓皇出逃，杨国忠首倡幸蜀，此之谓“西南行”。“翠华摇摇行复止”，可见一路人困马乏。马嵬驿在咸阳之西，距长安“百余里”。由于军中积怨，突生哗变，国忠被杀，殃及杨妃。从政治角度歌咏马嵬之变的诗人，总是冷静地判断：“不闻夏殷衰，中自诛褒妲”（杜甫）、“终是圣明天子事，景阳宫井又何人”（郑畋）。唯独白居易写出了一个割不断情根爱胎的玄宗，“六军不发无奈何，宛转蛾眉马前死”、“君王掩面救不得，回看血泪相和流”，讽刺之笔那得如此惨痛飞迸！在诗人笔下，堕入爱情的炼狱的玄宗，将逐渐洗清“重色”的表象，而袒露出一颗情种之心。

“黄埃散漫风萧索”八句写赴蜀路上玄宗对杨贵妃的思念。借萧索、孤凄、暗淡的景物色彩，及月色铃语给失眠者的特殊感觉，渲染出玄宗的悲痛。据《杨太真外传》，玄宗一行至斜谷口，属淫雨涉旬，于栈道闻铃声隔山相应，玄宗掉念杨贵妃之情愈切，遂采其声为《雨霖铃》曲以寄恨。月无心可伤，铃无肠可断，而谓之伤心色、断肠声，以伤心人别有怀抱（对照杜甫“感时花溅泪，恨别鸟惊心”）。“天旋日转回龙驭”六句写光复后还京路上玄宗对杨贵妃的思念。至德二年九月收复长安，十二月玄宗从蜀归，过马嵬坡，派人备棺改葬杨妃，挖开土，香囊犹在。“不见玉颜空死处”的“空”字，极写出他心境的悲凉。时过境迁，他那难以消减的悲痛感染了左右，此时是“君臣相顾尽沾衣。”东望都门，本应归心似箭，快马加鞭，但玄宗却打不起精神，“信马归”三字可见意懒心灰。

“归来池苑皆依旧”十八句写回京后身为上皇的玄宗对杨妃更深的相思。玄宗还京后居南内兴庆宫，因邻街与外界接近，肃宗心腹恐变生不测，使迁至西内太极宫甘露殿，处境更凄凉。当初在幸蜀路上，玄宗曾以《雨霖铃》曲授张徽，回京后复幸华清，从官嫔御无一旧人，因于望东楼令徽复奏此曲，不觉怆然。诗中写他看到池中的芙蓉想起杨妃，看到宫中柳叶想起杨妃，正是“物是人非事事休”，从春到秋，年复一年，此情有增无减。“梨园弟子白发新，椒房阿监青娥老”，间接是说，玄宗自己也是岁月不饶。诗人不惜以八句篇幅写他的孤眠难熬之夜，大肆渲染环境。有人嘲笑“孤灯挑尽未成眠”一句“寒酸”，理由是“宁有兴庆宫中夜不烧烛，明皇自挑灯者乎！”（《邵氏闻见续录》卷十九）“此尤可笑，南内凄凉，何至挑孤灯耶！”（《岁寒堂诗话》）殊不知这正是离形得似，不拘实录的妙笔。冬至前夜晚逐渐增长，“初长夜”是说难熬的夜晚还在后头。说到“星河”则暗逗“他年七夕笑牵牛”的情事，正是往事不堪回首。“鸳鸯瓦”是两片嵌合的瓦，它在字面上有反衬失伴的孤单的作用。凡此种种，都可见诗人意匠经营。以上写各种场合，四时交替，而玄宗悼亡之情无时或已，这样的钟情，不但“在帝王家罕有”（洪升），也超出了市井一般情种的水平。弗洛伊德说，性本能能够升华，即此时对于特定的兴奋可以确定一种更高的，显然不再与性有关的目标，一种更有社会价值的目标。我们文化的最高成就就应归功于这种以升华方式释放的能量。“假如春天没有花，人生没有爱，到底成了个什么世界！”（郭沫若）《长恨歌》中的玄宗的生死恋，就升华到了精神恋爱的、纯情的高度。当他的精诚感动了一个道士，诗篇就进入了一个新的天地。

“临邛道士鸿都客”到篇末，在一个幻想的神仙世界中，刻画了死者对生者刻骨铭心的眷念，补足了悲剧主人公之一的杨妃形象。诗人所据，应是王质夫转述的民间传说（方士致魂魄的情节，汉武帝李夫人故事亦有之)。“上穷碧落下黄泉，两处茫茫皆不见。忽闻海上有仙山，山在虚无飘渺间”几句，最有山重水复之妙。当初杨玉环被度为女道士，就叫太真。这便是蓬莱仙岛传说的现实凭借。“金阙西厢叩玉扃”到“在地愿为连理枝”，以细腻的笔墨写杨妃接见道士的情景和对话。仙府重深，须经辗转通报的手续（小玉、双成皆神话中女子，此作太真妃的侍女），当睡眠中的杨妃得知玄宗使者到此，先是一“惊”，然后是“揽衣——推枕——起徘徊”三个动作，表现出她掩饰不住内心的激动。珠箔银屏接连打开，云髻半偏便下堂来，表现出她迫不及待要见使者的心情。她依然那样美丽，下堂的步态就能使人想见当年的舞姿。诗人以“梨花一枝春带雨”形容她的“玉容寂寞泪阑干”，贴切而形象，真“淡处藏美丽，浅处著工夫。”（方虚谷）诗中刻画杨妃神情，每每抓住一双眸子传之，前有“回眸一笑”，此处有“含情凝睇”，可谓善绘。

诗中省去了道士的致词，而重在写杨妃的答词，寄赠旧物与信誓：“唯将旧物表深情，钿合金钗寄将去。钗留一股合一扇，钗擘黄金合分钿。但令心似金钿坚，天上人间会相见。”数句采用了“分总”辞格，钗、合、金、钿四字反反复复，在音情上渲染杨妃缠绵悱恻的相思，淋漓尽致。这民间式的旦旦信誓，丰满地刻画出一个同样执着于爱情的杨妃形象。根据当时传说，“方士受辞与信，将行，色有不足。玉妃固征其意，复前跪至词：‘请当时一事不为他人闻者验于太上皇。不然，恐钿合金钗，负新垣平（汉时赵人，以善望气致宠，后被告发有诈被杀）之诈也。玉妃茫然退立，若有所思。徐而言之：‘昔天宝十载，侍辇避暑骊山宫，秋七月牵牛织女相见之夕……夜殆半，休侍卫于东西厢，独侍上。上凭肩而立，因仰天感牛女之事，密相誓心：愿世世为夫妇。言毕，执手各呜咽，此独君王知之耳。’”（《长恨歌》）诗的最末几句便写这一情节，骊宫（诗云“长生殿”）之誓，被诗化为“在天愿作比翼鸟，在地愿为连理枝“的千古名句。

诗人的高明之处在于，尽管通过杨妃的誓言和行动丢下了一个希望，但他并没有来一个廉价的大团圆结局。因为誓中虽有“愿世世为夫妇”和“天上人间会相见”的话头，然而“他生未卜此生休”（李商隐），大错今生铸成，遑论来世？“只有等待来生里，再踏上彼此故事的开始"，好像说很有希望，其实是很悲哀、很无奈的话。李商隐《马嵬》结云："如何四纪为天子，不及卢家有莫愁"，也就是"长恨"结穴所在，但说得露，不及白居易的结句有悠悠不尽的余味："天长地久有时尽，此恨绵绵无绝期。"这一悲剧性结局，突破了我国传统文化心理喜欢"大团圆"的模式，尤为难能可贵。

无论从创作动机和客观实际看，歌颂生死不渝的恋情，感伤因为情深缘浅而导致的"人生长恨"（李煜《相见欢》），才是《长恨歌》主题所在。白居易基本上是从一种超政治功利的角度，即人性论的角度，来看待这一发生在玄宗与杨妃间的生死之恋的。《长恨歌》的崇情倾向，明显在受到时代文艺思潮的影响，它事实上和唐代中叶爱情传奇的繁荣有着千丝万缕的联系。作《莺莺传》的元稹，作《李娃传》的白行简，分别是诗人的密友和胞弟，这该不是一个偶然的巧合吧？《长恨歌》可以说是一篇诗体传奇，尽管主人公有帝王贵妃的特殊身份，但他们和普通人一样爱、一样犯错误、一样受苦，也一样的被理解被同情。

我国古代叙事诗不发达，无名人《焦仲卿妻》曾是一个孤立的高峰。杜甫创作了一大批叙事诗和叙事性很强的政论诗，成为文人叙事诗一大作手。但他的叙事诗如"三吏""三别"篇幅短小，笔墨尚简；史诗如《北征》等，则无故事性，非严格意义上的叙事诗。在具有曲折完整的故事情节这点上,《长恨歌》可与《焦仲卿妻》比美。王湘绮说："白居易歌行纯似弹词，《焦仲卿妻》诗所滥觞也。"而弹词特点就是演说一个故事。一向与《长恨歌》齐名的《连昌宫词》"虽然铺写详密，宛如画出"，但它基本上是指陈时事，没有什么故事性。作为一首七言长篇叙事之作,《长恨歌》比五言诗《焦仲卿妻》在技巧上的显著进步表现描写的细腻上。

《焦仲卿妻》诗的人物性格、心理活动，大多是通过个性化的对话表现出来的，直接描写不多，人物动作描写则很简单。而《长恨歌》得力于说唱文学和传奇文学，在人物外貌和心理的刻画上细致入微。"侍儿扶起娇无力"、"君王掩面救不得"、"九华帐里梦魂惊"几段写人物动作何等生动！"黄埃散漫风萧索"、"西宫南苑多秋草"几段刻画人物心理何等细腻！环境气氛的烘托也称绝妙。前段写男女欢爱，一连串"春"字及温泉水滑，芙蓉帐暖，烘托出的环境何等温馨！后段写生离死别，则多用秋景，鸳鸯瓦冷、翡翠衾寒，渲染出的环境何等悲冷！在叙事的同时，《长恨歌》始终保持诗的特质，具有浓厚的抒情性。它的韵文形式内流动着一股反复歌咏的情绪，"不是在讲说一个故事，而是在歌唱着一个故事。"（何其芳）便使得长诗易记易唱，感染力特强。

《长恨歌》还创造了独特的美学风格。"那气息的超脱，写情的不落凡俗，处处不脱帝王的 nobleness，更是千古奇笔"，"把悲剧送到仙界上去，更显得那段罗曼史的奇丽清新，而仍富于人间味。”“全诗写得如此婉转细腻，却仍不失去雍容华贵，没有半点纤巧之病。明明是悲剧，而写得不哭哭啼啼，多么中庸有度，这是浪漫底克兼有古典美的绝妙典型。”（傅雷）《长恨歌》既哀感顽艳，又庄严美丽。歌咏唐玄宗、杨贵妃孽缘，象《哀江头》《远别离》那样的政治抒情诗，李杜有之，他人亦能有之；而象《长恨歌》这样的传奇故事诗，李杜亦不能有之，唯白居易有之。这为白居易在后世被评为唐代第三大诗人，增加了很重的筹码。无怪清赵翼评道：“以易传之事，为绝妙之词，有声有色，可歌可泣，……自是千古绝作。”

花非花

白居易

花非花，雾非雾，夜半来，天明去。

来如春梦几多时？去似朝云无觅处。

白居易诗不仅以语言浅近著称，其意境亦多显露。这首“花非花”却颇有些“朦胧”味儿，在白诗中确乎是一个特例。

诗取前三字为题，近乎“无题”。首二句应读作“花——非花，雾——非雾”，先就给人一种捉摸不定的感觉。“非花”、“非雾”均系否定，却包含一个不言而喻的前提：似花、似雾。因此可以说，这是两个灵巧的比喻。苏东坡似从这里获得一丝灵感，写出了“似花还似非花，也无人惜从教坠”（《水龙吟》）的名句。苏词所咏为杨花柳絮，而白诗所咏何物未尝显言。

单看“夜半来，天明去”，颇使读者疑心是在说梦。但从下句“来如春梦”四字，可见又不然了。“梦”原来也是一比。这里“来”、“去”二字，在音情上有承上启下作用，由此生发出两个新鲜比喻。“夜半来”者春梦也，春梦虽美却短暂，于是引出一问：“来如春梦几多时？”“天明”见者朝霞也，云霞虽美却易幻灭，于是引出一叹：“去似朝云无觅处”。

诗由一连串比喻构成，这叫博喻。它们环环紧扣，如云行水流，自然成文。反复以鲜明的形象比譬一个未尝点明的本体。诗词中善用博喻者不乏其例，如《古诗十九首》（明月皎夜光）之“南箕北有斗，牵牛不负轭”，贺铸《青玉案》的“一川烟草，满城风絮，梅子黄时雨”。但这些博喻都不过是诗词中一个组成部分，象此诗通篇用博喻构成则罕见。再者，前一例用南箕、北斗、牵牛等星象作比，喻在“虚名复何益”；后一例用烟草、风絮、梅雨等景象作比，喻在“借问闲愁都几许”，其本体（被喻之物）都是明确的。而此诗只见喻体（用作比喻之物）而不知本体，就像一个耐人寻思的谜。从而诗的意境也就蒙上一层“朦胧”的色彩了。

虽说如此，但此诗诗意却并不完全隐晦到不可捉摸。它被作者编在集中“感伤”之部，同部还有情调接近的作品。一是《真娘墓》，诗中写道：“霜摧桃李风折莲，真娘死时犹少年。脂肤荑手不坚固，世间尤物难留连。难留连，易销歇，塞北花，江南雪。”另一是《简简吟》，诗中写到：“二月繁霜杀桃李，明年欲嫁今年死”，“大都好物不坚牢，彩云易散琉璃碎”，二诗均为悼亡之作，它们末句的比喻，尤其是那“易销歇”的“塞北花”和“易散”的“彩云”，与此诗末二句的比喻几乎一模一样，连音情都逼肖的，二诗都同样表现出一种对于生活中存在过、而又消逝了的美好的人与物的追念、惋惜之情。而《花非花》一诗在集中紧编在《简简吟》之后，更告诉读者关于此诗归趣的一个消息。此诗大约与《简简吟》属同类性质的作品。

另有一说，认为此诗是“为妓女而作”，见于今人施蛰存《唐诗百话》。因为唐代招妓伴宿，是夜半才来，黎明即去。如元稹《梦昔时》诗有云：“夜半初得处，天明临去时。”就是描写这一情况的，嫖客仿佛做了一个春梦似的。她的离去就像清晨的云，消散得无影无踪。其说持之有故，点明了此诗写作的特定历史背景。说者又作了一个很重要的补充，说白居易写这样的诗，“恐怕也还是作为一种比喻”。至于比喻什么，则没有说。总之，诗人抽象了具体的内容的同时，使诗朦胧起来，能指范围扩大，似乎比喻着什么——比如美好而短暂的人生。正因为如此，它才和《真娘墓》《简简吟》一类悼亡之作在情调上有了某种程度的相通。

此诗运用三字句与七字句轮换的形式（这是当时民间歌谣三三七句式的活用），兼有节律整饬与错综之美，极似后来的小令。所以后人竟采其句法为词调，而以“花非花”为调名。词对五七言诗在内容上的一大转关，就在于更倾向于人的内在心境的表现。此诗亦如之。这种“诗似小词”的现象，出现在唐代较早从事词体创作的诗人白居易笔下，是不足为奇的。

琵琶行

白居易

元和十年予左迁九江郡司马，明年秋，送客湓浦口，闻舟中夜弹琵琶者，听其音，铮铮然有京都声。问其人，本长安倡女，尝学琵琶于穆、曹二善才。年长色衰，委身为贾人妇。遂命酒，使快弹数曲，曲罢悯然。自叙少小时欢乐事，今漂沦憔悴，转徙于江湖间。予出官二年，恬然自安，感斯人言，是夕始觉有迁谪意。因为长句，歌以赠之，凡六百一十二言，命曰《琵琶行》。

浔阳江头夜送客，枫叶荻花秋瑟瑟。主人下马客在船，举酒欲饮无管弦。
醉不成欢惨将别，别时茫茫江浸月。忽闻水上琵琶声，主人忘归客不发。
寻声暗问弹者谁？琵琶声停欲语迟。移船相近邀相见，添酒回灯重开宴。
千呼万唤始出来，犹抱琵琶半遮面。转轴拨弦三两声，未成曲调先有情。
弦弦掩抑声声思，似诉平生不得意。低眉信手续续弹，说尽心中无限事。
轻拢慢捻抹复挑，初为霓裳后六幺。大弦嘈嘈如急雨，小弦切切如私语。
嘈嘈切切错杂弹，大珠小珠落玉盘。间关莺语花底滑，幽咽泉流冰下难。
冰泉冷涩弦凝绝，凝绝不通声暂歇。别有幽愁暗恨生，此时无声胜有声。
银瓶乍破水浆迸，铁骑突出刀枪鸣。曲终收拨当心画，四弦一声如裂帛。
东舟西舫悄无言，唯见江心秋月白。沉吟放拨插弦中，整顿衣裳起敛容。
自言本是京城女，家在虾蟆陵下住。十三学得琵琶成，名属教坊第一部。
曲罢曾教善才伏，妆成每被秋娘妒。五陵年少争缠头，一曲红绡不知数。
钿头云篦击节碎，血色罗裙翻酒污。今年欢笑复明年，秋月春风等闲度。
弟走从军阿姨死，暮去朝来颜色故。门前冷落鞍马稀，老大嫁作商人妇。
商人重利轻别离，前月浮梁买茶去。去来江口守空船，绕船月明江水寒。
夜深忽梦少年事，梦啼妆泪红阑干。我闻琵琶已叹息，又闻此语重唧唧。
同是天涯沦落人，相逢何必曾相识！我从去年辞帝京，谪居卧病浔阳城。
浔阳地僻无音乐，终岁不闻丝竹声。住近湓江地低湿，黄芦苦竹绕宅生。
其间旦暮闻何物？杜鹃啼血猿哀鸣。春江花朝秋月夜，往往取酒还独倾。
岂无山歌与村笛？呕哑嘲哳难为听。今夜闻君琵琶语，如听仙乐耳暂明。
莫辞更坐弹一曲，为君翻作琵琶行。感我此言良久立，却坐促弦弦转急。
凄凄不似向前声，满座重闻皆掩泣。座中泣下谁最多？江州司马青衫湿。

元和十年，白居易受政治迫害被贬九江郡司马。司马是一种冗员散职，作者在《江州司马厅记》一文中写道：“若有人蓄器贮用急于兼济者，居之虽一日不乐；若有人养志忘名安于独善者，处之虽终生无闷。……刺史，守土臣，不可远观游；群吏，执事官，不敢自暇佚；惟司马绰绰，可以从容于山水诗酒间，……官足以庇身，食足以给家；州民康，非司马功；郡政坏，非司马罪。无言责，无事忧。噫，为国谋，则尸素之尤蠹者；为身谋，则禄仕之优稳者。”可见作者当时生活的平静闲散，而又无聊，心情则充满矛盾和不安。诗序所谓“予出官二年，恬然自安”，只不过是表面而暂时的现象。每逢人际交往，触绪牵情，又不免感事伤怀。序云元和十一年秋，送客湓浦口（湓水入长江处），遇一琵琶女，乃旧日长安名倡沦为商人妇者，既得领略其技艺之精妙，又闻其自叙经历之不幸，因“感斯言，是夕始觉有迁谪意。”这就是《琵琶行》的写作缘起。

从篇首到“主人忘归客不发”是故事的引子。交代了诗人相遇琵琶女的时间、地点与环境。这是一个逢秋兴悲的日子，枫叶赤，芦花白，江水碧，好一派肃杀的江景。故人当夜要出发，诗人在“浔阳江头”即湓浦口为之饯别。饯别的酒并不能消去心中的离愁别绪，又没有音乐助兴，故“醉不成欢”。方留恋处，不觉天色渐晚，“别时茫茫江浸月”——是不知不觉的发现和催别的信号。诗人当年四十五岁，在古时已是感伤老大的年纪，兼在迁谪之中，他乡送客，心中很不是滋味。这境况正是郑板桥《道情》集唐人诗句所说：“枫叶荻花并客舟，烟波江上使人愁。劝君更尽一杯酒，昨日少年今白头。”这种特定的状况的渲染，为以下写相逢琵琶女作了铺垫。诗人先已说“举酒欲饮无管弦”，十分遗憾；后写“忽闻水上琵琶声”，则尤令人欣喜。

从“寻声暗问弹者谁”到“唯见江心秋月白”，写饯宴重开，琵琶独奏。诗中写琵琶女的露面，非草草交代，而别具摇曳多姿的描叙。在“寻声暗问”之初，先是“琵琶声停”，一阵迟疑。在邀者盛情难却之际，仍是“千呼万唤始出来，犹抱琵琶半遮面。”这是故作姿态？还是当众害羞？否，须知这些都不是徐娘半老的昨日名角应有之态。揣其情，当是因告别“舞台”不作当众表演多年，深有“退休者”之寂寞，鱼龙失水的悲哀，受伤者的自怜。尤其是中夜梦回，泪流满面，骤然间遇此热情邀请于江湖之上，宜乎其欲语不能，欲进犹疑。江州司马“千呼万唤”这段时间，她显然是在化妆。然而当她抱琵琶出场后，便技痒难熬，恨不得一奏为快。这从“转轴拨弦三两声，未成曲调先有情”两句可以知之。就在这三两声中，已令人觉其掩抑深思，“似诉平生不得意”了。“低眉”可见专注，“信手”可见纯熟，所以往后弹奏“霓裳”、“六幺”等名曲，也能弹出个人情寄，而“说尽胸中无限事。”这一段描摹琵琶声，乃全诗中最精妙的文字。描写演奏者只有“轻拢慢捻抹复挑”一句，两只手都写到了：叩弦为拢，揉弦为捻，这是左手按弦指法；顺手下拨为抹，反手上拨为挑，这是右手弹弦指法。这是知音者说内行话，故自然妥帖。但诗人着重描写的还是音乐本身及其给人的感受。虽然所用办法，不过是由听觉联系到听觉，但通过人们熟悉的自然音响如雨声、私语声、珠落玉盘声、鸟声、泉声等等，能给人以具体生动的音乐美的印象。诗人在描摹中特别注意音乐对比因素的刻画，如高低、粗细、重轻、缓急、滑涩、断续等等，极富层次感。诚如傅雷所说：“‘大弦嘈嘈’、‘小弦切切’一段，好比 staceato（断音），象琵琶的声音极切；而‘此时无声胜有声’的几句，等于一个长的 pause（休止）。‘银瓶乍破水浆迸’两句，又是突然的attak（爆发），声势雄壮。”其间诗人又特别注意以音乐化语言来描绘音乐，这里有叠字“嘈嘈”、“切切”、“嘈嘈切切”，有重复“大珠小珠”，有双声迭韵如“间关”、“幽咽”，有顶真如“幽咽泉流冰下难。冰泉冷涩弦凝绝，凝绝不通声暂歇”，有前分后总如“大弦嘈嘈……小弦切切……嘈嘈切切……”，这些辞格的运用，使得此诗在音情的密合上达到极致。诗人又让乐声在高潮中结束余韵不绝，“东舟西舫悄无言，唯见江心秋月白”二句既写环境，又写音乐效果。“悄无言”，可见听众屏息凝神；江心月白，又见环境的寂静清澄，音乐感通自然与“曲终人不见，江上数峰青”同致。

从“沉吟放拨插弦中”到“梦啼妆泪红阑干”，由自述补叙琵琶女身世遭际。至此，女主人公才抬头亮相。原来她生在长安，“本是京城女”，家在下马陵（按《国史补》：“旧说董仲舒墓，门人过皆下马，故谓之下马陵，后人语讹为虾蟆陵”，诗用坊中语，盖由琵琶女自述）下住，自幼学艺，名编教坊。当年她是位色艺双绝的艺伎。——“曲罢曾教善才伏，妆成每被秋娘妒”。（曹善才乃当时著名琵琶师，出于琵琶世家；秋娘为当时长安名倡。）因此拥有众多的追星族，曾被子弟捧红，名噪一时，出场费很高：“五陵年少争缠头，一曲红绡不知数”；过了一段灯红酒绿，豪华狂欢的生活，“钿头银篦击节碎，血色罗裙翻酒污。”然而，随着新的明星的升起，她的行情看跌。加上发生了一些变故，“弟走从军阿姨死”（或言“弟”是女弟，即烟花姐妹后随军；“阿姨”即鸨母），她无异从生活的峰巅跌进深谷，饱尝了世态炎凉的辛酸，终至“老大嫁作商人妇。”在抑商的古代，商人富而不贵，生活是流动的，琵琶女从此也告别了长安。据《元和郡县图志》，江西饶州浮梁县产茶，虽非名贵而产量极丰，价必便宜。故此商人有采购之事，作为外室的琵琶女便被抛在江州船上。故在江口空船之夜，“忽梦少年事”。梦，不过是无意识思想的伪装，其根源还在于做梦之前潜在的情结。即“日有所思，夜有所梦”。岁月本可使人麻木，少年之事似已淡忘，然中夜梦回，仍不免历历在目，而百端交集，有不能自已者。此其所以当夜对月，一奏琵琶，以鸣不平。不料于无意之中，遇此知音之人，礼下延请，其感慨又何待言。诗中虽仅写到“梦啼妆泪红阑干”为止，以下情事，已与篇首环合，为此诗中最简妙之笔。

从“我闻琵琶已叹息”到“为君翻作琵琶行”，写琵琶女的陈辞引起诗人隐痛和同情，“是夕始觉有迁谪意”。诗人先已为其掩抑幽咽的乐声感染，既而又为其浮沉的身世嗟伤，从琵琶女身上，更照见了自己的影子。本怀兼济之志，出世之才，人过中年，却被投闲置散，远离帝京。在浔阳这样一个缺少高雅音乐的偏僻之地，忽闻此铮铮京都之声，给他带来旧梦重温的片刻陶醉，和物伤其类的持久的感触。一个人倾诉的不幸，成了两个人的共同不幸，致使诗人忘却了身份的差异，对此产生了同病相怜的认同感。写出了“同是天涯沦落人，相逢何必曾相识”的至理名言，也就是全诗的主题句。毛泽东书房中的《唐诗三百首》，在本诗的开头上有如下批语：“江州司马，青衫泪湿，同在天涯。作者与琵琶演奏者有平等心情。白诗高处在此不在他处。其然，岂其然乎？”毛在此诗的标题上还划了三个大圈，在“同是天涯沦落人”二句旁划一路密圈，以示激赏。紧接着诗人进一步提出要与琵琶女来一次艺术上的合作，请对方再弹一曲，而自己为作诗歌。

最末六句，写琵琶女感诗人厚意，作即兴发挥，弹出更为激越的音乐，使满座为之动容，而其间最动情者，便是身为江州司马的诗人自己。按白居易时为将仕郎守江州司马，将仕郎为从九品下，服色浅青。“青衫”则象征诗人贬谪的身份。

《琵琶行》并不以故事情节曲折见长，但它深刻写出了旧时代人才被摧残压抑的悲剧。高明的演奏艺术家沦为商妇，锐意革新的志士成为“乐天”居士，无论是琵琶女还是诗人自己，均无力左右个人命运，而有“时易失，心徒壮，岁将零”的失路的悲哀。其间还夹有郢人失质，或世乏知音的悲哀。这一主题具有相当的普遍性与典型性。全诗笔力集中，笔无旁骛。陈寅恪先生曾将其与元稹《琵琶歌》相比较，认为乐天此诗专为长安故倡感今伤昔而作，又连缩己身迁谪失路之怀，直是混合作者与被咏者二者为一体，可谓人我双亡、宾主俱化，专一而更专一，感慨复加感慨。相形之下，元诗一题二旨，反失之浮泛。此外，诗中有关琵琶声乐的描摹，历来为人称道。

赋得古原草送别

白居易

离离原上草，一岁一枯荣。
野火烧不尽，春风吹又生。
远芳侵古道，晴翠接荒城。
又送王孙去，萋萋满别情。

此乃白居易少作。据《唐摭言》《幽闲鼓吹》等记载，白居易青年时代曾携此诗赴长安谒名士顾况，顾睹姓名打趣道：“长安米贵，居大不易”，及读此诗，乃改口郑重道：“有句如此，居亦何难。”因为之延誉。唐人于指定限题作诗，题目前加“赋得”二字。《古原草送别》即所拟诗题。

此诗重点放在咏“古原草”，最后带出送别之意。首联即破题面“古原草”三字，点明不是一块草地，而是大草原，“离离”迭字，状出草色之茂密、景象开阔；“一”

字重出，形成咏叹，先道出一种生生不已的情味。

次联紧承上“枯荣”，歌咏野草所具有的顽强生命力。别致处在于不是一般地写草原的秋枯春荣，而是写野火燎原，把野草烧得精光，——强调毁灭的力量、毁灭的痛苦，是为了强调再生的力量、再生的欢乐。草置根大地，具有顽强生命力，草灰化成肥料，来年春草长势更旺。两句一句写枯，一句写荣，“烧不尽”与“吹又生”，何等唱叹有味，对仗亦自然天成，写出了一种在烈火中再生的典型，寓于哲理意味。故为名句。

紧接“又生”，转写古原景色。“古道”、“荒城”紧扣“古原”字面。虽然道古城荒，青草又使古原恢复了青春。前四句写草是白描，此二句“远芳”、“晴翠”更以藻绘染色；“侵”、“接”二字继“又生”写出迅猛扩展之势。这两句又安排了一个送别的环境。末联巧用《楚辞·招隐士》名句“王游兮不归，春草生兮萋萋”，翻出新意，不是面对草色怀远，而是在草色中送别，用刘长卿的话说即“江春不肯留行客，草色青青送马蹄”、用李后主的话来说即“离恨恰如春草，更行更远还生”，缴清“送别”的题意。

从命题作诗的角度看，全诗将“古原”、“草”、“送别”打成一片，神完意足；而且能融入深刻的生活感受，包含相当的哲理意味，故为佳作。

钱塘湖春行

白居易

孤山寺北贾亭西，水面初平云脚低。
几处早莺争暖树，谁家新燕啄春泥。
乱花渐欲迷人眼，浅草才能没马蹄。
最爱湖东行不足，绿杨阴里白沙堤。

作于长庆三年（823）杭州刺史任上。“钱塘湖”乃西湖别名，诗写湖上看到的早春景色。

首联点“钱塘湖”。孤山在后湖与外湖之间，其上有寺，是湖中登览胜地；贾亭即贾公亭，为贞元时杭州刺史贾全所建，亦当时名胜。“孤山寺北贾亭西”，即以湖上景点点出西湖，亦暗示春游路线是由湖西北向湖东行进。“初平”谓春水新涨，在水色天光的混茫中，地平线上的白云与湖中倒影连成一片，是谓“云脚低”。

中两联赋写湖上早春景色。三四通过莺歌燕舞的描写，表现早春大自然刚从沉睡中苏醒过来时的活力，“早”、“新”是句中之眼，“争树”栖息、“啄泥”构巢，是鸟儿在早春、新春的活动。说“几处”，不是处处，说“谁家”，不是家家；然而也非一处一家，无不是表现早、新的诗意。可与谢灵运“池塘生春草，园柳变鸣禽”之句比美。

五六通过花草的生发，表现方兴未艾的盎然春意。“乱花”、“浅草”、“渐欲”、“才能”，下字极有分寸，虽然草生未密，花未开繁，但都保持着旺盛的长势，显示出蓬蓬勃勃的春意，正在急剧发展之中，十分喜人。与韩愈“天街小雨润如酥，草色遥看近却无”，同属写早春景色的名句，不过白诗中春色更深一些。

末联点出湖东春色最好处，即烟柳笼罩下的白堤（又称沙堤、白沙堤或断桥堤，后世误传为白氏所筑）。盖西湖三面环山，白堤中贯，总揽全湖之胜，故云。诗用白描手法叙写景物，多用勾勒字面，“初平”、“几处”、“谁家”、“渐欲”、“才能”意脉相贯，紧扣湖面早春气象，观察细致，描写准确；全诗笔触舒展流畅，风格清新明快，在唐人七律中创出平易近人一格。

问刘十九

白居易

绿蚁新醅酒，红泥小火炉。
晚来天欲雪，能饮一杯无？

这首诗的内容，坦率点说，就是请人冬夜喝酒。这点意思，不足为长句，用五绝来表现是相宜的。

唐代的酒类似今日之米酒，新酿酒未过滤时，表面上会有些浮渣，微呈黄绿色，细如蚁，称为“绿蚁”。我家已酿成新酒，这层意思，直说太无味，诗人代之以一个描写性的句，通过绿蚁这样一个细节，造成了画面感，使人仿佛看到了那新酿的米酒，甚至好像嗅到了酒香。说罢酒，自然的联想是与冬夜小聚相关的一个设施——火炉，这是可以用来温酒，可以用来御寒的。在没电器的时代，围炉夜话一直是象征亲情友谊的很典型、很温馨的生活情境。不但酒是新酿，炉子应该也是新糊的，这从“红泥”表现的色泽感可以感到。“绿蚁新醅酒，红泥小火炉”，通过颜色字造成工整的对仗，造成的氛围是诱人的。

绝句的第三句很重要，在正式发出邀请之前，写一下气候：“晚来天欲雪”。在没有电灯的时代，漫长的冬夜易生寂寞之感，快要下雪时风刮得很紧，更使人感到冬夜难熬，最后导致一个结果，就是对亲人对朋友的思念。当这个铺垫到位时，最后发出邀请，就是水到渠成的事了——“能饮一杯无？”诗人没有使用应用文即请帖的语言，却代之以一句问询，而且只说“一杯”——当然不是真的只饮一杯，而是文明礼貌的用语，类似于“小饮”“聊备薄馔”的说法，这是富于人情味的。

田雯云：“乐天诗极清浅可爱，往往以眼前事为见得语，皆他人所未发。”《古欢堂集》这首诗语言清新平易，却包含有醇浓的诗意、丰富的感情，可以设想，刘十九接到这首诗后，一定会欣然前往的。

大林寺桃花

白居易

人间四月芳菲尽，山寺桃花始盛开。
长恨春归无觅处，不知转入此中来。

这是一首纪游诗，作于江州司马任上。大林寺在庐山香炉峰顶，建于晋代，是我国佛教著名寺院。诗人有《游大林寺序》，言作诗缘起甚详。序云：“余与河南元集虚……凡十七人，自遗爱寺、草堂，历东西二林，抵化城，憩峰顶，登香炉峰，宿大林寺。大林穷远，人迹罕到。环寺多清流苍石，短松翠竹。寺中惟板屋木器，其僧皆海东人。山高地深，时节绝晚，于时孟夏月，如正二月天，梨桃始花，涧草犹短，人物风候，与平地聚落不同，初到恍然若别造一世界者。因口号绝句云。”

初看此诗，似直赋其事，写“山高地深，时节绝晚”、“人物风候，与平地聚落不同”而已。熟味则别有意趣。诗人往游大林寺，是“人间四月芳菲尽”的初夏，不但桃梨等花发较早的树木早已无花，就是花期较迟者也已绿暗红稀。他们原本是无意寻花的。而“山寺桃花始盛开”这是一个意外的发现。简直连听也未听说过。原因很简单：“大林穷远，人迹罕至。”此诗将“山寺”与“人间”对举，不惟有意无意将山寺比拟作灵境，同时也意在写出它的摒绝人迹。然而人们只要肯造险远，往往会有意外收获，这正是游历的一种乐趣。

“始盛开”三字已摸拟出游者惊叹的神情。接下去诗人没有就深红浅红的花色作具体描绘，却抒发自己的一番感慨：“长恨春归无觅处，不知转入此中来。”散文中的“时节绝晚”四字到诗中变成了活的形象。它很有意味，妙在将春拟人。春本是一个时间的概念，诗人从山下山上时节差异着眼，以空间范畴写之，于是春天就有了生命，居然能转移自由。这也增加了此诗的情趣。晚唐王驾《雨晴》诗云：“蛱蝶飞来过墙去，却疑春色在邻家。”与此构思同妙。

暮江吟

白居易

一道残阳铺水中，半江瑟瑟半江红。
可怜九月初三夜，露似真珠月似弓。

此诗约作于长庆二年（822）九月初三，作者赴杭途中。诗写当天傍晚到夜幕降临时分的江上风光。

先写红日西沉的江景。用一“道”不用一“轮”，就不是写落日，而是写落日在水面的浮光，象“铺”在江面之上。故有“半江红”的奇观。而另外半江由于背阴或由于观察角度的缘故，水色如同碧玉。“瑟瑟”本是一种碧色宝玉名称。《唐书·于阗国传》言德宗“求玉于于阗，得瑟瑟百斤。”借以代言绿色，不仅写出水色透明的质感，而且在字面上给人以寒意——抓住了九月江边气候的特点。当然，这“半江”与那“半江”，不是一刀切，而是动荡参差，十分美妙壮观。

后二句写新月东升后的江景。时间发生了跳跃。“九月初三”，月属上弦，形如“玉弓”。是下露的时候，在月下细圆发白而密集的粒粒露珠，又多么象刚刚出蚌的颗颗“真珠”。这玉弓般的月牙，与真珠般的露，是月夜最惹人注目的形象，写出它们也就写出了整个儿的月夜。这景象是澄彻、清凉的，在热闹耀眼的日落景象后出现，尤为可爱，沁人心脾。

全诗写江景富于变化，设喻精确华美，有明喻（露似真珠，月似弓），有借代（半江瑟瑟）。盛唐诗人写景多意笔，象这样精工细致的工笔画还是新的消息。诗有三句纯写景，有一句却是纪事兼抒情，这就是第三句。“九月初三夜”点出准确的季候、时间，“可怜”（可爱）二字则是抒发赞美之情。这一句用在上下联交接处，造成一种时间推移感，使上下联若断若连。同时它是虚写，与前后的三句实写相济，使全诗显得空灵不板。

邯郸冬至夜思家

白居易

邯郸驿里逢冬至，抱膝灯前影伴身。
想得家中夜深坐，还应说着远游人。

农历十一月二十二日，是二十四节气的冬至节。我国古代对冬至甚为重视，有“冬至大如年”的说法。《汉书》中说：“冬至阳气起，君道长，故贺。”——过了冬至，白昼一天比一天长，阳气回升，是一个节气循环的开始，也是一个吉日，应该庆贺。《晋书》有“魏晋冬至日受万国及百僚称贺……其仪亚于正旦”的记载，可见人们对冬至的重视。至今，有一些地方还把冬至作为一个节日来过。

有一个冬至，作者是在邯郸（今属河北）的旅舍中度过的。他远游尚未到达目的地，投宿在驿站。长途旅行不免困乏，到驿站，住在陌生的环境，听到的是异乡的方音，就不免增添了对故乡亲友的思念。过了秋分，夜晚的时间一天天增长，而这个增长的极限则在冬至之夜。

然而，人们通常是不大注意这种渐进的变化的，但旅途思家难以成眠的游子，对这一点却很敏感。他越是不能入睡，便越觉冬夜漫漫，于是想到这“冬至”，这一夜是多难熬呵！其实，至夜之长客观上是有限的，而作怪的是诗人的主观思想感情，俗话说愁人觉夜长，碰巧是冬至之夜，更大大增加了冬夜漫长之感。辗转反侧难以成眠，茫然若失的心情。屋子里一盏孤灯、四面墙壁，使他感到十分孤单。但诗人并不直说孤单，却用“影伴身”的说法曲折表达出这层意思。写“伴”，却是与影为伴，更加显出“无伴”的寂寞。

在这样的凄清孤寂的环境中，游子自然会想家，想亲人，这层意思，诗人也没有直说，而用家人深夜叨念着自己的想象来表现。由自己的夜深不寐，推想家人夜深不寐；由自己思家推想家人同样在思念自己。这样写把思家的情绪表达得更深、更迫切，表现出亲人之间那种心心相印的深厚感情。

这种表现手法，最早可以追溯诗经《陟岵》，诗中写征人思家，而想象亲人叨念自己。唐诗中这种手法运用得更多。白居易多次运用这种手法，如《初与元九别忽梦见之及寤而书忽至》：“以我今朝意，想君此夜心”；《江楼月》：“谁料江边怀我夜，正当池畔思君时”；《望驿召》：“两处春光月日尽，居人思客客思家”；《客上守岁在柳家庄》：“故乡今夜里，应念未归人”等等。

其他诗人如杜甫的《月夜》，由自己望月想到妻子望月思念自己，是通过“遥怜小儿女，未解忆长安”来衬托的；王维《九月九日忆山东兄弟》，由自己思念兄弟思念自己，是通过“遍插茱萸少一人”的富有特色的场面表达的。白居易此诗，则是通过揣想家人围炉谈说远游人情景表现的。它们有共同处，但各从生活真实中得来，并无雷同因袭之感。

夜 筝

白居易

紫袖红弦明月中，自弹自感暗低容。
弦凝指咽声停处，别有深情一万重。

这首诗可视为《琵琶行》的一个很精妙的缩本，如果撇开乐器的差别不论的话。

“紫袖”、“红弦”，分别是弹筝人与筝的代称。以“紫袖”代弹者，与以“皓齿”代歌者、“细腰”代舞者（李贺《将进酒》）一样，选词造语甚工。“紫袖红弦”不但暗示出弹筝者的乐妓身份，也描写出其修饰的美好，女子弹筝的形象宛如画出。“明月”点“夜”。“月白风清，如此良夜何？”倘如“举酒欲饮无管弦”，那是不免“醉不成欢”的。读者可以由此联想到浔阳江头那个明月之夜的情景。

次句写到弹筝。连用两个“自”字，不是说独处，而是旁若无人的意思。它写出弹筝者已全神倾注于筝乐的情态。“自弹”，是信手弹来，“低眉信手续续弹”，得心应手；“自感”，则见弹奏者完全沉浸在乐曲之中。唯其“自感”，方能感人。“自弹自感”把演奏者灵感到来的一种精神状态写得维妙维肖。旧时乐妓大抵都有一本心酸史，诗中的筝人虽未能象琵琶女那样敛容自陈一番，仅“暗低容”三字，已能使人想象无穷。

音乐之美本在于声，可诗中对筝乐除一个笼统的“弹”字几乎没有正面描写，接下去却集中笔力，写出一个无声的顷刻。这无声是“弦凝”，是乐曲的一个有机组成部分；这无声是“指咽”，是如泣如诉的情绪上升到顶点而作暂停的状态；这无声是“声停”，而不是一味的沉寂。正因为与声情攸关，它才不同于真的无声，因而听者从这里获得的感受是“别有深情一万重”。

诗人就是这样，不仅引导读者发现了奇妙的无声之美（“此时无声胜有声”），更通过这一无声的顷刻去领悟想象那筝曲的全部的美妙。

《夜筝》全力贯注的这一笔，不就是《琵琶行》“冰泉冷涩弦凝绝，凝绝不通声暂歇。别有幽愁暗恨生，此时无声胜有声”一节诗句的化用么？

但值得注意的是，《琵琶行》得意的笔墨，是对琶乐本身绘声绘色的铺陈描写，而《夜筝》所取的倒是《琵琶行》中用作陪衬的描写。这又不是偶然的了。清人刘熙载说：“绝句取径深曲”，“正面不写写反面，本面不写写背面、旁面，须如睹影知竿乃妙。”（《艺概》）尤其涉及叙事时，绝句不可能象叙事诗那样把一个事件展开，来一个铺陈始末。因此对素材的剪裁提炼特别重要。诗人在这里对音乐的描写只能取一顷刻，使人从一斑见全豹。而“弦凝指咽声停处”的顷刻，就有丰富的暗示性，它类乎乐谱中一个大有深意的休止符，可以引起读者对“自弹自感”内容的丰富联想。诗从侧面落笔，的确收到了“睹影知竿”的效果。

【刘禹锡】（772－842）字梦得，唐洛阳人，匈奴血统、北魏孝文帝时改汉姓。贞元九年（793）进士及第，又登博学宏词科。永贞革新为屯田员外郎，后贬朗州（今湖南常德）司马。元和十年（815）召还长安，复出为连州（今广东连县）刺史。敬宗宝历二年（826）还洛阳。开成元年（836）以太子宾客分司东都。有《刘宾客集》。

西塞山怀古

刘禹锡

王濬楼船下益州，金陵王气黯然收。
千寻铁锁沉江底，一片降幡出石头。
人世几回伤往事，山形依旧枕寒流。
今逢四海为家日，故垒萧萧芦荻秋。

长庆四年（824）由夔州调任和州刺史途中作。西塞山在今湖北大冶东（一说在今湖北黄石）长江边，山势竦峭，为六朝著名军事要塞。公元280年，西晋大将王濬率水师从益州（今成都市）出发，沿江东下，向东吴发起凌厉攻势。东吴曾在西塞山所在江中以铁锁横截，又暗置丈余铁锥于江心，以为江防。晋军探知此情，以筏先行扫除铁锥，以油船烧融铁锁，建业即金陵（今南京市）随即失守，吴主孙皓肉袒请降，三国由是归晋。诗即咏其事。

“王濬楼船下益州，金陵王气黯然收”，诗以咏史开篇，“下”字、“黯然收”三字，皆具张力。“下益州”既符合地理态势，晋国水军乃从上游（益州）往下游（金陵）进军；又符合历史事实，这次战争之顺利，给人居高临下，势如破竹之感，于是引出下句“金陵王气黯然收”。“黯然收”的“金陵王气”指东吴，细想来又不局限于东吴，自东吴开始，以后建都金陵的几个王朝，东晋、宋、齐、梁、陈，哪一个当初又不以“虎踞龙盘”之地为可恃？哪一个不是以丢失江山为结局？由此可见，长江天堑不足恃，“金陵王气”不足恃。这里的咏史中已包含着价值判断。“千寻铁锁沉江底，一片降幡出石头”，上句写东吴江防的突破，下句写吴主孙皓的求降，两句将晋军灭吴的经过，巧妙地用“铁锁”与“降幡”两个意象来概括，一重一轻，一沉一出，一下一上，对仗工整，形象生动。

“人世几回伤往事，山形依旧枕寒流”，这两句将咏史的范围扩大，不仅局限于孙吴。“人世几回”句可有两解，一是将“人世”解为人生在世，则意味诗人不只一次思考过六朝亡国之殷鉴，而为之黯然神伤；二是将“人世”解为世上，则意味着相同的历史悲剧曾多次发生，即杜牧在《阿房宫赋》中所说的“后人哀之而不鉴之，而使后人复哀后人也”。司马迁说：“物盛而衰，固其变也”。黄炎培在延安曾对毛泽东说，“其兴也勃焉，其亡也忽焉”，一部历史存在着一个周期率。大凡初时聚精会神，没有一事不用心，没有一人不卖力，只因艰难困苦，只有从万死中觅取一生。继而环境渐渐好转了，精神也渐渐放下了。有的因为历时长久，自然地惰性发作，由少数演为多数，到风气养成，虽有大力，无法扭转，并且无法补救，而至人亡政息。总之，很难跳出这个周期率。这段话有助于对诗意的理解。“山形依旧枕寒流”，一是说自然变化的缓慢，更反衬出朝代兴亡的迅速。二是说“兴废由人事，山川空地形”（《金陵怀古》），即不可倚恃险要，而懈怠了人事。

“今逢四海为家日，故垒萧萧芦荻秋”，结尾两句表面上是说当时国家太平无事，西塞山江防久已废弃不用。然而，作者通过这片景象，却又像是想要告诉人们什么，却又像是欲说还休。这就需要联系写作的历史背景。远的安史之乱不说，安史之乱后藩镇割据的愈演愈烈，唐朝就多次发生过叛乱与平叛的战争，国家真的会长治久安吗？西塞山会不会再度变为阵地前沿呢？诗人借古鉴今，但表达含蓄深沉。清人薛雪称赞道：“似议非议，有论无论，笔著纸上，神来天际，气魄法律，无不精到，洵是此老一生杰作。”

酬乐天扬州初逢席上见赠

刘禹锡

巴山楚水凄凉地，二十三年弃置身。
怀旧空吟闻笛赋，到乡翻似烂柯人。
沉舟侧畔千帆过，病树前头万木春。
今日听君歌一曲，暂凭杯酒长精神。

作于敬宗宝历二年（826），其时刘禹锡罢和州刺史返洛阳，于扬州席上遇自苏州返洛之白居易。白居易先有《醉赠刘二十八使君》云：“为我引杯添酒饮，与君把箸击盘歌。诗称国手徒为尔，命压人头不奈何。举眼风光长寂寞，满朝官职独蹉跎。亦知合被才名折，二十三年折太多”，按白于元和十年（815）贬江州司马，后屡求外任，与刘经历有相似处，但无论就时间和贬所而言都较好于刘，故诗中对刘寄予很深同情，刘禹锡遂作此诗相答。按刘从元和初（805）被贬，至宝历二年，实二十二年，说“二十三年”，是平仄思维的结果。恰如黄巢“待到秋来九月八”，实是“九月九”一样。

“巴山楚水凄凉地，二十三年弃置身”，开篇以沉郁之笔墨，概括二十三年贬谪之经历。永贞革新失败后，诗人先贬朗州（湖南常德）司马，历连州、夔州刺史。朗州在战国属楚地，夔州在秦汉属巴郡，楚地多水、巴地多山，“巴山楚水”泛指所经贬地。与白居易赠诗表示的同情相呼应，这里既未对重返故乡暨东都表示庆幸，也未对多年受到的政治迫害表示愤怒，而是用一种平静的、倾诉的语气叙述二十三年蹉跎岁月，“凄凉地”、“弃置身”六字自慨，极富感情色彩，使人为诗人长久遭遇的压抑和姗姗来迟的转机无限感慨。

“怀旧空吟闻笛赋，到乡翻似烂柯人”，此联连用两个典故，写此次还洛的沧桑之感。“闻笛赋”指魏晋之际向秀所作的《思旧赋》，向秀与嵇康、吕安为友，嵇吕二人被司马氏所杀，向秀经过嵇康山阳（河南修武）旧居，听到邻人吹笛，遂写了这篇赋以表对故人的怀念。而刘用此典“怀旧”，也就是沉痛悼念千古文章未尽才的柳宗元及其他死于贬所的战友。“烂柯人”典出《述异记》，谓晋人王质入山砍柴，因观仙童下棋，弈终始觉斧柄已朽，回到乡里发现同时代人都死光了。诗人二十余年始还洛阳，人事的变迁也必恍若隔世，自己倒像是个出土文物！两句措意工稳贴切，隽永含蓄。

“沉舟侧畔千帆过，病树前头万木春”，这一联是自感不遇，因白诗有“举眼风光长寂寞，满朝官职独蹉跎”句，意思近于杜甫赠郑虔的“诸公衮衮登台省，广文先生官独冷；甲第纷纷厌粱肉，广文先生饭不足”和李白自形的“大道如青天，我独不得出”，故刘禹锡亦以“沉舟”“病树”自喻弃置之身。然而，“千帆过”“万木春”二语，却把读者带到一个生生不息、充满希望的境界，其象征意蕴远远超出了感伤的本意。这种情形也发生在杜甫的诗中，如“锦江春色来天地，玉垒浮云变古今”、“无边落木萧萧下，不尽长江滚滚来”，其象征意蕴远远超出了伤春悲秋的本意，这是非常耐人寻味的现象。刘禹锡、杜甫为什么能做到这一点呢？没有别的原因，只是因为诗人的不自我、不唯我。写个人题材能从自己跳出来，写社会题材能把自己放进去，所以诗心广大。“今日听君歌一曲，暂凭杯酒长精神”，最后两句是表达酬谢之意，一点即收。语虽平淡，但拒绝负面情绪，积极面对生活的意思已溢于言表。

石头城

刘禹锡

山围故国周遭在，潮打空城寂寞回。
淮水东边旧时月，夜深还过女墙来。

金陵，六朝均建都于此。这些朝代，国祚极短。在它们悲恨相续的史实中包含极深的历史教训，所以金陵怀古后来几乎成了咏史诗中的一个专题。在国运衰微之际，更成为关心政治的作者常取的题材。若论写得早又写得好的篇章，不能不推刘禹锡的《金陵五题》。《石头城》就是这组诗的第一首。

诗一开始，就置读者于苍莽悲凉的氛围之中。围绕着这座故都的群山依然在围绕着它。这里，曾经是战国时代楚国的金陵城，三国时孙权改名为石头城，并在此修筑宫殿。经过六代豪奢，至唐初废弃，二百年来久已成为一座"空城"。潮水拍打着城郭，仿佛也觉到它的荒凉，碰到冰冷的石壁，又带着寒心的叹息默默退去。山城依然，石头城的旧日繁华已空无所有。对着这冷落荒凉的景象，作者不禁要问：为何一点痕迹不曾留下？没有人回答他的问题，只见那当年从秦淮河东边升起的明月，如今仍旧多情地从城垛（"女墙"）后面升起，照见这久已残破的古城。月标"旧时"，也就是"今月曾经照古人"的意思，耐人寻味。秦淮河曾经是六朝王公贵族们醉生梦死的游乐场，曾经是彻夜笙歌、春风吹送、欢乐无时不在的地方，"旧时月"是它的见证。然而繁华易逝，而今月下只剩一片凄凉了。末句的"还"字，意味着月虽还来，然而有许多东西已经一去不返了。

李白《苏台览古》有句云："只今惟有西江月，曾照吴王宫里人。"谓苏台已废，繁华已歇，惟有江月不改。其得力处在"只今惟有"四字。刘禹锡此诗也写江月，却并无"只今惟有"的限制词的强调，也无对怀古内容的明点。一切都被包含在"旧时月"、"还过"的含蓄语言之中，溶铸在具体意象之中。而诗境更浑厚、深远。

作者把石头城放到沉寂的群山中写，放在带凉意的潮声中写，放到朦胧的月夜中写，这样尤能显示出故国的没落荒凉。只写山水明月，而六代繁荣富贵，俱归乌有。诗中句句是景，然而无景不融合着作者故国萧条、人生凄凉的深沉感伤。

白居易读了《石头城》一诗，赞美道："我知后之作者无复措词矣。"后来有些金陵怀古诗词受它的影响，化用它的意境词语，恰也成为名篇。如元萨都刺的《念奴娇》中"指点六朝形胜地，惟有青山如壁"、"伤心千古，秦淮一片明月"就是著例；

而北宋周邦彦的《西河》词，更是以通篇化用《石头城》《乌衣巷》诗意为能事了。

乌衣巷

刘禹锡

朱雀桥边野草花，乌衣巷口夕阳斜。
旧时王谢堂前燕，飞入寻常百姓家。

这首诗也是《金陵五题》中的一首。通过对黄昏时分乌衣巷黄昏的描写，抚今追昔，抒写沧桑的感慨。如果给它起一个散文化的题目，可以叫做："黄昏降临老街"。

"朱雀桥边野草花，乌衣巷口夕阳斜。"这是一个全景。仅是两个地名——"朱雀桥"和"乌衣巷"就能唤起多少历史感，唤起多少对昔日繁华的回忆。朱雀桥为金陵城中秦淮河上浮桥，东晋时建。乌衣巷位于秦淮河南，东吴时设兵营于此，军士皆著黑衣，实为一条老街。同时，这里曾是东晋王导、谢安等贵族居住地，曾经出入过多少的王谢子弟，多少的车骑雍容。然而，眼下黄昏降临，呈现出一派有意味的景色——"野草花"意味荒凉，"夕阳斜"意味没落。先前的繁华感觉，遂被一扫而空。

"旧时王谢堂前燕，飞入寻常百姓家。"这是一个特写，黄昏时候燕子归巢的景象。作者看到的是当代民宅，想到的却是古代的豪门。一时凑泊，即景好句中，包含许许多多的潜台词。作者从燕入民宅，联想到老屋易主。有什么比老屋易主更能唤起沧桑感的呢？鲁迅曾经写道："从篷隙向外一望，苍黄的天底下远近横着几个萧索的荒村，没有一些活气。我的心禁不住悲凉起来了。……第二日清晨我到了我家的门口了。瓦楞上许多枯草的断茎当风抖着，正在说明这老屋难免易主的原因。"普通人家尚不免有这样的盛衰之感，何况王谢那样的豪门，何况历史的改朝换代。

人们面对历史陈迹的沧桑感慨，大体有两个方面。一个是人为的方面，如社会原因，如生于忧患、死于安乐，等等。一个是自然规律，如任何新的都会将成旧的，任何存在都会走向消亡，等等。刘禹锡面对乌衣巷时，亦不例外，他一方面会反思六朝消亡的社会原因，而产生借古鉴今之意；一方面也会感到自然规律不可抗拒的一面，感到无可奈何。

而今天，人们更喜欢用"旧时王谢堂前燕，飞入寻常百姓家"来表达换了人间的意思。比如，当他们看到某些在过去属于少数人特权的东西，如今成为全民共享的财富，就会立刻想到这两句诗。所以，这两句诗的引用率一直很高。这一点也许是刘禹锡本人始料未及的。

踏歌词

刘禹锡

春江月出大堤平，堤上女郎连袂行。
唱尽新词欢不见，红霞映树鹧鸪鸣。

在我国西南民间，对歌的风俗是自古就很盛的。刘禹锡谪居巴楚间的诗作中就有这种民俗的描写,《踏歌词》第一首就是。踏歌是不用伴奏、踏地以为拍节的徒歌，是民歌的一种唱法。

首句以景起兴。春江水涨，几乎平堤。尤其在月下，堤面和江面都明晃晃连成一片，更给人水与堤平的感觉。“大堤平”三字，不仅写出江水上涨，大堤平宽，还写出月色的皎洁。就在这样的春江月夜，堤上走着成队的“女郎”。她们都是生在村野的民间姑娘，是趁月圆之夜“踏歌”来的。她们初来的情态是彼此偎靠连袂而行，既兴奋，又含几分娇羞。

一二句写“春江月出”，是暮色；三四句写到“红霞映树”，是拂晓，其间有较长的时间跨度，省去了一些情事。从三句的“唱尽新词”和“欢”等字样看，省去的正是“新词宛转递相传”的对歌的情景。民间对歌，词儿大多是即兴新编，言为心声，所以是“新词”。“欢”则是女方所悦的男子，即对歌的另一方。歌声一起，姑娘们就放开了，不再含羞。到后来，新词唱尽，便与所欢相就。所以同组其三就写道：“月落乌啼云雨（指男女情）散，游童陌上拾花钿。”

在这样美丽的夜晚并非十全十美，有人找到情侣，同时也有人找不到。三四句正是这样一个特写的镜头。它表现的并不是全部的女郎而是其中的某一个。在别人都凭歌为媒，而会到自己所“欢”的当儿，她却是“唱尽新词欢不见”，尝到了失望的滋味。但她仍旧怀着希望，一直等到“红霞映树”的早晨。

小伙子最后来了没有？“鹧鸪鸣”声似乎有所暗示。然而终究是个谜，有两种猜法。鹧鸪雄雌和鸣，也许暗示姑娘终于等到了自己的心爱。但也可以是相反，这双双鸟儿和鸣之声反衬出她的烦恼。由于使用了省略和暗示的语言，使得此诗意境灵活，颇耐含咀，“诗无达诂”的现象往往就是这样产生的。

竹枝词（录三）

刘禹锡

其一

杨柳青青江水平，闻郎江上唱歌声。
东边日出西边雨，道是无晴却有晴。

其二

山桃红花满上头，蜀江水暖拍山流。
花红易衰似郎意，水流无限似侬愁。

其三

山上层层桃李花，云间烟火是人家。
银钏金钗来负水，长刀短笠去烧畲。

长庆二年（822）刘禹锡任夔州刺史期间，闻当地民歌《竹枝》，“含思宛转，有淇澳之艳音”，其词不甚雅驯，乃效屈原《九歌》，作《竹枝词》九首外二首。按刘诗中歌词甚多，如“九曲黄河万里沙”（《浪淘沙》）、“新词宛转递相传”（《踏歌词》）等等，佳作不可胜数。这三首放到一起合讲。

所有这些歌词，皆深得民歌神髓。何以言之？首先，它们是道地的情歌。民歌自称“无郎无姊不成歌”，在民间流行最广、数量最多、功能最大（为男女架桥）、美感最强的民歌或山歌，便是情歌。与文人爱情诗（如元稹、李商隐诗）不同，民间劳动男女的爱情思想，较少受封建礼教扭曲，大抵是心想口说，敢说敢作，所以比较自由、活泼、单纯、健康。因而在某种意义上可以说，民歌是进行美育的最好教材。刘禹锡的这些拟民歌都不是写文人的爱情生活，而是描写民间男女的爱情，所以比较元稹、李商隐爱情诗，独有桑间濮上之音，即民间生活气息。

这些诗还表现了民间对歌的风俗，如前面选讲到的“春江月出大堤平”一首中女郎通过唱歌来表达情意；“杨柳青青江水平”一首中女郎从闻歌揣测对方情意，这诗将初恋少女对爱人情意把握不定（所谓“象雾象雨又象风”），心中不够踏实的心情表现得维妙维肖。“山上层层桃李花”一首表面上写的是劳动，未言及情，然而细看“银钏金钗”、“长刀短笠”，一女一男，大有意味，唱的却是《天仙配》——

"你耕田来我织布，你挑水来我浇园"，是一种极美满的小家庭生活。

其次是多用比兴手法。民歌大都为劳动者即兴创作，往往触物起情，兴语多就地取材，刘禹锡《竹枝词》等拟民歌就具有民歌的这一本色，"山桃红花满上头"、"山上层层桃李花"、"杨柳青青江水平"皆是先言春景，以引起所咏之词；兴象妍美而外，复多巧比妙喻，如"山桃红花满上头"中以"花红易衰"比男子薄幸，以"水流无尽"比女方怨思，一反通常所谓"落花有意，流水无情"的习惯用喻，极有新意。

再次是多用谐音双关。这是民歌尤其是六朝民歌常用的手法，《竹枝词》有极富新意的运用，如"东边日出西边雨，道是无晴却有晴"，这既是以谐音双关"无情"、"有情"；同时又有以天气的变幻不定，形容对方态度的不够明朗，不好把握的喻义成分。谢榛谓此二句"措辞流丽，酷似六朝"，就是指它与六朝民歌多用谐音双关语暗示男女恋情手法酷似。

柳枝词

刘禹锡

清江一曲柳千条，二十年前旧板桥。
曾与美人桥上别，恨无消息到今朝。

这首《柳枝词》，明代杨慎、胡应麟誉之为神品。它有三妙。

故地重游，怀念故人之意欲说还休，尽于言外传之，是此诗的含蓄之妙。首句描绘一曲清江，千条碧柳的清丽景象。"清"一作"春"，两字音韵相近，而杨柳依依之景自含"春"意，"清"字更能写出水色澄碧，故作"清"字较好。"一曲"犹一湾。江流曲折，两岸杨柳沿江迤逦展开，着一"曲"字则画面生动有致。旧诗写杨柳多暗关别离，而清江又是水路，因而首句已展现一个典型的离别环境。次句撇景入事，点明过去的某个时间（二十年前）和地点（旧板桥），暗示出曾经发生过的一桩旧事。"旧"字不但见年深岁久，而且兼有"故"字意味，略寓风景不殊人事已非的感慨。

前两句从眼前景进入回忆，引导读者在遥远的时间上展开联想。第三句只浅浅道出事实，但由于读者事先已有所猜测，有所期待，因而能用积极的想象丰富诗句的内涵，似乎看到这样一幅生动画面：杨柳岸边兰舟催发，送者与行者相随步过板桥，执手无语，充满依依惜别之情。末句"恨"字略见用意，"到今朝"三字倒装句末，意味深长。与"二十年前"照应，可见断绝消息之久，当然抱恨了。只说"恨"对方杳无音信，却流露出望穿秋水的无限情思。此诗首句写景，二句点时地，三四道事实，怀思故人之情欲说还休，“悲莫悲兮生别离”的深沉幽怨，尽于言外传之，真挚感人。可谓“用意十分，下语三分”，极尽含蓄之妙。

运用倒叙手法，首尾相衔，开阖尽变，是此诗的章法之妙。它与《题都城南庄》（崔护）主题相近，都用倒叙手法。崔诗从“今日此门中”忆“去年”情事，此诗则由清江碧柳忆“二十年前”之事，这样开篇就能引人入胜。不过，崔诗以上下联划分自然段落，安排“昔——今”两个场面，好比两幕剧。而此诗首尾写今，中二句写昔，章法为“今——昔——今”，婉曲回环，与崔诗异趣。此诗篇法圆紧，可谓曲尽其妙。

白居易有《板桥路》云：“梁苑城西二十里，一渠春水柳千条。若为此路今重过，十五年前旧板桥。曾共玉颜桥上别，恨无消息到今朝。”唐代歌曲常有节取长篇古诗入乐的情况，此《杨柳曲》可能系刘禹锡改白居易作付乐妓演唱。

诗歌对精炼有特殊要求，往往“长篇约为短章，涵蓄有味；短章化为大篇，敷衍露骨”（明谢榛《四溟诗话》）。《板桥路》前四句写故地重游，语多累赘。“梁苑”句指实地名，然而诗不同于游记，其中的指称、地名不必坐实。篇中既有“旧板桥”，又有“曾共玉颜桥上别”，则“此路今重过”的意思已显见，所以“若为”句就嫌重复。删此两句构成入手即倒叙的章法，改以写景起句，不但构思精巧而且用语精炼。《柳枝词》词约义丰，结构严谨，比起《板桥路》可谓青出于蓝而胜于蓝。刘禹锡的绝句素有“小诗之圣证”（王夫之）之誉，《柳枝词》虽据白居易原作剪裁，却表现出独到的匠心。

望夫山

刘禹锡

终日望夫夫不归，化为孤石苦相思。
望来已是几千载，只似当时初望时。

传说古时候有一位妇女思念远出的丈夫，立在山头守望不回，天长日久竟化为石头。这个古老而动人的传说在民间流行极为普遍。此诗所指的望夫山，在今安徽当涂县西北，唐时属和州。此诗题下原注“正对和州郡楼”，可见作于刘禹锡和州刺史任上。

全诗紧扣题面，通篇只在“望”字上做文章。“望”字三见，诗意也推进了三层。一、二句从“望夫石”的传说入题，是第一层，“终日”即从早到晚，又含日复一日时间久远之意。可见“望”者一往情深；“望夫”而“夫不归”，是女子化石的原因。“夫”字叠用形成句中顶针格，意转声连，便觉节奏舒徐，音韵悠扬。

次句重在“苦相思”三字，正是“化为石，不回头”（王建《望夫石》），表现出女子对爱情的忠贞。

“望来已是几千载”，比“终日望夫”意思更进一层。望夫石守候山头，风雨不动，几千年如一日。——这大大突出了那苦恋的执着。“望夫”的题意至此似已淋漓尽致。殊不知在写“几千载”久望之后，末句突然出现“初望”二字。这出乎意外，又尽情入妙。古话说“白头如新”，此诗后二句意近之。因为“初望”的心情最迫切，写久望只如初望，就有力地表现了相思之情的真挚和深切，这里“望”字第三次出现，把诗情引向新的高度。三、四句层次上有递进关系，但通过“已是”与“只似”虚词的呼应，又有一气呵成之感。

这首诗是深有寓意的。刘禹锡在永贞革新运动失败后，政治上备受打击和迫害，长流远州，思念京国的心情一直很迫切。此诗即借咏望夫石寄托这种情怀，诗意并不在题中。同期诗作有《历阳书事七十韵》，其中“望夫人化石，梦帝日环营”两句，就是此诗最好的注脚。纯用比体，深于寄意，是此诗写作上第一个特点。

此诗用意虽深，语言却朴质无华。“望”字一篇之中凡三致意，诗意在用字重复的过程中步步深化。这种反复咏叹突出主题的手法，形象地再现了作者思归之情，含蓄地表达了他坚贞不渝的志行，柳宗元《与浩初上人同看山寄京华亲故》：“若为化得身千亿，散作峰头望故乡”，与此诗有相同的寄意。但柳诗“望故乡”用意显而诗境刻意造奇；此诗不直接写“望故乡”之意，却通过写石人“望夫”，巧妙地传达出来，用意深而具有单纯明快之美。陈师道因而称赞它“语虽拙而意工”。这是此诗写作上又一特点。

综上两方面，可以说此诗体现了刘禹锡绝句能将深入与浅出高度统一的艺术优长。

【柳宗元】（773－819）字子厚，唐河东（今山西永济）人。德宗贞元九年（793）进士及第，十九年擢监察御史里行。顺宗永贞中（805）参与革新，同年宪宗即位，革新失败，贬永州（今属湖南）司马。元和十年（815）回京，复出为柳州（今属广西）刺史。有《柳宗元集》。

渔 翁

柳宗元

渔翁夜傍西岩宿，晓汲清湘燃楚竹。
烟销日出不见人，欸乃一声山水绿。
回看天际下中流，岩上无心云相逐。

此篇作于永州。作者所写的著名散文《永州八记》，于寄情山水的同时，略寓政治失意的孤愤。同样的意味，在他的山水小诗中也是存在的。此诗首句的“西岩”即指《始得西山宴游记》的西山，而诗中那在山青水绿之处自遣自歌、独往独来的“渔翁”，则含有几分自况的意味。主人公独来独往，突现出一种孤芳自赏的情绪，“不见人”、“回看天际”等语，又都流露出几分孤寂情怀。而在艺术上，此诗尤为后人注目。苏东坡赞叹说：“诗以奇趣为宗，反常合道为趣。熟味此诗有奇趣。”(《全唐诗话续编》卷上引惠洪《冷斋夜话》)“奇趣”二字，的确抓住了此诗主要的艺术特色。

首句就题从“夜”写起，“渔翁夜傍西岩宿”，还很平常；可第二句写到拂晓时就奇了。本来，早起打水生火，亦常事。但“汲清湘”而“燃楚竹”，造语新奇，为读者所未闻。事实不过是汲湘江之水、以枯竹为薪而已。不说汲“水”燃“薪”，而用“清湘”、“楚竹”借代，诗句的意蕴也就不一样了。犹如“炊金馔玉”给人侈靡的感觉一样，“汲清湘”而“燃楚竹”则有超凡绝俗的感觉，似乎象征着诗中人孤高的品格。可见造语“反常”能表现一种特殊情趣，也就是所谓“合道。”

一、二句写夜尽拂晓，从汲水的声响与燃竹的火光知道西岩下有一渔翁在。三、四句方写到“烟销日出”。按理此时人物该与读者见面，可是反而“不见人”，这也“反常”。然而随“烟销日出”。绿水青山顿现原貌，忽闻橹桨“欸乃一声”，原来人虽不见，却只在山水之中。这又“合道”。这里的造语亦其奇；“烟销日出”与“山水绿”互为因果，与“不见人则无干；而“山水绿”，与“欸乃一声”更不相干。诗句偏作“烟销日出不见人，欸乃一声山水绿”，尤为“反常”。但“熟味”二句，“烟销日出不见人”，适能传达一种惊异感；而于青山绿水中闻橹桨欸乃之声尤为悦耳怡情，山水似乎也为之绿得更加可爱了。作者通过这样的奇趣，写出了一个清寥得有几分神秘的境界，隐隐传达出他那既孤高又不免孤寂的心境。所以又不是为奇趣而奇趣。

结尾两句是全诗的一段余音，渔翁已乘舟“下中流”，此时“回看天际”，只见岩上缭绕舒展的白云仿佛尾随他的渔舟。这里用了陶潜《归去来辞》“云无心而出岫”句意。只有“无心”的白云“相逐”，则其孤独无伴可知。

关于这末两句，东坡却以为“虽不必亦可”。这不经意道出的批评，引起持续数百年的争执。南宋严羽、明胡应麟、清王士禛、沈德潜同意东坡，认为此二句删好。而南宋刘辰翁、明李东阳、王世贞认为不删好。刘辰翁以为此诗“不类晚唐”正赖有此末二句（《诗薮・内编》卷六引），李东阳也说“若止用前四句，则与晚唐何异？”（《怀麓堂诗话》）两派分歧的根源在于对“奇趣”的看法不同。

苏东坡欣赏此诗“以奇趣为宗”，而删去末二句，使诗以“欸乃一声山水绿”的奇句结，不仅“余情不尽”（《唐诗别裁》），而且“奇趣”更显。而刘辰翁、李东阳等所菲薄的“晚唐”诗，其显著特点之一就是奇趣。删去此诗较平淡闲远的尾巴，致使前四句奇趣尤显，“则与晚唐何异？”其实“晚唐”诗固有猎奇太过不如初盛者，亦有出奇制胜而发初盛所未发者，岂能一概抹煞？如此诗之奇趣，有助于表现诗情，正是优点，虽“落晚唐”何伤？自然，选录作品应该维持原貌，不当妄加更改；然就谈艺而论，可有可无之句，究以割爱为佳。

登柳州城楼寄漳汀封连四州刺史

柳宗元

城上高楼接大荒，海天愁思正茫茫。
惊风乱飐芙蓉水，密雨斜侵薜荔墙。
岭树重遮千里目，江流曲似九回肠。
共来百越文身地，犹自音书滞一乡。

作于元和十年(815)夏初至柳州贬所时。同年被召还京改贬漳(属福建)、汀(福建长汀)、封(广东封开)、连(广东连县)州刺史的四个人，是韩泰、韩晔、陈谏、刘禹锡，俱属“八司马”之列。诗即寄赠他们四个人的。

“城上高楼接大荒，海天愁思正茫茫”，首写登高望远，兴起愁思。大荒指辽阔的原野或边远之地，“高楼”与“大荒”互形，则高益高、远益远，境界尤为莽苍，尤能兴起心事之浩茫；柳州下临潭水（即今柳江），“海天”实是江天，乃夸张愁思之漫无边际。两句境界宏大阔远，工于发端。

“惊风乱飐芙蓉水，密雨斜侵薜荔墙”，进而点明作者是风雨登楼，一倍增其愁情。“芙蓉”、“薜荔”，撷芳于楚辞（《离骚》“制芰荷以为衣兮，集芙蓉以为裳”、“揽木根以结茝兮，贯薜荔之落蕊”），以譬君子；“惊风”、“密雨”以譬小人；而曰“乱”、“侵”而曰“斜”，以譬政治迫害，显有主观感情色彩；而取象尽出眼前景，故喻义如水中著盐，不见痕迹。就写景言，这两句是近景。

“岭树重遮千里目，江流曲似九回肠”，三联写远景，仍具比义。何焯云：“岭树句喻君门之远，江流句喻臣心之苦”，乃就系心君国立言；从寄赠角度看，则心驰神往，而重岭密林遮断千里之目，漳、汀、封、连四州殆不可见，相思愁肠遂有如九曲之江水。

“共来百越文身地，犹自音书滞一乡”，结尾抒发感慨。言南中交通不便，不要说互访不易，连互通音信也很困难。诗人的高明之处，在于先下“共来”二字，然后再以“犹自”反跌，以启各散五方之意，由此收到了沉郁和唱叹的效果，形象地表现了他的九曲回肠。

江 雪

柳宗元

千山鸟飞绝，万径人踪灭。
孤舟蓑笠翁，独钓寒江雪。

此诗作于永州，为唐人五绝名篇。诗中描绘了一幅寒江独钓图。

“千山鸟飞绝，万径人踪灭。”两句是背景、远景，是一片白茫茫大地真干净的雪景。这空旷的世界图景隐含着双重意蕴，一是象征政治气候的严寒，以衬托后二句表现的对这种严寒的无所谓；一是隐含封建士大夫的某种人生观念，也就是《红楼梦》十二支曲尤其是《尾声・飞鸟各投林》所表现的看破红尘的观念，实际上也就是对现实的一种否定，所以这两句也就成为对人生彻悟的禅境。

“孤舟蓑笠翁，独钓寒江雪。”两句是近景、特写，是处于前述画面中心的人物。这人以渔翁形象出现，为蓑衣箬笠覆盖，端坐船头，俨若禅定。他坐在冰天雪地中而不为冰雪所动，他在垂钓而心不在鱼——与其说在钓鱼不如说在钓雪。这是一个象征，不为险恶严寒所动的独立不迁的精神境界的象征。

通过“孤”、“独”与“千山”、“万径”的对比，严寒与不畏严寒的对比，诗人赞美了“贫贱不移，威武不屈”的精神，成功地表现了一种人格美。前人认为诗中渔翁乃诗人“托此自高”（唐汝询），十分中肯。此诗与李白《独坐敬亭山》在精神风貌相仿佛，而造境则戛戛独造。

柳州二月榕叶落尽偶题

柳宗元

宦情羁思共凄凄，春半如秋意转迷。
山城过雨百花尽，榕叶满庭莺乱啼。

“气之动物，物之感人，故摇荡性情，形诸舞咏。”而最感人的风物是殊域的风物，对景物最敏感的人是来自遐方的人。榕树为常绿乔木，高可达四五丈，是热带的一种风景树。这种树换叶往往在春天，不同他木之于秋季落叶。柳宗元在南方看到这种“春半如秋”的景象很有感触，便写下这首诗。

一二句写自己谪居柳州的心境。古人称仕途奔波为宦游，一般说来，“宦情”与“羁思”总是联系在一起的。而柳宗元笔下的这两个词儿还有特定的内容：他所谓的“宦情”是指政治上遭受打击的怨抑；他所谓的“羁思”是远流边鄙的寂寥孤凄。在同一个时期所写“岭树重遮千里目，江流曲似九回肠”（《登柳州城楼》）、“海畔尖山似剑芒，秋来处处割愁肠”（《与浩初上人同看山》）就反映出他心情的凄苦。“共凄凄”是双重的凄苦。这种心境中的人不免善感，在春天本有伤春情绪，何况“春半如秋”。“凄”与“迷”是相关的两种心境。“宦情”“羁思”之外加上特异的物候，这就在双重的凄凄之上加上了第三重，于是乎“意转迷”。

三四句写景，是“春半如秋”的具体描写。“山城”指柳州，因南方气温高，二月遇雨，百花即已凋零，而榕树又正好脱叶，满庭飞舞，景象如同秋天。而秋天比春天更容易动人离思，对于“宦情羁思共凄凄”的远谪之人，感染力其大。加之“秋景”之中，又有春莺乱啭——提醒愁人：这毕竟是春天。这就把伤春和悲秋两种情绪杂揉起来了。莺声本美，无所谓“乱”，由于人心烦乱，所以听起来也觉得它“乱”了。

将心境与物色打成一片，景物萧索，因了伤心人别有怀抱、以我观物的缘故，反过来又更增其伤心，结果是宦情羁思更凄凄了。一般说来，柳宗元在贬谪期间所写的诗不像刘禹锡那样乐观，那样能振奋人情，但它较深刻反映了封建时代被压抑的正直有志之士的悲愤。

与浩初上人同看山寄京华亲故

柳宗元

海畔千山似剑芒，秋来处处割愁肠。
若为化得身千亿，散上峰头望故乡。

柳宗元贬谪永州十年后，被放到比永州更边远的柳州作刺史。他曾写道：“十年憔悴到秦京，谁料翻为岭外行”（《衡阳与梦得分路赠别》），表面上的量移，实际上是政治迫害的继续。在柳州，柳宗元更多地接近州民，认真办了许多有利于百姓的事，受到民间称颂。但他的内心深处并没有忘记。

一个秋高气爽的日子，和尚浩初从临贺到柳州来拜望柳宗元。这和尚是潭州人，很有文化，也耽爱山水。柳宗元陪同他一起登览。面对奇峭有如尖刀直插云天的山峰，翘首北方，不见京国，柳宗元不禁触动了隐衷，真是“登高欲自舒，弥使远念来”（《湘口馆》）。这样便吟成了这首《与浩初上人同看山寄京华亲故》。“上人”原本是佛教称有道德的人，后来被用作僧人的代称。

诗的第一句是写登览所见的景色，广西独特的风光之一是奇特突兀的山峰。苏东坡说："仆自东武适文登，并行数日。道旁诸峰，真如剑芒。诵子厚诗，知海山多奇峰也。"可见"海畔千山似剑芒"，首先是写实，是贴切的形容。不仅仅是形容，同时又是引起下句奇特的联想的巧妙的设喻。剑芒似的尖山，这一惊心动魄的形象，对荒远之地的逐客，真有刺人心肠的感觉。

略提一下诗人十年环境的变迁，可以加深对这两句诗的理解。自永贞革新失败，"二王八司马事件"接踵而来，革新运动的骨干均被贬在边远之地。十年后，这批人有的已死贬所。除一人先行起用，余下四人与柳宗元被例召回京，又被复出为边远地区刺史。残酷的政治迫害，边地环境的荒远险恶，使他有"一身去国六千里，万死投荒十二年"的感喟。虽然回不到京国，不由他不想念它和那里的亲友。他曾写过"岭树重遮千里目，江流曲似九回肠"的诗句，这与此诗的"海上千山似剑芒，秋来处处割愁肠"都是触景生情，因景托喻，有异曲同工之妙。

"割愁肠"一语，是根据"似剑芒"的比喻而来，由山形产生的联想。三、四句则由"千山"进一步生出一个离奇的想象。前面已谈到，广西的山水别具风格，多山峰；山峰又多拔地而起，不相联属。韩愈诗云"山如碧玉篸"即由山形设喻。登高望时，无数山峰就像无数巨大的石人，伫立凝望远方。由于主观感情的强烈作用，在诗人眼中，这每一个山峰都是他自己的化身（"散上"一作"散作"亦通）。又使他感到自己只有一双眼睛眺望京国与故乡，是不能表达内心渴望于万一，而这成千的山峰，山山都可远望故乡，于是他突生奇想，希望得到一个分身法，将一身化作万万千千身，每个峰头站上一个，庶几可以表达出强烈的心愿。这个想象非常奇妙，它不但准确传达了诗人的眷念故乡亲友的真挚感情，而且不落窠臼。它虽然离奇，却又是从实感中产生，有真实生活基础，不是凭空构想，所以读来感人。

【元稹】（779—831）字微之，唐洛阳（今属河南）人，北魏鲜卑族拓跋部后裔。八岁丧父，依倚舅族。德贞元九年（793）明经擢第，十五年（799）初仕河中府。同年登书判拔萃科，授秘书省校书郎。宪宗元和元年（806）登才识兼茂明于体用科，列名第一。穆宗长庆二年（822）以工部侍郎同平章事。有《元氏长庆集》。

织妇词

元 稹

织妇何太忙，蚕经三卧行欲老。

蚕神女圣早成丝，今年丝税抽征早。

早征非是官人恶，去岁官家事戎索。

征人战苦束刀疮，主将勋高换罗幕。
缫丝织帛犹努力，变缉撩机苦难织。
东家白头双女儿，为解挑纹嫁不得。
檐前袅袅游丝上，上有蜘蛛巧来往。
羡他虫豸解缘天，能向虚空织罗网。

此诗作于元和十二年（817），为《乐府古题》十九首之一。诗序申论了作者反对“沿袭古题，唱和重复”的流弊的立场，主张运用古题“全无古义”，或“颇同古意，全创新词”。因此，这些诗与新乐府创作精神并无二致。

唐代纺织业极为发达，荆、扬、宣、益等州均设有专门机构，监造织制，征收捐税。此诗以荆州首府江陵为背景，描写织妇被剥削被奴役的痛苦。诗四句一换韵，意随韵转，诗意可分四层。

“织妇何太忙”四句，写早在织作之前，织妇就已操劳了。诗以问答开端，织妇为什么操劳呢，蚕儿还没有吐丝啊。封建时代以自然经济为主，织妇也是蚕妇，在“蚕经三卧行欲老”（四眠后即上簇结茧）之际，她就得忙着备料以供结茧之用，此后便是煮茧缫丝，辛苦不在织作之下。古代传说黄帝妃嫘祖是第一个发明养蚕抽丝的人，民间奉之为蚕神，“蚕神女圣早成丝，今年丝税抽征早”两句通过织妇口气，祷告蚕神保佑蚕儿早点出丝，因为今年官家要提前抽征丝税。用人物口气代替客观叙事，则“织妇”之情态毕现，她是那样辛苦，却又毫无怨言，虔诚敬奉神灵，听命官家。这一古代农家妇女形象是十分典型。

“早征非是官人恶”四句，补叙提前征税的原因：原来是因为去年即元和十六（816）年发动了讨伐淮西吴元济的战争，军费开支很大（“戎索”本义为戎法，引申为战事），战争的沉重负担，自然要转嫁到老百姓头上。而丝织品又直接是军需物资。作为医疗用品它可供“征人战苦束刀疮”；作为赏赐品，则可与“将军勋高换罗幕”。这些似乎都是天经地义，不可怨艾的事儿。“早征非是官人恶”一句，活现出普通百姓的忠厚、善良、任劳任怨和对命运的无可奈何。浅显而又深刻。

“缫丝织帛犹努力”四句才是正写织作之苦。在“织妇”的行列中，诗人特别突出了专业织锦户。她们专织花样新奇的高级彩锦，贡入京城，以满足统治者奢侈享乐的需要。一般的“缫丝织作”本来已够费力的了，织有花纹的绫罗更是难上加难。正是“缭绫织成费功绩，莫比寻常缯与帛。丝细缫多女手疼，扎扎千声不盈尺。”（白居易《缭绫》）“变缉撩机苦难织”与此意同，谓拨动织机、变动丝缕，在织品上挑出花纹极为不易。这是需要很高的技巧和工艺水平的。由于培养挑纹能手不易，当时竟有巧女因手艺出众为娘家羁留贻误青春者。诗人写道：“东家头白双女儿，为解挑纹嫁不得”，又自注云：“予掾荆（任江陵士曹参军）时，目击贡绫户有终老不嫁之女。”织女为材所累，大误终身，内心的悲伤是难以言喻的。前代乐府即有“老女不嫁，蹋地唤天”之说，诗人于此着墨不多，却力透纸背。

最后四句闲中着色，谓织妇面对窗牖，竟羡慕檐前结网的蜘蛛。在织妇看来，这小虫的织网，纯出天性，无催逼之虞，无租税之苦，比织户生活强过百倍。本来生灵之中，虫贱人贵，今贱者反贵，贵者反贱，足见人不如虫。诗人由抽丝织作而联想到昆虫中的织罗者，显得自然而巧妙。

《织妇词》全篇仅110字，却由于层次丰富，语言凝炼，显得意蕴深厚，十分耐读。虽然属于“古题”，却合于白居易对新乐府的要求。即“首句标其目”，开宗明义；“其辞质而径”，见者易谕；“其事核而实”，采者传信；“总而言之，为君、为臣、为民、为物、为事而作，不为文而作。”郭茂倩《乐府诗集》说：“新乐府者，皆唐世之新歌也。以其辞实乐府，而未尝被于声，故曰新乐府也。”因此，他将“寓意古题，美刺见事”和“即事名篇，无复依傍”这两类乐府，皆归之于“新乐府辞”，并不止限于“新题”。元稹及其他诗人的《织妇词》，与杜甫的《兵车行》等，得以同类并列，均属新乐府。这样的见解和分类，抓住了本质特征，确具真知灼见。

连昌宫词

元 稹

连昌宫中满宫竹，岁久无人森似束。又有墙头千叶桃，风动落花红蔌蔌。
宫边老人为余泣，小年进食曾因入。上皇正在望仙楼，太真同凭栏干立。
楼上楼前尽珠翠，炫转荧煌照天地。归来如梦复如痴，何暇备言宫里事！
初过寒食一百六，店舍无烟宫树绿。夜半月高弦索鸣，贺老琵琶定场屋。
力士传呼觅念奴，念奴潜伴诸郎宿。须臾觅得又连催，特敕街中许燃烛。
春娇满眼睡红绡，掠削云鬟旋装束。飞上九天歌一声，二十五郎吹管逐。
逡巡大遍凉州彻，色色龟兹轰录续。李谟压笛傍宫墙，偷得新翻数般曲。
平明大驾发行宫，万人鼓舞途路中。百官队仗避岐薛，杨氏诸姨车斗风。
明年十月东都破，御路犹存禄山过。驱令供顿不敢藏，万姓无声泪潜堕。
两京定后六七年，却寻家舍行宫前。庄园烧尽有枯井，行宫门闭树宛然。
尔后相传六皇帝，不到离宫门久闭。往来年少说长安，玄武楼成花萼废。
去年敕使因斫竹，偶值门开暂相逐。荆榛栉比塞池塘，狐兔骄痴缘树木。
舞榭欹倾基尚在，文窗窈窕纱犹绿。尘埋粉壁旧花钿，乌啄风筝碎珠玉。
上皇偏爱临砌花，依然御榻临阶斜。蛇出燕巢盘斗拱，菌生香案正当衙。

寝殿相连端正楼，太真梳洗楼上头。晨光未出帘影动，至今反挂珊瑚钩。
指似傍人因恸哭，却出宫门泪相续。自从此后还闭门，夜夜狐狸上门屋。
我闻此语心骨悲，太平谁致乱者谁？翁言野父何分别，耳闻眼见为君说。
姚崇宋璟作相公，劝谏上皇言语切。燮理阴阳禾黍丰，调和中外无兵戎。
长官清平太守好，拣选皆言由相公。开元之末姚宋死，朝廷渐渐由妃子。
禄山宫里养作儿，虢国门前闹如市。弄权宰相不记名，依稀忆得杨与李。
庙谟颠倒四海摇，五十年来作疮痏。今皇神圣丞相明，诏书才下吴蜀平。
官军又取淮西道，此贼亦除天下宁。年年耕种宫前道，今年不遣子孙耕。
老翁此意深望幸，努力庙谟休用兵。

这首诗约作于元和十三年（818）通州（四川达县）司马任上。连昌宫建于高宗显庆三年（658），故址在河南府寿安县（河南宜阳）西十九里。诗中虚构作者与宫边老翁的问答，广采传闻构成情节，目的在于通过连昌宫的兴废探讨唐王室兴衰的原因，是一首具有讽谕色彩的长篇叙事诗。

全诗除前四句为小引外，大致可以均衡地分为三个部分。从篇首到“杨氏诸姨车斗风”，借老翁年少时一进宫之闻见，备言连昌宫昔日繁华。诗人把叙事时间安排在安史之乱爆发前一年的寒食节，乃是出于艺术构思。“楼上楼前”四句，虚实相济，“归来如梦复如痴，何暇备言宫里事”二句通过人物情态，空际传神得妙。“初过寒食”“一百六”即寒食，谓冬至后一百六日）十六句，杂揉开元天宝时代各种传闻，集中虚构了一幅寒食宫中行乐图，是全诗最富情采的文字。寒食玄宗、杨妃在望仙楼行乐；琵琶手贺怀智作压场表演；宦官高力士奉旨寻找著名歌女念奴进宫唱歌，念奴正和诸郎上床，好不容易觅得，又不断催促，禁烟节的宫里依前灯火辉煌，念奴出台演唱，则由邠王李承宁（二十五郎）吹笛伴奏（作者自注略云：每岁楼下赐臣民骤饮，累日后人声嘈杂，众乐无法演奏，玄宗遣高力士到楼头大喊“着念奴唱歌，二十五郎伴奏”，这才能雅静下来。其为时所重如此）；民间神笛李谟傍墙偷师宫中乐曲（作者自注略云：玄宗尝于洛阳上阳宫排演新曲，次日元夕潜游灯下，忽闻酒楼有奏前夕新曲者，大吃一惊，密捕吹笛者审讯，乃是民间神笛李谟，前夕在天津桥赏月，闻宫中度曲，遂于桥柱上记谱。玄宗觉得这人了不起，就放了他）。通过一系列富于情趣的宫廷佚事，也就生动具体地再现了天宝极盛将衰的时代氛围。“平明大驾”四句，写玄宗回驾时万人夹道歌舞盛况，一句概尽杨氏一门当年的威风。

从“明年十月东都破”到“夜夜狐狸上门屋”，写安史乱后连昌宫的荒废。“明年十月”四句追叙安禄山之乱。“御路犹存禄山过”一句感喟中有讽刺。“两京定后”八句，叙乱定后世事沧桑，兼及长安，眼界稍宽，笔墨遂不限于连昌一宫。“尔后相传”二句，是说从安史乱后，玄宗本人及相传的肃、代、德、顺、宪共为六皇帝，均未幸临，宫遂荒芜。"去年（元和十二年）敕使"以下二十句，诗人巧妙地安排了老翁于乱后二进宫的闻见，备言宫室的荒芜，与前段形成鲜明对比，是一段绘声绘色的文字。中使奉命来连昌宫伐竹，言下已露不堪之意；又照映篇首"满宫竹"四句，说明了"宫边老人为余泣"的起因。"上皇偏爱"八句，写玄宗、杨妃双双人去楼空，宫殿成为蛇燕巢穴，香案腐朽，长出菌类，帘钩反挂，不见人踪。与前段"同凭阑干"一段，形成对照。或云句意为安史乱后玄宗依然下榻连昌宫，大误。

从"我闻此语心骨悲"到篇末，通过与宫边老翁的问题，历叙从开元盛世到天宝之乱的历史变化过程及原因。"今皇神圣"四句，盛赞宪宗讨平吴蜀及淮西藩镇(江南东道使李奇、西川节度使刘辟、淮西节度使吴元济）中兴之功，从而揭示"努力庙谟休用兵"的主题。

《连昌宫词》是一首指陈时事的长篇叙事之作，后半三分之一的篇幅是政治议论，不像《长恨歌》那样自始至终演说一个故事。尽管如此，仍可以看出传奇小说对它产生的影响。诗中运用的材料既有一定历史依据，在具体组织上则不囿于历史事实，有所加工剪裁。据陈寅恪考证，唐玄宗和杨贵妃没有一起去过连昌宫；望仙楼和端正楼，实际上是骊山华清宫的楼名；李谟偷曲事发生在东都洛阳的天津桥上，而不是在寒食节夜里连昌宫墙外；其他如念奴唱歌，二十五郎吹笛，百官队仗避岐薛，杨氏诸姨车斗风等情事，皆本与寿安县的连昌宫无关。凡此皆不无事由，但多出入。从作者自注看，这样处理并非出于误会，而是意识的艺术概括。全诗融化唐代小说之史才（叙事）诗笔（抒情）议论为一炉，语言优美生动而又平易流畅，可与白居易之作比美。

遣悲怀三首

元　稹

其一

谢公最小偏怜女，嫁与黔娄百事乖。
顾我无衣搜荩箧，泥他沽酒拔金钗。
野蔬充膳甘长藿，落叶添薪仰古槐。
今日俸钱过十万，与君营奠复营斋。

其二

昔日戏言身后意，今朝都到眼前来。
衣裳已施行看尽，针线犹存未忍开。

尚想旧情怜婢仆，也曾因梦送钱财。
诚知此恨人人有，贫贱夫妻百事哀。

其三

闲坐悲君亦自悲，百年都是几多时。
邓攸无子寻知命，潘岳悼亡犹费词。
同穴杳冥何所望，他生缘会更难期。
惟将终夜长开眼，报答平生未展眉。

元稹在后世往往有无行之讥，或谓其巧宦巧婚，自私自利。其实问题的关键，并不在他比一般士大夫更为无行，而在于他写了脍炙人口的艳诗和悼亡诗，表明他曾爱了一个女人，娶了另一个女人。李太白写“千金骏马换小妾”却不写情诗，人们不说他无行；白居易多的是赠酬歌妓之作，而不写情诗，人们不说他无行；刘禹锡写民间情歌，人们更不会说他无行；李商隐比较危险，写情诗然而本事朦胧，无从索隐，所以也不好说他无行。唯独元稹的情诗写得太明白，人们很容易就考证出他的恋爱史，而无法容忍写情诗的诗人同时是个负心的人，再加上把这个与他后半生的官场钻营联系起来，也就更易上纲上线。

然而就诗论诗，元稹情诗称得上佳作。原因之一是情感内容的真挚。元稹情诗大都是回忆往事的产物，即在回忆中咀嚼过往的情绪，所以其内容多为伤逝、怀旧、悼亡，其中不乏忏悔之情，这些情感内容本来就不同于生活真实，是经过升华、提炼就的纯情，极易引起美感与共鸣。

二是写出了女性的可爱。元稹情诗所怀二人，属于不同类型的两种女性——艳诗所怀之双文女士，是一位才貌双全、情有独钟而命运不幸的女性，固然有值得读者深切同情和倾慕之处。悼亡诗所怀之韦丛夫人，虽文化不高，却是一位善良的主妇和一位贤惠的妻子，“悼亡诸诗所以特为佳作者，直以韦氏之不好虚荣，微之之尚未富贵。贫贱夫妻，关系纯洁，因能措意遣词，悉为真实之故。”（陈寅恪）

三是素朴而自然的描写。元稹情诗的好处是工于白描，长于生活细节的描写——如“顾我无衣搜荩箧，泥他沽酒拔金钗；野蔬充膳甘长藿，落叶添薪仰古槐”、“衣裳已施行看尽，针线犹存未忍开；尚想旧情怜婢仆，也曾因梦送钱财”（见其人之乐善好施）、“检得旧书三四纸”全篇（关怀体贴中见夫妇相濡以沫的关系）、“昔日戏言身后意，今朝都到眼前来”（戏言容易、经过方知滋味之难受也）、“闲读道书慵未起（心不在焉也），水精帘下看梳头”等，是可以从诗想见诗中人的。

四是言出于衷，颇有警句，如“今日俸钱过十万，与君营奠复营斋”（宋欧阳修《泷冈阡表》云："祭而丰，不如养之薄也"，事异而情同）、"诚知此恨人人有，贫贱夫妻百事哀"（回首患难夫妻寻常细事，但觉事事可哀，而当时不觉也）、"唯将终夜长开眼，报答平生未展眉"（"长开眼"对"未展眉"，造语寻常本色中见奇崛匠心，意谓彻夜失眠，为伊憔悴，终不悔也）等等。情语而有警句，更易流传。

行宫

元 稹

寥落古行宫，宫花寂寞红。
白头宫女在，闲坐说玄宗。

"行宫"指京城以外的皇宫，在这首诗中指东都洛阳的上阳宫。上阳宫是离宫，也称行宫。这首诗作于元和四年（809），通过古老行宫的衰败，抒写抚今追昔的沧桑感慨。诗中的"白头宫女"，即白居易《新乐府》提到的"上阳白发人"。

"寥落古行宫，宫花寂寞红。"这两句写老行宫总体印象，有不胜今昔之感。句中主要意象是"行宫"、"宫花"。"行宫"非同民宅，联系着堂皇；"宫花"非同野花，联系着繁富，都可以通往过去，使人联想到作者《连昌宫词》"炫转荧煌"四字。作为韵脚的"宫"、"红"二字，更强化这个感觉。而"寥落"、"古"、"寂寞"等形容的加入，却联系着年久、失修、自开自落、顾影自怜，把堂皇、繁富一类感觉完全败坏了。"红"之为色，是与温暖、热烈、鲜艳、发生通感的，在句中却作了冷清、衰落、黯淡、消沉的点染和反衬，使寥落更其寥落、寂寞更其寂寞，从而令人沮丧。

"白头宫女在，闲坐说玄宗。"这两句写白头宫女闲聊天宝遗事，有无尽怅惘之致。句中主要意象是"宫女"、"玄宗"。"宫女"是美女，"玄宗"是风流天子，联系着歌舞升平，穷极奢侈。而"白头"、"闲坐"等形容的加入，却联系着衰老、故事、风流云散、穷极无聊，把歌舞升平一扫而空了。全诗至此，已经重复使用了三个"宫"字，令人浑然不觉，暗含感慨无端。"白头"的"白"字，顶住上文的"红"字，对比极为强烈。有"在"，就有不在——比如"玄宗"。"宫女"而"白头"，就成了历史见证人。末句"闲坐说玄宗"轻描淡写，略不经意，然宫女数十年之辛酸，国家数十年之盛衰，无不含蕴句下。沈德潜评点道："说玄宗，不说玄宗长短。"是说这首诗十分含蓄，令人作历史的反思。还不仅仅如此。

"白头宫女在，闲坐说玄宗"，用今天的话说，这是"口述历史"，是打开尘封的记忆，是见证人讲说历史人物，不像起居注那样系统而正规，她并不会说"玄宗长短"，可能只是点点滴滴披露事实，却有无比的生动性和可信度，有珍贵的史料价值。令人恒存怀想。当我们从荧屏上看到某些仅存的老人，面对记者，倾诉对历史人物的亲身见闻时，有时会自然想起元稹的这两句诗。清人潘德舆说得好：“《长恨歌》一百二十句，读者不觉其长；微之《行宫》才四句，读者不觉其短……文章之妙也。”

重赠乐天

元　稹

休遣玲珑唱我诗，我诗多是别君词。
明朝又向江头别，月落潮平是去时。

陆时雍《诗镜总论》说：“凡情无奇而自佳者，景不丽而自妙者，韵使之然也。”的确，有些抒情诗，看起来情景平常，手法也似无过人处，但读后令人回肠荡气，经久不忘。其艺术魅力主要来自回环往复的音乐节奏，及由此产生的“韵”或韵味。《重赠乐天》就是这样的一首抒情诗。它是元稹在与白居易一次别后重逢又将分手时的赠别之作。先当有诗赠别，所以此诗题为“重赠”。

首句提到唱诗，便把读者引进离筵的环境之中。原诗题下自注：“乐人商玲珑（中唐歌唱家）能歌，歌予数十诗”，所以此句用“休遣玲珑唱我诗”作呼告起，发端奇突。唐代七绝重风调，常以否定、疑问等语势作波澜，如“莫愁前路无知己，天下谁人不识君”（高适）、“休唱贞元供奉曲，当时朝士已无多”（刘禹锡），这类呼告语气容易造成动人的风韵。不过一般只用于三、四句。此句以“休遣”云云发端，劈头喝起，颇有先声夺人之感。

好朋友难得重逢，分手之际同饮几杯美酒，听名歌手演唱几支歌曲，本是很愉快的事，何以要说“休唱”呢？次句就像是补充解释。原来筵上唱离歌，本已添人别恨，何况商玲珑演唱的大多是作者与对面的友人向来赠别之词呢，那不免令他从眼前情景回忆到往日情景，百感交集，难乎为情。呼告的第二人称语气，以及“君”字与“我”字同现句中，给人以亲切的感觉。上句以“我诗”结，此句以“我诗”起，就使得全诗起虽突兀而款接从容，音情有一驰一张之妙。句中点出“多”“别”，已暗逗后文的“又”“别”。

三句从眼前想象“明朝”，“又”字上承“多”字，以“别”字贯串上下，诗意转折自然。四句则是诗人想象中分手时的情景。因为别“向江头”，要潮水稍退之后才能开船；而潮水涨落与月的运行有关，诗中写清晨落月，当近望日，潮水最大，所以“月落潮平是去时”的想象具体入微。诗以景结情，余韵不尽。

此诗只说到就要分手(“明朝又向江头别”)和分手的时间(“月落潮平是去时”)，

便结束，通篇只是心中事、口头语、眼前景，可谓“情无奇”、“景不丽”，但读后却有无穷余味，给读者心中留下了深刻印象。原因何在呢？这是因为此诗虽内容单纯，语言浅显，却有一种萦回不已的音韵。它存在于“休遣”的呼告语势之中，存在于一、二句间“顶针”的修辞格中，也存在于“多”“别”与“又”“别”的反复和呼应之中，处处构成微妙的唱叹之致，传达出细腻的情感：故人多别之后重逢，本不愿再分开；但不得已又别，令人恋恋难舍。更加上诗人想象出在熹微的晨色中，潮平时刻的大江烟波浩渺，自己将别友而去的情景，更流露出无限的惋惜和惆怅。多别难得聚，刚聚又得别，这种人生聚散的情景，借助回环往复的音乐律感，就更能引起读者的共鸣。音乐性对抒情性起了十分积极的作用。

离思

元　稹

曾经沧海难为水，除却巫山不是云。
取次花丛懒回顾，半缘修道半缘君。

作于元和五年（810）贬官江陵府士曹参军时。诗为旧日情人双文而作，有《梦游春七十韵》可参：“最似红牡丹，雨来春欲暮。梦魂良易惊，灵境难久寓。夜夜望天河，无由重沿溯。结念心所期，反如禅顿悟。觉来八九年，不向花丛顾。”作者自弃双文至娶韦丛，其间正好八九年。

诗的前两句脍炙人口。首先是很有气势，又是沧海，又是巫山，而且朗朗上口，让人一读就喜欢。按，出句语本《孟子·尽心》：“观于海者难为水，游于圣人之门者难为言。”张鷟《游仙窟》亦有“沧海之中难为水，霹雳之后难为雷”之句，大约是唐时习语。对句语本宋玉《高唐赋序》，赋谓巫山朝云乃神女所化，茂如松苗，美若娇姬，所以作者说相形之下，别处的云都黯然失色。

其次是用隐喻、象征的手法，刻画出一个人深爱另一个人的精神状态——绝对的，专一的，排他的，可谓爱情到位，难于别恋。元稹诗中的名句，一般是以白描、纪实见长的，唯独这一联包蕴密致，运用了象征手法，是可以称为著李商隐之先鞭的。其象征意蕴甚至不限于爱情，可以作更为广意的引申。

至于后两句，清人秦某《消寒诗话》不满于“半缘君”的“半”字，讥为薄情。殊不知另一半“修道”也还是“缘君”，并无二意。用一半加一半的说法，表现欲忘情而不能的心境，更觉唱叹有情。这一特殊句法，到元曲家手中，竟发展出了《一半儿》的曲牌，其末句皆祖此诗。

例如："碧纱窗外静无人，跪在床前忙要亲；骂了个负心回转身，虽是我话儿嗔，一半儿推辞一半儿肯。"（关汉卿《题情》）"梨花云绕锦香亭，蝴蝶春融软玉屏。花外鸟啼三四声，梦初惊，一半儿昏迷一半儿醒。"（查德卿《拟美人》）"泪痕香沁污鲛绡，墨迹淋漓损兔毫。心事渺茫云路遥，念奴娇，一半儿行书一半儿草。"（失名《开书》）

【皇甫松】 字子奇，自称檀栾子。唐睦州新安（浙江淳安）人，皇甫湜之子。

浪淘沙

皇甫松

滩头细草接疏林，浪恶罾船半欲沉。
宿鹭眠鸥飞旧浦，去年沙嘴是江心。

《浪淘沙》是较早的歌词之一，形式与七言绝句同，内容则多借江水流沙以抒发人生感慨，属于"本意"（调名即词题）一类。皇甫松此词抒写人世沧桑之感，表现得相当蕴藉。

首句写沙滩远景：滩头细草茸茸，遥接岸上一派疏林。细草初生，可见是春天，也约略暗示那是一带新沙。次句写滩边近景：春潮带雨，挟泥沙而俱下，水昏流急，是扳罾捕鱼的好时节。但由于波浪险恶，罾船时时有被弄翻的危险。两句一远一近，一静一动，通过细草、疏林、荒滩、罾船、浪涛等景物，展现出一幅生动的荒沙野水的图画，虽然没有一字点出时间，却能表达一种暮色苍茫之景。正因为如此，三句写到"宿鹭眠鸥"就显得非常自然。大水有小口别通为"浦"。浦口沙头，乃水鸟栖息之所。三句初似客观写景，而联系末句读来，"旧浦"二字则大有意味。今之"沙嘴"乃"去年"之"江心"，可见"旧浦"实为新沙。沙嘴虽新，转瞬已目之为旧，言外便有余意。按散文语法，末句应为"沙嘴去年是江心"。这里语序倒置，不仅为了协律，而"沙嘴是江心"的造语也更有奇警，言外之意更显。恰如汤显祖所评："桑田沧海，一语破尽。红颜变为白发，美少年化为鸡皮老翁，感慨系之矣。"

偌大感慨，词中并未直接道出，而是系之于咏风浪之恶，沙沉之快。而写沙沉之快也未直说，却通过飞鸟归宿，找不到故地，认新沙为旧浦来表现。手法纡曲，读来颇有情致。前三句均为形象画面，末句略就桑田沧海之意一点，但点而未破，读者却不难参悟其中遥深的感慨，也就觉得那人世沧桑的大道理被它"一语破尽"

【于鹄】（？—814？）唐人，籍贯不详。代宗大历、德宗建中间久居长安，应举未第，退隐汉阳山中。贞元中历佐山南东道、荆南节度使幕。

古　词

于　鹄

东家新长儿，与妾同时生。
并长两心熟，到大相呼名。

从李白《长干行》等诗中可以知道，唐时江南的商业城市，市井风俗是开化而淳朴的，男女孩童可以一同玩耍，不必防嫌。“妾发初覆额，折花门前剧。郎骑竹马来，绕床弄青梅。”写的就是这样一种情景。于鹄题为“古词”的这首诗，也有着同一生活背景。

这首诗未用第三人称的叙事角度，而取第一人称的“代言”体裁。一位少女提起她的东家少年，似乎全是没要紧语，却语语饱含热情，讲来十分天真动人。

少女首先提到双方同庚的事实，“东家新长儿，与妾同时生”。通常看来，这不过是寻常巧合而已。但这寻常巧合由少女津津道来，却含有一种字面所无的意味。每当强调两个人之间牢不可破的情谊时，人们常说“虽然不能同生，也要共死”，似乎两人情同手足而不同生，乃是一种遗憾。而男女同庚，似乎还暗示着天缘天对呢。

其次，她又提到“并长——两心熟”。“并长”二字是高度概括的，其中含有足够令人终生回忆无穷的事实：两家关系不错，彼此长期共同游戏，无忧无虑，形影相随，一会儿恼了，一会儿又好了……童年的回忆对任何人都是美好的，童年的伙伴感情也特别亲密，尤其是一男一女之间。“两心熟”，就不光是面善而已，而是知心体己，知疼着热。在少时是两小无猜，长成就容易萌生出爱恋。不是说“天涯海角觅知音”吗？不是说“咱们俩是一条心”吗？“两心熟”是很重要的条件。

最后一句提到的事实更寻常，也更微妙：“到大相呼名。”因为自幼以名相呼，沿以成习，长大仍然这样称呼，本是寻常不过的事，改称倒恰恰是引人注意的变化。另一方面，人际间的称呼，又暗示着双方的亲疏关系，大有考究。越是文明礼貌的称呼，越适合于陌生的人；关系密切，称呼反倒随便。就此而言，称“您”的不如称“你”的，称“你”的不如称“尔”的。至于“相呼名”，更是别有一层亲昵的感觉。如果一旦互相称起“先生”“小姐”来，该有多少别扭和生分。

短短四句只说没要紧的话，却处处有一种青梅竹马之情，溢于言外。此外，诗中两次提到年龄的增长，即“新长”和“到大”，也不容轻易放过。男“新长”而女已大，这个变化不仅仅是属于生理的。男童女童的友爱，和少男少女的感情，其间有质的区别。难怪贾宝玉回忆起往日纯真的欢乐时，不免对林妹妹表示不满：“姊妹们从小儿长大，亲也罢，热也罢，和气到了儿，才见得比别人好。如今谁承望姑娘人大心大，不把我放在眼里，三日不理、四日不见的，倒把外四路儿的什么‘宝姐姐’、‘凤姐姐’的放在心坎儿上。”（《红楼梦》）第廿八回）这“人大心大”四字说得太妙，虽然宝玉并未真懂其涵义，不知道“不放在眼里”，是放上了心头的缘故。“到大”之后，再好的男女也须疏远，这是受社会文化环境制约的，并不以人的主观意志为转移。当《古词》的女主人公在内心中叨念东家少年——往昔的小伙伴——的时候，是否正感到这种微妙变化呢？他们虽然仍沿袭着以名相呼，却不免经常要以礼相见了。如果没有今昔之感，还有什么必要对往事津津乐道呢？

语言浅近，著色素淡，而妙于取材，意不必深而自然淳美。民谣道：“无郎无姊不成歌”，可见情歌总是很动人的。这首诗并不明言爱情，就此而言可以说是“无郎无姊”，却风度绝佳。究其奥秘，或许可借杨巨源、韩愈之口表明之：“诗家清景在新春，绿柳才黄半未匀”、“最是一年春好处，绝胜烟柳满皇都。”处于萌芽状态的爱情，本身就美不可言。

【贾岛】（779 — 843）字浪仙，一作阆仙，自称碣石山人，唐范阳（北京市）人。早年曾为僧，法名无本。宪宗元和间返俗应举，未第。文宗开成二年（837）责授遂州长江（今四川蓬溪）主簿，世称贾长江。有《长江集》。

寻隐者不遇

贾　岛

松下问童子，言师采药去。
只在此山中，云深不知处。

诗写的是一次寻访。寻访的结果是“不遇”。一作孙革《访羊尊师》诗。

“松下问童子”一句写问，以下三句则是对答。问写得极简括。不须明写谁问和问什么，因诗题和对答有清楚的交代。答语是诗着意之处，“言师采药去”，童子说师父进山采药去了。这一句本来已是一个完整的答复，但如果就此打住，就没有诗意了。小童对答复作的一番补充：师父就在这座山里，在那云雾迷蒙的某个地方，但具体在哪儿，谁也不知道了。“只在此山中”的“只在”二字是很肯定的语气，仿佛作了确切的回答，但“云深不知处”叫人哪里找去？说了半天，还是等于零。

然而这两句补充并非多余，它不但是十分天真的话，而且语意佳妙。这不是故意卖弄口舌，而是生活中常有的那种无意中得到的妙语。它生动反映出“隐者”特有的生活趣味和情操。诗通过描写“隐者”那出没云中、神秘莫测的行踪，隐隐透露出其洁身自好，高蹈尘埃之外的精神风貌。

寻访“不遇”，通常是一种扫兴的事。但读这首诗，却会感到有不同寻俗之处。小童的天真答话，把人引进高远的意境中，使人恍如面对那云烟缭绕的大山，想到有一位高士在其中自由自在地活动，那人迹罕至的去处，一定别有天地、别有一番乐趣。诗以小童的答话结束，虽然没直接写寻访者的反应，但读后令人觉得，他大约不会立即兴尽而返，而会站在松下，久久对着那云烟深处神往。

诗属五绝，不入律可作一首短小的古风读，内容和形式是统一的。

【雍裕之】 唐成都（今属四川）人，自称楚客。数举进士不第，飘零四方。代宗永泰元年（765）曾至潞州谒李抱玉。

农家望晴

雍裕之

尝闻秦地西风雨，为问西风早晚回？
白发老农如鹤立，麦场高处望云开。

正当麦收晒场的时候，忽然变了风云。一时风声紧，雨意浓。秦地（陕西）西风则雨，大约出自当时农谚。提起这样的农谚，显然与眼前天气变化有关。“尝闻”二字，写人们对天气变化的关切。这样，开篇一反绝句平直叙起的常法，入手就造成紧迫感，有烘托气氛的作用。

在这个节骨眼上，天气好坏关系一年收成。一场大雨，将会使多少人家的希望化作泡影。所以诗人恳切地默祷苍天不要下雨。这层意思在诗中没有直说，而用了形象化的语言，赋西风以人格，盼其早早回去，仿佛它操有予夺之权柄似的。“为问西风早晚回？”早晚回，何时回，这怯生生的一问，表现的心情是焦灼的。

后二句是从生活中直接选取一个动人的形象来描绘：“白发老农如鹤立，麦场高处望云开。”给人以深刻的印象。首先，这样的人物最能集中体现古代农民的性格：他们默默地为社会创造财富，饱经磨难与打击，常挣扎在生死线上，却顽强地生活着，并不绝望。其次，“如鹤立”三字描绘老人“望云开”的姿态极富表现力。“如鹤”的比喻，自然与白发有关，“鹤立”的姿态给人一种持久、执着的感觉。这一形体姿态，能恰当表现出人物的内心活动。最后是“麦场高处”这一背景细节处理对突出人物形象起到不容忽视的作用。“麦场”，对于季节和“农家望晴”的原因是极形象的说明。而“高处”，对于老人“望云开”的迫切心情则更是具体微妙的一个暗示。

此诗对农民有同情，但没有同情的笑，选取收割时节西风已至大雨将来时的一个农家生活片断，集中刻画一个老农望云的情节，通过这一“望”，可以使人联想到农家一年半载的辛勤，想到白居易《观刈麦》所描写过的那种劳动情景；也可以使人想到嗷嗷待哺的农家儿孙和等着收割者的无情的“收租院”等等，此诗对农民有同情，但没有同情的话，潜在含义是很深的。由于七绝体小，意象须集中，须使人窥斑见豹。此诗不同于《观刈麦》的铺陈抒写手法，只集中写一“望”字，也是“体实施之”的缘故。

【施肩吾】（870-861）字希圣，栖真子，唐睦州分水（浙江桐庐）人。曾寓居吴兴（浙江湖州）、常州武进（江苏武进）。宪宗元和十五年（820）进士及第，不待除授即离京东归，栖居洪州（江西南昌）西山而终。

幼女词

施肩吾

幼女才六岁，未知巧与拙。
向夜在堂前，学人拜新月。

七夕作。施肩吾在诗中不止一次提到他有个小女儿，“姊妹无多兄弟少，举家钟爱年最小。有时绕树山雀飞，贪看不待画眉了。”（《效古词》）而这首《幼女词》更是含蓄兼有风趣。

一开始就着力写幼女之“幼”，“才六岁”，说“才”不说“已”，意谓还小着呢。再就智力说，尚“未知巧与拙”。这话除表明“幼”外，更有多重意味。表面是说她分不清“巧”、“拙”概念；其实也意味不免常常弄“巧”成“拙”，比方说，会干出“浓朱衍丹唇，黄吻烂漫赤”（左思），“移时施朱铅，狼藉画眉阔”（杜甫）一类令人哭笑不得的事。此外，“巧拙”实偏义于“巧”，暗关末句“拜新月”事。当把二者联系起来，就意会这是在七夕，如同目睹的“乞巧”场面：“七夕今宵看碧霄，牵牛织女渡河桥。家家乞巧望秋月，穿尽红丝几万条。”（林杰《乞巧》）诗中并没有对人物往事及活动场景作任何叙写，由于巧下一字，就令人想象无穷，收到含蓄之效。

前两句刻画女孩的幼稚之后，末二句就集中于一件情事。在这牛郎织女相会，人间少女、少妇对月引线穿针乞愿心灵手巧之夜，小女孩干什么呢？她郑重其事地在堂前学着大人“拜新月”呢。读到这里，令人忍俊不禁。“开帘见新月，即便下阶拜”的少女拜月，意在乞巧，而这位“才六岁”的乳臭未干的小女孩拜月，是“不知巧”而乞之，是小孩子过家家或办姑姑筵，煞有介事，“与‘细语人不闻’（李端《拜新月》）情事各别”（沈德潜）啊。尽管作者叙述的语气客观，但“学人”二字传达的语义却是揶揄的。小女孩拜月，形式是成年的，内容却是幼稚的，这形成一个冲突，幽默之感即由此产生。小女孩越是弄“巧”学人，便越发不能藏“拙”。这个“小大人”的形象逗人而有趣，纯真而可爱。

左思《娇女诗》用铺张的笔墨描写了两个小女孩种种天真情事，颇能穷形尽态。而五绝容不得铺叙。如果把左诗比作画中工笔，则此诗就是画中速写，它删繁就简，削多成一，集中笔墨，只就一件情事写来，以概见幼女的全部天真，甚至勾画出了一幅笔致幽默、妙趣横生的风俗小品画，显示出作者白描手段的高超。

望夫词

施肩吾

手爇寒灯向影频，回文机上暗生尘。
自家夫婿无消息，却恨桥头卖卜人。

此诗写的丈夫出征在外没有音信，家中妻子对他的思念。

首句以描写女子长夜不眠的情景。“爇”即燃。“寒”字略寓孤凄意味。“手爇寒灯”，身影在后，不断回头，几番顾影（“向影频”），既有孤寂无伴之感，又是盼人未至的情态。其心情的急切不安已从字里行间透露出来。这里已暗示她得到了一点有关丈夫的信息，为后文作好伏笔。

第二句“回文机”用了一个为人熟知的典故：前秦苻坚时秦州刺史窦滔被徙流沙，其妻苏蕙善属文，把对丈夫的思念织为回文旋图诗，共八百四十字，读法宛转循环，词甚凄婉（见《晋书·列女传》）。这里用以暗示“望夫”之意。“机上暗生尘”，可见女子多日无心织布。这与“自君之出矣，不复理残机”虽同样表现对丈夫的苦苦思恋，但又不同于那种初别的心情，它表现的是离别经年之后的一种烦恼。

前两句写不眠、不织，都含有一个“待”字，但所待何人，并没有点明。第三句才作了交代，女子长夜不眠，无心织作，原来是因“自家夫婿无消息”的缘故。诗到这里似乎已将“望夫”的题意缴足。

清人潘德舆说：“诗有一字诀曰‘厚’。偶咏唐人‘梦里分明见关塞，不知何路向金微’，‘欲寄征人问消息，居延城外又移军’（张仲素《秋闺思》）便觉其深曲有味。

今人只说到梦见关塞，托征鸿问消息便了，所以为公共之言，而寡薄不成文也。”（《养一斋诗话》）此诗也深得“厚”字诀。倘说到“自家夫婿无消息”便了，内容也就不免寡薄，成为“公共之言”。而这个“卖卜人”角色的加入，几乎给读者暗示了一个生活故事，诗意便深曲有味。原来女子因望夫情切，曾到桥头卜了一卦。诗中虽未明说“终日求人卜，回回道好音”（杜牧《寄远人》），但读者已经从诗中默会到占卜的结果如何。要是占卜结果未得“好音”，女子是不会后来才“恨桥头卖卜人”的。卖卜人的话自会叫她深信不疑。难怪她一心一意相候，每有动静都疑是夫归，以致“手热寒灯向影频”（至此方知首句之妙）。问卜，可见盼夫之切；而卖卜人欺以其方，一旦夫不归时，不能恨夫，不恨卖卜人恨谁？

不过“却恨桥头卖卜人”于事何补？但人情有时不可理喻。思妇之怨无处发泄，心里只好骂两声卖卜人解恨。这又活生生表现出莫可奈何而迁怒于人的儿女情态，造成丰富的戏剧性。是作者掌握了“厚”字诀的表现。

夜笛词

施肩吾

皎洁西楼月未斜，笛声寥亮入东家。
却令灯下裁衣妇，误剪同心一半花。

诗给读者展示了两组镜头，一是明月之夜的西楼和楼上飘出的笛声；二是东家在灯下裁衣的少妇闻笛而走神，在剪裁上弄出差错的情事。两组镜头的衔接组合，又产生出更多的意蕴。

“皎洁西楼月未斜”，从“皎洁”、“月未斜”数字，可知这是十五月圆之夜，能引起读者现成的联想，接着写西楼之上“笛声寥亮”，又通过“入东家”巧妙地将前两句与后二句联结，过渡自然。诗中未露面的吹笛人，可能是很关紧要的人物，也可能不是。在这个明月之夜，他吹奏的是什么曲子呢？诗人并没作具体的说明，读者可作的发挥便自由多了。是《关山月》？是《折杨柳》？是《落梅花》？曲调当与明月和相思有关，不然，何以叫诗中那位裁衣剪花的少妇那样痴迷呢？

“却令灯下”二句写笛声传入东家后造成的影响。“同心花”三字，暗示了人物的内心活动，所谓睹物思人。“误剪同心一半花”，是因为笛声“寥亮”，使她如痴如醉，方才造成失误。这里，读者对诗意的生发可以有两个方向。一般情况：西楼吹笛人与少妇了无关涉，只是他的笛声引起了她对离人的怀想，因而走了神。特殊情况：西楼吹笛人即少妇心中之人，那曲中之意只有他们自己知道，因而她有点心慌意乱。当诗的具体交代语言少了，或省略了限制性的词语，读者的能动性就增强。这是多数绝句耐人玩味的一个重要原因。这诗在误剪同心花样处结尾，留下了一个可以推测的情景，即那少妇发现大错铸成的懊恼，“天啦，竟把同心花剪掉一半儿，这是撞了什么鬼呢！”其啼笑皆非之态，跃然纸上。

中晚唐绝句与盛唐绝句风貌有较大不同，诗人逐渐超出情景二端，开始对小情趣和生活事件给以更多注意，绝句中出现了情节性内容。这首诗就是撷取一个富于启发性的日常生活片断，作点睛式刻画，显得很有生趣。绝句不可能对声乐本身详加描述，从声乐发生的效果，读者不难体会那“夜笛”声乐之妙。

【刘皂】 唐长安（陕西西安）人，德宗贞元间在世，余不详。

渡桑干

刘皂

客舍并州已十霜，归心日夜忆咸阳。
无端更渡桑干水，却望并州是故乡。

这首诗讲了一个故事：一个咸阳人，客居并州十年，天天都在思念故乡，然而，命运驱使他渡过了桑干河，去了更远的地方，他又回头张望，把并州当作故乡来思念了。这是一般的解读。沈祖棻有一个别解，她说，“更渡”即再渡，所以诗中说的是十年以后那个咸阳人回到故乡，出乎他意料的是，过去十年怀乡之情，反被对第二故乡的怀念所代替了。应该说，沈先生的解读非常有意思。然而，此诗有“无端”二字，如果那人真的回到故乡，就是如愿以偿，并非“无端”了。再说，“更渡”不必针对同一条河，比方说那人是渡过黄河到并州来的，那么他离开并州时渡桑干，也可以称“更渡”。所以，还是一般的解读较为妥当。

这首诗从“客舍并州”写到“却望并州”；从“忆咸阳”写到忆并州。这不能简单地说成退而求其次。“已十霜”——十年对于人生来说，不是一个很短的时段。这十年又正值青壮年，是作者一生中的黄金时代，是一段永远不能忘怀的经历。所以，他有充分的理由把并州视为故乡，或第二故乡。此外，“无端”是没来由、是身不由己、无可奈何，这几乎就是人从出生开始的处境。诗中的“更渡桑干水”是人生“无端”之一端，“反认他乡是故乡”（《红楼梦》）也是人生“无端”之一端，说到这里，真是让人感慨无端了。

诗中所写的这种怪圈式的人生经验，很多人都有过，比如说蔡文姬有，郭沫若也有，斯诺有，安娜·露易丝·斯特朗也有，夸大些说，可能人人心中都有。但在《渡桑干》前，谁曾这样写过呢，谁曾写得如此的精采到位呢？好像没有。可以说，这首诗所写的，又是人人笔下所无。

这首诗在写法上极富原创性。按，七绝一般作法，三四句必一气呵成，而其与一二句的关系，多不即不离。但这首诗的第四句以“却”字打头，与第一句叠用“并州”，呼应极紧。这种写法，与李商隐《夜雨寄北》不谋而合，异曲同工（李诗的第四句亦以“却”字打头，与第二句叠用“巴山夜雨”四字，呼应极紧）。宋后七绝仿者甚众，但没有超过这两首唐人绝句的。

【何希尧】 字唐臣，号常欢喜居士，唐睦州分水（浙江桐庐）人。施肩吾婿，隐居未仕。

柳枝词

何希尧

大堤杨柳雨沉沉，万缕千条惹恨深。
飞絮满天人去远，东风无力系春心。

《柳枝词》即《杨柳枝词》，是中唐以后流行的歌曲之一，歌辞则由诗人创作翻新。借咏柳抒写别情的，在其中占有相当比例。此在造境和语言使用上很有特色，是同类诗作中的上品。

大堤在襄阳城外，靠近横塘。宋随王刘诞《襄阳曲》云：“朝发襄阳来，暮止大堤宿。大堤诸女儿，花艳惊郎目。”大堤从那时起就是个寻花问柳的地方，唐人诗中写到大堤，如施肩吾《襄阳曲》：“大堤女儿郎莫寻，三三五五结同心。清晨对镜理容色，意欲取郎千万金。”李贺《大堤曲》：“莲风起，江畔春。大堤上，留北人。”由此推知，这首《柳枝词》写的是大堤姑娘在暮春时分送别情人的情景。

堤上夹道的杨柳由于近水，枝条特别繁茂。丝条垂地，给人以袅娜娇怯之感。“晴烟漠漠柳毵毵，不那离情酒半酣”（韦庄），折柳送别，即使晴天，也不免使人感伤，何况雨雾迷蒙，那是要倍增惆怅的。“大堤杨柳雨沉沉”，“沉沉”二字，既直接写雨雾（大雨则不能飞絮）沉沉，又兼关柳枝带雨，显得沉甸甸的，而人的心情沉重，也不言而喻。送别情人，离恨自深，说“万缕千条惹恨深”，不仅意味着看到那两行管领离别之碧树（刘禹锡“长安陌上无穷树，唯有垂杨管别离”），使愁情加码；还无意地流露姑娘无奈中迁怨于景物的情态，显得娇痴可爱。

此诗的精采还不在前两句。三句写分手情景道："飞絮满天人去远"，造境绝佳。盖前两句写雨不写风，写柳不写絮。到写"人去远"时，才推出"飞絮满天"的画面，便使人事和自然间发生感应关系，其妙有类于"蒙太奇"。同时这句包含一隐一显两重意味，明说着人去飞絮满天又暗示春去。宋人王观有"才始送春归，又送君归去"的名句，句下已有无尽惆怅，而两事同时发生，情何以堪！诗人都说风雪送人，景最凄迷，而"杨花似雪"，"飞絮满天"的景色，也使人迷乱。"人去远"，是就行者而言；还有一个站在堤上送行的人，一任柳絮乱扑其面，神情见于言外。

"东风无力系春心。"这个令人击节的结句，措语微妙绝伦。从上句的"飞絮满天"看，这是就自然节物风光而言，谓东风无计留春长驻，春来春去，有其必然性在；从上句的"人去远"看，"春心"二字双关恋情，则此句意味着爱情未必持久，时间会暗中偷换人心。前一重必然影射着后一重必然。诗句既针对大堤男女情事，有特定的涵义；又超越这种情事，含有普遍的哲理。"立片言而据要，乃一篇之警策。"（陆机）就音情而言，这"无力"二字在句中处境特妙，必须缓咏延宕才能尽情。它直接联下三字，表明"无力系春心"，就此义而言，似不能读断。但它又紧联上二字，又有"东风无力"的涵义，参照"东风无力百花残"（李商隐）、"柳条无力魏王堤"（白居易）的名句，又似可以读断。可断不可断，只能用拖逗的读法来兼济了。

【方干】（？—885）字雄飞，唐睦州清溪（浙江淳安）人。屡应举不第，遂隐鉴湖，终身不仕。曾学诗于徐凝。卒后门人私谥玄英先生。有《玄英先生诗集》。

题君山

方　干

曾于方外见麻姑，闻说君山自古无。
元是昆仑山顶石，海风吹落洞庭湖。

洞庭湖中有一座青山，传说它是湘君曾游之地，故名君山，又名湘山，洞庭山。由于美丽的湖光山色与动人的神话传说，它激发过许多诗人的想象，写下许多美丽篇章，如"遥望洞庭山水色，白银盘里一青螺"（刘禹锡《望洞庭》），"疑是水仙梳洗处，一螺青黛镜中心"（雍陶《题君山》）等等，这些为人传诵的名句，巧比妙喻，尽态极妍，异曲同工。

而方干这首《题君山》写法上全属别一路数，他采用了"游仙"的格局。

“曾于方外见麻姑”，就像诉说一个神话。诗人告诉我们，他曾神游八极之表，奇遇仙女麻姑。这个突兀的开头似乎有些离题，令人不知它与君山有什么关系。其实它已包含有一种匠心。方外神仙正多，单单遇上麻姑，就有意思了。据《神仙外传》，麻姑虽看上去“年可十八九”，却是三见沧海变作桑田，所以她知道的新鲜事儿一定不少。

“闻说君山自古无”，这就是麻姑对诗人提到的新鲜事一件。次句与首句的起承间，有一个跳跃。读者不难用想象去填补，那就是诗人向麻姑打听君山的来历。人世之谜甚多，单问这个，也值得玩味。你想，那烟波浩渺的八百里琼田之中，“四顾疑无地，中流忽有山”（许棠《过君山》），这个发现，会使人惊喜不置；同时又感到这奇特的君山，必有一个不同寻常的来历，从而困惑不已。诗人也许就是带着这问题去方外求教的呢。

诗中虽然无一字正面实写君山的形色，纯从虚处落墨，闲中着色，却传达出了君山给人的奇异感受。

“君山自古无”，这说法既出人意表，很新鲜，又坐实了人们的揣想。写“自古无”，是为引出“何以有”。不一下子说出山的来历，似乎是故弄玄虚，其效果与“且听下回分解”略同。

“元是昆仑山顶石，海风吹落洞庭湖”。真是不说则已，一鸣惊人。原来君山是昆仑顶上的一块灵石，被巨大的海风吹落洞庭的。昆仑山，在古代传说中是神仙遨游之所，上有瑶池阆苑，且多美玉。古人常用“昆冈片玉”来形容世上罕有的珍奇。诗中把“君山”设想为“昆仑山顶石”，用意正在于此。“海风吹落”云云，想象奇瑰。作者《题宝林寺禅者壁》云：“台殿渐多山更重，却令飞去即应难”，题下自注：“山名飞来峰”。可见此诗的想象显然受到“飞来峰”一类传说的影响。

“游仙”一体，起自晋人，后世多仿作。但大都借“仙境”以寄托作者思想感情。而运用这种方式来歌咏山水，间接表现自然美，不能不说是方干的一个创造。

【刘叉】 唐河朔（今河北一带）人。少任侠，因酒杀人，亡命于外，遇赦得出。往来齐、鲁，一度从韩愈游。有《刘叉诗集》。

姚秀才爱余小剑因赠

刘 叉

一条古时水，向我手心流。
临行解赠君，勿报细碎仇。

诗人对小剑的形容很别致："一条古时水，向我手心流。"流水的联想，来自剑锋的明亮闪烁。李贺《春坊正字剑子歌》开头就说："先辈匣中三尺水，曾入吴潭斩龙子。"这首小诗同样运用借代手法，称剑为水，意在形容其锋快无比。但诗人不一般地说水，而新鲜地呼之为"一条古时水"。意味尤为深长，好像水也会因年代久远而凝为宝物，自是价值连城。"古时水"的另一含义为：行侠仗义乃是一种"古道"，即中国人传统美德。"向我手心流"，确是小剑。还有一层涵义即主人视为掌上明珠，此剑系其平生爱物。赠剑是一种割爱。割爱的原因是诗题所云"姚秀才爱余小剑"，割己之爱以成全他人，这是何等慷慨的行为，"临行解赠君"五字，所以不同寻常。

其次，解剑付友时的赠言，也大有意味："勿报细碎仇"。诗人并没有嘱咐朋友如何爱护这把剑，如果这样说了，那真是流于"细碎"——即小家子气了；而是以高尚的节义相期许，希望对方能胸怀大志，高瞻远瞩。却又将此意借赠小剑而喻之，便有味外味。"报细碎仇"是指睚眦必报，胸襟狭窄。"勿报细碎仇"就应系心于"家事国事天下事"，系心于正义事业，必要时那怕挺身而出，也在所不惜。这种理解，绝不是毫无根据的拔高，证以诗人《偶书》："日出扶桑一丈高，人间万事细如毛。野夫怒见不平处，磨损胸中万古刀"。可见他所谓的大仇，主要是世上的"不平"；相形之下，"人间万事细如毛"，皆不足道。真是刚肠嫉恶的人，光明磊落的诗。读之真使人欲弃燕雀之小志，慕鸿鹄以高飞了。

【张祜】（782？－852？）字承吉，郡望清河东武城（山东武城）人，晚年居丹阳（今属江苏）。浪迹江湖，或为外府从事，或为大僚幕宾。有《张祜诗》传世。

莫愁曲

张　祜

侬居石城下，郎到石城游。
自郎石城出，长在石城头。

诗借乐府旧题另翻新意。《莫愁乐》是唐时流行音乐，《旧唐书·音乐志》云："《莫愁乐》出于《石城乐》。石城有女子名莫愁，善歌谣。……故歌云：莫愁在何处，莫愁石城西。艇子打两桨，催送莫愁来。"张祜此诗应是为旧曲填的新词，供歌人演唱的。

前两句写郎来石城的往事。"侬居石城下"只说了一个最简单的事实，但语言的意蕴深浅有时是通过它所处的语言环境而发生变化的，联系后文尤其末句，这一句起码还包含这类意思：郎来石城前，"侬"的生活是平静的，无忧无虑之中，还有一点懵然无知的味道。而“郎到石城游”这个同样简单的事实，也由于上述道理而耐人咀含。女主人公专门提及此事，暗示给聪明的读者，这是她生活中的一大事件。从此,“侬”再也不是那个长“居石城下”的“侬”了,“侬”的生活大大变样，变得有色有香有滋味了，就像所有情窦初开的少女一样，她感到了幸福和满足。

从前两句到后两句，中间略去了许多情事。无须言传，自可意会。以下一跳，写到“自郎石城出”以后“侬”的情况，那便是“长在石城头”。从字面看，这不过是表现一种怀思和盼望之情，非常平凡。然而“石城”字面的反复播弄，很容易使读者或听众联想到许多关于石头与爱情的故事。由于石头为物坚牢经久，一向是爱情盟誓的取证之物，“君当作磐石，妾当作蒲苇”(《焦仲卿妻》),“海枯石烂不变心”，就是这样的誓言，尤其是那个女子望夫化石的古老的民间传说，令人难以忘怀。此诗中女主人公长在城头，恐怕也将化石了。

诗得力于剪裁工夫。诗人淘尽不必要的众多情节，着重抓住“侬居石城下”和“长在石城头”的对照，刻画郎来石城前后“侬”所发生的重大变化，以少总多，语淡情浓。

苏小小歌

张　祜

车轮不可遮，马足不可绊。
长怨十字街，使郎心四散。

苏小小是南齐时钱塘名妓。古乐府《苏小小歌》云：“我乘油壁车，郎乘青骢马。何处结同心，西陵松柏下。”张祜此诗则借乐府古题以写妓女怨情。妓女也有爱情，但她们的身份决定了，这种爱情具有不稳定性。她们的相好中固亦有多情公子，但往往薄幸者居多，真心救风尘者为数甚少。

这首小诗一开始就是分离的情景，情郎驾上车马就要远去了；也可能是“油壁车”投东,“青骢马”向西。总之是鸳鸯拆散，劳燕分飞，从此别易会难。“车轮不可遮，马足不可绊”，开口就怨，怨车轮不生四角，怨马足不能羁绊。其实车马何辜。只是郎之去意已决，断难挽留。车难遮，马难绊，人去街在。女主人公对车马奈何不得。转而又迁怒于十字街。埋怨它的存在，使情郎难收放浪之心。即此而言，这与刘采春所唱《罗贡曲》“不喜秦淮水，生憎江上船。载儿夫婿去，经岁又经年”同属无理而妙。“十字街，四散开”，说“长怨十字街，使郎心四散”，还妙于双关，这双关语富于独创性，尤令人解颐。面对这天真的赖诬，“十字街”将百口莫辩，何况无口！

此诗措语颇能展示人物微妙心理活动。车马可怨，十字街可怨，郎岂不可怨？而独不怨郎，而此意已在其中。“使郎心四散”句，见女主人公明知情郎用心不专。然而终不忍直斥其非，或干脆一刀两断。此事的可悲，不在她已看出对方的薄幸；而在她看到这一点时，仍痴心爱着他，护着他。二十字画活一个人，实在是佳作！

题孟处士宅

张 祜

高才何必贵，下位不妨贤。
孟简虽持节，襄阳属浩然。

“处士”是对未仕或不仕者的称呼，犹今人称某某先生。“孟处士”指孟浩然，他一生没有功名，只在张九龄荆州幕下作过一度清客，后来便以布衣终老。从李太白到闻一多，都认为他的不仕主要是出于本心；但从孟浩然的诗歌和行止看，恐不尽然。“望断金马门，劳歌采樵路。乡曲无知己，朝端乏亲故”，可能是他未仕的真正原因。即使在文艺家很受尊重的唐代，学优登仕仍是知识阶层的主要出路，终身老于布衣仍是一种很大的屈辱和遗憾，昭宗时韦庄奏请追赠李贺、贾岛等人功名官爵、以慰冤魂一事，就可证明。明白这样一点，我们便不得不对诗人张祜题的这首绝句，刮目相看，为之浮一大白。

古时官场有“才德称位”的奉承话，此诗一开始就唱反调：“高才何必贵，下位不妨贤。”一句说一个人的才干和禄位并不相干，二句说一个人的德行和禄位并不相干，本来可以用相同句式，诗人却稍加腾挪，将其两两对举分别作“才——位（‘贵’）”、“位——贤”安排，取其错综之致。“何必”与“不妨”，语气也有刚柔重轻变化。两句讲的道理，本来很抽象而且不具有原创性，它使人想到左思“世胄蹑高位，英俊沉下僚。地势使之然，由来非一朝”的名句，不过道出“不妨”二字，变牢骚为傲岸，也是一种新意。但这两句的成功，关键还在于具体落实到“孟处士”身上，很有说服力。“诗穷而后工”这一命题，和堪当大任者“生于忧患”一样，是可用辩证观点予以说明的。对于后来成功了一位山水诗人、隐逸诗人之大宗的孟浩然，岂止是“何必贵”，岂止是“不妨贤”？简直不能“贵”，简直就是大有助于其“贤”。有了一个高官厚禄的孟浩然，必然会失去一个标格冲淡的诗人孟浩然；人间宁可要后一个孟浩然，无须要前一个孟浩然。

“孟简虽持节，襄阳属浩然。”后二句中，诗人抬出当代襄阳另一个姓孟的大人物来作对比，构思巧妙。这个人便是元和十三年出为襄州刺史山南东道节度使的孟简，他出身名门。官运亨通，唐史有传，算得上显赫的人物了。但与孟浩然比，他又是一个不高明的诗人。而在唐人心目中，一个高明的诗人，比十个高官更能引起钦仰，乃至可被尊为精神领袖（请注意“诗天子”、“诗家天子”一类口头上的尊号）。而以地名（籍贯或治所）借代人名，作为一种殊荣，一般情况下只有优秀的诗人可以得到。这样的“桂冠”诗人，可以举一大串儿：孟襄阳、李东川、王江宁、杜少陵、岑嘉州、……。“襄阳”称呼属于孟浩然，而且只属于孟浩然。所以孟简虽然在襄阳持节作父母官，也能写诗，却断不能据有“襄阳”的美称。同姓孟，同是诗人，但有高明不高明，官与非官的区别。用“官本位”的价值观念判断，浩然诚不如孟简；然而从精神财富创造的角度来衡量，孟简之不如浩然，又不可以道里计。“天意君须会，人间要好诗”（白居易），后二句不但构思巧妙，涵义也相当深刻。

孟简是与张祜同时代的大官僚，诗人瞻仰孟浩然旧宅时，说不准正当其人持节于襄阳。诗中这样无忌惮地奚落一个当权人物，真有点迥出时辈，笑傲王侯的狂狷之态。看来，杜牧在赠诗中称道：“谁人得似张公子，千首诗轻万户侯”（《登池州九峰楼寄张祜》），绝非虚美。

【李德裕】（787－850）字文饶，唐赵郡（河北赵）人。早年以荫补校书郎、历幕职。穆宗即位，擢翰林学士。历任浙西、义成、西川诸镇，政绩卓著。文宗大和七年（833）召入拜相，封赞皇县伯。武宗会昌年间再度任相，因功封卫国公。宣宗大中初遭牛党打击，迭贬至崖州司户。

长安秋夜

李德裕

内官传诏问戎机，载笔金銮夜始归。
万户千门皆寂寂，月中清露点朝衣。

李德裕是唐武宗会昌年间名相，为政六年，内制宦官，外复幽燕，定回鹘，平泽潞，有重大政治建树，曾被李商隐誉为“万古之良相”。他同时又是一位诗人。这首《长安秋夜》颇具特色，象是一则宰辅日记，反映着诗人从政生活的一个片断。

中晚唐时，强藩割据，天下纷扰。李德裕坚决主张讨伐叛镇，为武宗所信用，官拜太尉，总理戎机。“内官传诏问戎机”，表面看不过从容叙事。但读者却感觉到一种非凡的襟抱、气概。因为这经历，这口气，都不是普通人所能有的。大厦之将倾，全仗栋梁的扶持，关系非轻。一“传”一“问”，反映出皇帝的殷切期望和高度信任，也间接显示出人物的身份。

作为首辅大臣，肩负重任，不免特别操劳，有时甚至忘食废寝。“载笔金銮夜始归”，一个“始”字，感慨系之。句中特别提到的“笔”，那绝不是一般的管城子，它草就的每一笔都将举足轻重。“载笔”云云，口气是亲切的。写到“金銮”，这决非自夸际遇之盛，流露出一种“居庙堂之高”者重大的责任感。

在朝堂上，决策终于拟定，夜深人定，月色给一片和平宁谧的境界增添了诗意。《汉书·郊祀志》有“建章宫千门万户”之语，此处的“万户千门”，亦特指宫中。面对“万户千门皆寂寂”，他也许感到一阵轻快；同时又未尝不意识到这和平景象要靠政治统一、社会安定来维持。一方面宫室沉入睡乡（显言）；一方面是则是一己之不眠（隐言），对照之中，间接表现出一种政治家的博大情怀，与政治责任感。

秋夜，是下露的时候了。他若是从皇城回到宅邸所在的安邑坊，那是有一段路程的。他感到了凉意：不知什么时候朝服上已经缀上亮晶晶的露珠了。这个“露点朝衣”的细节很生动，大约也是纪实吧，但写来意境很美、很高。李煜词云：“归时休放烛花红，待踏马蹄清夜月”（《玉楼春》），多么善于享乐啊！虽然也写月夜归马，也很美，但境界则较卑。这一方面是严肃作息，那一方面却是风流逍遥，情操迥别，就造成彼此境界的差异。露就是露，偏写作“月中清露”，这想象是浪漫的，理想化的。“月中清露”，特点在高洁，正是作者情操的象征。那一品“朝衣”，再一次提醒他随时不忘自己的身份。他那一种以天下为己任的自尊自豪感盎然纸上。此结可谓词美、境美、情美，为诗中人物点上了一抹“高光”。

如果我们把这首绝句当作一出轰轰烈烈戏剧的主角出台的四句唱词看，也许更有意思。一个兢兢业业的国士的形象活脱脱出现在人们眼前。但唱的句句是眼前景、眼前事，毫不装腔作势，但你只觉得它豪迈高远，表现出一个秉忠为国的大臣的气度。“大用外腓”是因为“真体内充”。正因为作者胸次广、感受深，故能“持之非强，来之无穷。”（《廿四诗品》）

【李贺】（790－816）字长吉，宗室郑王之后，其父晋肃贞元时曾做过陕县令。唐福昌（今河南宜阳）昌谷人。宪宗元和二年（807）赴洛阳应进士举，妒之者以犯父名讳为由，加以阻挠。仕途失意，为奉礼郎，两年后因病辞官。有《李贺歌诗》。

感讽

李贺

南山何其悲，鬼雨洒空草。

长安夜半秋，风前几人老。

低迷黄昏径，袅袅青栎道。
月午树立影，一山唯白晓。
漆炬迎新人，幽圹萤扰扰。

李贺有一种境界幽冷荒诞的诗，它们常常为人引以说明李贺诗的某种特点，却又因为情调的“消极”，为选家所摒弃。连司空图的二十四“诗品”也没有“荒诞”一品，不免小有遗憾。而这类“荒诞”的诗，实孕含诗人李贺的苦心孤诣，是诗人获得“诗鬼”之谥的主要原因，在美学风格上也有独到的贡献。列在《感讽》这一题下的“南山何其悲”，便是这样的呕心沥血之作。诗中塑造的阴森恐怖的境界，是诗人内心苦闷的深刻的象征。

我国古代通行土葬，城市近郊的山陵往往为市朝之公墓，如洛阳的北邙与长安的终南山，都有松柏丛生的陵园。此诗写的就是深秋夜半南山墓地的情景。

南山是坟地，故空寂无人，雨天尤其萧瑟。“鬼雨”的铸辞由此而来，非常警策。而“空草”的铸辞也非常别致。因为秋能兴悲，愁能杀人，尤其在远离市井的南山，打在空寂的草木上的秋雨，真个别有阴冷的鬼气。“鬼”字遥兴篇末的冥境。（人口语中的“鬼天气”“鬼话”等等含有诅咒的意味，即由此延伸而出。）以下一跳写到长安，那是繁华的人境。然而人皆有死，终须托体山阿。联系到开篇，“长安夜半秋，风前几人老”二句只平平道来也有些惊心动魄了。由青春年少而至于衰老，本是自然规律，何关乎秋风秋雨？然而秋风秋雨使人忧伤，忧伤足以加速人的衰老，而衰老则将导致人的死亡啊。

“低迷黄昏径，袅袅青栎道。”两句是三重意义上的过渡：就地域言，是从长安到南山的过渡；就气候言，虽从风雨到雨霁的过渡；就生命言，是从人境到冥界的过渡。这个过渡通过山林的道径描述而完成，很有别趣。曲折的路径笼罩在昏暗之中，两旁是沙沙响着的青栎，谁走在这样的路上也不免心中犯疑，乃至毛骨悚然。沿着这条幽暗之路，最后通到了一片白晃晃的世界。后四句中读者就看到了一个安静得可怕的午夜世界。诗人用战栗着的想象和可补造化之笔，描绘了一个神秘的，比黑夜更为可怕的白夜：“月午树立影，一山唯白晓。漆炬迎新人，幽圹萤扰扰。”

寂静的山林，月到中天，树影缩成一团，消失在树脚，于是到处明晃晃，有甚于天亮的时候。这时磷火（漆炬）如烛光点点；鬼影幢幢，似乎是在迎接新来的伙伴，坟茔中乱糟糟萤火般的磷光，使人想到鬼的聚会！这想象，是幻觉，又那么逼真。铸辞用字的倒错和异常，产生了令人惊愕不已的效果：“月午”对应着人间的日午，“白晓”其实出现在深夜，鬼灯发着幽昧的光，故曰“漆炬”，“新人”其实是新鬼……。阴错阳差的语言有力地刻画出一个本不存在的冥界。在古诗或乐府中，

“新人”还特指新妇（如《焦仲卿妻》“不足迎新人”,《上山采蘼芜》“新人不如故”，杜甫《佳人》“但闻新人笑”)，从李贺《苏小小墓》看，他是认定鬼也能恋爱婚嫁的。所以“漆炬迎新人”二句，未尝不可解为鬼的迎娶，正是“冷翠烛（即漆烛)，劳光彩”(《苏小小墓》）呢。“幽圹萤扰扰”则应是鬼的喜庆热闹的婚筵场面了。这也是诗中的别趣。

据说天才的诗人在创作时都有些精神失常或失态。作为一位有些神经质的诗人，李贺更是如此。他在悲哀苦闷时想到死后，却又把幻想作为审美观照的对象加以玩味，不由自主地又给它添上一点点生趣，“虚荒诞幻”中仍有着天真烂漫的所在。读者为之既错愕又神往。诗列在“感讽”题下，显然想要告诫世人什么，又终于没有说出。但可以揣想，大概是讽刺世人“一死生为虚诞，齐彭殇为妄作”(王羲之语)吧。却出人意表地创造了一个独到的艺术境界，借以表现了一种生之困惑。杜牧说“荒国陊殿，梗莽丘垄，不足为其怨恨悲愁也；鲸吸鳌掷，牛鬼蛇神，不足为其虚荒诞幻也”(《李长吉歌诗序》)，于此诗可见一斑。

致酒行

李　贺

零落栖迟一杯酒，主人奉觞客长寿。
主父西游困不归，家人折断门前柳。
吾闻马周昔作新丰客，天荒地老无人识。
空将笺上两行书，直犯龙颜请恩泽。
我有迷魂招不得，雄鸡一声天下白。
少年心事当拿云，谁念幽寒坐呜呃。

元和初，李贺带着刚刚踏进社会的少年热情，满怀希望打算迎接进士科考试。不料竟因避父名“晋肃”当讳，被剥夺了考试资格。从此“怀才不遇”成了他作品中的重要主题，他的诗也因而带有一种哀愤的特色。但这首困居异乡感遇的《致酒行》，音情高亢。别具一格。

“致酒行”即劝酒致词之歌。诗分三层，每层四句。

从开篇到“家人折断门前柳”四句一韵，为第一层，写劝酒场面。先总说一句，“零落栖迟”(潦倒游息）与“一杯酒”连缀，略示以酒解愁之意。在写主人祝酒前，先从客方（即诗人自己）对酒兴怀落笔，突出了客方悲苦愤激的情怀，使诗一开篇就具“浩荡感激”(刘辰翁）的特色。接着，从“一杯酒”而转入主人持酒相劝的场面。他首先祝客人身体健康。“客长寿”三字有丰富潜台词：忧能伤人，折人之寿，而“留得青山在，不怕没柴烧”啊！七字画出两人的形象，一个是穷途落魄的客人，一个是心地善良的主人。紧接着，似乎应继续写主人的致词了。但诗笔就此带住，以下两句作穿插，再申“零落栖迟”之意，命意婉曲。“主父西游困不归”，是说汉武帝时主父偃的故事。“主父偃西入关，郁郁不得志，资用匮乏，屡遭白眼（见《汉书·主父偃传》）。作者以之自比，“困不归”中寓无限辛酸之情。古人多因柳树而念别。“家人折断门前柳”，通过家人的望眼欲穿，写出自己的久羁异乡之苦，这是从对面落墨。引古自喻与对面落墨同时运用，都使诗情曲折生动有味。经此二句顿宕，再继续写主人致词，诗情就更为摇曳多姿了。

“吾闻马周昔作新丰客”到“直犯龙颜请恩泽”是第二层，为主人致酒之词。“吾闻”二字领起，是对话的标志。这几句主人的开导写得很有意味，他抓住上进心切的少年心理，甚至似乎看穿诗人引古自伤的心事，有针对性地讲了另一位古人一度受厄但终于否极泰来的奇遇：唐初名臣马周，年轻时受地方官吏侮辱，在去长安途中投宿新丰，逆旅主人待他比商贩还不如。其处境狼狈岂不比主父偃更甚？为了强调这一点，诗中用了“天荒地老无人识”的生奇夸张造语，那种抱荆山之玉而“无人识”的悲苦，以“天荒地老”四字来表达，可谓无理而极能尽情。马周一度困厄如此，以后却时来运转，因替他寄寓的主人、中郎将常何代笔写条陈，太宗大悦，予以破格提拔。“空将笺上两行书，直犯龙颜请恩泽”即言其事。主人的话到此为止，只称引古事，不加任何发挥。但这番语言很富于启发性。他说马周只凭“两行书”即得皇帝赏识，言外之意似是：政治出路不特一途，囊锥终有出头之日，科场受阻岂足悲观！事实上马周只是为太宗偶然发现，这里却说成“直犯龙颜请恩泽”，主动自荐，似乎又耸恿少年要敢于进取，创造成功的条件。这四句真是以古事对古事，话中有话，极尽循循善诱之意。

“我有迷魂招不得”至篇终为第三层，直抒胸臆作结。“听君一席话，胜读十年书”，主人的开导使“我”这个“有迷魂招不得”者，茅塞顿开。作者运用擅长的象征手法，以“雄鸡一声天下白”写主人的开导生出奇效，使自己心胸豁然开朗。这“雄鸡一声”是一鸣惊人，“天下白”的景象是多么光明璀璨！这一景象激起了诗人的豪情，于是末二句写道：少年正该壮志凌云，怎能一蹶不振，老是唉声叹气。“幽寒坐呜呃”五字，语亦独造，形象地画出诗人自己“咽咽学楚吟，病骨伤幽素”（《伤心行》）的苦态。“谁念”句，同时也就是一种对旧我的批判。末二句音情激越，颇具兴发感动的力量，使全诗具有积极的思想色彩。

《致酒行》以抒情为主，却运用主客对白的方式，不作平直叙写。《李长吉歌诗汇解》引毛稚黄说：“主父、马周作两层叙，本俱引证，更作宾主详略，谁谓长吉不深于长篇之法耶？”本篇富于情节性，饶有兴味。在铸辞造句、辟境创调上往往避熟就生，如“零落栖迟”、“天荒地老”、“幽寒坐呜咿”，尤其“雄鸡一声天下白”句，或意新、或境奇，都属李长吉式的“锦心绣口”。

李凭箜篌引

李 贺

吴丝蜀桐张高秋，空山凝云颓不流。
湘娥啼竹素女愁，李凭中国弹箜篌。
昆山玉碎凤凰叫，芙蓉泣露香兰笑。
十二门前融冷光，二十三弦动紫皇。
女娲炼石补天处，石破天惊逗秋雨。
梦入神山教神妪，老鱼跳波瘦蛟舞。
吴质不眠倚桂树，露脚斜飞湿寒兔。

作于元和五、六年（810—811）间，时李贺在长安官奉礼郎，有缘接触宫廷乐师李凭。箜篌本为胡乐，约于东晋武帝时由西域传入，在唐十部乐中，多数皆用二十三弦之竖箜篌。此诗即写听李凭弹箜篌的感受。

前四是全诗的引子，三句写音乐的开始，第四句才点出何人、何时、何地、如何。首句不说破箜篌，而以“吴丝蜀桐”作感性显现，是李贺一种典型的表现手法，暗示乐器选材之精，制造之美；“张”是诗人选择的最恰当的动词，嵌在丝桐与高秋之间，不仅指张设乐器，而且兼关秋气高张；二三句在大段描写音乐前先营造一下气氛，于是演奏者出台亮相。

以下八句描写李凭的箜篌演奏。五六换仄韵，玉碎凤叫，写乐声之清和；花谢花开写乐声效果，而以“泣”、“笑”代谢、开，化无声为有声矣。七八换平韵，言长安十二门前的冷光（月光）也为之融化了，箜篌声甚至感动了天帝。以下四句换仄韵，由乐声联想到淅沥秋雨，由秋雨联想到天漏，由天漏而联想到女娲补天处之石破，翻空作奇，出人意表。神山之神妪指成夫人——传说为晋代兖州弹箜篌的好手。有人说这里的“教”是受动用法，即就教于神妪，如江淹受五色笔于神人、王羲之学书于卫夫人，似较合于常情；然作主动用法，则违乎常理，而李贺诗正以违乎常理为特色，固不妨照字面解会。

末二句暗示曲终人去，音乐效果还在。连月中仙人（吴刚）神物（玉兔）都还沉浸在乐声余韵中，没有睡意，也感觉不到露气的清寒。诗写奏乐，伴随着景的推移，所以王琦玩味道“当是初弹之时，凝云满空；继之而秋雨骤作；洎乎曲终声歇，则露气已下，朗月在天。皆一时实景也。而自诗人言之，则以为凝云满空者，乃箜篌之声遏之而不流；秋雨骤至者，乃箜篌之声感之而旋应。”这种理解是富于启发性的。

全诗大量运用了神话材料如江娥（湘妃）、素女（嫦娥）、紫皇、女娲、神妪、香兰、桂树、老鱼、瘦蛟、寒兔等，妙于组织，所谓虚荒幻诞、出神入幽，无一字落常人蹊径（《唐宋诗举要》）。清方世举曰：“白香山江上琵琶，韩退之颖师琴，李长吉李凭箜篌，皆摹写声音至文。韩足以惊天，李足以泣鬼，白足以移人”（《李长吉诗集批注》）。

雁门太守行

李　贺

黑云压城城欲摧，甲光向日金鳞开。
角声满天秋色里，塞上燕脂凝夜紫。
半卷红旗临易水，霜重鼓寒声不起。
报君黄金台上意，提携玉龙为君死。

作于元和初，张固《幽闲鼓吹》谓韩愈为国子博士分司东都，李贺以歌诗干谒，韩极困欲睡，门人呈卷，旋解带、旋观首篇——即此诗，才读前两句，却援带命邀之。一时传为佳话。雁门在今山西北部，是古时交兵之地。诗题是汉乐府《相和歌·瑟调曲）旧题，六朝及唐人拟作多以咏叹征戍之苦，而李贺此篇则显得新异。

诗中战争虽属虚拟性质，其中提到的地名如雁门、塞上、易水、黄金台，均在河东、河北，参之李贺其他作品，论者一般将它与唐代藩镇作乱的历史背景相联系，言之成理。

开篇写对阵，着力气氛烘托，有先声夺人的效果：黄昏时分，地下大军压境，天上黑云压城，而四角亮得出奇（是暴风雨即将到来的征兆），落日惨淡的光辉照得城头城下金甲，鱼鳞般闪闪发光，——两军对垒，整个空气是凝滞的，处于爆发前的寂静。其实敌人兵临城下未必同时乌云密布，这完全是诗人的艺术构思，是象征、描述意象的叠加，效果是加倍的。三四于战斗非正面描写，偏致力于角声、秋色、夜色的描写仍有惊心动魄的效果。那胭脂凝夜紫的刷色，是晚霞还是战血？毋宁是隐喻、描写双重意象的叠加，是场面的感性显现，不是解说而是呈示一场战争，诉诸读者的视听感官。五六写驰援，“临易水”的字面暗示“壮士一去兮不复还”的意念。至于接下来的遭遇战，仍只侧面描写，“霜重鼓寒声不起”暗示的显不是势如破竹，而是困难重重，——只把战争的困难限在气候，却能收到侧面微挑的效果。

诗不讳言敌强，不讳言牺牲和困难，甚至不讳言死，其所突出的只在“雁门太守”的一片忠诚。黄金台是战国时燕昭王建于易水东南，以招揽天下士的处所，诗用这故事，写出将士以身许国的赤胆忠心。故清人萧馆评此诗“颇类睢阳(张巡)激励将士诗。”

这首诗写得十分凝重。它是一首七古，篇幅却相当一篇七律，但读之不觉其短。首先在于诗人着重侧面的烘托，他没有采用正面叙写的语言，却专重烘托气氛和展示意象，启发读者的想象和联想，自能一以当十。其次是很大的意象密度，诗中常将描述的、比喻的、象征的意象迭加，颠扑不破，耐人反复吟味。三是刷色浓重，几乎每一句都色彩鲜明，其中金黄、胭脂、紫红等艳丽的彩色，与黑、白（玉）等非彩色交织运用，构成色彩斑斓的画面效果，也是令人读不厌的。这种情况在杜、韩诗中只偶而一见（杜如“香稻”一联），并不形成特色，而在李贺诗则是擅长的绝话，旁人任学难到的。

梦　天

李　贺

老兔寒蟾泣天色，云楼半开壁斜白。
玉轮轧露湿团光，鸾佩相逢桂香陌。
黄尘清水三山下，更变千年如走马。
遥望齐州九点烟，一泓海水杯中泻。

此诗写梦天游月之幻境。前四写天阶月色，这是白露为霜时节，空中一阵微雨，好像是月中蟾兔因清寒而悲泣，雨霁云开，琼楼玉宇露出一角粉壁，——是梦的感觉，境界清凉、湿润、朦胧、虚幻。

紧接写车轮辗着清露穿行天街，团光微湿；“玉轮”的意象可能从月亮的形象得来，但不必指月，因为下句中乘车人便和素娥在月中桂树下相逢，——而这乘车人，可以假定为诗人之梦魂。说假定，是因为谁与鸾佩相逢、相逢后又怎样，诗中都未明确交待。

后四话头忽转，写从天际俯瞰下界。“黄尘”、“清水”各指陆地、海洋，“三山”即传说中海上仙山蓬莱、方丈、瀛洲，说它们“更变千年如走马”，是活用《神仙传》“沧海桑田”的典故。“齐州”即中州、九州，从天上看去不过是九个点儿而已，诗人杜撰了“点烟”一辞，表明它不但小，而且飘渺；陆地是这样，大海呢，也不大，一杯水而已，——江河赴海就像是往杯中注水而已。

梦天不奇，古已有之，奇在梦天所见所闻，如幻如真。梦从天上看人间渺小，还在人意中，梦从天上看到人世间变化的迅速，就出人意表，所谓“洞中方数日，世上已千年”——李贺诗妙在他能形象地表现天上人间的这种速度差，以天上的眼光看人间，从而给人以新奇感和惊异感：“黄尘清水三山下，更变千年如走马”、“南风吹山作平地，帝遣天吴移海水；王母桃花千树红，彭祖巫咸几回死”（《浩歌》）、“晓声隆隆催转日，暮声隆隆催月出。汉城黄柳映新帘，柏陵飞燕埋香骨。捶碎千年日长白，孝武秦皇听不得”（《官街鼓》）写瞬息沧桑。“海沙变成石，鱼沫吹秦桥。空光流远浪，铜柱从年消”（《古悠悠行》）写风化过程。“况是青春日将暮，桃花乱落如红雨”（《将进酒》）写花落之快。这些画面语言，只能用电影中的低速镜头（快镜头）来处理（如在几分钟内呈示种子的发芽、开花；鸡子的孵育过程），令人感到奇乎其技。李贺的想象力确实是异常活跃的。

金铜仙人辞汉歌

李　贺

茂陵刘郎秋风客，夜闻马嘶晓无迹。
画栏桂树悬秋香，三十六宫土花碧。
魏官牵车指千里，东关酸风射眸子。
空将汉月出宫门，忆君清泪如铅水。
衰兰送客咸阳道，天若有情天亦老。
携盘独出月荒凉，渭城已远波声小。

本篇据朱自清推测大约是元和八年（813），李贺因病辞去奉礼郎之职，由京赴洛，为探寻前事、感慨古今兴亡而作。魏明帝曹睿拆徙长安汉宫铜人欲运洛阳置于前殿，为景初元年（237）事，见《三国志·魏书·明帝纪》裴松之注引；习凿齿《汉晋春秋》说“盘拆，声闻数十里，金狄（铜人）或泣，（以重不可致，）因留霸城。”这个汉宫故物易主的故事中，铜人下泪的传说，投合李贺的艺术趣味，遂有此作。

全诗分前后两部分。前四句写汉宫的寂寥。仙人承露的铜塑乃是汉武帝刘彻生前所造，故诗一开始就从“茂陵（汉武陵寝）刘郎”说起。刘彻生前作过一首《秋风辞》，云：“欢乐极兮哀情多，少壮几时兮奈老何”，称他“秋风客”也就熔铸了这诗意。“夜闻马嘶”，一说为汉武魂游故宫，着意只在“晓无迹”三字，渲染出汉宫森森鬼气；一说指魏官夜间拆迁铜人的车马声，惊动了汉武亡灵。

汉代宫室，班固《西都赋》有“离宫别馆，三十六所”之说。“画栏”二句，写汉代亡国后故宫的荒凉，可用李煜“雕栏玉砌应犹在”、“春花秋月何时了”为之注。以“土花”写苔藓，李贺诗常用意象，感觉是寂寞与荒凉。

后八句写金铜仙人夜别汉宫的凄苦。魏官取得铜人，赶车出东门向魏都洛阳而去，在写铜人潸然泪下之前，诗人巧妙地先写一句“东关酸风射眸子”，酸风就成了铜人下泪的表面原因，而更深层的原因下句补出——“忆君（汉武）清泪如铅水”。铜人下泪是一奇，铜人眸子怕风又是一奇，催人泪下的风是“酸风”，铜人流下的清泪是“铅水”，具见李贺构思措语之妙。

写铜人一路独行，除了用“汉月”相送来衬托其孤单，还写到路边的草色，与刘长卿“草色青青送马蹄”之句（《送李判官之润州行营》）的不同之处，是李贺生造“衰兰”一辞，更觉凄凉；说兰草衰老意犹未足，诗人又补一句“天若有情天亦老”，更令人觉天地为之色变。末二描写，在荒凉的月色中，铜仙越去越远，渭水的波声也越来越小，画面与声响配合，饶有余味。

这首诗写易代沧桑，盛衰荣枯之变，与唐室中衰有关，盖安史乱后，唐故行宫亦有衰落如诗中汉宫者，诗人以没落王孙，借铜仙辞汉之泪，表达宗国之痛，非泛泛咏古，故读之令人情移。全诗只对金铜仙人辞汉宫事再造情景，不着一字议论，而意在言外，这是李贺形象思维的重要特点。诗中造意措语，奇谲异常，如秋风客、土花碧、铜仙铅泪、衰兰送客、天亦老，多为“古今未尝经道者”（杜牧），这是李贺诗吸引人的所在之一。后来铜仙清泪竟成改朝换代、天地翻覆的典故：“父老犹记宣和事。抱铜仙，清泪如水”（刘辰翁）、“铜仙铅泪似洗，叹移盘去远，难贮零露”（王沂孙）、“铜雀春情，金人秋泪，此恨凭谁雪”（文天祥）；“天若有情天亦老”曾被认为奇绝无对，宋石曼卿对以“月如无恨月长圆”，一时传为佳话，此句亦被广为引用，如“莫道安仁头白早。天若有情，天也终须老”（张先）、“朱弦悄，知音少，天若有情应老”（晏殊）、“天若有情天亦老，人间正道是沧桑”（毛泽东）。

北中寒

李　贺

一方黑照三方紫，黄河冰合鱼龙死。
三尺木皮断文理，百石强车上河水。
霜花草上大如钱，挥刀不入迷蒙天。
争瀯海水飞凌喧，山瀑无声玉虹悬。

此诗写北国的奇寒。诗题的“北中”即北地，北国。谋篇布局，在散乱中见经营，是这首诗的一个显著特点。

全诗没有情节贯穿，甚至也没有时间流程，全由片断的景色联缀而成，每句诗都展示一种景观，共同体现着“北中寒”。然而诗人也有意匠经营。首先，诗第一句就是大的笼罩：“一方黑照三方紫。”写出北中天色晦暗，竟映带得其余各方成了紫色。诗人所本为《周礼注》“北方以立冬，谓黑帝之精。”《金丹清真元奥》：“太阳南明，太阴北黑。”但在表现更具象，“黑”、“紫”的浓重色调，给人以神秘而威压之感。“照”本用于光明（普照），这里用于晦暗（笼罩），更增添了上述感觉。

在全诗写景中，首句有确定基调的作用。也就是提纲挈领。以下各句，虽说没有明显的逻辑联系，然而除“三尺木皮断文理”外，都是写天地间水文变幻所构成的种种不同奇观，而这正是严寒统治的世界的特点。这些景观次第是：冰封的黄河及河上的行车、钱大的霜花、浓重的雾幔、浮冰充斥的海洋、冻结了的飞瀑等等，既源于真实，又揉合了诗人奇特的想象，从而把读者带进了一个奇异的冰雪世界，那里天是黑的、地是亮的，宛如一座神秘的水晶王国……，你会感到寒冷，更会感到超出寒冷百倍的惊讶和愉快。这首诗，就像是李贺从他那古破锦囊中掏出些零金碎玉般的断句，随便凑合而成的。然而，它们一经组合，便天衣无缝了。

遣词设喻，于无理处得奇趣，是这首诗的另一个显著特点。如果我们拘泥于常识，自然常识和语法常识，那么就会对《北中寒》的诗句逐一加以“订正”：黄河冰合时，应是鱼龙潜底。说“鱼龙死”，岂有此理？《汉书》谓“胡貉之地，阴积之处，木皮三寸”，不是“三尺”。是“百石重车”，不是“强车”；是“上河冰”，不是“上河水”。迷雾可说挥刀难破，不是“不入”。如此等等。然而所有这些无论从事理上还是措辞上对常规的违反，都包含着独创的匠心，都是出奇制胜。“鱼龙死”意味着河水全体冻结，注重表现异乎寻常的严寒，无理而有趣。“百石强车上河水”的“水”即是“冰”，但用“水”字则取得了一种令人惊异的效果。“抽刀断水水更流”虽更近乎常理，而“挥刀不入迷蒙天”则别有神奇之感，可见那北国之雾异常的稠密。虹本有七彩，而“玉虹”的铸辞，更强调冻瀑的透明，而透明中亦能折射出不同的色光。给读者以十分新异的语感。

将进酒

李　贺

琉璃锺，琥珀浓，小槽酒滴真珠红。
烹龙炮凤玉脂泣，罗帏绣幕围香风。
吹龙笛，击鼍鼓；皓齿歌，细腰舞。
况是青春日将暮，桃花乱落如红雨。
劝君终日酩酊醉，酒不到刘伶坟上土！

李贺这首诗以精湛的艺术技巧表现了诗人对人生的深切体验。

此诗用大量篇幅烘托及时行乐情景，作者似乎不遗余力地搬出华艳词藻、精美名物。前五句写筵宴之华贵丰盛：杯是“琉璃锺”，酒是“琥珀浓”、“真珠红”，厨中肴馔是“烹龙炮凤”，宴庭陈设为“罗帏绣幕”。其物象之华美，色泽之瑰丽，令人心醉，无以复加。它们分别属于形容（“琉璃锺”形容杯之名贵）、夸张（“烹龙炮凤”是对厨肴珍异的夸张说法）、借喻（“琥珀浓”“真珠红”借喻酒色）等修辞手法，对渲染宴席上欢乐沉醉气氛效果极强。炒菜油爆的声音气息本难入诗，也被“玉脂泣”、“香风”等华艳词藻诗化了。运用这么多词藻，却又令人不觉堆砌、累赘，只觉五彩缤纷，兴会淋漓，奥妙何在？乃是因诗人怀着对人生的深深眷恋，诗中声、色、香、味无不出自“真的神往的心”（鲁迅），故词藻能为作者所使而不觉繁复了。

以下四个三字句写宴上歌舞音乐，在遣词造境上更加奇妙。吹笛就吹笛，偏作“吹龙笛”，形象地状出笛声之悠扬有如瑞龙长吟——乃非人世间的音乐；击鼓就击鼓，偏作“击鼍鼓”，盖鼍皮坚厚可蒙鼓，着一“鼍”字，则鼓声宏亮如闻。继而，将歌女唱歌写作“皓齿歌”，也许受到“谁为发皓齿”（曹植）句的启发，但效果大不同，曹诗“皓齿”只是“皓齿”，而此句“皓齿”借代佳人，又使人由形体美见歌声美，或者说将听觉美通转为视觉美。将舞女起舞写作“细腰舞”，“细腰”同样代美人，又能具体生动显示出人体的曲线美，一举两得。“皓齿”“细腰”各与歌唱、舞蹈特征相关，用来均有形象暗示功用，能化陈辞为新语。仅十二字，就将音乐歌舞之美妙写得尽态极妍。

“行乐须及春”（李白），如果说前面写的是行乐，下两句则意味“须及春”。铸词造境愈出愈奇：“桃花乱落如红雨”，这是用形象的语言说明“青春将暮”，生命没有给人们多少欢乐的日子，须要及时行乐。在桃花之落与雨落这两种很不相同的景象中达成联想，从而创出红雨乱落这样一种比任何写风雨送春之句更新奇、更为惊心动魄的境界，这是需要多么活跃的想象力和多么敏捷的表现力，想象与联想活跃到匪夷所思的程度，正是李贺形象思维的一个最大特色。他如“黑云压城城欲摧”、“银浦流云学水声”、“羲和敲日玻璃声”等等例子不胜枚举。真是“时花美女，不足为其色也；牛鬼蛇神，不足为其虚荒诞幻也”（杜牧《李长吉歌诗叙》）。

由于诗人称引精美名物，运用华艳词藻，同时又综合运用多种修辞手法，使诗歌具有了色彩、线条等绘画形式美。

诗中写宴席的诗句，也许使人想到前人名句如“葡萄美酒夜光杯，欲饮琵琶马上催”（王翰《凉州词》），“兰陵美酒郁金香，玉碗盛来琥珀光”（李白《客中作》），“紫驼之峰出翠釜，水晶之盘行素鳞。犀箸厌饫久未下，鸾刀缕切空纷纶”（杜甫《丽人行》)，相互比较一下，能更好认识李贺的特点。它们虽然都在称引精美名物，但李贺“不屑作经人道过语”(王琦《李长吉歌诗汇解序》)，他不用“琥珀光”形容“兰陵美酒”——如李白所作那样，而用“琥珀浓”取代“美酒”一辞，自有独到面目。更重要的区别还在于，名物与名物间，绝少“欲饮”、“盛来”、“厌饫久未下”等等叙写语言，只是在空间内把物象一一感性呈现(即不作理性说明)。然而，“琉璃锺，琥珀浓，小槽酒滴真珠红”，诸物象并不给人脱节的感觉，而自有“盛来”、“欲饮”、“厌饫”之意，即能形成一个宴乐的场面。

这手法与电影“蒙太奇”(镜头剪辑)语言相类。电影不能靠话语叙述，而是通过一些基本视象、具体画面、镜头的衔接来“造句谋篇”。虽纯是感性显现，而画面与画面间又有内在逻辑联系。如前举诗句，杯、酒、滴酒的槽床……相继出现，就给人酒宴进行着的意念。

省略叙写语言，不但大大增加形象的密度，同时也能启迪读者活跃的联想，使之能动地去填补、丰富那物象之间的空白。

此诗前一部分是大段关于人间乐事的瑰丽夸大的描写，结尾二句猛作翻转，出现了死的意念和“坟上土”的惨淡形象。前后似不协调而正具有机联系。前段以人间乐事极力反衬死的可悲，后段以终日醉酒和暮春之愁思又回过来表露了生的无聊，这样，就十分生动而真实地将诗人内心深处所隐藏的死既可悲而生亦无聊的最大的矛盾和苦闷揭示出来了。总之，这个乐极生悲、龙身蛇尾式的奇突结构，有力表现了诗歌的主题。这又表现了李贺艺术构思上不落窠臼的特点。

官街鼓

李　贺

晓声隆隆催转日，暮声隆隆呼月出。
汉城黄柳映新帘，柏陵飞燕埋香骨。
搥碎千年日长白，孝武秦皇听不得。
从君翠发芦花色，独共南山守中国。
几回天上葬神仙，漏声相将无断绝。

“官街鼓”又称“咚咚鼓”，是一种报时信号。唐制：左右金吾卫左右街使，掌分察六街徼巡。日暮鼓八百声而门闭。五更二点鼓自内发，诸街鼓承振，坊市门皆启，鼓三千挝，辨色而止。(见《新唐书·百官志》)

这首诗题目是“官街鼓”，主旨却在惊痛时光的流逝。李贺把不具形的思想情感对象化、具体化，创造了“官街鼓”这样一个艺术形象。官街鼓是时间的象征，那贯串始终的鼓点，正象是时光永不留驻的脚步声。

诗开始就描绘出一幅离奇的画面：日月跳丸，循环不已；画外传来咚咚不绝的鼓声。这样的描述，既夸张，又富于奇特的想象。一、二句描述鼓声，展示了日月不停运转的惊人图景；三、四句转入人间图景的描绘：宫墙内，春天的柳枝刚由枯转荣，吐出鹅黄的嫩芽，宫中却传出美人死去的消息。这样，官街鼓给读者的印象就十分惊心动魄了。它正是“月寒日暖煎人寿”的“飞光”的形象的体现。第五、六句用对比手法再写鼓声：千年人事灰飞烟灭，就像是被鼓点“捶碎”，而“日长白”——宇宙却永恒存在。可秦皇汉武再也听不到鼓声了，与永恒的时光比较，他们的生命多么短促可悲！这里专提“孝武（即汉武帝）秦皇”，是因为这两位皇帝都曾追求长生，然而他们未遂心愿，不免在鼓声中消灭。值得玩味的是，官街鼓乃唐制，本不关秦汉，“孝武秦皇”当然“听不得”，而诗中却把鼓声写得自古已有之，而且永不消逝，秦皇汉武一度听过，只是眼前不能再听。可见诗人的用心，并非在讴咏官街鼓本身，而是着眼于这个艺术形象所象征的事物——那永恒的时光、不停的逝川。

七、八两句分咏人生和官街鼓，再一次对比：尽管你“高堂明镜悲白发，朝如青丝暮成雪”，日趋衰老；然而官街鼓永远不老，只有它“独共南山守中国”。这两句因省略较多，曾引起纷歧的解说。但仔细玩味，它们是分咏两个对立面。“君”字乃泛指世人，可以包含“孝武秦皇”，却未必专指二帝。通过两次对比，进一步突出了人生有限与时间无限的矛盾之不可克服。诗写到这里，意思似乎已表达得淋漓尽致了。但诗人并没有就此搁笔，最后两句突发异想道：天上的神仙也不免一死，不死的只有官街鼓。它的鼓声与漏声相继不断万古长存。这里仍用对比，却不再用人生与鼓声比，而以神仙与鼓声比：天上神仙已死去几回而隆隆鼓声却始终如一，连世人希羡的神仙寿命与鼓声比较也是这样短促可悲，那么人生的短促就更不在话下了。

《官街鼓》反复地、淋漓尽致地刻画和渲染生命有涯、时光无限的矛盾，有人认为意在批判神仙之说。这评价是很不够的。从李贺生平及其全部诗歌看，他慨叹人生短促、时光易逝，其中应含有“志士惜日短”的成份。他怀才不遇，眼看生命虚掷，不免对此特别敏感，特别痛心。此诗艺术上的一个显著特色是，通过异常活跃的想象，把抽象的时间和报时的鼓点发生联想，巧妙地创造出“官街鼓”这样一个象征的艺术形象。赋无形以有形，化无声为有声，抽象的概念转化为可感的形象，让读者通过形象的画面，在强烈的审美活动中深深体味到诗人的思想活动。

马诗二十三首（录一）

李　贺

大漠沙如雪，燕山月似钩。
何当金络脑，快走踏清秋。

《马诗》是通过咏马、赞马或慨叹马的命运，来表现志士的奇才异质、远大抱负及不遇于时的感慨与愤懑，其表现方法属比体。而此诗在比兴手法运用上却特有意味。

一、二句展现出一片富于特色的边疆战场景色，乍看是运用赋法：连绵的燕山山岭上，一弯明月当空；平沙万里，在月光下象铺上一层白皑皑的霜雪。这幅战场景色，一般人也许只觉悲凉肃杀，但对于志在报国之士却有异乎寻常的吸引力。“燕山月似钩”与“晓月当帘挂玉弓”（《南园》其六）匠心正同，“钩”是一种弯刀，与“玉弓”均属武器，从明晃晃的月牙联想到武器的形象，也就含有思战斗之意。作者所处的贞元、元和之际，正是藩镇极为跋扈的时代，而“燕山”暗示的幽州蓟门一带，又是藩镇肆虐为时最久、为祸最烈的地带，所以诗意是颇有现实感慨的。思战之意有针对性。平沙如雪的疆场寒气凛凛，但它是英雄用武之地。所以这两句写景实启后两句的抒情，又具兴义。

三、四句借马以抒情：什么时候才能披上威武的鞍具，在秋高气爽的疆场上驰骋，建树功勋呢？《马诗》其一云：“龙背铁连钱，银蹄白踏烟。无人织锦韂，谁为铸金鞭？”“无人织锦韂”二句的慨叹与“何当金络脑”表达的是同一个意思，就是企盼把良马当作良马对待，以效大用。“金络脑”、“锦韂”、“金鞭”统属贵重鞍具，都是象征马受重用。显然，这是作者热望建功立业而又不被赏识所发出的嘶鸣。

此诗与《南园》（男儿何不带吴钩，收取关山五十州，请君暂上凌烟阁，若个书生万户侯？）都写投笔从戎、削平藩镇、为国建功的热切愿望。但《南园》是直抒胸臆，此诗则属寓言体即整体用比。直抒胸臆，较为痛快淋漓；而用比体，则觉婉曲耐味。而诗的一、二句中，以雪喻沙，以钩喻月，又是在局部上用比；从一个富有特征性的景色写起以引出抒情，又是兴。短短二十字中，比中见兴，兴中有比，大大丰富了诗的表现力。从句法上看，后二句一气呵成，以“何当”领起作设问，强烈传出无限企盼意，且有唱叹味；而“踏清秋”三字，声调铿锵，词语搭配新奇，盖“清秋”草黄马肥，正好驰驱，冠以“快走”二字，形象暗示出骏马轻捷矫健的风姿，恰是“所向无空阔，直堪托死生。骁腾有如此，万里可横行”（杜甫《房兵曹胡马》）。所以字句的锻炼，也是此诗艺术表现上不可忽略的成功因素。

南园十三首（录二）

李 贺

其一

寻章摘句老雕虫，晓月当帘挂玉弓，
不见年年辽水上，文章何处哭秋风？

福昌县昌谷乡是李贺的故家，南园是家中园林。《南园》的诗共十三首，作于诗人辞去奉礼郎官职从长安回家后。此诗原列第六，诗意本很简单：前两句说自己夜以继日，在晓月当帘时还锐意攻读，恐要终老书生；后二句说年年战乱，文章再好也没有出路。总是因仕途失意，慨叹读书无用。诗在造语铸句上却很有特点。

首句用语有两个出典。“寻章摘句”本《三国志・孙权传》裴松之注：“不效书生寻章摘句而已。”“雕虫”本扬雄《法言•吾子》：“或问‘吾子少而好赋？’曰：‘然，童子雕虫篆刻’，俄而曰：‘壮夫不为也。’”二辞均带贬意，用一动词化的“老”字予以连接，一个牢骚形之于色的读书人形象出现了。由于刻苦兼牢骚，他蒲柳之质，未老先衰。诗句充满自嘲而不无激愤的意味。次句“晓月当帘”则似描写人物之背景，形象地表明他是发愤攻书而致废寝，也是速“老”的一个注脚。“挂玉弓”是对“晓月”的一个形容，似喻月为帘钩，又似喻月为雕弓。以武器为喻体，则暗点兵象，逗起下文。

三句“辽水”指辽东，一作辽海，今河北北部与辽宁南部一带地区，隋唐时其地即多战事，而李贺当时，这一带是藩镇为祸最烈的地区。河北诸镇久不受朝廷节制，用兵尚且不能下，文章更无济于实用。四句在说法上绕了几个弯子，兼之句法特殊，其意本为：此用武之地，何处有文章席位？“即有才如宋玉，能赋悲秋，亦何处用之？”而诗人将“悲秋”“文章”写成“文章哭秋风”，意象顿活。或“文章”借代文士，“哭秋风”非一般悲秋，而是伤时和自伤，颇中肯綮。

其二

花枝草蔓眼中开，小白长红越女腮。
可怜日暮嫣香落，嫁与东风不用媒。

清人王琦注此诗时加了一个题解："眼中方见花开，瞬息日暮，旋见其落，以见容华易谢之意。"这个解释正确不正确呢？在古典诗歌中，暮春景物是入诗最频繁的题材之一，好多诗人都写过落花诗。的确，很多诗都是借落花来表现所谓"美人迟暮"之感的。但能否就此推出李贺此诗，也是表现的那同一种感情呢？关于这个问题，现成的答案是没有的。理解诗歌，首先应当从诗歌本身的艺术形象和这形象给人的实际感受出发，同时应当充分注意诗人的艺术个性，才能得出正确的结论。让我们逐句分析一下吧。

"花枝草蔓眼中开"，这句说眼见南园花草繁茂可爱。"开"主要是对"花枝"而言的，而诗中"草蔓"二字告诉读者，随着春深，绿草绿叶渐渐多了。万紫千红，逐渐会被"绿肥红瘦"的景象代替。"小白长红越女腮"这句用了一个比喻形容花朵的娇艳。"小白长红"就是白少红多的意思，也就是偏于红的粉红色，与"越女腮"连文，即以美女粉红的脸蛋来比喻花瓣色泽的鲜嫩。"可怜日暮嫣香落"，这句写花落。"可怜"二字既可作可爱讲，又可作可惜可悯讲，这里应取那一意呢？且先看落花去向："嫁与东风不用媒"。既不是委弃尘土，也不是随逐流水。这句承上美女的比喻，把落花比着一个成熟的姑娘，不经媒妁之言，就自己随着情郎"东风"一起出奔了。显然，上文的"可怜"应该作可爱讲，而不是可悯的意思。

此诗给人以极新奇的印象，落花诗尽有佳作，但几曾读到过这样的落花诗呢。诗里虽有"日暮嫣香落"的字样，但充溢在字里行间的绝非感伤，而是一种轻快、亲切的情调，是对大自然丰富含蕴的一个奇趣的发现。这在李贺富于独创的诗歌中并不是罕见的情形。王琦的解释，不免化神奇为平庸。好诗被说坏，往往是评诗者心中先有一个旧的框框，比如一见写落花，不管诗人具体怎样写，先就得出"容华易谢"感叹迟暮的结论。不料诗人独具慧眼，恰恰从人们只看得见感伤的落花景象中看出了一段优美动人的"好的故事"。他看到的不是零落成泥，或落花流水，而是燕尔新婚。这是旧题材的翻新，是化平庸为神奇。

此诗体现了李贺诗歌的一个最显著的特色，这就是奇特的幻想。古典诗歌中，用花枝比拟少女，或用少女比拟花枝，本来是习见的。在此诗里，虽然也用了这样的比拟，但毫无陈陈相因之感，反而令人觉得耳目一新。其原因就在诗人匪夷所思地把落花比做一个新娘，而不是一个普通的少女。这一幻想使花落的景象有了更新更丰富的含义，完全摆脱了俗套，给人以美的感受。诗人这种奇异幻想，体现了他对理想的憧憬，对美好事物的神往。类似这样的童话般优美的境界，在他的《天上谣》《梦天》等诗中也可以看到。

李贺诗的独创性体现是多方面的，"辞尚诡奇"（《新唐书》本传）就是一个方面。

如“小白长红”的造语就很奇特。形容色彩的程度，一般只用“深”、“浅”，间或有用“多”、“少”的，象此诗用“长”、“小”，的确见所未见。这显然是诗人有意避熟就生，不肯落入常套的缘故。后来宋词中有“绿肥红瘦”的名句，与“小白长红”实际是同一性质的创新。

昌谷北园新笋

李　贺

斫取青光写楚辞，腻香春粉黑离离。
无情有恨何人见？露压烟啼千万枝。

李贺故家南园而外，还有北园。题为《昌谷北园新笋》的诗共四首，实际上除了第一首写新笋而外，后三首俱写新竹。此其二，是一首借题竹书愤的诗。李贺喜欢在竹上题诗，《南园》其十云：“舍南有竹堪书字”，可参。写作背景同前者。

一二句的意思是刮去竹竿的青皮（称之“杀青”），然后书写上一行行诗句。竹皮有一层青色光润的油质，刮去方能受墨，诗人便代称以“青光”，称杀青为“斫取青光”。又因新竹有一种香味，而刚脱箨的竹竿色带嫩白，故作者称之为“腻香春粉”。这样做使词意较难理解，却使诗歌形象具有了很强的感性色彩，较之径直地写新竹，艺术效果好得多。同样，关于写字题诗的事也是用的借代法。“楚辞”原本是屈原创始的一种诗体，而这里用来代指诗人自己的诗作。而这一代也就有了意味。盖“屈原放逐，乃赋《离骚》。”自谓所作为“楚辞”，不仅合于被谓为“骚之苗裔”的诗人的创作实际，而且暗示自己的诗中颇有牢骚。不说写字而直接状以“黑离离”三字，也是借代。王国维论意境，重不隔，轻借代。由此看来，是不可执一而论百的。李贺这两句诗，就以借代之妙而生色。

三四句意思是题在竹上的诗句无法为人知道，千万枝笼在烟雾中的竹枝滴着清露，仿佛在啼泣。“无情”指竹本身，“有恨”指诗句。竹本无情，一量题了诗也就翻作有情了。似是写竹，实际是诗人不遇于时的“恨”的发抒。移情于物，便使诗句本身变得含蕴深厚。

诗中运用借代而兼移情的手法，意境不免有些隐晦，有些朦胧。但它不是“口齿不清”，而是一种有效有艺术手法。那些感性的形象较之概念的字句更能诉诸读者的直觉，引起反复玩索的兴趣，从而感染读者较深。这种手法在晚唐温、李的词与诗中是得到继承和发展的。

【杜牧】（803－852）字牧之，唐京兆万年（今陕西西安）人。文宗大和二年（828）进士及第，登贤良方正能直言极谏科，授弘文馆校书郎。同年为江西团练巡官，后赴宣州。七年任淮南节度府推官，转掌书记。九年回京任监察御史，后分司东都。开成中回京任左补阙，转膳部、比部员外郎，皆兼史职。武宗会昌二年（842）后出为黄州、池州、睦州等地刺史。宣宗大中二年（848）擢司勋员外郎，转吏部员外郎，四年复守池州。五年入为考功员外郎、知制诰，次年为中书舍人。有《杜樊川集》。

润　州

杜　牧

向吴亭东千里秋，放歌曾作昔年游。
青苔寺里无马迹，绿水桥边多酒楼。
大抵南朝皆旷达，可怜东晋最风流。
月明更想桓伊在，一笛闻吹出塞愁。

玩诗意当是重游润州（江苏镇江）之作，润州在六朝为京都近辅，人文荟萃，杜牧时已今非昔比。首联点明故地重游，向吴亭在丹阳县东面，“放歌”是昔游情态，略约表过。

次联用倒腾句法，谓先朝遗寺冷落，长满青苔；桥边临水出现了许多的酒楼。一衰一盛，形象地反映了润州一带风物人情的沧桑变化。

三联怀古为诗中可圈可点之名句，盖魏晋名士好清谈，崇尚老庄，行为旷达，这种风气一直贯彻东晋南朝。曾几何时，这些名士们便成历史上匆匆过客，令人抚事感怆。

末联由月下闻笛（吹奏《出塞》），而念及东晋江左第一笛手桓伊，上承东晋风流而作结。全诗抒发因不得意，而产生的人生无常的悲慨，特托意于怀古耳。然全诗语言清新，意象疏朗，洗空藻饰，在艺术上具有俊爽的特色。

题宣州开元寺水阁

杜　牧

六朝文物草连空，天淡云闲今古同。
鸟去鸟来山色里，人歌人哭水声中。
深秋帘幕千家雨，落日楼台一笛风。
惆怅无因见范蠡，参差烟树五湖东。

作于文宗开成三年（838），时在宣歙观察使崔郸幕任宣州团练判官。《大清一统志》载宣城陵阳三峰上有景德寺，晋名永安，唐名开元，兰若中之最盛者。本篇题咏，满怀惆怅，驰骋古今，与前诗略同。原题下有注："阁下宛溪，夹溪居人。"

宣州为六朝京都近辅，寺亦六朝文物，故前四从六朝说入，设想超脱，落笔高远，"今古同"直贯以下三、四所写开元寺水阁附近山光水色，风土人情。题下原注曰"阁下宛溪，夹溪居人"，"歌哭"语出《礼记·檀弓》："晋文子成室，张老曰'美哉轮焉，美哉奂焉，歌于斯，哭于斯，聚国族于斯'"，即生聚(庆婚吊丧)之意。这里明说的是"古今同"，然同中即有异矣。吴汝纶谓前四句琢制奇语；以其概括凝练而一气贯下也。

五六写宛溪雨晴景色，为传诵之名句，"千"与"一"对，乃多少之相映成趣；"雨"与"风"对，乃自然现象之别具情韵，是诗人对宛溪风光的综合印象。

末二即因山水风光的感召，而产生了对抛弃禄位而乘扁舟隐于五湖的范蠡的企慕。五湖指太湖及周围的四个卫星湖。

本篇与前诗皆一时登览引起的感兴，客观风物描写极美，其中织入了江南明丽的景象，节奏明快而语调流走。诗中明朗健爽的因素与低回惆怅交互作用，体现出杜牧诗歌拗峭不平的特色。

九日齐山登高

杜　牧

江涵秋影雁初飞，与客携壶上翠微。
尘世难逢开口笑，菊花须插满头归。
但将酩酊酬佳节，不用登临恨落晖。
古往今来只如此，牛山何必独沾衣？

此诗作于武宗会昌五年(845)重阳，时任池州刺史。齐山(一作齐安即黄州郡，名误）在州城南三里许。时张祜来池州相探，诗中"客"即指张，后张亦有《和杜牧之齐山登高》之作。

首联即点题，据宋周必大《九华山录》云，池州齐山山脚插入清溪，清溪直接大江，山巅有翠微亭(按：翠微即山之借代语)。"江涵秋影"四字妙传江水之清，"秋影"包容甚广，不独指雁影也。"与客携壶"是置酒会友，兼之有山有水，是人生乐事矣。按诗人由黄州调任池州，以地僻人稀，心境并不愉快。张祜较杜牧年长而诗名早著，由于受到元稹的排抑未能见用于时；张对杜牧神交既久，杜对张祜复怀同情；张祜的到来便给杜牧不少慰藉。

中间两联写当日登山之乐，捎带出随缘自适之生活哲学。三四为唐诗名句，谓人生难得开心，不妨开怀大笑；也不妨潇洒一回——休问你我年纪如何，今日须插满头菊花而归；五六进一步发挥“难逢”、“须插”之意，谓应把握当前及时行乐，不要无益地痛惜流光。要之，数句既是当日登山情事的记录，又不局限当日情事，而融入了诗人的生活经历，表现了一种通达的生活态度，故能传诵人口。

末联承上“登临恨落晖”意，举出齐景公的反例作结，《晏子春秋》载：景公游于牛山（在临淄南），北临其国城而流涕曰‘若何滂滂去此而死乎？’。诗人对齐景公在死亡面前表现出来的畏惧心理不以为然，他实际上已意识到生命之流是一个自然的过程，既然“古往今来只如此”，那还有什么理由不抓住当前的生活，而为将来的物化惴惴其栗，可怜虫般作向隅泣呢？联系到诗人《送隐者》“无媒径路草萧萧，自古云林远市朝。公道世间惟白发，贵人头上不曾饶”，我们不难体味这种旷怀中包含着一种苦涩的潜意识，即因痛恨世间的不公道，转而平和地看待死亡，认为它是一种自然公道的结局。这就是所谓抑塞之怀，出以旷达。

以上三诗大体反映了杜牧的文采风流及其七律的特色，句子成分较为完整，习用“大抵”、“更想”、“难逢”、“须插”、“但将”、“不用”、“何必”等勾勒字面，即使不用，也能做到诗意显豁，而不乏警句，俊爽的特色也就表现在这里。

早雁

杜　牧

金河秋半虏弦开，云外惊飞四散哀。
仙掌月明孤影过，长门灯暗数声来。
须知胡骑纷纷在，岂逐春风一一回？
莫厌潇湘少人处，水多菰米岸莓苔。

此诗作于武宗会昌二年（842），时杜牧为黄州刺史。当年八月，回鹘一部在乌介可汗率领下侵扰天德、振武一带，并深入云州（山西大同），大肆掳掠。诗咏其事，以北雁提早南飞，暗示北方发生战事，并有以雁之“惊飞四散”喻人民流离失所的用意，通体比兴，不似它作，是杜牧七律别调。

首联想象鸿雁遭射四散的情景，金河为唐单于都护府治所，今内蒙和林格尔，此泛指北方边地。

次联续写“惊飞四散”的征雁飞经都城长安上空情景。用笔爽健，以“仙掌”（铜仙掌承露金盘）、“长门”代表的帝王宫殿之壮丽高华以反衬南飞秋雁之“孤影”、“数声”的凄凉可悯，尤为警策。

三联由北雁南飞关心到它们的归期。句中“春风”似兼有比兴象征意义，据《资治通鉴》载，当时唐朝廷曾诏发陈、许、徐、汝、襄阳等兵屯太原及振武、天德，俟来春驱逐回鹘。但诗人对此似乎还有些怀疑和耽心。

末联乃是对大雁的寄语。相传雁飞不过衡阳，以其地气暖和故也。故诗人想象它们在潇湘一带停歇下来，并以江南主人的口气对它们表示慰问，“莫厌”云云，口气温馨，充满体贴同情。全诗笔笔写雁，但不著一雁字；句句咏雁，句句写人；言近旨远，意切情深，表现了诗人对国计民生的关切。

按：会昌年间李德裕为相，是晚唐政治经济上有所作为的时期。面对这次入侵，李德裕采取了坚决回击的措施，在次年春夏之交，便一举击败了乌介可汗一部，使之逃往天山，最后遭到覆灭。此诗五六表示的担忧和讽刺，原是不必要的。

赤　壁

杜　牧

折戟沉沙铁未销，自将磨洗认前朝。
东风不与周郎便，铜雀春深锁二乔。

赤壁为三国时代的古战场，故址在今湖北省武昌县西南赤矶山。汉献帝建安十三年（208）孙、刘联军击败了曹军，为三国鼎立奠定了局面。当时年仅三十四岁的周瑜，是这次战役中的头号风云人物。

“折戟沉沙铁未销，自将磨洗认前朝”，从一件出土文物（折戟）兴起对前朝人物和事迹的慨叹，说得煞有介事，其实很可能只是一种手法。不从山河形胜说起，而从一片铁说起，从这一片铁和一场战争的内在联系说起，这个构思是非常巧妙的，而且画面感、触摸感很强，诗，就要这样形象的语言。

“东风不与周郎便，铜雀春深锁二乔”，是这首诗的议论和结穴所在。赤壁大战，周瑜是用火攻的战术击败了有着数量优势的强大敌人，而火攻必须倚仗的自然条件就是东风。诗人抓住这一点做文章，说，假如要没有东风给周郎以方便，那么，胜败双方可能会易位，而曹操成了胜利者的结果，必然是二乔被掠，铜雀台就会多了两位东吴佳丽，供老瞒受用了。这种调侃的语气，引来宋人的批评说：“孙氏霸业，系此一战。社稷存亡，生灵涂炭都不问，只恐被捉了二乔，可见措大不识好恶。”（《彦周诗话》）《四库提要》为之辩解道：“大乔乃孙策妇，小乔为周瑜妇，二人入魏，即吴亡可知。此作者不欲质言，故变其词耳。”

其实这样的争议是不得要领的。要害在于，诗人的议论过分强调了外因、天时的作用，而撇开了决定战争胜负的更深层次的原因——内因、人和的原因。接下来的问题是，他为什么要如此议论呢？只有一个合理的解释，那就是借题发挥，说得更直白些，就是借古人(曹操)的酒杯，浇自己的块垒。何以言之？“杜牧有经邦济世之才，通晓政治军事，对当时中央与藩镇、汉族与吐蕃的斗争形势，有相当清楚的了解，并曾经向朝廷提出过一些有益的建议。如果说，孟轲在战国时代就已经知道‘天时不如地利，地利不如人和’的原则，而杜牧却还把周瑜在赤壁战役中的巨大胜利，完全归之于偶然的东风，这是很难想象的。他之所以这样地写，恐怕用意还在于自负知兵，借史事以吐其胸中抑郁不平之气。”（沈祖棻）这个说法是通达的。

杜牧本人以武略自负，注过《孙子》，却怀才不遇，是命运的失败者。赤壁之战的失败者曹操，也注过《孙子》，武略或不下于周瑜。杜牧把同情给与曹操，正是借题发挥，自作不平之鸣。

过华清宫

杜　牧

长安回望绣成堆，山顶千门次第开。
一骑红尘妃子笑，无人知是荔枝来。

华清宫是唐代行宫，开元间建于陕西骊山，原名温泉宫，天宝六年改名。唐明皇、杨贵妃生前经常在此避暑或过冬。原诗共三首，这是第一首，写过华清宫联想到的一件天宝遗事。这件遗事，据《新唐书·后妃传》记载是这样的：杨贵妃嗜食荔枝，为了给她供应新鲜荔枝，曾设专骑从数千里外、将荔枝快速运送到京师。同样的记载，亦见李肇《国史补》。可见诗中所写，决非道听途说，是于史有证的。

“长安回望绣成堆，山顶千门次第开。”这两句写作者路过骊山，由望中景色引起想象。按骊山有东、西绣岭，岭上广植林木花卉，望之宛若锦绣。“绣成堆”三字巧妙地拆用地名（绣岭），描绘眼中所见的锦绣河山，措语颇妙。唐人到骊山不会不想到华清宫，就像今人到北京不会不想到天安门一样，那是自然的事情。句中“千门”就指华清宫，因为唐诗中的“千门”皆指宫门，其出处在《汉书》(建章宫千门万户)。华清宫建筑群落环列山谷，有津阳门、开阳门、望京门、昭阳门及无数台殿楼阁，也当得起“千门”之称。“次第开”不仅意味着为数众多、井然有序，而且是试图复活历史画面。宫门依次打开，人物呼之欲出。

“一骑红尘妃子笑，无人知是荔枝来。”这两句追述天宝遗事，并寄予感慨。

“一骑红尘”与“妃子笑”连属做成一个唱叹：一面是紧迫之至、疲于奔命，使人联想到“十里一走马，五里一扬鞭”（王维），即军书传递十万火急的情景；一面是轻松之至、粲然以对，有一点点赞许，有一点点满意。这就引起悬念：一骑红尘所为何来？妃子粲然又为何来？因为悬念的提起，最后的揭密才大跌眼镜——“无人知是荔枝来”！原来“一骑红尘”无关军国大事，原来“妃子笑”是因为“荔枝来”。按儒家传统观念，国家的治平取决于统治者的修齐——“历览前贤国与家，成由勤俭破由奢”（李商隐）。在人民消费水平很低的时代，用专骑运送荔枝以满足一人之欲的事，听起来真如天方夜谭，真是非常荒谬。所以诗人对此持讽谕和批判的态度。

诗属咏史范畴，当然有借古鉴今之意。在写作上，它采取了以小见大、举重若轻的手法。专骑传送荔枝之事，只是天宝遗事中的一件琐事，然而，举隅反三，可以引起对天宝遗事的更多联想，使人觉得荒淫误国、唐明皇难辞其咎。故曰以小见大。“一骑红尘”两句看似轻描淡写，其实是举重若轻——因为“妃子笑”暗含典故：周幽王为了博得宠妃褒姒一笑，不惜以烽火戏诸侯，结果导致了国破身亡的后果。这样的历史鉴戒还不严重吗？宋代大诗人苏轼后来用同样的题材写了一首七古，诗云：“十里一置飞尘灰，五里一堠兵火催。颠坑仆谷相枕藉，知是荔支龙眼来。”又云：“宫中美人一破颜，惊尘溅血流千载。”（《荔枝叹》）用夸张、用重笔，写得声色俱厉、惊心动魄，然而那首长诗，却远不如这首绝句脍炙人口。其原因之一，就在于举轻若重，到底不如举重若轻。

江南春

杜　牧

千里莺啼绿映红，水村山郭酒旗风。
南朝四百八十寺，多少楼台烟雨中。

大和七年（833）春诗人奉沈传师命由宣州、经建康往扬州聘问牛僧孺，诗即作于往返途中。

前二写千里江南之明媚风光，妙在十四字中包举山水、城乡（村郭）、花鸟、红绿等等，得句又自然浑整。杨升庵曾对“千里”二字表示不然：“千里莺啼，谁人听得？千里绿映红，谁人见得？若作十里，则莺啼绿红之景，村郭楼台，僧寺酒旗，皆在其中矣”，何文焕驳曰：“即作十里，亦未必尽听得着、看得见。题云‘江南春’，江南方广千里，千里之中，莺啼而绿映焉；水村山郭，无处无酒旗，四百八十寺，楼台多在烟雨中也。此诗之意即广，不得专指一处，故总而命曰江南春。”诗是可以思接千载而视通万里的，杨升庵一时糊涂也。

后二之妙在写最具特色的江南烟雨，以烟雨楼台映衬明媚春光，笔致灵妙，余音悠远。且于写景有弦外之音，南朝统治者多佞佛，一朝有一朝建筑，无怪江南佛寺之多也（四百八十乃数目堆垛，是杜牧惯用的营造气势的手法）。

造寺者佞佛乞求保佑的目的没有达到，而点缀在山水红绿之间的这些金碧辉煌的佛寺，却形成一种特殊的人文景观，为江南之春生色不少，这实在是太有意思了。这一重诗味不是政治讽刺，而是对一种历史文化现象的玩味和沉思，而这沉思又是和诗人对自然美的歌咏水乳交融，也就更加耐人玩味。

泊秦淮

杜　牧

烟笼寒水月笼沙，夜泊秦淮近酒家。
商女不知亡国恨，隔江犹唱后庭花。

秦淮河经过金陵城内流入长江，六朝以来为游览胜地，诗人夜泊秦淮闻歌女唱陈后主时流行的颓靡歌曲，不禁触景生情，作为此诗。

前二写秦淮夜景，盖流经闹市中心的河流，两岸是商业区和“红灯区”集中的地带，两岸都有“酒家”，月夜上灯后，景色自胜日间。近人朱自清、俞平伯各有一篇《桨声灯影里的秦淮河》，蜚声文坛，得历史与江山之助也。而这首诗一开始即写“夜泊”，及秦淮夜景“烟笼寒水月笼沙”，可知不是偶然的。月下沙岸尤明，水上则弥漫着一层轻纱似的烟雾，用句中排的形式，写景空灵细腻且有唱叹意味。有人说此句“写景萧寥冷寂，泊舟处当非繁华喧闹之处”，恐未必然。

后二写闻歌有感，秦淮河不宽，故在舟中可以清楚地听到对岸的歌声。唐崔令钦《教坊记》录有《后庭花》曲（说详《春江花月夜》诗析），可见唐时尚在流行。六代兴亡之感慨，忧国忧民之情怀，一时涌向心头。诗只言“商女不知亡国恨”，而那些座中颇有身份的听众呢，则不言而喻，世风之日下，时局之可忧，亦见于言外。旨意委婉，感慨转觉深沉。沈德潜、管世铭等均推此诗为唐人七绝之绝唱，乃至压卷之作。

关于“商女”，《辞源》释为歌女是正确的（“商”是宫商之商），“不知亡国恨”，是指不知所唱歌曲产生的历史背景，并无费解之处。《元白诗笺证稿》谓诗中“商女”是扬州歌女而在秦淮商人舟中，扬州与金陵“隔江”，所以“不知亡国恨”，把本来简单的问题反而搞复杂了，虽言出方家，不能不说是千虑一失。还有人说“商女”即商人女眷，与“酒家”无涉，恐未必然；从整个诗看，还是联系秦淮酒家，释为歌女，措意为深。

寄扬州韩绰判官

杜 牧

青山隐隐水迢迢，秋尽江南草未凋。
二十四桥明月夜，玉人何处教吹箫？

杜牧于大和七年（833）至九年春在扬州牛僧孺幕，韩绰为其同僚。此诗作于离扬以后。

前二写江南秋光，包含着忆扬州和故人的情怀。“隐隐”、“迢迢”这一对叠字，不但画出山青水长、绰约多姿的江南风貌，而且暗示着双方相隔的空间距离，欧阳修《踏莎行》“离愁渐远渐无穷，迢迢不断如春水”、“平芜尽处是春山，行人更在春山外”可为之注脚。“草未凋”写江南秋色，清新旷远不同江北，句下寓有眷念旧地的深情。

后二叙别来怀念之情。乃从扬州诸多美好印象中撷取最不能忘怀的时间——“明月夜”（参张祜《纵游淮南》“月明桥上看神仙，人生只合扬州死”、徐凝《忆扬州》“天下三分明月夜，二分无奈是扬州”）、地点——“二十四桥”（一说扬州城内原有二十四座桥；一说只是一桥相传古时有二十四位美女吹箫于桥上故名，即使如此，桥名也能给人造成数量上的错觉），以调侃的口吻，询问对方的行踪。此处的“玉人”乃指韩绰，而“教吹箫”又把关于美女的传说阑入，使人感到韩绰的风流倜傥与情场得意，再加上“何处”二字悠谬其辞，令人读之神往。宋词人姜夔七绝《过垂虹》云：“自作新词分外娇，小红低唱我吹箫。曲终过尽松陵路，回首烟波十四桥”，即深得小杜神韵，可以参读。

赠 别

杜 牧

娉娉袅袅十三余，豆蔻梢头二月初。
春风十里扬州路，卷上珠帘总不如。

文学艺术要不断求新，因陈袭旧是无出息的。即使形容取喻，也贵独到。从这个角度看看杜牧《赠别》，也不能不承认他做诗的“天才”。

此诗是诗人赠别一位相好的歌妓的，从同题另一首（“多情却似总无情”）看，彼此感情相当深挚。不过那一首诗重在“惜别”，这一首却重在赞颂对方的美丽，引起惜别之意。第一句就形容了一番：“娉娉袅袅”是身姿轻盈美好的样子，“十三余”则是女子的芳龄。七个字中既无一个人称，也不沾一个名词，却能给读者完整、鲜明生动的印象，使人如目睹那美丽的倩影。其效果不下于“翩若惊鸿，宛若游龙；荣耀秋菊，华茂春松”（曹植《洛神赋》）那样具体的描写。全诗正面描述女子美丽的只这一句。就这一句还避实就虚，其造句真算得空灵入妙。第二句不再写女子，转而写春花，显然是将花比女子。“豆蔻”产于南方，其花成穗时，嫩叶卷之而生，穗头深红，叶渐展开，花渐放出，颜色稍淡。南方人摘其含苞待放者，美其名曰“含胎花”，常用来比喻处女。而“二月初”的豆蔻花正是这种“含胎花”，用来比喻“十三余”的小歌女，是形象优美而又贴切的。而花在枝“梢头”，随风颤袅着，尤为可爱。所以“豆蔻梢头”又暗自照应了“娉娉袅袅”四字。这里的比喻不仅语新，而且十分精妙，又似信手拈来，写出人似花美，花因人艳，说它新颖独到是不过分的。一切“如花似玉”、“倾国倾城”之类比喻形容，在这样的诗句面前都会黯然失色。

诗人正要离开扬州，“赠别”对象就是他在幕僚失意生活中结识的扬州歌妓。所以第三句写到“扬州路”。唐代的扬州经济文化繁荣，“春风”句意兴酣畅，渲染出大都会富丽豪华气派，使人如睹十里长街，车水马龙，花枝招展……。这里歌台舞榭密集，美女如云。“珠帘”是歌楼房栊设置，“卷上珠帘”则看得见“高楼红袖”。而扬州路上不知有多少珠帘，所有帘下不知有多少红衣翠袖的美人，但“卷上珠帘总不如”！不如谁？谁不如？诗中都未明说，含吐不露，但读者已完全能意会了。这里“卷上珠帘”四字用得很不平常，它不但使“总不如”的结论更形象，更有说服力；而且将扬州珠光宝气的繁华气象一并传出。诗用压低扬州所有美人来突出一人之美，有众星拱月的效果。《升庵诗话》云：“书生作文，务强此而弱彼，谓之‘尊题’。”杜牧此处的修辞就是“尊题格”。但由于前两句美妙的比喻，这里“强此弱彼”的写法显得自然入妙。

杜牧此诗，从意中人写到花，从花写到春城闹市，从闹市写到美人，最后又烘托出意中人。二十八字挥洒自如，游刃有余，真俊爽轻利之至。别情人不用一个“你（君、卿）”字；赞美人不用一个“女”字；甚至没有一个“花”字、“美”字，语言空灵清妙，贵有个性。

金谷园

杜　牧

繁华事散逐香尘，流水无情草自春。

日暮东风怨啼鸟，落花犹似坠楼人。

金谷园是西晋时富豪石崇的别墅，地在洛阳西北，极尽繁奢，至唐代已成遗迹。杜牧经过这里，怀古伤情，写下了这首诗。

面对荒园，诗人首先想到了金谷园昔日的繁华如今安在？“繁华事散逐香尘”。当年名园无尽的繁华已随着香尘的飘散而无影无踪。香尘，王嘉《拾遗记》谓：“石季伦（崇）屑沉水之香如尘末，布象床上，使所爱者践之，无迹者赐以真珠。”是石崇当年豪奢的写照。

次句写眼前景色：“流水无情草自春”。人事虽非，景色依旧。流水、春草犹如历史的见证者，就象孔尚任在《桃花扇》中所写道的那样：“眼看他起朱楼，眼看他宴宾客，眼看他楼塌了。”流水非是无情，只因它见多了前朝旧事，知道那不过是云烟过眼，一时而已。“草自春”的“自”字，表现出春草的悠然，活脱脱一副冷眼旁观状。

第三句“日暮东风怨啼鸟”，诗人触景生情：傍晚时分，阵阵东风传来了鸟儿的声声悲鸣。春天里听到鸟叫，原该是高兴的事，但诗人却从鸟儿的啼叫中听出了悲声。其实鸟儿的声音本无悲喜之别，是诗人的心情发生了变化，所谓景由情生，自然就听出了悲声。当然几个环境因素也起了重要的作用：此时——日暮；此地——废园；此风——凉风。当敏感的诗人正发着思古之幽情，鸟声入耳，让诗人听来似乎是在悲鸣。此悲实乃诗人之悲，此怨实乃诗人之怨。一“怨”字让气氛顿时凝重起来。

恰在此时，片片落花随风而下。诗人从落花的下坠，不由得联想起了当年此地曾发生过的惨烈一幕：“落花犹似坠楼人”。落花纷纷，恰似那坠楼的绿珠美人。《晋书·石崇传》记载：石崇有妓曰绿珠，美而艳。孙秀使人求之，不得，矫诏收崇。崇正宴于楼上，谓绿珠曰：“我今为尔得罪。”绿珠泣曰：“当效死于君前。”因自投于楼下而死。落花与坠楼人能产生联想，一是因为二者都是坠物，二是因为落花与坠楼人都无法自主命运，一个随风飞扬，一个听人摆布。

杜牧所处的时代，正是宦官专权，党争不断，晚唐已如江河日下，国家的命运已非个人所能控制。此时的杜牧，或许正有这一份感伤在心头，吊古伤怀，自然写得凄切哀婉。全诗四句，句句写景，废园之景；景中有情，诗人之情。

清　明

杜　牧

清明时节雨纷纷，路上行人欲断魂。
借问酒家何处有，牧童遥指杏花村。

清明是我国最重要的传统节日之一，也是祭祖和扫墓的日子。按照旧的习俗，扫墓时，人们要携带酒食果品、纸钱等物品到墓地，将食物供祭在亲人墓前，再将纸钱焚化，为坟墓培上新土，折几枝嫩绿的新枝插在坟上，然后叩头行礼祭拜，最后吃掉酒食回家。清明节，又叫踏青节，其时在阳历4月上旬，春光明媚，草木生长，是人们郊游的好时光，所以古人有清明踏青的习俗。

杜牧此诗是一首富于生活情趣的小诗，有人说后两句的妙处，在于那牧童的一指，如《小放牛》之舞蹈动作，以致连音乐都似乎听到了。也不能说全无是处，然如参以生活经验，便可体会此诗之妙，在拈出清明佳节忽来的阵雨中之一幅风俗画。

杜甫《清明》写时俗道："著处繁华矜是日，长沙千人万人出。"所谓"路上行人"，乃郊游踏青者。因先前晴明，故未带雨具。"春天孩儿面，一天变三变。"忽遇阵雨，行人衣裳沾湿，故狼狈不堪，致"欲断魂"。故欲寻酒家避雨祛寒。"酒家何处"，唯当地人知之，牧童便是路上偶逢的一个。这牧童想必也是带雨鞭牛还家的，哪有许多闲功夫回答路人的询问，故只将鞭一指远处杏花林边的帘招，算是回答。

全诗之妙，正在于画出了这样一幅富于情节性的"雨中问津图"。

屏风绝句

杜 牧

屏风周昉画纤腰，岁久丹青色半销。
斜倚玉窗鸾发女，拂尘犹自妒娇娆。

周昉是约早于杜牧一个世纪，活跃在盛唐、中唐之际的画家，善画仕女，精描细绘，层层敷色。头发的钩染、面部的晕色、衣着的装饰，都极尽工巧之能事。相传《簪花仕女图》是他的手笔。杜牧此诗所咏的"屏风"上当有周昉所作的一幅仕女图。

"屏风周昉画纤腰"，"纤腰"二字是有特定含义的诗歌语汇，能给人特殊的诗意感受。它既是美人的同义语，又能给人以字面意义外的形象感，使得一个亭亭玉立、丰满而轻盈的美人宛然若在。实际上，唐代绘画雕塑中的女子，大都体型丰腴，并有周昉画美人多肥的说法。倘把"纤腰"理解为楚宫式的细腰，固然呆相；若硬要按事实改"纤腰"作"肥腰"，那就更只能使人瞠目了。

说到"画纤腰"，尚未具体描写，出人意外，下句却成"岁久丹青色半销"，——由于时间的侵蚀，屏风人物画已非旧观了。这似乎是令人遗憾的一笔，但作者却因此巧妙地避开了对画中人作正面的描绘。

"荷马显然有意要避免对物体美作细节的描绘，从他的诗里几乎没有一次偶然听说到海伦的胳膀白，头发美——但是荷马却知道怎样让人体会到海伦的美。”（莱辛《拉奥孔》）杜牧这里写画中人，也有类似的手段。他从画外引入一个“鸾发女”。据《初学记》，鸾为凤凰幼雏。“鸾发女”当是一贵家少女。从“玉窗”、“鸾发”等字，暗示出她的“娇娆”之态。但斜倚玉窗、拂尘观画的她，却完全忘记她自个儿的“娇娆”，反在那里“妒娇娆”（即妒嫉画中人）。“斜倚玉窗”，是从少女出神的姿态写画中人产生的效果，而“妒”字进一步从少女心理上写出那微妙的效果。它竟能叫一位妙龄娇娆的少女怅然自失，“还有什么比这段叙述能引起更生动的美的印象呢？凡是荷马（此处请读作杜牧）不能用组成部分来描写的，他就使人从效果上去感觉到它。诗人呵，替我把美所引起的热爱和欢欣（按：也可是妒嫉）描写出来，那你就把美本身描绘出来了。”（《拉奥孔》）

从美的效果来写美，《陌上桑》就有成功的运用。然而杜牧《屏风绝句》依然有其独创性。“来归相怨怒，但坐观罗敷”，是从异性相悦的角度，写普通人因见美人而惊讶自失；“拂尘犹自妒娇娆”，则从同性相“妒”的角度，写美人见更美者而惊讶自失。二者颇异其趣，各有千秋。此外，杜牧写的是画中人，而画，又是“丹青色半销”的画，可它居然仍有如此魅力（诗中“犹自”二字，语带赞叹），则周昉之画初成时，曾给人何等新鲜愉悦的感受呢！这是一种“加倍”手法，与后来王安石“低回顾影无颜色，尚得君王不自持”（《明妃曲》）的名句机心暗合。它使读者从想象中追寻画的旧影，比直接显现更隽永有味。

【赵嘏】（806－852？）字承祐，唐楚州山阳（江苏淮阴）人。弱冠前后曾北至塞上，历浙东观察使、宣歙观察使幕。文宗大和六年（832）举进士不第，寓居长安。武宗会昌四年（844）始及第。宣宗大中六年（852）左右，为渭南尉。

寒 塘

赵 嘏

晓发梳临水，寒塘坐见秋。
乡心正无限，一雁度南楼。

《古今词话》引毛先舒论作词云：“意欲层深，语欲浑成”，“大抵意层深者语便刻画，语浑成者意便肤浅，两难兼也。”这话对于近体诗也适用。此首一作司空曙诗。取句中二字为题，实写客中秋思。常见题材写来易落熟套，须看它运用逐层深入、层层加“码”的手法，写得别致。初读此诗却只觉写客子对塘闻雁思乡而已，直是浑成，并不见“层深”。须剥茧抽丝，层次自见。

前两句谓早起临水梳发，因此在塘边看到寒秋景色。但如此道来，便无深意。这里两句句法倒装，则至少包含三层意思：一是点明时序，深秋是容易触动离情的季节，与后文“乡心”关合；二是由句式倒装形成“梳发见秋”意，令人联想到“羞将白发照渌水”、“不知明镜里，何处得秋霜”（李白）的名句，这就暗含非但岁华将暮，而人生也进入迟暮。

上言秋暮人老境困，三句更加一层，点出身在客中。而“乡心”字面又由次句“见秋”引出，故自然而不见有意加“码”。客子心中蕴积的愁情，因秋一触即发，化作无边乡愁。“无限”二字，颇有分量，决非浮泛之辞。乡愁已自如许，然而末句还要更加一“码”：“一雁度南楼”。初看是写景，意关“见秋”，言外其实有“雁归人未归”意。写人在难堪时又添新的刺激，是绝句常用的加倍手法。

韦应物《闻雁》云：“故园渺何处？归思方悠哉。淮南秋雨夜，高斋闻雁来。”就相当于此诗末二句的意境。“归思后说闻雁，其情自深。一倒转说，则近人能之矣。”（《唐诗别裁》）“一雁”的“一”字，极可人意，表现出清冷孤独的意境，如写“群雁”便乏味了。前三句多用齿舌声：“晓”、“梳”、“水”、“见秋”、“乡心”、“限”，读来和谐且有切切自语之感，有助表现凄迷心情，末句则不复用之，更觉调响惊心。此诗末句脍炙人口，宋词“渐一声雁过南楼也，更细雨，时飘洒”（陈允平《塞垣春》），即从此句化出。

这首诗“初非措意，直如化工生物，笋未生而苞节已具，非寸寸为之也。若先措意，便刻画愈深，愈堕恶境矣。”（毛先舒）它兼有层深与浑成的特点，这有赖于作者生活感受深切，又工吟咏这样两重原因。

【李忱】（810—859）即唐宣宗，宪宗第十三子。初名怡，即位日改名忱。穆宗长庆元年（821）封光王，武宗会昌六年（846）即位，改元年号大中。卒谥文献。

瀑布联句

李　忱

千岩万壑不辞劳，远看方知出处高。
溪涧焉能留得住，终归大海作波涛。

太平天国将领冯云山素娴诗文，曾书瀑布诗“穿山透石不辞劳，到底方知出处高”云云，以赋壮怀。其诗实由这首诗改易数字而成。诗中瀑布形象充分人格化，写得有气魄，故为冯云山所激赏。

首句是瀑布的溯源。在深山之中，有无数不为人知的涓涓细流，腾石注涧，逐渐汇集为巨大山泉，在经历“千岩万壑”的艰险后，它终于到达崖前，“一落千丈”，形成壮观的瀑布。此句抓住瀑布形成的曲折过程，赋予无生命之物以活生生的性格。“不辞劳”三字有强烈拟人化色彩，充溢着赞美之情，可与《孟子》中一段名言共读：“天将降大任于斯人也，必先苦其心志，劳其筋骨，饿其体肤，空乏其身，行拂乱其所为，所以动心忍性，增益其所不能。”艰难能锤炼伟大的人格。此句似乎隐含这样的哲理。

近看巨大的瀑布，砰崖转石，跳珠倒溅，令人有“飞流直下三千尺，疑是银河落九天”之感，却又不能窥见其“出处”。惟有从远处望去,“遥看瀑布挂前川”时，才知道它来自云烟缭绕的峰顶。第二句着重表现瀑布气象的高远，寓有人的凌云壮志，又含有慧眼识英雄的意味。“出处高”则取势远，暗逗后文“终归大海”之意。

写瀑布经历不凡和气象高远，刻画出其性格最突出的特征，同时酝足豪情，为后两句充分蓄势。第三句忽然说到“溪涧”，照应第一句的“千岩万壑”，在诗情上是小小的回旋。当山泉在岩壑中奔流，会有重重阻挠，似乎劝它留步，“何必奔冲下山去，更添波浪向人间”（白居易《白云泉》）。然而小小溪涧式的安乐并不能使它满足，它心向大海，不断开辟前程。惟其如此，它才能化为崖前瀑布，而且最终要东归大海。由于第三句的回旋，末句更有冲决的力量。“岂能”与“终归”前后呼应，表现出一往无前的信心和决心。“作波涛”三字语极形象，令人如睹恣肆浩瀚、白浪如山的海涛景象。从“留”、“归”等字可以体味结尾两句仍是人格化的，使人联想到弃燕雀之小志、慕鸿鹄以高翔的豪情壮怀。瀑布的性格至此得到完成。

此诗的作者是一位皇帝和一位僧侣。据《庚溪诗话》，“唐宣宗微时，以武宗忌之，遁迹为僧。一日游方，遇黄檗禅师（按：据《佛祖统纪》应为香严闲禅师。因宣宗上庐山时黄檗在海昌，不可能联句）同行，因观瀑布。黄檗曰：‘我咏此得一联，而下韵不接。’宣宗曰：‘当为续成之。’其后宣宗竟践位，志先见于此诗矣。”可见，禅师作前两句，有暗射宣宗当时处境用意；宣宗续后两句，则寄寓不甘落寞、思有作为的情怀。这样一首托物言志的诗，描绘了冲决一切、气势磅礴的瀑布的艺术形象，富有激情，读来使人激奋，受到鼓舞，故也竟能为农民革命领袖冯云山所喜爱。艺术形象往往大于作者思想，这也是一个显例。

【陈陶】 字嵩伯，自称三教布衣，唐长江以北人。大中初南游，足迹遍于江南、岭南等地。后隐居南昌西山。有《陈嵩伯诗集》。

陇西行

陈陶

誓扫匈奴不顾身，五千貂锦丧胡尘。
可怜无定河边骨，犹是春闺梦里人。

《陇西行》是乐府旧题，属《相和歌 · 瑟调曲》，内容写西部边塞战争。陇西指今甘肃宁夏陇山以西的地方。这首诗在内容上是反映长久的战争给人民造成的痛苦和灾难。

“誓扫匈奴不顾身，五千貂锦丧胡尘”二句写壮烈的牺牲，“貂锦”即貂裘锦帽，乃汉代羽林军装束，此处代称戍边的将士。其所以壮烈，是因为有第一句的“誓扫匈奴不顾身”，这是豪言壮语，“誓扫”、“不顾”，表现了将士英勇气概和献身精神，并没有任何的曲笔。在任何时代，保家卫国都是军人的责任，责无旁贷，都有一个面对牺牲的问题，战士的态度只能是“不顾身”，只能是以身许国，只有这一个选择，没有第二个选择。所以这不可能是曲笔。紧接着这个誓言，便写惨烈的牺牲，“五千貂锦丧胡尘”的意味是全军覆没，是“严杀尽兮弃原野”（屈原）。胜败兵家常事，当然不是所有战事都是这个结果，作者这样写，是有选择性的。这个选择性表明，这首诗的主题，不是宏扬军威。

当然，要写宏扬军威也没什么错，只是作者在这首诗中不打算表现这个方面，他所关注的是一个民生问题——“可怜无定河边骨，犹是春闺梦里人。”战争付出的代价，是要由人民来承担的，而首当其冲的就是“春闺”、战士的家属，绝大多数都是少妇。死者长已矣，而战争造成的痛苦，是要由生者来承担的，这些柔弱的少妇！她们中每一个人，没有一天不在默默祈祷，为了丈夫平安。每一个人都希望得到好消息，而拒绝坏消息。每一个人都贪恋好梦，拒绝噩梦。然而，现实是残酷的，战争是残酷的，就在少妇做着好梦的时候，兴许她的丈夫已经成了“无定河”（源出于蒙古，东南流至陕西清涧入黄河，以急流挟沙，深浅无定得名）边的一堆白骨。

“河边骨”与“春闺梦”，将两个不调和的画面剪接在一起，效果是惊心动魄的。诗人深怀悲悯之心，不愿惊破少妇好梦似的，不说“梦里魂”，却说“梦里人”。

越是这样，作为“知情人”的读者越会感觉悲凉，越觉得少妇梦醒之后不堪设想。反过来说，知道结果，固然会导致哀恸；然而，悲剧已经降临到自己身上，还长久地被蒙在鼓中，更让人感到悲凉。

汉代贾捐之《议罢珠崖疏》写道：“父战死于前，子斗伤于后，女子乘亭鄣，孤儿号于道，老母、寡妻饮泣巷哭，遥设虚祭，想魂乎万里之外。”同时代诗人许浑《塞下》“朝来有乡信，犹自寄征衣”、沈彬《吊边人》“白骨已干沙上草，家人犹自寄寒衣”，与此诗的用意也很相似，可见这首诗的话题有很高的典型性。作者以“可怜”与“犹是”作勾勒唱叹，写闺中少妇不知良人战死，仍然在梦中与之相会，较之许、沈的客观叙写，更为深婉，也更让读者震撼。

【李商隐】（813—858）字义山，号玉溪生。唐郑州（今属河南）人，祖籍怀州河内（今河南沁阳）。九岁丧父，从堂叔学习古文。大和三年（829）为令狐楚辟为幕僚。开成二年（837）进士及第。三年入泾原节度使王茂元幕，且入赘王家。为牛党中人所忌，致使仕途蹭蹬，长期辗转于幕府。有《李义山集》。

安定城楼

李商隐

迢递高城百尺楼，绿杨枝外尽汀洲。
贾生年少虚垂涕，王粲春来更远游。
永忆江湖归白发，欲回天地入扁舟。
不知腐鼠成滋味，猜意鹓雏竟未休。

作于开成三年（838）春，时李商隐试博学宏词科，以朋党中人排斥而落选，回到泾原节度使王茂元幕，愤而为此。安定即泾州（甘肃泾川县北）郡名。

“迢递高城百尺楼，绿杨枝外尽汀洲”，开篇以登高望远为发端，“迢递”以状城墙之长，“百尺”以状城楼之高，杨柳是望中近景，杨柳尽头是水上沙洲。开阔的景色引起的联想和情感也是开阔的。紧接着，“贾生年少虚垂涕，王粲春来更远游”借古人自陈困厄的处境，西汉的贾谊年青时曾给汉文帝上过《陈政事疏》，指陈朝政之失曰“可为痛哭者一，可为流涕者二，可为长太息者六”，并提出巩固中央政权的建议，却遭到公卿们的反对，落得个“虚垂涕”的结果；建安七子之一的王粲，曾远游依附刘表，也是个怀才不遇的人物，《登楼赋》云“悲旧乡之壅隔兮，涕横坠而弗禁”。两事分喻诗人之忧怀国事和远幕依人，有“气交愤于胸臆”之感。

“永忆江湖归白发，欲回天地入扁舟”，接下来自述凌云之志，乃在功成身退。《史记·货殖列传》载范蠡亡吴功成后，“乃乘扁舟，浮于江湖”，为二句所本。出句先点明最终目的是归隐江湖，紧接补叙出一个重要条件即“欲回天地”——也就是要扭转乾坤，澄清政治，看到唐王朝的中兴；而绝不贪图禄位。据说王安石十分激赏此二句，经常吟诵，以为“虽老杜无以过”（《苕溪渔隐丛话》引）。二句使全诗在思想上升华到很高的境界。“不知腐鼠成滋味，猜意鹓雏竟未休”，最后诗人对朝廷中啄腐吞腥，争权夺势的小人投以讽刺，用《庄子·秋水》中鸱枭争腐鼠以吓鹓雏（凤凰）的典故，意言我不贪求禄位，尔何苦以此吓我耶！

全诗将抒写怀抱、忧念国事、感喟身世、抨击腐朽融为一体，展示出诗人阔远的胸襟与在逆境中仍峻拔坚挺之精神风貌；风格博大深沉，洵杰作也。张采田笺此诗曰：“义山一生躁于功名，盖偶经失志，姑作不屑语以自慰也”，虽然能探诗人心事，但由于没能“永忆”一联所表现的理想抱负，就显得不够全面，降低了此诗的思想意义。

无题（录四）

李商隐

其一

相见时难别亦难，东风无力百花残。
春蚕到死丝方尽，蜡炬成灰泪始干。
晓镜但愁云鬓改，夜吟应觉月光寒。
蓬山此去无多路，青鸟殷勤为探看。

在唐诗中，李商隐的无题诗是作者独创的品牌，其诗多写悲剧性爱情心理，“与诗人之悲剧身世及由追求而幻灭的人生感受自不妨有某种潜在联系”（刘学锴）。作者在《有感》诗中自道：“一自高唐赋成后，楚天云雨尽堪疑。”也说明这类诗具有上述特点。

这首诗写暮春伤别。“相见时难别亦难，东风无力百花残”，开篇记别或忆别，起句就常语“别易会难”翻出新意——相见困难，离别为难，句中重复“难”字，一属客观处境，一属主观感受，意味自有不同。次句宕开一笔，写暮春之景，有主观色彩，盖分别在落花时节，连风也显得无力，则人的黯然伤魂之状如在目前。

“春蚕到死丝方尽，蜡炬成灰泪始干”，次联接着写别后相思。以到死丝方尽之春蚕与成灰泪始干的蜡炬，象喻至死不渝的深情和明知无望、仍愿继续荷担终生痛苦作执着追求之殉情精神；感情炽热缠绵，深挚沉着，带有浓郁悲剧色彩。这两句的象征意蕴远远大于作者的思想，在后世，往往被用作奉献精神的化身，有一句话叫“鞠躬尽瘁，死而后已”，还有一句话叫“毁灭了自己，照亮了别人”。

“晓镜但愁云鬓改，夜吟应觉月光寒”，三联出现了人物，作者的心中人。一句写清晨，她面对妆镜，感伤青春不再；一句写夜深，她在月下吟诗，想必不胜清寒。这是十分体贴的话，表现出作者的一往情深。“蓬山此去无多路，青鸟殷勤为探看”，结尾是故作宽解，谓对方所居不远，希望能得到她的信息。“蓬山”是传说中的海上仙山，诗中指女子的居处。“青鸟”是传说中为西王母传书的使者，诗中代指能为作者传递信息之人。

这首诗融比兴与象征、写实与象征为一体，脉络清晰而回环递进，在无题诸诗中最为精纯。四联各有侧重，将相思与离别，希望与失望，现实与梦想，自慰与慰人等相对相关的情绪交织写出，情感内容极为丰富。“相见时难别亦难，东风无力百花残”、“春蚕到死丝方尽，蜡炬成灰泪始干”等，是千古传诵的名句。

其二

昨夜星辰昨夜风，画楼西畔桂堂东。
身无彩凤双飞翼，心有灵犀一点通。
隔座送钩春酒暖，分曹射覆蜡灯红。
嗟余听鼓应官去，走马兰台类转蓬。

这首诗写单恋之苦，当作于会昌六年（846）任职秘省期间。诗中写了一场宴会和两个人——作者和他的意中人。

“昨夜星辰昨夜风，画楼西畔桂堂东”，首句交代宴会的时间是“昨夜”，似乎很具体，却由于今天的定位并不明确，这一时间概念到底模糊。从次句看，宴会的地点是在一处豪宅的楼堂馆所中，但是“画楼”，还是“桂堂”，抑或是两间，也有模糊性。作者是否参与了这个宴会呢？从首句看，似乎没有，因为“星辰”和“风”暗示着有一个人被凉办起来。而这个被凉办的人，就是作者本人。清诗人黄仲则有句云：“如此星辰非昨夜，为谁风露立中宵。”表明他就是这样理解的。

“身无彩凤双飞翼，心有灵犀一点通”，这显然是写男女关系——作者和意中人关系的。这两句使人想起宋人柳永有一个直白的说法：“空有相怜意，未有相怜计。”“身无彩凤双飞翼”正是说“未有相怜计”，而“心有灵犀一点通”则是说“空有相怜意”。彩凤之喻尽人皆知，而灵犀之说则不大好懂。原来，犀牛角心有白纹如线直贯两端，称“通天犀”，古人以为灵异之物。所以“心有灵犀”的喻义是虽不能同在，但却心心相印、息息相通。这两句与柳词两句意思相似，但在语言包装上，却要华丽得多，也要脍炙人口得多。许多没有读过这首诗的人，都诵得这两句诗。

“隔座送钩春酒暖，分曹射覆蜡灯红”，是宴会的情景，这两句本来可以直接“画楼西畔桂堂东”的。但被“心无彩凤”两句打断了一下，这也好，便形成了时间推移的感觉。夜深了，酒宴由敬酒转为罚酒，渐渐热闹起来。“隔座送钩”是一种游戏——类似后世的击鼓传花，视鼓停时钩落谁手而定输家；“分曹射覆”也是一种游戏——藏物于巾盂下让人去猜，视猜中与否而定输赢。输家就是罚酒的对象。“春酒暖”“蜡灯红”，烘托出宴会灯红酒绿，温馨热烈的氛围。在这个氛围之外，有一个星光风露下的孤独者，还有一个在宴会上心不在焉的人。虽然诗中没有交代他和她被隔开的原因，但多半来自社会的礼防，应该是没有什么问题的。

“嗟余听鼓应官去，走马兰台类转蓬”，那一夜（“昨夜”）像梦一样消失了，结尾回到现实。经过一夜相思无益，晨鼓响起，上班应卯的时辰又到了（兰台是秘省别称），作者又开始忙碌、奔波于形势之途。在这首诗的姊妹篇中，有“岂知一夜秦楼客，偷看吴王苑内花”之句，可知这首诗写的是一场单恋，所怀者似为贵家姬妾一流。“画楼西畔桂堂东”或是其心与目成之所，两人实无接于风流。在那漫长的没有手机的时代，有情人间的交流曾经是那么的困难。然而，却因此产生了许多的诗意。今天，手机虽然给人们的交往带来许多的便利，然而，有些诗意也从现实生活中消失了，当然，仍在唐诗中得到永生。

其三

来是空言去绝踪，月斜楼上五更钟。
梦为远别啼难唤，书被催成墨未浓。
蜡照半笼金翡翠，麝熏微度绣芙蓉。
刘郎已恨蓬山远，更隔蓬山一万重。

这首诗写梦绕魂牵的相思苦情，“梦为远别”是一篇眼目。“来是空言去绝踪，月斜楼上五更钟”，开篇用逆挽的手法，写醒来后梦中人踪迹杳无之怅惘，眼前斜月晓钟的实景反形出梦境的虚无飘渺，“来”、“去”二字相起唱叹，更增感慨。“梦为远别啼难唤，书被催成墨未浓”两句补叙梦里别情，及醒后相思。出句谓梦中伤别，悲啼不禁，“啼难唤”者，任眼泪系留不住也；对句写醒后修书，匆匆急就，“墨未浓”者，催成之书，言不尽意也。均妙于含蓄。用“墨未浓”来形容“书被催成”，尤其耐人寻味，是成功的细节描写。

“蜡照半笼金翡翠，麝熏微度绣芙蓉”，写中夜室内光景，烛光之下，“金翡翠”（代灯罩）、“绣芙蓉”（代被褥）这些通常意味情爱的实物，和刚刚消逝的梦境打成一片，似乎还可以闻到伊人梦魂的余香，造境朦胧，如幻如真。“半笼”“微度”的轻描浅写，有浅斟低唱之致。“刘郎已恨蓬山远，更隔蓬山一万重”，结尾是彻底的清醒，写幻梦消失、会合无缘的怅恨。二句用刘晨天台遇仙故事，直抒蓬山（海上仙山）重隔之恨，而以“已恨”、“更隔”虚字勾勒为递进语，似言彼此交往本有不便，加之对方又复远走、好合的希望就更加渺茫了，递进中加复迭，尤具回肠荡气之致。与同类作品一样，此诗于叙事成分损之又损，而抒情成分浓上加浓。这样纯粹抒情的爱情诗和元白叙事成分很浓的爱情诗相比，可能比较费解，但就其精纯程度而言，却为元白所不及。

其四

飒飒东风细雨来，芙蓉塘外有轻雷。
金蟾啮锁烧香入，玉虎牵丝汲井回。
贾氏窥帘韩掾少，宓妃留枕魏王才。
春心莫共花争发，一寸相思一寸灰。

这首诗写闺中对爱情的向往与幻灭之苦，“相思”为全诗之眼。“飒飒东风细雨来，芙蓉塘外有轻雷”，开篇以兴语发端，写细雨、轻雷之春景，烘托闺中不可断绝而有所期待之春心，兴象华妙，“芙蓉”在古诗中双关夫容，冀郎之见怜也。

“金蟾啮锁烧香入，玉虎牵丝汲井回”，接下来两句纯属物象描写，其意比较隐晦。按，金蟾啮锁状香炉，玉虎牵丝谓辘轳，分别为室内用器和室外设施，本是闺情诗的意象材料（南朝乐府《杨叛儿》“欢作沉水香，侬作博山炉”，牛峤《生查子》“帘外辘轳声，敛眉含笑惊”）状出闺中锁闭深藏之环境，复以“烧香”、“汲井”暗透情思的潜炽和相牵，句中“香”、“丝”乃拆字双关“相思”。这种写法，搞不好如自家脚指头动，在李商隐笔下则意味无穷。

“贾氏窥帘韩掾少，宓妃留枕魏王才”，这两句用典剖白内心，比前两句要好懂。贾充女窥帘爱慕韩寿而与之私通，且赠之异香，事见《世说新语》；甄氏死后托梦留枕曹植于洛水，事见《洛神赋》李善注。两事各由上文“烧香”、“牵丝”引出，或为女子热烈主动地求爱，或为女子对心上人的藕断丝连，总是炽热的爱情表白。这两句对仗考究，本来曹植应称“陈王”，曹丕才是“魏王”，诗中以“魏王”称曹植，是因为“魏王”双声，与“韩掾”叠韵形成的对仗，比较美听。同时，因为故事情节的规定性，读者并不会发生误会。“宓妃留枕魏王才”的“才”字，是为了押韵和对仗而用的凑字，却正因为用得特别而给读者留下很深的印象。后世戚继光有一联“但使雕戈销杀气，未妨白发老边才”（《盘山绝顶》），“边才”本是“边人”，为押韵而生造，生造得好，与此有异曲同工之妙。

“春心莫共花争发，一寸相思一寸灰”，结尾陡转反接，由向往追求转为否决，否决之中复透难泯之春心。“春心”习语耳，而与“花争发”连文，则赋予它美好的形象，且显示了它的自然合理性；“相思”本抽象概念，由香销成灰生出联想，创造出“一寸相（香）思一寸灰”的奇句，不仅化抽象为形象，而且与前句形成强烈对照，通过美好事物被毁灭显示出强烈的感伤美或悲剧美。

此诗实写悲剧性的爱情心理，而与诗人之悲剧性身世及由追求而幻灭的人生感受亦有潜在联系，广义而言，也可以说是寓托。前人多有指实为托寓陈情令狐者，则不免狭隘而近乎穿凿也。

锦 瑟

李商隐

锦瑟无端五十弦，一弦一柱思华年。
庄生晓梦迷蝴蝶，望帝春心托杜鹃。
沧海月明珠有泪，蓝田日暖玉生烟。
此情可待成追忆，只是当时已惘然。

这首诗是李商隐晚年所作，历代解说纷纭。主要有咏瑟（苏轼）、悼亡（朱鹤龄）、自伤身世（元好问、何焯）、自序其诗（程湘衡）诸说，实各执一端耳。其实撇开中间两联，单看首尾四句，全诗关键词在“思华年”、“成追忆”、“已惘然”三语，则此诗当是作者闻瑟兴感，自伤身世，怀旧伤逝之作，也可以用作序诗。

“锦瑟无端五十弦，一弦一柱思华年”，开篇由闻瑟而引起对华年盛时的回顾，即元好问所谓“佳人锦瑟怨华年”。据载古瑟五十弦（瑟二十五弦），弦各有柱以为支架，可以移动，以调整弦的音调高低的支柱（故不可“胶柱鼓瑟”）。“无端”犹言没有来由地、无缘无故地，是一种埋怨的口吻，意味略近“羌笛何须怨杨柳”之“何须”，是就音乐逗起听者怨思而发的。“一弦一柱思华年”，意味略近“弦弦掩抑声声思，似述平生不得意”，音乐引起听者深深的共鸣，不由得细把从前事一一回想。

“庄生晓梦迷蝴蝶，望帝春心托杜鹃”，此联及下联运用意象，将锦瑟的音乐形象——迷幻、哀怨、清寥、缥缈等等，以通感的方式转化为视觉形象，以概括抒写其华年所历的种种人生境界和人生感受。庄生梦迷蝴蝶典出《庄子·齐物论》，其意蕴是人生如梦，这是诗人回顾往事而引起的迷惘和悲痛，其中当然也可包括悼亡的内容。望帝魂化杜鹃典出《文选·蜀都赋》注，《华阳国志》有望帝让国委位及杜鹃啼血之说，“春心”即伤春之心，在义山诗中常含有忧国伤时及感伤身世之意，“托杜鹃”隐喻借诗歌发抒内心的积郁和哀怨。

“沧海月明珠有泪，蓝田日暖玉生烟”，上句包含着一系列与珠玉有关的典故，古代认为海中蚌珠的圆缺和月亮的盈亏相应，所以此处将明珠置于沧海月明的背景之上；古代又有南海鲛人泣泪化珠的传说（见《博物志》），所以此处又由珠牵入泪；《新唐书·狄仁杰传》载仁杰微时为吏诬诉，黜陟使阎立本异其才，尝谓之“沧海遗珠”。全句由此构成一幅沧海月明、遗珠如泪的画图，隐隐透露出寂寥之感。下句中，蓝田山是有名的产玉之地，古人有“石韫玉而山辉，水怀珠而川媚”（陆机）、“诗家之景，如蓝田日暖，良玉生烟，可望而不可置于眉睫之前”（戴叔伦）等说法，诗人用此熟语，象征平生所向往、所追求的理想境界之“可望而不可及”。

以上四句虽各言一事，然由音乐意境统率，潜气内转，以浓重悲怆迷惘情调一以贯之，加之对仗工整，故能彼此映带、有很强的整体感。“此情可待成追忆，只是当时已惘然”两句一收，是对“一弦一柱思华年”的总括，谓如此情怀，哪堪追忆，只在当时已是令人不胜惘然。言下之意，今朝追忆之怅恨，当如之何！以“可待”、“只是”作勾勒，尤觉曲折深至，令人低回不已。

总之，本诗是李商隐这位富有抱负和才华的诗人追忆在悲剧性的华年逝水时所奏出的一曲人生哀歌。这首诗和无题诗性质是相似的，诗中没有采取历叙平生的方式，而是将自己的悲剧性身世境遇和悲剧心理幻化为一系列象征性图景。这些图景既有形象的鲜明性、丰富性，又具有内涵的朦胧性和抽象性。这就使得它们没有通常抒情方式所具有的明确性，又具有较之通常抒情方式更为丰富的暗示性，能引起读者多方面的联想，最能代表义山诗意境朦胧、情调感伤、富于象征暗示色彩的特点。

隋宫

李商隐

紫泉宫殿锁烟霞，欲取芜城作帝家。
玉玺不缘归日角，锦帆应是到天涯。
于今腐草无萤火，终古垂杨有暮鸦。
地下若逢陈后主，岂宜重问后庭花？

这首诗约作于大中十一年（857）游江东时。隋宫指隋炀帝在江都营建的行宫江都、显福、临江等宫。诗写隋炀帝肆意淫游，昏顽拒谏，贪欲无穷，至死不悟，足为覆亡之殷鉴。

“紫泉宫殿锁烟霞，欲取芜城作帝家”，开篇点题，“紫泉”即紫渊（长安水名）出司马相如《上林赋》，此借指长安；“芜城”乃广陵之别名，语本鲍照《芜城赋》，指隋之江都。这两句隐含转折关系，即尽管长安高入烟霞，炀帝之心仍然不足，还想以江都作为“帝家”。以“芜城”代江都，是大有深意的，就像“汉皇重色思倾国”一样，思倾国者果倾国，欲以芜城为帝家者终以帝家为芜城。此所谓皮里阳秋。

“玉玺不缘归日角，锦帆应是到天涯”，这两句撇开一笔，未承上写游幸江都事，而以虚拟语气推想道：若不是皇帝的玉玺归了李渊（日角龙庭面相大贵），炀帝的锦帆还怕不到天边！意谓他是不会以游江都为餍足的。这就揭示了炀帝昏淫成性，至死不悟。用今人的话说，就是不见棺材不落泪，带着花岗岩脑袋去见上帝。

“于今腐草无萤火，终古垂杨有暮鸦”，这两句写景中寓隋宫故实，一是炀帝曾在洛阳景华宫征求萤火虫数斛，夜出游山放之，光遍岩谷，在江都还修了“放萤院”；一是沿运河栽柳，所谓“西至黄河东至淮，绿影一千三百里”。诗人巧妙地做入“腐草”——传说萤乃腐草所化，“暮鸦”——即黄昏中集于树梢的乌鸦，在一无一有的对比中感慨今昔，寓无限沧桑之感，冷峻之讽刺与深沉之感喟融合无迹。

“地下若逢陈后主，岂宜重问后庭花”，结尾活用故实，据《隋遗录》载陈后主叔宝亡国后入隋，与当时为太子的杨广相熟，杨广作了皇帝后游江都时，梦中与死去的陈叔宝相遇，还请张丽华舞了一曲《玉树后庭花》。两句意谓隋炀帝过去不能接受陈后主亡国殷鉴，终于重蹈前车覆辙。这番与陈后主地下重逢，还有心情再向他请教《玉树后庭花》的表演么？诗对隋炀帝固然是冷嘲，对当时统治者却含热讽，何焯云：“前半展拓得开，后半发挥得足，真大手笔。”

乐游原

李商隐

向晚意不适，驱车登古原。
夕阳无限好，只是近黄昏。

乐游原在长安东南，为唐时登览胜地。这首诗写作者登乐游原遥望夕阳而触发的感受。它是一首小诗，也是一首大作。

“向晚意不适，驱车登古原。”两句写作者黄昏登上古原，为了排愁解闷。“向晚”二字的字面意义是天色向晚，然而，也可以理解为人过中年，而耐人寻味。这就是汉语因具有模糊性，而造成的魅力。“古原”是个有意思的词汇，照理说，土地是不可再生的资源，所以无原不古。然而，强调是“古原”，无非是说它未经开发，是纯自然而非人化的自然。因此，“古原”一辞，不仅与“向晚”呼应，更有一种回归之意。还要说说“意不适”。什么是“意不适”呢？纪昀说“百感茫茫，一时交集，谓之悲身世可，谓之忧时事亦可。”总之是有些介意，不能超脱。除了“驱车登古原”，还有什么更好的办法呢！

“夕阳无限好，只是近黄昏。”两句写登古原所见到的景色和得到的启示。“夕阳无限好”这一句极好，应画一路密圈。一方面是夕阳确实好，人们都知道夕阳在下山的时候特别红、特别圆、特别大，可以对视，有很强的视觉冲击力。另一方面是人们只强调旭日东升的好，没有人强调过夕阳西下的好，特别是没有人强调过“无限好”，所以让人耳目一新。这一句提神，却增加了下一句的难度。做得不好，全盘皆输。老实说，“近黄昏”三字容易想到，特别是因为用韵，更容易想到。不容易想到的是“只是”二字，如果留白让人填写，恐怕谁也猜不到是“只是”二字吧——并不是因为奇崛、别人想不到，而是因为平易、别人想不到。“只是近黄昏”的“只是”，妙在含浑。就和王昌龄“不破楼兰终不还”的“终”字妙在含浑一样，含浑则诗味厚，如改成“誓”字，意思就单薄了。同理，如果把“只是近黄昏”的“只是”改成“可惜”，意思就单薄了一样。因为“只是”还可以解为“正是”。举证：“只在此山中”（贾岛）的“只在”即正在、“游人只合江南老”（韦庄）的“只合”即正该、“只缘身在此山中”（苏轼）的“只缘”即正为，等等。所以这一句，作憾语看亦可，作赞语看，则更加阳光。这再一次显示了汉语因为模糊性而特具的魅力。

人生难免遇到负面的情绪，人的一生都要注意拒绝负面情绪，给自己以积极的心理暗示。唐诗杰作，往往给人以这方面的启示，如李白《将进酒》，又如此诗。它们不但给人以思想启迪，而且给人以充分美的享受。管世铭称这首诗为“消息甚大，为五绝中所未有。”是极为中肯的。

宿骆氏亭寄怀崔雍崔衮

李商隐

竹坞无尘水槛清，相思迢递隔重城。
秋阴不散霜飞晚，留得枯荷听雨声。

崔雍、崔衮是兄弟二人，是作者表叔及早期幕主崔戎之子。这首诗系作者在告别两位表弟后，旅宿骆氏亭时所作。作者夜宿骆氏亭，时值秋雨连绵，当夜难以成眠。诗的一句说环境，次句说相思，三句说天气，四句回到环境、专说雨声。清空一气，却又绕梁三日、余味无穷。

“竹坞无尘水槛清，相思迢递隔重城。”这两句从环境清幽，说到相思迢递。首句中含两个分句：“竹坞(竹树环合如屏障处)无尘”和“水槛(近水亭轩有栏杆者)清”，彼此是并列关系，这个唱叹令人感到环境分外清净、十分美好；而清净又通感于清静、清寥，独处者是容易产生寂寞、从而又产生怀想的。次句中亦两个分句：“相思迢递”和“隔重城”，彼此是连带关系，说得重点、也便是因果关系——“相思迢递”是因为“隔重城（高城）”的缘故。“迢递”一词有高、远二义，此取远义。须指出，“迢递”可以形容声音的远传(如“漏声迢递”)，所以，暗通结尾的“雨声”。可见构思的绵密。

“秋阴不散霜飞晚，留得枯荷听雨声。”这两句从恼人天气，说到荷塘夜雨。三句中亦含两个分句：“秋阴不散”和“霜飞晚”，又是并列关系。“秋阴不散”很好理解，是说云层太厚，雨不会停。“霜飞晚”又怎么啦？难道是说天气还不够冷吗？否。生活经验告诉我们，霜和晴是联系在一起的（如“晴初霜旦”)，“霜飞晚”的意思，就是说天气还不会晴。这一重唱叹，使得苦雨的感觉厚重起来。同时，“霜飞晚”又是“留得枯荷”的一个前提，又可见构思的绵密。末句中亦含两个分句：“留得枯荷”和“听雨声”，也是连带关系。因为雨打枯荷，在寂静的夜晚，是声声入耳的，具有一种特别的感觉：一种冰凉的抚慰，一种舒服的感伤。所以特别入诗。“留得枯荷”说法新颖（使人联想到宋词的“赢得仓皇北顾”)，辞若宽解，其实深深的失落——为什么留不得花呢，为什么留不得人呢。此外，“雨声”不仅和“相思迢递”相联系，它和首句描写的环境也有联系，竹坞为什么无尘，水槛为什么那么清净，难道不是被雨洗过的原因吗。于是，读者再一次领略到构思的绵密。

李商隐最钟爱的一种句法，是句中排的手法。什么是句中排呢？简单说，就是一个诗句中包含两个分句，它们之间的关系可以是因果的、可以是并列的、也可以是其他连带关系，无论属于哪种关系，都能在当句构成唱叹之音，读之令人回肠荡气。这首诗就是一个典型的诗例。

贾　生

李商隐

宣室求贤访逐臣，贾生才调更无伦。
可怜夜半虚前席，不问苍生问鬼神。

“贾生”即贾谊，西汉著名的政治家和文学家。他少年得志，跻身高位，却又遭遇谗逐，贬谪长沙，对屈原怀有很深的同情。前人咏贾谊，多就其贬谪长沙一事抒发感慨。这首诗却与众不同，选择贾谊别一事迹咏之。

“宣室求贤访逐臣，贾生才调更无伦。”这两句陈述贾谊与汉文帝宣室晤对之事。原来汉文帝迷信，在祭祀活动中有一些事弄不明白，想到贾谊博学，遂将其从长沙召回，秘密接见于宣室——未央宫前殿正室，向他请教。接见结束后，文帝情不自禁地说：“我很久没见到贾生了，自以为胜过他，今天知道不如他。”事见《史记·屈原贾生列传》。“贾生才调更无伦”句，就是模仿汉文帝的语气。作者先把宣室夜对定位为“求贤”——而求贤若渴，又是明君成事，明君所以为明君的必要条件。“逐臣”固然不幸，而受知于文帝，照理又是幸运的。不过，这一笔只是欲抑先扬，为下文造势。

“可怜夜半虚前席，不问苍生问鬼神。”这两句揭示宣室晤对实质上的荒诞不经。“夜半”点明宣室晤对的时间，暗示这是一番秘谈，而且时间谈得很久。表明文帝对贾谊的倚重。“前席”指汉文帝在交谈中，情不自禁地在坐席上向前挪动位置，与贾谊越靠越近。表明文帝与贾谊谈话的投机、态度的虔诚。然而，“可怜”与“虚”（徒然）字作成的感叹，却使“夜半前席”从根本上动摇了。最后，以“不问”与“问”作成唱叹，反跌极重。“问鬼神”，指汉文帝在宣室请教贾谊的内容，其目的不外乎确保社稷的平安。然而，“子不语怪力乱神”（《论语·述而》），儒家政治理念一言以蔽之曰“保民而王”（孟子）。君臣对晤，理当以苍生为念。而“不问苍生问鬼神”，就从根本上颠覆了儒家政治理念，则其追求则无异于缘木求鱼。“逐臣”贾谊的幸乎不幸，也就不言而喻了。

中国古代有个寓言叫南辕北辙，大意说一个赶车的，方向错了，却强调他车马好、态度虔诚，结果离他的目标越来越远。“不问苍生问鬼神”，就是一个方向性错误；“贾生才调更无伦”，就是一乘好的车马；“夜半前席”，就是虔诚的态度。请问，文帝能接近他的目标吗？全诗谓君王虔诚固然大好，但若舍本逐末、南辕北辙，则枉然有此虔诚也！三句先置一叹以为悬念，末句方补叙理由，便饶唱叹之音。清人施补华谓其“以议论驱驾书卷，而神韵不乏”，就是这个缘故。

隋　宫

李商隐

乘兴南游不戒严，九重谁省谏书函。
春风举国裁宫锦，半作障泥半作帆。

隋宫，指隋炀帝在江都（今江苏扬州）所建江都、显福、临江等行宫。隋炀帝自大业元年（605）到十二年，曾三次巡游江都，游山玩水。唐太宗李世民总结隋亡的教训说，水能载舟，也能覆舟。这里的“水”喻人民，李世民的意思是说，水是不好玩的。隋炀帝的玩水的结果，最后是覆舟殒命。

但玩水的人并不这样想，隋炀帝完全没有风险意识和危机意识，这首诗的开头两句就说这层意思。“乘兴南游不戒严”有两层意思，一层说“乘兴南游”，点明隋炀帝巡游江都的性质不同于历史上某些帝王为某种政治、军事、经济目的而进行的“巡狩”，而是纯粹出于享乐。二层说“不戒严”，本来按封建王朝的制度，皇帝出游，沿途应有严格的保安措施，也就是戒严。而隋炀帝第三次游江都时，各地农民起义已成燎原之势，隋朝政权危在旦夕，他还自恃天下太平，后果可想而知，这就是“不戒严”三字所寓的微意。“九重谁省谏书函”写隋炀帝愎谏,“九重”指宫中、朝廷。隋炀帝在大业十二年三游江都前，并非无人劝谏，当时奉信郎崔民象、王爱仁先后上书阻止，皆被杀，其结果必然造成大臣噤口无言。“谁省”二字冷冷一问，是对隋炀帝淫昏性格的嘲讽，是对这一段史实的一种感喟。

史载隋炀帝南游江都，沿途“舳舻相接二百余里，照耀川陆。……所过州县，五百里内皆令献食”，大批军队扈从护卫，龙舟上的帆都用高级锦缎制成。最直接而严重的恶果，是对社会财富的巨大耗费和对社会生产的巨大破坏。诗人用见微知著的手法，抓住了具有典型意义的“裁宫锦”一事集中刻画。“春风举国裁宫锦”，极写裁宫锦之铺张和繁忙，“宫锦”是专供宫廷的高级锦缎，给人的感觉是美丽的华贵的，整个场面似乎是在为重大的盛典做紧张的准备。最后冷冷一跌：“半作障泥半作帆”，障泥是垫在马鞍下的鞯，两端下垂有挡泥的作用，障泥和帆的制作材料应是比较低档的耐磨的，与宫锦本来不搭界，而这样荒唐的事情偏偏出现在隋炀帝南游江都。一面是糟蹋宫锦的同时，一面不知道有多少人在挨饿受冻，前人评道,“‘半作障泥半作帆’，寸丝不挂者可胜道耶？”(姚培谦)就是这个意思。还有“举国”二字，不仅是说倾其人力，也是倾其财力，何焯说：“借锦帆事点化，得水陆绎骚、民不堪命之状如在目前。”也很有见地。

咏史诗的目的，往往是观今鉴古，借古讽今，这首诗有没有呢？据姜炳璋《选玉豁生诗补说》：“后二不下断语，而中边俱到。或曰亦刺敬宗也。”是可供参考的。

北齐二首

李商隐

其一

一笑相倾国便亡，何劳荆棘始堪伤。

小怜玉体横陈夜，已报周师入晋阳。

其二

巧笑知堪敌万机，倾城最在著戎衣。
晋阳已陷休回顾，更请君王猎一围。

这两首诗是通过讽刺北齐后主高纬宠幸冯淑妃这一荒淫亡国的史实，以借古鉴今的。

第一首前两句是以议论发端。“一笑”句暗用周幽王宠褒姒而亡国的故事，讽刺“无愁天子”高纬荒淫的生活。“荆棘”句引典照应国亡之意。晋时索靖有先识远量，预见天下将乱，曾指着洛阳宫门的铜驼叹道：“会见汝在荆棘中耳！”这两句意思一气蝉联，谓荒淫即亡国取败的先兆。虽每句各用一典故，却不见用事痕迹，全在于意脉不断，可谓巧于用典。但如果只此而已，仍属老生常谈。后两句撇开议论而展示形象画面。第三句描绘冯淑妃(“小怜”即其名)进御之夕“花容自献，玉体横陈”（司马相如），是一幅秽艳的春宫图，与“一笑相倾”句映带；第四句写北齐亡国情景。公元五七七年，北周武帝攻破晋阳（山西太原），向齐都邺城进军，高纬出逃被俘，北齐遂灭。此句又与“荆棘”映带。两句实际上具体形象地再现了前两句的内容。淑妃进御与周师攻陷晋阳，相隔尚有时日。“已报”两字把两件事扯到一时，是着眼于荒淫失政与亡国的必然联系，运用“超前夸张”的修辞格，更能发人深省。这便是议论附丽于形象，通过特殊表现一般，是符合形象思维的规律的。

如果说第一首是议论与形象互用，那么第二首的议论则完全融于形象，或者说议论见之于形象了。“巧笑倩兮，美目盼兮”，是《诗经》中形容美女妩媚表情。“巧笑”与“万机”，一女与天下，轻重关系本来一目了然。说“巧笑”堪敌“万机”，是运用反语来讽刺高纬的昏昧。“知”实为哪知，意味尤为辛辣。如说“一笑相倾国便亡”是热骂，此句便是冷嘲，不议论的议论。高纬与淑妃寻欢作乐的方式之一是畋猎，在高纬眼中，换着出猎武装的淑妃风姿尤为迷人，所以说“倾城最在著戎衣”。这句仍是反语，有潜台词在。古来许多巾帼英雄，其飒爽英姿，确乎给人很美的感觉。但淑妃身着戎衣的举动，不是为天下，而是轻天下。高纬迷恋的不是英武之姿而是忸怩之态。他们逢场作戏，穿着戎衣而把强大的敌国忘记在九霄云外。据《北齐书》载：周师取平阳（晋阳），帝猎于三堆，晋州告急。帝将返，淑妃更请杀一围，从之。在自身即将成为敌军猎获物的情况下，仍不忘记追欢逐乐，还要再猎一围。三、四句就这样以模拟口气，将帝、妃死不觉悟的淫昏性格刻画得入木三分。

尽管不著议论，但通过具体形象的描绘及反语的运用，即将议论融入形象之中，批判意味仍十分强烈。

第一首三、四两句把一个极艳极亵的镜头和一个极危急险恶的镜头组接在一起，对比色彩强烈，产生了惊心动魄的效果。单从“小怜玉体横陈”的画面，也可见高纬生活之荒淫，然而，如果它不和那个关系危急存亡的“周师入晋阳”的画面组接，就难以产生那种“当局者迷，旁观者清”的惊险效果，就会显得十分平庸，艺术说服力将大为削弱。第二首三、四句则把“晋阳已陷”的时局，与“更请君王猎一围”的荒唐行径作对比。一面是十万火急，形势严峻；一面却是视若无睹，围猎兴浓。两种画面对照出现，令旁观者为之心寒，从而有力地表明当事者处境的可笑可悲，不着一字而含蓄有力。这种手法的运用，也是诗人巧于构思的具体表现。

夜雨寄北

李商隐

君问归期未有期，巴山夜雨涨秋池。
何当共剪西窗烛，却话巴山夜雨时。

这首诗的诗题，一作《夜雨寄内》。“寄内”是写给妻子的，“寄北”则是写给北方某人，可以是妻子，也可以是一位密友。当然，作写给妻子的诗读，比较自然。

这首诗最大特点就是它的重复和回环，第一是首句的“君问归期—未有期”，作一问一答的语气，“期”字重复。七言诗句的这种重复，能够构成一种唱叹的音情，读来有回肠荡气的感觉，与诗句表达的内容，即一方深情追问、一方却不能予以肯定答复的苦恼心情，是非常吻合的。

第二是全诗中“巴山夜雨”的重复，“巴山夜雨涨秋池”和“却话巴山夜雨”时，一是此夜中孤独的情景，一是他日重逢回忆此夜的情景，这一重复尤其耐人寻味。在前人诗中，就同一时刻，写不同空间的相思，如“料得闺中夜深坐，还应说着远行人”（白居易《邯郸冬至夜思家》）；或就写同一空间，写不同时间的相思，如“人面不知何处去，桃花依旧笑东风”（崔护《都城南庄》），为数甚多。而象此诗这样，写不同时间、不同空间中的回环往复的相思，还是一种全新的意境。这是作者的创举。

同一时代的刘皂《渡桑干》云：“客舍并州已十霜，归心日夜忆咸阳。无端更渡桑干水，却望并州是故乡。”诗写羁旅情怀，亦将时间上的前与后，空间上的此与彼相交错，与李商隐这首诗有异曲同工之妙。这两首诗的最值得注意的共同之处，乃在于诗人在不同的境况中独立发现了一个心理上的怪圈，这就是人生在趋新之后会产生恋旧的心理，所谓执热愿凉，又使这种人生况味得到各具特色的表现。

《渡桑干》写从咸阳来并州，日夜忆咸阳；从并州至桑干，又日夜忆并州。《夜雨寄北》则从巴山夜雨，忆西窗剪烛；又从想象中来日的西窗剪烛，复忆巴山夜雨，由于后一个情境是虚拟的，与《渡桑干》相比，尤有扑朔迷离之妙。

嫦　娥

李商隐

云母屏风烛影深，长河渐落晓星沉。
嫦娥应悔偷灵药，碧海青天夜夜心。

这首诗的题目是“嫦娥”，而诗中别有一女主人公在。诗是托物言志之作。

“云母屏风烛影深，长河渐落晓星沉。”两句写深闺望月的情景，暗透主人公长夜不寐、孤寂清冷之况。云母是屏风上的一种饰物，烛影暗示女主人公未眠。“长河渐落晓星沉”的“渐”字，暗示着一个时间流逝的过程，盖女主人公仰望星空，已有很长的时间了。只说银河（长河）、晓星，而明月则在不言之中，这从后两句可以意会。

“嫦娥应悔偷灵药，碧海青天夜夜心。”两句是诗中人的悬想，嫦娥因长处孤清之境而悔偷灵药，从对面进一步托出女主人公自身之复杂微妙心理。极空灵蕴藉，启人多方面联想。人生如棋，一着走错，全盘皆输。诗中女主人公寂寞恼恨的心情，借“嫦娥应悔偷灵药”曲曲表出。而诗人自己对生平的反思，又借诗中女主人公的心情曲曲表出。这两重的寓托，使得这首诗的表情相当委婉。

诗境的能指，即是通常所谓“早知今日，悔不当初”，可惜没有后悔药吃的人生心态。此诗能获得普遍共鸣而成为名篇，正在此耳。

【武昌妓】 女，唐人，生平不详。

续韦蟾句

武昌妓

悲莫悲兮生别离，登山临水送将归。
武昌无限新栽柳，不见杨花扑面飞。

韦蟾乃晚唐人，官至尚书左丞。《太平广记》卷273引《抒情诗》：“韦蟾廉问（察访）鄂州，及罢任，宾僚盛陈祖席。蟾遂书《文选》句云：‘悲莫悲兮生别离，登山临水送将归。’以笺毫授宾从，请续其句。座中怅望，皆思不属。逡巡，女妓泫然起曰：‘某不才，不敢染翰，欲口占两句。’韦大惊异，令随口写之：‘武昌无限新栽柳，不见杨花扑面飞。’座客无不嘉叹。韦令唱作《杨柳枝》词，极欢而散。”所载即此诗本事。《唐诗纪事》卷58所记略同。

沈德潜盛赞此诗道：“上二句集得好，下二句续得好。”（《唐诗别裁集》）他这两句也评得好，只不过囫囵一些，须进一步赏析。

先说“集得好”。熟读古典的人，触景生情时，往往会有古诗人名句来到心间，如同己出，此外再难找到更为理想的诗句来取代。但将不同出处的诗句，集成新作，很难浑成佳妙。韦蟾二句“集得好”，首先在于他取用自然，于当筵情事极切合。送行的宾僚那样重情，而将离者亦复依依不舍，都由这两个名句很好地表达出来。其次，是取用中有创新。集句为联语，一般取自近体诗，但诗人却远从楚辞借来两句。“悲莫悲兮生别离”是屈原《九歌·少司命》中的句子，“登山临水兮送将归”是宋玉《九辩》中的句子，两句原来并不整齐。“悲莫悲兮生别离”本非严格意义的七言句，因为“兮”字是句中语气词，很虚，用作七言则将虚字坐实。而“登山临水兮送将归”共八字，集者随手删却一字，便成标准的七言诗句。这种“配套”法，不拘守现成，已含化用意味，再者，这两个古老的诗句一经拾掇，不但语气连贯，连平仄也大致协调（单论二四六字，上句为“仄平仄”，下句为“平仄平”）。既存古意，又居然新声，可谓语自天成，妙手偶得。

“悲莫悲兮生别离，登山临水送将归”，这是送行者的语气，自当由送行者来续之。但这二句出自屈宋大手笔，集在一起又是那样浑成；而送别情意，俱尽言中，续诗弄不好就成狗尾续貂。这里着不得任何才力，得全凭一点灵犀，所以一个慧心的歌女比十个饱学的文士更中用。

再说“续得好”。歌妓续诗的好处也首先表现在不刻意：集句抒当筵之情，信手拈来；续诗则咏目前之景，随口道去。但集句是“赋”，续诗却出以“兴”语。“诗不患无情而患情之肆”（《诗镜总论》），“善诗者就景中写意”（《昭昧詹言》）。由于集句已具送别之情意，语似尽露。采用兴法以景结情，恰好是一种补救，使意与境珠联璧合。“武昌”、“新柳”、“杨花”，不仅点明时间、地点、环境，而且渲染气氛，使读者即景体味当筵者的心情。这就使不尽之意，复见于言外。其次，它好在景象优美，句意深婉。以杨柳写离情，诗中通例；而“杨花扑面飞”，境界却独到，简直把景写活了。一向脍炙人口的宋词名句“春风不解禁杨花，蒙蒙乱扑行人面”（晏殊《踏莎行》）即脱胎于此。“新栽柳”尚飞花扑人，情意依依，座中故人又岂能无动于衷！同时杨花乱飞也有春归之意，“才始送春归，又送君归去”，难堪是加倍的。“不见”、“无限”等字，对于加强唱叹之情，亦有点染之功。七绝短章，特重风神，这首联句诗表现得颇为突出。

乐边人

刘　驾

在乡身亦劳，在边腹亦饱。
父兄若一处，任向边头老！

生活中常常会出现反常的现象，特别在底层社会。例如一般人视监狱为畏途，可也有人苦于无食无家，对入狱求之不得。在封建时代，赴边打仗对一般人是不得已而为之的苦事，连盛唐英雄之士也道“孰知不向边庭苦”（深知不必到边庭受苦），可见未有以戍卒即“边人”生涯为安乐者。此诗题为“乐边人”，首先就令人诧意，不免想看个究竟了。

“在乡身亦劳，在边腹亦饱”。诗篇开门见山，直入情事。似乎有一个即将赴边的角色在那里权衡“在乡”与“在边”二者的优劣，两句诗便是其人的内心独白。“在乡身亦劳”，这句暗示着更多的一层意思，即“在边身亦劳”。两下打成平手。这是一比。“在边腹亦饱”，也暗示着更多的一层意思，即“在乡腹难饱”，于是在边就胜了一筹。这是再比。一再权衡，则此人赴边之志已决。这种比较的方法，可说无可奈何中有其情实。老百姓在乡土迫于饥寒，难以为生，只有当兵吃粮的路了。另一方面，这比法又明显的有自欺自慰的成分，它根本不管在乡的更多好处，所谓“在家千日好”，和在边的更多险处，所谓“也知塞垣苦”，以彼下驷，对此上驷。又像是不得已中寻求心理平衡。所以两句深厚耐味。

至此，一个农家汉子的形象已经出现纸上，他大约是一个募兵对象。从第三句看其人有父兄而不能团聚，那这“父兄”何在呢？可能已先他从军在边了。也可能彼此离散，他猜想亲人终不免走上同一条路。这使他大做其白日梦：“父兄若一处，任向边头老！”要是亲人再能相聚，那真可以边地终老，乐不思乡了。想得未免唯美，赴边又不是卜宅移居，哪能那样舒服地养老.“君不见青海头，古来白骨无人收”（杜甫）。这未免又成自欺，为自己安然赴边寻找理由罢了。“任向边头老”，或即“任向边头死”之一转语。

这首小诗就这样曲尽其致地剖析着心理，似乎是面临当兵者的自嘲。笑有时比哭难看，乐有时自悲极而生，服从中往往夹有矛盾或逆反心理。通过“乐边人”的反常情事，诗人深刻揭示出一种生活底蕴。

【张乔】 生卒年不详，唐池州（今安徽贵池）人，懿宗咸通中进士及第，当时与许棠、郑谷、张宾等东南才子合称“咸通十哲”，黄巢起义后，隐居九华山以终。

河湟旧卒

张　乔

少年随将讨河湟，头白时清返故乡。
十万汉军零落尽，独吹边曲向残阳。

湟水源出青海，东流入甘肃与黄河汇合。湟水流域及与黄河合流的一带地方称“河湟”。诗中“河湟”指吐蕃统治者从唐肃宗以来所侵占的河西陇右之地。宣宗大中三年（849），吐蕃以秦、原、安乐三州及石门等七关归唐；五年，张义潮略定瓜、伊等十州，遣使入献图籍，于是河湟之地尽复。近百年间的战争给人民造成巨大痛苦。此诗所写的“河湟旧卒”，就是当时久戍幸存的一个老兵。诗通过这个人的遭遇，反映出了那个动乱时代的影子。

此诗叙事简淡，笔调亦闲雅平和，意味却不易穷尽。首句言“随将讨河湟”似乎还带点豪气；次句说“时清返故乡”似乎颇为庆幸；在三句所谓“十万汉军零落尽”的背景下尤见生还之难能，似乎更可庆幸。末了集中为人物造像，那老兵在黄昏时分吹笛，则耐人寻味。

诗中字里行间，尤其是“独吹边曲向残阳”的图景中，流露出一种深沉的哀伤。“残阳”二字所暗示的日薄西山的景象，会引起一位“头白”老人什么样的感触？那几乎是气息奄奄、朝不虑夕的一个象征。一个“独”字又交代了这个老人目前处境，暗示出他从军后家园所发生的重大变故，使得他垂老无家。这个字几乎抵得上古诗《十五从军征》的全部内容：少小从军，及老始归，而园庐蒿藜，身陷穷独之境。从“少年”到“头白”，多少年的殷切盼望，俱成泡影。

他毕竟是生还了。而更多的边兵有着更加悲惨的命运，他们暴骨沙场，是永远回不到家园了。“十万汉军零落尽”，就从侧面落笔，反映了唐代人民为战争付出的惨重代价，这层意思却是《十五从军征》所没有的，它使此绝句所表达的内容更见深广。这层意思通过幸存者的伤悼来表现，更加耐人玩味。而这伤悼没明说出，是通过“独吹边曲”四字见出的。边庭的乐曲，足以勾起征戍者的别恨、乡思，他多年来该是早已听腻了。既已生还故乡，似不当吹，却偏要吹，而且是西向边庭（“向残阳”）而吹之，当饱含对于弃骨边地的故人、战友的深切怀念。“十万汉军零落尽”，而幸存者又陷入不幸之心境。《十五从军征》铺叙详尽，其用意与好处都易看出；而“作绝句必须涵括一切，笼罩万有，着墨不多，而蓄意无尽，然后可谓之能手，比古诗当然为难”（陶明濬《诗说杂记》），此诗以含蓄手法抒情，从淡语中见深旨，故为人称道。

【徐寅】 字昭梦，唐莆田（今属福建）人。昭宗乾宁元年（894）进士及第，释褐秘书省正字。为闽王审知辟为掌书记。后归隐延寿溪。

蝴　蝶

徐　寅

不并难飞茧里蛾，有花芳处定经过。
天风相送轻飘去，却笑蜘蛛谩织罗。

唐诗亦有“昆虫记”。蝴蝶则是诗人喜爱的昆虫之一，咏物诗的重要对象。宋时谢无逸曾一气写了蝴蝶诗三百首，被称为“谢蝴蝶”，传为佳话。唐代的徐寅则是更早的一位蝶痴，他曾为蝴蝶写诗两组，一组是绝句，另一组是七律。咏物诗的重要一法，就是将物人格化，赋予物以人的情感。这样，不必专有寄意，也能自成境界。此诗就是如此。

“不并难飞茧里蛾”。首句谓蝴蝶天赋伶俐，却凭空拉出飞蛾作对比，构思独到，饶有意趣：飞蛾的特性之一是早先的作茧自缚，给人天生拘谨笨拙的感觉，相形之下，蝴蝶是乐天而逍遥。事实上，“青虫也学庄周梦，化作南园蛱蝶飞”（《初夏戏题》）之前，也有作茧成蛹阶段，但不像蚕蛾出自茧中那样广为人知，诗可不管。飞蛾从茧里爬出时，体态臃肿，翅短难飞，而且须眉皆白，有龙钟老态。蝴蝶就不同，其体态窈窕，天生丽质。对蝴蝶没有一字正面的描写，却通过茧蛾的反衬尽得其风流，手法别致。

“有花芳处定经过”。次句写到蝴蝶普遍的习性，就如一个词牌字面显示的：“蝶恋花”。可与蝶为伍的是蜂。但蜜蜂采花是为的酿蜜，所以给人辛勤劳动的印象；而蝴蝶采花却不能酿蜜，于是给人以天赋轻狂的感觉：“身似何郎全傅粉，心如韩寿爱偷香。天赋予轻狂！”（欧阳修）“三百座名园，一采一个空，难道风流种。”（王和卿）贪花爱美，却不专一持久，“有花芳处——定经过”，就含有这样的意味。这就在写实中赋予蝴蝶以多情而不忠实的人间风流少年形象。诗人向所咏对象投去了一个友善的讥诮，敦厚耐味。

“天风相送轻飘去，却笑蜘蛛谩织罗。”如果说前句写的是普遍习性，这后二句写的便是一种特殊情景；前句有讥诮这二句则转为赞许。有人把生活比作网，则一边是情网，一边是罗网。蝴蝶的天敌之一便是蜘蛛。有谜语形容道：“黑脸包丞相，独坐中军帐。摆起八阵图，要捉飞来将。”大意的昆虫往往自投网中，成为蜘蛛的美餐。而诗人笔下的这蝴蝶，却天生机警，履险如夷。“天风相送”意味着其运道也好（“天风”不作“好风”，不但表明是高处的风，而有得天赞助之意）。更有趣的是，这只蝴蝶俏皮，它似乎从蜘蛛的鼻子底下飞过，逗得其馋涎直流，却又轻飘远举，嘲笑着天敌的枉费心。一“笑”字使蝴蝶具有了人的品格，它活泼、机智、幽默而勇敢，是个可爱的小精灵。而蜘蛛的颟顸傻眼之态也跃然纸上，那是人间罗织构陷的奸邪者的变相。

这首诗在写作上除人格化的手法外，牵入与蝴蝶相关或敌对的昆虫作衬和烘托，作用很大。这样做，既凸出了对象性格，又省去了冗繁的正面叙写。诗人不但注意到蝴蝶的共通特性，还妙于观察，写出了其中机智可爱的“这一只”，并有寓意，是其成功的关键。

【郑畋】（825 — 883）字台文，唐荥阳（今属河南）人。会昌进士。任秘省校书郎、中书舍人。后黜为节度使，又贬梧州刺史。僖宗即位，召还兵部侍郎，后拜相。

马嵬坡

郑　畋

玄宗回马杨妃死，云雨难忘日月新。
终是圣明天子事，景阳宫井又何人。

“马嵬坡”即马嵬驿，在今陕西兴平县西。天宝十五载（756）六月，安禄山叛军攻破潼关，危及长安，玄宗仓皇出逃。经过马嵬坡时，扈从部队因怨愤而哗变，自行处死奸相杨国忠，并要求玄宗杀死杨贵妃。这就是历史上有名的马嵬之变。

此诗首句的“玄宗回马”，指大乱平定、两京收复之后，成了太上皇的玄宗从蜀中回返长安。其时距“杨妃死”已很久了。两下并提，意谓玄宗能重返长安，正是牺牲杨妃换来的。一存一殁，意味深长。玄宗割舍贵妃固然使局势得到转机，但内心的矛盾痛苦一直贯穿于他的后半生，尽管山河重光（“日月新”），也不能使他忘怀死去的杨妃，这就是所谓“云雨难忘”。“云雨难忘”与“日月新”对举，可喜与长恨相兼，写出了玄宗复杂矛盾的心理。句中“云雨”指男女私情，“日月”指岁月，字面映带甚工。

诗的后两句特别耐人玩味。“终是圣明天子事”，有人说这是表彰玄宗在危亡之际识大体，有决断，堪称“圣明”，但从末句“景阳宫井又何人”来看，并非如此。“景阳宫井”用的是陈后主的故事。当隋兵打进金陵，陈后主和他的宠妃张丽华藏在景阳宫井内，一同作了隋兵的俘虏。同是帝妃情事，又同当干戈逼迫之际，可比性极强，取拟精当。玄宗没有落到陈后主这步田地，是值得庆幸的，但要说“圣明”，也仅仅是比陈后主“圣明”一些而已。“圣明天子”扬得很高，却以昏昧的陈后主来作陪衬，就颇有几分讽意。只不过话说得委婉，耐人玩味罢了。

但就此以为作者对玄宗毫无同情，也不尽然。唐时人对杨妃之死，颇有深责玄宗无情无义者。郑诗又似为此而发。上联已暗示马嵬赐死，事出不得已，虽时过境迁，玄宗仍未忘怀云雨旧情。所以下联“终是圣明天子事”，“终是”的口吻，似是要人们谅解玄宗当日的处境。《围炉诗话》说：“古人咏史但叙事而不出己意，则史也，非诗也；出己意、发议论而斧凿铮铮，又落宋人之病”、“用意隐然，最为得体”。此诗对玄宗有体谅即“出己意”，又有微讽即“用意隐然”，在咏史诗中不失佳作。

【罗隐】（833 — 909）字昭谏，唐余杭新城（浙江富阳）人。举进士十余年）第。懿宗咸通十一年（870）始为衡阳主簿。广明中黄巢攻陷长安，归隐池州（今安徽贵池）梅根浦。昭宗天祐（906）充节度判官。后梁开平二年（980）授给事中。有《罗隐集》。

蜂

罗　隐

不论平地与山尖，无限风光尽被占。
采得百花成蜜后，为谁辛苦为谁甜？

在昆虫世界中，蜜蜂以劳苦一生、惠人甚多而享乐极少，与蝴蝶大不相同。诗人罗隐着眼于这一点，写出这样一则寄慨遥深的诗的“昆虫记”，其命意好令人耳目一新。

此诗寄意集中在末二句的感喟上，慨蜜蜂一生经营，除“辛苦”而外并无所有。然而前两句却用几乎是矜夸的口吻，说无论是平原田野还是崇山峻岭，凡是鲜花盛开的地方，都是蜜蜂的领地。这里作者运用极度的副词、形容词——“不论”、“无限”、“尽”等等，和无条件句式，极称蜜蜂“占尽风光”，似与题旨矛盾。其实这只是正言欲反、欲夺故予的手法，为末二句作势。俗话说：抬得高，跌得重。所以末二句对前两句反跌一笔，说蜂采花成蜜，不知究属谁有，将“尽占”二字一扫而空，表达效果就更强。如一开始就正面落笔，必不如此有力。

此诗采用了夹叙夹议的手法，但议论并未明确发出，而运用反诘语气道之。前两句主叙，后二句主议。后二句中又是三句主叙，四句主议。“采得百花”已示“辛苦”之意，“成蜜”二字已具“甜”意。但由于主叙主议不同，末二句有反复之意而无重复之感。本来反诘句的意思只是：为谁甜蜜而自甘辛苦呢？却分成两问：“为谁辛苦”？“为谁甜”？亦反复而不重复。言下辛苦归自己、甜蜜属别人之意甚显。而反复咏叹，使人觉感慨无穷。诗人矜惜怜悯之意可掬。

此诗抓住蜜蜂特点，不做作，不雕绘，不尚词藻，虽平淡而有思致，使读者能从这则“动物故事”中若有所悟，觉得其中寄有人生感喟。有人说此诗实乃叹世人之劳心于利禄者；有人则认为是借蜜蜂歌颂辛勤的劳动者，而对那些不劳而获的剥削者以无情讽刺。两种解会似相龃龉，其实皆允。因为“寓言”诗有两种情况：一种是作者为某种说教而设喻，寓意较确定；另一种是作者怀着浓厚感情观物，使物著上人的色彩，其中也能引出教训，但“寓意”就不那么确定。如此诗，大抵作者从蜂的“故事”看到那时苦辛人生的影子，但他只把“故事”写下来，不直接说教或具体比附，创造的形象也就具有较大灵活性。而现实生活中存在着不同意义的苦辛人生，与蜂相似的主要有两种：一种是所谓“终朝聚敛苦无多，及到多时眼闭了”（《红楼梦》“好了歌”）；一种是“运锄耕侵星起”而“到头禾黍属他人”。这就使得读者可以在两种意义上作不同的理解了。但是，随着时代的前进，劳动光荣成为普遍观念，“蜂”越来越成为一种美德的象征，人们在读罗隐这诗的时候，自然更多地倾向于后一种解会了，可见，“寓言”的寓意并非一成不变，古老的“寓言”也会与日俱新。

赠妓云英

罗　隐

锺陵醉别十余春，重见云英掌上身。
我未成名君未嫁，可能俱是不如人？

罗隐一生怀才不遇。他“少英敏，善属文，诗笔尤俊”（《唐才子传》），却屡次科场失意。此后转徙依托于节镇幕府，十分潦倒。当初以寒士身份赴举，路过锺陵县（江西进贤），结识了当地乐营中一个颇有才思的歌妓云英。约莫十二年光景他再度落第路过锺陵，又与云英不期而遇。见她仍隶名乐籍，未脱风尘，罗隐不胜感慨。更不料云英一见面却惊诧道："罗秀才还是布衣！"罗隐便写了这首诗赠她。

这首诗为云英的问题而发，是诗人的不平之鸣。但一开始却避开那个话题，只从叙旧平平道起。"锺陵"句回忆往事。十二年前，作者还是一个英敏少年，正意气风发；歌妓云英也正值妙龄，色艺双全。"酒逢知己千杯少"，当年彼此互相倾慕，欢会款洽，都可以从"醉"字见之。"醉别十余春"，显然含有对逝川的痛悼。十余年转瞬已过，作者是老于功名，一事无成，而云英也该人近中年了。

首句写"别"，第二句则写"逢"。前句兼及彼此，次句则侧重写云英。相传汉代赵飞燕身轻能作掌上舞（《飞燕外传》），于是后人多用"掌上身"来形容女子体态轻盈美妙。从"十余春"后已属半老徐娘的云英犹有"掌上身"的风采，可以推想她当年是何等美丽出众了。

如果说这里啧啧赞美云英的绰约风姿是一扬，那么，第三句"君未嫁"就是一抑。如果说首句有意回避了云英所问的话题，那么，"我未成名"显然又回到这话题上来了。"我未成名"由"君未嫁"举出，转得自然高明。宋人论诗最重"活法"——"种种不直致法子"（《石遗室诗话》）。其实此法中晚唐诗已有大量运用。如此诗的欲就先避、欲抑先扬，就不直致，有活劲儿。这种委婉曲折、跌宕多姿的笔法，对于表现抑郁不平的诗情是很合宜的。

既引出"我未成名君未嫁"的问题，就应说个所以然。但末句仍不予正面回答，而用"可能俱是不如人"的假设、反诘之词代替回答，促使读者去深思。它包含丰富的潜台词：即使退一万步说，"我未成名"是"不如人"的缘故，可"君未嫁"又是为什么？难道也是"不如人"么？这显然说不过去（前面已言其美丽出众）。反过来又意味着："我"又何尝"不如人"呢？既然"不如人"这个答案不成立，那么"我未成名君未嫁"原因到底是什么，读者也就可以体味到了。此句读来深沉悲愤，一语百情，是全诗不平之鸣的最强音。

此诗以抒作者之愤为主，引入云英为宾，以宾衬主，构思甚妙。绝句取径贵深曲，用旁衬手法，使人"睹影知竿"，最易收到言少意多的效果。此诗的宾主避就之法就是如此。赞美云英出众的风姿，也暗况作者有过人的才华。赞美中包含着对云英遭遇的不平，连及自己，又传达出一腔傲岸之气。"俱是"二字蕴含着"同是天涯沦落人"的深切同情。只说彼此彼此，语气幽默。不直接回答自己何以长为布衣的问题，使对方从自身遭际中设想体会它的答案，语意间妙，启发性极强。如不以云英作陪衬，直陈作者不遇于时的感慨，即使费辞亦难讨好。引入云英，则双管齐下，言少意多。

自　遣

罗　隐

得即高歌失即休，多愁多恨亦悠悠。
今朝有酒今朝醉，明日愁来明日愁。

罗隐仕途坎坷，十举进士而不第，于是作《自遣》。这首诗表现了他在政治失意后的颓唐情绪，和愤世嫉俗之意。历来为人传诵。

乍看来此诗无一景语而全属率直的抒情。但诗中所有情语都不是抽象的抒情，而能够给人一个具体完整的印象。首句说不必患得患失，倘若直说便抽象化、概念化。而写成“得即高歌失即休”那种半是自白、半是劝世的口吻，尤其是仰面“高歌”的情态，则给人生动具体的感受。情而有“态”，便形象化。次句不说“多愁多恨”太无聊，而说“亦悠悠”。悠悠，不尽，意谓太难熬受。“今朝有酒今朝醉，明日愁来明日愁”，更将“得即高歌失即休”一语具体化，一个放歌纵酒的旷士形象呼之欲出。这一形象具有独特个性。只要将此诗与同含“及时行乐”意蕴的杜秋娘所歌《金缕曲》相比较，便不难看到。那里说的是花儿与少年，所以“莫待无花空折枝”，颇有不负青春、及时努力的意味；而这里取象于放歌纵酒，更带迟暮的颓丧，“今朝有酒今朝醉”总使人感到一种内在的凄凉、愤嫉之情。读这首诗总使我想起中学时代听到的一首诗：“不愿无来不愿有，但愿长江化为酒。日夜睡在沙滩上，一浪浪来喝一口。”情绪不免颓唐，诗确是好诗，虽然有点玩文学的味道。

此诗艺术表现上注意在重叠中求变化，从而形成绝妙的咏叹调。一是情感上的重叠变化。首句先括尽题意，说得意诚可高兴失意亦不必悲伤；次句则是首句的补充，从反面说同一意思：倘不这样，“多愁多恨”，是有害无益的；三、四句则又回到正面立意上来，分别推进了首句的意思：“今朝有酒今朝醉”就是“得即高歌”的反复与推进，“明日愁来明日愁”则是“失即休”的进一步阐发。从头至尾，诗情有一个回旋和升腾。二是音响即字词上的重叠变化。首句前四字与后三字意义相对，而二、六字（“即”）重叠；次句是紧缩式，意思是多愁悠悠，多恨亦悠悠，形成同意反复。三、四句句式相同，但三句中“今朝”两字重叠，四句中“明日愁”三字重叠，但前“愁”字属名词，后“愁”字乃动词，词性亦有变化。可以说，每一句都是重叠与变化手牵手走，而每一句具体表现又各不同。把重叠与变化统一的手法运用得尽情尽致。

【皮日休】（834？—883？）字逸少，后改袭美，唐襄阳（今属湖北）人。早隐鹿门山，自号间气布衣、醉吟先生等。懿宗咸通七年（866）举进士不第，退居寿州（安徽寿县）自编诗文为《皮子文薮》。八年始及第。十年为苏州军事判官。僖宗乾符二年（875）任毗陵副使。黄巢军入江浙，劫以从军，为翰林学士。

汴河怀古

皮日休

尽道隋亡为此河，至今千里赖通波。
若无水殿龙舟事，共禹论功不较多。

汴河，亦即通济渠。隋炀帝时，发河南淮北诸郡民众，开掘了名为通济渠的大运河。自洛阳西苑引谷、洛二水入黄河，经黄河入汴水，再循春秋时吴王夫差所开运河故道引汴水入泗水以达淮水。故运河主干在汴水一段，习惯上也呼之为汴河。隋炀帝开大运河的动机，是为满足一己的淫乐。唐诗中有不少作品是吟咏这个历史题材的，大都指称隋亡于大运河云云。

大运河是隋代的一号工程，而长城是秦代的一号工程。长城的名气更大，但从造福后代的角度而言，则不可与大运河同日而语。大运河与都江堰一样，是以水利造福民族的工程，虽然其上马的初衷不一样。诗一开始就说：很多追究隋朝灭亡原因的人都归咎于运河，视为一大祸根，然而大运河的开凿使南北交通显著改善，对经济联系与政治统一有莫大好处，历史作用深远。用“至今”二字，以表其造福后世时间之长；说“千里”，以见因之得益的地域之广；“赖”字则表明其为国计民生之不可缺少，更带赞许的意味。此句强调大运河的百年大利，一反众口一词的论调，使人耳目一新。

大运河固然有利于后世，但隋炀帝的暴行还是暴行，皮日休是从两个不同角度来看开河这件事的。当年运河竣工后，隋炀帝率众二十万出游，自己乘坐高达四层的“龙舟”，还有高三层、称为浮景的“水殿”九艘，此外杂船无数。船只相衔长达三百余里，仅挽大船的人几近万数，均著彩服，水陆照耀，所谓“春风举国裁宫锦，半作障泥半作帆”（李商隐《隋宫》），其奢侈靡费实为史所罕闻。第三句“水殿龙舟事”即指此而言。作者对隋炀帝的憎恶是十分明显的。然而他并不直说。第四句忽然举出大禹治水的业绩来相比，甚至说就其对后代作出的贡献而言，就是用大禹治水的功绩作比，也是不过分的。

不过，这番评论是以“若无水殿龙舟事”为前提的。然而“若无”云云这个假设条件事实上是不存在的，极尽“水殿龙舟”之侈的炀帝终究不能同躬身治水、“三过家门而不入”的大禹相与论功，流芳千古。故作者虽用了翻案法，实际上只为大运河洗刷不实的“罪名”，而将运河的功与炀帝的罪划分界限。这种把历史上暴虐无道的昏君与传说中受人景仰的圣人并提，是欲夺故予之法。说炀帝“共禹论功不较多”似乎是最大恭维奖许，但有“若无水殿龙舟事”一句的限制，又是彻底的驳夺。“共禹论功”一抬，“不较多”再抬，高高抬起，把分量重重地反压在“水殿龙舟事”上面，对炀帝的批判就更为严正，斥责更为强烈。这种手法的运用，比一般正面抒发效果更好。

作者生活的时代，政治腐败，已走上亡隋的老路，对于历史的鉴戒，一般人的感觉已很迟钝了，而作者却有意重提这一教训，是寓有深意的。此诗以议论为主，在立意的新颖、议论的精辟和“翻案法”的妙用方面，自有其独到处。

咏　蟹

皮日休

未游沧海早知名，有骨还从肉上生。
莫道无心畏雷电，海龙王处也横行。

咏物诗往往别有兴寄，这首诗“咏蟹”亦复如此。它既可以是一首讽刺横行不法的恶霸的诗——这有“试将冷眼观螃蟹，看你横行到几时”的俗谚可为旁证；也可以是一首歌颂造反派的诗。联想到晚唐农民起义的风起云涌，诗人亦顺随黄巢，作了“翰林学士”，则后一种解会更饶别趣。

蟹之为物，本是一种时鲜美味，而且主要产于内陆江河湖泊，这就是“未游沧海早知名”的字面意义了。诗人用意主要还在它双关的另一层较深隐的涵义。那就是，历史的风云人物虽然出现在沧海横流的时代，但在他们奋起之前，必先在民间有相当的声名。这从写农民起义的《水浒》中可找到极生动的例证：早在播乱山东之前，“及时雨宋公明”、“托塔天王晁盖”之类名号，已是不胫而走，具有相当的号召力。“未游沧海”，正暗示着将游沧海，四字遥起诗的末句。

相面之术认为，人的命运和骨相有很大关系。据说敢于造反，犯上作乱的人，天生有反骨。由此看“有骨还从肉上生”一句，就不仅仅是咏蟹的硬壳，一种保护组织。当然，此句由于贴切蟹的外形特点，也双关得巧妙。这个硬壳，肉上的骨，还暗示着下一句，即蟹和一切生命一样，都有全身避祸的本能。从这个意义上说，它当然并非无所畏惧。“莫道无心畏雷电”这句垫得非常好，不但使所咏形象变得丰满，不流于简单化，同时又有欲扬先抑、欲擒故纵的蓄势。“雷电”的声威，代表着自然界的威慑力，象征着人间的王法。谁敢以身试法？然而事情总是在一定条件下发生转化的，畏惧和隐忍皆有限度，官逼民反是从来存在的事实。这就逼出最末一句。

“海龙王处也横行。”这是令人击节的点睛之笔。双关在这里更加耐人寻味。就蟹而言，它天生六只脚爪，只能横向爬行，这是它有异于大多数同类动物的特点。要它直走，便是强其所难，无论如何办不到。诗人涉笔成趣地在这里引入“海龙王”这样一个庞然大物，江海中一切的主宰，虾蟹之类本是它微贱的臣民。这一对举自然巧妙。说“海龙王处也横行”，可见蟹的禀性难移，然而，超出字面的意义却是赞美“蟹”的无法无天，即赞美造反的精神。“海龙王处也横行”之可嘉，就在其不是“于无佛处称尊”，而是公然冒犯至高无上的权威，我行我素，有点“见了皇帝不叩头”的勇气。恰如孙悟空的可爱不在于花果山做美猴王，而在于以弼马温身份大闹天宫的时候一样，这“蟹”的可爱也在于它的造反有理。

诗人不仅细察物理，对所咏的动物的特征把握得很好；而且深于兴寄，巧妙地运用双关手法加以发挥，歌颂了卑贱者最可贵的一种性格即反抗性。

【曹邺】 字邺之，唐桂州阳朔（广西阳朔）人。屡试不第，宣宗大中四年（850）始进士及第，与刘驾、郑谷等为诗友。曾任天平军节度判官、太常博士、祠部郎中、洋州刺史、吏部郎中等职。中年辞官南归，隐居以终。

官仓鼠

曹　邺

官仓老鼠大如斗，见人开仓亦不走。
健儿无粮百姓饥，谁遣朝朝入君口。

这是一首反贪诗。唐朝末年，苛政极繁，贪官污吏滋多，这首诗为此而作。

“官仓鼠”这个形象可说是直接来自生活，却也有一个出典，见《史记·李斯列传》：“（斯）年少时，见吏舍厕中鼠食不洁，近人犬，数惊恐之。斯入仓，观仓中鼠，居大庑之下，不见人犬之忧。”可知“官仓鼠”，第一有“积粟”可食，较之厕中饥鼠，自然肥大。“官仓老鼠大如斗”，夸张而不失实，用喻贪吏，得其神似。第二是“不见人犬之忧”。古人云“社鼠不熏”，官仓之鼠亦然。所以成语虽有“胆小如鼠”之说，“官仓鼠”却是例外。柳宗元曾写过一篇寓言《永某氏之鼠》，其中说到由于主人属鼠，禁畜猫犬，恣鼠不问，老鼠居然白昼与人兼行。所谓“见人开仓亦不走”，亦可见“官仓鼠”不仅身大如斗，亦有“斗胆”，虽平淡写来，亦使人毛骨悚然。用来比喻胆大妄为的官吏，也很形象。

诗第三句撇开鼠而写到人：“健儿无粮百姓饥”。兵民为邦国之本，却挣扎于饥饿死亡线上。这里构成了一个强烈对比：一面是军民劳而不获，一面是官仓鼠无功食粟。这是多么不合理的社会现实。诗以痛切的一问作结：“谁遣朝朝入君口！”这问题的深刻性在于，诗人并简单地以“鼠”患为民生疾苦的唯一原因，而进一步追究产生这种不平的根源。虽然答案没有现成地给出，却发人深思。

《史记》写李斯见“官仓鼠”是十分羡慕的，在诗人笔下这一形象却发生了质变，成为极可憎恶的对象。因而此诗精神上更接近诗经《硕鼠》。那首古代民歌愤切地说：“硕鼠硕鼠，无食我黍”、“逝将去女（汝），适彼乐土”。此诗中也潜在有同样愤切的情绪。

此诗不用赋法，未局限于官吏贪赃枉法之具体事实，而就其贪婪成性、胆大妄为的本质特征设喻，即用比兴手法，显得言省意足。虽然没有《硕鼠》那样的复迭章句，但第三句的提唱和末句的设问，亦饶有唱叹之音。由于语言的通俗幽默，易记易传，又增强了诗的战斗性。

【王镣】 字德耀，唐扬州（今属江苏）人，祖籍太原（今属山西）。宰相王铎之弟。屡举不第，懿宗咸通中始进士及第，累官主客员外郎，僖宗乾符二年（875）改仓部员外郎，迁左司郎中、汝州刺史。终太子宾客。

感　事

王　镣

击石易得火，扣人难动心。
今日朱门者，曾恨朱门深。

阶级社会里充满着不平等，人们都在一定的社会地位里生活，思想感情和立场观点随着社会地位的变化而变化，从而产生出一种发人深省的“角色互换”的现象：专制的家长曾经是俯首帖耳的子孙；恶毒的婆婆曾经是受气的小媳妇儿；刚愎的暴君曾经是造反者；一怒之下杀了伙伴的王者，当年也曾讲过“苟富贵，勿相忘”的肺腑之言……。人们显得那样健忘，仿佛人际关系中确乎存在一个个怪圈。这首五绝就用极简劲的语言，道破了这样一种世相，既痛快又深刻。

诗前两句以比兴手法，为警策之句：“击石易得火，扣人难动心。”在火柴发明传入之前，人们取火的办法之一便是击石取火：工具是两片火石，或一片火石一块铁，以纸媒相凑，击石引着，再吹出明火。今人看来这很不方便，而在古人却认为“易得”了。写“击石易得火”，为的是引出“扣人难动心”。以“易”形“难”，这是反兴的方法。相形之下突出了人心的冷酷，比石头还僵硬。人间固然也有古道热肠者，并非全无恻隐之心，不过，此句是有所特指，便是题目显示的，作者在生活中遇到了一件不愉快的事，碰了钉子，故感发为诗。他的高明在于，并不停留在具体事件上，而是着重揭示其中包含的生活哲理：“今日朱门者，曾恨朱门深。”今日有权有势的冷面人，当初也曾需要温情。也曾要求权门的援引。可能也曾有过求告无门的苦衷。这里言下之意是：人啦，你为什么如此健忘呢？你当初深恶痛绝的那种角色，如今为什么就安之若素呢？所以这二句“朱门”的重复中，见出角色互换，读来饶有意味。诗人对其所针砭的那个具体对象，也许深知其底细，他可能就是“一阔脸就变”的势利小人。不过诗中并不局限在一人一事，而重在揭露鞭笞一种世相，所以深刻。

同一个题目，如果施之散文，可能就下笔千言，通过旁搜远绍，甚至可能写成论人类不平等什么什么的长篇大论。而一首绝句，却只须点到为止，读者逐类旁推，自能产生愈短愈长的效果。这首诗前两句固然是警句，后二句则是更为发人深省的警句。语言的警策，也是小诗成功的诀窍之一。

【高蟾】 唐末人，郡望勃海（河北沧洲）。出身寒素，累举不第。僖宗乾符三年（876）进士及第，昭宗乾宁中官至御史大夫。

下第后上永崇高侍郎

高　蟾

天上碧桃和露种，日边红杏倚云栽。
芙蓉生在秋江上，不向东风怨未开。

关于此诗有一段本事，见《唐才子传》：“（高蟾）初累举不上，题诗省墙间曰：‘冰柱数条搘白日，天门几扇锁明时。阳春发处无根蒂，凭仗东风次第吹’，怨而切。是年人论不公，又下第。上高侍郎云。”

唐代科举尤重进士，因而新进士的待遇极优渥，每年曲江会，观者如云，极为荣耀。此诗一开始就用“天上碧桃”、“日边红杏”来作比拟。“天上”、“日边”，象征着得第者“一登龙门则身价十倍”，地位不寻常；“和露种”、“倚云栽”比喻他们有所凭恃，特承恩宠；“碧桃”、“红杏”，鲜花盛开，意味着他们春风得意、前程似锦。这两句不但用词富丽堂皇，而且对仗整饬精工，正与所描摹的得第者平步青云的非凡气象相称。

《镜花缘》第八十回写打灯谜，有一条花名谜的谜面就借用了这一联现成诗句。谜底是“凌霄花”，非常贴切。“天上碧桃”、“日边红杏”所以非凡，不就在于其所处地势“凌霄”吗？由此可以体会到诗句暗含的另一重意味。唐代科举惯例，举子考试之前，先得自投门路，向达官贵人“投卷”（呈献诗文）以求荐举，否则没有被录取的希望。这种所谓推荐、选拔相结合的办法后来弊端大启，晚唐尤甚。高蟾下第，自慨“阳春发处无根蒂”，可见当时靠人事“关系”成名者大有人在。这正是“碧桃”在天，“红杏”近日，方得“和露”“倚云”之势，又岂是僻居于秋江之上无依无靠的“芙蓉”所能比拟的呢？

第三句中的秋江芙蓉显然是作者自比。作为取譬的意象，芙蓉是由桃杏的比喻连类生发出来的。虽然彼此同属名花，但“天上”、“日边”与“秋江”之上，所处地位极为悬殊。这种对照，与左思《咏史》名句“郁郁涧底松，离离山上苗”类似，寄托贵贱之不同乃是“地势使之然”。秋江芙蓉美在风神标格，与春风桃杏美在颜色妖艳不同。《唐才子传》称“蟾本寒士，……性倜傥离群，稍尚气节。人与千金无故，即身死不受”，又说“其胸次磊块”等等。秋江芙蓉孤高的格调与作者的人品是统一的。末句“不向东风怨未开”，话里带刺。表面只怪芙蓉生得不是地方（生在秋江上）、不是时候（正值东风），却暗寓自己生不逢辰的悲慨。与“阳春发处无根蒂，凭仗东风次第吹”同样“怨而切”，只不过此诗全用比体，寄兴深微。

诗人向“大人物”上书，不卑不亢，毫无胁肩谄笑的媚态，这在封建时代，是较为难得的。说“未开”而非“不开”，这是因为芙蓉开花要等到秋高气爽的时候。这里似乎表现出作者对自己才具的自信。不妨顺便说一句，高蟾在作诗后的第二年终于蟾宫折桂，如愿以偿了。

【韦庄】（836—910）字端己，唐京兆杜陵（今陕西长安）人。孤贫力学，曾长期流落江南。乾宁元年（894）始中进士，释褐为校书郎。天复中为西蜀王建掌书记，王建称帝后拜相。有《浣花集》，近人王国维辑《浣花词》。

秦妇吟

韦 庄

中和癸卯春三月，洛阳城外花如雪。东西南北路人绝，绿杨悄悄香尘灭。
路旁忽见如花人，独向绿杨阴下歇。凤侧鸾欹鬓脚斜，红攒黛敛眉心折。

借问女郎何处来，含颦欲语声先咽。回头敛袂谢行人，丧乱漂沦何堪说。
三年陷贼留秦地，依稀记得秦中事。君能为妾解金鞍，妾亦与君停玉趾。
前年庚子腊月五，正闭金笼教鹦鹉。斜开鸾镜懒梳头，闲凭雕栏慵不语。
忽看门外起红尘，已见街中擂金鼓。居人走出半仓皇，朝士归来尚疑误。
是时西面官军入，拟向潼关为警急。皆言博野自相持，尽道贼军来未及。
须臾主父乘奔至，下马入门痴似醉。适逢紫盖去蒙尘，已见白旗来匝地。
扶羸携幼竞相呼，上屋缘墙不知次。南邻走入北邻藏，东邻走向西邻避。
北邻诸妇咸相凑，户外崩腾如走兽。轰轰崐崐乾坤动，万马雷声从地涌。
火迸金星上九天，十二官街烟烘焖。日轮西下寒光白，上帝无言空脉脉。
阴云晕气若重围，宦者流星如血色。紫气渐随帝座移，妖光暗射台星拆。
家家流血如泉沸，处处冤声声动地。舞伎歌姬尽暗捐，婴儿稚女皆生弃。
东邻有女眉新画，倾国倾城不知价。长戈拥得上戎车，回首香闺泪盈把。
旋抽金线学缝旗，才上雕鞍教走马。有时马上见良人，不敢回眸空泪下。
西邻有女真仙子，一寸横波剪秋水。妆成只对镜中春，年幼不知门外事。
一夫跳跃上金阶，斜袒半肩欲相耻。牵衣不肯出朱门，红粉香脂刀下死。
南邻有女不记姓，昨日良媒纳新聘。琉璃阶上不闻行，翡翠帘间空见影。
忽看庭际刀刃鸣，身首支离在俄顷。仰天掩面哭一声，女弟女兄同入井。
北邻少妇行相促，旋拆云鬟拭眉绿。已闻击托坏高门，不觉攀援上重屋。
须臾四面火光来，欲下回梯梯又摧。烟中大叫犹求救，梁上悬尸已作灰。
妾身幸得全刀锯，不敢踟蹰久回顾。旋梳蝉鬓逐军行，强展蛾眉出门去。
旧里从兹不得归，六亲自此无寻处。一从陷贼经三载，终日惊忧心胆碎。
夜卧千重剑戟围，朝餐一味人肝脍。鸳帏纵入岂成欢，宝货虽多非所爱。
蓬头面垢眉犹赤，几转横波看不得。衣裳颠倒语言异，面上夸功雕作字。
柏台多半是狐精，兰省诸郎皆鼠魅。还将短发戴华簪，不脱朝衣缠绣被。
翻持象笏作三公，倒佩金鱼为两史。朝闻奏对入朝堂，暮见喧呼来酒市。
一朝五鼓人惊起，叫啸喧呼如窃语。夜来探马入皇城，昨日官军收赤水。
赤水去城一百里，朝若来兮暮应至。凶徒马上暗吞声，女伴闺中潜色喜。
皆言冤愤此时销，必谓妖徒今日死。逡巡走马传声急，又道官军全阵入。
大彭小彭相顾忧，二郎四郎抱鞍泣。沉沉数日无消息，必谓军前已衔璧。
簸旗掉剑却来归，又道官军悉败绩。四面从兹多厄束，一斗黄金一斗粟。
尚让厨中食木皮，黄巢机上刲人肉。东南断绝无粮道，沟壑渐平人渐少。
六军门外倚僵尸，七架营中填饿殍。长安寂寂今何有，废市荒街麦苗秀。
采樵斫尽杏园花，修寨诛残御沟柳。华轩绣毂皆销散，甲第朱门无一半。

含元殿上狐兔行，花萼楼前荆棘满。昔时繁盛皆埋没，举目凄凉无故物。
内库烧为锦绣灰，天街踏尽公卿骨。来时晓出城东陌，城外风烟如塞色。
路旁时见游奕军，坡下寂无迎送客。霸陵东望人烟绝，树锁骊山金翠灭。
大道俱成棘子林，行人夜宿墙匡月。明朝晓至三峰路，百万人家无一户。
破落田园但有蒿，摧残竹树皆无主。路旁试问金天神，金天无语愁于人。
庙前古柏有残枿，殿上金炉生暗尘。一从狂寇陷中国，天地晦冥风雨黑。
案前神水咒不成，壁上阴兵驱不得。闲日徒歆奠飨恩，危时不助神通力。
我今愧恧拙为神，且向山中深避匿。寰中箫管不曾闻，筵上牺牲无处觅。
旋教魔鬼傍乡村，诛剥生灵过朝夕。妾闻此语愁更愁，天遣时灾非自由。
神在山中犹避难，何须责望东诸侯。前年又出杨震关，举头云际见荆山。
如从地府到人间，顿觉时清天地闲。陕州主帅忠且贞，不动干戈唯守城。
蒲津主帅能戢兵，千里晏然无犬声。朝携宝货无人问，暮插金钗唯独行。
明朝又过新安东，路上乞浆逢一翁。苍苍面带苔藓色，隐隐身藏蓬荻中。
问翁本是何乡曲，底事寒天霜露宿。老翁暂起欲陈辞，却坐支颐仰天哭。
乡园本贯东畿县，岁岁耕桑临近甸。岁种良田二百廛，年输户税三十万。
小姑惯织褐絁袍，中妇能炊红黍饭。千间仓兮万斯箱，黄巢过后犹残半。
自从洛下屯师旅，日夜巡兵入村坞。匣中秋水拔青蛇，旗上高风吹白虎。
入门下马若旋风，罄室倾囊如卷土。家财既尽骨肉离，今日垂年一身苦。
一身苦兮何足嗟，山中更有千万家。朝饥山草寻蓬子，夜宿霜中卧荻花。
妾闻此老伤心语，竟日阑干泪如雨。出门唯见乱枭鸣，更欲东奔何处所。
仍闻汴路舟车绝，又道彭门自相杀。野宿徒销战士魂，河津半是冤人血。
遥闻有客金陵至，见说江南风景异。自从大寇犯中原，戎马不曾生四鄙。
诛锄窃盗若神功，惠爱生灵如赤子。城壕固护教金汤，赋税如云送军垒。
奈何四海尽滔滔，湛然一镜平如砥。避难徒为阙下人，怀安却羡江南鬼。
愿君举棹东复东，咏此长歌献相公。

《秦妇吟》无疑是我国诗史上极富才气的文人长篇叙事诗之一。长诗诞生的当时，民间就广有流传，并被制为幛子悬挂；作者则被呼为“秦妇吟秀才”，与白居易曾被称为“长恨歌主”并称佳话。其风靡一世，盛况可想而知。然而这首“不仅超出韦庄《浣花集》中所有的诗，在三唐歌行中亦为不二之作”（俞平伯）的《秦妇吟》，却厄运难逃。由于政治避忌的缘故，韦庄本人晚年即讳言此诗，“他日撰家戒，内不许垂《秦妇吟》幛子，以此止谤”（《北梦琐言》）。后来此诗不载于《浣花集》，显然出于作者割爱。致使宋元明清历代徒知其名，不见其诗。至近代，《秦妇吟》写本复出于敦煌石窟，也缘天幸。然而由于诗中颇见作者仇视农民起义的立场，所以建国以来文学史著作及古代文学作品选本，对它仍旧持冷落与排斥态度。然而这种做法并不妥当。

从唐僖宗广明元年（880）冬到中和三年（883）春，即黄巢起义军进驻长安的两年多时间里，唐末农民起义发展到高潮，同时达到了转折点。由于农民领袖战略失策和李唐王朝官军的疯狂镇压，斗争空前残酷，而人民蒙受着巨大的苦难和惨重的牺牲。韦庄本人即因应举羁留长安，兵中弟妹一度相失，又多日卧病，他便成为这场震撼神州大地的社会巨变的目击者。经过一段时间酝酿，在他离开长安的翌年，即中和三年，在东都洛阳创作了这篇堪称他平生之力作的史诗。在诗中，作者虚拟了一位身陷兵中复又逃离的长安妇女“秦妇”对邂逅的路人毕叙其亲身经历，从而展现了那一大动荡的艰难时世之面面观。《秦妇吟》既是一篇诗体小说，又具有纪实性质。全诗共分五大段。首段叙诗人与一位从长安东奔洛阳的妇人(即秦妇)于途中相遇，为全诗引子；二段为秦妇追忆黄巢起义军攻陷长安前后的情事；三段写秦妇在围城义军中三载怵目惊心的种种见闻；四段写秦妇东奔途中所见所闻所感；末段通过道听途说，对相对平定的江南寄予一线希望，为全诗结尾。

《秦妇吟》用了大量篇幅叙述了农民军初入长安引起的骚动。毫无疑问，在这里，作者完全站在李唐王朝的立场，是以十分仇视的心理看待农民革命的。由于戴了有色眼镜，即使是描述事实方面也不无偏颇，攻其一点而不及其余。根据封建时代正史（两唐书）记载，黄巢进京时引起坊市聚观，可见大体上做到秩序井然。义军头领尚让慰晓市人的话是：“黄王为生灵，不似李家不恤汝辈，但各安家。”而军众遇穷民于路，竟行施遗，唯憎官吏，黄巢称帝后又曾下令军中禁妄杀人。当然，既是革命，便难免混有污秽和血；加之队伍庞大，禁令或不尽行，象《新唐书·黄巢传》所记载“贼酋择甲第以处，争取人妻女乱之”的破坏纪律的行为总或不免。而韦庄却抓住这一端作了“放大镜”式的渲染：“适逢紫盖去蒙尘，已见白旗来匝地。扶羸携幼竞相呼，上屋缘墙不知次。南邻走入北邻藏，东邻走向西邻避。北邻诸妇咸相凑，户外崩腾如走兽。轰轰崐崐乾坤动，万马雷声从地涌。火迸金星上九天，十二官街烟烘焖。……家家流血如泉沸，处处冤声声动地，舞伎歌姬尽暗捐，婴儿稚女皆生弃。……”

“秦妇”的东西南北邻里遭到烧杀掳掠，几无一幸免。仿佛世界的末日到了。整个长安城就只有杀声与哭声。由于作者把当时的一些传闻，集中夸大，也就不免失实。但是，就在这些描写中，仍有值得读者注意的所在。那就是，在农民起义风暴席卷之下，长安的官吏财主们的惶惶不可终日的仇视恐惧心理，得到了相当生动的再现。在他们眼中，一切都“糟得很”，不仅起义军的“暴行”令人发指，就连他们的一举一动，包括沿袭封建朝廷之制度，也是令人作呕的："衣裳颠倒语言异，面上夸功雕作字。柏台多半是狐精，兰省诸郎皆鼠魅。还将短发戴华簪，不脱朝衣缠绣被。翻持象笏作三公，倒佩金鱼为两史。"诗句于嘲骂中表现的敌对阶级对农民起义的仇视心理，可谓入木三分。这段几近污蔑的文字，却从另一个角度，生动地反映出黄巢进入长安后的失策，写出农民领袖是怎样惑于帝王将相的错误观念，在反动统治阶级力量未曾肃清之际就忙于加官赏爵，作茧自缚，钻进怪圈。因而具有深刻的认识意义。由此我们发现诗中涉及这方面的内容相当丰富，它还写到了农民起义军是怎样常处三面包围之中，与官军进行拉锯战，虽经艰苦卓绝之奋斗而未能解围；他们又是怎样陷入危境，自顾不暇，也就无力解民于倒悬，致使关辅人民饿死沟壑、析骸而食；以及他们内部藏纳的异己分子是如何时时在祈愿他们的失败，盼望恢复失去的天堂。而这些生动形象的图景，是正史中不易看到的，它们体现出作者的才力。恰如列宁在介绍一位白卫作家小说时所说："考察一下，切齿的仇恨怎样使这本极有才气的书，有的地方写得非常好，有的地方写得非常糟，是很有趣的"。我们也有趣地看到，韦庄笔下的农民军将士形象，有的地方写得非常糟，有的地方却写得非常好。

正如上文所说，《秦妇吟》是一个动乱时代之面面观，它的笔锋所及，又远不止于农民军一面，同时还涉及了封建统治者内部。韦庄在描写自己亲身体验、思考和感受过的社会生活时，违背了个人的政治同情和阶级偏见，将批判的锋芒指向了李唐王朝的官军和割据的军阀。诗人甚至痛心地指出，他们的罪恶有甚于"贼寇"黄巢。《秦妇吟》揭露的官军罪恶大要有二：其一是抢掠民间财物不遗余力，如后世所谓"寇来如梳，兵来如篦"。诗中借由乱前纳税大户，乱后沦为乞丐的新安老翁之口控诉说：

"千间仓兮万斯箱，黄巢过后犹残半。自从洛下屯师旅，日夜巡兵入村坞。匣中秋水拔青蛇，旗上高风吹白虎。入门下马如旋风，罄室倾囊如卷土。家财既尽骨肉离，今日残年一身苦。一身苦兮何足嗟，山中更有千万家"……

其二便是杀人甚至活卖人肉的勾当。这一层诗中写得较隐约，陈寅恪、俞平伯先生据有关史料与诗意互参，发明甚确，扼要介绍如次。据《旧唐书·黄巢传》："时京畿百姓皆寨于山谷，累年废耕耘。贼坐空城，赋输无入，谷食腾踊。米斗三四千。官军皆执山寨百姓于贼，人获数十万。"《秦妇吟》则写道："尚让厨中食木皮，黄巢机上刲人肉"、"夜卧千重剑戟围，朝餐一味人肝脍"，而这些人肉的来源呢？诗中借华岳山神的引咎自责来影射讽刺山东藩镇便透漏了个中消息："闲日徒歆奠飨恩，危时不助神通力。……寰中箫管不曾闻，筵上牺牲无处觅。旋教魔鬼傍乡村，诛剥生灵过朝夕。"俞平伯释云："筵上牺牲"指三牲供品；"无处觅"就得去找；往哪里去找？“乡村”，史所谓“山寨百姓”是也。“诛剥”，杀也。“诛剥生灵过朝夕”，以人为牺也，直译为白话，就是靠吃人过日子。以上云云正与史实相符。黄巢破了长安，珍珠宝贝有的是——秦妇以被掳之身犹曰“宝货虽多非所爱”，其他可知——却是没得吃。反之，在官军一方，虽乏金银，“人”源不缺。“山中更有千万家”，新安如是，长安亦然。以其所有，易其所无，于是官军大得暴利。

凡此两端（抢掠与贩人），均揭露出封建官军及军阀与人民对立的本质，而韦庄晚年“北面亲事之主”王建及其僚属，亦在此诗指控之列。陈寅恪谓作者于《秦妇吟》其所以讳莫如深，乃缘“志希免祸”，是得其情实的。

韦庄能写出如此具有现实主义倾向的巨作，诚非偶然。他早岁即与老诗人白居易同寓下邽，可能受到白氏濡染；又心仪杜甫，寓蜀时重建草堂，且以“浣花”命集。《秦妇吟》一诗正体现了杜甫、白居易两大现实主义诗人对作者的影响，在艺术上且有青出于蓝之处。

杜甫没有这种七言长篇史诗，唯白居易《长恨歌》可以譬之。但《长恨歌》浪漫主义倾向较显著，只集中表现两个主人公爱的悲欢离合。《秦妇吟》纯乎写实，其椽笔驰骛所及，时间跨度达两三年之久，空间范围兼及东、西两京，所写为历史的沧桑巨变。举凡乾坤之反覆，阶级之升降，人民之涂炭，靡不见于诗中。如此宏伟壮丽的画面，元、白亦不能有，唯杜甫（五言古体）有之。但杜诗长篇多政论，兼及抒情。《秦妇吟》则较近于纯小说的创作手法，诸如秦妇形象的塑造、农民军入城的铺陈描写、金天神的虚构、新安老翁的形容……都是如此。这比较杜甫叙事诗，可以说是更进一步了。在具体细节的刻画上，诗人摹写现实的本领也是强有力的。如从“忽看门外红尘起”到“下马入门痴似醉”一节，通过街谈巷议的情景和一个官人的仓皇举止，将黄巢军入长安之迅雷不及掩耳之势和由此引起的社会震动，描绘得十分逼真。战争本身是残酷的，尤其在古代战争中，妇女往往被作为一种特殊战利品，而遭到非人的待遇。所谓“马边悬男头，马后载妇女。”（蔡琰）《秦妇吟》不但直接通过一个妇女的遭遇来展示战乱风云，而且还用大量篇幅以秦妇声口毕述诸邻女伴种种不幸，画出大乱中长安女子群像，具有相当的认识价值。其中“旋抽金线学缝旗，才上雕鞍教走马”二句，通过贵家少妇的生活丕变，“路上乞浆逢一翁”一段，通过因破落而被骨肉遗弃的富家翁的遭遇，使人对当时动乱世情窥斑见豹。后文“还将短发戴华簪”数句虽属漫画笔墨，又足见农民将领迷恋富贵安乐，得意忘形，闹剧中有足悲者。从“昨日官军收赤水”到“又道官军悉败绩”十数句，既见农民军斗争之艰难顽强，又见其志气实力之日渐衰竭……凡此刻画处，皆力透纸背；描摹处，皆情态毕见。没有十分的艺术功力，焉足办此。《秦妇吟》还着重环境气氛的创造。从“长安寂寂今何有”到“天街踏尽公卿骨”十二句，写兵燹后的长安被破坏无遗的状况，从坊市到宫室，从树木到建筑，曲曲道来，纤毫毕见，其笔力似在《长恨歌》《连昌宫词》描写安史之乱导致破坏的文字之上。尤其“内库烧为锦绣灰，天街踏尽公卿骨”，竟使时人垂讶，堪称警策之句。“长安寂寂今何有，废市荒街麦苗秀”，洛阳呢，“东西南北路人绝，绿杨悄悄香尘灭”，而一个妇人在茫茫宇宙中踽踽独行，“朝携宝货无人问，暮插金钗唯独行”。到处是死一般的沉寂，甚至比爆发灾难还可怕，这些描写较之汉魏古诗“出门无所见，白骨蔽平原”一类诗句表现力更强，更细致成功地创造了一种恐怖气氛。

《秦妇吟》在思想内容上是复杂而丰富的，艺术上则有所开创，在古代叙事诗中堪称扛鼎之作。由于韦庄的写实精神在相当程度上克服了他的阶级偏见，从而使得此诗在杜甫“三吏三别”、白居易《长恨歌》之后，为唐代叙事诗树起了又一座丰碑。

台　城

韦　庄

江雨霏霏江草齐，六朝如梦鸟空啼。
无情最是台城柳，依旧烟笼十里堤。

“台城”为六朝宫城遗址，在金陵、即今南京城内鸡鸣山北麓玄武湖侧。作者有《金陵图》绝句云：“谁谓伤心画不成，画人心逐世人情。君看六幅南朝事，老木寒云满故城。”这首题画诗，除最后一句，并没有怎么画，而都是在说，都是在发议论。而《台城》则不同，主要是画，说的、发议论的部分少得多，令人低回不已，这首诗的得分应该更高。仔细琢磨，这首诗和那首诗应该是同时而作，都是题金陵图的，因为那首诗说得很清楚，画是组画——“六幅南朝事”，“台城”应该是其中的一幅。

“江雨霏霏江草齐，六朝如梦鸟空啼”，前两句从画面的基调说起，一派雨景，着意渲染阴郁的氛围。因为金陵靠着长江，故雨称“江雨”、草称“江草”。江南的春雨密而且细，无边丝雨，四望迷蒙，给人以如梦似幻之感。首句是画，次句是说，“六朝如梦鸟空啼”，从江南烟雨到六朝如梦，跳跃很大，而首句制造的如梦似幻的感觉，是一个暗中的过渡。六朝，指隋唐前建都金陵的东吴、东晋、宋、齐、梁、陈，三百多年间这些王朝走马灯似的更迭，一个接一个地衰败覆亡，加上自然与人事的对照，更加深了“六朝如梦”的感慨。“鸟空啼”是个听觉形象，在画面上本来看不到的，但感觉得到，在江南烟雨季节，是能听到鸟叫的，宋诗有

“子规声里雨如烟”、“鹁鸠声里雨如烟”，就是明证。在烟雨中的鸟声，给人以凄凉的感觉，这就与“六朝如梦”联系起来了。

“无情最是台城柳，依旧烟笼十里堤”，后两句集中到画的主体景物，那就是“十里堤”上的“台城柳”。春风中杨柳依依，欣欣向荣，在古人看来本是一种乐景，能让人联想到六朝兴盛的时期，当年的十里长堤杨柳堆烟，曾经是台城繁华景象的点缀；而到唐代，台城只是废都的一个遗址，“万户千门成野草”了，只有台城的柳色，没有发生变化，“依旧烟笼十里堤。”自然景物的不变和人事的转瞬沧桑，形成了强烈的对比，令人生出万千感慨。作者给“台城柳”冠以“无情”、而“最是”，这实际上是一种拟人，移情的手法，委婉地表达了一种无可奈何的心情，这种结尾的手法，很适合咏史类绝句，如“豪华一去风流尽，唯有青山似洛中”（许浑），因为措语涵浑，故令人觉有古往今来、万语千言不尽之意。

作者对景兴怀，并不全是发思古之幽情。其时唐王朝覆亡之势已成，重演六朝悲剧已不可免。因此，在凭吊台城古迹，回顾六朝旧事，免不了有今之视昔、亦犹后之视今之感，亡国的不祥预感是萦绕在心头的。使得这首诗在抒情上有一种沉甸甸的感觉。

【聂夷中】（837 — 884）字坦之，唐河东（山西永济）人。出身贫寒，懿宗咸通十二年（871）进士及第，后补华阴县尉。

伤田家

聂夷中

二月卖新丝，五月粜新谷。
医得眼前疮，剜却心头肉。
我愿君王心，化作光明烛。
不照绮罗筵，只照逃亡屋。

唐末广大农村破产，农民遭受的剥削更加惨重，以致于颠沛流离，无以生存。在这样的严酷背景上，产生了可与李绅《悯农》二首前后辉映的聂夷中《伤田家》。有人甚至将此诗与柳宗元《捕蛇者说》并论，以为“言简意足，可匹柳文”（《唐诗别裁集》）。

开篇就揭露封建社会农村一种典型“怪”事：二月蚕种始生，五月秧苗始插，哪有丝卖？哪有谷粜（出卖粮食）？居然“二月卖新丝，五月粜新谷”。这乃是“卖青”——将尚未产出的农产品预先贱价抵押。正用血汗喂养、栽培的东西，是一年衣食，是心头肉呵，但被挖去了。两言卖“新”，令人悲酸。卖青是迫于生计，而首先是迫于赋敛。一本将“父耕原上田，子劚山下荒。六月禾未秀，官家已修仓”四句与此诗合并，就透露出个中消息。这使人联想到民谣：“新禾不入箱，新麦不登场。殆及八九月，狗吠空垣墙。”（《高宗永淳中童谣》）明年衣食将何如，已在不言之中。

紧接是一个形象比喻：“医得眼前疮，剜却心头肉。”它通俗、平易、恰切。“眼前疮”固然比喻眼前急难，“心头肉”固然比喻丝谷等农家命根，但这比喻所取得的惊人效果绝非“顾得眼前顾不了将来”的概念化表述能及万一。挖肉补疮，这是何等惨痛的形象！唯其能入骨三分地揭示那血淋淋的现实，叫人一读就铭刻在心，永志不忘。诚然，挖肉补疮，自古未闻，但如此写来最能尽情，既深刻又典型，因而成为千古传诵的名句。

“我愿君王心”以下是诗人陈情，表达改良现实的愿望，颇合新乐府倡导者提出的“惟歌生民病，愿得天子知”（白居易《寄唐生》）的精神。这里寄希望于君主开明固然有其历史局限性，但作者用意主要是讽刺与谲谏。“我愿君王心，化为光明烛”，即委婉指出当时君王之心还不是“光明烛”；望其“不照绮罗筵，只照逃亡屋”，即客观反映其一向只代表豪富的利益而不恤民病，不满之意见于言外，运用反笔揭示皇帝昏聩，世道不公。“绮罗筵”与“逃亡屋”构成鲜明对比，反映出两极分化的尖锐阶级对立的社会现实，增强了批判性。它形象地暗示出农家卖青破产的原因，又由“逃亡”二字点出其结果必然是：“殚其地之出，竭其庐之入，呼号而转徙，饥渴而顿踣”，“非死而徙尔”（《捕蛇者说》），充满作者对田家的同情，可谓“言简意足”。

田　家

聂夷中

父耕原上田，子劚山下荒。
六月禾未秀，官家已修仓。

中晚唐为数众多的悯农诗中，短小精悍之作首推李绅《悯农二首》，下来就要算聂夷中《田家》了。乍看去，此诗的内容之平常、语言之明白、字句之简单，几乎没什么奥妙可言，但它能以最少的文字取得了很大的效果，显得十分耐读，又绝不是偶然的。

封建时代农民遭受剥削的主要是地租剥削。在唐末那样的乱世，封建国家开支甚巨而资用匮乏，必然加重对农民的榨取。此诗的写作目的就在于揭露这样的黑暗现实。此诗撇开正面的描写，而只摄取收租的提前之景，即农夫辛勤耕作而官家等待收租情况，“官家已修仓”句点到为止，修仓干什么，农夫的命运将怎样，一应留待读者去想，作者省却许多气力。

诗歌语言有具体形象之美，亦有概括抽象之妙。“春种一粒粟，秋收万颗子”的诗句，就好在用泛写的方式，概括了一般丰年的情事，并不以具体形象见长。此诗前两句也一样，“父耕原上田，子劚山下荒”，并不是特写一家父子的情事，而是概括了千千万万个农民的家庭，所谓“夜半呼儿趁晓耕，羸牛无力渐艰行”，正是农家普遍的情事；而“原上田”、“山下荒”也并不特指某山某原，而泛指着已耕的熟田和待垦的荒地，从耕田写到开荒，简洁有力地刻画出农家一年到头的辛苦，几乎没有空闲可言。十个字具有很强的涵盖力，增加了诗意的典型性，几乎成为封建社会农村生活的一个缩影。

在揭露讽刺的时候，诗人不发议论而重在摆事实，发人深省。“六月禾未秀”一句不单指庄稼未成熟。按正常的情况，四五月麦苗就该扬花（“秀”），“六月”应已收割而“禾未秀”，当是遇到了旱情，暗示着歉收。而按唐时两税法，六月正是应该交纳夏税的时节，所以“官家已修仓。”官家修仓，本身就暗示着对农民劳动成果的窥伺和即将实施的剥夺，而这种窥伺出现在“六月禾未秀”之际，尤觉意味深长。“禾未秀”而仓“已修”，一“未”一“已”，二字呼应勾勒之功不小。农家望成的焦灼如焚，官家收租的迫不及待，及统治者的不恤民情，种种情事，俱在其中，作者的忧民悯农之心亦跃然纸上。

明人杨基《陌上桑》云：“青青陌上桑，叶叶带春雨。已有催丝人，咄咄桑上语。”与此诗属同一表现手法，可以对读。

【周朴】（？—879？）字见素，睦州桐庐（浙江桐庐）人。唐末避乱福州，寄食乌石山僧寺。僖宗乾符六年（879）黄巢邀其入伍不从，被杀。《全唐诗》存诗1卷。

董岭水

周　朴

湖州安吉县，门与白云齐。
禹力不到处，河声流向西。
去衡山色远，近水月光低。
中有高人在，沙中曳杖藜。

周朴是唐末吴兴（湖州）人，隐居不仕，以刻苦作诗取重当时。《董岭水》是他的得意之作。董岭为湖州安吉县（浙江安吉县北）众山之一，因山势围合，其下河水向西奔流。全诗紧扣题面，首联点出董岭水所在地方，次联写水势流向的特点，转而于颈联淡淡描写山水景色，尾联则以岸边隐者作挽结。语言浅显，若不经意。然而它又经得起反复咀嚼，有味外味。

“湖州安吉县，门与白云齐。”未写董岭水前，先交待州县。在律诗中这是一种最朴质无华的起法，却博得读者的好感。“安吉”这县名，先给人几分和平如意的感觉。而紧接其后的这个“门”，应当是指城门（县城依山傍水），这一点联及五句的“去衙”两字，就更明确无疑。然而，“门与白云齐”，又让人感到像是隐者或寺庙的山门。自从梁代陶弘景写出“山中何所有，岭上多白云”（《诏问山中何所有赋诗以答》）的名句，“白云”一向与“青云”（《史记·范雎蔡泽列传》：“不意卿能自致于青云之上”）对举，成为隐居不仕者的象征。城门而“与白云齐”，则读来十分新鲜，乃未经人道过语。言下意味着县政的廉洁清静，县令的亦仕亦隐，民间则没有争端，达到百姓“不见县门身即乐”（王建）的境界。诗人就这样轻灵地表达了对当地行政风俗的由衷赞美。

“禹力不到处，河声流向西。”二句正写董岭水。同时又紧承上意，对水文作了有意味的描绘和解释。水东流是神州大地普遍的水文现象，而西流水则是这里山势环绕所致的特殊水文现象。诗人联系现实，赋予这一现象以象征的意义。古有大禹治水的传说，“丰水东注，维禹之绩”（《大雅·文王有声》），意思是水东流乃禹之力。诗即反用其事，言董岭水的西流是“禹力不到”的结果。而禹是夏朝第一个帝王，联系前两句中安吉县那种淳朴和平的境况，这二句又似言皇帝老子管不到的地方，连河水也往西边流。这也就是《击壤歌》所谓“帝力于我何有哉”那个意思。意味于是倍加深厚。诗人在造句上也有推敲。无论是写江流有声，还是河水西流，分开来就平淡无奇，合成“河声流向西”的句子，则顿时精彩，有了一种“河水唱着歌儿奔向远方”的意趣。这里有自然美，也有对人事不落言诠的赞美。

“去衙山色远，近水月光低。”五六二句分承前两联，“去衙”就“安吉县”而言，“近水”就“董岭水”而言，在更广的范围内写景。县门与岭水仍是中心，又阑入月光和山色。着色非常简淡，与风俗的简朴适相调和。月夜，近水处清光更多（月影在水故“低”），这种说法，似有寄意。“字人无异术，至论不如清”（杜荀鹤），县政廉洁如水，则县民沐恩必多。这种寄意在诗中，如盐之在水。无迹可求，品味自知。

“中有高人在，沙中曳杖藜。”诗的结尾处出现了人，“高人”即幽人，本指隐者，这里也可活解为禀性淳朴如“羲皇上人”的人民。他可以是诗人自己，也可以是安吉县人；可以是单数，也可以是复数。一个“曳”字多少自在，与《庄子·秋水》

“曳尾于途中”的“曳”字，具有同样的意趣。

诗中围绕“董岭水”展开的世界，宛在古人想象中的太初时代。一切是那样单淳美好。在唐末那样的时代，这只能是一种幻想或高度理想化了的现实。“周朴山林之癯，槁衣粝食”，“本无夺名竞利之心”（《唐才子传》，而他向往的那个世外桃源，也是乱世人们较为普遍的憧憬。诗的表现形式很有特色，所有的自然意象：白云、西流水、山色、月光……，都含有某种意味，动人至深，所以诗成当时已流播人口。据传周朴“自爱‘禹力不到处’二语。有一士跨驴而行，遇朴，佯诵‘河声流向东’，促驴行。朴直追数里，告之以‘流向西’，非‘东’也。当时传以为笑。”（《唐诗别裁》）而故事的传播者在取笑的同时，就带有激赏，这也是显而易见的。

【韩偓】（844－923）字致尧，一作致光，小名冬郎，号玉山樵人。唐京兆万年(今陕西西安)人。昭宗龙纪元年(889)进士及第。官至中书舍人、吏部侍郎。有《玉山樵人集》《香奁集》。

已 凉

韩 偓

碧阑干外绣帘垂，猩色屏风画折枝。
八尺龙须方锦褥，已凉天气未寒时。

这首诗题为“已凉”，看似随意取末句开头二字而为，仔细斟酌，实是这首诗的一个主题词。从前三句展示的画面看，是闺房的情景。作者所取的视角是移动的，由室外向室内的，门前的“碧阑干”、门上的“绣帘”、门内画着折枝花卉（折枝是花卉画法之一，画花枝而不带根）的“猩色屏风”、屏风后八尺大床上的“龙须”草席和“锦褥”，从房间的深曲和陈设的华丽看，这分明是一位贵家少妇的闺房。

“八尺龙须方锦缛”这句最耐人寻味，草席是纳凉的卧具，而锦缛则是御寒之物，这两样东西置放在一起，意味是这是一个换季的时候，乍暖还寒的时节。正是这个铺垫引出了最后一句“已凉天气未寒时”，“已凉”而“未寒”，天气凉快了，但又说不上冷，辨味是极细的。到此，诗中写到的无非物象和天气。细心体察，其实是景中有人的，俞陛云说：“由栏干绣帘，而至锦褥，迤逦写来，纯是景物，而景中有人，隐有小怜玉体，在凉凉罗帐掩映之中。”陆时雍说：“末句香嫩，更想意态盈盈。”

这个写法是很含蓄的，而诗中人的情感也隐含在描写中。过度奢侈的陈设，给人以空洞虚设的感觉；暑热消退秋凉方至的时节，容易勾起人们对光阴消逝的感触；乍暖还寒的天气，给人最难将息的感觉，所有这一切感觉的总和，是寂寞、怯弱、敏感的，这就是诗中主人公的心境。像这样纯写物象、无一字抒情、无一字及人，纯然借助环境景物来点染人的情思，供读者玩味的闺怨之作，在唐诗中是不多见的，而在温庭筠词中，则可以找到较多的例子。就是说，这首诗是通向词境的。

复偶见

韩 偓

半身映竹轻闻语，一手揭帘微转头。
此意别人应未觉，不胜情绪两风流。

唐代士大夫与女冠（女道士）私下恋爱，是普遍存在的事实。韩偓《香奁集》中题为《复偶见》三绝句开头就写道："雾为襟袖玉为冠，半似羞人半忍寒"，同集前面的一首是《荐福寺讲筵偶见又别》，句云"见时浓日午，别处暮钟残"、"两情含眷恋，一饷致辛酸。"诗中女主人公均为女冠无疑。这类不公开的恋情发展过程是步履维艰的。双方的苦恼，往往超过实际得到的欢乐。却又转化为诗的灵感冲动。其间得失很难一言蔽之。这首诗（"半身映竹轻闻语"）就很形象地，很有兴味地表现了一对具有上述特殊身份的有情人，如何借助"弦外音"和"人体语言"，在方庭广众之间相互交换隐秘的思想感情。

这也许是在某寺的客厅，或者就是讲筵，座上都是些有身份的规矩人。但其中一个却心怀"爱"胎。当别的人都在亲切交谈或专心听讲时，他的思想却走了神——"半身映竹轻闻语"，他的心已被竹帘后的半隐半显的人儿牵去了。那不是别人，就是那个"雾为襟袖玉为冠"的妙龄道姑。她此刻的"轻语"，固然不知对谁说着什么，但他却意识到那是冲自己来的。其弦外之音是"我在这儿呢。"读者可以推想，他这时该欠了欠身子，拉拉衣角，一本正经地坐定，装作认真听讲的样子。然而他的姿态和神情实际表明着心不在焉。因为这时他已关注到，那人已"一手掀帘"，因而怦然心动。

他还注意到那人"微转头"的动作，它好像是无意识的，却分明有所示意："你看见我了吗？"这恰是《楚辞·九歌·少司命》所谓"满堂兮美人，忽独与余兮目成"。目语，这是最为丰富微妙的一种人体语言，它能表达极其复杂的思想感情。几乎不需要特别的学习，每一对情人（特别是少男少女）都能正确地使用它。此诗前两句中的"轻"、"微"二字用得十分准确，人们在运用"弦外音"和"人体语言"的时候就是如此，须恰到好处，否则过犹不及。同时，在方庭广众之间，也必须如此，才能避免遭惹耳目与是非。

“偶见”即非事前约定，又是在众目睽睽之下，那人当然不能久久停留，必须迅速走过，像她所应该做的那样，翩若惊鸿地，来了又走了。她是那样的美丽多情，真可谓“从头看到脚，风流往下落；从脚看到头，风流往上流”（《金瓶梅》）。于是他心底掀起狂涛，感到不能自持，但又意识到自己目前的处境，留心观察周围的反应。“此意别人应未觉”，因而不至于引起麻烦，他不禁暗暗自宽了。在别人未觉的同时，两个人居然心许目成地作了一番“晤谈”，交换了相思之情，两下都激动得很，“不胜情绪两风流”！共鸣只在振动频率相同的两心间发生，而别人全无察觉，诗写至此，可谓曲尽人情，臻于墨妙。

韩偓早年所写的有关私情的诗作，往往因其香艳而受到后世的批评。但《香奁集》中也有清新之作，如此诗就并不轻佻。

深 院

韩 偓

鹅儿唼喋栀黄嘴，凤子轻盈腻粉腰。
深院下帘人昼寝，红蔷薇架碧芭蕉。

韩偓用一支色彩浓重的画笔写景咏物，创作出不少别开生面的作品。《深院》是其中之一。由为大自然山川的浑灏的歌咏，转入对人的居住环境更为细腻的描写，似乎标志写景诗在唐末的一个重要转机。从此以后，我们就要听到许多“庭院深深深几许”的歌唱了。

“深院”之“深”，似乎不仅是个空间的观念，而且攸关环境气氛。一般说，要幽才能“深”，但诗人笔下却给我们展示了一幅闹春的小景：庭院内，黄嘴的鹅雏在呷水嬉戏，美丽的蛱蝶在空中飞舞，红色的蔷薇花与绿色的芭蕉叶交相辉映……。作者运用“栀黄”、“腻粉”、“红”、“碧”一连串颜色字，其色彩之繁丽，为盛唐诗作中所罕见。“栀黄”（栀子提炼出的黄色）比“黄”在辨色上更加具体，“腻粉”比“白”则更能传达一种质感（腻）。这种对形象、色彩更细腻的体味和表现，正是韩诗一种特色。诗中遣词用字的工妙不止于此。用两个带有“儿”、“子”的缀化词：“鹅儿”（不说鹅雏）、“凤子”（不说蛱蝶），比这些生物普通的名称更带亲切的情感色彩，显示出小生命的可爱。“唼喋”、“轻盈”一双叠字，不但有调声作用，而且兼有象声与形容的功用。于鹅儿写其“嘴”，则其呷水之声可闻；于蛱蝶写其

"腰"，则其翩跹舞姿如见。末句则将"红蔷薇"与"碧芭蕉"并置，无"映"字而有"映"意。诗句可能借鉴了李商隐七绝《日射》的"碧鹦鹉对红蔷薇"。凡此，足见诗人配色选所、铸词造句的匠心。

看到这样一幅禽虫花卉各得自在的妙景，真不禁要问一声："君从何处看，得此无人态"（苏轼《高邮陈直躬处士画雁二首》）了。但这境中真个"无人"？否，"深院下帘人昼寝"，人是有的，只不过未曾露面罢了。而正因为"下帘人昼寝"，才有这样鹅儿自在、蛱蝶不惊、花卉若能解语的境界。它看起来是"无我之境"，但每字每句都带有诗人的感情色彩，表现出他对这眼前景物的热爱。同时，景物的热闹、色彩的浓烈，恰恰反衬出庭院的幽静冷落来。而这，才是此诗经得起反复玩味的奥妙之所在。

这种热烈的外观掩饰不住内在的冷落的心境。韩偓在唐末是一个有气节操守的人，以不肯附"逆"而遭忌。在那种"桃源望断无寻处"的乱世，这样的"深院"似乎也不失为一个逋逃薮。我们不当只看到那美艳而平和的景致，还要看到一颗并不平和的心。那"昼寝"的人大约是中酒而卧吧。晏殊《踏莎行》的后半阕恰好是此诗的续境："翠叶藏莺，朱帘隔燕，炉香静逐游丝转。一场愁梦酒醒时，斜阳却照深深院。"

【郑谷】 字守愚，唐袁州宜春(今属江西)人。光启进士，官都官郎中，人称郑都官。又以《鹧鸪》诗得名，人称郑鹧鸪。有《郑守愚文集》。

席上贻歌者

郑 谷

花月楼台近九衢，清歌一曲倒金壶。
座中亦有江南客，莫向春风唱鹧鸪。

诗题为《席上贻歌者》，当时作者在京城长安（九衢），歌者唱的曲子是《山鹧鸪》或《鹧鸪曲》，相传这个曲调是"效鹧鸪之声"，曲调哀婉清怨，歌词多是抒发相思别恨的。

诗的主要的内容是写听歌的感动，俞陛云："声音之道，最易感人。昔人诗若'此夜曲中闻折柳，何人不起故园情'、'横笛偏吹行路难，一时回首月中看'等句，孤客殊乡，每易生感，此诗亦然。听歌纵酒，本以排遣客愁，叮咛歌者，勿唱鹧鸪江南之曲，动我乡思，正见其乡心之深切也。"（《诗境浅说续编》）是很中肯的。

一二句是描写歌唱环境的，“花月楼台近九衢，清歌一曲倒金壶”，写长安、长安的酒家歌楼，这是一个引子。重要的在三四句，有两个关键词，一个是“座中亦有江南客”的“亦有”，表明“江南客”不止一个，一个在座中，当然是指作者本人了。另一个呢，不在座中，当然不是指的歌者了（因为歌者亦在座中），那这个“江南客”在哪儿呢？想想，答案只有一个，那就是在歌中。《鹧鸪曲》是江南曲，曲中的别情自然是江南人的别情，恰好切合了座中诗人的身份，所以他要强调这个“亦有”。

另一关键词是“莫唱”，人到酒家歌楼，不就是对酒当歌来的吗，怎么能叫别人莫唱呢？其实唐诗写听歌，凡是出现“莫唱”二字，意思是已经唱了，而且唱出了效果，让听的人有不能承受之轻，或不能承受之重，所以他要说“莫唱”。著例有韩愈《听颖师弹琴》：“自闻颖师弹，起坐在一旁。推手遽止之，湿衣泪滂滂。颖乎尔诚能，无以冰炭置我肠！”杨逢春说，“歌既入妙，则能感人，……其用笔则以反托缩住，令歌声之妙在言外传出。意到笔不到，神韵俱绝。”（《唐诗偶评》）这个说法是正确的。

淮上与友人别

郑 谷

扬子江头杨柳春，杨花愁杀渡江人。
数声风笛离亭晚，君向潇湘我向秦。

这是一首送别诗，淮上本指淮南，此指扬州，诗中主题句是“君向潇湘我向秦”，点出了这首送别诗的特点。什么特点呢？一般的送别诗，发生在行者与居者之间，送方和别方是很清楚的，而诗中所写，却是两个行者从同一地点向两个方向出发，一个人渡江向湖南方向走，另一个人（作者）则北向长安。这种情况，发生在旅途的邂逅中较为常见，故有人将它定位为客中送客，谓之倍觉销魂。

古人称做诗为觅句，先到的句子一般都是诗中最重要的、关键的、主题的诗句，“君向潇湘我向秦”可能就是先得的句子。接下就有一个审度的问题，即这个句子最适合放在诗的什么位置。贺贻孙说，“诗有极寻常语，作发句无味，倒用作结方妙者，如此诗。盖题中正意只‘君向潇湘我向秦’七字而已，若开头便说，则浅直无味，此却倒用作结，悠然情深，觉尚有数十句在后未竟者。唐人倒句之妙，往往如此。”（《诗筏》）这个说法是很有见地的。这个句子用在结尾，不言怅别，而怅别之意溢于言外。

再回头看一二句，是即景抒情，酝酿离别气氛的。这里有画面——扬子江的渡头、青青的杨柳、风中的柳絮杨花、岸边停泊着待发的小船，淡淡几笔，像一幅清新秀雅的图画。从语言上看，包含三个同组（首字同韵）的片语，“扬子江头”、“杨柳春”、“杨花愁杀渡江人”，构成了一种既轻爽流利又回环往复，富于情韵美的风调，使人读来既感到感情的深永，又不显得过于沉重、伤感。三句的“风笛”系从杨柳生出，因为古人折柳赠别，笛曲有《折杨柳》，给诗中的离情，加了筹码。最后，握别的时间到了，两位朋友在沉沉暮霭中互道珍重、各奔前程——“君向潇湘我向秦”。此句的截然而止，而又余味无穷，“临歧握别的黯然伤魂，各向天涯的无限愁绪，南北异途的深长思念，乃至漫长旅程中的无边寂寞，都在这不言中得到充分的表达。”（刘学锴）句中对的形式，则为这句诗增添了咏叹的情味。

【崔道融】（？—907？）自号东瓯散人，唐荆州（湖北江陵）人。唐末避乱永嘉。昭宗时为永嘉令。后入闽，以右补阙召，未赴。

溪上遇雨二首

崔道融

其一

回塘雨脚如缫丝，野禽不起沉鱼飞。
耕蓑钓笠取未暇，秋田有望从淋漓。

首二句写塘上雨至的奇观。一个广为人知的谜语描述雨景道：“千条线，万条线，掉进水里都不见”，“雨脚如麻未断绝”（杜甫）可以说是最为平易近人的联想。不过本诗的联想在这个基础上有更多发挥，显得活跃得多。它联系“缫丝”这一农事活动，不但使自然景象有了人情色彩，又和农家搭上联系，照应了后文。看来这雨很大，连塘上经见的飞禽，这时都雉伏不起。塘面却出现了一种日常难得的奇观：鱼儿窜出，飞掠于水面，显然是因为天气闷热，水中氧气减少，和骤雨惊扰等等缘故所致。诗人以敏锐的目光抓住这种富有特色的景物细节，以简洁的笔墨，点出该飞的不飞，不该飞的倒“飞”了，写景之中见其兴会不浅。

后二句转入人事及抒情。大雨骤至，在溪塘上作业的人们感到突然，这从“耕蓑钓笠取未暇”一句可以玩味出来。“取未暇”，即无空取，来不及取。但是否马上就去取呢？不，诗人出乎意料却又是合情合理地描写了这样一种情景，即在田中溪上的农父、渔夫们都站在那里淋雨，“秋田有望”便是此时他们狂喜的心声，或者就是他们发出的欢呼。“取未暇”三字看来大有意味：高兴还来不及，顾得上回家取蓑笠么！这里似乎也暗暗交代了题前之景，也就是大雨来前，有过的旱象。在靠天吃饭的古代，及时雨对农民来说实是福音。《诗·小雅·大田》“兴雨祁祁，雨我公田，遂及我私”，就表现过这种喜悦。但崔道融写得更上劲——“秋田有望从淋漓”！“从（任从）淋漓”三字写狂喜，力透纸背。

细节的捕捉与刻画，描绘的传神，感情在场面中自然流露，都是于绝句体裁相宜的做法。

其二

坐看黑云衔猛雨，喷洒前山此独晴。
忽惊云雨在头上，却是山前晚照明。

唐诗中写景通常不离抒情，而且多为抒情而设。即使纯乎写景，也渗透作者主观感情，写景即其心境的反光和折射；或者用着比兴，别有寄托。而这首写景诗不同于一般唐诗。它是咏夏天的骤雨，你既不能从中觅得何种寓意，又不能视为作者心境的写照。因为他实在是为写雨而写雨。

从诗的艺术手法看，它既不合唐诗通常的含蓄蕴藉的表现手法，也没有通常写景虚实相生较简括的笔法。它的写法可用八个字概尽：穷形尽相，快心露骨。

夏雨有夏雨的特点：来速疾，来势猛，雨脚不定。这几点都被诗人准确抓住，表现于笔下。急雨才在前山，忽焉已至溪上，叫人避之不及，其来何快！以“坐看”从容起，而用“忽惊”、“却是”作跌宕转折，写出夏雨的疾骤。而一“衔”一“喷”，不但把黑云拟人化了（它像在撒泼、顽皮），形象生动，而且写出了雨的力度，具有一种猛烈浇注感。写云曰“黑”，写雨曰“猛”，均穷极形容。一忽儿东边日头西边雨，一忽儿西边日头东边雨，又写出由于雨脚转移迅速造成的一种自然奇观。这还不够，诗人还通过“遇雨”者表情的变化，先是“坐看”，继而“忽惊”，侧面烘托出夏雨的瞬息变化难以意料。通篇思路敏捷灵活，用笔新鲜活跳，措语尖新，令人可喜可愕，深得夏雨之趣。

就情景的近似而论，它更易使人联想到苏东坡《六月二十七日望湖楼醉书》中的一首：“黑云翻墨未遮山，白雨跳珠乱入船。卷地风来忽吹散，望湖楼下水如天。”比较一下倒能见出此诗结构上的一个特点。苏诗虽一样写出夏雨的快速、有力、多变，可谓尽态极妍，但它是仅就一处（“望湖楼”外）落墨，写出景色在不同时刻上的变化。而此诗则从两处（“前山”与“溪上”）着眼，双管齐下，既有景物在不同时间的变化，又有空间的对比。如就诗的情韵而言，苏诗较胜：如论结构的出奇，此诗则不宜多让。

可见，诗分唐宋是大体的区分，不能绝对看待。王渔洋曾列举宋绝句风调类唐人者数十首，是宋中有唐；另一方面，宋诗的不少倾向往往可以追根溯源到中晚唐，是唐中有宋。大抵唐诗经过两度繁荣，晚唐诗人已感难乎为继，从取材到手法便开始有所标新立异了。这个唐宋诗交替的消息，从崔道融这首《溪上遇雨》是略可窥到一些的。

【王驾】 字大用，自号守素先生，唐河中（山西永济）人。昭宗大顺元年（890）进士及第，授校书郎，官至礼部员外郎。

社　日

王　驾

鹅湖山下稻粱肥，豚栅鸡栖半掩扉。
桑柘影斜春社散，家家扶得醉人归。

古时的春秋季节有两次例行的祭祀土神的日子，即春社和秋社。古代劳动人民不但通过这种方式表达他们对减少自然灾害、获得丰收的良好祝愿，同时也借这样的节日尽情娱乐。在社日到来时，民众集会竞技，进行各种类型的作社表演，并集体欢宴，非常热闹。宋代诗人杨万里《观社》有生动描写：“作社朝祠有足观，山农祈福更迎年。忽然箫鼓来何处？走煞儿童最可怜！虎头豹面时自顾，野讴市舞各争妍。王侯将相饶尊贵，不博渠侬一晌癫！”王驾这首《社日》写法却完全不同，它没有一字正面写作社的情景，却也写出了这个节日的欢乐，而且远比杨万里的那首诗脍炙人口。

诗一开始不写“社日”的题面，却从村居风光写起。鹅湖山，在今江西铅山县境内，地名十分诱人。湖的得名使人想到鹅鸭成群，鱼虾满塘，一派山明水秀的南方农村风光。春社时属仲春，“稻粱肥”，是指田里庄稼长得很好，丰收在望。村外风光是这样迷人，那么村内呢？到处是一片富庶的景象，猪满圈，鸡栖埘，联系第一句描写，真可以说是五谷丰登、六畜兴旺。所以一、二句虽只字未提作社的事，先就写出了节日的喜庆气氛。这两句也没有写到村居的人，“半掩扉”三字告诉读者，村民都不在家，门儿都半掩着。“半掩”而不上锁，可见民风淳厚，丰年富足。古人常用“夜不闭户”表示环境的太平安宁，“半掩扉”这个细节描写是很有表现力的。同时，它又暗示出村民家家都参加社日去了。

后两句没有就作社表演热闹场面着笔，却写社散后的景象。“桑柘影斜”，夕阳西下，树影在地越来越长，说明天色向晚。古代习惯，祭社之处必植树，此即社树，亦即“故国乔木，”它是乡国之象征，故受崇拜。其中桑、柘二树是常见社树的树种。此诗“桑柘”二字紧扣“社日”，绝非闲笔。春社散后，人声渐稀，到处都可以看到一种情景，即一些为庆祝社日而喝得醉醺醺的村民，被家人邻里搀扶着回家。“家家”是夸张说法，说明这种情形之普遍。不正写社日的热闹与欢乐场面，却选取高潮之后渐归宁静的这样一个尾声来表现它，颇为别致。它的暗示性很强，读者通过这个尾声，会自然联想到作社、观社的全过程。“醉人”这个细节可以使人联想到村民观社的兴高采烈，正因为心里高兴，才不觉贪杯，而这种高兴又是与丰收的喜悦分不开的。

此诗不写正面写侧面，通过富有典型意义和形象暗示作用的生活细节写社日景象，笔墨极省，反映的内容却极为丰富。使人读后不觉其短，回味深长。当然，在封建时代农民的生活一般不可能借此诗所写的那样好，但在风调雨顺、农业丰收的情况下，农民过节时显得快活，也是事实。

雨 晴

王 驾

雨前初见花间蕊，雨后兼无叶里花。
蛺蝶飞来过墙去，却疑春色在邻家。

时间：一个春日。地点：一户人家小园。从题目“雨晴”和诗中“雨前——雨后”看，雨下的时间不长，而且很快就转晴明，又是一番丽日当空。“雨前初见花间蕊，雨后兼无叶里花”，可见雨势之猛。“花间蕊”即初放蓓蕾，“叶里花”是较隐蔽的花，两者在雨后“兼无”可见这番风雨对小园的袭击是扫荡性的，雨后留下了一片狼藉。诗写花开花落，只在雨前雨后，就生动展示了骤雨情景；同时把笔力集中在花的描绘上，又为后文蝴蝶寻芳作好铺垫。阵雨来时，昆虫均仓皇蛰伏。一旦雨过天晴，艳阳普照，蝴蝶则最先活跃，迫不及待地飞往园林，周邦彦写道：“夜来风雨，葬楚宫倾园（指落花）。……多情为谁追惜？但蜂媒蝶使，时叩窗隔。”（《六丑》）这首诗中，阵雨过后立即飞来的蝴蝶更显得殷勤有加。小园蒙受无妄之灾后，花儿荡然无存，这赶来慰问的“蝶使”，匆匆查看一番，感到无事可做，又忙不迭飞“过墙去”。第三句七个字，已将雨后园景宛然画出。诗人却由此产生了一个富有魅力的想象。

“却疑春色在邻家”。“蛺蝶飞来过墙去”，便给人以希望，令人疑心春色尚在邻家。一墙之隔，产生了奇妙的效果。不能一览无余，反而耐人寻想。“墙里秋千墙外道。墙外行人，墙里佳人笑。”（苏轼《蝶恋花》）如果拆了这堵墙，一切将变得简单明了，也就失却了许多回味。宋诗中有“春色满园关不住，一枝红杏出墙来”（叶绍翁《游园不值》）的名句，与此诗末二句异曲同工。由一枝红杏见满园春色，是见微知著；由蝴蝶过墙疑春在邻家，则是睹影知竿，有摇曳不尽之姿。

【崔涂】 字礼山，唐江南人。僖宗光启四年（888）进士及第。游踪遍及巴蜀、吴楚、河南、秦陇等地。

初渡汉江

崔 涂

襄阳好向岘亭看，人物萧条属岁阑。
为报习家多置酒，夜来风雪过江寒。

这首写风雪渡江的诗，用极古简的笔法，绘出一幅饶有情致的图画。首句点出地点，是汉江环绕襄阳、岘山的一段，这同时也是写景，淡淡勾勒出岘山的轮廓，在灰色的冬晚天空背景衬托下，岘亭的影子显得特别惹眼和好看。次句点节令，兼写江上景色。由于岁暮天寒，故“古道少行人”。然而“渡口只宜寂寂，人行须是疏疏”，反添了一种诗情画意。三句是寄语逆旅主人备酒，借此引起末句“夜来风雪过江寒”，于是读者看到：江间风雪弥漫，岘山渐渐隐没在雪幕之中，一叶扁舟正冲风冒雪过江而来。末二句用“为报”的寄语方式喝起，更使读者进入角色，不仅看到一幅天生的图画，而且感到人在画图中。

说它如画，似乎还远不能穷尽此诗的好处。虽然诗人无一语道及自己的身份、经历和心情，但诗中有一股郁结之气入人很深，读后经久难释，读者对诗人不曾言及的一切似乎又了解得很多。

襄阳这地方，不仅具有山水形胜之美，历来更有多少令人神往的风流人物，其中最值得一提的是晋代的羊祜。史载他镇守襄阳，务修德政，身后当地百姓为他在岘山置碑，即有名的“堕泪碑”。诗的首句说“襄阳好向岘亭看”，难道仅仅是就风光“好”而言么？那尽人皆知的羊公碑，诗人是不会不想到的。而且，诗越往后读，越让人感到有一种怀古之情深蕴境中。前面提到岘山“岘亭”，紧接就说“人物萧条”，难道又仅仅是就江上少人行而言么？细细含味，就感到一种“时无英雄”的感喟盘旋句中。

“习家池”乃襄阳名胜之一。“习家”曾是襄阳的望族，出过象习凿齿那样的大名士。在重冠冕（官位爵禄）压倒重门阀的唐代，诸习氏自然是今不如昔了。第三句不言“主人”或“酒家”，而言“习家”，是十分有味的。它不仅使诗中情事具有特殊地方色彩，而且包含浓厚的怀古情绪，一种“人事有代谢，往来成古今”的感概油然而生。怀着这样的心情，所以他“初渡汉江”就能象老相识一样“为报习家多置酒”了。何以不光“置酒”而且要“多”？除因“夜来风雪过江寒”的缘故，而联系前文，还有更深一层涵义，这就是要借酒杯一浇胸中块垒，不明说尤含蓄有味。这两句写得颇有情致，开口就要主人“多置酒”，于不客气中表现出豪爽不羁的情怀。

于是，在那风雪汉江渡头如画的背景之上，一个人物形象（抒情主人公形象）越来越鲜明地凸现出来。就像电影镜头的“迭印”，他先是隐然于画面中的，随着我们对画面的凝神玩赏而渐渐显影。这个人似乎心事重重而举措落落大方，使人感到尽管他有一肚皮不合时宜，却没有儒生的酸气，倒有几分豪侠味儿。

【罗虬】 唐台州人。累举不第。遭兵乱，依李孝恭为从事。有《比红儿诗》百首。

比红儿诗百首（录一）

罗　虬

薄罗轻剪越溪纹，鸦翅低从两鬓分。
料得相如偷见面，不应琴里挑文君。

“绊惹东风别有情，世间谁敢斗轻盈？楚王江畔无端种，饿损纤腰学不成。”这是唐彦谦的咏柳诗，它从柳联想到细腰，联想到美人。咏柳说美人，或咏美人说柳，这是一般意义的比方。但咏柳而贬美人（如唐彦谦诗），或咏美人以贬柳，那就不是一般的比方了。这种弱彼以强此的比方，诗家谓之“尊题”（见《升庵诗话》卷八、卷十四）。

《比红儿诗》作者自序说：“‘比红’者，为雕阴（故城在今陕西富县北）官妓杜红儿作也。美貌年少，机智慧悟，不与群辈妓女等。余知红者，乃择古之美色灼然于史传三数十辈，优劣于章句间，遂题‘比红诗’”。既择古之绝代佳人与红儿作“比”，又从而“优劣”之，这也就是不折不扣的“尊题”格。诗共百首，把这种修辞法运用到了尽兴尽致。选其一首，是可以尝一脔肉而知一鼎之味的。

前两句赋写红儿的美丽。“薄罗轻剪越溪纹”，是写其服装。古代越地丝织工艺十分著名，而越女浣纱向为诗人乐道。用“越溪纹”以形“薄罗”，有一种特殊的意味、具体的美感。“轻”这个动词也用得惬切，它表现出罗的薄而名贵，是不宜造次剪裁的。“薄”的春衫，又间接熨帖出红儿身段的美来。不从正面落墨，而采取侧面烘托，以引起读者活跃的联想，丰富诗歌形象。

古代少女头梳双髻，称鸦髻(或鸦头)，取其色之乌黑。“鸦翅”，也就是鬓发。不说鬓如鸦翅，而说“鸦翅低从两鬓分”，就把对象写活了。写秀发而传达出人的丰神，鸦翅低分，一个天真烂漫的少女形象宛然可见。赵执信《谈龙录》提到一个著名比喻，言诗之可贵，在于使人从一鳞一爪而见到宛然若在的神龙。此诗前两句侧面衬托、写点概面的手法似之。

后两句是在赋红儿之美的基础上，进而引古为譬以“比红儿”。

这里是用西汉著名美女卓文君为比，又从而“优劣”之，说如果司马相如偷看上红儿一眼，就不会费心去弹琴挑逗卓文君了。司马相如之爱文君固然以其貌美，却并不全然为此，同时是因为文君的“知音”，这才有琴挑的韵事。说他看红儿一眼就忘却文君，不亦谬乎？然而看诗要用诗的眼光去看，诗人取喻，往往撷其一点，予以夸张，有时悖乎理反而更为尽情，正所谓“反常合道为趣”。诗人唐突古人，抑卓扬红，却有味地写出了红儿美的魅力。

这里我们看到，尊题的写法对于突出主体是有积极的修辞作用的。与“红花虽好，也要绿叶扶持”是同一个道理。此诗运用侧面落笔和弱彼强此的手法，比起正面的刻画，不唯省辞，而且使意境轻灵可喜，在艺术上有可资借鉴处。

有一种传说，说是罗虬广明年间为李孝恭从事，红儿为籍中善歌者。有一次，他请红儿歌唱。李孝恭以红儿为副戎属意，不许她接受罗虬的馈赠。罗虬恼羞成怒，遂手刃红儿。后来又深自追悔，便作比红儿诗替她传名。但从作者自序是看不出追悔之意的，这本事太煞风景，大约出于附会吧。

【鱼玄机】(844？—868)女，字幼微，一字蕙兰，唐长安(陕西西安)人。姿质出众，15岁为补阙李亿妾，以李妻不相容，于懿宗咸通中出为女道士。尝漫游湖北、江西等地。因戕杀侍婢被处死。有《鱼玄机集》。

江陵愁望有寄

鱼玄机

枫叶千枝复万枝，江桥掩映暮帆迟。
忆君心似西江水，日夜东流无歇时。

建安诗人徐干有著名的《室思》诗五章，第三章末四句是："自君之出矣，明镜暗不治。思君如流水，无有穷已时。"后世爱其情韵之美，多仿此作五言绝句，成为"自君之出矣"一体。女诗人鱼玄机的这首写给情人的诗（题一作《江陵愁望寄子安》），无论从内容、用韵到后联的写法，都与徐干《室思》的四句十分接近。但体裁属七绝，可看做"自君之出矣"的一个变体。

五绝与七绝，虽同属绝句，二体对不同风格的适应性却有较大差异。近人朱自清说："论七绝的称含蓄为'风调'。风飘摇而有远情，调悠扬而有远韵，总之是余味深长。这也配合着七绝的曼长的声调而言，五绝字少节促，便无所谓风调。"（《唐诗三百首指导大概》）读这首诗，觉着它比《自君之出矣》多一点什么的，正是这里所说的"风调"。本来这首诗也很容易缩成一首五绝："枫叶千万枝，江桥暮帆迟。忆君如江水，日夜无歇时"，字数减少而意思不变，但我们却感到少一点什么的，也是这里所说的"风调"。

试逐句玩味鱼诗，看每句多出两字是否多余。

首句以江陵秋景兴起愁情。《楚辞·招魂》："湛湛江水兮上有枫，极目千里兮伤春心。"枫生江上，西风来时，满林萧萧之声，很容易触动人的愁怀。"千枝复万枝"，是以枫叶之多写愁绪之重。它不但用"千"、"万"数字写枫叶之多，而且通过"枝"字的重复，从声音上状出枝叶之繁。而"枫叶千万枝"字减而音促，没有上述那层好处。

"江桥掩映——暮帆迟"。极目远眺，但见江桥掩映于枫林之中；日已垂暮，而不见那人乘船归来。"掩映"二字写出枫叶遮住望眼，对于传达诗中人焦灼的表情是有帮助的。词属双声，念来上口。有此二字，形成句中排比，声调便曼长而较"江桥暮帆迟"为好听。

前两句写盼人不至，后两句便接写相思之情。用江水之永不停止，比相思之永无休歇，与《室思》之喻，机杼正同。乍看来，"西江"、"东流"颇似闲字。但减作"忆君如流水，日夜无歇时"，比较原句便觉读起来不够味了。刘方平《春怨》末二句云："庭前时有东风入，杨柳千条尽向西"，晚清王闿运称赞说："以东、西二字相起，（其妙）非独人不觉，作者也不自知也"，"不能名言，但恰入人意。"（《湘绮楼说诗》）鱼玄机此诗末两句妙处正同。细味这两句，原来分用在两句之中非为骈偶而假设的成对的反义字（"东"、"西"），有彼此呼应，造成抑扬抗坠的情调，或擒纵之致的功用，使诗句读来有一唱三叹之音，亦即所谓"风调"。而删芟这样字面，虽意思大致不差，却必损韵调之美。

鱼玄机此诗运用句中重复、句中排比、尾联中反义字相起等手段，造成悠扬飘摇的风调，大有助于抒情。每句多二字，却充分发挥了它们的作用。所以比较五绝"自君之出矣"一体，艺术上正自有不可及之处。

【杜荀鹤】（846－904）字彦之，号九华山人，唐池州石埭（今安徽太平）人。昭宗时进士。后仕梁太祖（朱温）翰林学士，仅五日而卒。有《唐风集》。

旅泊遇郡中叛乱示同志

杜荀鹤

握手相看谁敢言，军家刀剑在腰边。
遍收宝货无藏处，乱杀平人不怕天。
古寺拆为修寨木，荒坟开作甃城砖。
郡侯逐出浑闲事，正是銮舆幸蜀年。

“乱世英雄起四方，有枪就是草头王”，其辞虽鄙，却是中国封建社会动乱年代的生动写照。唐僖宗中和元年（881），黄巢起义军占领长安，銮舆西迁。各地地方军阀、地主武装拥兵自重并趁乱抢掠财物，虐害人民，到处发生着流血恐怖事件。在这些“乱世英雄”心目中，什么天理，什么王法，什么朝廷命官，全都不算回事。韦庄《秦妇吟》就写过官军的纵暴：“自从洛下屯师旅，日夜巡兵入村坞。匣中秋水拔青蛇，旗上高风吹白虎。入门下马若旋风，罄室倾囊如卷土。”而当年杜荀鹤旅途停舟于池州（安徽贵池。），遇郡中发生兵乱，郡守被乱军逐出，恐怖笼罩秋浦。诗人目睹这一切，忧心如焚而回天乏术。“诗可以怨”，或者说“愤怒出诗人”。他写了这篇《旅泊遇郡中叛乱示同志》，留下了宝贵的历史见证。

“握手相看谁敢言，军家刀剑在腰边。”诗人不兜任何圈子，落笔就写郡中叛乱后的恐怖世相。人们握手相看，道路以目，敢怒而不敢言，这是一种极不正常、极为压抑的情况。对于它的原因，只轻轻一点：“军家刀剑在腰边”，就像一个特写镜头，意味深长。“在腰边”三字极妙，暴力镇压的威慑，不待刀剑出鞘，已足以使人侧目。所谓“秀才遇到兵，有理说不清。”乱军的跋扈，百姓的恐惧，诗人的不安，俱在不言之中。这种开门见山的做法，使人感到这诗不是写出来的，而是按捺不住的喷发。

“遍搜宝货无藏处，乱杀平人不怕天。”二句承上“军家刀剑”，直书乱兵暴行。他们杀人越货，全是强盗的行径。其实强盗还畏惧王法，还不敢如此明火执仗，肆无忌惮。“平人”即平民（避太宗名讳改），良民，岂能杀？更岂能乱杀？“杀”字前著一“乱”字，则突出行凶者面目的狰狞，罪行的令人发指。“不怕天”三字亦妙，它深刻地写出随着封建秩序的破坏，人的思想、伦常观念也混乱了。正常时期不怕王法的，还怕天诛呢。但天子威风扫地的末世，天的权威也动摇了，恶人更成“和尚打伞”，为所欲为。

更有甚者：“古寺拆为修寨木，荒坟开作甃城砖”，拆寺敞坟，在古代被视为极大的罪孽，恶在不赦，此时却在青天白日下发生着。战争造成大破坏，于此也可见一斑，参阅以《秦妇吟》“采樵斫尽杏园花，修寨诛残御沟柳”，尤觉真切。诗人通过搜宝货、杀平人、拆古寺、开荒坟等时事，生动地展示了满目疮痍的社会状况，同时也表现了对乱军暴行的切齿痛恨。

怎么办？这是现实必然要逼出的问题。然而诗人不知道。他也老老实实承认了这一点：“郡侯逐出浑闲事，正值銮舆幸蜀年。”这像是无奈何的叹息，带着九分伤心和一分幽默：你看，这种局面，连一方“诸侯”的刺史都没办法。岂但没有办法，他还自身难保，让“刀剑在腰边”的乱军轻易地撵了，全不当回事儿。岂但郡守如此，皇帝老官也自身难保，不是被黄巢、尚让们撵出长安，全不算回事么？“銮舆幸蜀”，不过是好听一点的说法而已。诗末的潜台词是：如今皇帝蒙尘，郡守被逐，四海滔滔，国无宁日，你我“同志”，空怀忧国忧民之诚，奈何无力可去补苍天，只有记下这一页痛史，留与后人评章去吧。

诗不仅深刻真实地反映了唐末动乱的社会现实，而且出以满腔激情。仔细玩索，前六句刻意暴露，固然有力，然而，倘无后两句以感慨无端，不了了之相补救，就不免失之剑拔弩张，哪得如此火色俱融之妙！

【**曹松**】（848—？）字梦徵，唐舒州（安徽潜山）人。早年栖居洪州西山，后依建州刺史李频。昭宗光化四年（901）进士及第，授校书郎。

己亥岁

曹 松

泽国江山入战图，生民何计乐樵苏。
凭君莫话封侯事，一将功成万骨枯。

此诗题作《己亥岁》，题下注：“僖宗广明元年。”按“己亥岁”本为广明前一年即乾符六年，诗大约是在广明元年追忆去年时事而作。“己亥岁”这个醒目的诗题，就点明了诗中所写的是活生生的社会政治现实。

唐末发生大规模农民起义，唐王朝进行穷凶极恶的镇压，大江以南都成了战场，这就是所谓“泽国江山入战图”。诗句不直说战乱殃及江汉流域（泽国），而只说这一片河山都已绘入战图，表达委婉曲折，让读者通过一幅“战图”，想象到兵荒马乱、铁和血的现实，这是诗人运用形象思维的一个成功例子。

随战乱而来的是生灵涂炭。打柴为“樵”，割草为“苏”。樵苏生计本来艰辛，无乐可言。然而，“宁为太平犬，勿为乱世民”，在流离失所、挣扎于生死线上的“生民”心目中，能平平安安打柴割草以度日，也就快乐了。只可惜这种樵苏之乐，今亦不可复得。

古代战争以取首级之数计功，战争造成了残酷的杀戮，人民的大量死亡。这是血淋淋的现实。诗的前两句虽然笔调轻描淡写，字里行间却有斑斑血泪。这就自然逼出后两句沉痛的呼告。

“凭君莫话封侯事，一将功成万骨枯。”这里“封侯”之事，是有现实针对性的：乾符六年（即“己亥岁”）镇海节度使高骈就以在淮南镇压黄巢起义军的“功绩”，受到封赏，无非“功在杀人多”而已。对老百姓痛恨的战争，军阀却很感兴趣。无怪诗人闭目摇手道“凭君莫话封侯事”了。一个“凭”字，意在“请”与“求”之间，语调比言“请”更软，意谓：行行好吧，可别提封侯的话啦。词苦声酸，全由此一字推敲得来。

末句更是一篇之警策：“一将功成万骨枯”。它词约而意丰。与“可怜白骨攒孤冢，尽为将军觅战功”（张蠙《吊万人冢》）之句相比，字数减半而意味倍添。它不仅同样含有“将军夸宝剑，功在杀人多”（刘商《行营即事》）的现实内容；还更多一层“士卒涂草莽，将军空尔为”（李白《战城南》）的意味，即言将军封侯是用士卒牺牲的高昂代价换取的。其次，一句之中运用了强烈对比手法：“一”与“万”、“荣”与“枯”的对照，令人触目惊心。“骨”字极形象骇目。这里的对比手法和“骨”字的运用，都很接近“朱门酒肉臭，路有冻死骨”的惊人之句。它们从不同侧面揭示了封建社会历史的本质，具有很强的典型性。前三句只用意三分，词气委婉，而此句十分刻意，掷地有声，相形之下更觉字字千钧。

【西鄙人】 唐安西都护府（今新疆库车一带）人，生平不详。

哥舒歌

西鄙人

北斗七星高，哥舒夜带刀。
至今窥牧马，不敢过临洮。

这首歌的作者是唐安西都护府（今新疆库车一带）人，失姓名。哥舒指哥舒翰，突骑施哥舒部人。原是身兼数节度使职的名将王忠嗣的部下，天宝六载（公元747年）由于王忠嗣被诬陷革职，玄宗命哥舒翰为陇右节度使，控地数千里，甚著威令。

《太平广记》歌辞为："北斗北星高，哥舒夜带刀。吐蕃总杀尽，更筑两重壕。"当是此诗的另一文本。比较起来"吐蕃总杀尽"这样的说法，未免过头，不如"至今窥牧马，不敢过临洮"，将边塞战争定义为防御性质为好。

《哥舒歌》的内容是颂扬哥舒翰抵抗吐蕃侵扰、安定边疆的，也寄寓了人民渴望和平、安定的理想的愿望。这首诗的奇突之处在开头，"北斗七星高，哥舒夜带刀"给这首诗一个很高的起点。写夜巡很有意思，表现出守边者很高的警惕性。当然，这是从现实层面而言的。还有一层是浪漫想像，即由夜带刀，联想到七星高。这个想像是怎么来的？这和刀剑上的七星花纹应有一定关系，王维《老将行》即有"拭拂铁衣如雪色，聊持宝剑动星文"之句。从象征层面看，电剧连续剧《水浒》有"大河向东流，天上的星星参北斗"之句，"北斗七星高"给人的感觉也应该是这样的。同时，北斗七星又是拱卫北辰的，这都切合哥舒大将的身份。

绝句一种写法是以后二句为主，前两句只是一传到位，三句二传、四句扣球得分，这个说法来自钟振振。另一种写是以前两句为主，先声夺人，后二句只以余思作波。这首诗就应该是第二种写法，"至今窥牧马，不敢过临洮"，使人想到飞将军李广守右北平三年，匈奴不敢南下而"牧马"——显然，"牧马"是个象征的说法，说白了，就是侵略。但诗最好不说白，"至今窥牧马，不敢过临洮"就没有说白，很含蓄，将哥舒大将的威风却完全表现出来了。临洮，即今甘肃省洮河边的临潭，为秦长城西端。吐蕃的入侵，自从遭到哥舒翰的抵御，就再也没有发生了。

沈德潜《唐诗别裁》评："与《敕勒歌》同是天籁，不可以工拙求之。"是说歌谣体在语言上很上口，没有太多的修饰，以质朴见长。李慈铭《越缦堂读书简端记》评："此军中谣也，字字高浑，纯是天籁，诵之如闻边塞激烈之音。""军中谣"这个说法不一定准确，最后一句对沈评是一个补充。

【太上隐者】 唐人，生平不详。

答　人

太上隐者

偶来松树下，高枕石头眠。
山中无历日，寒尽不知年。

如果说陶渊明身居魏晋，慨想羲皇，主要是出于对现实的不满；那么，唐人向往恬淡无为的太古时代，则多带浪漫的意味。唐时道教流行，此诗作者大约是其皈依者。据《古今诗话》载，这位隐者的来历为人所不知，曾有好事者当面打听他的姓名，他也不答，却写下这首诗。首联“偶来松树下，高枕石头眠”，这与其说是“答人”，毋宁说是有点像传神的自题小像。“偶来”，其行踪显得多么自由无羁，不可追蹑，所谓“先生不知何许人也”，如是介绍别人则属凡语，但作为自我介绍，就值得玩味。“高枕”，则见其恬淡无忧。“松树”、“石头”，设物布景简朴，却富于深山情趣。

在远离世间的山中，如同生活在远古，“虽无纪历志，四时自成岁。”(陶渊明《桃花源诗》)“寒尽”二字，就含四时成岁之意。而且它还进了一步，虽知“寒尽”岁暮，却又“不知年”。这里当含有两层意思：一层从“无历日”演绎而来，意即“不解数甲子”(“山僧不解数甲子，一叶落知天下秋。”)；二层是不知今是何世之意，犹《桃花源记》的“不知有汉，无论魏晋”。可见诗中人不但在空间上独来独往，在时间上也是无拘无碍的。李太白《山中答俗人问》写问而不答，不答而答，表情已觉高逸。此诗则连问答字面俱无，旁若无人，却又是一篇绝妙的“答俗人问”。令人读后有“羚羊挂角，无迹可求”之感。

【杜秋娘】 女，唐金陵(今江苏南京)人，李锜妾。

金缕衣

杜秋娘

劝君莫惜金缕衣，劝君须惜少年时。
有花堪折直须折，莫待无花空折枝。

这是中唐时的一首流行歌词。据说元和时镇海节度使李锜酷爱此词，常命侍妾杜秋娘在酒宴上演唱。歌词的作者已不可考，故各本多以演唱者杜秋娘署名。

此诗含意很单纯，可以用“莫负好时光”一言以蔽之。这原是一种人所共有的思想感情。可是，它使读者感到其情感虽单纯却强烈，能长久在人心中缭绕，有不可思议的魅力。它每个诗句似乎都在重复那单一的意思：“莫负好时光！”而每句又都寓有微妙变化，重复而不单调，回环而有缓急，形成优美的旋律。

一、二句式相同，都以“劝君”开始，“惜”字也两次出现，这是二句重复的因素。但第一句说的是“劝君莫惜”，二句说的是“劝君须惜”,“莫”与“须”意正相反，又形成重复中的变化。这两句诗意又是贯通的。“金缕衣”是华丽贵重之物，（白居易《秦中吟 · 议婚》“红楼富家女，金缕绣罗襦），却“劝君莫惜”，可见还有远比它更为珍贵的东西，这就是“劝君须惜”的“少年时”了。何以如此？诗句未直说，那本是不言而喻的：“一寸光阴一寸金，寸金难买寸光阴”，贵如黄金也有再得的时候,“千金散尽还复来”；然而青春对任何人也只有一次，它一旦逝去是永不复返的。可是，世人多惑于此，爱金如命、虚掷光阴的真不少呢。一再“劝君”，用对白语气，致意殷勤，有很浓的歌味和娓娓动人的风韵。两句一否定，一肯定，否定前者乃是为肯定后者，似分实合，构成诗中第一次反复和咏叹，其旋律节奏是纡回徐缓的。

三、四句则构成第二次反复和咏叹，单就诗意看，与一、二句差不多，还是“莫负好时光”那个意思。这样，除了句与句之间的反复，又有上联与下联之间的较大的回旋反复。但两联表现手法就不一样，上联直抒胸臆，是赋法；下联却用了譬喻方式，是比义。于是重复中仍有变化。三、四没有一、二那样整饬的句式，但意义上彼此是对称得铢两悉称的。上句说“有花”应怎样，下句说“无花”会怎样；上句说“须”怎样，下句说“莫”怎样，也有肯定否定的对立。二句意义又紧紧关联：“有花堪折直须折”是从正面说“行乐须及春”意，“莫待无花空折枝”是从反面说“行乐须及春”意，似分实合，反复倾诉同一情愫，是“劝君”的继续，但语调节奏由徐缓变得峻急、热烈。“堪折——直须折”这句中节奏短促，力度极强,“直须”比前面的“须”更加强调。这是对青春与欢爱的放胆歌唱。这里的热情奔放，不但真率、大胆，而且形象、优美。“花”字两见，“折”字竟三见；“须——莫”云云与上联“莫——须”云云，又自然构成回文式的复叠美。这一系列天然工妙的字与字的反复、句与句的反复、联与联的反复，使诗句琅琅上口，语语可歌。除了形式美，其情绪由徐缓的回环到热烈的动荡，又构成此诗内在的韵律，诵读起来就更使人感到回肠荡气了。更何况它在唐代是配乐演唱，难怪它那样使人心醉而被广泛流传了。

此诗另一显著特色表现在修辞和意象。一般情况下，旧诗中的起兴，一般用在诗的发端，而绝句往往是先景语而后情语。此诗一反常例，赋中有兴，先赋后比，先情语后景语，殊属别致。具体说，“劝君莫惜金缕衣”一句是赋，而以物起情，又有兴的作用。诗的下联是比喻，也是对上句“须惜少年时”诗意的继续生发。不用“人生几何”式直截的感慨，用花（青春、欢爱的象征）来比少年好时光，用折花来比莫负大好青春，这就不直说。何谓直说？如“即今相对不尽欢，别后相思复何益”（张谓），好则好，只是直说。何如“花开堪折只须折，莫待无花空折枝”，又好，又不直说。由于不直说，由于形象优美，因此它的形象远远大于“及时行乐”

这一庸俗思想本身，而产生无穷意蕴。这就是艺术的表现，是形象思维。错过青春便会导致无穷悔恨，这层意思，此诗本来可以用却没有用“老大徒伤悲”一类成语来表达，而紧紧朝着折花的比喻向前走，继而造出“无花空折枝”这样闻所未闻的奇语。没有沾一个悔字恨字，而“空折枝”三字多耐人寻味，多有艺术说服力。

此外，诗中有一个意象即“金缕衣”，后来又用作诗题。“金缕衣”又称金缕玉衣，是帝王殉葬时穿的极为华贵的外罩，它当然代表着财富，而且是首富。然而，活人是没法穿的，如果可能，最好永远别穿。对于生命没有意义的财富，“金缕衣”是一个绝妙的象征。而人生真正能享受的东西，是清洁的水和空气，亲情、友谊和爱情，春季里的花、冬季里的雪、江山之清风、山间之明月，人类创作的文学和艺术，等等。而这些对于生命真正宝贵的东西，却往往是不花钱或花不了太多钱的，诗中另一个重要意象——“花”，李后主谓之“春红”，正是它们的象征。由于生命是有限的，人生对这些东西的拥有也是有限的，亲爱的朋友，你为什么不好好珍惜时间呢。

【陈玉兰】 女，唐人，生平不详。

寄 夫

陈玉兰

夫戍边关妾在吴，西风吹妾妾忧夫。
一行书信千行泪，寒到君边衣到无？

此诗显著的特色表现在句法上。全诗四句的句法有一个共同处：每句都包含两层相对或相关的意思，在大致相同的前提下，又有变化。“夫戍边关——妾在吴”，这是由相对的两层意思构成的，即所谓“当句对”的形式。这一对比，就突出了天涯睽隔之感。这个开头是单刀直入式的，点明了题意，说明何以要寄衣。下面三句都从这里引起。“西风吹妾——妾忧夫”，秋风吹到少妇身上，照理说应该引起她自己的寒冷的感觉，但诗句写完“西风吹妾”一层意思后，接下去不写少妇自己的寒冷感觉，而是直接写心理活动“妾忧夫”。前后两层意思中有一个小小的跳跃或转折，恰如其分表现出少妇对丈夫体贴入微的心情，十分逼真。此句写“寄衣”的直接原因。“一行书信——千行泪”，这句通过“一行”与“千行”的强烈对比，极言纸短情长。“千行泪”包含的感情内容既有深挚的恩爱，又有强烈的哀怨，情绪复杂。此句写出了“寄”什么，不提寒衣是避免与下句重复；同时，写出了寄衣时的内心活动。“寒到君边——衣到无？”这一句用虚拟、揣想的问话语气，与前三句又不同，在少妇心目中仿佛严冬正在和寒衣赛跑，而这竞赛的结果对她很关紧要，十分生动地表现出了少妇心中的焦虑。这样，每一句中都可以划一个破折号，都由两层意思构成，诗的层次就大大丰富了。而同一种句式反复运用，在运用中又略有变化，并不呆板，构成了回环往复、一唱三叹的语调。语调对于诗歌，比较其他体裁的文学作品具有更大意义。所谓“情动于中而行于言，言之不足故嗟叹之，嗟叹之不足故咏歌之”,“嗟叹”、“咏歌”都是指用声调增加诗歌的感染力。试多咏诵几遍，就不难领悟这种唱叹的语调在此诗表情上的作用了。

构成此诗音韵美的另一特点是句中运用复字。近体诗一般是要避免字词的重复。但是，有意识地运用复字，有时能使诗句念起来上口、动听，造成音乐的美感。如此诗后三句均有复字，而在运用中又有适当变化。第二句两个“妾”字接连出现，前一个“妾”字是第一层意思的结尾，后一个“妾”字则是第二层意思的开端，在全句中，它们是重复，但对相关的两层意思而言，它们又形成“顶针”修辞格，念起来顺溜，有“累累如贯珠”之感，这使那具有跳跃性的前后两层意思通过和谐的音调过渡得十分自然。而三、四两句重叠在第二、第六字上，这不但是每句中构成“句中对”的因素，而且又是整个一联诗句自然成对的构成因素，从而增加了诗的韵律感，有利于表达那种哀怨、缠绵的深情。

此外，内心独白的表现手法，通过寄衣前前后后的一系列心理活动：从念夫，到秋风吹起而忧夫，寄衣时和泪修书，一直到寄衣后的悬念，生动地展现了女主人公的内心世界。诗通过人物心理活动的直接描写来表现主题，是成功的。

【安邑坊女】 女，唐人，生平不详。

幽恨诗

安邑坊女

卜得上峡日，秋江风浪多。
巴陵一夜雨，肠断木兰歌。

杨慎认为：“诗盛于唐，其作者往往托于传奇小说、神仙幽怪以传于后，故其诗大有绝妙古今一字千金者。”（《升庵诗话》卷八）随后他“试举一二”时，第一例就是这首《幽恨诗》。此诗作者姓名已佚，旧说“仙鬼”诗，其实依据诗作本身与有关传说，大致可以推定，诗中主人公当是巴陵（岳阳）一带的女子，诗的内容是抒发“幽恨”之情，诗的情调颇类南朝小乐府中的怨妇诗。

诗开篇就写一个占卜场面。卦象呈示的很不吉利：上峡之日，秋江必多风浪。这里谁占卜？谁上峡？均无明确交代。但，读者可以意会：占卜的是诗的主人公——一位幽独的女子，而“上峡”的，应该是与她关系至为密切的另一角色。从“幽恨”二字可以推断，这个角色或是女子的丈夫，大约因为经商，正从巴陵沿江上峡做生意去。

上水，过峡，又是多风浪的秋天，舟行多险。这位巴陵女子的忧虑，只有李白笔下的长干女可相仿佛：“十六君远行，瞿塘滟滪堆。五月不可触，猿声天上哀。”一种不祥的预感驱使她去占卜，不料得到了一个使人心惊肉跳的回答。

这两句写事，后两句则重在造境。紧承上文，似乎凶卦应验了。淫雨大作，绵绵不绝。“一夜雨”意味着女主人公一夜未眠。听着帘外潺潺秋雨，她不禁唱出哀哀的歌声。南朝乐府的“木兰歌”，本写女子替父从军，但前四句是：“唧唧复唧唧，木兰当户织。不闻机杼声，惟闻女叹息。”此处活用其意，是断章取义的手法。那幽怨的女子既不能安睡，又无心织作，唯有长吁短叹，哀歌当哭。雨声与歌声交织，形成分外凄凉的境界，借助这种气氛渲染，有力传达了巴陵女子思念、担忧和怨恨的复杂情感。诗正写到“断肠”处，戛然而止，像一个没有说完的故事，余韵不绝。

【黄巢】（？—884）唐曹州冤句（今山东菏泽）人。盐商出身。曾赴长安应举不第。乾符二年领导农民起义，广明元年在长安建大齐国，登皇帝位，年号金统。战败自杀。

菊 花

黄 巢

待到秋来九月八，我花开后百花杀。
冲天香阵透长安，满城尽带黄金甲。

黄巢是唐末农民起义领袖。最初，他和一般读书人一样，幻想通过考试的道路解决前途问题。在他落第之后，才对社会和个人的命运作了深刻的反思，重新选择了人生的道路。这首诗题一作《不第后赋菊》，通过咏菊来抒发叛逆思想。与陶渊明的爱菊不同，黄巢并不把菊花视为花之隐逸者，而是由菊花又称“黄花”作想，把它视为自身的幸运花和起义的标志。

他的另一首《题菊花》云："飒飒西风满院栽，蕊寒香冷蝶难来。他年我若为青帝，报与桃花一处开。"这首诗就写得不错，前两句刻画菊花冷艳的形象，虽然冷艳，却是不甘寂寞的，后两句表达"不是不争春"的意思，虽然是假设句，却是十分自信的语气，使人联想起"彼可取而代也"（项羽）、"皇帝轮流做，明年到我家"（《西游记》）那样的话，真是敢想敢说。

再看这一首咏菊的诗，不是一般的菊花诗，而是一首重阳作的菊花诗。劈头一句"待到秋来九月八"，就不寻常。明明重阳节是"九月九"，而这句可以不押韵，就写成"九月九"也没关系。然而，为了定下一个入声韵，与"我花开后百花杀"的"杀"、"满城尽带黄金甲"的"甲"叶韵，以造成一种斩截、激越、凌厉的声势，作者愣是将"九月九"写成"九月八"，不但韵脚解决了，不平凡的诗句也造成了。紧接，"我花开后百花杀"，菊花开时百花都已凋零，这本来是见惯不惊自然现象，句中特意将菊花之"开"与百花之"杀"（凋零）并列，构成鲜明的对照，意味就不一样。亲切地称菊花为"我花"，当然是从"黄花"的"黄"字着想，而与"我花"对立的"百花"，无非是现成社会秩序（帝王将相、文武百官、诸如此类）的一个象征。

"冲天香阵透长安，满城尽带黄金甲"，极写菊花盛开的壮丽情景，和农民革命军入城的想像。最耐人寻味的，是两个形象，一是从菊花的香而生出的"冲天香阵"，把浓烈的花香想像成农民军的士气；一是由菊花的形色而生出的"黄金甲"，把黄色的花瓣想像成农民军的盔甲。"阵"、"甲"二字与战争与军队相关，"冲"、"透"二字，分别写出其气势之盛与浸染之深，充满战斗性和自豪感，表现了作者对农民起义军必定攻占长安，主宰一切的胜利信念。

黄巢菊花诗，无论意境、形象、语言、手法都使人一新耳目。"满城尽带黄金甲"这句诗特别气派而富于视觉美感，无怪喜欢安排视觉盛宴的大导演张艺谋非要用它来做一个影片的名称不可。

【葛鸦儿】 女，唐人，籍贯不详。

怀良人

葛鸦儿

蓬鬓荆钗世所稀，布裙犹是嫁时衣。
胡麻好种无人种，正是归时底不归？

这是一位劳动妇女的怨歌。诗作者《才调集》《又玄集》并作葛鸦儿。孟棨《本事诗》却说是朱滔军中一河北士子，其人奉滔命作“寄内诗”，然后代妻作答，即此诗。其说颇类小说家言，大约出于虚构。然而，可见此诗在唐时流传甚广。

诗前两句首先让读者看到一位贫妇的画像：她云鬓散乱，头上别着自制的荆条发钗，身上穿着当年出嫁时所穿的布裙，足见其贫困寒俭之甚（“世所稀”）。这儿不仅是人物外貌的勾勒，字里行间还可看出一部夫妇离散的辛酸史。《列女传》载“梁鸿、孟光常荆钗布裙”。这里用“荆钗”、“布裙”及“嫁时衣”等字面，似暗示这一对贫贱夫妇一度是何等恩爱，然而社会的动乱把他们无情拆散了。“布裙犹是嫁时衣”，既进一步见女子之贫，又表现出她对丈夫的思念。古代征戍服役有所谓“及瓜而代”，即有服役期限，到了期限就要轮番回家。从“正是归时”四字透露，其丈夫大概是“吞声行负戈”的征人吧。

于是，三句紧承前两句来。“胡麻好种无人种”，以“胡麻”（芝麻）代庄稼：动乱对农业造成破坏，男劳力被迫离开土地，“纵有健妇把锄犁，禾生陇亩无东西”（杜甫《兵车行》），田园荒芜。农时不可误，青春亦如之，故以兴起“正是归时底不归？”与题面“怀良人”关合。不仅如此，明人顾元庆说：“南方谚语有‘长老种芝麻，未见得’。余不解其意，偶阅唐诗，始悟斯言其来远矣。胡麻即今芝麻也，种时必夫妇两手同种，其麻倍收。”（《夷白斋诗话》）原来芝麻结籽的多少，与种时是否夫妇合作大有关系。而和尚种芝麻，则会颗粒无收。

诗人巧用俗谚，意味深长。“怀良人”理由正多，只说芝麻不好种，言在此、而意在彼，言有尽、而意无穷。

无名氏

杂诗二首

无名氏

其一

无定河边暮角声，赫连台畔旅人情。
函关归路千余里，一夕秋风白发生。

写西北边地羁旅乡思在唐诗中是大量的，有些诗什么都讲清了：高原的景象多么荒凉啊！河上的暮角声多么凄厉啊！我的心儿忧伤，多么思念我的故乡啊……，可你只觉得它空洞。然而，有的诗——譬如这首《杂诗》，似乎“辞意俱不尽”，你却被打动了，觉得它真充实。

“无定河边暮角声，赫连台畔旅人情。”这组对起写景的句子，其中没有一个动词，没有一个形容词。到底是什么样的“暮角声”？到底是何等样的“旅人情”？全没个明白交代。但答案似乎全在句中，不过需要一番吟咏。“无定河”，就是那“可怜无定河边骨，犹是春闺梦里人”中的“无定河”，是黄河中游的支流，在今陕西北部，它以“溃沙急流，深浅无定”得名。“赫连台”，又名“髑髅台”，为东晋末年夏国赫连勃勃所筑的“京观”（古代战争中积尸封土其上以表战功的士兵）。据《晋书》及《通鉴》载，台凡二，一在支阳（甘肃境内），一在长安附近，然距无定河均甚远。查《延安府志》，延长县有髑髅山，为赫连勃勃所筑的另一座髑髅台，与无定河相距不远，诗中“赫连台”当即指此。“无定河”和“赫连台”这两个地名，以其所处的地域和所能唤起的对古来战争的联想，就构成一个特殊境界，有助于诗句的抒情。

在那荒寒的无定河流域和古老阴森的赫连台组成的莽莽苍苍的背景上，那向晚吹起的角声，除了凄厉幽怨还能是什么样的呢？那流落在此间的羁旅的心境，除了悲凉哀伤还能是何等样的呢？这是无须明说的。“暮角声”与“旅人情”也互相映衬，相得益彰：“情”因角声而越发凄苦，“声”因客情而益见悲凉，不明说更显得蕴藉耐味。

从第三句看，这位旅人故乡必在函谷关以东。“函关归路千余里”，从字面看只是说回乡之路迢遥。但路再远再险，总是可以走尽的。这位旅人是因被迫谋生，或是兵戈阻绝，还是别的什么原因流落在外不能归家呢？诗中未说，但此句言外有归不得之意却不难领会。

暮色苍茫，角声哀怨，已使他生愁；加之秋风又起，“大凡时序之凄清，莫过于秋；秋景之凄清，莫过于夜”（朱筠《古诗十九首说》），这就更添其愁，以至“一夕秋风白发生”。李白名句“白发三千丈”，是用白发之长来状愁情之长；而“一夕秋风白发生”则是用发白之速来状愁情之重，可谓异曲同工。诗人用夸张手法，不直言思乡和愁情，却把思乡的愁情显示得更为浓重。

“词意俱不尽者，不尽之中固已深尽之矣”（姜夔《白石道人诗说》），这就是诗歌艺术中的含蓄和蕴藉。诗人虽未显露词意，却创造了一个具体的“意象世界”让人沉浸其中去感受一切。全诗语言清畅，形象鲜明，举措自然，又可见含蓄与晦涩绝不是同一回事。

其二

旧山虽在不关身，且向长安过暮春。
一树梨花一溪月，不知今夜属何人？

读这首诗使人联想到唐代名诗人常建的一首诗：“家园好在尚留秦，耻作明时失路人。恐逢故里莺花笑，且向长安过一春。”(《落第长安》)两首诗不但字句相似，声韵相近，连那羁旅长安、有家难回的心情也有共通之处。

然而二诗的意境及其产生的艺术效果，又有着极为明显的不同。

常建写的是一个落第的举子羁留帝京的心情，具体情事交代得过于落实、真切，使诗情受到一些局限。比较而言，倒是这位无名诗人的“杂诗”，由于手法灵妙，更富有艺术感染力。

“旧山虽在不关身”，也就是“家园好在尚留秦”。常诗既说到“长安”又说“留秦”，不免有重复之累；此诗说“不关身”也是因“留秦”之故，却多表达一层遗憾的意味，用字较洗炼。

“且向长安过暮春”与“且向长安过一春”，意思差不多，都是有家难回。常诗却把那原委一股脑儿和盘托出，对家园的思念反而表现不多，使人感到他的心情主要集中在落第后的沮丧；《杂诗》做法正好相对。诗人割舍了那切实的具体情事，而把篇幅让给那种较空灵的思想情绪的刻画。

“一树梨花一溪月。”那是旧山的景色、故乡的花。故乡的梨花，虽然没有娇娆富贵之态，却淳朴亲切，在饱经世态炎凉者的心目中会得到不同寻常的珍视。虽然只是“一树”，却幽雅高洁，具备一种静美。尤其在皎洁的月光之下，在潺湲小溪的伴奏之中，三句不仅意象美，同时具有形式美。“一树梨花”与“一溪月”的句中排比，形成往复回环的节律，对表达一种回肠荡气的依恋缅怀之情有积极作用。从修辞角度看，写月用“一溪”，比用“一轮”更为出奇，它不但同时写到溪水和溪水中流泛的月光，有一箭双雕的效果，而且把不可揽结的月色，写得如捧手可掬，非常生动形象。

这里所写的美景，只是游子对旧山片断的记忆，而非现实身历之境。眼下又是暮春时节，旧山的梨花怕又开了吧，她沐浴着月光，静听溪水潺湲，就像亭亭玉立的仙子……然而这一切都“虽在不关身”了。“不知今夜属何人？”总之，是不属于“我”了。这是何等苦涩难堪的心情啊！花月本无情，诗人却从“无情翻出有情”。这种手法也为许多唐诗人所乐用。苏颋的“可惜东园树，无人也著花”(《将赴益州题小园壁》)、岑参的“庭树不知人去尽，春来还发旧时花”(《山房春事》)，都是著例。此诗后联与苏、岑句不同者，一是非写眼前景，乃是写想象回忆之境，境界较空灵；一是不用陈述语气，而出以设问，有一唱三叹之音。

《杂诗》不涉及具体情事，而它所表现的情感，比常建诗更深细，更带普遍性，更具有兴发感动的力量，能在更大范围引起共鸣。这恰如清人吴乔所说："大抵文章实做则有尽，虚做则无穷。雅、颂多赋是实做，风、骚多比兴是虚做。唐诗多宗风、骚，所以灵妙。"(《围炉诗话》)

【张泌】 前蜀人，籍贯不详，《花间集》称张舍人，列于牛峤、毛文锡之间。有《张舍人词》。

寄　人

张　泌

别梦依依到谢家，小廊回合曲阑斜。
多情只有春庭月，犹为离人照落花。

这首诗有一个本事，见《词苑丛谈》：张泌仕南唐为内史舍人，初与邻女浣衣相善，后经年不复相见，张夜梦之，寄绝句云云。诗中"谢家"即指所善邻女家，唐人常称所爱女子为谢娘，所以这样说。

"别梦依依到谢家，小廊回合曲阑斜"二句写梦境，大概作者曾经去过对方家中，对那里的一切环境，是比较熟悉的，而梦中好像又回到了过去，情境非常的逼真。古代的宅院结构是四合院式的，不同的空间，则由带有栏杆的廊道连接起来。作者在梦中，就经过了回环的走廊、曲曲折折的栏杆，寻寻觅觅，却没有看见人。有很多的往事，平时是积淀在潜意识中的，感觉不到，但入梦后，那些隐藏在记忆深处的东西就活跃起来了，像诗中这样的梦，很多人都做过，堪称很典型的。小晏词有"梦魂惯得无拘检，又踏杨花过谢桥"，程颐叹为"鬼语"，就是说它逼真，这首诗的前两句何尝不是如此。

"多情只有春庭月，犹为离人照落花"二句写醒后所见情景，梦境消失了，作者看到眼前一片月光，在这个深夜照着庭院，照着地上的落花——写到落花，可见是暮春的光景，其象征意义则是青春已逝，好景不长。说多情"只有"春庭月，那么此外都属无情了。无情的指向，只有一个，那就是时间、是岁月、是沧桑。诗中的"离人"又指谁呢，应该是作者自指。在唐诗中，孤独的人、失伴的人称为"离人"，张若虚《春江花月夜》有"此时楼上月徘徊，应照离人妆镜台"，那是指女方。

而在这首诗中，女方的处境作者未必知道，所以这个“离人”，解作自指为佳。言下有顾影自怜之意。

【花蕊夫人】女，后蜀孟昶妃，姓徐，一说姓费，青城（四川都江堰市）人，蜀亡入宋宫。有《宫词》百首。

述国亡诗

花蕊夫人

君王城上竖降旗，妾在深宫那得知？
十四万人齐解甲，更无一个是男儿。

花蕊夫人以才貌双全，得幸于后蜀主孟昶，蜀亡，被掳入宋。宋太祖久闻其人，召她陈诗，因诵此作，太祖颇为赞赏（事据《十六国春秋·蜀志》）。

开篇直述国亡之事：“君王城上竖降旗”。史载后蜀君臣极为奢侈，荒淫误国，宋军压境时，孟昶一筹莫展，屈辱投降。诗句只说“竖降旗”，遣词含蓄。下语只三分而命意十分，耐人玩味。

次句“妾在深宫那得知”，纯用口语，而意蕴微妙。大致有两重含义：首先，历代追究国亡的诗文多持“女祸亡国”论，如把商亡归咎于妲己，把吴亡归咎于西施等等。而这句诗则像是针对“女祸亡国”而作的自我申辩。语似轻声叹息，然措词委婉，而大有深意。其次，即使退一步说，“妾”即使得知投降的事又怎样？还不照样于事无补！一个弱女子哪有回天之力！不过，“那得知”云云毕竟还表示了一种廉耻之心，比起甘心作阶下囚的“男儿”们终究不可同日而语。这就为下面的怒斥预留了地步。

第三名照应首句“竖降旗”，描绘出蜀军“十四万人齐解甲”的投降场面。史载当时破蜀宋军仅数万人，而后蜀则有“十四万人”之众。以数倍于敌的兵力，背城借一，即使面临强敌，当无亡国之理。可是一向耽于享乐的孟蜀君臣毫无斗志，闻风丧胆，终于演出拱手让国的屈辱的一幕。“十四万人”没有一个死国的志士，没有半点丈夫气概，当然是语带夸张，却有力写出了一个女子的羞愤：可耻不在国亡，而在于不战而亡！

末句爆发出一句热骂：“更无一个是男儿！”“更无一个”与“十四万人”对比，“男儿”与“妾”对照，可谓痛快淋漓。“诗可以怨，”这里已是“嬉笑怒骂，皆成文章”了。

此诗写得很有激情，表现出亡国的沉痛和对误国者的痛切之情。诗人以女子身份骂人枉为男儿，就骂得有力，个性鲜明。就全诗看，有前三句委婉含蓄作铺垫，虽泼辣而不失委婉，非一味发露、缺乏情韵之作可比。

据宋吴曾《能改斋漫录》，花蕊夫人作此诗则有所本。“前蜀王衍降后唐，王承旨作诗云：‘蜀朝昏主出降时，衔璧牵羊倒系旗。二十万人齐拱手，更无一个是男儿。’”对照二诗，徐氏对王诗几处改动都很好。原诗前两句太刻意吃力，不如改作之含蓄有味，特别是改用第一人称“妾”的口气来写，比原作多一重意味，顿添神采。这样的改作实有再造之功。

【牛峤】 字松卿，一字延峰，前蜀陇西（今属甘肃）人。唐相牛僧孺之孙。乾符五年(878)进士。历官拾遗、补阙、校书郎。王建镇蜀，辟为判官，及开国，拜为给事中。王国维辑有《牛给事词》。

柳　枝

牛　峤

吴王宫里色偏深，一簇纤条万缕金。
不愤钱塘苏小小，引郎松下结同心。

牛峤《柳枝》词共五首，这是第二首，专咏苏州宫柳。

“吴王宫”，指吴王夫差在姑苏（苏州）为西施建筑的馆娃宫。“苏小小”，乃南朝齐代钱塘（杭州）名妓。苏杭地处江南水乡，乃杨柳天然滋生的场所，无论宫中民间均多种植。白居易《杨柳枝》词有云：“苏州杨柳任君夸，更有钱塘胜馆娃；若解多情寻小小，绿杨深处是苏家。”乃是说杭州之柳胜于苏州。

牛峤此词也提到馆娃宫及苏小小，但似乎与白居易唱着反调，偏说苏州故宫之柳胜于钱塘。你看，“吴王宫里色偏深，一簇纤条万缕金”，该有多么繁富。要是钱塘的柳色更好，那为什么苏小小还要约郎到松柏之下而非柳下去谈情说爱（“结同心”）呢？词人根据古乐府《钱塘苏小歌》“妾乘油壁车，郎骑青骢马。何处结同心，西陵松柏下”，机智地对白词作了反讽。“不愤”即不服的意思。杨慎说，此词是“咏柳而贬松，唐人所谓‘尊题格’也。后人改‘松下’为‘枝下’，语意索然矣。”（《升庵诗话》卷五）说“尊题”，极是。说“咏柳贬松”，还未能中肯。词意实是说苏州宫柳胜于杭州耳。

不过，这首词的意味还不止于此，它可以引起读者更多的联想。杨柳枝柔，本来是可以绾作同心结的，但苏小小和她的情人为何不来柳下结同心呢？刘禹锡《杨柳枝》词有云：“御陌青门拂地垂，千条金缕万条丝。如今绾作同心结，将赠行人知不知？”原来柳下结同心，乃有与情人分别的寓意。而松柏岁寒后凋，是坚贞不渝的象征，自然情人们愿来其下结同心而作山盟海誓了。如果作者有将宫柳暗喻宫人之意的话，那么“不愤钱塘苏小小，引郎松下结同心”就不但不是贬抑，反倒是羡慕乃至嫉妒了。词之有“味外味”也若此。